小读客 经典童书馆

童年阅读经典 一生受益无穷

嘀嗒屋 ⑦

魔法师博物馆

[美] 布拉德·斯特里克兰　著

董晓男　译

江苏凤凰文艺出版社

JIANGSU PHOENIX LITERATURE AND
ART PUBLISHING

图书在版编目（CIP）数据

嘀嗒屋 . 7, 魔法师博物馆 / (美) 布拉德·斯特里克兰 (Brad Stickland) 著；董晓男译 . –– 南京：江苏凤凰文艺出版社 , 2022.11
书名原文：The Lewis Barnavelt series
ISBN 978–7–5594–6914–4

Ⅰ . ①嘀… Ⅱ . ①布… ②董… Ⅲ . ①儿童小说 – 长篇小说 – 美国 – 现代 Ⅳ . ① I712.84

中国版本图书馆 CIP 数据核字 (2022) 第 123117 号

嘀嗒屋 . 7，魔法师博物馆

［美］布拉德·斯特里克兰　著　　董晓男　译

责任编辑	丁小卉
特约编辑	马敏娟　　唐海培　　李玉洁
装帧设计	张路云
责任印制	刘　巍
出版发行	江苏凤凰文艺出版社
	南京市中央路 165 号，邮编：210009
网　址	http://www.jswenyi.com
印　刷	三河市龙大印装有限公司
开　本	880 毫米 × 1230 毫米 1/32
印　张	28.75
字　数	500 千字
版　次	2022 年 11 月第 1 版
印　次	2022 年 11 月第 1 次印刷
标准书号	ISBN 978–7–5594–6914–4
定　价	198.00（全 6 册）

江苏凤凰文艺版图书凡印刷、装订错误，可向出版社调换，联系电话：010–87681002。

献给鲍勃和艾伦·伦德，

他们的博物馆揭示了人才是魔法的奥秘所在。

目　录

第一章

虽然路易斯·巴纳维尔特之前也被吓到过，但这次他是真的被吓坏了。

这是20世纪50年代一个阳光明媚、温暖的秋日。路易斯就站在密歇根州新西伯德镇的一所初中外面，感到胃里有无数只蝴蝶在扑腾。"我该怎么办？"他喃喃地说。

路易斯是一个大约十三岁的胖胖的棕发男孩。他有一张圆圆的、焦虑的脸，总是用一种胆怯的眼光打量世界。现在他正在等他的朋友罗丝·丽塔·波廷格。他们在同一个年级，处于同样的困境，路易斯希望和她谈谈会让自己感觉好一些。

路易斯背靠着墙站着，当戴夫·谢林伯格和汤姆·卢茨跑出学校时，他紧紧地贴着墙上黑色的石头，好像想钻进去消失不见似的。戴夫和汤姆在小学的时候就是学校里的风云人物，现在他们也是初中最受欢迎的两个孩子。他们都擅长运动，相貌英俊，穿着时髦。相比之下，路易斯总是笨手笨脚的。他穿的不是尼龙衬衫和牛仔裤，而是法兰绒衬衫和灯芯绒长裤，走路的时候会发出啪啪的声音。他也不受欢迎。有时候，他觉得这世界上喜欢他的人只有他的叔叔乔纳森·巴纳维尔特、他们的隔壁邻居齐默尔曼太太和他的英国笔友伯蒂·古德林。当然还有罗丝·丽塔。

最后，路易斯看见她走出了学校。罗丝·丽塔和路易斯有点儿像——另一个怪人。就她这个年龄来说，她算高的了，骨瘦如柴，一头又长又直的黑发，戴着一副又大又圆的黑框眼镜。路易斯知道，罗丝·丽塔认为自己是一只丑小鸭。人们也认为她是个假小子，她讨厌妈妈坚持让她穿的衬衫和格子裙。她觉得穿运动衫、牛仔裤和运动鞋舒服多了。罗丝·丽塔在校门外停了下来，把书抱在胸前。这时她看见了路易斯，对他苦笑了一下。她走下台阶，喃喃地说："太可怕了。"

路易斯郁闷地点了点头："我们该怎么办？"

罗丝·丽塔翻了个白眼："我知道我想做什么。我想坐一艘慢船远航去中国，或者得一种会持续整整四周的病！"

"当然，"路易斯讽刺地说，"或者逃走去加入马戏团，再或者找个配方让你成为隐形女孩。只是我们不能做这些事情。"两人步履沉重地离开学校，朝罗丝·丽塔家走去。通常路易斯喜欢走在新西伯德的街道上，至少在没有伍迪·明戈这样的恶霸的时候。新西伯德是一个小镇，它的核心区域只有三个街区，但所有的建筑看起来都好像藏着故事。古老的砖砌铺子有高高的前护栅，房子是精心设计的维多利亚式建筑，有塔楼、圆顶和宽阔而杂乱的门廊。在主街的西端矗立着一座美丽的喷泉，在一圈大理石圆柱中间，晶莹的柳树状水柱不停喷涌着。东边是国民军纪念大厅、南北战争纪念碑和东区公园。在这中间有好多个好玩儿的地方。

而今天，路易斯对这些都没有兴趣。因为再过四个星期，他就得面对……路易斯咽了咽口水。"我可不想参加什么愚蠢的才艺表演。"他抱怨道。

"我也不感到兴奋。"罗丝·丽塔没好气地说。他们默默地走过希姆索斯雷氏药店，橱窗里仍然摆满了开学用品。路易斯和罗丝·丽塔拐下了主街，慢悠悠地向大厦街走去，经过共济会教堂。罗丝·丽塔和她的父母住在大厦街39号，路易斯在客厅等着她换下校服。几分钟后，她出来了，穿着破破烂烂的印着巴黎圣母院图案的运动衫、牛仔裤和黑色帆布鞋。他们俩沉默着走到大街上。

路易斯和他的叔叔乔纳森住在高街100号。路易斯不到十岁的时候，他的父母都因为一场可怕的车祸去世了。不久，他就搬到了新西伯德，现在乔纳森叔叔是他的法定监护人。乔纳森·巴纳维尔特是个友善的人，一头红发，浓密的红胡子中夹杂着一绺绺白胡子，还有个大肚子。他很爱笑，总是笑得很爽朗，而且他很富有，因为他从他的祖父那里继承了一大笔钱。

更棒的是，乔纳森·巴纳维尔特是个魔法师。他可以创造奇妙的幻觉，不是通过骗人的把戏，而是真正的、实实在在的魔法。去年六月，为了庆祝他们小学毕业，乔纳森重现了勒班陀战役，那是1571年基督徒和土耳其人之间的一场大型海战。一场可怕的战斗，战舰相撞，上千门大炮轰鸣。路易斯和罗丝·丽塔都很高兴，从近距臼炮到长九炮[1]，他们知道各种大炮的名字。罗丝·丽塔指出，近距臼炮实际上不应该出现，因为它们直到18世纪才被发明出来。

回忆起当时兴奋的感觉，路易斯抱怨道："真可惜，乔纳森叔叔帮不了我们！"

"也许他能。"体贴的罗丝·丽塔说。

路易斯摇了摇头："他说我必须按照学校要求的去做。使用魔法是不公平的。这就和作弊一样。"

"即使是在紧急情况下也不行吗？"罗丝·丽塔问，"这实际上是一个生死攸关的问题。"

他们艰难地向山顶上的路易斯家爬去。"我早该知道会发生这种事，"路易斯唠叨着，"每年小学生都有机会观看初中生才艺表演。我只是从来没想过他们是怎么让那些初中生上台出丑的。"

"现在你知道了，"罗丝·丽塔说，"学校强迫学生这样做。"他们来到路易斯家，那是一座正面有塔楼的古老大房子。黑色的锻铁围栏上挂着门牌，上面写着红色的数字100。路易斯和罗丝·丽塔穿过大门，穿过院子，走上台阶，两人都

1　战舰上的舰炮。

还沉浸在郁闷的情绪中。

他们发现路易斯的叔叔正在客厅里摆弄他最近为家里新添置的东西——一台顶尖科技电视机。那个四四方方的胡桃木机柜看起来很时髦。当你打开机柜前门时，就可以看到电视屏幕、一台收音机和一台唱片机。电视屏幕是完美的圆形，就像一扇舷窗。通过乔纳森叔叔在一个烟囱上装的蜘蛛似的天线，电视机可以接收到三个频道。画面是黑白的，因为信号不好，充满了雪花般的亮点，有时你很难分辨是在看西部冒险片还是智力竞赛节目。

路易斯和罗丝·丽塔走了进来，乔纳森叔叔高兴地抬起头。"嘿！"他边打招呼边重重地拍了拍电视机的顶部。和往常一样，他穿着卡其色的工作裤、蓝色衬衫和红色马甲。他从电视机前后退了几步，把大拇指插在马甲的底部口袋里，把头歪向一边，问道："怎么样？"

罗丝·丽塔眯起眼睛看着暗淡的画面。"很难说。这是什么？"

乔纳森哼了一声，回答："这就是问题所在——我也说不上来！"

"那就没关系了。"罗丝·丽塔马上说。

乔纳森叔叔往后一仰，笑了起来。"说得好，罗丝·丽塔！"他关掉了电视，画面缩小成空白屏幕中央的一个小白点，然后就消失了。

路易斯问："乔纳森叔叔，我们可以吃点儿点心吗？"

叔叔掏出怀表："嗯。我想可以。每人一杯牛奶和两块饼干。弗洛伦斯答应今晚为我们做晚饭，我不想让她觉得我们不欣赏她的厨艺。"

　　"太好了！"路易斯说着，打起了精神。他们的邻居弗洛伦斯·齐默尔曼是个很棒的厨师。她碰巧也是个女魔法师。她不是一个邪恶的女魔法师，而是一个友好的、眼睛闪亮、满脸皱纹的好魔法师，她的魔法甚至比乔纳森叔叔的还要强。"罗丝·丽塔能留下和我们一起吃饭吗？"

　　"当然，"乔纳森叔叔说，"你给你父母打个电话，征得他们同意就行了，罗丝·丽塔。卷毛假发怪和我会多做一份晚餐的。"

　　罗丝·丽塔打了电话，她的妈妈高兴地说罗丝·丽塔可以留下来吃饭。那天傍晚，罗丝·丽塔和路易斯躺在客厅里，一边看着电视，一边想着他们能为学校的才艺表演做些什么。乔纳森叔叔和齐默尔曼太太在厨房里忙碌着，锅碗瓢盆哗啦作响，香味扑鼻而来。路易斯对电视节目不太感兴趣。他和罗丝·丽塔正在看一个儿童节目，里面演着古老的黑白动画片。猫追老鼠，猪在唱歌，袋鼠打拳击。所有动物都画得圆咕隆咚的，很难区分卡通猪、卡通麋鹿或多刺针鼹。

　　"也许你可以跳舞，"路易斯说，"你喜欢跳舞。"

　　"哈！"罗丝·丽塔哼了一声，"和别人一起跳舞跟独自在舞台上跳舞有很大的区别。不用了，谢谢。"

　　路易斯叹了口气，一言不发。动画片结束了。一个穿着宽松的白色衣服，脸上画着白色妆的小丑出现在屏幕上。他的鼻子实际可能是圆圆的、红红的，但在黑白电视上看起来就像一个黑色的气泡。他画着高高的拱形眉毛，咧嘴笑着。他戴着一个皱巴巴的假衣领和一顶滑稽的帽子，形状像一个牛奶瓶上裹着一张皱褶的纸。"孩子们！"播音员说，他的声音听起来总是像在心脏病发作的边缘，"这是你和我的朋友，神奇的魔法小丑克里米！"

"谢谢你！"克里米用一种轻快的声音说。镜头向后拉，可以看到克里米站在一个大约七八岁的小女孩旁边。"我今天有个小帮手！"

罗丝·丽塔说："她看起来要吓死了。"

克里米把麦克风递给小女孩，问她叫什么名字。

"伊迪丝·阿拉贝拉·伊丽莎白·邦尼·麦克彼得斯。"她害羞地说。

"我的天哪！"克里米惊呼，"你爸妈给你起名时把他们喜欢的都用上了，是吗？"

伊迪丝微笑着摇摇头。路易斯看到她少了两颗门牙。

"嗯，伊迪丝·阿拉贝拉·伊丽莎白·邦尼·麦克彼得斯，"克里米说，"你喜欢花吗？"

小女孩点点头。

"太好了！"克里米说。有人递给他一张报纸。他把它举起来，转了一下，这样摄像机就两边都能拍到了。音乐开始响起——《军刀舞曲》，是一种节奏很快的舞曲。克里米把那张纸抖开，卷起来，做成蛋筒形，递给伊迪丝。"拿着这个。"小丑嘱咐道。音乐停了下来。克里米转向镜头："现在，孩子们，念出咒语吧！"

演播室里的孩子们都使劲喊道："双橡树牌牛奶，适合我的牛奶！"[1]

"哦！"伊迪丝眨着眼睛说道。一束雏菊从蛋筒形报纸中冒了出来。乐队演奏起一首欢快的乐曲！

"你留着这些漂亮的花吧。"克里米笑着说。小女孩点点头，把花束紧紧地抱在胸前。克里米拍了拍她的头，然后看着镜头："现在让我们听听双橡树乳业的好朋友们是怎么说的！"

路易斯跳起来，关掉了电视机。"就这样办！"他带着得意的笑容说，"这就是我们问题的答案！"

"双橡树牛奶？"罗丝·丽塔扬起眉毛问道，"我不明白。"

"不是牛奶，是魔术。"路易斯回答。他张开双臂，向想象中的观众鞠躬。"我们要表演魔术！"

罗丝·丽塔摇了摇头："你叔叔不会让你得逞的。"

"我们不表演真正的魔法，"路易斯急躁地说，"而是舞台魔术，就像克里米小丑那样，用绳子、戒指之类表演的小把戏。你可以管这叫什么——变戏法！我是魔术师，而你是我美丽的助手！"

1　这里是广告植入。

“嗯。”罗丝·丽塔坐起来，扶了扶她的眼镜。她不情愿地思考起来。“我不确定，或许可以。你会变魔术吗？”

路易斯又坐了下来，像一个被戳破的气球一样瘫倒在地板上。“不会，”他承认道，“不是真的会。”

“我们可以问问你叔叔，”罗丝·丽塔建议说，“他在家长会上的表演，大家都认为那只是变戏法。”

“其中有些也许是的，”路易斯想了想说，“我从来没有真正问过他。”

就在这时，乔纳森·巴纳维尔特在餐厅里用洪亮的声音喊道：“孩子们！晚餐准备好了！快来吃啊，不然我就拿去喂猪了！”

“你不敢这样做的，邋遢鬼！”齐默尔曼太太愤怒地说，“我在这么热的炉子边上辛辛苦苦地干了那么久，我看你敢不敢那样做！”

“来吧。”路易斯笑着说，他和罗丝·丽塔跑向餐厅。

第二章

尽管路易斯非常了解齐默尔曼太太的烹饪天赋，但这一次他不得不承认，齐默尔曼太太超常发挥。晚餐是多汁、完美的褐色烤肉，嫩得几乎在路易斯的嘴里融化了，还有香甜的黄油土豆泥，火候刚刚好，不太干，也不太黏。乔纳森叔叔用勺子在每堆土豆泥的顶部挖了一个小坑，然后往里面倒了一些浓稠的褐色肉汁。齐默尔曼太太还做了蜜渍胡萝卜、小绿豌豆配小珍珠洋葱，还有一个大苹果派作为甜点。"这个宴会是为了庆祝学校重新开学。"齐默尔曼太太解释说，当她看到路易斯和罗丝·丽塔这样喜欢这些食物时，眼中闪着喜悦的光芒。"我知道这是人生中的一个艰难时刻，我想应该庆祝一下。"

"太棒了，皱纹老太婆。"乔纳森·巴纳维尔特笑着说。他拍拍自己的肚子。"不过，这个星期剩下的时间我们可得注意了。我戒烟后体重又增加了！"

"那就今天吃饭，明天禁食。"齐默尔曼太太尖刻地回答道。她是一位身材匀称的老妇人，一头乱蓬蓬的白发，穿着一件紫色的碎花连衣裙。弗洛伦斯·齐默尔曼喜欢紫色，她的房子里到处都是紫色的东西——地毯、墙纸，甚至厕纸。"来点儿胡萝卜吗，罗丝·丽塔？"她问。

有那么一会儿，路易斯只是全神贯注于这顿美餐。最后，当他看着叔叔端来金棕色的苹果派时，路易斯感到罗丝·丽塔在桌子底下踢了他一脚。他诧异地看着她。"问他。"罗丝·丽塔用唇语说。

路易斯清了清嗓子。"呃，乔纳森叔叔，"他说，"你会舞台魔术吗？变戏法？"

乔纳森叔叔扬起他的红眉毛，把一块苹果派放在一个小盘子里，递给了罗丝·丽塔。"哦，会一点儿，"他说，"我会一些很棒的纸牌戏法，不用真正的魔法。你为什么这么问？"

路易斯解释了他和罗丝·丽塔面临的问题。齐默尔曼太太摇了摇头，叹了口气。"这是我在学校教书时向来不喜欢做的一件事——强迫学生上台在别人面前表演，"她说，"哦，我知道这是想让你们变得更成熟和自信，但我总觉得这样很残酷。不是每个人都有那种在舞台上发光的才能。我们中的一些人更爱安静、更爱独处。"

"嗯，"乔纳森叔叔说，"我同意弗洛伦斯的观点，但在我看来，我们仍然有一个问题。才艺表演是一项古老的传统，你知道老师们多么讨厌破坏传统。所以你们的主意是表演魔术，是吗？"

"是的，但只是变戏法，不是真正的魔法。"路易斯很快地说。

"很好，"叔叔回答，"真正的魔法会让你们陷入极大的麻烦，你们很清楚。弗洛伦斯，我觉得路易斯和罗丝·丽塔应该去请教罗伯特·哈德威克先生。你说呢？"

齐默尔曼太太明亮的蓝眼睛闪闪发亮。"这是个好主意，古怪大胡子！如果镇上有谁能帮到他们，那罗伯特·哈德威克一定就是最佳人选了！"

"他是谁？"罗丝·丽塔问，"我从来没有听说过他。"

乔纳森叔叔递给路易斯一块苹果派，笑了起来。"罗伯特·哈德威克是一名退休的新闻记者，也是一名业余魔术师。他能用绳子和钢圈表演一些惊人的戏法。他曾为很多学校表演，自称马库斯大帝。几个月前他退休了，从底特律搬到了新西伯德。他收藏了大量的魔术纪念品，比如，逃脱大师胡迪尼的原版海报，还有伟大的布莱克·斯通在表演中曾经使用过的一门小加农炮——他打算把这些东西放进一个博物馆，他计划在市中心的老尤格斯特啤酒厂的大楼里进行展览。"

齐默尔曼太太眨了眨眼。"哈德威克先生认为你叔叔也是个魔术师，"她说道，"你们见到他的时候，请保守卡帕纳姆县魔法师协会的秘密。哈德威克先生并不知道这里有真正的魔法师。"

路易斯点点头。他从不把他叔叔的魔法爱好告诉别人。几年前有一次，他想让乔纳森叔叔显摆一下，好让他一个名叫塔比·科里根的朋友对他刮目相看。不幸的是，乔纳森叔叔表演的神奇月食把塔比吓坏了。路易斯由此失去了一位朋友。除了卡帕纳姆县魔法师协会的其他成员，现在只有罗丝·丽塔知道乔纳森叔叔和齐默尔曼太太会使用真正的魔法。幸运的是，罗丝·丽塔很喜欢他们俩。她很清楚不该跟别人谈论他们会魔法的事。

"我跟你说，"乔纳森叔叔递给齐默尔曼太太一块苹果派说，"我会给罗伯特打电话。明天是周六，所以他可能在市中心。也许我们可以安排你们去参观他的博物馆。我相信他能帮你们编排一些魔术节目。"

一切都安排好了。第二天一早，路易斯和罗丝·丽塔来到主街。老啤酒厂是一座砖砌建筑物，路易斯非常喜欢。红砖砌成的墙壁青苔斑驳，基石上用花体字刻着1842年。一面墙上有圆形的窗户，就像啤酒桶的顶部，每一个都分成了四个窗格。尤格斯特啤酒厂几年前就倒闭了。从路易斯记事起，这栋楼就一直是空着的，前窗从里面贴满了纸，前门上挂着铁链和大锁头。

然而，这个周六上午，这里明显不一样了。窗户在晨光中闪闪发光，栗色的窗帘镶着金色花边。右边的窗户里有一块长方形的纸板标牌，上面是一幅老式的钢版画，画面中一个戴着大帽子的魔术师将一个女人悬浮起来，那女人像一块木板一样僵直地躺在半空中。标牌上方用华丽的马戏团海报字体神气活现地写着：

魔法师博物馆

下面还写着很多小字。路易斯咯咯地笑着，读着上面的字：

魔术、戏法、骗术、把戏、诡计、花招、瞒天过海，人兽皆知的精彩搞笑表演，带给你绝佳的回忆！保证刺激万分、惊险异常、大开眼界、欢笑一堂、欲看还遮、百思不得其解！

受教会、媒体和学校认可的有益健康的家庭娱乐活动！如果你在这场盛大的表演中昏厥，管理人员将提供免费的嗅盐[1]，让你彻底恢复清醒！

走过路过千万别错过！

——罗伯特·W.哈德威克

"嚯！"罗丝·丽塔看完海报后评论道，"哈德威克先生承诺了很多，不是吗？"

路易斯颤抖着，心中满是期待。"我希望他能给我们提些建议。"他推了推门，门猛地开了，头顶上的铃铛叮当作响。"你好？"

1　一种药品，闻后能加剧呼吸运动，从而使人苏醒。

映入路易斯和罗丝·丽塔眼帘的，是一个又长又窄的房间，里面堆满了各种奇怪的东西：木乃伊棺、插着剑的扁皮箱、一个盖子上着锁的巨大镀锌牛奶罐，架子上摆满了大礼帽、手杖、魔杖和手铐，每面墙上都贴满了宣传魔术师和他们表演的海报。路易斯还看到了很多宣传海报：印度苦行僧伟大的拉皮里、中国奇迹龙池、神秘侯爵和他的一千个奇迹……还有其他更多东西。离门较远的东西就很难看清了，因为灯都关了。罗丝·丽塔说："看起来没人在。"

　　在门的旁边立着一个直立的木乃伊棺，差不多两米高。上面雕刻着一张样子很凶的脸，眉头紧锁，鹰钩鼻子，凶狠的嘴，还有一撮怪异的剪得齐齐的山羊胡。但引起路易斯注意的是那双眼睛——木制的眼皮慢慢地睁开了，那双死气沉沉的眼睛直直地盯着他！他只能指着那个东西，拽着罗丝·丽塔的胳膊尖叫。

　　"这是什么——哦！"罗丝·丽塔也注意到了木乃伊，她全身都僵住了，只有嘴唇在动。

　　木乃伊用一种古怪的吱吱声问道："是谁竟敢打扰我三千年的沉睡？是谁？"

　　路易斯喘着粗气。

　　过了一会儿，木乃伊棺叹了口气。"你应该说出你的名字，然后我就可以叫你上楼去了。这是个把戏，孩子们。奥秘全在电动马达、麦克风和扬声器。我猜你们就是路易斯和罗丝·丽塔吧？"

罗丝·丽塔先回过神来："是的，是我们。"

"那么上来吧。"木乃伊棺的眼皮咔嗒一声合上了。然后又睁开了。"灯开关在你左边的门旁边。上楼前请把门关上。我们还没有正式开业呢。"眼睛咔嗒一声又闭上了。

路易斯打开灯，罗丝·丽塔关上了门，门锁发出响亮的咔嗒声。现在他们可以看到右边的楼梯了。他们爬上楼梯。在顶层，他们看到四个人坐在一张桌子旁。他们在打牌，当孩子们朝他们走来时，他们都露出了笑容。一个男人站在那里，他身材瘦削，大约六十岁，灰色鬈发，戴着眼镜。"对不起，我吓了你们一跳。"他说着，举起一只银色的、像被压扁的棒球一样的麦克风。"但我实在没忍住。"他放下麦克风，和路易斯握了握手。"我猜你是路易斯·巴纳维尔特先生吧？"

"是的，"路易斯说，"这是罗丝·丽塔·波廷格。"

"很高兴见到你们，"那人答道，"我是罗伯特·哈德威克，这所房子的主人，我和我亲爱的妻子艾伦住在这里。如果你愿意，可以叫我鲍勃。还有我周六的牌友。请允许我介绍克拉伦斯·穆森伯格先生、托马斯·珀金斯先生和约翰尼·斯通先生。"

每个人都站起来和他们握了手。穆森伯格先生身材魁梧，圆脸，棕色的眼睛炯炯有神。不知怎的，他看起来很面熟。珀金斯先生又高又瘦，黑头发中夹杂着几缕明显的白发。斯通先生异常的矮——甚至比路易斯还矮——眼睛里闪烁着调皮的光芒，双下巴，除了一撮灰白的头发外，他的头几乎全秃了。

"好了，"哈德威克先生说着给路易斯和罗丝·丽塔拿来了两把折叠椅，"你乔纳森叔叔说你们需要帮助。告诉他，总有一天我会弄明白他用三根蜡烛和黑桃A变的戏法！但现在说说吧，你们需要什么帮助？"

　　路易斯感到一阵尴尬，结结巴巴地说出了他的问题："我和罗丝·丽塔在想，我们可以一起表演一出魔术。"

　　穆森伯格先生清了清嗓子。"你们大约需要五个又好又快的戏法。"他咕哝道。

　　罗丝·丽塔眨了眨眼睛。"哦，我的天哪！你是魔法小丑克里米，电视里的！"

　　所有的人都哈哈大笑，嘲笑他，但穆森伯格先生却很冷静。"安静点儿，你们这些笨蛋！"他对其他人说。"亲爱的，你说得没错。我一周五天是魔法小丑克里米，为双橡树乳业公司服务。而到了周末，我就只是克拉伦斯。"他向其他人点点头，"当然，这些先生并不像克里米那么有名，但我要告诉你的是，珀金斯先生也被称为纸牌王，他能够凭借一副纸牌做出令人惊叹的事情。在表演时，斯通先生的名字是邦迪尼，是一位超凡脱逃大师。铁链、锁、牢房、紧身衣——没有什么能阻止他逃脱出来！"

　　"当然，除了他的妻子。"珀金斯先生挤了挤眼睛，插话说。

　　"就因为这句话，"斯通先生说，"下次我再看到你从袖子里掏出两张A，我一定会告诉其他人的！"

他们又笑了起来，这让路易斯觉得轻松多了。

"路易斯，你看，这里有这么多魔术高手，"哈德威克先生说，"那么，我们要做些什么呢，先生们？"

"圆圈变方魔术，"穆森伯格先生马上说，"这个绝对错不了。"

珀金斯先生若有所思地抚摩着长长的下巴。"嗯。或许可以选中国套环？或者是美女悬浮术？这些表演都需要一个可爱的助手。"

"人体插剑，"斯通补充说，"孩子们，你们会震惊全场的。罗丝·丽塔小姐爬进篮子，路易斯用十几把锋利的剑刺穿它，等剑都被拔出来后，罗丝·丽塔穿了一套完全不同的衣服出来！"

哈德威克先生举起双手。"拜托，拜托！先生们，请记住，路易斯和罗丝·丽塔必须在四周内准备好——而且他们买不起昂贵的道具。"他站起来，打开一扇门，示意路易斯和罗丝·丽塔过来。"我告诉你吧。这个房间里有我收集的魔术书籍——七千多本！"他打开了灯。

路易斯和罗丝·丽塔走进一个像图书馆一样的房间，里面摆满了一架子又一架子的书。阳光从两扇圆形的侧窗倾泻而入，灰尘在斜照的阳光下飘扬。哈德威克先生指着一个高高的书架。"现在，这个部分有各种各样关于简单的舞台魔术的书，"他说，"你们俩到处翻翻，找五六本可能用得上的书，我可以借给你们——只要你们保证好好保管它们！"

"我们会的。"路易斯立刻表示同意。

"好，"哈德威克先生说，"现在我要回去接着薅那三位的羊毛了。我已经赢了二十五美分了！"在其他人不服气的抗议声中，他关上了门。

罗丝·丽塔和路易斯盯着这成堆的书看了几分钟。然后他们开始研究那些有趣的书名——《化学魔术与日常成分》《使用火柴、硬币和绳子的特殊技巧》《如何给你的朋友惊喜》，等等。路易斯抽出了几本翻阅了一下，然后又换了几本，拿走了几本。最后他把五本书夹在腋下。他抬起头来，看到罗丝·丽塔正在远处的另一个架子前。"那些我们不能拿。"他说。

"我知道，"罗丝·丽塔回答，"我只是看看。这里有伟大的逃脱大师胡迪尼的书，还有布莱克·斯通的作品，我在电视上见过他。这里有些有趣的东西。"

路易斯拍拍衣服上的灰尘，走过去看了看。罗丝·丽塔拿着羊皮纸卷轴，它装在一个褪色的布包里，布上绣着一些字。罗丝·丽塔大声读道："弗里松夫人，来自坟墓另一端的遗书。"

路易斯感到脖子后一阵发冷。"我觉得我们不应该弄乱它。"他不安地说。

"别这么担心！我没有弄乱，我只是在读上面的字。这是什么？"罗丝·丽塔在布包里发现了一个小口袋。她拿出一个发黄的纸包，把书卷夹在腋下，打开那包东西，路易斯怀着一种说不清的恐惧看着她。

"是什么？"他问道，声音沙哑。

"某种灰色的粉末，"罗丝·丽塔说，"只有一茶匙——哎哟！"她猛地一抖，手里的小包掉了。它平稳地落在地上，没有撒出多少粉末。

"怎么了？"路易斯问道，他吓得几乎把书掉到地上了。

"被纸划到了。"罗丝·丽塔晃了晃手指，做了个鬼脸。她伸手去捡那包东西，一滴鲜红的血从她的手指上滴下来，正好滴进了灰色的粉末里。

路易斯喘着粗气。粉末开始沸腾，嗞嗞作响，冒着气泡。一股暗褐色的蒸气升起，怪异地一缕缕地飘着，像蜘蛛网一样。整团东西发出嗞嗞的响声，红褐色的气泡破裂，直到变成沸腾的液体，然后收缩成一个豌豆大小的黑乎乎的小球。它像乌木做的圆纽扣一样又黑又亮。罗丝·丽塔愣了一下。"那是什么？"她问，"它看起来像一颗黑色的小珍珠。"她伸手去拿——

罗丝·丽塔惊叫一声，把手抽了回来！黑球长出了细长的腿，钻到了书架下面。路易斯发出一声像要窒息的喊叫。不知怎的，融入了罗丝·丽塔的那滴血之后，粉末变成了一只活蜘蛛……

第三章

　　路易斯和罗丝·丽塔向门口退去。路易斯左手紧紧地抓着书，用右手伸向身后，摸索着找门把手。他突然有了一个可怕的想法。如果他的手抓住了一个冰冷、柔软、蠕动的圆形身体怎么办？蜘蛛可是有毒的。他听说过有人被黑寡妇[1]咬了一口，然后痛苦地死去了。尘土飞扬、书香四溢的空气似乎让人难以呼吸。他的喉咙发紧，像被钳住了。路易斯咬紧牙关，不让它们咯咯作响。蜘蛛不可能在那儿，他告诉自己。他看到它从一个架子下面穿过，跑到房间另一边去了。而且，它的个头比门把手小多了。

　　比起他身后，他更害怕书架下面的东西，于是他握住门把手，打开了门。他和罗丝·丽塔跌跌撞撞地跑了出来。魔术师

1　一种黑色大型有毒蜘蛛。

们还在玩牌，几乎都没有抬头看一眼。"找到什么了吗？"哈德威克先生皱着眉头，用一种含糊的语气问道。他挥了挥手。"很好！你们先出去吧，门会锁上的。你们看完就把这些书还回来。"

罗丝·丽塔冲向楼梯，路易斯紧随其后。他们两个噔噔噔跑下楼梯。她打开门，他们冲进了早晨的阳光中。门在他们身后砰地关上了，锁自动咔嗒一声锁上了。有那么一秒钟，路易斯和罗丝·丽塔只是站在那里，用慌乱的眼神看着对方，气喘吁吁。

然后，新西伯德普通的星期六早晨的声音又把他们带回了现实。雪佛兰和福特汽车驶过。不知道谁的棕色拉布拉多大狗在邮局外冲着一只活泼的松鼠狂吠。一个小孩骑着自行车，按响车铃沿街而过。路易斯颤抖着长吸了一口气，对他们逃脱出来感到宽慰。然后他盯着罗丝·丽塔夹在腋下的东西。"你把它带出来了！"他用震惊的声音说。

罗丝·丽塔双手捧着卷轴，用力咽了下口水。在阳光的照耀下，它显得破旧不堪。路易斯看到卷轴本身是由羊皮纸或类似的东西制成的，皱巴巴的、暗褐色的，边缘磨损严重。它像线轴一样绕在一个木制滚轴上。袋子是紫色天鹅绒做的，褪成了暗淡的棕红色，已经被虫蛀出了一些小洞。刺绣的字母是暗青黄色的。也许它们曾经是金色的。"我太害怕了，吓得我都忘了把它放下。"罗丝·丽塔说。她用难堪的表情看着路易斯："我该怎么办？"

"把它还给哈德威克先生。"路易斯对她说。

罗丝·丽塔咬了咬嘴唇。她越过路易斯向门口望去，然后摇了摇头。"我们出来后，门就锁上了。我还得敲门。他可能会生气的。"

"他为什么要生气？"路易斯问道。

罗丝·丽塔苦恼地看了他一眼："因为他可能会认为我是小偷，然后对我发火。这个看起来很古老——一定很值钱。"

路易斯深吸了一口气："也许我们还书的时候可以把它偷偷带回来。那些架子上有很多东西。哈德威克先生大概不会发现少了一个小卷轴。"

"如果发现了呢！"罗丝·丽塔很纠结，"路易斯，这和你的那些书不一样。这个卷轴有某种真正的魔力。我不喜欢。"

路易斯不开心地点点头。他也不喜欢真正的魔法。除非是由他的叔叔或齐默尔曼太太牢牢地控制着的魔法。真正的魔法可能是不可预测的和致命的。"怎么了？"路易斯问道，他注意到罗丝·丽塔正盯着她的右手食指看。

"就是这里割伤了。"罗丝·丽塔举起手指让他看。上面有一个小小的白色弧形伤口，像一弯尖端朝下的弦月。

路易斯起了一身鸡皮疙瘩。他讨厌割伤和刺伤，而且他有一种病态的恐惧，害怕会因此而感染致命的细菌或破伤风。他问："疼吗？"

罗丝·丽塔摇了摇头。"感觉有点儿冷。不管怎样，不再流血了。"她用拇指揉了揉伤口,做了个鬼脸,"而且这个卷轴并不能解决我的问题。"

路易斯想了一下。现在他们在外面,已经安全了,他开始怀疑,他们是否真的看到了他们自以为看到的东西。也许蜘蛛刚才是藏在卷轴里,然后掉出来的。也许这些粉末只是一沾液体就咝咝作响的东西,就像溴塞耳泽[1]一样。不过,路易斯知道在涉及魔法的时候千万不要冒险。"你看,"他说,"你为什么不让齐默尔曼太太看一看卷轴呢?她可能知道该怎么做。"

"让她认为我在惹麻烦吗?"罗丝·丽塔激动地问,"齐默尔曼太太是我最好的大人朋友。如果我告诉她,我做了什么,她会觉得我很糟糕。"

路易斯叹了口气说:"我想,我明白了。也许你可以把它收起来,下个周末再说。到时候我们就偷偷把它带回去。可以吗?"

"好吧,"罗丝·丽塔最后说,"我不喜欢它,但我想不出其他办法。也许哈德威克先生不会介意。但我还是觉得自己像个小偷。"

"可是你并没有偷它,"路易斯说,"你只是暂时借用一下。你甚至都不会去读它。"

"你说得对。"罗丝·丽塔对他说。

他们在罗丝·丽塔家门口停了下来,她冲进去待了几分

---

1 一种药物,治头痛的泡腾盐。

钟。等她出来后，她说："我把它藏在我的房间里了。在我们能把它偷偷放回博物馆之前，我都不想去想它。走吧。我们去你家，集中精力准备演出吧。"

在高街100号，路易斯和罗丝·丽塔坐在学习桌旁翻阅着书籍。他们发现了一些很好的技巧。最后他们一致认为，其中四个可能会很容易操作。一个是用一张皱巴巴的报纸变出一只活兔子或鸽子。另一个戏法是路易斯让罗丝·丽塔飘浮起来。在她身上盖一块床单，就像在空中飘浮一样。实际上，她是把一双假腿和假脚伸到前面。如果他们能找到几只大板条箱或硬纸板箱，还有另一个巧妙的戏法，可以让罗丝·丽塔从一个箱子里消失，然后出现在另一个箱子里。最后，借助一面镜子、一把椅子和一把剑，他们可以让罗丝·丽塔的头看起来像是与她的身体分开，悬在半空中。

"我们能搞到所有这些要用的道具吗？"罗丝·丽塔问。

"我想能，"路易斯说，"我没有兔子和鸽子，但认识一些住在农场里的孩子。他们也许可以借给我一只小鸡或小鸭子。这应该也可以的。我们可以用你的旧牛仔裤、扫帚和旧鞋子做假腿。乔纳森叔叔也许能帮我们找到一些大箱子。我知道他会把他祖父内战时期用的剑借给我们，而齐默尔曼太太的房子里有各种各样的镜子。"路易斯想，他可以说服他叔叔再给他买一套特别的衣服。一件燕尾服，或者精美的中国或印度长袍。或者他也可以戴上头巾，自称是神秘主义酋长艾尔·迈哈。罗丝·丽塔也可以穿戏服。他们讨论了怎样才是最好的搭配，也许罗丝·丽塔也可以穿一套晚礼服，或者印度女孩的服装配上灯笼裤。"我们需要两条裤子，"罗丝·丽塔指出，"一条给我穿，一条给假腿穿。"

他们把一切问题都解决了。当罗丝·丽塔离开时，路易斯感觉好多了。因为蜘蛛而受到的惊吓已经消退，他们俩解决了才艺表演的问题，一切都在好转。至少他是这么想的。

在回家的路上，罗丝·丽塔走得很慢，心事重重。她不停地用拇指抚摩手指上的白色伤口，感觉又冷又麻。天气也很冷，虽然阳光明媚，但罗丝·丽塔感觉空中就像是有一层薄纱，使晴朗的蓝天变得暗淡，使九月的阳光变得冰冷。她有一种很奇怪的感觉，觉得自己并不完全在那里，仿佛只是在梦里走在回家的路上。她的心情也很阴郁。罗丝·丽塔讨厌初中生活。其他女孩谈论的只有一个话题：男孩，男孩，男孩。有些人嘲笑她和路易斯一起玩，而路易斯又矮又胖，不擅长运动。罗丝·丽塔知道其他女孩在说她坏话，她们在背后叫她"豆秆"或"四眼"。

这不公平。就因为她天生骨瘦如柴，头发笔直，眼睛近视，其他人就把她当作非正常人类看待。有时罗丝·丽塔会感到很困惑。她生命中所关心的事情——历史、棒球和她的朋友——现在看来好像都是幼稚和无关紧要的。而其他一些事情，比如漂亮的头发和华丽的裙子，似乎才是更成熟的标志。不过，罗丝·丽塔认为，那些整天迷恋影星、歌手和戴夫·谢伦伯格那种"帅哥"的女孩是愚蠢的。

好像她的心事还不够多似的，卷轴此刻就在她房间放袜子的抽屉底下等着她呢。她清楚地记得被纸划伤时的剧痛和蜘蛛活过来时的怪异样子。罗丝·丽塔有一种不安的感觉，路易斯是对的。她应该把卷轴的事告诉齐默尔曼太太。齐默尔曼太太会理解的——

啊！罗丝·丽塔突然停了下来。她走进了一个看不见的蜘蛛网里，蜘蛛网粘在了她的脸颊上。她疯狂地抹了抹脸，想把黏糊糊的蜘蛛丝弄下来。但什么也没弄下来，至少手什么也摸不到。

她的嘴却觉得好像碰到了一张网，轻轻的、痒痒的。罗丝·丽塔开始惊慌起来。如果这是某种魔法网呢？如果它和蜘蛛有某种联系呢？"我不会说的！"最后她发誓说，这种感觉虽然没有完全消失，但还是感觉轻松了些。

罗丝·丽塔匆匆跑回家，不时地用手掌拍打自己的脸。她无法消除那种感觉，它一直伴随着她到晚上。晚饭后，罗丝·丽塔的父亲乔治·波廷格喜欢躺在扶手椅上，听收音机里转播底特律老虎队的棒球比赛。通常罗丝·丽塔会和他一起听，但这个星期六晚上，她只是拖着疲惫的身子上楼回了自己的房间。

罗丝·丽塔很早就上床睡觉了。她躺在那里，感到疲倦，但又无法入睡。她听到爸爸妈妈准备睡觉的声音，然后屋子就安静下来了。她想尖叫。没有人理解她。她的爸爸妈妈都对她很好，但他们已经不记得自己小时候是什么样子了。对于她的问题，他们从来没有给过她很好的答案。波廷格太太总是焦虑和大惊小怪，而波廷格先生则总是这样开头："在我那个年代，我们没有这个问题。"

乔纳森叔叔和路易斯是她的好朋友，但他们不知道作为一个相貌平平的普通女孩是怎样成长的。齐默尔曼太太总是同情地听她诉说，但她的建议是"做你自己"。可这就是问题所在。罗丝·丽塔不确定自己是什么样子，或者她想成为什么样子。她开始为自己感到难过。眼泪刺痛了她的眼睛。

最后，她还是迷迷糊糊地睡着了。她做了个奇怪的梦，她知道自己在做梦。在罗丝·丽塔看来，她好像会飞，她发现自己飘浮在新西伯德的上空。在她下面，从怀尔德公园到北边安静的社区，小镇就像一个模型一样展开。有红色、黄色和橙色的树。车辆缓慢行驶。这看起来像是一个普通的秋日。她飞过中学，看见一群她认识的女孩站在外面，谈笑风生。罗丝·丽塔淘气地决定炫耀一下自己的飞行天赋。她越飞越低，心想就算吓到她们也没关系。毕竟，这只是一个梦，她所做的一切都不会真的伤害她们。

当罗丝·丽塔飞得更低时，她可以听到女孩们在咯咯地笑着、尖叫着，和她们平时一样傻。一个名叫苏·戈特沙尔克的棕色头发女孩说："她让我浑身起鸡皮疙瘩，仅此而已。我觉得她看起来就像一个又长又高的尸骨袋！"

"不，"劳伦·穆勒说，"她不是骨头——她是狗！"

她们哈哈大笑起来。苏说："我想到一个好主意。我爸爸答应送给我一只小狗当生日礼物。如果是只母的，我就叫她罗丝·丽塔！"

罗丝·丽塔觉得自己的脸变得又红又热。她们正在谈论她！罗丝·丽塔一直认为有些女孩，比如苏，是她的朋友。现在她真想消失。她想飞到月球上，再也不回来。

"不，"一个奇怪的、气喘吁吁的声音说，是个女人的声音，"你拥有力量，逃跑不是个好选择。使用你的力量吧。给这些辜负你的人一个教训吧。"

罗丝·丽塔看不见说话的人。她在空中慢慢地旋转着身体，问道："谁在那儿？"

"一个朋友。"现在罗丝·丽塔可以分辨出，那声音来自她的心里，而不是从外面传来的。"下去，下去，抓住一个。抓住苏。让她们知道你的厉害！"

罗丝·丽塔咧嘴笑了。是的，这会让她们知道！她会把苏一把从地上抓起来，把她吓得魂飞魄散。罗丝·丽塔开始慢慢地往下沉，越来越低，然后她伸出她那长长的、发亮的、多毛的手臂——

八条手臂！

罗丝·丽塔低头看着自己，惊恐地尖叫起来。她不是在飞——而是挂在一张蜘蛛网上。她的身体变得巨大而臃肿，毛茸茸的、蓝黑色的，像一个圆圆的球。她张开嘴想尖叫，却发现自己只能发出咝咝声。浓浓的绿色毒液从她嘴里喷涌而出。

她变成了一只巨大的蜘蛛！

第四章

罗丝·丽塔喘着粗气醒了过来，身体不停地发抖。她掀开被子，跳下床，打开灯。她熟悉的房间看上去还是原来的样子。金鱼在鱼缸里游动；高高的黑色书桌靠墙立着；她的数学作业摊在桌子上。她还是原来那个瘦高个儿的自己。罗丝·丽塔是一个理智的女孩，她不相信梦这种虚幻的东西会困扰她。然而，一想起那个噩梦，她就厌恶得浑身发抖。她光着脚走进浴室，喝了一口水。当她回到卧室时，看了一眼床边的钟，已是凌晨两点多了。

"我该睡了，"罗丝·丽塔低声说，"但现在我非常清醒。"她铺平了床单和被子。要不要读一会儿书，试试这样会不会让她昏昏欲睡？她刚刚开始读一本塞西尔·斯科特·福雷斯特[1]的小说，讲的是拿破仑战争时期一位勇敢的海军上尉的故

1　英国历史小说家。

事。罗丝·丽塔走到她的书桌前去拿书。这时她想起了那个卷轴。它就放在最上面的抽屉里，离她的手只有几厘米远。她的手好像有自己的思想似的，慢慢地拉开了抽屉。卷轴就躺在那里，还有她的游戏纸牌和国际象棋，以及齐默尔曼太太去宾夕法尼亚旅行时给她买的一套农舍和谷仓小木雕。罗丝·丽塔没打算把卷轴拿出来。她只是想看看它，确定它还在那里。

但是，不知怎的，罗丝·丽塔发现自己又回到了床上，身后靠着枕头。她小心翼翼地从布包里取出卷好的卷轴。和路易斯一样，罗丝·丽塔认为蜘蛛可能只是藏在卷轴里。她可不想再发生一次那样可怕的意外。羊皮纸摸起来很柔软，满是灰尘，手感真的很像皮革。罗丝·丽塔把它展开一点儿。卷轴的边缘已经磨损，但并不严重。一股奇怪的、发霉的、刺鼻的气味从旧羊皮纸中飘出来。这味道并不难闻，但似乎有点儿令人不安。罗丝·丽塔又将卷轴展开一点儿，露出了里面的文字。

看起来像是手写体。也许墨水曾经是黑色的，但是经过时间的流逝，褪成了一种沉闷的暗棕色，像是干涸的血的颜色。罗丝·丽塔看着眼前奇怪的字，眨了眨眼睛：

《贝尔·弗里森的最后遗嘱》
那个时代最伟大的女魔法师

读到这里，罗丝·丽塔有一种奇怪的感觉。她想起了博物馆橱窗上哈德威克先生的招牌。那些话明显有些夸张——甚至有点儿搞笑。哈德威克先生的招牌有一种夸张的幽默。但是卷轴上的标题看起来一点儿也不好笑。不管贝尔·弗里森是谁，罗丝·丽塔想，她真的相信自己是她那个时代最伟大的女魔法师。突然，外面的夜似乎更黑了。在她紧闭的窗户外可能有什么东西正在等待着她、凝望着她、关注着她。

"哦，控制一下。"罗丝·丽塔告诉自己。她把卷轴装回袋子里，又塞到袜子底下。她爬回床上，躺了很长时间都无法入睡。最后她在不安中睡着了。模糊的梦境让她辗转反侧，直到第二天早上醒来。

这个星期剩下的时间里，罗丝·丽塔和路易斯每天放学后都要进行练习。路易斯将表演第一个魔术。之后是罗丝·丽塔站在舞台中央表演她自己的魔术。然后路易斯和罗丝·丽塔会同时出现在舞台上，他会向大家介绍他们俩。然后罗丝·丽塔会从舞台上的一个讲台上拿起一张报纸。她会把报纸拿在手里，向观众展示报纸的正面和背面，然后把它折起来递给路易斯。

路易斯会拿起报纸，把它摊开，说出一句神奇的咒语，把报纸揉成一团，然后他就像剥橘子一样展开报纸团，鸽子——还可能是一只小鸡或小鸭——就会探出头来。至少这个戏法本来应该是这个样子的。但在他们排练的过程中，路易斯并没有活的小动物。

作为替代，路易斯一直在用他叔叔的一只白袜子进行练习，直到他成功地变出他的替身小鸡。这个魔术并不难。正如魔术书中所说，魔术的关键是误导观众。这意味着路易斯必须让观众想当然地以为，魔术的关键是在表演中的某一部分，而实际上却是在其他部分。在这个魔术里，当罗丝·丽塔打开报纸，走来走去，向观众展示报纸的两面，甚至摇晃它时，观众会仔细地盯着报纸。然而，这张报纸并没有任何机关。

真正的窍门是路易斯用手帕和一些结实的黑线做了一个布秋千。当罗丝·丽塔向观众展示报纸时，路易斯会用黑色的线在他的右手拇指上绕两个圈。他用右肘轻轻地把塞满袜子的手帕贴在自己身上。他的长袍会遮住它。当路易斯把报纸展开时，他把胳膊肘从身边移开，袜子就甩了出去。打开的那张报纸把它遮住了，观众看不见。路易斯再小心地把报纸压好。然后，当他举起那团报纸时，他把拇指从绳子上滑了出来。当他撕开报纸，拿出小鸡时，把手帕和黑线留在纸团里。观众看到这只活鸡的样子会非常惊讶，甚至不会再去想那张纸了。反正，书上是这么写的。

路易斯和罗丝·丽塔练习了几次之后，向乔纳森叔叔展示了他们的学习成果。当乔纳森叔叔看到他的一只旧袜子神奇地从报纸里变出来时，哈哈大笑。"我想我太幸运了，你们没有决定变出我的内裤！"他笑着说。

路易斯穿着浴袍代替戏服，也笑起来。"本来应该是变出一只小鸡的。"他解释道。

"嗯，你们完全骗到我了，"乔纳森叔叔说，"罗丝·丽塔，在展示报纸的部分你做得很好。我敢肯定，诀窍就是这么操作。"

"谢谢。"罗丝·丽塔回答。

路易斯不安地看着她。罗丝·丽塔整个星期都表现得很古怪、恍惚、迷惘。她的心思似乎在千里之外。然而，她在学校的表现和往常一样好，她当然也没有搞砸魔术表演。

周三，他们去了齐默尔曼太太家。齐默尔曼太太在为他们缝制服装。路易斯会裹着一条银色的头巾，前面插着一大根孔雀羽毛；穿一件短天鹅绒斗篷，外面是黑色的，内衬是紫色的；一件宽松的紫色外衣；还有宽松的猩红色裤子。齐默尔曼太太甚至用和他帽子一样的银色材料为他的鞋子缝制了一个鞋套。就好像他穿着一双前端卷曲的波斯浅口鞋一样。罗丝·丽塔会穿一件露手臂的紫色衣服，配上宽松的灯笼裤，加上金色的浅口鞋。齐默尔曼太太还在为罗丝·丽塔准备头饰，是用一条金色的线穿起来的假珍珠做成的。她还会戴上薄薄的紫色面纱。

"你们看起来会像传说中的东方神秘主义者。"齐默尔曼太太在为他们量好尺寸、画好草图后，笑着对他们说。她是一个很棒的艺术家，给他们展示了穿上戏服后的样子。作为对他们耐心的奖励，齐默尔曼太太给他们准备了美味的巧克力饼干和牛奶。路易斯一边嚼着饼干，一边要求把斗篷做得更宽松一些，这样他就可以在表演第一个魔术时把小鸡藏在斗篷下面了。罗丝·丽塔只是看了看草图，点了点头。她没有碰她的饼干和牛奶。齐默尔曼太太的表情变得有点儿担心。"你没事吧，罗丝·丽塔？"她问。

丽塔的脸涨红了。"我希望大家不要再为我担心了，"她厉声说，"我妈妈觉得我不对劲，路易斯一直盯着我，就好像我翻个身就会死去一样，现在您也这样。我很好！"

齐默尔曼太太惊讶地瞪着眼睛："天哪，罗丝·丽塔！别发这么大火。"

罗丝·丽塔看着自己的脚。"对不起，"她咕哝着，"我累了，仅此而已。"

后来，在罗丝·丽塔离开后，路易斯问齐默尔曼太太："你觉得她是病了还是怎么了？"

齐默尔曼太太开始叠她铺在桌上的布。她用手指轻敲着下巴，看上去若有所思。"我不知道，"她慢慢地说，"罗丝·丽塔看起来显然和她平时活泼的样子不一样，但她正处于一个对女孩子来说很艰难的年龄。她会有一种从未有过的奇怪感觉。她总是很有个性。如果学校里其他女孩取笑她，我一点儿也不奇怪。"

路易斯感到很沮丧。"她们为什么要这么做？她非常棒！"

齐默尔曼太太耸了耸肩，给了路易斯一个无奈的微笑。"这个你知道，我也知道，但路易斯，罗丝·丽塔自己却不那么肯定。如果你和别人有点儿不一样，他们就会找你的麻烦。我不认为罗丝·丽塔的同学是故意要伤害她，但有些女孩可能心胸比较狭窄。罗丝·丽塔很幸运有你这样的好朋友。我想她能很好地处理所有的压力和紧张，但是你也得允许她偶尔感到难过和闷闷不乐。现在，你的波斯浅口鞋上是要加银铃呢，还是普通的样子就行？"

到接下来的星期六，路易斯已经仔细地抄写了他们要做的四个魔术的全部操作方法。早饭后，他要去市区还书。这是一个凉爽的早晨。秋天肯定就要来了。路易斯在一件红色格子法兰绒衬衫外面穿了一件外套，但当风吹在他脸上时，他仍然感到有点儿冷。他匆匆下了山，去罗丝·丽塔家找她。她穿着一件宽松的圣母大学夹克，那曾经是属于她叔叔的。"带了吗？"路易斯问。

罗丝·丽塔点点头，拉开了夹克的拉链。她把卷轴藏在里面。"把这东西处理掉我就可以放松了。"她喃喃地说。

路易斯表示赞同。罗丝·丽塔看起来糟透了。她的眼睛周围有黑眼圈，脸上带着一种奇怪的、纠结的、焦虑的表情，而且看起来瘦了。两个朋友一言不发地走到市中心。

他们来的时间刚刚好。他们在博物馆外遇见了哈德威克先生，他正把钥匙插进锁孔里。他抬起头，笑了笑。"路易斯和罗丝·丽塔！很高兴再次见到你们。需要我把这些东西接过来吗？"

"不，"路易斯赶紧说，"我们会帮您把它们放回去的。"

哈德威克先生打开门。"我们一块儿进来吧！谢谢，路易斯。你真体贴。希望你已经找到了一些很棒的魔术。"

"是的，"路易斯回答，"我们将有一场盛大的演出。"

几分钟没说话的罗丝·丽塔突然脱口而出："哈德威克先生，谁是贝尔·弗里森？"

哈德威克先生打开灯，然后转过身来，疑惑地看了她一眼。"怎么，你从哪儿听到这个名字的？没想到还有人会记得她。"

路易斯说："有一本旧书提到过她。"

哈德威克先生点点头，扶了扶眼镜。"让我想想，关于贝尔·弗里森我记得些什么？"他啧啧了几声，"嗯。首先，她的真名叫伊丽莎白·普罗科特。你们俩知道福克斯姐妹的事吗？"

路易斯和罗丝·丽塔都摇摇头，哈德威克先生说："到楼上来吧，我来给你们讲讲她们的故事。"他们跟着他上了楼。他打开灯，叫他们坐下。他们坐在牌桌周围舒适的椅子上。哈德威克说："你们要知道，福克斯姐妹在一百年前可是轰动一时的。故事开始于1848年纽约的海德斯维尔。麦琪和凯蒂分别是十五岁和十二岁。她们声称，晚上听到了奇怪的砰砰声。你知道什么是吵闹鬼吗？"

路易斯又摇了摇头，而罗丝·丽塔说："这是某种鬼魂，对吗？"

"完全正确，"哈德威克先生说，"这个词来自德语，意思是'吵闹的幽灵'。麦琪和凯蒂说她们开始问这个吵闹鬼问题，回答一声代表是，两声代表不是。后来她们也发明了一种字母密码。她们的姐姐利亚也加入了进来，这些女孩作为灵媒开始引起人们的注意。她们会招灵，而死者的灵魂会回答她们的问题。她们变得举世闻名。最后，伊丽莎白·普罗科特看了她们的表演。当时她还只是个不成功的小演员。她回到她的家乡佐治亚州的萨凡纳，举办了一场魔术表演，她声称灵感来源于古埃及的巫术，整个节目充斥着有关吵闹鬼的荒唐情节，但这一次她成功了。从1855年到1878年去世，她以贝尔·弗里森的身份在全国各地巡回演出。"

罗丝·丽塔皱起了眉头："她没有真的和鬼魂打过交道吧？"

哈德威克大笑起来。"没错。福克斯姐妹也没有，"他说，"过了一段时间，她们承认那都是骗人的。很多人都相信贝尔·弗里森真的有魔力，但我相信那只是表演的一部分。我想我有一本书，其中有一章就是关于她的。作者对她的能力将信将疑，所以你对作者的观点只能持保留态度。"哈德威克先生停顿了一下，显得若有所思。"你们知道，如果你们愿意，可以去看看贝尔·弗里森的坟墓。她被葬在离这儿只有三十多千米的地方，就在克里斯托巴尔城外的一个公墓里。"

"那是哪儿？"路易斯问道。

"哦，是西南方向的一个小村庄，"哈德威克说，"那个小墓地很不寻常，里面葬着六个魔法师。"他站了起来。"让我来找找你们要的书，你们可以把你们借的书还回去。"

他们走进隔壁房间，路易斯把之前借的书放回书架上。哈德威克先生爬上梯子，把手伸过头顶去够一本书。罗丝·丽塔趁机迅速地从夹克里拿出卷轴，塞回原处——一个盖子打开的盒子里。然后，她迅速把手抽了回去。突然，盒子里冒出一个什么东西。是一只大黑蜘蛛，身体有葡萄那么大。它威胁性地抬起两条前腿，然后冲到一排排书后面去了。罗丝·丽塔瞪大眼睛，用不安的眼神看着路易斯。

"找到了！"哈德威克先生从梯子上下来，高兴地说。他手里拿着一本用深橄榄绿皮面装订的破旧的书。他把它交给了罗丝·丽塔。"小心点儿！"他说，"这是1885年芝加哥出版的。很稀有。"

"我会小心的。"罗丝·丽塔保证道。她从哈德威克先生手中接过书，向他道谢，然后和路易斯离开了。在外面的人行道上，罗丝·丽塔说："哇！我很高兴一切都结束了。"

"我也是。"路易斯说。他不安地看了罗丝·丽塔一眼。她看上去仍然疲倦、憔悴，因为寒风，她把头低了下来。她把那本旧书紧紧地贴在胸前。路易斯想知道它是否真的结束了——那些困扰罗丝·丽塔的东西，与贝尔·弗里森、卷轴和神秘的蜘蛛有关的一切是否真的结束了。他希望由它们开始的一切现在真的都结束了。也许把卷轴归还原位会打断他们意外引发的奇怪事件的发展链条。

但他还是提心吊胆。

第五章

九月过去了，十月开始了，风凉、清爽的日子里充满了燃烧的树叶的香味。罗丝·丽塔和路易斯不断练习，直到他们能完美地表演所有四个魔术。只有一个问题：路易斯仍然没有用活的动物排练过报纸变物的绝技。"也许你可以变一束花而不是小鸡。"才艺表演的前几天，乔纳森叔叔提议道。

路易斯不耐烦地摇了摇头。在某些方面，路易斯是一个真正的完美主义者。有些事情必须做得恰到好处，否则就一无是处，魔术就是其中之一。他说："花就不一样了。蒂米·林德霍姆说要给我带一只小鸡来。一切都会好的。"他真的认为会这样。他已经能够非常熟练地在不被发现的情况下把塞满东西的袜子甩进报纸里。就连敏锐的齐默尔曼太太也说不清，他是如何从卷成一团的报纸中把袜子变出来的。

事实上，如果不是一直担心罗丝·丽塔，路易斯会很开心的。确切地说，她并没有变。她仍然和他一起练习，试穿了齐默尔曼太太做的服装，每天去上学，和往常一样。但是罗丝·丽塔最近显得更加孤僻、沉默和心不在焉。她能顺利完成魔术表演，但好像只有一半心思在。在学校里，罗丝·丽塔几乎不和任何人说话。她总是从聚集在操场上或站在门外台阶附近的那群女孩身边匆匆而过。在课堂上，老师叫她时，她就回答，但她不再主动举手。

路易斯发现这特别不寻常。以前当老师问到什么她知道的问题时，罗丝·丽塔总是很急切地举手。他还非常想念她那些夸张的故事。罗丝·丽塔曾经告诉他，她长大后想成为一名大作家，当然，她有丰富的想象力。她经常会编一些关于他们的老师或同学的离奇而有趣的故事，然后一本正经地讲给路易斯听。她可能会讲述比尔·麦基——一个惹人厌、身材瘦长、脚很大的孩子——小时候是如何被火星人绑架，并在火星上长大的。罗丝·丽塔会解释说，由于那里的引力不大，所以比尔长得像根大豆秆一样。火星人发现他是人类后又把他送了回来。他们本来是想要一只猴子的，但犯了一个很白痴的错误。

罗丝·丽塔有很多像这样的离奇故事，但即使路易斯鼓励她，给他讲一个，她还是拒绝了。路易斯不像罗丝·丽塔，他永远无法决定自己长大后做什么。有时，他觉得当一名《国家地理杂志》的摄影师会很有趣，走遍世界各地，拍摄尘土飞扬的大象群、高耸的雪山和泰国或塔希提岛的异国舞者；而有时候，他又想成为一名飞行员、一名化学研究员或一名天文学家。通常，他会逗着罗丝·丽塔编一个故事，说如果他在尼罗河岸边拍摄鳄鱼，或者在帕洛马山上拿着望远镜，在夜空中搜寻彗星，生活将会是什么样子。而最近她似乎根本不想听他说话。

才艺表演这一周非常忙碌，以致路易斯几乎忘记了担心罗丝·丽塔。多年来，初中生们都是在学校食堂里表演。但今年他们将在市政礼堂，也就是新西伯德歌剧院进行表演。路易斯对那个舞台有不好的记忆，仅仅是站在台上就会让他紧张，但所有的孩子都要在那里表演。老师们计划将才艺表演安排在10月9日，一个星期五的晚上。星期四下午，他们在礼堂进行了彩排。

新西伯德歌剧院历史悠久，位于农资大楼的最上面两层。剧院有一个马蹄形的阳台、一排排红色天鹅绒座椅和一个华丽的舞台。墙壁被漆成粉红色，舞台上有复杂的金色装饰。一边是悲剧的悲伤面具，另一边是喜剧的笑脸面具。乔纳森叔叔帮路易斯把他所有的魔术道具搬到楼上，放在后台。他们俩先搬下两个大纸板箱，它们都被路易斯和罗丝·丽塔涂上了颜色。一个是红黄配色的，另一个是蓝色和紫色的。罗丝·丽塔会爬进红黄相间的那个箱子，在路易斯表演一些小把戏之后，她会重新出现在蓝紫相间的那个箱子里。他们还拖上来一个低矮的沙发，那是乔纳森叔叔用一些废木料、棉花填充物和一些装饰材料拼凑起来的。沙发下面有脚轮，所以可以在舞台上滚来滚去，在悬浮魔术表演之前，罗丝·丽塔会躺在上面。最后，他们把椅子和镜子搬过来，用来表演最后一个魔术，就是让罗丝·丽塔的头好像飘浮在半空中。

彩排开始时，路易斯穿上戏服在后台走来走去，与此同时，戴夫·谢伦伯格和汤姆·卢茨正在练习他们的喜剧表演。他们在模仿喜剧演员巴德·阿伯特和卢·科斯特洛的棒球小品《谁先上场》。其他孩子站在旁边看着，笑得前俯后仰，但路易斯太紧张了，看不下去。他看到詹姆斯·根斯特布卢姆在调试他的吉他。詹姆斯穿着灰黑条纹衬衫和灰色裤子，眯着蓝色的眼睛，显得很专注。"嘿，詹姆斯，"路易斯低声说，"你在附近看到蒂米了吗？"

詹姆斯摇了摇头。"自从我们从学校出来就没看见他。不过他应该在这里。他会表演杂耍。"

有那么几分钟，路易斯看着詹姆斯把头贴在吉他上，一边仔细听，一边调音。

"嘿，路易斯，"詹姆斯突然说道，"蒂米刚刚进来了。"

路易斯朝詹姆斯所指的方向望去。蒂米是一个和蔼可亲、胖乎乎的男孩，一头乌黑的鬈发，鼻子上长着雀斑。他拖着一个帆布包，然后将其放在一个角落里。路易斯急忙跑过去问他："你带来了吗？"

蒂米叹了口气："啊，天哪，我忘了，路易斯。我很抱歉！"

"我需要那只鸡。"路易斯说，他对蒂米的马虎大意很生气。

"明天我会给你带的。我只是忘记了。"蒂米从他的包里拿出几根有点儿像保龄球瓶的艺术体操棒。他卷起蓝衬衫的袖子。"我现在要练习了。"

当蒂米开始练习抛接那三根艺术体操棒时,路易斯皱起了眉头。蒂米的杂耍表演得很好,但他的记性很差。

罗丝·丽塔从女生更衣室出来。她换上了戏服。詹姆斯和蒂米看着她笑了,但她似乎没有注意到他们。"你准备好了吗?"路易斯问。

罗丝·丽塔只是点点头。

他们的魔术表演在汤姆和戴夫的节目《谁先上场》之后。他们的英语老师福格蒂太太、乔纳森叔叔和一些家长坐在礼堂里。其中一位家长——卢茨先生,在后台帮忙。他播放了路易斯交给他的唱片——《军刀舞曲》。音乐一响起,路易斯就从幕布后面走了出来。

脚灯和聚光灯照在他脸上,让他感觉眼花缭乱。他几乎看不到观众席上的任何东西——除了福格蒂太太的眼镜反射出的微光。"女士们,先生们,"他用一种尖细而紧张的声音说,"我是神秘的米斯托,幻觉大师!让我为你们介绍我美丽的助手,神奇的法蒂玛!"

罗丝·丽塔捧着报纸从舞台侧面走了出来。她按照他们练习了几个星期的方式表演,接着,路易斯拿出了一只袜子,称它是"一只用魔法变出来的活生生的小鸡"。当有人——可能是乔纳森叔叔——鼓掌时,他开始觉得好些了。他们顺利地表演了其他魔术，然后鞠躬谢幕。帷幕落下，路易斯和罗丝·丽塔在詹姆斯的帮助下把他们的道具搬下了舞台。"你们的表演非常棒！"詹姆斯低声说。这时，蒂米的杂耍节目伴奏音乐响了起来。

"谢谢。"路易斯说。他感到筋疲力尽。现在，表演结束了，他的膝盖开始颤抖，头晕目眩。他对罗丝·丽塔说："我想我们终于搞定了。"

罗丝·丽塔只是耸了耸肩，好像她根本不在乎似的。

星期五太可怕了。才艺表演一整天都在折磨着路易斯。他讨厌当着大家的面在舞台上表演。尽管他试着告诉自己一切都会好起来的，但焦虑和紧张一直困扰着他。他认为罗丝·丽塔是对的。她经常说他杞人忧天，批评他总是看到黑暗的一面。路易斯很讨厌自己这样，但他又控制不住自己。现在他不停地想象着各种可能会发生的灾难。每当他想到忘了台词或犯了什么愚蠢的错误，他的手就会冰凉，胃里直翻腾。他无法把注意力集中在学习上，数学老师厉声提醒他："路易斯，注意听课！"

路易斯想在放学后再练习练习，但罗丝·丽塔摇摇头，走开了，朝家走去。路易斯双手插在口袋里，没精打采地跟在她后面。因为有才艺表演，老师没布置作业，他也没有书要带回家，但他的心情很糟糕。他看着前面的罗丝·丽塔，慢悠悠地走着。他开始觉得她不是个好朋友。她似乎对他们的表演不够热心，都不跟他进行最后一次练习。

他们朝大厦街走去，路易斯跟在罗丝·丽塔后面大约十五米，他感到浑身发冷。罗丝·丽塔正走在玛莎·韦斯特利家门前的女贞树篱旁。这个院子是韦斯特利夫人的骄傲和乐趣，树篱也修剪得整整齐齐。路易斯眯起了双眼。有个黑乎乎的东西在树篱的底部爬行，就在罗丝·丽塔的脚边。它看起来像一只铁灰色的小猫或小狗，只是它的动作很奇怪，像被乱掷的飞镖。它看起来更像一只大得不可思议的虫子。

罗丝·丽塔走过树篱，那个黑影从阴影里走了出来。路易斯感到喉咙发干。当这个东西从阴影中移到阳光下时，它变得像肥皂泡一样透明，然后消失了。罗丝·丽塔独自走着。路易斯的呼吸还是很困难。就在它消失之前的那一刹那，那个黑影看上去似乎有着长长的腿和圆润发亮的身体。它看起来像一只小猫大小的蜘蛛。

罗丝·丽塔在她家门前转过身，走上台阶，进了屋。路易斯慢慢走过，紧盯着路边成堆的秋叶、树篱和灌木丛的根部，四处张望。他闻到了秋天烧树叶的气味，还能听到头顶上树叶干燥的沙沙声。沙沙声！他猛地向上看。如果那声音不是风发出的呢？如果那个可怕的生物就潜伏在上面，准备把它冰冷的身体垂到他的脖子后面呢？路易斯狂奔起来。直到砰的一声把门关上，他才停下来。

那天下午晚些时候，乔纳森叔叔和路易斯坐进那辆1935年出厂的老式黑色大轿车里。他们把车开到大街上，车后面冒着一股浓烟。他们先去大厦街接闷闷不乐、孤僻的罗丝·丽塔。

然后他们开车到市中心，乔纳森在新西伯德歌剧院附近找到了一个停车位。由于怯场，路易斯已经开始反胃了，他吃力地从车里爬了出来。齐默尔曼太太提前开车来帮忙准备点心，路易斯看到她的车停在附近。

他们匆匆上了楼。当他走向舞台时，路易斯认为画在墙上的悲剧面具看起来和他的感受一样沮丧。他走进男孩更衣室，穿上戏服，然后检查了所有的魔术道具。一切都准备好了。现在只要蒂米记得把小鸡带来，就一切就绪了。

蒂米像往常一样迟到了。路易斯不耐烦地在后台踱来踱去，不时停下来拉开幕帘，张望着越来越多的观众。所有的小学生和他们的父母都来了，还有表演者的家长。路易斯喉咙里像是有个大硬块，怎么也咽不下去。一想到要在近五百人面前表演，他就害怕。他的腿像橡胶一样软绵无力，他的头晕乎乎的，他的肺透不过气来。

终于，蒂米提着两个袋子匆匆走过过道。一个是他装杂耍棍棒和球的帆布袋，另一个是粗麻袋。路易斯冲过去迎接他。"嘿！"蒂米一到后台就笑着说，"我把鸡给你带来了。"他把粗麻袋递给路易斯，那袋子重得出奇。

路易斯打开袋子往里面看，一只白色的母鸡正歪着头盯着他，小眼睛闪闪发亮。"蒂米！"路易斯瞬间爆发了，"这是一只成年的鸡！"

蒂米看起来很困惑。"嗯？你不想要一只鸡吗？你一直让我带一只来。"

"我想要的是一只小鸡崽儿，"路易斯大喊道，"不是一只成年母鸡！"

蒂米耸耸肩说："亨丽埃塔可以的。它是一只好鸡。它就像一只宠物。你可以抱着它或者什么的。不管怎样，你得用它，因为我没时间回去再拿一只了。我还得练习我的杂耍。"

蒂米拿出他的艺术体操棒，开始向空中抛去。路易斯找了一个黑暗的角落。他迟疑地朝粗麻袋里看了看。亨丽埃塔也望着他。路易斯完全无法确定这是否可行。他这时真希望自己带了一束花，在这种情况下也好有个东西可以替代。但既然他没有带，那么路易斯决定，最好和亨丽埃塔练习一下。路易斯从道具桌上拿起一张报纸，把绳子和手帕绕在拇指上，然后把手伸进袋子。亨丽埃塔的羽毛又软又热。他把它从袋子里抱了出来。它是一只非常镇定的鸡。路易斯用手帕裹着它，它就躺在里面。然后，路易斯把亨丽埃塔塞进长袍里。他很难用胳膊肘抱住它，因为它又大又重。

路易斯拿着报纸，然后展开。接着，他练习在袍子下把裹着亨丽埃塔的手帕荡到正确的位置。他把那张报纸揉成一个松散的球，勉强盖住亨丽埃塔，然后把纸团撕开。亨丽埃塔东张西望，咯咯地叫了几声。路易斯刚才一直屏住呼吸，他现在如释重负地呼出一口气。也许，他想，这个戏法最终还是可以成功的。

才艺表演开始了，音乐老师怀特小姐在钢琴上弹奏了一首序曲，并向大家宣布，初中生们很高兴在这个华丽的礼堂里延续传统，为大家表演才艺。然后帷幕升起，第一个节目开始了。路易斯站在一旁看着，亨丽埃塔藏在他的长袍里面，夹在他的胳膊下。它的体温让他感到不舒服，他开始出汗。亨丽埃塔一定也觉得很热，因为没过多久它就开始扭动身子，咯咯咯地抱怨起来。罗丝·丽塔走过来，站在路易斯旁边，看汤姆和戴夫表演他们的喜剧节目。他们穿着傻乎乎的老式棒球服，鼻子下面还贴了一撮假胡子。他们得到了很多笑声和掌声。然后，怀特小姐说："接下来我们将欣赏另一个精彩的节目——会让你惊掉下巴的魔术表演！"卢茨开始在唱片机上播放《军刀舞曲》，路易斯在炽热的灯光下跌跌撞撞地走上舞台。

"女士们，先生们。"路易斯粗声粗气地说。他咽了口唾沫，又尖声说了一遍："女士们，先生们。"路易斯深深吸了一口气，脱口而出："我是，呃，神秘的米斯托，幻觉大师！"

亨丽埃塔在他的右臂下叫道："咯——咯——咯！"

路易斯把母鸡夹得更紧了一点儿。他说："让我为你们介绍我美丽的助手，神奇的法蒂玛！"

罗丝·丽塔看起来很恍惚，从舞台侧面拿着报纸走了出来。路易斯说："我会让神奇的法蒂玛为你们展示，这个完美的，嗯，普通的——"他明显在扭动着身体，因为亨丽埃塔在试图逃跑。他能感觉到它在扭动和蹬腿，于是他绝望地抱住它。"这是，呃，一张普通的报纸，现在我要让她把报纸交给我！"他匆忙地说完。

而罗丝·丽塔依旧慢条斯理，就像他们排练时那样。与此同时，亨丽埃塔正在努力想办法从闷热的袍子底下钻出来。路易斯觉得自己的脸变得又热又红，因为他正扭动着身体，想要控制住母鸡。终于，罗丝·丽塔把报纸递给了他。他如释重负地伸手去拿。

大家都笑了起来。一阵羽毛飞舞，亨丽埃塔从路易斯的长袍底下掉了出来。它拍着翅膀大声尖叫着。路易斯还没开始表演呢。他盯着罗丝·丽塔，不知道该怎么办。她只是面无表情地回望着他。观众席上有个孩子大喊道："骗子！"其他人哄堂大笑。

路易斯感到惊慌失措。那只鸡站在聚光灯下，摇头晃脑地想搞清楚自己在哪儿。观众们笑着喊着："小鸡为什么要过马路？""是先有鸡还是先有蛋？"[1]

罗丝·丽塔猛地推了路易斯一下。"呃，这是一只魔法变出来的活鸡，"路易斯结结巴巴地说，"现在我的助手会躺在这个神奇的沙发上，我们将为你们表演古老的悬浮术。"他拉着罗丝·丽塔的手，送她走到沙发旁边。观众们还在笑。亨丽埃塔在舞台前边来回踱步，发出一阵阵心满意足的咯咯声。

罗丝·丽塔躺了下来，路易斯拿起床单盖住她。在他把床单铺开的时候，罗丝·丽塔把自己的脚挪到矮沙发的两边，捡起了假脚。路易斯竭力不去理睬蹲在舞台中央的那只鸡，他用床单盖住了罗丝·丽塔，转向观众。"现在开始念咒语——"

1　两个美国传统冷笑话。

亨丽埃塔就在路易斯旁边。它突然站起来，咯咯地叫着："咯咯——嗒！咯咯——嗒！咯咯——嗒！"一枚闪闪发光的白色鸡蛋出现在了舞台上。随即，有观众开始欢呼了。但更多的孩子开始喝倒彩，喊着："路易斯是骗子！嘘——嘘——！"

路易斯觉得自己羞愧得快要死了。他举起双手，忘记了他应该说的咒语，只是大声喊道："起来！起来！"

罗丝·丽塔向后弓着背，到床单下面伸展假腿，从沙发上站了起来。正常来说，这种错觉看起来真的很好——就好像罗丝·丽塔蒙着床单从沙发上飘了起来。但这一次路易斯分心了，没有注意到自己踩住了床单的一角。当罗丝·丽塔站起来的时候，床单掉了下来，露出了那双看起来蠢透了的假腿。

"这是个骗人的把戏！"观众中有人喊道。"滚下舞台！""嘘！"其他孩子开始发出嘘声。"你们根本不是魔术师！""回农场去吧！""把你们的鸡带回家烤了吧！"

罗丝·丽塔放下假腿，站起身来。她的脸涨得通红，眉头紧锁，盯着台下的观众。这时，所有的小学生都在尖叫着："嘘！下去吧！"

亨丽埃塔拍打着翅膀，又咯咯地叫了起来。一根白色的羽毛在空中飘荡，转来绕去。

路易斯真想缩成一粒灰尘，钻到舞台地板缝里去。

就在这时，让他震惊的是，他听到罗丝·丽塔在哄闹声中怒吼道："闭嘴！我恨你们所有人！我要让你们付出代价！"

幸运的是，幕布落下了。罗丝·丽塔转过身，瞪了路易斯一眼，然后大步走开了。路易斯觉得他的心脏已经停止了跳动。

在那可怕的一刻，罗丝·丽塔完全变了一个样。她的眼睛完全是黑色的，闪闪发光，好像是由成千上万个小眼睛组成的，就像蜘蛛的眼睛——人形蜘蛛……

第六章

罗丝·丽塔蜷缩在难闻的黑暗中，怒气冲冲。她恨路易斯让她看起来很可笑。她恨学校举办了这个愚蠢的才艺表演。最重要的是，她恨那些取笑她的孩子，甚至观众中的成年人。

"我要让他们付出代价。"她低声对自己说。她抱着膝盖，蜷着身子坐着。她藏身的地方又窄又热，但她不在乎，甚至不介意里面有霉菌、消毒剂和清洁剂混合在一起的味道。罗丝·丽塔正在努力想办法报复那些把她当成笑料的人。

就在这时，有人敲门，把她吓了一跳。她撞到了自己的头，但咬住了嘴唇，以免大喊大叫，暴露了自己。接着她听到了齐默尔曼太太和蔼的声音："你在里面吗，罗丝·丽塔？"

"不在！"罗丝·丽塔烦躁地说，尽管她知道这听起来有多么愚蠢。"走开！"

"我想我不能走开。我可以进来吗？"

罗丝·丽塔什么也没说。她在黑暗中耸了耸肩。她应该意识到没办法躲着齐默尔曼太太。齐默尔曼太太有各种各样的咒语，可以用来找到任何丢失或藏起来的东西。门把手嘎吱作响，齐默尔曼太太打开了看门人杂物间的壁橱。她低头看了看罗丝·丽塔，她正蜷缩在角落里一个厚厚的胶合板架子下面，架子上堆放着几罐清洁剂、几盒灯泡、钢丝球，还有几块抹布。齐默尔曼太太皱起了鼻子，凝视着黑暗。"我真没想到会在这儿找到你。天哪，你居然选了个这么臭的地方躲起来！"

　　"我不在乎。"罗丝·丽塔生气地回答。虽然才艺表演在半小时前已经结束了，但她还穿着表演服。她把腿缩得更紧了，尽量缩到角落里。

　　"好吧，如果你不在乎，那我也不在乎。"齐默尔曼太太愉快地说。她慢慢地蹲下来，坐在门口，双腿向一边弯着。"你知道，舞台上发生的事并不是世界末日。"

　　"对我来说就是。"罗丝·丽塔喃喃地说。她把眼镜推回到鼻子上，吸了一口气。过了一会儿，她平静地问："大家都走了吗？"

　　"差不多了。"齐默尔曼太太说。看门人的杂物间在一个短过道的尽头，只有一个昏暗的灯泡在那里发出亮光。微弱的光线照着齐默尔曼太太的白发，闪闪发光，反射在她的眼镜镜片上，形成了一个白色的小圈。她扭动着身子，想让自己舒服些。"我告诉你父母，我会带你回家的，"她说，"我想你可能需要时间冷静一下。"

罗丝·丽塔深吸了一口气，感觉气卡在了她的喉咙里。她强忍住抽泣。"为什么每个人都这么刻薄？"她用一种绝望的声音问道。

齐默尔曼太太低下了头。她把紫色衣服的料子捏紧，心不在焉地开始打褶。"我相信他们并不认为自己很坏，"她慢慢地说，"他们更像是在感谢神灵的信徒——幸好不是我。每个人都有尴尬的时候，罗丝·丽塔。当一些特别可怕和尴尬的事情发生时，有时人们会忘记别人的感受。他们并没有把整个事件看作一场灾难，而只是当作一场娱乐他们的表演。他们感到庆幸，因为他们不是关注的焦点，所以他们笑了。我不认为有人真的会想让你把这件事放在心上。"

"好吧，我会。"罗丝·丽塔能感觉到自己的下嘴唇在颤抖。泪水模糊了她的双眼。"他们取笑我！"

齐默尔曼太太张开双臂，罗丝·丽塔爬上前抱住了她。齐默尔曼太太的裙子闻起来有点儿薄荷的味道。"好了，好了，"齐默尔曼太太轻轻拍着她的肩膀说，"他们取笑你，但并没有真正伤害你。"

罗丝·丽塔直起身子。她热泪盈眶，眼镜蒙上了一层雾。"有，他们伤害到我了！"

齐默尔曼太太脸上泛起一丝苦笑。"哦，我知道，他们伤害了你的感情。我知道，当他们大喊大叫的时候，他们会让你觉得自己是个只有十五厘米高的小矮人。我知道，你觉得周一到学校，你无法面对其他人。不过，人们会忘记的，罗丝·丽塔。这让我想起我十六岁去参加舞会的时候。一个叫本·奎肯布什的英俊小伙子邀请我跳舞。嗯，他粗犷但笨拙，他的大黑皮鞋踩到了我长裙子的下摆。我的裙子一直垂到脚踝。我就在那儿，露着衬裙跳着华尔兹，全世界都看得到。那在当时真是太丢人了！"

罗丝·丽塔淡淡一笑，说："即使在今天也很糟糕。"

"嗯，我不知道，"齐默尔曼太太沉思着回答，眼睛里闪着光，"现在可能不会引起那么多的关注了。我的腿不像以前那么匀称了！"

罗丝·丽塔情不自禁地笑了："接下来发生了什么？"

齐默尔曼太太耸耸肩。"所有人都嘲笑我。在学校里，女孩们开始叫我'小埃及'。你知道小埃及是指谁吗？"当罗丝·丽塔摇了摇头时，齐默尔曼太太笑了。"是指人们过去所说的风骚舞女。她们的专长是穿着暴露的衣服在舞台上跳舞。所以你可以想象我当时的感受。不过，我还是挺过来了，现在我甚至觉得这件由于本·奎肯布什发生的事也有有趣的一面。我想你迟早也会忘掉今晚发生的事的。"

罗丝·丽塔低头看着脏兮兮的地板。在她内心深处，她怀疑自己能否克服被嘲笑和被嘘的痛苦。她不想对齐默尔曼太太说这些，齐默尔曼太太只是想表示友好。"路易斯在哪儿？"她低声问道。

齐默尔曼太太笑了："你们俩走下舞台后不久，乔纳森就开车带他回家了。你知道，路易斯也很难忘记这件事。"

罗丝·丽塔点了点头，尽管她心里觉得路易斯应该为这整个混乱的局面负责。

"来吧。"齐默尔曼太太说着，慢慢地站了起来。"你得换衣服，我们要离开这里了，这样他们晚上才能锁门。"她伸出手，罗丝·丽塔让齐默尔曼太太拉她起来。罗丝·丽塔藏在壁橱里太久了，腿都抽筋僵硬了。她闷闷不乐地走进女生更衣室，换上了牛仔裤和运动衫。然后她和齐默尔曼太太坐上了那辆1950年的紫色普利茅斯克兰布鲁克。罗丝·丽塔把戏服卷成一团，扔到后座上。

在去大厦街的短暂车程上，齐默尔曼太太默默无语。她在罗丝·丽塔家门前停了下来。门廊的灯开着，黄色的强光在草坪上投下了刺眼的光斑。"不要把气出在路易斯身上，"齐默尔曼太太轻声说，"要记得，他们也嘲笑了他。他和你一样难过。你们两个是朋友，当困难来临时，朋友应该团结在一起。"

罗丝·丽塔只是咕哝了一声。她打开车门，下了车。有那么一秒钟她想去拿戏服，但后来她决定，再也不想看到它了。罗丝·丽塔甚至没有感谢齐默尔曼太太，就砰地关上车门，跑过草坪。前门没锁，她冲了进去。她妈妈在客厅里喊道："罗丝·丽塔，是你吗？"

"我回来了。"罗丝·丽塔喊道，然后就跑上楼，回到了自己的房间。她锁上门，背靠着门站着。罗丝·丽塔闭上眼睛，脑海中浮现出昏暗的剧院：白色的鸡、闪闪发亮的蛋。她觉得自己几乎能听到窃笑和刺耳的大笑声。她感到内心又升起了一股隐隐的愤怒。"我会让他们付出代价的。"她低声说。她开始盘算怎么做才能羞辱那些嘲笑过她的人。

罗丝·丽塔的妈妈来到她的房门口，问她是否还好。"我很好。"罗丝·丽塔回答，"我要去睡觉了。"

她换上睡衣，关上了灯。躺在黑暗中，她想起了去年夏天在伊蒂基皮夏令营度过的几个星期。罗丝·丽塔鄙视夏令营，她去夏令营只是因为路易斯去了童子军夏令营。她大部分时间都在想家。在罗丝·丽塔看来，营地里的其他女孩既愚蠢又烦人，但有些活动很有趣。晚上，她们围坐在营火旁，唱着各种各样有趣的营歌。只是，不管她的声音是不是在调上，五音不全的她怎么也跟不上节拍。有时罗丝·丽塔会在感到沮丧时想起那些歌，而那些歌曲通常能帮助她振作起来。她躺在黑暗中，一首歌浮现在脑海里。这首歌是这样唱的：

哦，夏天热的时候我穿粉红色的睡衣，

我在冬天穿法兰绒睡衣，

但是当温暖的春天、凉爽的秋天到来时，我什么都不穿就钻进被窝儿里！

荣耀，荣耀，哈利路亚，

荣耀，荣耀，这和你有什么关系？

荣耀，荣耀，哈利路亚，

我什么都没穿就钻进被窝儿里！

这首傻歌常常使她发笑。但在她经历了这些事情之后，它似乎也失去了力量。罗丝·丽塔躺在床上，生气了好几小时。

那天晚上，屋外的街灯似乎异常地亮。罗丝·丽塔凝视着窗户，随着时间的流逝，窗户在雾蒙蒙的街灯的银光下开始闪烁。在她的房间里，罗丝·丽塔什么也看不见——她知道自己的椅子、书桌和书柜在哪里，却只看到一些黑色的影子。她开始感到眼皮沉重，想要睁开眼睛似乎都太费劲。她的呼吸变得越来越慢。

罗丝·丽塔睡着了，她试图以一种如梦的、飘浮的方式弄清楚另一个黑影是什么。她感觉到它就在附近，疲倦的双眼勉强睁开了一点儿去寻找它。是的，它离她非常接近。它很高，紧挨着她的床。也许只是一个挂着一两件外衣的衣架，但是她的卧室里并没有衣架。不管它是什么，它看起来很陌生，好像它不属于这里，然而，罗丝·丽塔看到它并不感到惊讶。它散发出一股辛辣的气味，干燥而刺鼻，有点儿像鼠尾草，也有点儿像丁香。她本可以伸手去摸它——它离她的床那么近，但她觉得实在太累了。

相反，罗丝·丽塔又闭上了眼睛，感觉到有什么东西正在抚摩她。她昏昏欲睡地想，额头上那只柔软干燥的手应该是齐默尔曼太太的，她正轻轻地抚摩着她的额头。"我讨厌他们所有人。"罗丝·丽塔低声说。

"我知道。"那声音只是呼吸般的低语，那么轻柔，就像是来自罗丝·丽塔的大脑。"仇恨是好东西。它能让你变得强大。"

"嗯"。罗丝·丽塔能强烈地感觉到自己的呼吸，深沉而有规律。她的身体仿佛飘浮在云海上，波涛汹涌而又柔软细腻。

"你的仇恨会增长，"那低语的声音说，"它可以实现你的意愿，成为你的眼睛和耳朵。你可以给它自由。我可以教你怎样把它送出去执行你的命令。"那只干燥的手抚摩着她的前额，舒缓而轻盈，几乎没有碰到她。"我从坟墓里出来，就是为了告诉你这个。"

冰冷的手指抓住了罗丝·丽塔的心。她的呼吸停止了。她挣扎着再次呼吸，但她浑身疲乏无力。

"坟墓里没有空气，满是灰尘，很安静。你不能移动，不能尖叫。你只能思考。想想你曾经拥有的力量，以及将再次拥有的力量。我知道！"

罗丝·丽塔觉得自己的肺好像要炸开了。她感到一阵窒息，她拼命地呼吸空气。可是那只手使劲按在她的额头上，把她往下推，往下推……

那个无情的声音继续说道："我带来了一个礼物。你被选中了。喂饱你的仇恨！让它变得更强！回复我！"

那只手压得更紧了，罗丝·丽塔失去了知觉。她跌进了一场可怕的噩梦，到处都是跑来跑去的蜘蛛、黏糊糊的网，还有半人半兽的黑色怪物。那双类似爪子的手撕扯着她。那张长着黑色的虫眼和狮子般血盆大口的脸对着她咆哮。她听到了哄笑、嘲笑和仇恨。然后一切都安静了下来。

罗丝·丽塔梦见自己站在一个奇怪的雕塑前。那是一根比她还高的多面柱子。柱子顶上放着一个磨得坑坑洼洼的石球，这个球太大了，罗丝·丽塔都无法用胳膊把它抱住。柱子的底部刻着字母，但是因为它形状怪异，罗丝·丽塔看不懂是什么意思。她绕着雕塑转了一圈，试图找一行认识的字母，但看来看去，它们还是一团乱麻。

"找到我，"她在卧室里听到的那喘息的低声在回响，"来解救我吧。"

罗丝·丽塔环顾四周，但她看不到任何人。黑暗的地面一直延伸到地平线。感觉世界就是一个平面，而雕像就在世界的正中央。"你在哪里？"罗丝·丽塔喊道，她的声音消失在这个广阔的世界里。

"找到我。"那声音重复道。

罗丝·丽塔转过身去看着雕塑。她凝视着石球。它在转动，缓慢地转动吗？她不能确定。她看了很长时间。这就像盯着钟表的分针，试图看它是否在移动。罗丝·丽塔踮着脚尖，伸手去摸那奇怪的深灰色球体。手掌下的石头摸起来粗糙而冰冷。

然后有什么事情发生了。

两只眼睛睁开了——石头上的眼睛。

它们用深邃而犀利，充满仇恨的目光盯着罗丝·丽塔，那邪恶的眼神让罗丝·丽塔喘不过气来。

接着，一只石手从眼睛附近的圆球里伸了出来。它抓住罗丝·丽塔的手，紧紧地抓住她。抓得牢固、冰冷、粗糙、无情。罗丝·丽塔试图挣脱，但她一动也没能动。

罗丝·丽塔惊恐地瞪着眼睛。她的胳膊变得灰白而又脆弱。在一阵可怕的波动中，从她的肘部到她的肩膀，她的身体在变化。

她的身体在变成石头。

第七章

　　一个星期过去了，罗丝·丽塔就好像从未从那场可怕的噩梦中醒来一样。她几乎觉得自己真的变成了石头。至少，她的感情像石头一样冰冷。她每天去上学。其他女孩都在谈论她，咯咯地嘲笑。罗丝·丽塔并不理她们。被无情的戏弄所折磨的路易斯试图向她道歉。她看着他，仿佛他在很遥远的地方，什么也没说。老师布置作业时，罗丝·丽塔就像机器一样自动地完成。她没有跟任何人提起过——无论是她的父母，还是齐默尔曼太太——她内心深处那股小小的仇恨之火。对罗丝·丽塔来说，愤怒似乎是唯一能支撑她活下去的动力，她贪婪地呵护着这种情绪。有几次，路易斯邀请她到他家吃晚餐，但罗丝·丽塔只是摇摇头。她在等待着什么——她不知道会发生什么——但她知道，如果她和朋友们谈笑风生，她那宝贵的仇恨之火就会熄灭。因此，她比以往任何时候都更加独来独往，等待时机。

在才艺表演十天后的星期一下午，罗丝·丽塔从学校回到家里，发现房间里有一篮子新洗过的衣服。她开始整理它们，把衬衫和裙子挂在衣橱里，把叠好的牛仔裤放在架子上。然后她开始把袜子搭配成双。罗丝·丽塔打开衣柜的抽屉，发现有东西从袜子下面露出来。看起来像褪色的紫色天鹅绒。罗丝·丽塔皱着眉头，弯下腰拿起卷轴。

"我把它放回去了啊。"罗丝·丽塔把破旧的天鹅绒袋子翻过来倒过去看了又看，喃喃地说道，"我确定我把它放回博物馆了。"

她颤抖着，感到胳膊上起了一层鸡皮疙瘩。从她内心深处又传来一阵阴沉的低语：我带来了一个礼物，你被选中了。罗丝·丽塔看着自己的手从袋子里取出那个易碎的旧卷轴，她觉得自己控制不了它们。她的手指展开卷轴，就好像有人在操控她。她仔细看了看那卷皱巴巴的棕褐色卷轴，上面的字母和数字曾经是黑色的，但随着岁月的流逝，已经变成了铁锈色。之前，罗丝·丽塔只读了卷轴的第一部分，上面写着这是贝尔·弗里森的最后遗嘱。现在她又接着看了剩下的部分。完全一头雾水。

这些记号既不是字母，也不是数字，甚至也不是图片，只是看似随机的笔画。有些是从卷轴的上边缘引出来的，有些是从下边缘引出来的，中间还有很多像用鸡爪子扒拉出来的记号。罗丝·丽塔在学校学过一点儿外语。她会一些拉丁语和法语。在教科书里，她也看到过埃及象形文字、汉字和其他种类文字的复制品。可卷轴上的记号看起来和这些都完全不像。它们看起来更像希伯来语或阿拉伯语，但罗丝·丽塔不认为它们是这两种语言中的任何一种。她继续展开卷轴，直到最后完全展开，然后倒吸了一口冷气。

她看到了某样她认识的东西。她之前在噩梦中见过的：一根顶着一个大球的多面柱子。罗丝·丽塔想起变成石头的可怕感觉，她的手开始颤抖。她急忙把卷轴卷起来，塞进袋子里。她的房间里有什么东西在动，就在她视线内的角落里。罗丝·丽塔四处张望。是有一只小狗那么大的黑影蹿进她的壁橱了吗？她不能确定。罗丝·丽塔把卷轴扔到床上，伸手去抓她的椅子。

就像驯狮员拿着椅子躲避危险的狮虎一样，罗丝·丽塔猛地打开了衣柜的门。她的衣服挂在那里，一动不动。她没看到任何神秘的东西。但在衣柜的底板上放着她从哈德威克先生的博物馆那里借来的那本绿色的旧书。最近发生了这么多事，罗丝·丽塔甚至连看都没看一眼这本书。她放下椅子，拿起那本旧书。它的皮革封面摸起来像卵石，光滑得出奇。罗丝·丽塔坐在床边，打开书，读起了扉页：

四十个亲爱的魔术师或朋友

圣徒、骗子

还有那些令人难以置信的骗局

约瑟夫·W.温斯顿著，舞台监督、导演及戏剧制作人

莱奥特出版社

芝加哥，伊利诺伊州

1885年

罗丝·丽塔翻了几页，开始读温斯顿先生对魔术师的评论：

　　舞台魔术师是世界上最聪明的人之一。他们喜欢操控混乱、误导和奇妙的诡计，哄骗我们，让我们开心。一次又一次，我目睹了一些看似奇迹的东西，却完全被迷惑了，后来才知道，表演者用来创造奇迹幻觉的方法其实简单得荒谬。我必须承认，在这种情况下，我的情绪复杂得出奇，一方面我为表演者的聪明而兴奋，另一方面我又为自己的轻信和粗心大意而恼火。

　　然而，在我四十年的剧院职业生涯中，在一些难忘的场合中，在这些神奇的表演者的陪伴下，我遇到了可能是真实的东西。魔法真的存在吗？了不起的读者，我把这个问题留给你们。我只想证明，有大约六个表演者，他们的戏法我永远也看不透。他们只是骗子，还是真的拥有我们大多数人甚至无法想象的能力？由你们来评断。

罗丝·丽塔又翻了几页。她找到了一整章，标题是"贝

尔·弗里森：或者，与灵魂对话"。在正式阅读之前，罗丝·丽塔的目光停在了一幅老式的钢版画上，上面都是深色的交叉线条。画上的女人有一张瘦削的鹅蛋脸，一双目光犀利的黑眼睛，头发乌黑发亮。她戴着埃及头巾，前面有一个圆形的装饰，上面刻着一只蜘蛛。她的黑眼睛似乎正盯着罗丝·丽塔的眼睛。丽塔很快地翻过这一页。

然后她又看了看另一张照片，这次是一张模糊的照片。照片上是一片平整的墓地，里面密密麻麻都是墓碑。这幅画的中心是一座墓碑，比周围的墓碑要高得多。罗丝·丽塔之前见过。这是一根多面的柱子，上面有一个石球。照片下面写着"贝尔·弗里森，原名伊丽莎白·普罗科特，埋葬在这座奇怪的墓碑下面。人们说，这个球在缓慢地旋转，却看不到有任何力量在驱动它。她的灵魂还在努力吸引我们吗？谁知道呢？"

罗丝·丽塔感到非常奇怪，似乎只有她自己才能肯定地回答这个问题。她开始读关于贝尔·弗里森的那一章。

至于路易斯，随着时间的推移，他感到越来越绝望。令人惊讶的是，他的麻烦的根源并不是被取笑。他发现其他孩子并不像他想象的那样取笑他。随着高中橄榄球赛和万圣节临近等话题的出现，才艺表演很快就被遗忘了。哦，当路易斯走过时，偶尔还是会有人咯咯咯地学鸡叫，但更多的人似乎只记得戴夫和汤姆表演的《谁先上场》。他们得了第三名，许多人认为他们应该是第一名。

路易斯越来越担心的是他最好的朋友。罗丝·丽塔的冷淡让路易斯很烦恼。他的朋友不多，而罗丝·丽塔是最了解他、最喜欢他的人。一天下午，当路易斯和他的叔叔在耙树叶时，他跟乔纳森谈起了罗丝·丽塔，他的叔叔深表同情。"成长是一个非常艰难的过程，"乔纳森靠在耙子上对他说，"当你的感情受到伤害时，你会觉得自己永远都无法走出来了，但不知道用什么方法，大多数人最后都能走出来。给罗丝·丽塔时间，让她忘记自己的尴尬，一切都会好起来的。""我把一切都搞砸了。"路易斯一边悲伤地说，一边把湿漉漉的枫叶扫进地上一堆散发着霉味的红黄相间的树叶堆里。

乔纳森拍了拍他的肩膀。"天有不测风云。你知道一切开始变糟时我在想什么吗？我想，'如果路易斯和罗丝·丽塔把整个表演变成喜剧，他们仍然可以挽回局面'。但我没法告诉你们。"

叔侄俩已经在院子一角堆起了一个大落叶堆，路易斯把他扫的叶子也堆了上去。他想了想叔叔的话，不明白自己当时为什么没有这样的想法。这是真的——他和罗丝·丽塔表演时，人们的笑声要比看汤姆和戴夫的表演声音大得多，而他们一直是想逗大家笑。如果路易斯能想出一些办法，让他的笨手笨脚看起来像是一种表演，那一切可能会变得不一样。但他并没有，而那场才艺表演成了他一生中最糟糕的一晚。

那个星期五，齐默尔曼太太邀请大家到她在里昂湖的小屋去玩儿。现在这个季节已经不适合游泳了，但这座小别墅是一个宁静的地方，风景优美，环境舒适。齐默尔曼太太说，她希望罗丝·丽塔也能来。但是罗丝·丽塔拒绝了她，所以参加派对的只有齐默尔曼太太、乔纳森叔叔和闷闷不乐的路易斯。齐默尔曼太太做了一顿美味的晚餐，有烤猪排、松软的烤土豆、味道浓郁的酸菜、新鲜出炉的面包、甜奶油，还有冰激凌甜点和一个巨大的苹果派。他们吃光了她紫色盘子里的所有东西，用紫色的餐巾擦了擦嘴唇，心满意足地叹了口气。

"太好吃了，弗洛伦斯。"乔纳森说道，他的笑容在他的红胡子间闪耀。"我认为你是魔法师里最棒的厨师。"

"哦，谢谢你，怪胡子。"齐默尔曼太太回答。然后她也叹了口气，表情变得严肃起来。"很遗憾罗丝·丽塔没有来。我很担心她。"

路易斯刚刚还心满意足，高兴极了，现在他觉得自己的心又沉了下去。"我也是，"他承认，"她几乎不再和我说话了。"

"嗯，"齐默尔曼太太抿了一口咖啡说，"罗丝·丽塔所处的这个年龄最敏感脆弱了。她可能需要很长时间才能恢复过来。"

乔纳森把手放在路易斯的肩上。"路易斯的日子也不好过，"他说，"在很长很长一段时间里，他都将不得不忍受关于下蛋的各种老掉牙的笑话。"

路易斯忍不住笑了。他的叔叔和齐默尔曼太太都没有特意淡化发生的事情，也没有小心翼翼地回避这件事，这确实帮了大忙。他们会在公开场合谈论这件事，就好像路易斯是个成年人一样。他喜欢他叔叔的这一点。乔纳森·巴纳维尔特有本事让路易斯安心自在，即使面对像才艺表演失败这样可怕的情况也能。

"好吧，路易斯，"齐默尔曼太太开玩笑地说，"你打算永远放弃舞台了吗？"

路易斯耸耸肩，用他的叉子摆弄着盘子里的几块馅饼皮屑。"我不知道。我觉得如果我没试着用那只鸡，一切都会不一样的。学习这些魔术很有趣。"

"嗯，"乔纳森说，"你知道吗，每年在附近的科隆市都有一场大型的魔术师大会，那里有一个艾博特魔术屋。也许明年我们可以开车过去，你可以学些小戏法——如果你愿意的话。"

路易斯放下叉子："我得想一想。现在我有点儿想当天文学家。这样我就可以在晚上大家都睡觉的时候在天文台工作，我就可以用望远镜看行星和恒星，而不是别人在看我。"

"这个话题也有很多可谈的，"乔纳森轻声笑着说，"我觉得，现在我们只有用洗碗来表达对这顿大餐的感激之情才公平。"他从口袋里拿出一枚硬币。"我们来看看是谁洗碗谁擦碗。"

"乔纳森叔叔，"路易斯说，"那又是你的双面硬币把戏吗？"

乔纳森一时显得十分尴尬，然后他仰起头大笑起来："该死！又失败了！那你选什么，路易斯——洗碗还是擦碗？"

他们是开着贝茜去的里昂湖，贝茜是齐默尔曼太太的紫色普利茅斯牌汽车的名字，因为齐默尔曼太太说她不相信乔纳森·巴纳维尔特的车技和他的古董车。他们开车回来的时候已经是深夜了。霍默路两旁的橡树和枫树形成了黑暗的隧道,汽车呼啸着穿过这些隧道。

路易斯知道现在差不多是满月,但是厚厚的乌云把月亮完全遮住了。时不时有被风卷起的干枯树叶在车灯的强光下旋转。坐在后座上的路易斯从齐默尔曼太太和乔纳森中间望着前方的道路。

他们颠簸着穿过铁路,回到了新西伯德。所有的商店都已经关门了。齐默尔曼太太转进了大厦街,过了一会儿,路易斯正好瞥见了罗丝·丽塔家的房子。他顿时觉得自己僵住了,然后大叫起来。

齐默尔曼太太使劲踩下刹车,贝茜尖叫着停住了。"我的天哪,怎么了?"

"看!"路易斯说,"看罗丝·丽塔家的房子!"

乔纳森摇下车窗。他声音颤抖地问:"那是狗吗?"

"不是。"路易斯说。那个黑影在罗丝·丽塔家的门廊上移动着,它的大小和一只牧羊犬或拉布拉多猎犬差不多,但它不是狗。它长着细长的腿,但是太多了。

"那是一个影子吧,"齐默尔曼太太迟疑地说,"只是一个树影。"

那个黑影在令人不安的寂静中径直朝墙上跑去。

"不,"乔纳森紧张地说,"不是影子。那是一只蜘蛛——一只像皮箱那么大的蜘蛛!"

路易斯喘着粗气，心跳加速。那东西爬上屋顶，然后爬上天空，就像在爬一张看不见的蜘蛛网。"它在这里做什么？"他紧张地问。

"我不知道。"乔纳森说着，把头探出来，望着天空。"不管是什么，现在都不见了。弗洛伦斯，我觉得我们得开个作战会议讨论一下这件事。那不是真的蜘蛛，而是一种邪恶的魔法生物。我有一种感觉，罗丝·丽塔正处于非常危险的境地。"

第八章

第二天是一个微风习习的凉爽星期六。路易斯每个周末都会去魔法师博物馆待上半小时，跟哈德威克先生和他的牌友们聊聊天。这个星期六，他没有去，只是在家里走来走去，与危险即将来临的感觉做斗争，那感觉就像一场巨大的风暴正从地平线上席卷而来。

乔纳森叔叔和齐默尔曼太太在书房里专心致志地交谈着。路易斯把他所看到的一切都告诉了他们，他们很担心。他们激烈地讨论着，路易斯完全插不上嘴。最后乔纳森和蔼地对路易斯说，他还是像往常一样去参观博物馆比较好。"弗洛伦斯和我现在不能陪你，"乔纳森解释说，"而且我真的认为哈德威克先生很高兴你去他的博物馆。这样也许能让你忘掉烦恼。"

路易斯非常想忘掉他的烦恼。他穿上外套，出门走进了清爽的晨风中。他若有所思地向市区走去，经过罗丝·丽塔家的房子时，他穿过街道，一直担忧地看着那些树，以为会看到一个可怕的灰色身影掉下来抓住他。

然而，什么事都没有发生。树上除了枯叶、几只肥胖的黑松鼠和一两个乱七八糟的老鸟窝外，没有什么更奇怪、更可怕的东西了。当路易斯到达博物馆时，他发现珀金斯先生迟到了，而其他三个人坐在那里，在等珀金斯先生的时候用纸牌戏法互相捉弄。"你还没有告诉我们，你的魔术表演怎么样了。"哈德威克先生一边说，一边洗扑克牌，然后让J从最上面一张一张地弹出来。路易斯叹了口气，讲述了整个可怕的故事。

三个魔术师都很同情地听着。穆森伯格先生向路易斯保证，这样的事故很常见。"你还没试过穿上宽大的小丑服现场直播变戏法！"他用洪亮的声音安慰路易斯，"有一次，我露馅儿了，孩子们在直播中直接揭穿了我的秘密。还有一次，我拿出一大瓶美味的双橡树牛奶喝了一大口，因为牛奶馊了，我一口吐在了镜头上！"

"就连胡迪尼也会犯错。"小个子约翰尼·斯通一边说，一边伸手去抓牌，"有那么一两次，因为他逃脱失败，不得不让人把他救出来。他曾经讲过一个故事，关于他是如何在冬天从水下逃生的：当他从被锁住的板条箱里出来的时候，他发现自己被困在了河里的冰下面！他说，他必须仰面游好几百米，好让自己能够呼吸到残存在冰和水之间的一点点空气。再晚回到岸上几秒钟，他就会被冻死。"

路易斯能清晰地感受到那混浊的河水和可怕的冰面，他几乎能感觉到冰冷河水的致命拥抱。"那是真事吗？"路易斯敬畏地问道。

斯通先生眨了眨眼。"不管怎么说，这是个好故事，"他说，"你在楼下看到胡迪尼的牛奶罐了吗？"

路易斯摇了摇头。哈德威克先生站了起来。"好吧，没有比现在更好的时机了！"他说。他们一起下楼，哈德威克先生给路易斯看了那个和路易斯一样高的大镀锌牛奶罐。用八把巨大的锁紧紧地锁住了盖子。"想象一下，你爬进那个东西，然后被人锁在里面，"哈德威克先生说，"想象一下那里有多黑，多拥挤。没有阳光，没有空气。"

路易斯一想到这个就不寒而栗。然后他想到了另一件事。齐默尔曼太太说过，才艺表演后是在门卫的壁橱里找到罗丝·丽塔的。路易斯记得罗丝·丽塔有幽闭恐惧症——待在封闭的地方会让她尖叫起来。罗丝·丽塔不太可能躲在壁橱里。"抱歉，您刚才说什么？"路易斯问道。哈德威克先生停止了说话，看着他。

"我看得出来，你在想象自己待在这个东西里面，"博物馆主人说，"我刚才问你，你能想象锁就这样锁着，胡迪尼究竟是怎么逃出来的吗？"

路易斯摇了摇头："这看起来是不可能的。"

"这是可以做到的。"斯通先生得意地说。

哈德威克先生表示赞同："哦，当然可以。尽管如此，胡迪尼还是做得很有自己的风格。他可能更像是一个逃脱大师，而不是魔术师，但你必须承认，他做任何事都很有自己的风格。"

有人敲了敲门，哈德威克先生笑了。"一定是迟到的托马斯·珀金斯先生。"他边说边向门口走去。

不是珀金斯先生。当哈德威克先生打开门，罗丝·丽塔走进来时，路易斯大吃一惊。她看上去好像已经好几天没睡好了。黑眼圈让她的眼睛显得疲惫而凹陷，她的头发比平时更乱。她把一本绿色的书抱在胸前。"嘿，"她把书递给哈德威克先生时平静地说，"谢谢你把这本书借给我。"

"不客气。"哈德威克先生回答。

罗丝·丽塔没有注意到路易斯。她舔了舔嘴唇："如果你不介意的话，我想再借一段时间。呃，您去过您跟我们说过的那个墓地吗？就是埋葬贝尔·弗里森的那个？"

"偶尔会去，"哈德威克先生说，"我的一些老朋友就葬在那附近，我和我妻子会去扫墓。你知道，有很多魔术师选择葬在那里。"他把书又递给罗丝·丽塔。"你想借多久就借多久。"

"您最近还会去吗？"罗丝·丽塔焦急地问。

哈德威克先生想了一下，说："嗯。既然你提到了，我们确实已经有一段时间没去了。也许艾伦和我明天会开车去。"

"我可以跟着一起去吗？"罗丝·丽塔问。

哈德威克先生说："当然可以，如果你父母不介意的话。"他转身问道："路易斯，你愿意跟我们一起去吗？"

路易斯一时答不上来。哈德威克先生说话的时候，罗丝·丽塔的眼睛朝他瞟了一眼，脸上闪过一种愤怒的表情，随即便像一道闪电似的消失了，她的脸上又出现了路易斯最近经常看到的那种焦虑、懒散的表情。他结结巴巴地说："当然，我想，我得问问我叔叔。"

"当然可以。"哈德威克先生说。他向门外望去："哦，托马斯·珀金斯已经把他那辆破老爷车停在街对面了，我们的扑克游戏终于可以开始了。"

路易斯对哈德威克先生和其他人说了再见，然后就和罗丝·丽塔走了。路易斯低声对她说了几句话，但是罗丝·丽塔不是哼一声就是耸耸肩作为回应。当他们到达她家时，她一言不发就从路易斯身边走开了。路易斯有一种奇怪的感觉，不知怎的，他觉得，和他一起从博物馆走出来的人真的不是罗丝·丽塔。她就像一具行尸走肉，他想。这个想法使他感到恶心和无力。如果在罗丝·丽塔身体里的不是她，那是谁呢？或者，更糟的是什么？

当路易斯回到家时，他发现齐默尔曼太太和乔纳森叔叔还坐在书房里。乔纳森坐在一张大书桌后面，桌上有一盏绿罩台灯，他手边有一堆乱七八糟的书。齐默尔曼太太坐在一张大扶手椅上，忙着织什么东西，看起来像一条长长的紫色围巾。她很少织东西，但有时需要思考很多问题时，她就把毛线和针找出来，开始织东西，可能是一件宽松的毛衣、一条毛巾被或一条围巾之类的东西。她总是说，她织出来的东西让她和别人一样惊讶，因为她开始织的时候是没有目的的。

齐默尔曼太太和乔纳森叔叔都抬起头来，看着路易斯走了进来，坐在另一张扶手椅上。"你看起来很困惑，很烦恼啊，路易斯。"齐默尔曼太太说，她的针头咔嚓咔嚓地响着。

　　路易斯点点头。"我刚才想起了一件事。"他说，然后告诉齐默尔曼太太，罗丝·丽塔选择藏在壁橱里是多么奇怪的一件事。

　　"我已经提到过了。"齐默尔曼太太回答说。"事实上，乔纳森和我一直在谈论罗丝·丽塔最近的行为有多奇怪——她有点儿反常。我们对此做了一些研究——还有我们在她家里看到的蜘蛛。"当齐默尔曼太太说到这里时，路易斯打了个寒战。她勉强对他笑了笑，似乎想装出更轻松的样子。"振作起来！我和大胡子一直在看他的神秘藏书，我们认为不管那个可怕的灰色怪物是什么，它伤不了罗丝·丽塔。"

　　"而实际并非如此。"路易斯叹了口气说。他告诉了他们，他在博物馆见到罗丝·丽塔的事。"她想明天和哈德威克先生一起去墓地。但我不想去。"他咬着下唇。如果他有勇气的话，他会承认，去克里斯托巴尔的想法已经把他吓得魂不守舍了。他不喜欢阴森森的墓地。他也不喜欢和罗丝·丽塔坐在汽车后座上到三十多千米外的乡村去——尤其是在她表现得如此古怪的时候。

　　乔纳森·巴纳维尔特和齐默尔曼太太交换了一下眼神。"老太婆，"他说，"这可能正是解决我们问题的机会。你同意吗？"

齐默尔曼太太振作了起来。"当然。我已经受够了这样闷闷不乐地坐着，想着接下来会发生什么灾难！现在是行动的时候了，要我说，路易斯肯定可以帮上大忙。"

乔纳森叔叔摸了摸自己的红胡子。"我认为弗洛伦斯是对的，路易斯，"他慢慢地说，"你看，我们认为罗丝·丽塔受到了某种魔法的攻击。为了与之对抗，我们必须知道是谁施展了它，或者更重要的是，是谁在背后操控这一切。所以你得做我们的耳目。我觉得你应该参加这次旅行，看看能从罗丝·丽塔那里知道些什么。"

路易斯无助地叹了口气。"她甚至都不和我说话。"他说。

齐默尔曼太太焦虑地咂了咂舌头，织了一针。她重新整理了一下毛线说："所以说你得像个特工一样，路易斯。我知道暗中监视你的朋友不太好，通常我是不会这么建议的。不过，在这个问题上，乔纳森是对的。我几乎能感觉到自己的拇指在刺痛，就像《麦克白》里的女巫一样[1]。有邪恶的东西正在向我们袭来，如果我们不知道自己面对的是什么，那我们就完蛋了。你要善于观察，你要记住每一件小事。因为这些也许可以拯救罗丝·丽塔。"

路易斯沉思着，看着齐默尔曼太太的针继续织着那件越来越长的衣服。最后，他深吸了一口气。"好吧，"他终于说，"我不喜欢，但我还是要做。"

1　引自《麦克白》中女巫的台词——拇指怦怦动，必有恶人来。

事情就这样决定了。乔纳森和齐默尔曼太太谈了一下午，晚饭匆匆忙忙吃了冷鸡肉三明治和炸薯片。整个晚上路易斯都坐立不安。他在房子里走来走去，仿佛在寻找着一件他叫不出名字、即使看到了也认不出来的东西。

这座古老的宅邸是一个很适合居住的好地方，路易斯很喜欢这里。每个房间都有单独的壁炉，每个壁炉都是用不同颜色的大理石做的。楼上的房间很少使用，堆满了各种各样的杂物，包括巴纳维尔特家族在内战前的东西，一架呼哧呼哧作响的古董风琴，还有一个投影放大器，里面有大约五百张黄褐色的立体效果照片，包括从埃及的金字塔到在尼亚加拉瀑布上空走钢丝的人。通常路易斯可以很愉快地在这里度过一个雨天，探索和尝试他发现的奇妙的东西。

但是，那个星期六的晚上，他却感到无所事事。他太紧张了，坐立不安，而且没有什么事情能分散他的注意力。所以他就在房子里四处闲逛。他在后楼梯上坐了一会儿，凝视着那扇彩色玻璃窗。乔纳森对它施了魔法，你每次看到它，它都会变幻样子。有时会看到一些奇怪的景象，可能来自另一个星球——高耸的冒着烟的火山，怪异扭曲的树木，以及球体、锥体和圆柱体的令人费解的建筑。通常更多的会是地球生物——屠龙骑士；在放羊时演奏竖琴、手鼓和笛子的牧羊人；或者是四个跳探戈的天使。

那天晚上，在彩色玻璃窗上可以看到一条路穿过连绵起伏、树木繁茂的山峦。路面上方的天空是深紫色的，差不多就是那种常见的感冒药药瓶的颜色。山峦呈现出深沉而阴暗的绿色，道路在山峦之间蜿蜒曲折，就像一条扁平的灰蛇。这幅画似乎把路易斯吸引住了，他想象着在陌生而可怕的天空下沿着那条神秘的路旅行。最后会通向哪里呢？他叹了口气，站起身来，去看看电视上有没有可看的节目。

那天深夜，路易斯躺在床上，沉思着他那即将到来的厄运。他被吓坏了，却不知道是什么使他害怕。他觉得被困住了。他感觉到有什么邪恶的东西正在监视着他，知道他会做什么，并计划着如何毁灭他。那条弯弯曲曲道路的可怕画面不断地浮现在他的脑海中，他一直在想，这条路可怕的尽头会有什么。路易斯试着告诉自己不要这么胆小，但没有用。路易斯不是那种会无视担心和危险的人。他胸口痛，感到非常孤独。他的脑海里出现了一句祈祷词，于是他开始向上帝祈祷。他躺在黑暗中，大声地念出了这句祷词。他最后说的是："Quaesumus, ut eiusdem fidei firmitate ab omnibus semper muniamur adversis." [1]

这句祈祷词的意思是："我们恳求您，由于我们忠于这一信仰，我们可以永远免遭一切逆境。"

祷告之后，路易斯感觉好一点儿了。他正面临着一种他甚至无法开始理解的逆境，他希望他的求助会得到回应。最后，他辗转反侧，昏昏沉沉地睡着了，睡得很不踏实。

1　拉丁语。

第九章

秋日的星期天，湛蓝的天空中高高地飘着一缕缕条纹状的云，这种云叫"马尾云"。哈德威克先生和他的妻子艾伦开着他们的蓝白相间的雪佛兰车。艾伦是一个身材瘦小、棕色眼睛的女人，穿着宽松的裤子，戴着一顶草帽。罗丝·丽塔已经坐在后座上了，路易斯坐到了她旁边。在去克里斯托巴尔的路上他们没怎么说话，罗丝·丽塔仍然冷漠而安静。当他们经过农场和屋顶上挂着烟草广告牌的红色旧谷仓时，路易斯的目光转向窗外。哈德威克先生是个细心的好司机，他们行驶得很悠闲。

克里斯托巴尔根本算不上是一个城镇。新西伯德已经很小了，而克里斯托巴尔只是一个有饲料商店、杂货店和加油站的十字路口。也许是因为新西伯德曾经被提名为密歇根州的首府，所以它的房子通常是古老而优雅的，有塔楼、姜饼屋装饰和三角屋顶的维多利亚风格。而克里斯托巴尔的房子比较普通，只是带小院子的白色小房子。

哈德威克先生开车穿过克里斯托巴尔。他们经过了一座附近有墓地的砖砌教堂，但没有停下来。然后他们又开到了乡间，哈德威克先生拐上了一条弯弯曲曲的小路。大约开了一千米，到了另一个墓地，这是一块小小的方形墓地。一排新刷的白色旧木栅栏围绕着它。哈德威克先生停下车，大家都下了车。路易斯环顾四周。墓地里根本没有树。许多墓碑都是古老的花岗岩，并不精美。这些石头并没有被雕刻成天使、骨灰盒和墓碑，只是简单的圆形石板，呈现着饱经风霜的灰色，上面点缀着绿色的地衣。有一块石碑特别引人注目。

哈德威克先生从雪佛兰车的后备厢里拿出一个篮子，里面有两副园艺手套、园艺剪刀和其他一些工具。"艾伦和我去给一些坟墓收拾一下，"他说，"你们俩愿意的话，可以到处逛逛。罗丝·丽塔，中间的那座大石碑就是贝尔·弗里森的坟墓。它很奇怪。你也许想看看。"

墓地里的草有点儿高。路易斯觉得可能偶尔会有人来，保持这里的整洁。许多坟墓上都开着鲜花，有的明亮艳丽，有的枯黄凋零。他和罗丝·丽塔慢慢走向墓地的中央，脚下的碎石发出嘎吱嘎吱的声音。路易斯迷信的事情之一，就是如果他踩到坟墓，就会发生不好的事情，所以他小心翼翼地走着。

"的确很大。"路易斯说，他和罗丝·丽塔停在神秘的墓碑前。整座墓碑立在一个边长三米的方形基座上。基座的顶部是一个边长一米半的底座，然后是一根高约三米的多面柱子，最后顶部是一个直径至少一米的石球。不知什么原因，球上有几处淡淡的粉笔痕迹。所有的构件，从基座到石球，都是阴郁的深灰色花岗岩。支撑柱子和球的底座上刻着：

贝尔·弗里森

（原名伊丽莎白·普罗科特）

1822—1878年

她等待重生

路易斯能听到身后割草机咔嗒咔嗒的声音。他把目光从碑文上移开，抬起头来。底座上的柱子不是很粗，直径大概有半米左右。上面深深地刻着花纹和细纹，但都不是文字。路易斯又看了看球体。有什么事让他感到很不安。

罗丝·丽塔慢慢地绕着坟墓走着，专注地研究着柱子。路易斯受够了。他转过身，急匆匆地沿着石子路回到哈德威克先生身边，他们正在修剪一块墓碑周围的草坪，墓碑上刻着"弗雷德里克·杰里米·麦坎德斯：伟大的坎德丽尼"。

"很奇怪的墓碑，不是吗？"哈德威克先生问路易斯。博物馆老板用手帕擦了擦他的额头："我是说贝尔·弗里森。她死在这里，你知道。"

路易斯摇了摇头。

"给他讲讲这个故事，"哈德威克太太迫不及待地说，

"万圣节快到了！这是一个听故事的好时机。"

"嗯，"哈德威克先生一边剪草一边说，"早在1878年，贝尔·弗里森就在全国巡回表演她与死者交流的节目。她准备去底特律表演节目，正坐火车往西走。就在克里斯托巴尔城外，火车脱轨了。很多人受伤了。"

"那是一次著名的事故，"哈德威克太太补充说，"那是十月中旬一个晴朗干燥的夜晚，谁也不知道事故的原因。"

哈德威克先生同意道："真是让人费解。我说了，有很多人受伤，但只有贝尔·弗里森伤势严重。这里以前有个农场，农场主是一个医生。他和他的妻子带贝尔·弗里森回去治伤。她恢复了意识，但她知道自己活不下去了。所以她临终前做了件很古怪的事。她打算从医生那里买下他的农场。"

"她很富有吗？"路易斯问。

"足够富有，"哈德威克先生回答，"她花了将近一个星期的时间画出她的墓碑，并要求按照她画的方式来做。接着，一些奇怪的人来到了农场——医生肯定没有给他们发过电报，贝尔·弗里森不可能用任何常见的方式联系到他们。她一次见他们其中的一个，然后给他们下了某种命令。她还告诉医生，要将她葬在农场的前院。她写好了遗嘱。她还创作了一幅非常奇特的卷轴，我收藏在博物馆里了。她死于1878年万圣节之夜。第二天，医生和他的妻子就搬走了。那些外地来的人——石匠、木匠、殡仪馆老板，我不知道他们干了些什么——他们花了一个月的时间安葬了贝尔，建起了那座墓碑。然后他们拆了房子就走了。"

"他们只留下了一座坟墓，"哈德威克太太说，"这些年来，情况发生了变化。贝尔·弗里森的遗嘱上说，任何在其他地方负担不起安葬费用的人，都可以免费在这里得到一块墓地。所有魔术师也都可以葬在这块墓地里。"

"大约有六七个魔术师接受了她的邀请，"哈德威克先生继续说，他拍了拍他正在修整的坟墓，"佛莱迪就是其中之一。战前我就认识他了。1943年，他以八十七岁高龄去世，他要求将自己葬在这里。他曾用点燃的蜡烛进行过伟大的表演。你会喜欢他的，路易斯。"

路易斯点点头。"为什么贝尔·弗里森墓碑顶的球上会有粉笔记号？"他问道。

哈德威克先生把割草工具放回篮子里，站了起来。"这是另一件奇怪的事。那个球在旋转，它移动得非常慢，大约每六个星期才会彻底旋转一圈。没有人知道它是如何运作的，但有一位科学老师告诉我，这可能与花岗岩在天气变暖时膨胀，在天气变冷时收缩有关。"

"人们用粉笔在球上做记号，证明它会动，"哈德威克太太解释说，"确实如此。"

两人开始清扫另一座坟墓，路易斯朝贝尔·弗里森的墓碑走去。他有一种毛骨悚然的感觉，觉得一定出了什么事，他很担心罗丝·丽塔。当他看见她站在墓碑的另一边时，他突然停住了脚步。她张开双臂，手掌朝向天空，头向后仰。阳光在她的眼镜上闪烁。她似乎在盯着墓碑顶上的石球。

"嘿，"他说着朝她走了过去，她没有回答。"很奇怪的墓碑。"他继续说。

罗丝·丽塔怒视着他。"你什么都不懂！"她厉声说。

路易斯扬起眉毛："什么？你怎么了？我只是说……"

"算了吧。"

路易斯接着说道："哈德威克先生说，上面的球在旋转。它自己在转动。这就是为什么人们会在上面画上粉笔记号。很奇怪，是吧？"

"有运动的地方就有生命，"罗丝·丽塔用一种奇怪的、嘶哑的声音回答，"血就是生命，可以从一个人身上抽离，也可以赋予另一个人。"

"你在说什么？"路易斯问。

罗丝·丽塔摇了摇头："没什么。"

路易斯感觉天开始变得很冷，尽管太阳仍然穿过云层照耀着大地。园子里唯一的声音就是大剪刀割草的咔嚓声和微风吹过草地的沙沙声。"你觉得这些记号是什么？"路易斯问道，试图打破沉默。他指着刻在花岗岩立柱上的曲线和旋涡说。

"一个谜，"罗丝·丽塔用同样梦幻般的沙哑声音回答，"可以在适当的时间被包裹或打开的东西。可以从远方找回它的答案的东西。"

路易斯感觉有什么东西挠着自己的脖子，感觉很痒。他拍了一巴掌，以为是只虫子。然后他觉得有什么东西粘在身上，他看了看自己的手指。一根细细的蛛丝把他的手指缠在了一起。他露出厌恶又痛苦的表情，弯下腰在草地上擦手。接着，他又一次感到有东西在轻轻触碰他的脸，一个接一个。路易斯惊恐地大叫起来，开始在空中乱打。到处都是一缕缕飘浮的蛛丝——每一缕的末端都有一只几乎看不见的灰色小蜘蛛。路易斯讨厌蜘蛛。他抓住罗丝·丽塔的胳膊。"我们快离开这儿吧！"他边说边拖着她朝小路走去。

他们刚离弗里森的坟墓几步远，飘浮的小蜘蛛就不见了。路易斯把事情告诉了哈德威克夫妇，他们认为小蜘蛛可能只是在迁徙。"我听说过它们会这样做，"哈德威克先生说，"不过，我还以为会是在春天的时候发生呢。"

罗丝·丽塔什么也没说，在回新西伯德的路上，她也没说什么。路易斯看着她，努力记住她说过的话，沉思着。

那天晚上，他把自己记得的一切都告诉了乔纳森叔叔和齐默尔曼太太。他们严肃地听着，当他讲完时，他们长时间交换了目光。"乔纳森，你觉得这座带旋转石球的坟墓听起来熟悉吗？"齐默尔曼太太问。

"听起来像是埃及《死亡之书》里的东西。"乔纳森回答。"那蜘蛛呢？埃及神话里不是有蜘蛛吗？"

齐默尔曼太太用手指摸了摸下巴："嗯。我不记得什么关于蜘蛛的特别的事。当然，埃及人储存了大量的圣甲虫，那是一种甲虫，但蜘蛛甚至不是昆虫，所以这并不适用。我脑子一片空白。我还记得阿拉克尼的神话，神把他变成了一只蜘蛛，我还记得，关于魔术师蜘蛛阿纳西的非洲民间故事，但仅此而已。"

"这是一个谜。"乔纳森说。

路易斯严肃地说："这个谜的答案可以从远方找回。"乔纳森叔叔和齐默尔曼太太都盯着他，好像他突然长出了一个脑袋。"怎么了？"他有点儿惊慌地问道。

"你说这话真奇怪，"乔纳森回答，"可以从远处找回它的答案？这是什么意思？"

"我不知道，"路易斯坦白道，"是罗丝·丽塔说的。"

"她是这么说的吗？"乔纳森问，声音里充满了困惑。

"是的，我很确定，"路易斯说，"就算不是一字不差，也差不多。"

乔纳森从马甲里掏出一根烟斗清洁管——虽然他不再抽烟了，但还是随身带着它们——把它拧成弹簧的形状。他把管子的两端按在一起，直到清洁管从他的手指中滑脱，弹了出去。然后他紧张地说道："弗洛伦斯，我也许是一个爱小题大做、沮丧消沉的人，但这听起来不妙。当然，你对招魂者了如指掌。"

"是……是的，"她说，"不过，这也可能是个巧合。"

"什么招魂者？"路易斯问。

乔纳森神情严肃地看着齐默尔曼太太。"你来解释吧，老巫婆，在这里你是专业人士。"

"嗯，路易斯，"齐默尔曼太太开始说，"招魂者是一种鬼魂或幽灵。所有的招魂者，不管是动物、鸟还是爬虫，都只有一个任务，也就是它们得名的原因——它们被派去召取一个注定死亡的人的灵魂。"

"然后，那个人会死吗？"路易斯低声问道。

乔纳森叔叔轻声回答道："是的，路易斯。那个人会死。"

路易斯什么也没说。他只能想到他的朋友罗丝·丽塔，还有他们在她屋外看到的那只可怕的蜘蛛。那真的是招魂者吗？罗丝·丽塔注定要死吗？

第十章

那个星期天的下午，罗丝·丽塔正准备出门。她的妈妈问道："亲爱的，你要去哪儿？"

罗丝·丽塔穿着牛仔裤、一件宽大的夹克，戴着一顶齐默尔曼太太为她织的紫色针织帽。她大声回答道："路易斯和我要准备一场大考试。我可能要很晚才回来。"

"别太晚了。"波廷格太太喊道。

罗丝·丽塔冲了出去。她的夹克衫里塞了几样东西：卷轴、那本书、一把手电筒和几个用蜡纸包着的三明治。在某种程度上，她对自己要做的事感到非常内疚。罗丝·丽塔喜欢讲一些离谱的故事，但她几乎从不对父母撒谎。她跨上自行车，气喘吁吁地一路骑到市中心。然后她向西，经过喷泉和国家大厦酒店，骑进郊区。

罗丝·丽塔骑了大约四五千米才从自行车上下来。她看了看四周。在高速公路的北面有一片玉米地，棕色的干玉米秆还立在那里。它周围有三道围栏，但这不是问题。罗丝·丽塔爬过栅栏，然后使劲把自行车搬了过去。自行车很容易就被藏在玉米地里。然后，罗丝·丽塔回到高速公路上，开始搭便车。

六辆车疾驰而过，甚至都没有减速。这时，一辆锈迹斑斑的红色福特皮卡噼里啪啦地开过来，放慢了速度，停在路边。一个胖女人打开了车门。"需要搭车吗，亲爱的？"她用欢快的声音问道，"上来吧！"

罗丝·丽塔爬上卡车。"谢谢你。"她说。

那女人猛地把卡车挂上挡，然后说道："不用客气，亲爱的。我叫苏珊娜·塞德勒。你叫什么？"

"罗威娜·波特。"罗丝·丽塔说，她已经编好了这个假名字。

"好的，罗威娜·波特，你要去哪儿？"

"我想回克里斯托巴尔。"罗丝·丽塔说。

塞德勒太太长着一张农民的红脸，她穿着一件红黑相间的法兰绒格子衬衫和工作服，脖子上系着一条红色大手帕。她的头发又短又直，是红铜色的。她用那双蓝色的眼睛惊奇地看了罗丝·丽塔一眼。"哎呀，好家伙，罗威娜，那还真够远的。你是怎么到新西伯德去的？"

罗丝·丽塔凝视着前方的高速公路。"嗯，说来话长了。"她慢慢地说，脑子飞快地转动着，"我叔叔昨天去新西伯德看病。他问我要不要和他一起去，我就去了。但是医生诊断我叔叔必须马上切除阑尾，所以他把我叔叔送进了医院。事情太突然了，没有人想到我。不管怎样，今天我叔叔问我能不能回家帮他喂鸡和猪，并让我爸爸妈妈知道他没事。"

"你可以直接打电话回家。"塞德勒太太说。

"我们家没有电话，"罗丝·丽塔回答，"我的父母都是聋哑人。"

"天哪！"塞德勒太太叫道，"你的日子可真不好过！你为什么不找医生帮忙呢？"

"他已经不在新西伯德了，"罗丝·丽塔说，"我叔叔刚做完手术，他就去上半岛钓鱼去了，要去一周。"

"我从没听说过这种事！"塞德勒太太气愤地嚷道，"好吧，罗威娜，你放松点儿。我会直接把你送到家门口，因为我要经过克里斯托巴尔。我丈夫和我有一个农场，离那儿大约十六千米，所以不麻烦。"

罗丝·丽塔惊愕地咬着嘴唇。有时她的故事讲得就是太精彩了。她没有再说更多关于她家庭的事情，而是问了塞德勒太太关于她家的情况。塞德勒太太喜欢谈论她的孩子们，随着时间的推移，罗丝·丽塔听到了关于海勒姆、恩斯特、克拉拉和维尔玛的一切，还有那个被大家称为"小甜心"的婴儿。她们在日落前开车穿过了克里斯托巴尔。罗丝·丽塔开始担心起来。然后她看到左边有一个农舍。"那就是我家。"她急忙打断塞德勒太太的讲述——塞德勒太太正在讲斯努库姆如何用番茄酱粉刷厨房墙壁的故事。

"我开车过去打声招呼。"塞德勒太太说着，放慢了车速。

"不用，这儿就行了，"罗丝·丽塔回答，"他们大概去教堂了。谢谢你载我一程。"她一直坚持，直到塞德勒太太把车停在路边，让她下车。罗丝·丽塔站在那里挥手，直到那辆锈迹斑斑的老福特汽车开得无影无踪。然后她开始步行。过了农舍不远就是通往墓地的岔路口。

她走上了岔路，那是一段很长的路，罗丝·丽塔越来越热。太阳开始落山了，她的影子变得又长又黑。最后，她终于站在那座奇怪的墓碑前。罗丝·丽塔眯起眼睛看着它，觉得粉笔记号已经动了一点点。在她来到这里的几小时里，墓碑顶上那个神秘的球旋转了大约一厘米。这个凹凸不平、坑坑洼洼的灰色球体一半在夕阳里，一半在深深的阴影里。罗丝·丽塔把手伸进夹克，抽出卷轴。她把它从绣花袋子里拿出来，徐徐展开。"现在我该怎么办？"她大声嘟囔着。

回应令人吃惊。罗丝·丽塔感到被拉了一下，她吓了一跳，尖叫起来。卷轴好像活了，在她的手里剧烈摇晃，想挣脱出去。拿着它就像拿着一块铁靠近一块非常强的磁铁。卷轴想从她手中跳出去，朝墓碑飞去。罗丝·丽塔松开了手。

嗖！卷轴展开了！它的长度超过了三米，它蜿蜒在空中，像波浪一样摆动着。它的一端卡在柱子的底部，另一端开始绕着柱子向上飞舞。卷轴拉长了，越来越长，以螺旋状缠绕在柱子上。在缠绕的卷轴之间会露出三厘米左右的石头。最后，啪的一声，卷轴的另一端贴在了石球下面。太阳在那一刻落山了，罗丝·丽塔在暮色中突然感到一阵寒冷。

还有足够的光线可以看到。罗丝·丽塔绕着柱子走，她抬起头来，紧张得上气不接下气。卷轴边缘的记号和刻在石头上的记号拼接起来，它们连在一起组成了一串字母。罗丝·丽塔开始念这些字，她的心因恐惧而膨胀。某种咒语在起作用。她不停地大声念着：

以奈斯[1]之名，

以阿努比斯[2]之名，

以奥西里斯[3]之名，听着！

这是一首圣歌。罗丝·丽塔的视线变得模糊了，她吟诵的字母却变得明亮而清晰，仿佛在燃烧。她慢慢地以逆时针的方向绕着石柱走，读着奇怪的、古埃及发音的文字，声音里充满了悲伤和恐惧。

她周围的空气似乎都在闪烁。三明治和手电筒从她的夹克里掉了下来，但她没有注意到。当她想停下来时，有什么东西把她吸引住了。她有一种奇怪的感觉，几百条小绳子绑在她的胳膊和腿上，她像个活木偶一样被拖着走。她尖声喊出圣歌的最后几个字："乌尔——尼皮什蒂姆！奥尔拉！图特——伊

1　古埃及神话中的编织女神。

2　古埃及神话中的死神。

3　古埃及神话中的冥王。

姆——肖拉！"然后她站在那里，浑身发抖，筋疲力尽。

四周一片寂静。罗丝·丽塔不知道时间已经过去很久了，头顶上的星星在黑暗的夜空中闪烁，一轮凸月[1]从东方升起。在月光下，一切看起来都不一样了。那些墓碑就像从古老的牙床上伸出来的参差不齐的牙齿。她面前的墓碑就像一个高大的巨人站在那里俯视着她。上面石球旋转得越来越快，火花开始飞溅，声音越来越尖锐，直到罗丝·丽塔跪了下来，用手捂住耳朵。

接着，随着一阵震得大地颤抖的隆隆声，整座墓碑的基座、立柱和石球都开始向左旋转。移动的基座下面露出了一个黑暗的方形开口。罗丝·丽塔又一次感到自己被绳子拉着似的，她猛地站了起来，跟跟跄跄地走到石头雕刻的台阶上。它们一直拉着她走到地下。

"不要！"她叫喊道，但没有用。她讨厌封闭的空间，这个开口比她所知道的任何东西都更可怕。她想尖叫，但有一种柔软的东西紧贴着她，像是一张又一张的蜘蛛网，堵住了她的嘴，堵住了她的尖叫声。

然后她走进了黑暗中。在她的头顶上，墓碑晃动着滑回了原位。最后一束光熄灭了。

罗丝·丽塔被困在了墓穴里。

1　天文学术语。满月前后的月相。

第十一章

　　路易斯正在床上看书，这时他听到电话铃响了。他床边的床头钟显示的时间是九点四十四分。出于好奇，路易斯下了床，光着脚轻轻走到楼下，想看看是谁这么晚打电话来。

　　他的叔叔站在前厅里，对着听筒说："不，她没有……是的，我正准备这么做……我现在还不会担心。这样吧，波廷格太太，我先给齐默尔曼太太打个电话。她可能有些主意……我明白了。当然……是的，你可以这么做。再见。"乔纳森挂了电话，转向路易斯，看上去很焦虑。"是露易丝·波廷格。她说罗丝·丽塔四点钟左右来这里和你一起准备考试。可她没有来，是吗？"

　　路易斯觉得一阵发冷。"没来，"他说，"大约两点半，哈德威克夫妇把她送到家后，我就没见过她了。发生了什么事？"

　　"她不见了，"乔纳森严肃地说，"去穿衣服，路易斯。

我要打电话给弗洛伦斯。这个消息真是糟透了。"

路易斯急忙回到楼上，穿上一条崭新的灯芯绒裤子、一件衬衫、一双袜子和一双运动鞋。当他下楼到书房时，齐默尔曼太太已经在那里了。"我就担心会发生这样的事。"她说。路易斯进来时，她抬起头来，对他苦笑了一下。"你好，路易斯！我正在和你叔叔说，罗丝·丽塔可能真的遇到麻烦了。"

路易斯说："我敢打赌这一定和贝尔·弗里森有关。罗丝·丽塔在墓地的行为就很奇怪，就好像那个墓碑让她着迷了一样。"

"乔纳森和我检查了所有关于魔法的书，"齐默尔曼太太说，"贝尔·弗里森，不管她是谁，都没有在任何一本书里出现过。如果她是一个真正的女魔法师，那么她不可能和其他真正的魔法师没有任何联系。"

"说实话，"乔纳森说，"弗洛伦斯和我都认为贝尔·弗里森只是一个舞台魔术师——一个魔术师，就像你在博物馆认识的那些朋友一样。我在有关招魂术和灵媒的书里发现了一两处提到她的名字，但仅此而已。我觉得她就像胡迪尼曾经曝光过的，是'催眠灵媒'。他有点儿像侦探，你知道的，专门揭露那些声称拥有真正魔力的冒牌魔法师。"

"我不懂这些。"路易斯回答。

"好吧，不论怎样，"齐默尔曼太太坚定地说，"这些并不能帮助我们解决问题。露易丝·波廷格已经报警，让警察去找罗丝·丽塔了，但如果这事和魔法有关，他们就帮不上忙了。这似乎是一种特殊的魔法——埃及魔法。要是沃尔什博士在城里就好了，我们可以问问他。"

大卫·沃尔什博士是当地的名人。他是一名考古学家，专门研究古埃及的历史和传说，曾多次到埃及去探险。事实上，这一刻，他正在埃及尼罗河岸边某处挖掘一座古墓。

路易斯说："他的儿子克里斯在上小学。我认识他。"

"那也许会有帮助，"乔纳森说，"路易斯，明天我想让你问问克里斯，我们能不能看一下他父亲的书。沃尔什博士收集了大量有关埃及的资料，也许有些东西会有帮助。"

"明天？我们今晚就不能做点儿什么吗？"路易斯恳求道。

"比如什么？"齐默尔曼太太问，"路易斯，我们都很喜欢罗丝·丽塔，我们会尽一切努力去帮助她。不过，当你面对未知的挑战时，横冲直撞是不行的。你必须武装自己，以便在必要时可以进行战斗。而且，罗丝·丽塔会没事的，至少暂时不会有事。乔纳森和我了解了一些有关招魂者的事情。如果有人把罗丝·丽塔召走了，暂时也只能这么做。在下一轮月相变化开始之前，她会是安全的。"

"那是什么时候？"路易斯问，他很害怕。

"星期五晚上，"乔纳森说，"那晚的月相是下弦月。"

"也是万圣节前夜。"路易斯小声说。

"是的，"乔纳森严肃地回答，"万圣节前夜。"

如果乔纳森和齐默尔曼太太推测得没错，那就意味着他们只有五天的时间来营救罗丝·丽塔。路易斯希望这足够了。

第二天，学校很晚才放学。罗丝·丽塔没来，大家都知道她失踪了。许多人认为她离家出走了，还有一些人认为她可能被绑架了。路易斯班上的一些孩子问他关于罗丝·丽塔的事，但他不想谈论她。

放学后，路易斯去沃尔什家。他家住在密歇根街，在商业街以西几个街区。路易斯一边走，一边有一种不可思议的感觉，觉得有人在监视他。他转身朝身后看了看，但一个人也没看见。然后他把手伸进夹克口袋里，耸了耸肩，踩在嘎吱作响的干树叶上。他突然转过一个拐角，跳到一棵树后，他在那里屏住呼吸等着。

一分钟后，一个匆忙的身影从拐角处走来。路易斯呼出一口气，放松下来。他从树后走了出来。"嘿，查德，"他说，"你是在跟踪我吗？"

查德·布里顿是个金发碧眼的孩子，穿着一件棕色的外套，扣子扣得很紧，他停下来咧嘴笑了。"嗯，是的，"他沮丧地说，"我在练习。"

路易斯叹了口气。查德长大后想当一名侦探，他喜欢通过跟踪别人来进行练习。他做得越来越好了。有时，当大人们意识到时，他已经默默地观察他们一个多小时了，他们会感到不安。"好吧，别再跟着了，"路易斯说，"我什么也没做。"

"但你是罗丝·丽塔·波廷格的朋友。"查德理智地回答，"大家都说她被绑架了，骗子们绑架她勒索赎金。这就是我跟踪你的原因。"

"我不会绑架罗丝·丽塔的。"罗易斯生气地说。

"我知道你不会的。但你叔叔很有钱，所以我想他们可能也会绑架你，向他要一大笔赎金。然后我就可以记下绑匪的车牌号，告诉警察。"查德笑了，好像这是世界上最合乎逻辑的事情。

"我认为这事没那么简单，"路易斯说，"但是，我现在很忙。明天我会把我知道的关于这个案子的一切都告诉你，好吗？"

"太好了！"查德同意了，"随时联系我！"

路易斯摇了摇头，继续向沃尔什家走去。留着棕色短发的十岁男孩克里斯·沃尔什正站在大石头房子前，把一个橄榄球抛起来，再接住。他看到路易斯，咧嘴一笑，把球扔给他。路易斯愣了一下，没接住球，然后他把球捡了起来。克里斯笑着说："嘿，路易斯。"

"嘿。"路易斯回答说，把球扔给他。克里斯熟练地抓住了球。"想玩儿一会儿吗？"克里斯问。

"现在不行，"路易斯说，"你妈妈在家吗？"

克里斯说："是的。"然后路易斯解释了他来干什么。"我叔叔对埃及很感兴趣，"他最后说，"他想借一两本书看看。特别是关于埃及魔法的书。"

"哦，当然可以，"克里斯爽快地说，"我爸爸有很多这样的书。进来吧。"

房子很大，天花板很高，有壁板，有许多埃及文物，还有一些骨灰瓮和雕像，墙上装饰着古代青铜盔甲的碎片、葬礼面具，以及装在画框里写满象形文字的莎草纸。克里斯的妈妈说路易斯想借多少书都可以，所以他们去了书房。克里斯走到一个书架前说："这里有一些真正的好东西。这是《白日出游记》，大多数人称之为《死亡之书》。这是关于动物魔法的。这还有另一本……"

当他们从书房出来的时候，路易斯拿了六本书，其中两本又厚又重。他谢过了克里斯和他的母亲，返回了城市的另一边。还没走到一半，查德·布里顿又开始跟踪他。路易斯决定不理睬他，匆匆向商业街走去。

齐默尔曼太太来了，她和乔纳森仔细阅读了那些书，又匆匆地吃了一顿三明治晚餐。最后，齐默尔曼太太从书中抬起头来。"这里有些东西，"她说，"听这个。"她清了清嗓子，开始念道：

在前王朝时代，对奈斯的奇特崇拜始于古塞伊斯时期。女神奈斯的追随者们正忙于研究生与死的奥秘。奈斯是世界的纺织者，是生死之路的可怕的开路者，而她的代表生物蜘蛛则是连接这两种状态的象征，她的网是连接今生和来世的桥梁。一些信徒相信蜘蛛的网就像阿里阿德涅[1]的丝线，可以在这个世界

---

1 古希腊神话中克里特岛国王的女儿，雅典王子忒修斯依靠她赠送的一个线团走进迷宫杀死怪物，并沿着线找到来路走出了迷宫。

和黑暗的死亡世界之间的迷宫中穿行。他们认为，顺着这条线向回走，逝去的灵魂可能会复活。

　　然而，这条路线将付出昂贵的代价。首先，它需要流血并创造出幽灵死亡蜘蛛。在这一过程的最后，必须进行献祭，渴望回归的灵魂才能获得重生的机会。

　　乔纳森·巴纳维尔特吹了声口哨："这听起来很不吉利。还有吗？"

　　齐默尔曼太太又默读了几分钟。然后她抬起头来。"是的。这种死亡蜘蛛是一种半精灵半真实的生物——一种幽灵。正如我们所猜测的，它就像一个招魂者，它的力量与月相有关。罗丝·丽塔在月圆之前是安全的，至少在那之前她不会被献祭。我们没有多少时间了。但问题恐怕还不止这些。"

　　乔纳森急切地说："那就让我们解决掉它们吧。"

　　"蜘蛛有神奇的力量，"齐默尔曼太太慢慢地说，"它的身体很脆弱，但它能制造幻觉，误导和欺骗我们，如果它咬了我们，很可能会杀死我们。我们必须提高警惕。"

　　"我们什么时候出发？"路易斯问。

　　乔纳森摇了摇头。"路易斯，这件事我不能让你帮忙。太危险了，"他和蔼地补充道，"可能会非常可怕。"

　　路易斯平静地说："我知道。我已经害怕了。但是，罗丝·丽塔是我的朋友。当我遇到危险的时候，她及时出现帮了我。而现在，她需要我。"

齐默尔曼太太马上表示赞同："我认为路易斯是对的，乔纳森。坏人诡计多端，但他们总是料想不到，有些简单的东西会把他们的阴谋搞砸。其中最简单、最有力的东西就是友谊。我要说，人人为我，我为人人。"

乔纳森·巴纳维尔特扯了扯他的红胡子。"好吧，人人为我，我为人人，"他说，"路易斯，去拿手电筒。弗洛伦斯，你最好回家去拿些特别强大的护身符和法宝。如果我们要对付这个死亡蜘蛛，我们需要一切可能的帮助！"

第十二章

当罗丝·丽塔走进坟墓的黑暗深处时，有一刻，她完全陷入了恐慌。她感觉那两堵墙正在慢慢地合在一起，要把她压扁。空气变得死气沉沉，难以呼吸。她的肺在抽搐，她的心感到被挤压，好像要在胸腔里炸开似的。世界开始旋转、旋转、旋转，她摇摇晃晃，头晕目眩。

然后，有一股力量拉着她往前走。这条通道向下倾斜，像个坡道，然后变成了一条隧道。令罗丝·丽塔惊讶的是，她能看见了。地面上的光线无法穿透她周围的泥土和石头，但一些奇怪的、暗淡的、绿色的光线让她瞥见墙壁是由破碎的灰色瓷砖砌成的，到处都是凸出来的树根和泥土。脚下的地板柔软得让人难受，像海绵一样，有东西在她脚下咯吱作响，挤出可怕的液体。她鼻孔里弥漫着泥土味、潮湿味和发霉味，使她想起各种霉变和腐烂的东西。前面的通道转了个弯，但那微弱的绿光几乎就像空气中隐约发光的薄雾，让她只能隐约看得见。罗丝·丽塔不情愿地迈了一步又一步，向左拐，然后向右拐，然后又向左拐，一直往下走，往下走，往下走……

她好像走了好几小时。最后，光线开始变得更强。她有一种感觉，在她上方有很多很多的土，把她与地表和生命隔开。光线渐亮，罗丝·丽塔可以看到水从通道的瓷砖墙上渗出来，形成黑色、黏糊糊的条纹。她还能看到，自己正走在一张布满真菌的皮革地毯上——肿胀、暗淡的毒菌，是丑陋的肉色，当她踩到它们时，它们就会爆裂开，会发出一股令人作呕的恶臭。

通道宽至少三米，通向一个拱门。一层薄薄的窗帘在空气中轻轻地摇摆。当罗丝·丽塔走近时，她屏住了呼吸。那摆动的丝绸一样的东西不是窗帘，而是一张巨大的蜘蛛网。上面沾满了细碎的骨头，可能是蝙蝠、老鼠或蛇的。拱门顶离她的头很远，但即便如此，当罗丝·丽塔从拱门下面经过时，她还是缩着身体。

她走进一个奇怪的圆形房间。拱形天花板高耸在头顶上，中间部位消失在黑暗中。房间中央有一个圆形的大理石平台，四面有台阶通向平台。平台中央立着一根高大的白色柱子，上面放着一只宽大的白色大理石碗。在这个大理石碗里，有什么东西在慢慢地燃烧着，发出绿色的火焰。发光的绿色烟雾冉冉升起，慵懒地蔓延着，在空气中飘荡。火焰和烟雾就是那奇异的微光的来源。"过来！"

罗丝·丽塔喘着粗气。她不知道这个声音是在她的脑海里，还是有人大声说出来的。有一股致命的力量抓住了她，让她绕着平台边缘移动。远处靠墙立着两个宝座。它们像金子一样闪烁着暗淡的光。两个宝座都有高高的靠背，上面都有一个古怪的半身像，看起来像长着人身的生物，却是长着巨大耳朵的胡狼头。罗丝·丽塔在书里见过这样的照片。这是古埃及的阿努比斯神，她一边慢慢往前走一边想。她依稀记得阿努比斯守卫着从生到死的通道……

"欢迎。"那声音的音调不高，却很刺耳，罗丝·丽塔把注意力转回到两个宝座上。右边的那个是空的。另一个座位上坐着一个幽灵般的身影，像王后一样挺拔而高傲。

"停！"

罗丝·丽塔停住脚步。她凝视着坐着的人影。从这么近的距离，她可以看出那是个女人，身材苗条，一副帝王的样子。她穿着一件飘逸的白色长袍，双臂搭在王座的扶手上，两只手分别放在一个金球上。她手上和手指上的皮肤看起来很不健康，是灰色的奇怪鹅卵石质地。她的脸隐藏在阴影里，身体一动也不动。"欢迎。"

罗丝·丽塔摇晃了一下，瘫倒在地上。她觉得好像有一根提吊着她的绳子突然被割断了。当她的手碰触到发臭的毒菌时，她打了个寒战，她的手陷进了冰冷的黏液中，一直淹没到她的手腕。她一边大叫，一边向后退，爬上了平台的台阶。"你，你是谁？"

那个人影发出一阵笑声——嗖嗖的、冰冷的笑声。"你知道我是谁。"

罗丝·丽塔的牙齿在打战。她把冰冷的手疯狂地在牛仔裤上蹭，试图擦掉那些可怕的黏液。洞穴般的房间里冰冷刺骨，她不停地颤抖。"贝尔·弗里森。"罗丝·丽塔低声咆哮道，"你对我做了什么？"

"只是你想要对自己做的。"那声音冷酷地说，"你不想报仇吗？嘲笑你的人，你不恨他们吗？难道你不想解封死亡蜘蛛吗？"

"不……不。"罗丝·丽塔结结巴巴地说，"也许我曾幻想……"

"你现在有无限的时间做梦了。"那耳语般的声音回答道，"不过，我可以向你保证：当我再次进入清醒的世界时，我的首要任务就是消灭那些欺负你的人——当你永远在这里休息的时候。你可以考虑一下。"

罗丝·丽塔摇摇晃晃地走着。幻象在她眼前闪过。她看到班上其他女孩惊恐地尖叫。整个学校都在燃烧，尽管它是石头造的。新西伯德变成了一片废墟，所有的东西都破碎了，被毁坏了，蜘蛛在废墟上爬来爬去。然后一切都消失了。"你不能这么做！"罗丝·丽塔喊道，她又生气又害怕。

"我等得太久了，"静止的身影回答，"我会复活的，哦，我会复活！但我要先毁灭！"

"为什么？"罗丝·丽塔哀号道。

那声音冷酷无情。"当我拥有肉体的时候，我可以与灵魂说话！如果当初我有时间专心修炼，我可能会成为最强大的宇宙的统治者——但我不得不为那些愚蠢的傻瓜表演来挣钱。古老的灵魂教导了我，养育了我，向我展示了一种可能延缓死亡的方法。我——安排了在我死后要做的事情。我表面上死了，因为那个容器坏了，但灵魂还在。"

"我不明白。"罗丝·丽塔抱怨道。她的手脚已经冻得开始感到麻木。

"你当然不会明白！"那声音像鞭子一样抽打过来，罗丝·丽塔不禁抽搐了一下。"愚蠢的女孩，你怎么能理解蜘蛛之丝？你怎么能理解它是如何承载和束缚一个灵魂，将它从最后的死亡之旅中拯救出来？可我理解！我准备好了！现在你来接替我的位置，使我可以脱胎换骨，在活人中间行走。你知道蜘蛛是怎么生活的吗？它如何诱捕猎物，然后从猎物身上吸血？一只小苍蝇的寿命可能只有几周，但如果被蜘蛛缠住，它的寿命就会延长好几倍！你也将在这里生活，坐在阿努比斯的宝座上，你会长命百岁，你的生命将属于我，因为我就像蜘蛛一样，吸取着你的力量和生命！"

罗丝·丽塔身后有东西在叽叽喳喳地叫。她转过身，担心会看到什么。

一只马那么大的蜘蛛爬上了她身后的平台。它巨大的深灰色身体以一种可怕的方式跳动着，五只鼓鼓的黑眼睛在超自然的光线下闪闪发光。它的下颚颤抖着，紧咬着，露出猩红色尖牙，上面的毒液闪闪发光。那头毛茸茸的野兽向罗丝·丽塔爬来。

罗丝·丽塔后退了几步，她的心怦怦直跳。蜘蛛蹑手蹑脚地向前爬行。罗丝·丽塔肺里的空气都被抽空了。她想尖叫，但她喊不出来。她又向后退了一步，离开了平台，又后退了一步——

一只瘦骨嶙峋的手抓住了她的胳膊！

罗丝·丽塔喘着粗气转过身准备战斗。

王座上的身影紧紧地抓着她的手臂。罗丝·丽塔盯着这个女人，觉得自己快要疯了。

白色亚麻布袍子里是一具骷髅，它咧嘴一笑，低声说："它们给我织了新的皮肉。这样就行了。这样就行了。"

就在这时，罗丝·丽塔感到那只巨大蜘蛛的两条腿紧紧地抓住了她的肩膀。四周陷入一片黑暗。她昏了过去。

第十三章

"在这里转弯。"路易斯说。齐默尔曼太太旋转方向盘,贝茜下了高速公路,驶上了通往墓地的小路。

坐在后座的乔纳森·巴纳维尔特说:"这的确是一片荒芜的土地。"

齐默尔曼太太轻哼了一声:"当恶棍和坏人想要建个家的时候,他们不会直接进入镇中心的,怪胡子。他们喜欢在黑暗和孤独的掩护下进行他们的邪恶活动。"

路易斯直视着前方。车前灯在夜间发出摇曳的光线。最后,小路变宽了,路易斯看到了凸出的圆形墓碑。"中间的那个大家伙就是贝尔·弗里森的坟墓。"路易斯低声说。虽然他愿意做任何事来帮助罗丝·丽塔,但他不得不面对自己非常焦虑的事实。

汽车颠簸着停了下来,齐默尔曼太太转动钥匙熄火。"好了，"她说，"我们到了。我觉得我们最好抓紧时间。你有手电筒吗，乔纳森？"

"在这儿。"他递过来两把长长的手电筒，给自己也留了一把。每把手电筒里有六盏小灯泡，可以把光束投射到很远的地方。在他们离开新西伯德之前，乔纳森给三把手电筒都装上了新的一号电池。当路易斯打开手电筒的开关时，车里充满了明亮的白光。

"我们走吧。"齐默尔曼太太打开车门说。他们下了车。

乡村很安静。微风吹拂着残存在树上的枯叶。一只孤零零的蟋蟀叫了起来，它的歌声缓慢、悲伤而轻柔。四五朵银色的云飘过，星光微弱地照亮了夜空。月亮低低地挂在半空中。路易斯站了几秒钟，大口大口地呼吸着十月清凉的空气。他的叔叔把一只手放在他的肩膀上，把路易斯吓了一大跳。

"对不起，路易斯。"乔纳森说。

"没关系。"路易斯声音嘶哑地说，他感觉喉咙发干。

他们沿着墓地中央的小路走着。在去贝尔·弗里森那座奇怪的墓碑的半路上，乔纳森叔叔把手电筒转向左边。"那到底是什么东西？"他问道，然后他在墓碑之间朝着一个长长的、褐色的蛇形物体走去。当乔纳森捡起那东西时，路易斯听到一阵干枯的沙沙声，接着是咔嗒咔嗒的声音，不一会儿乔纳森回来了。

"这是什么？"齐默尔曼太太用手电筒照着乔纳森问。

"是卷轴，"乔纳森回答道，"我想，是用羊皮纸做的、干燥的棕色卷轴。"

"那就是我们在博物馆看到的那个卷轴，"路易斯叫道，"我跟你说过的贝尔·弗里森的遗嘱！天哪，罗丝·丽塔肯定又把它偷回来了！"

"不要急于下结论，"齐默尔曼太太说，"来，拿着我的手电筒。"

路易斯接过手电筒，把光照在羊皮纸上，齐默尔曼太太把卷轴一点儿一点儿地展开。"嗯……"她喃喃地说着，发出"哦""啊哈"的声音。

"好了，老巫婆。"乔纳森叔叔抱怨道，"这个皱巴巴的东西有什么特殊的意义？快告诉我们答案是什么吧！"

"这是一种解封咒，"她慢慢地说，"它的功能是解开被魔法封住的秘密地方。但奇怪的是，它并不完整。羊皮纸看起来很奇怪……可以拉伸。就像是恶魔用来拔河的一样。我想它的魔法可能已经用过了。"

"我们走吧，"乔纳森急切地说，从她手里接过卷起来的卷轴，"让我们看看还能找到什么。"

他们围着墓碑转了一圈。当他用手电筒照中央的柱子时，路易斯觉得它看起来不太一样，有裂缝，而且很粗糙。然后他意识到那些雕刻已经不见了。那块石头看上去就像有人拿了一把锤子和一把凿子，把石柱表面上所有的痕迹都凿掉了。他把手电筒的亮度调低了一些，看到柱子下面的基座上覆盖了一层碎石。

齐默尔曼太太拍了拍他的肩膀。"路易斯，"她用一种怪怪的声音说，"把手电筒关掉。你也是，乔纳森。"

路易斯照做了，黑暗像天鹅绒窗帘一样落下。远处一只猫头鹰叫了起来，发出一阵低沉、孤寂的呜呜声！遥远的火车汽笛声非常微弱，凄厉而悠扬。"抬起头来，"齐默尔曼太太用近乎耳语的声音说，"看柱子顶上的那个石球。"

路易斯眯起眼睛望向黑暗，感觉到他脖子上和手臂上的汗毛都竖起来了。柱子顶部的黑色石球冒着热气。绿色的、隐约发光的蒸气从里面沸腾出来，随后渐渐蒸发，消散不见。乔纳森清了清嗓子。"这里有些东西，"他说，"邪恶的东西。那些烟雾是来自奥西里斯魔咒之灯吗？你之前发现的。"

"非常正确，乔纳森，"齐默尔曼太太回答，"你知道这意味着什么。"

"可我不知道。"路易斯默默说道。

齐默尔曼太太打开手电筒，乔纳森绕着坟墓走了一圈。"这意味着牺牲，"她说，"有人在这里被杀了。哦，也许不是最近——不是今年，甚至不是这个世纪。尽管如此，这里还是举行了一场邪恶的仪式。这就是人们过去称为'尸烛'的那种光，有时也叫'鬼火'。这是突然死亡的产物——阴魂不散。"

在墓碑的另一边，乔纳森·巴纳维尔特喊道："看这个。"

他们走了过去。乔纳森用手电筒照着地面。草地上躺着一把手电筒、两个蜡纸包着的三明治和一本绿边的书。乔纳森把书捡起来，翻开它。"《在魔术师中间的四十年》，"他快速地翻阅着，大声念道，"书中有一章讲的就是贝尔·弗里森。"

"这是罗丝·丽塔从博物馆的哈德威克先生那里借的，"路易斯回忆道，"这么说，她已经回到了这里。"

齐默尔曼太太把手电筒的光束转向坟墓。"我敢打赌，一定是她把卷轴带来，使用了咒语。或者更有可能是咒语自己起作用了。路易斯，那根柱子完全被损坏了吗？"

"对，"路易斯说，"上面原本有一些没有意义的痕迹，现在都不见了。"

"一个自我激活的咒语，"齐默尔曼太太若有所思地说，"不管罗丝·丽塔在哪里，她都通过了某个魔法入口。我们必须找到进去的方法。"

"我们要怎么做呢？"乔纳森问，听起来既沮丧又愤怒。"你说羊皮纸卷轴上的魔法已经都消失了。"

"我们，"齐默尔曼太太说，"来当侦探。乔纳森，路易斯，我们不能再在这里花费时间了，至少今晚不行。我有一两个关于重新使用那个咒语的想法——因为魔法师可以激活这个咒语，你知道的。它不需要自己激活。但是，我必须弄清楚咒语的确切内容，这可能需要一些时间。我们先回家，可以等到星期五晚上再来。"四天，路易斯想。只剩四天了！

星期二一放学，路易斯就匆匆赶回家。齐默尔曼太太坐在餐桌旁。她手边有一沓纸，她正在上面乱写乱画。卷轴也在那里，它现在看起来很脆弱。乔纳森·巴纳维尔特静静地坐在桌子的另一边，全神贯注地读着从墓地里拿回来的那本书。他抬起头来，对路易斯淡淡地笑了笑。"嘿。"他说。

"有进展了吗？"路易斯问。

"有一些了。"齐默尔曼太太回答。她看起来疲惫不堪。她那布满皱纹的脸绷得紧紧的。"从那本书里墓碑的照片和卷轴上字母的部分来看，我已经大概猜出了百分之八十五的咒语。"她向路易斯展示了卷轴的边缘是如何与墓碑上的雕刻对齐的。墓碑上的花纹和卷轴上的标记拼在一起组成了字母，这些字母拼出了咒语。问题是卷轴上的一些标记只是竖线。没人知道它们是T或I，还是l的一部分笔画。还有一些标记可能是F或E的顶部，或B或R的顶部。通过猜测可以填入很多词，但有些词确实很奇怪。

齐默尔曼太太揉了揉眼睛。"要是我知道墓碑上的花纹是什么样的就好了，"她说，"那就简单多了！"

"我们不能试试吗？"路易斯问，"可能会成功！"

乔纳森摇了摇头。"对不起，路易斯。它必须是完整的咒语，不然什么用都没有。你知道，咒语控制并绑定了魔法。如果你试着用一个不完整的咒语，它可能根本不起作用，或者魔法可能以无法控制的方式发生反应。你可能会不小心把自己变成一只青蛙，或者把魔鬼放出来，或者从你的袍子里孵出一只活鸡。"

路易斯无奈地叹了口气。

乔纳森勉强笑了笑说："有关鸡的事我很抱歉。我想我累了。我去准备晚饭，然后我们再来研究这个邪恶的卷轴。"

齐默尔曼太太把一沓文件推到一边。"我来准备晚餐，"她说，"我已经吃腻了大胡子做的'美味'火腿三明治！乔纳森，我做饭的时候，你来告诉我书上是怎么说贝尔·弗里森的。"

　　乔纳森为他们做了总结。信息量有限，并不是很有帮助。"这本书的作者认为她只不过又是一个骗子，"乔纳森最后说，"尽管他承认她的演出有一些非常惊人和令人困惑的效果。毫无疑问，伊丽莎白·普洛科特——或者她自称的贝尔·弗里森——很明显与神秘的力量和势力有联系。有一件事很奇怪。这些年来她似乎积累了一笔财富，但都花在了她的葬礼上。在她死于车祸之前，她安排了一队奇怪的人，无论她死于何时何地，都会来为她准备坟墓并埋葬她。听起来她好像在密谋什么。"

　　"我同意，"齐默尔曼太太边说边把锅碗瓢盆弄得叮当作响，"我相信贝尔·弗里森下定决心要起死回生。"

　　"我想你说对了，弗洛伦斯。"乔纳森说。他转过身，盯着厨房的日历："她死于1878年的万圣节，我想她是打算在今年的万圣节复活。所以星期五的午夜，当时间从三十日变为三十一日的时候……"

　　他没有把剩下的想法说出来。他不需要再说什么了。这个想法太可怕了，无法用语言来表达。

第十四章

　　罗丝·丽塔苏醒了，爬了起来，就像一个潜水员慢慢地游到了黑暗的深水水面上。她的第一意识是她一直在做梦。自从她第一次发现那个卷轴以来，发生的一切似乎都是那么遥远而模糊，就像一场模糊不清的噩梦。有那么短短几秒钟的时间，罗丝·丽塔感到安全、舒适和温暖。

　　然后她睁开眼睛，看到了那令人厌恶的绿光，她知道这一切都是真的。她发现自己坐在两个宝座中的一个上，想站起来，却动弹不得，连头都动不了。她低头看着自己，惊恐地睁大了眼睛。

　　罗丝·丽塔身上裹着闪闪发光的蛛丝。除了头，她全身都被包裹在茧里，就像一具木乃伊，被一层层绷带紧紧裹着。当她想起那只大蜘蛛长满刺的腿碰触到她的肩膀时，她的胃猛地一抽。它把自己的丝缠绕在她身上，就像花园里的普通蜘蛛把丝缠绕在被困的昆虫上一样。就连她的头发也感觉像是被很多的丝粘在了王座的后面。罗丝·丽塔稍稍松了口气。她的胳膊被绑在王座的扶手上，手被绑在两个感觉像抛过光的金属球上。她甚至没办法转头。

罗丝·丽塔从眼角瞥见坐在她身边的另一个人影。是那具可怕的、爬满蜘蛛的骨架。从里面传出一个带着呼吸声的声音："没有必要挣扎了。你的痛苦不会持续太久的，之后你甚至不会在意它们。你的大脑将继续工作，而你的身体会慢慢地、慢慢地，在一百多年的时间里渐渐萎缩。它的生命力将用来供养我。你会在某种程度上成为我的一部分。你应该感到受宠若惊。"

"放开我！"罗丝·丽塔说。她不再害怕，不再无力，现在只剩一股怒意。"放开我，不然你会后悔的！"

那道声音没有理睬她。"像我一样，这么多年来一直待在黑暗中，你会想些什么呢？我相信你很快就会发疯的。一个人在坟墓里，只有一只蜘蛛作伴。是的，我相信过不了几个星期，你就会发疯的。"

罗丝·丽塔没有回答。她拼命挣扎想挣脱，但缠在她身上的蛛丝很坚韧，她几乎动弹不得。"放开我！"她又喊道。

"傻孩子，"那声音讥笑道，"当我的身体被摧毁时，我透过死亡的帷幕来实现我的意志。在我的命令下，我的奴隶们建造了我的坟墓；在我的命令下，我的奴隶们把我曾经最好的朋友献祭给了世界的编织女神奈斯。你以为能够毫不犹豫发出这样命令的我会允许你逃走吗？不，孩子，你是我的生命之线，是我与这个世界的纽带。即使给我东方的一切珍宝，我也不会放了你！"那声音咯咯地笑了起来，低沉而刺耳。"时间快到了，现在很近了，我的宠物会抓住你，把你向前拉。它只会咬你一下，就在你的脖子后面，恐怕会很疼。然后，我就要离开你了。看哪，我已经强壮起来了。"

罗丝·丽塔咬紧牙关，忍住没叫出声来。她身旁的骷髅动了！随着一阵吱吱作响，它缓慢地抽搐着站了起来，摇摇晃晃地走了一步，罗丝·丽塔闭上了眼睛。

亚麻布袍子下的胸部起伏着，仿佛那个怪物在呼吸。"你不认为我很可爱吗？"那声音戏谑道，"等等，孩子。当你……准备好了，当我从你那里汲取到力量和营养时，这肉体就会像你的一样真实。我会很漂亮的！我将再次行走在大地上！这一次，我将控制住我周围的弱者。当你的用处耗尽之后，还会有另一个人，一个又一个来接替。我将永生不灭！"

罗丝·丽塔睁开了眼睛。那具骷髅站在她面前摇晃着，好像它几乎没有力气站起来似的。它退到一边，瘫倒在宝座上，骨头发出一阵沉闷的撞击声。"我的宠物来了。"那声音低声说。

罗丝·丽塔注视着房间，心中充满了恐惧。那只巨大的蜘蛛正从圆圆的平台上爬过来。"不！"罗丝·丽塔尖叫起来。

"时间快到了，"那声音说，"时间快到了。"

到了星期五，也就是万圣节的前一天，路易斯简直快要疯了。警察到处搜寻罗丝·丽塔，但没有成功。波廷格先生和太太提供了酬金，但当然不会有用。乔纳森和齐默尔曼太太已经筋疲力尽了。他们尝试了各种方法，从密码学和破译密码的书籍到齐默尔曼太太能想到的最强大的咒语，他们都试过了，但都没用。

路易斯那天没去上学，待在家里，因为他太焦躁了。那天下午晚些时候，电话铃响了，乔纳森接了电话。他回到厨房，齐默尔曼太太和路易斯正等着他，他的表情变得严肃起来。

"是乔治·波廷格，"他说，"警察还是发现了一些东西。一个叫塞德勒的女人在镇西让一个自称叫罗威娜·波特的女孩搭了便车，然后把她放在了墓地附近。警察四处搜查，在玉米地里发现了罗丝·丽塔的自行车。现在他们相信罗丝·丽塔离家出走了。"

齐默尔曼太太叹了口气："哦，要是我们知道剩下的咒语就好了。我想，除了七个词，剩下的我都知道了，但它们都是有力量的词。乔纳森，如果情况变得更糟，我们只能施咒了。上帝保佑我们，我不知道它会有什么效果，但我们必须试一试。"

路易斯说："我们为什么不问问哈德威克先生有没有照片呢？"

乔纳森和齐默尔曼太太都看着他。"照片？"乔纳森叔叔问，"你是说墓碑的照片？"

齐默尔曼太太问道："你认为他为什么要拍照？"

路易斯耸了耸肩，回答："我知道可能性不大。尽管如此，哈德威克夫妇经常去墓地，他们有朋友葬在那里。哈德威克先生确实很重视收集他所能收集的一切关于魔术的东西——从魔杖、书籍到海报和胡迪尼的旧牛奶罐。"

乔纳森站了起来。"值得一试。我给他打个电话。"他去书房打了电话，一分钟后就回来了。"我们走吧！"他催促他们，"路易斯可能拯救了我们。"

当乔纳森打开车库时，齐默尔曼太太甚至没有表示反对。他们坐着乔纳森那辆四四方方的旧汽车，驶过几个街区，来到魔法师博物馆。哈德威克先生在那里等他们。他打开门，把他们领了进去。"欢迎，欢迎，"他说着和大家一一握手，"乔纳森，很高兴再次见到你。我的天，我真的很佩服你去年夏天在商会会议上表演的那个魔术——飘浮的手帕。我想我大概知道你是怎么做到的了，但那是个很棒的噱头。我——"

乔纳森赶紧笑着说："非常感谢你，鲍勃，但如果不太麻烦的话，我们真的很想看看我们在电话里谈到的东西。"

"哦，当然可以。"哈德威克先生回答，领着他们来到一个门口，"它们在地下室。路易斯，你的朋友找到了吗？"

"没有。"路易斯悲伤地说。

"我很抱歉。"哈德威克先生打开门，伸手打开一盏灯，"来吧，小心脚下。楼梯很陡。我相信罗丝·丽塔会回来的。她可能离家出走了。很多年轻人都会这样做，他们中的大多数人都安然无恙地回来了。"哈德威克先生一边说着，一边领着他们走进一个四周是砖墙的地窖。里面有几十个文件柜，每个

122

抽屉都贴着标签。哈德威克先生向他们挥了挥手。"这是我收集的信件和手稿，"他介绍道，"还有魔术表演的节目单和广告。著名魔术师的照片，许多人还签了名。关于魔术表演技巧的剪贴簿和手写说明。当然还有这个。这个柜子里全是拓片[1]。"

他拉开一个放文件的抽屉，翻了翻，最后拿出了一个厚厚的绿色文件夹。"是这个吗？"乔纳森急切地问。

"是的，"哈德威克先生回答，"这是这个文件夹的标签：贝尔·弗里森墓碑的拓片，1938年6月1日。"他打开文件夹，拿出一大张薄薄的纸，路易斯看着叔叔拿起纸的一端展开。这张纸实际上是用胶带粘在一起的，上面还涂了木炭。

路易斯意识到这是一块墓碑的拓片。哈德威克把那张纸贴在贝尔·弗里森墓碑的柱子上，然后用一块木炭在上面来回擦。结果便用木炭拓印了所有的痕迹。齐默尔曼太太用手指在一行行的痕迹上画了画。"就是这个！"她说。

文件夹里还有很多折叠的纸，柱子两边的图案各一张。齐默尔曼太太又找到了一个不完整的词，一个又一个。只用了五分钟，她就把它们都找齐了。"谢谢你！"她对满脸困惑的哈德威克先生说，"现在我们得走了！"

哈德威克先生给了她一个困惑的微笑。"你们就不能告诉我什么事情这么紧急吗？"他问道。

乔纳森·巴纳维尔特拍了拍他的肩膀。"晚些时候会告诉

1　指将碑文石刻等文物的形状及其上面的文字、图案拓下来的纸片。

你的，鲍勃。现在，我所能说的是，上帝会保佑你的，因为你是一个如此狂热的收藏家，也因为你如此井井有条！路易斯，走吧！"

路易斯跟着他上了楼。他意识到两件事。第一，天色已经很晚了——太阳快要落山了。

第二，齐默尔曼太太现在有了完整的咒语。他们必须到墓地去，他们必须用那个咒语来救出罗丝·丽塔。

会发生什么呢？在那可怕的墓地里他们会面对什么？死亡蜘蛛？一个从坟墓里回来的女魔法师？还是更糟糕的事情——路易斯甚至无法想象的可怕事情？

第十五章

　　乔纳森·巴纳维尔特像个疯子，把车开得飞快。当那辆旧车在转弯时，轮胎发出刺耳的声音，路易斯紧紧抓住扶手。农舍和田地从眼前闪过。当他们拐进通向墓地的长车道时，太阳正在落下。当乔纳森猛踩刹车，把车停了下来时，太阳已经彻底消失了。

　　"我们没有多少时间了，"齐默尔曼太太说着从车里爬了出来，"这儿，乔纳森。把这个戴在你脖子上。这是你的，路易斯。这是我的。"齐默尔曼太太从她收藏的护身符中挑选了三个。一个是圣甲虫，古埃及生命的象征；另一个是一个很小的，在十五世纪由一位非常神圣的修道士祝福过的金十字架；第三个护身符是她送给路易斯的，是一颗紫色宝石，闪耀着她自己的魔法火花。

　　她拿着一把普通的黑色雨伞，大步走向墓碑。雨伞是折叠的，手柄是青铜狮鹫的利爪，握着水晶球。她小心翼翼地把伞放在地上，拉住乔纳森和路易斯。"握住我的手，"她低声说，"无论发生什么，我们都要在一起。"

"人人为我。"路易斯胆怯地说。他试着装出勇敢的样子，但这种尝试和他的魔术一样彻底失败了。

"我为人人，"乔纳森·巴纳维尔特大声说，"弗洛伦斯，尽力去做吧。让所有游荡的妖怪、野兽和爬行的蜘蛛小心了！"他紧握着路易斯的手，然后把齐默尔曼太太的右手握在手中。路易斯握着她的左手。

齐默尔曼太太开始用清晰、响亮的声音念咒语中的每个词，有的用英语，有的用拉丁语，有的用希腊语，还有的用埃及人说的科普特语。当咒语响起时，路易斯感到脚下的土地在移动。他听到一种奇怪的呻吟声，这是石头苏醒并试图动弹时可能发出的声音。当齐默尔曼太太念出咒语中的最后几个词时，他看到贝尔·弗里森墓碑顶上的石球在晃动。它砰的一声裂成碎片和一团灰尘。路易斯惊慌地大喊起来。柱子摇摇晃晃地倒下了，花岗岩基座慢慢地转向一边。

它露出一个通向地下的黑暗洞口。

齐默尔曼太太清了清嗓子。"到目前为止一切还好。"她说，"我们走吧——当心有惊喜。我敢肯定伊丽莎白·普罗科特会用一些讨厌的看门狗来保护她的隐私！路易斯，如果我们碰到那只大蜘蛛，记住那根本不是真的。它是用一撮灰烬和一滴血变出来的。那只是个幽灵。"

"它……它不会伤害我们吗？"

齐默尔曼太太的表情很严肃。"它可以伤害我们，没错，"她说，"作为一个幽灵，它由坏情绪而生——仇恨、恐惧和愤怒。但只有你相信它，它才会存在。如果你不相信，你就消灭了它的邪恶力量。记住这个……所有人都准备好了吗？我们走吧。"她拿起伞，准备行动。

乔纳森·巴纳维尔特走在前面，他的手电筒发出强烈的光束，穿过隧道，照在破裂斑驳的满是绿色黏液的瓷砖墙壁上，照在布满橡胶似的毒菌的可怕地板上，照在小动物的白骨上。

路易斯跟在他后面，齐默尔曼太太殿后。这里臭气熏天，路易斯感到一阵恶心，他不停地用嘴吸气。他们沿着曲折的隧道走了很长一段时间，然后乔纳森停了下来。"这就是她的看门狗，很好。"他低声说，"弗洛伦斯，你怎么想？"

路易斯在他叔叔身后环顾了一下四周。他所看到的景象让他血管里的血液都凝固了。隧道的尽头被一张鼓起的白色蜘蛛网完全封住了，而在它的正中央爬着一只巨大的蜘蛛。这不是他们在罗丝·丽塔家看到的那只，因为那只毛茸茸的蜘蛛是灰色的。这一只是闪亮的黑色，腹部有一个红色的沙漏形花纹。那是黑寡妇，美国最致命的蜘蛛。

它的个头儿有餐盘那么大。它的长腿动了动，开始沿着网往下爬。齐默尔曼太太走上前，撑着伞挡在她面前。突然，伞变成了一根又黑又长的手杖，顶端有一圈令人目眩的紫光。齐默尔曼太太的样子也变了——她穿着飘逸的紫色长袍，褶皱里有火焰，她昂首而立、不容进犯。蜘蛛似乎感觉到有什么事情正在发生。它向前一跃，把腿伸展得很宽。噼啪！随着爆裂声，齐默尔曼太太施展出自己的魔力——一道紫色的闪电从她手中射出，击中了空中那个可怕的怪物。它从他们身边滚落，燃烧起来，撞到了网上。嗖，蜘蛛网着了火，发出咝咝声。蜘蛛的尸体掉在了地上，噼啪作响。

齐默尔曼太太放下手杖，它又变成了一把伞。"她知道我们现在就要来了，"她说，"我们不要让她失望！"

他们走进一间很大的圆形房间。由于中心有一个大理石平台，他们看不到远处。他们慢慢地绕过它，齐默尔曼太太绝望地叫了一声，停了下来。路易斯瞪着前方。

罗丝·丽塔坐在金色的宝座上。她的身体被裹得像木乃伊一样。黑框眼镜后面，她的眼睛因恐惧而睁得大大的。那只灰色的蜘蛛——比之前大得多——蹲在她身上。它的前腿搭在她的肩膀上。滴着毒液的毒牙离她的脖子只有几厘米。它紧贴着墙壁，腹部缓慢地起伏着。

一个人影绕着平台走过来。"一群傻瓜。"它用气喘吁吁的声音轻蔑地说。路易斯简直不敢相信自己的眼睛。那个人影像一具风干的女人尸体。血肉惨白，粘在脸上的骨头上。眼睛看起来是空的，嘴巴只是一条黑色的裂缝。怪物边走边说："你们来得太晚了。"

"不，"乔纳森宣告道，"我不相信。罗丝·丽塔，我们来了！我们是来带你回家的！"

"你这个无知的胖子！"那具走动的僵尸说道，"你们三个要和我的客人在这里相聚——永远相聚在一起！"

"放了罗丝·丽塔，"齐默尔曼太太走上前说，"你想要的不是她。用我吧。"

"我为什么要那样做呢？"怪物问。

"因为我就是你一直想成为的人，"齐默尔曼太太回答，"我是一个女魔法师。"

一道光在空荡荡的眼窝里闪过，那里曾经有贝尔·弗里森的双眼。"我要你和那个女孩，"她说，"没有讨价还价的余地！"

路易斯看到罗丝·丽塔开始蠕动。她在蜘蛛的毒牙下扭动着身子，义愤填膺地喊道："你放开齐默尔曼太太！我收回我所有的坏愿望！我收回那滴血！我不会让你伤害我的朋友！"

那具僵尸猛地转过身，发出咝咝声。齐默尔曼太太说："罗丝·丽塔收回了她的那滴血！现在我可以对付你了，我的朋友！"她举起伞，从伞上迸出一团紫色的火光。它像一道噼里啪啦的紫色闪电划过房间，正好击中了罗丝·丽塔头顶上的蜘蛛的后背。

路易斯尖叫起来。那家伙从墙上弹了下来，腿疯狂地抖动着，爬向他们。

齐默尔曼太太大喊了一声。乔纳森绕过蜘蛛，冲过去帮助罗丝·丽塔。那只蜘蛛在齐默尔曼太太的头顶高高立起，齐默尔曼太太伸出手来。她的手指刺穿了蜘蛛的皮肤。然后她猛地把手抽了回去。一个指尖染满了红色。"以罗丝·丽塔的名义，我要夺回她的血！"齐默尔曼太太怒吼，"你将失去所有的力量！"

贝尔·弗里森的木乃伊在黑暗中尖叫着。蜘蛛摇晃了一下，然后它的皮肤上出现了成千上万条"Z"形裂纹。那个怪物倒在了一片黑色的烟雾中。转眼之间，烟消云散。

乔纳森抱住罗丝·丽塔。缠着她的蜘蛛网也消失了，变成了粉末。乔纳森喊道："当心，弗洛伦斯！"

太迟了！木乃伊贝尔·弗里森向前冲去。她的骷髅手握住了伞。这个摇摇晃晃的怪物以超人的力量把它从齐默尔曼太太手中夺了过去。齐默尔曼太太惊叫着跌倒在地。

木乃伊贝尔·弗里森疯狂地笑着，把伞举过头顶。"一个魔法师的权杖会在她死的时候折断！"怪物尖叫着说，"但有时也有别的死法！如果我打碎这个魔法球，你就死定了！"

"等等！"路易斯喊道，向前走了一步。他的膝盖在颤抖，他觉得自己好像要晕倒了。但他知道他必须阻止贝尔·弗里森打碎魔法球。他举起双手。"等等！"他又说，"我有个礼物要送给你！"

"什么？"骷髅眼窝中的红光似乎要刺进他的身体，"你有什么东西？"

"一个护身符！"路易斯声音嘶哑地喊道，"看，它就在这里！在我手里！"

"你手里什么也没有！"

"那是因为它是隐形的！"路易斯大声说，"我就是神秘的神秘人！现在你看不见它。"——他弹了弹手指，做了一个他在魔术表演中反复练习过的动作——"现在你能看见了！拿着吧！"那枚有魔力的护身符从他的夹克里掉了出来。他一把抓住它，向前一扑，把它插进了那个摇摇晃晃的怪物的脸！

那颗紫色的宝石闪耀出灿烂的光辉，烧灼起来。僵尸号叫着，在她的眼窝之间出现了一个咝咝作响的洞。她把伞掉在地上，路易斯差点儿没接住。

"退后！"齐默尔曼太太喊道，把路易斯拉开。

那个怪物摇摇晃晃地走着。紫色的光束从她的眼睛里、从她张开的嘴巴里射出。她的皮肤翻腾、起皱、烧焦。然后她瘫倒在一堆骨头上；在一阵无声的爆炸中，她飞进了旋转的尘埃中。

大地开始震动。齐默尔曼太太从路易斯手中接过伞，魔法球发出强烈的紫色光芒。"罗丝·丽塔，你还好吧？"

"我现在没事了！"罗丝·丽塔说。

"我们快离开这里吧！"乔纳森叔叔大声喊道，"这个地方要塌了！"

他们向隧道跑去。路易斯没有回头看。从他身后传来了可怕的倒塌和毁灭的声音，他不愿去看发生了什么。

第十六章

"她真的消失了吗？"罗丝·丽塔问。从和贝尔·弗里森的尸体在地下进行决斗以来，已经过去了两个星期，她仍会做噩梦。

"是的！"齐默尔曼太太果断地回答，"你可以说，是我们切断了她的线。她用一种像蜘蛛网一样的咒语把自己的灵魂与人间联系在一起。路易斯用他的魔术烧穿了那张魔法网。她的灵魂被放逐到死者的领地，所以一切都土崩瓦解了。"

"不过，别告诉任何人，"乔纳森·巴纳维尔特笑着说，"他们都认为是一场异常强烈的地震摧毁了她的墓碑！"

"我们出来得很及时。"路易斯说。

那是十一月里一个异常暖和的星期六。四个朋友坐在高街100号的后院，享受着宜人的暖阳。齐默尔曼太太烤了一大盘美味的双层软糖核桃布朗尼，他们津津有味地品尝着美食，喝着大杯牛奶。罗丝·丽塔的突然归来使新西伯德的每一个人都感到惊讶，但她已经适应了这个场合。她编造了一个从自行车上摔下来失忆了的故事。她告诉大家，这几天来，她一直在四处游荡，睡在谷仓里，不知道自己是谁。

乔纳森告诉警方，他、齐默尔曼太太和路易斯开车经过塞德勒太太说过的那条路时发现了罗丝·丽塔。罗丝·丽塔已经好几天没有碰过食物和水了，那个星期五晚上她不得不在医院里度过，但她很快就恢复了。就连她手指上的月亮形小伤痕也消失了。现在她家里的一切都恢复了正常，只是在秋冬剩下的时间里，波廷格太太不再让罗丝·丽塔骑自行车了。罗丝·丽塔说这只是个小小的代价。

"你把卷轴放回去了吗？"齐默尔曼太太问。

"我把书还给哈德威克先生时，把卷轴塞进了盒子，"罗丝·丽塔说，"您真的认为现在安全了吗？"

"是的。所有的魔力都消失了。"齐默尔曼太太说。"没有魔力，这个卷轴就只是一件收藏品。现在坟墓已经塌毁了，不会再造成什么破坏了。"

乔纳森看着路易斯。"你很安静，"他说，"你在想什么呢？"

路易斯咧嘴一笑。"我在想，作为一名业余魔术师，我做得相当不错，"他说，"我骗过了贝尔·弗里森，让我靠近她，然后我用变小鸡的把戏用护身符击中了她。"

"你脑子转得可真快，"罗丝·丽塔说，"你怎么知道它会起作用？"

路易斯耸耸肩。"我不知道——真的不知道，"他坦白道，"只是在我看来，齐默尔曼太太的魔法是正义的，它可以消灭邪恶。所以我抓住了机会。我不知道还能做什么。"

"你的直觉是正确的，"齐默尔曼太太说，"我很高兴你没有让她打碎我的魔法球。啊！那也许不会要了我的命，但那样一击对我一定不会毫无影响。"

罗丝·丽塔不停地紧张地环视着院子。乔纳森歪着头问道："怎么了，罗丝·丽塔？"

她皱起了眉头："我不知道。我一直有种被监视的诡异感觉，但我想那是不可能的。贝尔·弗里森已经消失了，我希望她的蜘蛛也跟她一起消失了！"

"我相信它们已经消失了。"齐默尔曼太太体贴地说，"嗯。既然你提到了，我想，我也有一种被监视的感觉。古怪大胡子，你想试着找出原因吗？"

乔纳森·巴纳维尔特咧嘴一笑，做了几个动作。在他面前出现了一支金色的箭，没有任何支撑飘浮在空中。它看起来像一个老式的风向标。它转了一圈又一圈，最后指向房子的角落。乔纳森站了起来，箭不见了，他眨了眨眼睛。他蹑手蹑脚地向房子走去。然后他扑了过去，路易斯听到了一声尖叫。

乔纳森再次出现时，咯咯地笑着。"出来吧。"他说。查德·布里顿走到拐角处，穿着他的外套，看起来很尴尬。"高兴点儿，"乔纳森对其他人说，"是我们的侦探邻居！"

"查德，你在监视我们吗？"路易斯问。

"不，不是这样的，"查德说，"我只是……呃，我……以为……"

齐默尔曼太太伸手去拿了一块布朗尼蛋糕。"你以为你'探'到了软糖的味道。"她和蔼地说。

"是啊！"查德笑着说。

"来一块吧。"齐默尔曼太太对他说，"下次你就直接过来问我。"

查德咬了一口布朗尼蛋糕，眼睛转了转。"这太棒了！"他说，"谢谢，齐默尔曼太太！"

"不客气。"齐默尔曼太太回答道。

路易斯也伸手拿了一块布朗尼蛋糕。"嗯，"他说，"也许查德和我都走对了路。他发现了布朗尼蛋糕，所以他会是个好侦探。而我是一个伟大的魔术师。看我来把这块布朗尼蛋糕变没！"

查德笑了，罗丝·丽塔和其他人也跟着笑了起来。他们在悦耳的笑声中结束了美好的一天。

小读客 经典童书馆

童年阅读经典 一生受益无穷

嘀嗒屋❽

魔法桥下的怪物

［美］布拉德·斯特里克兰　著
陈颜　译

江苏凤凰文艺出版社
JIANGSU PHOENIX LITERATURE AND
ART PUBLISHING

图书在版编目（CIP）数据

嘀嗒屋 . 8, 魔法桥下的怪物 /（美）布拉德·斯特
里克兰 (Brad Stickland) 著；陈颜译 . -- 南京：江
苏凤凰文艺出版社 , 2022.11
　书名原文 : The Lewis Barnavelt series
　ISBN 978-7-5594-6914-4

Ⅰ.①嘀… Ⅱ.①布… ②陈… Ⅲ.①儿童小说 - 长
篇小说 - 美国 - 现代 Ⅳ.① I712.84

中国版本图书馆 CIP 数据核字 (2022) 第 123115 号

嘀嗒屋 . 8，魔法桥下的怪物

［美］布拉德·斯特里克兰 著　　陈颜 译

责任编辑	丁小卉
特约编辑	马敏娟　　唐海培　　李玉洁
装帧设计	张路云
责任印制	刘　巍
出版发行	江苏凤凰文艺出版社
	南京市中央路 165 号，邮编：210009
网　　址	http://www.jswenyi.com
印　　刷	三河市龙大印装有限公司
开　　本	880 毫米 ×1230 毫米 1/32
印　　张	28.75
字　　数	500 千字
版　　次	2022 年 11 月第 1 版
印　　次	2022 年 11 月第 1 次印刷
标准书号	ISBN 978-7-5594-6914-4
定　　价	198.00（全 6 册）

江苏凤凰文艺版图书凡印刷、装订错误，可向出版社调换，联系电话：010-87681002。

目 录

第一章

好几个月来，路易斯·巴纳维尔特都忧心忡忡的。这一切还要从二月的那个大雪纷飞的下午说起。路易斯的叔叔乔纳森从一份晚报上抬起头来，轻声说道："看吧，这群傻瓜干的好事，进步的车轮要开到卡帕纳姆县了。"他厌恶地哼了一声之后，把报纸扔到了一边。

路易斯一直趴在巴纳维尔特家的电视机前，这是一台精巧漂亮的真力时[1]电视机，上面的圆形屏幕就像飞机的舷窗一样。他从有些扎手的棕色地毯上爬起来，将目光从霍帕隆·卡西迪[2]牛仔电影上移开，望着乔纳森·巴纳维尔特。"发生什么事

---

1 真力时，二十世纪美国的一家电视和电子产品生产制造商。
2 霍帕隆·卡西迪是美国作家克拉伦斯·爱德华·马尔福德
  （Clarence Edward Mulford）创作出来的牛仔英雄，后来衍生出了
  许多影视作品。

了？"路易斯问道。

他的叔叔体格魁梧、性情温和，长着一头红发，红色的胡须里还夹杂着几绺白胡子。他摇了摇头，把两根大拇指插在自己的马甲口袋里，皱起眉头说道："哦，别把我说的放心上，也许什么也不会发生。"看来他不想再往下说了。

那天晚上，路易斯翻看了整份报纸，想找出究竟是什么事情让他的叔叔如此不安。在报纸的第三页上，他找到了一篇文章，想着应该就是它了。这篇文章的标题是《卡帕纳姆县将修建新桥》，报道称，一直以来相关市民对怀尔德克里克溪上的那座旧铁桥抱怨不断，而县政府认为该桥过于狭窄，并且还需要昂贵的维修费用，所以打算拆掉老化的旧桥，改用混凝土修建一座现代化的新桥。这个消息也让路易斯和他的叔叔一样不安了起来。

路易斯是个矮壮敦实的男孩，有着一头金发和一张圆圆的脸蛋。他出生在威斯康星州，一直在密尔沃基市郊外的一个小镇上生活，且在那待了九年。后来，他的父母在一场可怕的车祸中双双去世，路易斯就只好搬到密歇根州的新西伯德镇和乔纳森叔叔一起生活。

曾经有一小段时间，路易斯感到十分孤独和痛苦。他有点儿害怕乔纳森叔叔——但也只是一开始的时候。不久后，他便知道了乔纳森叔叔是一位魔法师，会施展真正的魔法，比如能变出奇妙的立体幻象。他们的邻居弗洛伦斯·齐默尔曼太太也是一位真正的女魔法师，一位长着满脸皱纹，但总是笑眯眯的、精力充沛的正义女魔法师，有时还会烧得一手好菜。

随着时间的流逝，路易斯也觉得新西伯德镇越来越像自己的家了。现在是20世纪50年代，路易斯和他最好的朋友罗丝·丽塔·波廷格还在上初中。从很多方面来说，路易斯仍然很胆小，对自己缺乏信心。罗丝·丽塔称他是一个杞人忧天的人，因为他的想象力十分丰富，总是幻想会有最坏的事情发生在自己身上。

然而，路易斯却和罗丝·丽塔、乔纳森叔叔、齐默尔曼太太一起经历了一些相当可怕的冒险。不过，他还是特别害怕身边的一切变化，也许是因为他在父母去世后经历了太多，又或者，就像乔纳森叔叔曾经说过的那样，路易斯天生就是保守派，只希望自己的生活能够舒舒坦坦地日复一日、一成不变。

但无论是什么原因，任何一点儿微小的改变都会让路易斯感到不安。有一次，乔纳森叔叔把家里的墙纸全部换掉之后，一连好几周，路易斯都很焦躁。后来还有一次，乔纳森叔叔因为同齐默尔曼太太打赌，戒掉了他那臭气熏天的烟斗（当时齐默尔曼太太得戒掉她那些弯弯小小的雪茄），但路易斯却很怀念它的味道。

而现在，县里居然要把横跨怀尔德克里克溪的那座铁桥拆掉，这让路易斯感到十分沮丧，坐立不安。当然，他还有其他的原因。

大约一个月之后，路易斯试图向罗丝·丽塔解释这些原因。罗丝·丽塔要比路易斯高出大约一个头，长得瘦瘦的，留着一头长长的直发，戴着一副大黑框眼镜。她还有点儿像个假小子，但路易斯很欣赏她沉着冷静的判断力。三月的某一天，在放学回家的路上，路易斯和罗丝·丽塔去希姆索斯雷氏药店买了两瓶汽水。

汽水柜台就在药店一进门的右手边，散发出汉堡和椰子派的香味。路易斯和罗丝·丽塔在一张靠前、靠窗的小小的圆玻璃桌旁坐了下来。他们坐的椅子是由白色的金属丝缠绕而成的，上面还放着红色的人造革坐垫。路易斯很喜欢这些坐垫，因为每当他坐上去时，里面的空气就会噗的一下跑出来，听起来很像一声恼怒的叹息，这时的椅子仿佛在说："对了，快坐上来吧！反正也没人在乎我的感受。"至少，路易斯之前是这么认为的。

这是一个阳光明媚的日子，但路易斯已经闷闷不乐好几个星期了。罗丝·丽塔一边喝着汽水，一边看着他。最后，她终于开口说："好了，忧郁小王子，你最近在烦些什么呢？看看你的脸，就像牙痛犯了一样。"

路易斯皱起眉头，摇了摇头，回答说："你不会明白的。"

罗丝·丽塔往椅背上靠了靠，又把双臂交叉在胸前："试着说说呗，没准我懂呢！"

路易斯深吸了一口气。"你知道怀尔德克里克溪上的那座旧铁桥吗？"他问道，"嗯，它要被拆掉了。"

罗丝·丽塔不禁皱起了眉头："那又怎样？这是一种进步的表现呀。"

"没错，"路易斯有气无力地说道，"乔纳森叔叔也是这么说的。"

罗丝·丽塔敏锐地瞥了他一眼，又继续说："看来这事真的让你很心烦。好了，路易斯，通通告诉我吧。"

路易斯盯着自己喝了一半的汽水："其实你已经知道得很多了，就是在我刚来新西伯德镇的那个时候，乔纳森叔叔、齐默尔曼太太和我不得不一起对付艾萨克·伊扎德的鬼魂。"

罗丝·丽塔迅速朝四周看了看，但并没有人在附近偷听他们说话。她朝路易斯靠近，低声说道："你已经告诉过我了。老艾萨克想要毁灭世界，但在他做到之前，他就死掉了，然后他死去的妻子就从坟墓里爬了出来，企图用老艾萨克藏在你们家墙里的那个超级魔法钟毁灭世界。"

"她也差一点儿就得手了。"路易斯说。这时，他回想起了塞伦纳·伊扎德眼镜上闪烁的亮光，不禁打了个寒战："不过，我还有件事一直没有告诉你，有一天晚上，乔纳森叔叔开着车，带我和齐默尔曼太太去兜风。那是在十一月，我们只是开车到处逛逛，看看风景。等我们往回开的时候，天也已经黑了。然后，乔纳森叔叔注意到我们后面出现了一些亮光，有一辆可疑的汽车正在向我们驶来。"

在路易斯讲述整个故事的过程中，罗丝·丽塔一直静静地听着。当时，乔纳森叔叔真的被吓坏了，而路易斯也害怕极了。在路易斯很小的时候，他就经常假装自己乘坐的车辆在被后面的某一辆车跟踪。然而，那天晚上，这个"假装"游戏却成真了。

　　根据路易斯的描述，那晚乔纳森叔叔开着自己的那辆老爷车——1935年产的马金斯·西蒙，在黑暗中一路疾驰狂奔。在笔直的马路上，乔纳森叔叔绝对飙到了每小时一百三十到一百五十千米的车速。每当进到弯道时，马金斯·西蒙都会惊险地打个趔趄，轮胎下飞溅出许多小石子；在碾过碎石路时，还会发出刺耳的声音。最后，乔纳森叔叔在一个三岔路口又来了一个急转弯，只听到车胎摩擦地面产生了尖锐刺耳的声音。就在那一瞬间，路易斯看到了被冰霜染白的一门大炮，应该是南北战争时期留下来的；一座木制的教堂，上面的彩色玻璃窗都是脏兮兮的；还有一家杂货店，昏暗的橱窗上闪烁着"萨拉达"的招牌字样。直到现在，路易斯只要闭上眼睛，就能回想起那个场景，仿佛是翻开相册看到一张照片一样。

　　然后，他们开到了怀尔德克里克溪路。那辆神秘的汽车仍在紧追不舍，齐默尔曼太太搂着路易斯，说了一些安慰的话。但他仍然记得当时感受到了齐默尔曼太太慌乱的心脏，说明她也十分恐惧，而这要比疯狂的追逐战更让他害怕。

　　最后，他们来到了怀尔德克里克溪，看见溪上矗立着一座铁桥，布满了纵横交错的黑色梁柱。那辆老爷车轰隆隆地驶过铁桥，只听到轮胎下面的桥板发出嘎吱嘎吱的响声——突然间，路易斯倒吸了一口气，不继续讲下去了。因为他一想起那天晚上的情景，就觉得很不舒服。他把自己的汽水从面前推开了。

　　"后来发生了什么？"罗丝·丽塔急切地问，"路易斯！

快告诉我！"

路易斯颤抖着深吸了一口气，开口说："后来乔纳森叔叔把车停了下来，我们都下了车，而那辆鬼魂一样的汽车却不见了。"

"因为，"罗丝·丽塔若有所思地缓缓说道，"鬼魂无法穿过流动的活水，我记得在《德古拉》[1]里面读到过。"

"那是吸血鬼。"路易斯反驳说。

"都差不多，"罗丝·丽塔又反驳了回去，"你不知道吗，吸血鬼也是一种鬼魂，只是会吸血而已。"

"好吧，管它呢，"路易斯又说，"不管那辆车是不是鬼魂，反正它就那么消失了。齐默尔曼太太说，它之所以无法再继续追赶我们，除了因为流动的水，还有其他的原因。她所指的，就是那座铁桥。"

罗丝·丽塔用吸管啜了最后一口汽水，发出咕噜噜的声音："那座铁桥有什么特别的吗？"

路易斯皱起了眉头："它是由某个人修建的——我不记得他的名字了，但齐默尔曼太太说，他好像在那些铁里放了某种特殊的东西，据说是为了避免他一个死去的亲戚的鬼魂找上他。"

他们俩沉默了一分钟。之后，罗丝·丽塔轻声说："看来你真的很担心这件事，你的脸色都白了。"

---

1 《德古拉》是一本以吸血鬼为题材的小说，作者是爱尔兰作家布莱姆·斯托克，出版于1897年。

路易斯难过地叹了口气："我知道的，你认为我对这种事太过于担心了，所以总是庸人自扰。但只要一想到那座桥要被拆除——我也不清楚，反正心里就毛毛的，好像有什么不好的事情就要发生似的。"

　　"你跟乔纳森叔叔谈过这件事吗？"罗丝·丽塔关切地问。

　　路易斯摆出一张苦脸，摇了摇头。"报纸上的那篇报道已经让他很心烦了，"他回答说，"我不想再去火上浇油了。我的意思是，对于那座桥要被拆毁的事，他也无能为力。"罗丝·丽塔思考了几秒钟："你喝完汽水了吗？"路易斯点了点头。

　　罗丝·丽塔站了起来："那我们就去找齐默尔曼太太谈谈吧。她应该知道该不该去担心这件事，而且如果真的有什么事要发生的话，她也知道该怎么做。如果那个人的亲戚的鬼魂真的会从新建的混凝土桥上冲出来，齐默尔曼太太也会制伏它的。"

　　路易斯无力地笑了笑。罗丝·丽塔非常喜欢齐默尔曼太太，并且相信她在任何事情上的判断力——尽管路易斯知道罗丝·丽塔的父亲有时会称齐默尔曼太太为"镇上的疯子"。对了，说到这一点，路易斯一直都认为弗洛伦斯·齐默尔曼太太是他忠实的朋友。"好吧，"他小声地说，"希望她不会因此不高兴。"

　　他们一路沿着主街走，拐进大厦街，又继续走到了高街。路易斯和他的叔叔住在一座三层的石砌房子里，就在高街的陡坡顶上。院子围了一圈花哨的锻铁栅栏，每根栏杆顶端都有一个花球，院子里还有一棵可以遮阴避雨的老栗树。在路易斯刚搬到新西伯德镇时，他认为这个家里最好的地方就是房顶上的塔楼，它的瓦板顶部有一个椭圆形的小窗户，就像一只平静而又警惕的眼睛。

齐默尔曼太太的家就在巴纳维尔特家的旁边，房子不大，却很舒适，还有一个修剪整齐的院子和一些花坛。一到夏天，矮牵牛花、紫菀和旱金莲就开始争奇斗艳。通常，巴纳维尔特家总会闻到一股从他们邻居家里飘来的诱人香味，无论是什么时候，齐默尔曼太太都会邀请他们吃上一顿美味佳肴，又或者直接出现在巴纳维尔特家的门口，为他们端上一盘燕麦核桃饼干，或者软绵绵的巧克力蛋糕。

但是今天，路易斯却闻不到任何烹饪的味道。罗丝·丽塔按响了门铃，不一会儿齐默尔曼太太就开了门。她是一位退休了的老教师，而且看得出来，她以前肯定是一位好教师。她那张满是皱纹的脸上时常挂着灿烂的笑容，在她的金丝边眼镜后面，藏着一双明亮的眼睛，时而显得顽皮，时而显得深情。她很喜欢紫色，今天她也穿着一件紫色印花的居家便服，一头蓬乱的白发上还缠着一块紫色的头巾。齐默尔曼太太一看到他们就咧嘴笑了起来。"路易斯和罗丝·丽塔！"齐默尔曼太太高兴地说，"还真是巧呀！快进来吧。我刚刚做完一些春季大扫除的活儿，你们正好可以帮我把家具都挪回原位。"

挪家具并没有花费多长时间，后来齐默尔曼太太在厨房的餐桌上为他们准备了巧克力碎饼干和牛奶。"好了，"她一边往自己的杯子里倒咖啡，一边轻快地说，"你们两个的小脑瓜里肯定装了什么不可告人的秘密，否则我就白当魔法师了。你有什么烦心事吗，路易斯？是不是大胡子又变出什么搞不定的幻象来了？"

听到这里，路易斯不禁笑了起来。有时候，乔纳森叔叔变出来的幻象会不受控制，仿佛有了自己的生命一样，比如曾经住在地窖里的那个小矮人，或者杰尔伯德，它是邻居家的一只带条纹的猫，偶尔会吹口哨，但是特别难听。"不是的，"路易斯回答，"这一次不是。"

"路易斯和他的叔叔很担心怀尔德克里克溪上的那座旧铁桥，"罗丝·丽塔脱口而出，"我们想知道的是，如果它被拆除了，会不会发生什么可怕的事情。"

齐默尔曼太太往椅背上靠了靠，一脸惊讶的样子。她用手指摸了摸下巴，喃喃地说："哎呀，罗丝·丽塔！你可真是直奔主题，一点儿也不浪费时间！"

此刻，就连齐默尔曼太太做的美味饼干也没能吸引路易斯，他把面前的盘子移开，然后说道："上个月，乔纳森叔叔看到要修建新桥的消息之后，就变得很不高兴。我知道他一定还在担心着，因为他都不肯跟我谈这件事。"

"路易斯告诉我，是某个魔法师在桥上施了魔法，"罗丝·丽塔接着说，"我想你肯定知道整件事的来龙去脉。"

齐默尔曼太太咯咯地笑了："你这是让我'坦白从宽，抗拒从严'吗？好吧，我的朋友们，但是我知道得也不多。那座旧铁桥建于——哦，1892年，修建它的人叫以利胡·克拉伯农，是个有钱人。他的家族世代务农，曾经在新西伯德镇和荷马镇之间拥有数十公顷的土地。人们都说以利胡的叔叔吉迪亚·克拉伯农——我想他应该是以利胡的叔祖父才对——是个邪恶的魔法师。他在城外有一个自己的农场，而晚上路过农场的人都会看到奇怪的亮光，听到可怕的声音。对了，当以利胡还是个小男孩的时候，他的父母就离奇去世了。他们的遗嘱写明将一切财产留给以利胡，所以他们的农场就被拍卖了，而所得的钱就为以利胡存进了一份信托基金里。后来，以利胡就和他的叔叔住在了一起。"

路易斯的胳膊上起了很多鸡皮疙瘩。"我不喜欢这个故事，"他用颤抖的声音说，"这和我的遭遇一模一样！"

齐默尔曼太太俯下身来，安慰地拍了拍路易斯的肩膀。"可是你的叔叔却是个很好的人呀，路易斯，尽管他的扑克牌打得很烂！我说到哪儿了？对了，以利胡是在吉迪亚的农场长大的，人们都说他的叔叔教了他魔法，但是我并不清楚，因为以利胡从不谈论和魔法有关的事情，也没有加入卡帕纳姆县魔法师协会。我曾经见过他几次，他的样子看起来很正常——我的意思是，以一个有钱的隐居者来看。"

"你是说，他从来都不和大家往来吗？"罗丝·丽塔不解地问。

齐默尔曼太太看上去若有所思的样子。"你可以那么说，他确实是一心只关注自己的事情。总之，我所知道的是，在1885年12月的一个午夜，一颗流星嗖的一声划过天空，照亮了卡帕纳姆县方圆几千米的一切。人们都说那颗流星就像血一样红，而且它的后面还跟着一束奇怪的光，大概亮了有十分钟之久。最后，伴随着巨大的爆炸声，那块陨石坠落在了克拉伯农家的农场谷仓附近的某个地方，教堂里的钟都被震得响了起来，镇上所有的窗户也全被震碎了。就在那天晚上，也就是那块陨石坠落的时候，老吉迪亚却死了。"

路易斯倒吸了一口气，问道："是陨石击中了他吗？"

"哦，不是的，"齐默尔曼太太回答说，"我觉得他的死亡只是一个巧合罢了。当时，以利胡大概是二十二岁或二十三岁的样子，所以吉迪亚的农场和一切财产都由他来继承。第二天，令人奇怪的是，他生起了一个火堆，人们都以为他是要烧掉吉迪亚的那些邪恶魔法书籍和文章，结果，他却烧掉了吉迪亚的尸体。"

"所以，他并没有成为一位真正的魔法师。"罗丝·丽塔总结说。

齐默尔曼太太回答道："我倒不这么认为。也许他觉得自己实在太有钱了，根本就不需要什么魔法。在那个时候，他已经可以合法使用信托基金里的钱了。而这些钱存了很多年，也产生了不少的利息。几个星期以后，以利胡的财产又增加了一笔。他几乎卖掉了自己所有的东西，舍弃了他的家族农场，搬来了新西伯德镇。不过，他还有一样东西没有卖掉，你们猜到了吗？"

路易斯摇了摇头。

罗丝·丽塔咬着嘴唇，皱起脸来，努力地思考着。"是那块陨石吧。"她最后开口说道。

"答对了！"齐默尔曼太太惊叹，"猜得好，罗丝·丽塔。虽然我从来没见过那块陨石，但我的一个老朋友见过。据她所说，那块陨石就和一个棒球差不多大，上面还闪烁着奇异的色彩，叫她无法形容。她还告诉我，只要看一眼那块陨石，她就会变得莫名的紧张。而且，显然它对以利胡的胆量也没有起到什么帮助。尽管以利胡变得非常有钱了，但他却十分胆小，老是焦虑不安，总让人觉得他一直在害怕被什么东西跟踪似的。最后，到了1892年，也就是他的叔叔去世以后的第七年，他提议说要修建一座铁桥来取代原先怀尔德克里克溪上的一座旧木桥，并且全部费用都由自己承担。自然而然地，县里的人们都欣然接受了。事到如今，大家都传言说是以利胡把那块陨石熔化后，混进了用来造桥的铁水里。反正，就在那年的秋天，新的铁桥建成了。从那以后，以利胡整个人快活了许多。后来，他去投资了一些银行和企业，也变得越来越富有，他一直住在新西伯德镇，直到1947年自然死亡。既然这么多年来都没有什么鬼魂找过他，那我想他的桥应该是起作用了。"

"所以你一点儿都不担心吗？"罗丝·丽塔问。

齐默尔曼太太叹了一口气，耸了耸肩："老吉迪亚的鬼魂根本无处可去，因为以利胡并没有结婚，而克拉伯农家族也没有任何其他在世的后裔，所以，即使拆掉这座旧铁桥，让那个饱受折磨的鬼魂越过怀尔德克里克溪，它也没有什么可以纠缠或伤害的人。"

"可是，为什么乔纳森叔叔那么沮丧呢？"路易斯问。

齐默尔曼太太慈祥地笑了一下，回答说："路易斯，也许你的叔叔要比你所知道的更像你一些。确实，他不太在乎身边发生的变化，尤其是任何与魔法有关的改变，但是过了这么多年，我终于意识到乔纳森·巴纳维尔特——不管他怎么狡辩——其实就是一个爱自寻烦恼的老头儿！"

听到这句话，罗丝·丽塔大笑了起来，而路易斯也松了一口气。

不过，他还是有些担心。日子又过去了几个星期，从三月变到四月，接着又来到了五月，但他的焦虑始终没有消失，只是被掩藏得越来越深了。到了六月一日这天，这种焦虑感就像是心脏隐隐作痛一般，变成了一种无法治愈的痛苦。

第二章

　　学校开始放暑假了，但即便如此，路易斯还是开心不起来。就在本学期结束的这一天下午，齐默尔曼太太宣布明天要在里昂湖的小屋办一次野餐聚会，并邀请了他们所有人。野餐的日子也是放暑假后的第一个星期四，路易斯给罗丝·丽塔打了电话，她表示很高兴能一起去野餐。虽然这个时候的湖水还是太冷，并不适合游泳，但他们可以打羽毛球、吃汉堡，好好地放松一下。

　　乔纳森叔叔同意用他那辆又大又旧的汽车载上大家。那个星期四的早晨，阳光明媚，温暖和煦，天空一片湛蓝。尽管如此，路易斯还是希望自己能早一些摆脱心里挥之不去的恐惧感。虽然他几乎已经习惯了，但这种感觉就如同一种隐隐的痛，让他再也不想继续忍受下去了。他终于说服了乔纳森叔叔不再给他买灯芯绒裤子，于是，那天早上他穿上了一条牛仔裤、一双黑色的科迪斯运动鞋和一件白色的T恤衫。

乔纳森·巴纳维尔特一如既往地穿着一条卡其色裤子、一件蓝色工作衫、一件红色马甲和一件破旧的粗花呢夹克。他从齐默尔曼太太的家里拖出一个巨大的柳条野餐篮，把它放进了后备厢。齐默尔曼太太走在他的身后，穿着一身紫色连衣裙，还戴着一顶紫色的宽边太阳帽。当路易斯为齐默尔曼太太拉开车门时，她突然开口说道："对了，路易斯，没有学校束缚的夏天感觉如何呀？"

"还好吧，我觉得。"路易斯害羞地笑着说。他坐进了后座，乔纳森叔叔也在方向盘的后面坐好了。在一团汽车尾气中，他们出发了。到了大厦街后，他们在罗丝·丽塔的家门口停下来，罗丝·丽塔向他们跑了过来，她穿着一双运动鞋、一条牛仔裤和一件宽松的红色T恤衫，但对她来说，这件T恤衫似乎大了两个号。

罗丝·丽塔上了车，就坐在路易斯的旁边。齐默尔曼太太又重复了一次刚才的问题，只见罗丝·丽塔笑着说："不用上学的感觉真好！这样我就不用再穿那些让人恶心的格子裙和蓝衬衫了！"

这是一个愉快的早晨，乔纳森叔叔心情畅快地沿着荷马路行驶着。齐默尔曼太太说到了自己今年在院子里做的事情，她种了一些新品种的花，有金针花和沙斯塔雏菊，还有一片她寄予厚望的紫罗兰花圃。"虽然紫罗兰是偏浅紫色的，"她说道，"但和真正的紫色也差不太远，如果它们长得不够紫，我就冲着它们念一小段咒语！你呢，乔纳森？你的院子有什么新变化吗？"

"唔，弗洛伦斯，我倒是一直在考虑这事，我想用混凝土把院子铺一下，"乔纳森叔叔严肃地说，"这样一来，我就可以把它全涂成绿色，要是想要看花的话，我就去买一些塑料花回来，再在混凝土的地上钻几个洞，然后——"

"哎哟，别逗了，大胡子。"齐默尔曼太太笑道。

他们到了齐默尔曼太太的湖边小屋。乔纳森叔叔和齐默尔曼太太从车上把篮子抬下来，准备好了烤架，路易斯和罗丝·丽塔也拉好了羽毛球网。他们俩打了好一会儿球，但没有记分。路易斯打得很不错，比起得分，他更想让每一个球都打得久一些，所以他总是会把羽毛球打得老高。有时罗丝·丽塔明明可以扣杀的，但他们还是让每个球在空中来回飞了五到十分钟。

路易斯和罗丝·丽塔打腻了羽毛球，就开始玩起掷马蹄铁[1]游戏。罗丝·丽塔要比路易斯更擅长玩这个游戏，她通常会把粉红色的舌尖从嘴角伸出来，全神贯注地瞄准金属桩，然后再把马蹄铁一扔，只见它在空中旋转起来，不出意外的话，伴随着一声响亮的叮当声，马蹄铁自然就套在了桩子上！相比之下，路易斯掷的马蹄铁要么不够远，要么就只落在了桩子的一旁。"今年

---

1 掷马蹄铁是流行于美国和加拿大的一种游戏，可由2人或4人参加，各人将马蹄铁掷向木桩，使之套住或尽量接近木桩即可。

暑假，你会去童子军夏令营吗？"罗丝·丽塔问路易斯。

路易斯耸了耸肩，拿起他的下一只马蹄铁："我不知道，乔纳森叔叔还没和我谈过呢。"

罗丝·丽塔也扔了一只马蹄铁，它击中了金属桩，并在上面不停旋转着，发出很大的声响，最后才掉到了地上。"完美！"她得意地说，"我们家今年不打算出去太久，爸爸妈妈只想在密歇根的上半岛玩上一个星期，所以剩下的暑假时间，我们应该都会一直待在新西伯德镇。"

路易斯又掷了一只马蹄铁，但离桩子还差得老远："乔纳森叔叔还没提过度假的事，我想他应该想待在镇上，以防万一吧。"

"以防什么万一？"罗丝·丽塔惊讶地问。

路易斯迅速地瞥了她一眼，又回头望了一下。在小屋的附近，乔纳森叔叔和齐默尔曼太太正站在烤架旁烤东西，只见他们四周环绕着一股山胡桃香气的浓烟。尽管他们根本没有注意到路易斯和罗丝·丽塔，但路易斯还是把声音压低了说道："你知道的，怀尔德克里克溪上的新桥已经开通了，所以我想县里的人应该正在拆掉那座旧桥。"

罗丝·丽塔惊讶地看了他一眼，仿佛他刚刚在说自己是从火星来的客人，而此次来到地球的目的就是要和英国女王结婚。过了一会儿，她的眼睛里才逐渐显露出理解的神情。"是那座旧铁桥吗？"她用怀疑的声音问道，"天哪，你还在为这件事烦恼吗？"

路易斯沮丧地耸了耸肩："我一直都放心不下这件事。"

透过圆圆的镜片，罗丝·丽塔向他眨了眨眼："路易斯，你为什么不早点儿说出来呢？"

"我不想让你们心烦，"路易斯嘟囔道，"你想想看，毕竟是县政府要拆掉一座年久失修的旧桥，我们也无能为力。况且，自从二月以后，乔纳森叔叔就再也没提起过那座桥的事了，而我们也问过了齐默尔曼太太，她也觉得没什么好害怕的。所以，我知道自己很傻，但是——"他停了下来，没有继续说下去。

"但是你也没什么办法呀。"罗丝·丽塔同情地说，"嗯……让我想想，也许我们可以想办法去查个清楚，如果确实没有什么蹊跷的话，我们也不用再担心下去了。"

随后，他们就没有再讨论这个话题。不一会儿，乔纳森叔叔叫他们过去吃午饭，他们一起在湖边的草地上享受了一顿美味的野餐。齐默尔曼太太有一个制作汉堡包的独家秘方，可以让它们变得多汁又美味。此外，她还准备了奶油土豆沙拉和一些加了莳萝叶[1]的腌泡菜，这些泡菜有着又脆又酸又咸的丰富味道，一点儿也不像乔纳森在超市里买到的那种软绵绵的泡菜。这也是这么久以来，路易斯吃得最津津有味的一顿。

之后，他们一起帮忙打扫卫生。到了下午，大家变得懒洋洋的，便想干点儿什么来打发时间。乔纳森叔叔拿出了一副扑

1　莳萝叶，又称土茴香，可作为蔬菜食用。

克牌，于是他们就围坐在一张折叠牌桌旁，玩了好几小时的扑克游戏："全明扑克""约翰尼的睡衣""能改变的J牌""卖牌的杂货店""七张牌半明半暗"。大多数时候，乔纳森叔叔都是输的那一方，所以他一直抱怨说自己更喜欢玩"五张抽"。"这些游戏的问题在于，"他说道，"我根本就记不住它们复杂的规则呀！"

"那好，"齐默尔曼太太提议说，"下面我们来玩一个简单的。从现在开始，只有J、7和红色3是万能牌——"

乔纳森叔叔抱怨地哼了一声，但同时又大笑了起来。

在这样一个温暖的、让人昏昏欲睡的下午，玩扑克确实是打发时间的好办法。最后，到了快四点钟的时候，大家就开始准备返回新西伯德镇了。

"我们今晚要不要一起看电影呢？"齐默尔曼太太问道，这时大家正在把折叠椅和桌子搬回她的小屋。"市中心的电影院正在上映一部海盗电影，要是好看的话，还可以让乔纳森用他的咒语重现所有的决斗场景，这样我们就能轮流做里面的海盗船长过过瘾了。"等他们从小屋走出来后，齐默尔曼太太就把门锁上了。

路易斯觉得这部电影听起来很有趣，但还没等他开口，罗丝·丽塔就问道："在回去的路上，我们能去看看横跨怀尔德克里克溪的那座新桥吗？"

齐默尔曼太太用锐利的目光看了她一眼，而正打算把篮子放进汽车后备厢的乔纳森叔叔，也突然间愣住了。他慢慢地转过身来，说道："这个想法可真奇怪，罗丝·丽塔！你为什么想看那座桥呢？"

罗丝·丽塔天真地笑着说："我只是想知道新修的大桥长什么样，仅此而已，还有那座旧桥是不是正在被拆掉。"

乔纳森叔叔和齐默尔曼太太交换了一下眼神。在路易斯看来，那是一种阴沉的表情，就好像乔纳森叔叔默不作声地问了一个问题，然后齐默尔曼太太好像迅速地点了点头，虽然她实际上只是把下巴往下点了一下。

"当然能去了，为什么不呢？"乔纳森叔叔热情地说，"我们可以走那条十二英里路，然后再走怀尔德克里克溪路。我最近也没去过那边，那就一起去看看桥修得怎么样了吧！"

路易斯为罗丝·丽塔开了车门，但当她准备上车时，路易斯低声说："你到底在打什么主意？"

"就是去看看而已，"罗丝·丽塔小声回答，"我们要好好盯着你的叔叔和齐默尔曼太太，如果有什么不对劲的地方，他们两个一定会知道！"

路易斯用力咽了口唾沫，但还是爬上了汽车的后座，在罗丝·丽塔旁边坐了下来。比起一直在不确定的痛苦中煎熬，或许直面真相要好得多。他们离开了小屋，过了一会儿，乔纳森叔叔开进了一条乡间小道。这是一条没有铺沥青的小路，上面只有一层松散的碎石，在偌大的低压轮胎碾压下，一直发出嘎吱嘎吱的声音。齐默尔曼太太开口问道："我们不是要走十二英里路吗？"

"这是一条近路。"乔纳森叔叔哼了一声说。过了好几分钟，汽车一直在碎石路上缓慢地行驶着。路易斯望向窗外，看到了一片美丽的荒地、一些杂草丛生的牧场、一片长满了带刺灌木的树林，还有几处被遗弃的农舍。此时，乔纳森叔叔放慢了车速。

　　"这里看起来好像发生过森林火灾。"罗丝·丽塔说道。

　　路易斯的心开始怦怦直跳。朝汽车的右边望去，有一大片看起来毫无生机的土地，至少应该有好几千平方米。那里的树全部光秃秃的，树皮都从树干上剥落了下来，枝丫也好似在绝望地伸向天空，仿佛这些树临死之前都在疯狂地试图逃跑。地上的麦茬也是一片灰色，死气沉沉的。在这片荒凉土地的中心，有一座农舍，看上去并没有被烧过的痕迹，但也已经破败不堪了。只见生锈的红铁皮屋顶塌了下来，敞开的窗户也是黑洞洞的，就像是骷髅头的两个眼窝。路易斯皱了皱鼻子，闻到了这个地方散发出的一种令人作呕的气味，有点儿甜甜的，但也有点儿发臭，还带有一种浓烈而苦涩的霉味。他百分之百地坚信，肯定有什么邪恶的东西到访过这片贫瘠的土地。

　　"乔纳森，"齐默尔曼太太不耐烦地说，"我们可以再开快一点儿。"

　　乔纳森叔叔一脚踩下油门，让汽车驶离了那个被烧毁的农场。很快，眼前的树又有了叶子，一切都恢复了正常，虽然还是荒无人烟，但起码没那么奇怪了。后来，前方终于出现了铺着沥青的十二英里路。汽车转了个弯，不久后，他们终于来到了路易斯时不时会在噩梦中看到的那个地方：在一个三角形的草地公园里，停放着南北战争时期遗留下来的一门生锈的大炮；在马路的对面，是一座古老的白色乡村教堂，上面的彩色玻璃窗布满了灰尘；教堂对面是一家杂货店，橱窗上挂着一块绿色的"萨拉达"招牌。这里就是他们在那个惊心动魄的晚上来过的地方，那时路易斯还只有十岁，伊扎德太太的鬼魂一路狂追着他们，乔纳森叔叔就是在这里十分绝望地让汽车转了一个大急弯。

现在，他们已经开到了怀尔德克里克溪路，正在朝新西伯德镇的方向驶去。沿着这条蜿蜒的路，汽车越过一座座山丘，经过了许多农场，但全程都没有一个人说话。最后，他们来到了一座高山的山顶，路易斯往下一望，看到了蜿蜒曲折的怀尔德克里克溪正沐浴在午后的阳光里。朝左边望去，那座古老的铁桥仍然横跨在溪水之上，只是桥的两侧各有几百米的路被封锁了。为了方便通行，人们又在旁边修了一段新的路，黑色的沥青路面正在闪闪发光。在他们的正前方，一座现代化的混凝土大桥映入眼帘，横跨在怀尔德克里克溪上。这时已经五点多了，工人们都完成了一天的工作，但他们的设备还留在附近，有黄色的推土机、起重机以及其他的一些建筑机械。乔纳森叔叔缓缓地开过这座混凝土桥，然后找了个位置把车停了下来。

他们都从车里下来，沿着路肩[1]往回走。路易斯看到工人们

1　路肩，马路和行人道相接的部分，即"马路牙子"。

已经把木制的桥板从那座旧桥的黑色铁架上拆了下来，还有一些大梁也被拆了下来，被胡乱地堆在了一旁。他们径直走到了旧铁桥的边上，路易斯从桥板的位置往下望，可以看到桥下缓缓流淌的溪水。虽然他站的地方离水面并不是很高，只有三米多一点儿的距离，但路易斯却突然感到头昏眼花，就如同自己正站在高耸的悬崖峭壁上一样，似乎整个世界都在他的脑袋里打旋。他往后退了一步，然后踩到了一个硬硬的东西。

路易斯挪了一下运动鞋，发现自己踩到了一颗松掉的铆钉，大约有十厘米长。想必是工人们在拆旧铁桥的时候，它从其中的一根大梁上掉下来了。没怎么多想，路易斯伸手把它捡了起来。他觉得手里的这颗铆钉出奇地重，非常坚硬，还有点儿暖暖的，但这种温暖却不太像是日晒造成的，至少不完全是。不知怎的——路易斯也说不上来——他觉得这块金属是有生命的，就好像自己会产生热量一样。路易斯把铆钉转过来，又转过去，放在夕阳下仔细端详着，只见它的表面闪闪发光，没有一点儿锈迹。路易斯简直不敢相信这颗铆钉居然在这座桥上安装了六十多年，因为它没有一点儿被腐蚀过的痕迹，就像是今天早上才刚刚造出来的一样。

路易斯摇了摇头，接着罗丝·丽塔对他开口说了些什么。他赶紧把那颗铆钉塞进了牛仔裤的裤兜里，它虽然有些分量，但却让人特别有安全感。"你说什么？"他问道。

罗丝·丽塔并没有望向路易斯，而是一直在看着远处的乔纳森叔叔和齐默尔曼太太，他们就站在大约五米开外的地方。

这时，罗丝·丽塔瞥了他一眼，扶了一下鼻梁上的眼镜："我说，没有什么可害怕的。"

"哦，"路易斯说，"是的，我想也是。"

远处的乔纳森叔叔和齐默尔曼太太正凑在一起，低声地交谈着，但路易斯听不见他们在说什么。最后，只见乔纳森叔叔点了点头。

他转过身，对着路易斯和罗丝·丽塔说道："孩子们，我想我确实应该颁一个'自寻烦恼奖'给自己，因为我是这个世界上最会瞎担心的人，刚才卷发老太婆已经告诉我了，她并没有察觉到任何的不对劲。如果连弗洛伦斯都找不到那个鬼魂的话，那么它就一定不在这里。路易斯，我很抱歉，之前在报纸上看到旧铁桥消息的时候让你担心了。不管怎样，看来我是白操心了。不过，我们会继续留意的，以防万一嘛，但我还是很相信老太婆的话，确实没有什么可担忧的。"

事情到这里应该就结束了。他们开车回到新西伯德镇，一起去看了电影，然后又把罗丝·丽塔送回了家。等到路易斯上床睡觉时，已经快十点钟了，他只觉得自己很累。接着，他从裤兜里拿出铆钉，把它放在了床头柜上，紧挨着闹钟和台灯。然后，他关上了灯，一头扎进了被子里。

他闭着眼睛，在一片漆黑中躺了好几分钟。他幻想自己正在电影里的那艘海盗船上，此时已经爬上了主桅杆的横桅索，正举着一把弯刀，一路沿着桁端和敌人进行了一场殊死决斗，然后他将弯刀插进主帆，紧握刀柄，纵身一跳，让自己顺着帆布上的刀痕一路滑下来，最后落到了甲板上。路易斯感觉似乎都能听到刀剑之间的铿锵声，还有大炮的轰鸣声。而且，他好像还闻到了鞭炮的硝烟味。

突然，一个大大的哈欠打断了他的思路。他睁开了眼睛，朝着闹钟发光的指针望去，想看看现在几点了。接着，他倒抽了一口气，立马从床上坐了起来。

那颗铆钉正在黑暗中散发着光芒，不同颜色的光在它的表面缓慢浮动着，就像是一滴油洒在了潮湿的混凝土上显现的彩虹一样。为了记住这些彩虹光的所有颜色，路易斯编了一个听起来很有趣的名字：Roy G. Biv，依次对应着"红、橙、黄、绿、蓝、靛、紫"的英文首字母。

不过，他还看到了一些无法辨别出来的颜色。它们似乎并不存在于这个世界，而是来自其他的地方。

在一片黑暗之中，它们在路易斯的床边散发出柔和的光芒。

第三章

　　就在那一周的星期六晚上，路易斯做了第一个噩梦。在这个梦里，他、齐默尔曼太太、罗丝·丽塔和乔纳森叔叔来到了一个动物园，但这个动物园和路易斯在现实中见过的任何地方都不一样。这里所有的动物笼子都是用黑色的钢筋制成的，又大又高，而且非常结实，所以有时很难看清钢筋的后面还有一些焦躁不安的动物在来回踱步。

　　在梦里，路易斯产生了一种毛骨悚然的感觉，仿佛这一切似曾相识，就好像它们都曾经发生在自己身上，而且他也知道接下来会发生些什么。他们正在两个巨大的笼子之间缓缓地走着，一个笼子里关着一群来回挪动脚步的大象，另一个笼子里关着十几只高大的棕色斑点长颈鹿。这时，路易斯就已经知道接下来齐默尔曼太太会说什么了："我真希望这里的动物能多一些，笼子少一些。"顿时，一种压抑的感觉涌上路易斯的心头，因为当齐默尔曼太太说完这句话之后，马上就会有可怕的事情发生。路易斯立即转过头去，想要阻止齐默尔曼太太说出这句话。

但太迟了。齐默尔曼太太一边把她的紫色披肩裹得更紧，一边开口说道："我真希望这里的动物能多一些，笼子少一些。"

这句话在路易斯的脑海中回荡起来，不知怎的，他总觉得前面有一个可怕的命运在等待着他们。紧接着，每个笼子里都传出了响亮的吼叫声、咆哮声、狂吠声和尖叫声。

路易斯在心里绝望地想着，这里的一切都失控了。在他完全不知道发生了什么的情况下，他们居然坐上了一辆迷你火车。只听见黑色的火车头发出噗噗声之后，所有的车厢就在一条狭窄的轨道上开始哐当哐当地动了起来。路易斯和罗丝·丽塔坐在火车头后面的一节车厢里，乔纳森叔叔和齐默尔曼太太坐在他们后面，而且在他们每个人的膝盖上，都有一根圆形的铁制安全杆压着，把他们给固定了起来。火车司机是个有点儿纤弱的瘦高个儿，从他的膝盖和胳膊肘就能看出来。他穿着一身工装裤，但他头上戴的并不是一顶蓝色条纹的司机帽，而是一顶闪闪发光的高顶礼帽。这顶礼帽的颜色非常黑，以至于上面的反光都变成了深蓝色。火车司机带着极大的热情拉响了火车的汽笛，但那声音却一点儿也不欢快，它是一种低沉而悲伤的呜呜声！这让路易斯想起了漆黑的夜晚、荒凉的墓地和瞪大眼睛的猫头鹰。这时，他们的面前出现了一条黑暗的隧道。

"我害怕隧道。"罗丝·丽塔说。

路易斯记得罗丝·丽塔有严重的幽闭恐惧症，任何封闭的空间都会让她立马变得非常紧张。如果那个空间很狭窄的话，那她不久之后就会感到十分恐慌，无法呼吸。

火车一下子钻进了黑暗的隧道口。他们只感觉从一个非常陡峭的斜坡上冲了下去，而且速度特别快，都让路易斯差点儿喘不过气来了。这时，路易斯听到罗丝·丽塔尖叫了起来，那是一声脆弱的、惊恐的尖叫声，此外，还有从他耳边呼啸而过的风声。他觉得这辆火车仿佛已经驶出了世界的尽头，正在太空中不断地坠落，将永远地这么坠落下去。

路易斯闭上眼睛，握紧膝盖上的铁制安全杆。在听到嗖的一声之后，他睁开了眼睛。此刻，火车已经冲出了隧道，铁轨的两侧出现了一排排的垂柳，它们的枝条垂得很低，柳叶拂过了他们的头发。虽然路易斯仍然觉得车速很快，但所有的车厢似乎都在缓慢地运行着，感觉速度并没有超过每小时五到十千米。路易斯斜眼看了看罗丝·丽塔，只见她吓得脸色发青，但他并不惊讶。突然，他又来了感觉，他已经预知到罗丝·丽塔就要问他是不是"结束了"。

罗丝·丽塔看着他，开口问道："路易斯，结束了吗？"

"恐怕还没有。"路易斯只能绝望地回答。迎面而来的柳树突然往两边散开，就像是剧院舞台上拉开了一条绿色的幕布一样，在火车头的前面出现了一个巨大的铁笼，这是他们目前为止看到的最大的一个笼子，就像一个高耸入云的铁怪物，要比任何的摩天大楼都高大。在黑色的铁栏杆后面，似乎还有某个模糊而又庞大的东西在缓慢地移动着。火车开始慢慢减速，然后终于停了下来。路易斯看到铁轨的尽头是一片好像被截断了的草地，又或者是铁路还没有建完。

突然，司机跳下火车，朝他们转过身来。这时，路易斯听到了乔纳森叔叔和齐默尔曼太太震惊的喘息声，罗丝·丽塔也惊慌地叫了起来。

原来这个司机是一具骷髅，他的脸是一张龇牙咧嘴的骷髅脸。他会心地鞠了一躬，但他的高礼帽却从头上跌落了下来，露出了他象牙般光滑的骷髅头。"终点站到了！"他用一种可怕的声音尖叫道，"终点站到了！吃饭时间到！"

然后，他就消失了。路易斯和罗丝·丽塔挣扎着想从火车里出来，但他们大腿上的安全杆却把他们死死地卡住了。这时，他们面前的那个巨型笼子开始摇晃起来，弄得金属栏杆哐哐作响，而关在里面的那团黑乎乎的、不成形的东西正用一只黄色的眼睛盯着他们。它发出了一种令人恶心的、抽鼻子似的呼噜呼噜声，就像一只饥饿的野猪。紧接着，一个如章鱼触手般的黏糊糊的东西缠绕在了一根铁栏杆上，用力地将笼子摇晃起来。

刹那间，那个大铁笼坍塌了，就像纸牌搭成的房屋一样分崩离析，一根根足有十多米长、直径近半米的铁梁全都轰然倒下来，遮住了所有的阳光。路易斯抬起头，眼看它们就要砸在自己的身上，随时都能粉碎他的生命——

路易斯大叫了一声，从床上坐起来，只感觉口干舌燥，喘不过气来。过了好一会儿，他都不知道自己到底身在何处，也不清楚自己是怎么去到那个地方的。然后，他才意识到自己还在房间里，是安全的，这一切都是一场噩梦。他胆战心惊地朝床头柜望去，但那颗铆钉已经不再闪烁那些奇异的光了，他只看到了闹钟上两根熟悉的黄绿色指针，现在是四点二十四分。

路易斯静静地躺了一会儿，好让自己的心脏恢复正常跳动。他的喉咙和嘴巴干得不行，就仿佛正在沙漠里徒步行走一样。他得去喝点儿水。

路易斯打开灯，溜下了床。他光着脚走到浴室，却发现没有纸杯了。他得下楼去。

一般情况下，路易斯并不会为此苦恼。虽然乔纳森叔叔的这座房子非常古怪，到处都有魔法，但路易斯知道，这里面没有任何会伤害他的东西。他鼓起勇气，走下了后楼梯。在楼梯的转角处，有一扇奇怪的椭圆形彩色玻璃窗。很久以前，乔纳森叔叔在这扇玻璃窗上施过咒语，但咒语却一直都没有失效，所以玻璃窗上时不时地会显现一些不同的画面。当路易斯刚搬来和乔纳森叔叔一起住时，上面出现了一幅红彤彤的海上日落景象。在那之后的几年里，它也陆续展现出了很多不同的场景。路易斯走到了楼梯平台，瞥了一眼那扇玻璃窗，然后一下子愣住，一脸困惑。此时，这扇玻璃窗变成了红色，并且闪现出了鲜红色的光芒，上面还出现了一个英文单词：CAVE（洞穴），是用黄色的大写字母拼写的，就像是在为卡尔斯巴德洞穴[1]，或者猛犸洞[2]打广告一样。

然而，就路易斯所知，新西伯德镇附近没有任何洞穴，他想，也许是上面的咒语有点儿失效了吧。之后，路易斯便朝厨房走去，但突然传来了一阵柔和的说话声，让他停下了脚步。这时，齐默尔曼太太和他的叔叔正坐在书房里轻声交谈，可究竟是什么要让齐默尔曼太太这么大清早地过来呢？

路易斯踮着脚尖，悄悄地在书房门口停了下来。书房的门虚掩着，透过几厘米宽的缝隙，他可以清楚地听到齐默尔曼太太在用疲惫的声音说道："好的，乔纳森，我们就继续留意那座桥吧。但我要再提醒你一句，我觉得那个想要追杀以利胡的鬼魂应该早就遭到了报应。之前在桥边的时候，我什么都没感应到，而且从那以后，我也一直在检查我的水晶球，真的什么都没有。不过，正因为我很了解你，所以要是那座旧铁桥真的会让你心绪不宁的话，我也不会取笑你的。"

路易斯听到乔纳森叔叔缓慢地深吸了一口气。"并不完全是这样，弗洛伦斯，嗯……我也不知道，也许这一切都和伊扎德夫妇有关吧。我足足花了十年的时间，才得以对抗那两个卑鄙小人煽动起来的邪恶力量。还记得上次我们在怀尔德克里克溪路上差点儿被那个老巫婆逮住的事吗，那可真是我这辈子最害怕的

---

1 卡尔斯巴德洞穴位于美国新墨西哥州东南部的瓜达卢佩山脉，是美洲第三大洞穴，于1930年正式成为一个国家公园。
2 猛犸洞是世界上最长的洞穴，位于美国肯塔基州中部的猛犸洞国家公园，是世界自然遗产之一。

一个晚上了。不过，我还是有一种强烈的预感，就像威廉·莎士比亚在《麦克白》里写的那句话，你还记得吗？"

齐默尔曼太太故意用有些沙哑、瘆人的声音背诵道："拇指怦怦动，必有恶人来！"

"就是这句，"乔纳森叔叔回答说，"没错，所以你肯定也知道我之前为什么会故意绕了一条远路。"

"我当然知道你在打什么算盘了，"齐默尔曼太太敏锐地回答道，"你是想去看一下吉迪亚·克拉伯农的旧农场，但它还是跟以前一样死气沉沉的。容我说一句，乔纳森，这可真不是个好主意！我本来是不介意和你一起去看那个地方的，但是带上路易斯和罗丝·丽塔就——唉，算了，幸好也没发生什么事情。"

乔纳森叔叔沉默了几秒钟。然后，路易斯又听到他开口说："弗洛伦斯，你有在那个农场的附近走过吗？摸过那些枯树吗？"

"呃！"齐默尔曼太太嫌弃地说着，路易斯完全可以想象出她那厌恶的样子。"不了，谢谢您嘞！我更情愿把手伸进一桶黏糊糊的鼻涕虫里去！"

"好吧，不过我已经去过了，"乔纳森又接着说道，"悄悄告诉你，其实我也更愿意去摸鼻涕虫。回到正题，二十多年前，也就是第二次世界大战爆发前的某一天，我曾经去过那里。当你走过那片枯草时，它们就会在你的脚下嘎吱嘎吱地作响，然后变成颗粒状的粉末；当你把手放在枯树干上，用力一推时，你的手就会陷进去，但它们摸起来一点儿也不像木头。那种感觉更像是把手戳进了一个易碎的马蜂窝里——"

"真希望里面没有马蜂。"齐默尔曼太太插话道。

乔纳森叔叔勉强地笑了一下："没错，至少我没有被蜇。但我真的不是在开玩笑，如果你想的话，你还可以让手随意穿过那些树干。但这么多年过去了，它们居然都还屹立不倒，这不是很奇怪吗？我还以为一场大风暴就能把它们彻底摧毁呢。"

"如果能选的话，我根本就不会去想这些事，"齐默尔曼太太回答道，"后来呢，又发生了什么？"

"没过多久，我就感到害怕了，"乔纳森叔叔承认道，"我害怕极了，于是就匆匆离开了那里，从此再也没有踏上过那片土地。弗洛伦斯，那里真的很不寻常，就好像那个农场里所有的生命都——都被吸干了！"他压低了声音，继续说道，"不过，这还不是最糟糕的事情。"

就在那个时候，路易斯听到齐默尔曼太太深吸了一口气。"好吧，"她用平静的声音说，"最糟糕的事情是什么？"

"那里还有一只像小狗那么大的穴居动物，"乔纳森叔叔用颤抖的声音回答，"我想应该是一只土拨鼠吧，反正和土拨鼠差不多大。它的全身没有一根毛，灰白色的皮肤皱巴巴的，就像一个被晒干了的马蜂窝，只见它的一半身子已经爬出地洞了。如果非要让我猜的话，我觉得是在1885年的那个晚上，也就是流星坠落在那座旧农舍后面的时候，它的一半身子就已经爬出地洞了。"

"我想，它应该就像那些枯树一样，"齐默尔曼太太说，"这真的太糟糕了。"

"更糟的还在后面。"乔纳森叔叔的声音非常轻，路易斯不得不把耳朵贴在门缝上才听得见。事实上，路易斯已经离得很近了，他甚至都能闻到咖啡的香味。乔纳森叔叔说："在我摸了枯树之后，我根本不想去碰那——那个东西。于是，我在农场几百米开外的地方，捡了一根结实的树枝，然后又走了回去。我把树枝插进了那个怪物的背部，但随着一声可怕的噼啪声，树枝居然陷了进去。"

"呃，"齐默尔曼太太叫道，"我想我喝不下这杯咖啡了，也好，反正那个画面也会让我整晚都睡不着的。"

"弗洛伦斯，"乔纳森叔叔低声说道，"弗洛伦斯，然后它——它居然动了起来。"

路易斯只能用一只手撑着，才能让身体更紧地靠在墙上。这时，他的胃里突然一阵绞痛，咖啡的气味一下子变得很浓，浓得让他感到恶心。

"哦，乔纳森，"齐默尔曼太太的声音像是吓坏了，"你为什么从来都不说呢？"

"从那以后，有关这件事的记忆就一直出现在我的噩梦里，"乔纳森解释道，"所以我不想让你也受到困扰。但现在不一样了，我觉得必须要告诉你才行。弗洛伦斯，那个可怜的东西拼命地想从洞里爬出来，它发出了让人害怕的咝咝声——我想它应该是在用力地呼吸吧。就在它试图向前爬动的时候，它的两只前爪啪的一声断了下来，整个身体也跟着裂开了。于是，我——我便用那根树枝把它碎成了粉末。"路易斯听到他的叔叔倒抽了一口气。然后，他又继续说："至少，我帮它摆脱了痛苦，希望我真的做到了吧。要是我不这么想的话——如果我留下的那堆粉末里还存在着某种邪恶的生灵——那我可就真受不了了。"

路易斯听到了咝咝的呼吸声，他意识到应该是齐默尔曼太太刚刚呼了一口气。"这对我来说也难以接受，"她低声说着，"好了，那我们就去动员卡帕纳姆县魔法师协会吧，让大家都要保持警觉，密切留意，就像以前的人会把耳朵贴在地上，鼻子凑到磨刀石上一样。不过，要是我们真摆出了那样可笑的姿势，没准就会有人从后面偷袭我们，然后在我们的屁股上狠狠踢上一脚！"

路易斯听到他的叔叔轻轻笑了一声："我想我们还要监视那两个家伙，自从要建什么新桥之后，我就开始怀疑他们两个了。如果真有人会搞出什么可怕的麻烦来，那也只会是他们两个，你记住我这句话。"

突然间，路易斯感觉很挫败。乔纳森叔叔是在说罗丝·丽塔和他吗？他一想到这儿，就不禁害怕起来，如果这是真的，那他该怎么办？顿时，在路易斯的脑海里，过去他每次违抗乔纳森叔叔的回忆都一一浮现了出来，还有那些因为他的任性而几次三番让大家陷入危险的时刻。一下子，他的心情变得十分沉重。他蹑手蹑脚地回到楼上，第一次感受到了有生以来从未有过的孤独。他走进浴室，把头斜着伸进水槽，凑到水龙头下喝了水。然后，他又拖着疲惫的身体回到了床上。

如果乔纳森叔叔真的对自己失去了信任呢？如果他决定把自己送走呢？路易斯曾经认识一个男孩，他的父母就把他送到了一所军事学校。如果自己也像这样被送走的话，那该怎么办呢？要是没有罗丝·丽塔当朋友，没有齐默尔曼太太的善意和关心，没有乔纳森叔叔始终如一的幽默，他到底要怎么活下去呢？

路易斯蜷缩在一床薄薄的被子下，内心十分孤独，他感觉自己已经被遗弃了。突然，他又产生了另外一个想法，一个非常令人不安的想法。

那扇彩色玻璃窗上出现了CAVE，这是一个英文单词，但英语并不是世界上唯一的语言。路易斯在学校里还学过拉丁语，而碰巧的是，CAVE也是一个拉丁语词语，但它却和洞穴、钟乳石或石笋没有任何关系。

相反，在拉丁语中，这个单词代表着一种警告。

它的含义是——**小心！**

第四章

　　路易斯并不知道，就在他偷听乔纳森叔叔和齐默尔曼太太说话的时候，远在新西伯德镇之外，还有一对男女也在进行一番激烈的谈话。和乔纳森叔叔一样，这个女人也曾经把车停在了怀尔德克里克溪路的路边，就在那座旧铁桥的不远处。然后，她从一辆破旧的黑色别克车下来，对着眼前的这条沥青路，望了好一会儿。在如此早的清晨，路上根本没有什么车辆来往，也没有任何灯光，哪怕是远处的农舍里也看不见什么光亮。东方的地平线仍然漆黑一片，丝毫没有一点儿黎明的迹象。

　　一切都很安静，除了远处的一条农家犬发出的些许号叫声。一轮黄色的月亮低低地挂在天上，散发出了一点儿微光，刚好能让人看清周遭事物的轮廓。微弱的月光暗淡地照映在那辆破旧别克车的挡泥板和引擎盖上。

　　接着，这个女人绕到了副驾驶的旁边，帮忙搀扶一位行动不便的老人下了车。他们两个似乎年龄相仿，都将近八十岁了，但女人的个子很高，梳着一个紧紧的圆发髻，满头的银发闪闪发亮，走起路来脚步也十分轻快。尽管晚上很暖和，她还是穿了一件长到脚踝的黑色大衣，纽扣一直扣到了下巴。她搀扶的那个男人是个秃头，不仅行动迟缓、弯腰驼背，还总是爱乱发脾气。他在白色衬衫外面穿了一件黑色西装，领口是开着的。他挣扎着终于下了车。"我可以自己下来！"他不耐烦地说，然后甩掉了女人的双手，"你去把后备厢打开！"男人摇摇晃晃地站在长满草的路肩上，像鸡蛋一样的脑袋左右摇晃着，将全身的重量都倚靠在了一根拐杖上。

"可别摔下来弄断了脖子，你这个老糊涂，"女人用一种厌烦而又无奈的语气回答说，"还没到时间，还得再等一等。"

那个年老的男人猛地挺直了腰板，朝她挥着拐杖说道："不行！"接着，他又靠在拐杖上，一瘸一拐地走到了车的后面，看着女人打开后备厢，然后拿出了一个长长的管状物体。在昏暗的月光下，这个东西看起来像是一个用来裹地毯的硬壳纸管，大概有一米五长。女人小心地把它竖起来，又拿出了一个很重的木制三脚架。"你想把它放在哪里？"她开口问道。

男人一边用拐杖疯狂地比画着，一边说："在哪儿都行！在哪儿都可以！我们已经知道了高度和方位角，所以在哪儿都一样！找个平坦的地方就行了，快点儿！"

女人用一只胳膊夹着折叠的三脚架，向那座旧铁桥走了过去。虽然工人们维修了怀尔德克里克溪路，但通往旧铁桥的一小段沥青路面还没有被拆，于是她就把三脚架放在了上面。只听见啪的一声，三脚架打开了。女人在固定三脚架时忍不住哼了一声，看来这个三脚架顶端架的那个基座非常笨重。

女人固定好三脚架后，便回去拿管筒。在一来一回的路上，男人也一直跟在她的身旁，不停地咕哝抱怨着。女人不愿被催促，她走得很慢，但很自信，仿佛自己曾在黑暗中做过几百次相同的事情。她把管筒接在了基座上，通过转动一些圆形的铬合金旋钮，又把管筒倾斜起来，正对着天空。原来，这是一台反射式望远镜。

女人一边哼着缓慢而阴郁的曲子，一边把一个目镜装进了镜筒边上的支架里。然后，她从自己外套的口袋里拿出了一支带有红色灯泡的小手电筒。她打开了开关，借着微弱的红光，先是调整了一下三脚架，然后又通过仔细观察底座上的指南针和两个金属环，对望远镜做了一些调整。这些金属环上都刻着一些线条和数字，就像某种圆形尺子一样。当她似乎对每个金属环上显示的数字都感到满意时，她便关掉手电筒，把它放回了口袋里。

她按下望远镜底座上的一个按钮，然后一个发条马达就开始轻轻地嘀嗒作响起来。"应该调好了。"她说道。接着，她又以讥讽嘲笑的口吻补充说："是让我先看，还是你先看呀，我的老爷，我的大人？"

"闭嘴，快闭嘴！"那个老男人咆哮道，他的声音因为愤怒而颤抖起来，"让我先看！哪怕你看见了，也不知道是什么！"

女人用鼻子轻蔑地哼了一下，但没有说任何话。男人一瘸一拐地走到望远镜跟前，小心翼翼地避免碰到镜筒，然后开始凝视着目镜。他一边嘟囔着什么，一边转动了某个旋钮，好让仪器得以聚焦。不一会儿，他就高兴地咯咯笑了起来。"我看到了！"他宣布道，"我看到它了！太美了！就像一颗长着头发的小红彗星，正好就在视野中央。噢，干得好呀，我亲爱的妻子！想想看，它上一次离地球这么近，都已经是一万四千多年前的事了！那时的亚特兰蒂斯人还在它的光芒下匍匐祈祷呢！现在，这颗红彗星又回来了！"

"那是一颗彗星，你这个老糊涂，"女人反驳道，"好了吗？我能看一眼了吗？"

男人放下了望远镜："当然，我亲爱的厄尔敏，快看吧！让你看个够。"当女人俯下身去注视目镜时，男人抬起了头，凝望着漆黑的夜空。他说道："肉眼还是看不见，但它每时每刻都在向我们靠近，很快，很快它就会在夜空中闪耀起来！我们的时机终于要到了！"一想到这里，他似乎有些感动，不由得颤抖起来，抽泣了一声。

女人没有从目镜上抬起头来。男人从裤袋里掏出一块皱巴巴的手绢，一瘸一拐地朝那座旧铁桥走去，擦了擦眼睛，又擤了擤鼻子。他在桥边停了下来，低头望着溪水里的一个黑色旋涡，但除了朦胧的月光，其实什么也看不见。突然，水面开始沸腾起汩汩的气泡，并在一片漆黑中闪现出了磷光。老男人不禁笑了起来，开口说道："快了，我的小宠物，就快了！不久之后，你就可以为我梅菲斯托费勒斯·穆特效命了！全世界的人类，那些傻瓜，都将会臣服于我，拜倒在我的脚下！"

那些沸腾的气泡渐渐消失了。随之传来的是一股恶心的烂玫瑰味道，其中还混杂着一种腐烂尸体和霉菌散发出的细微甜味，让人不禁作呕。然而，男人却在咯咯笑着，十分欣慰的样子，就好像这是玫瑰的芬芳一样。

在经历了那个可怕噩梦的第二天早上，路易斯和乔纳森叔叔一起去参加了弥撒。圣乔治教堂是一座石头建筑，偌大的彩色玻璃窗上分别画着耶稣受难的十四处苦路像。教堂里的牧师迈克尔·弗朗西斯神父是个矮小瘦弱的人，戴着一副又大又圆的眼镜，声音柔和平静，性情十分开朗。通常来说，路易斯会在弥撒仪式上获得一些安慰，但这个星期日，尽管他就坐在乔纳森叔叔的旁边，他的心里却在怀疑他是否真的还信任自己，而这个想法又让他感到非常沮丧。当他们离开教堂时，路易斯又停下来做了一个简短的祈祷，并为他的父母之灵点燃了蜡烛。在乔纳森叔叔开着马金斯·西蒙回家的路上，路易斯决心要证明自己是值得被信任的。

接下来的这一天，一切如常。到了星期一，路易斯告诉罗丝·丽塔，自己很担心乔纳森叔叔会对他们两个失望，但他没有说明具体原因。路易斯一个人已经够难受的了，他不想让罗丝·丽塔也陷入悲伤和胡思乱想之中。

不过，对罗丝·丽塔来说，这句话已经足够让她想帮忙做点儿什么了。她建议道："我们可以从1885年坠落在老克拉伯农农场的那颗红色流星着手，在像新西伯德镇这样安静的一个小镇上，我敢打赌，这种事一定会上新闻的，快走吧。"

路易斯一路跟着她到了公共图书馆。他们来到地下室，因为过期的《新西伯德纪事报》就存放在那里。这些报纸都被装订成了许多大本册子，栗色的封面皱皱巴巴，镀金的编号也褪色剥落了下来，很难看清楚。而且，有一些册子已经找不到了，尤其是从1861年到1865年南北战争期间印刷的那些。但是，幸好1885年的两本册子都还在书架上，路易斯和罗丝·丽塔便取下了记录着七月到十二月的第二本册子。

"齐默尔曼太太说过，陨石撞击发生在十二月。"罗丝·丽塔一边说着，一边小心翼翼地翻着那些发黄、发脆的旧报纸。一股薄薄的灰尘扬了起来，弄得路易斯的鼻孔痒痒的，闻起来还有点儿鼠尾草的味道。

路易斯发现这些旧报纸上并没有任何照片，只是偶尔有几幅雕刻版画，而且它们大多数都是为了出售新型改良耕田机或者煤油炉之类的东西刊登的广告。罗丝·丽塔翻到了十二月的报纸，他们便开始仔细浏览每一页，试图找到有关流星坠落的报道。

终于，在12月22日（星期二）的一篇头版报道中，他们找到了相关的消息。路易斯和罗丝·丽塔都俯下身来，把头凑在一起，开始读道：

惊喜的天外来客！

在昨晚的午夜时分，一颗未知的流星从外太空远道而来，在夜空中划出了璀璨的光芒。相信月亮女神黛安娜一定会感到非常愤怒，毕竟这颗闪耀的流星让她黯然失色了不少，说不定她正待在自己的闺房里生闷气呢。

昨晚，新西伯德镇、埃尔德里奇角镇、荷马镇以及卡帕纳姆县附近村庄的所有居民，都被午夜的一声巨响给惊醒了，那可怕的声响就仿佛是一枚巨大的火箭发出来的。

事发时，新西伯德镇的警官詹姆斯·安德鲁斯正在四处巡逻，据他所说，整件事的罪魁祸首是一颗"像房子那么大"的流星，它划过了寒冷、晴朗的午夜天空，然后发出了震耳欲聋的轰隆声，还有十分耀眼的红色光芒，特别明亮，"就像是一切刚被鲜血溅过一样"。

这颗流星引起了巨大的骚动，以至于一些人马上从床上跳起来，开始生疏地做起了祈祷，他们都觉得最后的审判日号声已经响起，世界末日即将来临。此外，流星经过时所引发的震动波及新西伯德镇所有教堂的尖塔，让所有的钟都叮叮当当响了起来。截止目前，大约有二十名愤怒的市民反映自己家的窗户玻璃被震碎了，许多商店的窗户也都碎了一地。然而，本报却觉得这或许是塞翁失马，焉知非福：预计今年的圣诞节期间，玻璃厂的生意将会非常兴隆。

据称，这颗流星坠落在了新西伯德镇以南的某个地方。毫无疑问，一旦陨石被发现，它将成为大家争相进行科学研究的对象。

最后，如果有热心的读者在林中漫步时发现了一个正在冒烟的陨石坑，并愿意带领本报记者去往现场的话，那么我们将会十分乐意奉上十美元的报酬。不过，千万记得只能告诉《新西伯德纪事报》。如果你把这个消息悄悄告诉了心怀不满的戴安娜女神，说不定受到诅咒的就是你了。

"哼，"罗丝·丽塔不屑地说，"他们当时根本就没有严肃看待这件事，对吧？"

路易斯回答说："这篇报道之所以会这样写，或许是因为记者很高兴没有任何人因此受伤吧。在我看来，像陨石那样的东西砸向地球是一件非常可怕的事情，所以在发现一切平安无事后，人们自然就会觉得如释重负吧。"

"也许是吧。"罗丝·丽塔表示同意。他们又往后翻了几页，并在星期三刊登的讣告栏里发现了吉迪亚·克拉伯农的消息，不过上面也没写什么特别的内容："吉迪亚·克拉伯农，一位农场主，于12月21日午夜突然去世，葬礼将以非公开形式举行。"

这就是全部了。十二月的其他报纸里再没有任何关于流星或克拉伯农的报道了。罗丝·丽塔合上了那本册子，一旁的路易斯陷入了沉思，他感觉好像有什么东西在他的记忆中浮现出来。

"嘿，"他开口说，"12月21日是一年中最短的一天吗？"

"对呀，"罗丝·丽塔回答说，"那一天是冬至，确切地说，是一年中白天最短、夜晚最长的一天。对了，明天就是夏至了，也就是一年中白天最长、夜晚最短的一天。为什么问这个呢？"

"也许这其中有什么关联，"路易斯说道，"很有可能是老吉迪亚施了魔法，让流星在那晚落到了地球上。你知道的，魔法师们只能在一年中某些特定的日子才能施展出最强的魔法。虽然乔纳森叔叔可以让月食发生，但也不是任何时候都会成功，必须还要等到所有的星星都在正确的位置上才行。即便如此，那也不是真正意义上的月食，因为它只能维持在大约几平方千米的范围内。"

罗丝·丽塔用手指敲了敲图书馆的桌子。"你的猜想有可能是对的，"她若有所思地说，"不过，你要怎么确定呢？我的意思是，如果你不向乔纳森叔叔或者齐默尔曼太太求助的话……"

"天哪，不，"路易斯马上说道，"他们很可能会认为我找这些旧报纸是在多管闲事。"

罗丝·丽塔把椅子从桌子旁推开："好吧。我始终觉得是你搞错了，但我也知道，这整件事真的让你很心烦。那么这样做如何：我们一起去那个旧农场看看吧！"

突然间，路易斯感觉自己的胃抽搐了一下。"我……我不知道，"他结结巴巴地说，"它……它在城外很远的地方，而且，而且……"

"如果骑自行车的话，只要几小时就能到那儿，"罗丝·丽塔开始哄劝道，"而且，我们也去过很多次很远的地方。如果我们早一点儿出发，比如早上七点，那我们就可以在九点或者九点半之前到达了。也许我们可以等周六的时候再去，这样就可以有几天的时间做准备了。我们可以在农场里闲逛上几小时，一起吃野餐，然后再骑车回来，保证谁也不会注意到。"

罗丝·丽塔说得很对，但尽管如此，路易斯还是感觉胸闷不已，就像是有一只巨大的手掌狠狠地捏住了他，让他喘不过气来。在听到乔纳森叔叔说了那些可怕的事情之后，他光是想到那个邪恶、衰败的农场，就不禁害怕了起来。"你……你觉得我们……会在那里发现什么？"他结结巴巴地说着，想要尽量拖延一下时间。

"那个陨石坑吧，"罗丝·丽塔回答说，"又或者是一本魔法咒语书，甚至是午夜队长[1]的神奇解码戒指，谁知道呢？不过，有一件事是很肯定的，如果我们不去试一试，那就什么也

---

1 一部1942年上映的科幻电影的主角。

发现不了。"

路易斯感觉喉咙堵得慌，于是用力咽了口唾沫。"你确定我们应该去吗？那是个很可怕的地方，你一点儿都不害怕吗？"他哑着嗓子问道。

罗丝·丽塔苦笑了一下。"我是有点儿害怕，没错，"她坦白说，"但那是在白天，而且我们两个人在一起，如果有什么奇怪的事情发生，我们就马上像兔子一样跑掉，我向你保证。"

路易斯突然头晕目眩了起来。其实最重要的是，他只想让自己确信乔纳森叔叔是爱他的，是信任他的，而且永远都不会把他赶走。罗丝·丽塔的这个计划或许能帮助他做到这一点——或许也会导致一切坍塌，就像他在噩梦中见到的那个铁笼子一样。路易斯真的希望自己能有更大的决心和进取心，希望自己能像罗丝·丽塔那样行动果断，不会在事情还未发生之前就犹豫不安、怕这怕那的。

终于，他迫使自己冷静了下来，开口说道："好吧，我去，可如果发生了什么事……"

"我们就跑，"罗丝·丽塔保证道，"像兔子一样。"

"像兔子一样。"路易斯又重复了一遍，然后事情就这么决定了。

第五章

　　星期三的晚上，路易斯正在和乔纳森叔叔吃晚饭。这时，路易斯突然开口问，自己周六是否可以和罗丝·丽塔一起骑自行车去远一点儿的地方兜兜风。正在舀土豆泥的乔纳森叔叔听到这话，便停下来说道："好呀，当然可以。现在的天气要比七月好得多，等到那时，气温肯定会达到40℃，你们俩都可以在人行道上煎出一份培根鸡蛋当早餐了。"他又继续把土豆泥舀到了盘子里。"说到吃的，我会帮你们买一些三明治配菜，总不能让你们俩像当纳聚会¹的那些人一样，在路上活活饿死吧。"

　　因此，路易斯和罗丝·丽塔就开始计划起他们的周六探险

1　当纳聚会是指美国淘金热时期前往加利福尼亚州的一支移民队伍的长途跋涉之旅，他们在路途中遭遇了饥饿、雪暴等意外。

之旅。然而，到了星期五，路易斯一醒来就发现外面刮起了暴风雨。天空中低低地挂着不规则的灰色云团，一阵阵的狂风在屋檐上呼啸而过，短促而猛烈的雨点狠狠地打在窗户上。路易斯的心里暗自松了一口气，如果这种天气持续下去，那他们的自行车之旅就能取消了，因为他真的不想去。

快到中午的时候，又来了一场雷雨，乔纳森叔叔常常把这种暴雨称为"会让青蛙窒息的雨"。只见大雨瓢泼，屋顶上仿佛挂起了一幅巨大的铅色雨幕，一道道闪电在天上噼里啪啦，轰隆隆的雷声震得窗户嘎吱作响，甚至连地板也震动了起来。接着，一场冰雹袭击了整个新西伯德镇，大概持续了三分钟。无数弹珠大小的圆冰球在地上弹跳，噼啪作响，院子里看起来就像下了一场六月的雪一样。突然，冰雹停了下来，但暴雨、闪电和雷声却越来越大。

乔纳森叔叔坐在书房里，嘴里咬着一根未点燃的烟斗，因为他的注意力正集中在一本魔法书上。通常情况下，路易斯会被雷雨吓得半死，但这一次却似乎是一种解脱。他走到房子南侧的后楼梯间，在楼梯平台上坐了下来，盯着那扇变化无常的彩色玻璃窗。这时，它显示的画面已经不再是一个红色的警告信号了，而是一间简朴的白色农舍，就坐落在一条穿过绿色田野的黄色小路尽头，一只白鸟从农舍屋顶上飞过，成为广阔蓝天中的唯一点缀。

窗外的闪电也让这个椭圆形的画面跟着时不时地闪出光来，尽管外面在下着暴风雨，但窗户上描绘的平和景象却给路易斯带来了一种宁静的感觉。也许，这一切都是他在小题大做罢了。由于去克拉伯农农场的自行车之旅变得希望渺茫了起来，他忽然觉得肩上的重担好像被卸了下来。

突然，天上传来了一声震耳欲聋的惊雷，整个楼梯都摇晃了起来。房子里的电灯也变成暗橙色，然后熄灭了，楼梯间陷入了一片黑暗之中。路易斯慌忙跳起来，冲上了二楼，接着又冲进房间，一头倒在床上，从小他的姨妈就告诉他，在雷雨天的时候，只要躺在一张羽绒床上，他就是安全的。

然而，路易斯并不知道他的床垫里面到底是羽绒、泡沫橡胶还是龙虾须，他甚至都不知道姨妈说的到底是真的还是只是她的迷信而已。

但无论是迷信还是事实，路易斯在床上感觉更安心了一些。不管外面的暴风雨如何肆虐，他就一直躺在床上。他朝闹钟的方向瞥了一眼，然后发现那颗铆钉又开始闪着那种鬼魅般的光芒，而这让他产生了一种奇怪的厌恶感。事实上，这次散发的光要比以往任何一次都明亮得多。每当出现一道闪电，它就跟着闪亮起来，仿佛是空气中的电流给了它更多的能量。路易斯仔细端详着这颗铆钉，却发现自己几乎看不出来它是由实心铁制成的，只见它的表面流动着一团不断旋转、跳动的彩光。

路易斯打开床头柜的抽屉，里面装了很多乱七八糟的东西：旧扑克牌、大富翁游戏里用的假钱、几张照片、一串念珠以及其他零零碎碎的物品。他小心翼翼地用指尖轻轻弹了一下铆钉，让它滚进了抽屉里。然后，他砰的一声关上了抽屉。他提心吊胆地看着自己的右手食指尖，想知道它会不会也开始发起光来，不过他的指尖看起来毫无异常，所以应该没有沾上铆钉上的那些奇光异彩。

没过多久，电力就恢复了。暴风雨也平息了下来，带着最后的几声雷鸣声和一阵恶狠狠的暴雨往东边撤去了。路易斯跪在窗前向外看，天空开始放晴了，一块块蓝色出现在云层之间，几片湿透的叶子粘在了他的窗户上，他还听到了从前院的栗树上滴下来的雨滴声。不过，暴风雨已经结束了。

到了吃晚饭的时候，天空已经完全晴朗了，而电视机里的天气预报员也说星期六和星期天将会迎来一个晴朗温暖的周末。路易斯知道自己和罗丝·丽塔的冒险之旅还得继续，于是他的心情立马沉重了起来。那天晚上，他一直睡得很不安稳，做了一些奇怪又可怕的噩梦，但是他在凌晨三点零四分醒来时，却又记不清到底梦到什么了。他只觉得好像有一个巨大而残酷的东西在一直追着他。对了，那个铆钉呢？它在做些什么呢？

路易斯怀着恐惧又期待的心情，打开了床头柜的抽屉，但是铆钉并没有发光，仍旧只是一块十厘米长的铁而已。路易斯又关上抽屉，睡觉去了。

闹钟在六点半的时候响了，金属的撞击声让路易斯从沉睡中惊醒过来。他慌忙抬手停掉了闹钟，然后坐在了床边，试图让自己从睡梦中清醒过来。他的眼皮被一些像胶水一样黏糊糊的东西粘了起来，于是他起身到浴室去，往脸上泼了一些水。

然后，他拖着沉重的步伐走回卧室，向窗外望去。今天的天气非常好。罗丝·丽塔应该会在二十五分钟之后出现。

路易斯穿好衣服，静悄悄地下了楼，以防吵醒还在睡觉的乔纳森叔叔；但在他还没下到楼梯底时，一股培根的味道扑鼻而来。路易斯发现，乔纳森叔叔和齐默尔曼太太早就已经在厨房里了，两人都穿着围裙，正围着火炉忙个不停。"早上好呀，麦哲伦，"乔纳森叔叔调皮地说，"在你开始自己的探险之旅之前，请问你是想要一个炒鸡蛋还是两个呢？"

路易斯吃了两个炒鸡蛋、几片切得很厚的培根、两片涂着乡村黄油的酸酵母吐司，还有齐默尔曼太太自制的酸苹果果冻。齐默尔曼太太开口说："我知道乔纳森做的三明治就是简单地把肉夹在两片面包中间，所以我专门过来帮你们准备野餐的东西。你和罗丝·丽塔每人都有两个三明治，然后我还放了几块特级软糖布朗尼和两份特制的莳萝叶腌泡菜。我的这个腌泡菜配方可是在1938年的卡帕纳姆县集市上赢过蓝丝带奖的，所以你们可要怀着敬意去吃哦！"

路易斯笑了一下，表示他和罗丝·丽塔会那么做的。接着，他把所有的食物都装进了自行车的挂包里。"你们打算喝什么呢？"乔纳森叔叔站在后门问道。

"我们会在某个加油站停下来，然后买两瓶汽水。"路易斯回答说。

乔纳森叔叔把手伸进口袋，掏出了他的那只又大又旧的棕色皮夹子。他从里面拿出了两张一美元的钞票，说道："给你，路易斯，剩下的零钱就留着吧。齐默尔曼太太和我有点儿事要办，所以我可能要到三点或者更晚一些才能到家。对了，转告一下罗丝·丽塔，问她要不要和我们一起吃晚饭，今晚老太婆要亲自下厨。"

在乔纳森叔叔身后的厨房里，齐默尔曼太太傲慢地哼了一声："对你们来说可是好事！只有我做的饭菜，才能让你们这些孩子获得一点儿真正的营养！"

"我会邀请罗丝·丽塔来吃饭的。"路易斯一边说着，一边把自行车推到了前院。他小心翼翼地把车推下台阶，停在了人行道上。没一会儿，罗丝·丽塔就出现了。她正在使劲地踩着踏板上坡。

罗丝·丽塔停了下来，大喘着粗气。"你准备好了吗？"她开口问道，然后让一只脚落地，支撑着自行车。

路易斯郁闷地点了点头，回答说："应该准备好了。"

"那我们走吧。"等罗丝·丽塔掉转了车头，他们俩连踏板都没踩就滑下了斜坡，一路朝市区的方向骑去。这时还没到七点钟，整个新西伯德镇才刚刚苏醒过来。虽然他们看到了双橡树奶牛场的送奶工在沿途送奶，但路上几乎没有见到什么汽车。他们穿过小镇，然后又一路向南骑行。太阳在他们的左侧升了起来，而在他们的右侧，两个影子在晨光中被拉得长长的，在路沿上和沾满露珠的草地匆匆掠过。

在七点半的时候，他们就来到了怀尔德克里克溪路。这时，罗丝·丽塔骑在前面，他们俩一前一后，默默地蹬着自行车。中途他们遇到过一两次拉货的小货车，车上装满了甜玉米、西红柿和其他要带到新西伯德镇去卖的农产品。

从某种程度上来说，路易斯觉得这次的短途旅行很愉快。天气正好，不会太热，凉爽得恰到好处，而且在他们经过栗树和橡树时，总能听到知更鸟和嘲鸫在唱着欢快的晨歌。路易斯开始有了一种恢复元气的感觉，一种他觉得可以永远就这样下去的感觉——两只膝盖在反复地运动，心脏在平稳地跳动，仿佛永远都不会感到累。

在新建的那座混凝土桥的不远处，罗丝·丽塔停了车，路易斯也跟着停下来，把他的自行车推到了罗丝·丽塔的车旁。"他们就快完工了。"路易斯说道。那座旧铁桥上的所有铁架都被拆完了，现在只剩下侧面的两个很厚重的支撑梁和四个直立的桥墩了。一辆长平板大卡车已经装满了黑色的大梁，看得出它们确实很重，因为卡车都被压得有点儿变形了。

当路易斯和罗丝·丽塔凝视着那座已成废墟的旧桥时，一辆1949年产的栗色福特汽车停在了一辆推土机旁边。一个矮胖的红脸男人从车里出来，他穿着一件蓝白格子的衬衫，一条褪色的牛仔裤和一双磨损严重的棕色工作靴。一把耷拉着的浓密黑胡子遮住了他的嘴，虽然他的头顶已经秃了，但还有一大片黑色的头发紧贴着头的两侧，就在他的耳朵后面。"你们好呀，"男人开口说，并友好地挥了挥手，"昨天的雷打得可真响，对吧？"

"确实是一场可怕的暴风雨，"罗丝·丽塔表示同意地说，"您是在桥上工作的吗？"

那个男人把手伸进他的福特车里，拿出了一个写字板和一顶白色安全帽。他砰的一声关上车门，回答说："是的，不过现在，工作马上就要结束了。这座桥真的很美，对吧？我们还要把它的桥墩给拖出来，然后我想我们的工作就完成了。"

"你们什么时候完工呢？"罗丝·丽塔又继续问道。

那位工人看了看已经残破不堪的桥，若有所思地挠着鼻子。"嗯……我们的进度落后了——这就是为什么我们还得在周六上班——但应该要不了多久了。只要再花点儿时间就可以把最后的部分弄完，估计下周末就能完工了，也许还要再用几捆雷管才能把这些桥墩弄松。不过，哎呀，等一周以后，就再也不会有人能看到那座旧铁桥了。"

"那些铁要怎么处理呢？"路易斯问。

"嗯？"那人挠了挠自己的秃头，然后猛地戴上了安全帽。"抱歉，我也不知道。实话告诉你，我想公司应该会把它们当废品什么的卖了吧？不过，再告诉你一件事：这些铁的质量可真是没得说，不仅特别结实，而且一点儿锈也没有，怕是再也生产不出这样的铁啦。"

"我想也是。"路易斯说道。

在旧桥的另一边，一辆载满工人的卡车停在路边，那个男人开始大喊起来，让他们快点儿过来开工。罗丝·丽塔骑着自行车跨过了新的混凝土桥，路易斯紧紧跟着她。他们骑着车在乡间穿行了将近一小时，但谁也没说一句话。到了那个有着大炮、教堂和杂货店的小十字路口，他们停了下来，准备买点儿汽水，上个厕所。幸运的是，商店刚刚开了门，一个打着哈欠的男人祝他们早上好，然后卖给了他们两瓶可乐。

那时已经超过八点半了，而他们到达老克拉伯农农场的时候，是九点十五分。曾经，这里有一条可以通往农舍的泥土车道，但它现在已经变成了一条坑坑洼洼、凹凸不平的路，所以他们俩没法骑过去。于是他们下了车，把自行车一路推到了那座破旧的农舍面前。

路易斯和罗丝·丽塔朝农舍望去，只见二楼的窗户被倒下来的木头，还有从铁皮屋顶上掉下来的锈迹斑斑的碎片给堵住了。一楼窗户上的玻璃也早就不见了，只留下了几个黑乎乎的大窟窿。一靠近农舍，那股令人作呕的气味就飘了出来，尽管暴雨过后，味道似乎不像之前的那么浓烈了。突然，路易斯感觉自己迷失了方向，但一时间他也说不出来是什么原因。接着，他小声地说："罗丝·丽塔，快听。"

罗丝·丽塔停下了脚步："我什么都没听到呀。"

"我说的就是这个，"路易斯解释道，"在我们骑车过来的一路上，我总能听到鸟儿在唱歌，蝈蝈在叫，可是这里什么声音也没有。"

"真的有些吓人。"罗丝·丽塔表示赞同道。这时，他们已经走到了农舍凹陷的门廊前。"我们就把自行车放在这里吧。"她建议说。

路易斯把自行车的脚撑放了下来。"我觉得我们不应该进去。"他一边说着，一边从这座老房子敞开的门廊往里面望，只看见在透进来的一缕阳光中，缓缓飘浮着很多灰尘，除此之外，周遭的一切都是黑漆漆的。"这个地方看起来随时都会塌陷，而且气味也很难闻。"他说道。

罗丝·丽塔点了点头："就像是发霉的食物、死老鼠和腐烂的西红柿——"

"不要说了，"路易斯呻吟着，"我可不想吐出来。"

于是，他们沿着房子的侧面小心翼翼地走着。一切就像乔纳森叔叔说的那样，这里的草不但都枯死了，而且似乎都变得像晶体一样，只要他们一踩，就会嘎吱作响，然后变成颗粒状的粉末。在农舍的后面，他们发现了一个往中间塌进去的谷仓，只有铁皮屋顶是完好无损的，围成谷仓的木板已经变形发黑，想必是因为年久失修，再加上天气的原因吧。在谷仓的左边，路易斯看到了一口摇摇欲倒的红砖井，差不多到他的腰那么高；它的辘轳还在，但上面只缠着一根腐烂的绳子；还有一个破旧的水桶吊在井口上方，尽管它已经实实在在地锈成了橙红色。

"这里没有什么特别的，"路易斯胆怯地说，"我想没什么好找的了。"

"我们去谷仓的后面看看吧，"罗丝·丽塔回答说，"齐默尔曼太太说过，陨石就坠落在谷仓的那一边。"

路易斯很不情愿地跟在罗丝·丽塔的后面。这里就只剩下几根歪歪扭扭地靠在一起的旧栏杆，上面还连接着一些生锈的带刺铁丝。一眼望去，荒芜的农场上处处杂草丛生，而每当路易斯或罗丝·丽塔碰到它们时，它们就自动化成了沙砾。

"为什么这些东西都没有被昨天的暴风雨毁掉呢？"路易斯不解地问，"难道暴雨、冰雹、狂风——"

走在前面几步的罗丝·丽塔突然尖叫了一声，路易斯停下了脚步。"就是这儿。"她站在一座低矮的小土丘上说。路易斯费力地跟在她后面，然后往下面看过去，原来是一个碗状的陨石坑。罗丝·丽塔又补充道："不过，它并没有在冒烟呀。我还惦记着《新西伯德纪事报》会不会付给我那十美元呢。"

这个陨石坑看上去光秃秃的，不管是坑的周围，还是里面，都没有任何草的踪影。在它的中心，只有一些水聚在了一起——就是一个小水坑而已。它的坑壁上全是一些干裂了的泥土，而且两边的坑壁是陡然向下倾斜的。路易斯估计这个陨石坑的最大直径有三米，深度差不多有五米，底部直径应该只有六十厘米。"既然我们已经找到了它，"路易斯说道，"那我们该怎么办？反正我是不会下到那些泥巴里去找的，如果你是在想这个的话。"

"我也不相信我们能在下面找到什么。"罗丝·丽塔说。"不过，至少我们知道了陨石坠落的位置。好了，我们先去找个不那么臭的地方，吃完三明治，然后再决定下一步做什么吧。"

当他们经过谷仓时，路易斯听见罗丝·丽塔惊叫了一声，然后只见她向前一扑，突然消失了！有那么一瞬间，路易斯还以为是自己变出了什么魔法。紧接着，他又听到了罗丝·丽塔惊恐的哭喊声：“快把我弄出去！救命呀！”

路易斯看到地上多出了一个洞，原来是罗丝·丽塔掉了进去，里面还有一些朽烂的断木板。路易斯趴在地上，爬到了洞口边。他往下看，瞥见了一些旧砖墙。借着照射进洞口的阳光，路易斯看到，罗丝·丽塔在黑暗中仰着苍白的脸望着他。他们两个之间只有差不多一米的距离。

“我可以够到你，”他把手伸了下去，“抓住我的手！”

罗丝·丽塔在喘着粗气。“这是一个老旧的防风地窖，”她说道，声音里充满了恐慌，“等一下，先接住这个，快点儿！接住它！”她把什么东西甩到了路易斯的手里，他把它给拿了出来，这是一个雪茄盒大小的红杉木盒子。“现在把我拉出去！”罗丝·丽塔尖叫着，“我快受不了了！”

路易斯知道罗丝·丽塔的幽闭恐惧症已经开始发作了。他急忙扔下木盒子，把双手向她伸过去，他感觉到罗丝·丽塔已经抓住了自己的手腕，然后开始用力地向下拽。这时，罗丝·丽塔的头和肩膀从洞里探了出来，她抽出左手，往地上使劲一撑。在两人的努力之下，罗丝·丽塔终于爬了出来。

罗丝·丽塔在止不住地发抖：“天哪！下面……实在是太……太黑了，而且闻起来就像是被封闭了一百年一样！”

忽然，路易斯听到身后有动静。一种干燥的沙沙声，就像一张皱巴巴的纸慢慢被揉搓的声音。除此之外，还有一种嘶哑的、呼哧呼哧的声音，就好像什么东西快断气了一样。罗丝·丽塔越过路易斯的肩膀，向谷仓那边望去。她用一只手捂住了嘴，眼睛睁得大大的，充满了恐惧。

虽然路易斯感觉心脏都好像要从嘴里跳了出来，但他还是强迫自己转过身去。

有什么东西正从那个被毁的旧谷仓里走出来。

一个巨大的、灰色的、走起路来摇摇晃晃的东西。

它曾经应该是一匹马。

但现在，它却变成了一个全身干瘪、凹凸不平的银白色怪物。当它那畸形的前腿试图迈开一步时，它身上一块一块的颗粒状的肉就像雪花一样哗哗地掉了下来，而它那光滑而脆弱的骨头也跟着一起碎裂了。它张开嘴巴，发出可怕的呻吟声，它的一对眼窝看起来空洞无比，但对路易斯来说，它们似乎是在渴求着一个痛快的结束——死亡。

后来，他已经不记得自己是什么时候奔跑了起来，他只知道自己拉着罗丝·丽塔的手，一路冲向他们的自行车。他们曾经互相承诺过，要像兔子一样逃跑，路易斯确实做到了。甚至，他都没有发现罗丝·丽塔早就捡起了那个木盒子。

"快看！"罗丝·丽塔在房子的一角喊道。

那只步履蹒跚的怪物已经来到了防风地窖的附近。但是它脚下的木头却开始塌陷，最后，随着一声绝望的号叫，它掉进了坑里，然后一团灰土扬了起来。

再后来，不知怎的，他们两个人都骑上了自行车，为了活命而疯狂般地踩着踏板，远离了农场，也远离了那些可怕的秘密。

第六章

    路易斯和罗丝·丽塔骑着自行车，一路回到了新西伯德镇，中途甚至都没有停下来喘过一口气。他们在东区公园停了下来，这时两人已经上气不接下气了，路易斯觉得自己的两条腿都要断了。他们一连骑了好几千米，一刻也不敢休息，所以他们已经筋疲力尽了。

    他们任由自行车哗啦一声倒在地上，然后在草地上坐下来，大口地喘着粗气。路易斯的肺仿佛在燃烧一样，就算是大口大口地喘着气，似乎也不足以让他继续前进。最后，罗丝·丽塔摇摇晃晃地站了起来，朝着一棵高大的枞树下的长椅直奔而去。路易斯也强迫自己站起来，跟着她的步伐，瘫倒在了长椅上。"我们吃点儿东西吧，"罗丝·丽塔提议说，"现在已经是中午了。"

    "再等一会儿吧，"路易斯回答说，"如果我再动一下，我真的会死的，我现在得休息。”

“我去拿三明治过来。”罗丝·丽塔说。

他们俩津津有味地吃着三明治，啜饮着暖乎乎的可乐。路易斯几乎没有意识到自己在吃什么，这真是太可惜了，因为齐默尔曼太太非常用心地在三明治里放了烤牛肉、甜洋葱、奶酪、奶油味芥末、生菜和西红柿，但路易斯却只觉得自己像是在啃一个全麦面粉做成的硬纸壳板。

还有几个人也在公园里坐了下来，或者从旁边路过，但并没有人特别注意到他们两个。现在刚好是正午时分，很多人都会在公园里野餐。不过，路易斯却感到有些怪怪的。但并不是因为公园里有什么奇怪的东西——是的，公园、路人、街上的汽车、温暖的阳光，所有的这些都很正常，以至于刚刚在农场发生的一切就像是做了一场噩梦，而路易斯要是能早些从这个噩梦中醒过来，他定会十分感激的。

不幸的是，他很清楚刚刚发生的一切都是真实的——就像齐默尔曼太太做的这些脆脆的莳萝叶泡菜一样真实。等他们两个都吃完三明治后，路易斯就把蜡纸包装袋揉成一团，扔进了垃圾桶里。然后，他又把空饮料瓶放到自行车的挂包里，因为他还要拿它们去退押金。“好了，”罗丝·丽塔一边说着，一边打开自己的挂包，从里面取出了她在农场捡到的那个木盒子，“我已经恢复得差不多了，现在我们就来看看这个愚蠢的奖品是什么吧。”

她把盒子翻来倒去，想要知道怎么才能打开它。但在路易斯看来，这个盒子就像一块结实的木头，尽管他记得从罗丝·丽塔那儿接住它的时候，似乎有什么东西在里头晃动，发出了沉闷的响声。最后，罗丝·丽塔在上面发现了一条比头发丝还细的小裂缝，她试着用指甲去抠了抠，但还是没能成功打开盒子。

路易斯把手伸进牛仔裤口袋，找到了他的童子军小刀。

"给你，"路易斯把它递给了罗丝·丽塔，"用这个试试吧。"

罗丝·丽塔打开小刀，把刀尖塞进了那个裂缝。她使劲撬了一下，盒子终于被打开了。盒盖在一个隐藏的铰链上转动起来，原来里面放着一本书，大约有二十厘米长，十五厘米宽，并不是很厚。这本书是用淡绿色的布装订的，已经有些褪色了，书脊和书角也都用棕红色的皮革加固了，但这些皮革看起来已经被磨得破旧不堪。在路易斯看来，这本书就像一本老式的账本。罗丝·丽塔把书从盒子里拿了出来，紧接着一股清新而冲鼻的雪松香味从盒子里飘了出来。

"所以？"路易斯不耐烦地问道，"它有书名吗，还是——"

"别着急，"罗丝·丽塔低声说，"让我们来好好地看看。"她小心翼翼地打开书本，路易斯一眼就看出这确实是一本账簿，它的每一页上都画着一些淡蓝色的横线。老旧的书页虽然已经褪成了暗褐色，但看起来仍然很有光泽。翻开第一页，上面的字迹都已经褪成了巧克力色，只见细长的字体写着这样一个标题：

《吉迪亚·克拉伯农的神秘日记》

"好吧，"罗丝·丽塔失望地说，"至少我们知道了这个东西是属于那个可怕的老家伙的，让我们再看看他都写了些什么。"她又翻到了下一页。他们两个盯着看了好一会儿，感觉十分困惑。让路易斯失望的是，这里面根本没有任何实质性内容，一页接一页的全都是夸张的素描画，有星星、美人鱼、船锚、奇形怪状的花、满身肿块的人以及其他的动物，还有一些与书名笔迹相同的莫名其妙的注释，例如："根据《约格法则》做准备，将新鲜的冰冻血浆分成两袋，有糖尿病酮酸中毒。""按照从法文版翻译的《恩空》一书中所写的，进行第九次尝试；没有肝移植；没有沙罗曼蛇的火元素，毫无用处；在美国山地时间，对约瑟夫斯或者克莱韦克做检查。""维瑞之印，午夜，在石头的高处，可能出现一些食尸鬼，还是鬼魂？或是元素精灵？"

罗丝·丽塔继续往下翻，而路易斯则坐在一旁摇头。然后，在翻到一半的时候——大约有五十页那么多——突然就出现了日记的内容。第一篇日记是这么写的：

1860年三月。大量的计算过后，只有巨大的失望，那颗红彗星要在九十四年或者九十六年后才会出现。在时空之门打开之前，我绝对不能死！我必须试试"永生之术"。也许我能让红彗星上的一个小碎片提前降临到地球上，从而获得强大的力量。但它会从我身上拿走什么呢？我的健康？我的理智？不论如何，都值得冒一次险！

接着，他们继续往下阅读其他的日记，但路易斯一直紧皱着眉头。他们发现，这些日记的记录时间一般都会间隔几周或者几个月，而吉迪亚似乎花了很长时间来找一些他想要的东西："一定要读《无名恐怖之书》中的'七种仪式'，国内仅存的一本就在马斯，一定要去那儿。"后来，他又写道："哦，真想要一本完整版的《死灵名单》！明明已经触手可及了，却唯独缺少那把关键的钥匙，真叫我发疯！"在1865年六月的日记里，他又继续写道：

> 已经连续施展"三、六、九之咒"和"永生之术"九天、十八天、二十七天，终于成功了。我精疲力竭，十分虚弱，睡了整整三天。还要等多久？十年？二十五年？我都人到中年了！一定要活到咒语完成的那天。为了延长寿命，看来只能找点儿祭品了。

接着，六个月后，他又写道："祭品已经供奉了，我的侄子和他的妻子，明天是他们的葬礼。侄孙要怎么办呢？我唯一的亲人。送去孤儿院吗？不，我需要一个帮手。只有两岁的话，我自有大把时间让他乖乖听话。"

罗丝·丽塔抬起头来，一脸惊恐的表情："他居然杀了自己的侄子和侄媳！不知怎的，他们两个都成了祭品，这样他就可以活得更久，才能看到那颗红彗星的碎片。"

"那颗流星，"路易斯插话道，"报纸上说过，它红得就像鲜血一样。"

"所以，它是花了二十年时间才来到了地球。"罗丝·丽塔总结道。

路易斯慢吞吞地说："那个两岁的侄孙应该就是以利胡·克拉伯农。"说完，他环顾了一下四周，但并没有什么人靠近他们，继续说道："我的天哪，罗丝·丽塔，原来是吉迪亚·克拉伯农在施展邪恶的魔法！我们必须把这本日记交给乔纳森叔叔！"

罗丝·丽塔摇了摇头："我们先把它读完吧，只有知道得越多，我们才会越安全。"

通过日记里的内容，他们大概拼凑出了吉迪亚·克拉伯农长久以来妄想完成的事情。虽然路易斯并不清楚个中细节，但吉迪亚一直都坚信，在人类出现之前，地球上曾经存在过一种被他称为"伟大的远古者"的生物。这种生物会施展某种邪恶的魔法，也正因为如此，一些更为强大的力量把它们都驱逐到另外一个时空去了。

在路易斯看来，这些所谓的"远古者"一点儿也不像人类，倒更像怪物。虽然这本书里没有对它们进行详细描述，但路易斯却觉得它们应该都是湿漉漉、黏糊糊的，就像鱿鱼、鼻涕虫和海蛞蝓一样。据说，有一些"远古者"一直想要冲破地球的时空，重新夺回对地球的控制权，而另外一些早就飞到了外太空的深处。自从人类的足迹遍布地球之后，大多数人都认为这些"远古者"是十恶不赦的恶魔，而其他的人则认为它们或许只是神话传说而已。

不过，还有像吉迪亚一样的一小撮人，会把它们当作至高无上的神明来崇拜。吉迪亚坚信，如果他能"开启时空之门"，让一两个"远古者"来到地球，它们就可以毁灭全人类，再次成为地球的主人，而吉迪亚自己也会变成一个"远古者"，拥有巨大的力量，永生不死。因此，他费尽了一生的心血来实施这个阴谋。

在临近末尾的一篇日记中，吉迪亚变得越发愤怒和疯狂，他写道："我老了！我居然变老了！半个瞎子，腿脚无力！我还能坚持多久？该死的地球！该死的人类，全是一帮窝囊的爬虫！请让我再活久一点儿吧，直到红彗星照亮天空，直到时空之门大开的时候！"

最后的一篇日记写于1885年12月1日，上面只有简短的几个字，但令人不寒而栗："它来了。"

之后，就全是一些空白的书页了。

罗丝·丽塔合上了本子。"二十天后，陨石就坠落到了地球上，"她低声说道，"老吉迪亚也死了。"

"如果他没有呢？"路易斯反问道，"我……意思是，如……如果是以利胡误以为他已经死了，但其实是，他真的……变……变成了……"他害怕得没能往下说完。

罗丝·丽塔的面色变得很差。"如果他……他变成了我们刚才看到的那个怪物怎么办？"她担心地问道。接着，她沉默了好一会儿，等到她再次开口时，她的声音变得特别小声："他是个疯子，如果他认为那样就能让自己活到红彗星来临，再打开时空之门的话，他就一定会那么做的。"

路易斯颤抖着深吸了一口气，疑惑地说道："我不明白，既然是1885年发生的事，那么后来一定有人去过那里才对。人都是有好奇心的，不管当时的吉迪亚是死了，还是失踪了，后来肯定会有人去过农场，但为什么都没人看见那个……那个怪物呢？"

罗丝·丽塔若有所思地说："也许它当时并不在那儿，或者它当时还只是谷仓角落里的一堆干灰吧。不过，如果吉迪亚写的都是真的，那么红彗星应该就会在今年出现。也许正是因为它越来越接近地球，所以才让那些生物都……也不能说是复活，而是唤起了它们某种意识和行动能力吧。恐怕……恐怕老吉迪亚也要起死回生了……"她不由得停下来，闭上了眼睛。

"我们得把这个本子交给乔纳森叔叔，"路易斯又说了一遍，"但如果我们这么做了，他就会知道我一直都在乱管闲事。"

罗丝·丽塔咬了一下嘴唇，说道："我想我们可以解决这个问题，你身上带钱了吗？"

路易斯从口袋里掏出所有零钱，数了数："一共有一美元八美分。"

"很好，"罗丝·丽塔说，"那你快去十美分商店买一本便笺簿、一支铅笔和一把尺子回来吧。"

路易斯匆匆地穿过街道，很快就带着一本黄色的便笺簿、一把木尺和一支提康德罗加2号铅笔回来了。然后，他又用自己的童子军小刀开始削铅笔，但一股雪松木香味差点儿让他呕了出来，因为这个味道让他想起了那本日记。等铅笔削尖后，罗丝·丽塔从路易斯的手里把它拿了过来。她开始解释道："如果你把尺子作为参考坐标，用印刷体大写字母写字，就没有人能认出你的笔迹了。"

路易斯眨了眨眼睛："嗯？你怎么知道的？"

"我从《菲利普·马洛》那儿学到的。"罗丝·丽塔回答说。那是一部她很喜欢的侦探剧。"好了，现在让我们想想该写些什么吧。"

他们想好该怎么写了。然后，罗丝·丽塔小心翼翼地将想好的内容写在一张便笺纸上。写完之后，她和路易斯又通读了一遍：

亲爱的巴纳维尔特先生：

这本日记也许能帮助你了解吉迪亚·克拉伯农。

请您竭尽所能，时间不多了。

您的一位朋友

罗丝·丽塔本想在纸条上落款"一位神秘的复仇者",但路易斯阻止了她。看完,路易斯说道:"这应该能行。那我们现在要做什么?"

罗丝·丽塔把纸条折起来,放进了那本日记里:"我们先去把盒子放在你家门口,然后再躲起来。乔纳森叔叔不是说他三点左右才会到家嘛,现在还不到两点,所以我们先去把盒子放在那儿,然后骑车回市中心,等到四点钟左右再重新回去。这样一来,乔纳森叔叔就会以为我们刚刚骑自行车回来,自然也就不会知道是谁放的盒子了。"

经过这一番折腾,他们俩的腿都疼得不行。等骑到坡脚下时,两人已经没有力气再蹬踏板了,所以他们就下来推着车,一路走到了高街100号。

罗丝·丽塔站在人行道上等,路易斯负责去放盒子。他感觉自己现在就像个窃贼一样,偷偷地走到前门,打开了下面的信件投递口,刚好能把木盒塞进去。在听到盒子掉在地板上发出的哐当一声后,路易斯就匆匆跑回了人行道上。然后,他们两个人骑车去了镇上自来水厂附近的云杉街公园,在阴凉处休息了一个多小时,但有好一会儿,他们都没怎么说话。回想起来,那个破旧的防风地窖可真把罗丝·丽塔吓坏了,最后她伸了伸懒腰,又向四周看了看:"我在想,那个地窖会不会是老克拉伯农的魔法巢穴?""它长得什么样?"路易斯问道。罗丝·丽塔愁眉苦脸地回答道:"就像一个墓穴,四周是砖头砌的墙壁,地上都是泥土,其中一面墙上还有个架子,我就是在那上面找到木盒的。"

"你有看到什么和魔法有关的东西吗？"路易斯继续问道，"比如黑蜡烛和剑之类的？"

罗丝·丽塔摇了摇头。她正用双臂搂着自己，仿佛那段可怕的回忆还在折磨着她："我只看到了地下的一个小洞穴。"

"这样的话，"路易斯说道，"我想那应该就只是个防风地窖吧。"虽然龙卷风在卡帕纳姆县并不常见，但时不时还是会来一两次，因此这里大多数的农民都会挖出一个防风地窖来，好让全家人可以安然地躲过龙卷风的袭击。路易斯又继续说道："我敢跟你打赌，老吉迪亚不相信他的侄孙。齐默尔曼太太曾经说过，以利胡早就烧掉了吉迪亚的所有书籍，所以我想他应该根本就不知道那本日记的存在，当然也不知道吉迪亚把它藏在了那里。也就是说，吉迪亚并没有——他是怎么写的来着——没有让以利胡乖乖听话。"

罗丝·丽塔皱起眉头说："如果真是这样的话，我想以利胡应该会尽最大的努力摆脱吉迪亚和他做的一切坏事。"

"他确实这么做了，"路易斯强调说，"他建了那座桥，然后还把陨石熔进了铁水里，他——"

罗丝·丽塔目光锐利地瞥了他一眼，问道："到底出什么事了？你怎么突然抖了起来？"

路易斯强迫自己开口说话，但他的声音听起来怪怪的，似乎还哽咽住了。"罗丝·丽塔，"他小声地说，"要是那块陨石里有什么东西一起来到了地球呢？要是它就像鸡蛋一样呢？"

罗丝·丽塔盯着他说:"你的意思是,也许会有一个'远古者'从里面孵出来?"

路易斯低声说道:"那本日记里有写,只有一部分的'远古者'去了外太空,那如果还有其他的'远古者'回到地球上了呢?如果那块陨石里面真的有'远古者'呢?"

罗丝·丽塔一边思考着,一边慢慢地说:"或许那就是以利胡把陨石熔进铁水的真正原因吧,他并不是为了摆脱吉迪亚的鬼魂,而是想要阻止什么越过小溪。"

"可是现在,"路易斯结结巴巴地说,"它随时都可以越过去!"

就在几千米之外,乔纳森叔叔和齐默尔曼太太正站在山上,俯瞰着怀尔德克里克溪和那座新桥。而在山下,一些工人正在准备拆掉旧铁桥的其中一根桥墩。一架起重机高高地耸立在空中,上面的一根钢缆连接着那根桥墩的桩头。这时,工人们都开始往后退,其中一个工人把几根电线连在了引爆器上,然后示意准备好了。在工头挥了挥手之后,那个工人就把引爆器上的按钮按了下去,引爆了水下的炸药。刹那间,一道明亮的白色水花从水中喷涌而出,不一会儿就传来了刺耳的爆炸声。最后,桥墩倒了下来。

小溪开始沸腾,泛起了很多黄色的泡沫。即使隔得很远,乔纳森和齐默尔曼太太还是能听到工人们对臭味的抱怨声。过了一会儿,一股令人作呕的恶臭也随着微风吹进了他们俩的鼻孔。

第七章

"弗洛伦斯，"乔纳森叔叔低声说，"我真的非常非常担心。"

齐默尔曼太太把手放在他的胳膊上，但什么也没说，只是慢慢地摇了摇头，她似乎也和乔纳森叔叔一样担心。

当路易斯回到高街100号时，他发现乔纳森叔叔也已经回家了，但他的叔叔并没有说自己发现了一个装着神秘日记本的木盒子。罗丝·丽塔也留下来一起吃晚饭，但她全程都在盯着齐默尔曼太太。然而，对于发现了那本神秘日记的事，这两位大人始终都没有走漏一点儿风声。

后来，在罗丝·丽塔回家之前，她和路易斯匆忙地小声交谈了一会儿。"盯着他们俩，"罗丝·丽塔敦促道，"我想要确定他们拿到了那本日记。"

"它又不会长脚跑了，"路易斯回答说，"乔纳森叔叔一定是把它和其他邮件混在一起了。"

"不管怎样，你都要好好看着。"罗丝·丽塔叮嘱道，然后就离开了。

尽管路易斯觉得自己鬼鬼祟祟的，但他还是有好好盯着乔纳森叔叔和齐默尔曼太太。

直到接下来的星期三，一切都风平浪静。在吃午饭的时候，乔纳森叔叔突然提议道："路易斯，今晚你和罗丝·丽塔一起去看电影怎么样？吉恩·奥特里主演的一部新的西部片正在上映。"

"我不是很喜欢看西部牛仔片。"路易斯含糊其辞地回答说。

乔纳森叔叔笑了一下："是这样的，我今晚邀请了几个朋友过来，但我怕你会很无聊，至少去电影院要好玩一些。"看到路易斯还是一副怀疑的样子，乔纳森叔叔又继续说："你看这样如何，你今晚先去看电影，然后过两天我们再邀请罗丝·丽塔来家里玩，到时候我专门给你们表演一个关于尼罗河战役，或者特拉法尔加战役的节目。"路易斯知道，乔纳森叔叔的意思是说，他到时候会施展一种奇妙的幻术咒语，就像在看彩色电影一样，只不过这些节目是三维空间的，能够让人真的身临其境，参与其中。

路易斯只好勉强同意去看电影，但当他打电话给罗丝·丽塔时，她却说："就是今晚，我敢用发霉的甜甜圈打赌，卡帕纳姆县魔法师协会的人肯定都会去你家，而我们得确定乔纳森叔叔是否真的拿到了那本日记，快想个办法。"

很快，路易斯就想到了一个主意。位于高街100号的这座老房子有一个特别之处：它有一条秘密通道。虽然它没有很长，甚至也算不上实用，但它可以从厨房的橱柜一路通向书房里的书架后面。没人知道当初为什么要建这么一条秘密通道，但现在看来，它确实是今晚偷窥行动的最佳藏身之所，而唯一要注意的就是得悄无声息地进去。

那天下午，乔纳森叔叔给了路易斯五美元，然后说："你可以买一个汉堡和一瓶汽水，剩下的钱也足够看电影用了。你回来的时候肯定天都黑了，所以记得穿浅色的衣服，而且一定要注意路上的车。"

在路易斯看来，今天的乔纳森叔叔特别啰唆。通常他都对路易斯十分放心，因为他知道自己的这位侄子是很靠谱的。在五点钟的时候，罗丝·丽塔到了。这时，齐默尔曼太太和乔纳森叔叔正在厨房里转来转去，忙着为客人们做一些开胃小菜。路易斯对他们喊道："我们走咯！"

"小心点哦，你们两个！"乔纳森叔叔喊道，"玩得愉快。"

但路易斯和罗丝·丽塔并没有离开家，而是悄悄躲进了书房。不过，这条秘密通道却有一个棘手之处：书房那一头的门闩是在通道外面，而非里面。路易斯松开门闩，用手推了推墙上的内嵌书架，然后书架就开始在一些看不见的铰链上静静地移动，开出了一个很大的入口。接着，路易斯和罗丝·丽塔便走进了秘密通道。

通道里面非常狭窄，一片漆黑。当路易斯把书架推回原位时，他发现罗丝·丽塔开始喘不过气了。路易斯知道她非常害怕封闭的空间，所以急忙问道："你没事吧？"

罗丝·丽塔深呼吸了几口气，回答说："应该一会儿就好了，这儿还不算太糟，比起……比起其他的地方来说，不过是一个小房间而已，而且我还能看到门缝透进来的一点儿亮光。"

他们肩并肩地站了好几分钟。罗丝·丽塔的呼吸渐渐平静了下来，她不时地从一个小孔往书房里看。"他们来了就马上告诉我。"路易斯说。

"你确定他们会来书房吗？"罗丝·丽塔疑惑地问。

路易斯回答说："每当有魔法师协会的人来家里时，他们总是会聚在书房里开会。你现在好一些了吗？"

罗丝·丽塔在旁边颤抖着说："应该吧，我还是会觉得这些墙很有压迫感，但只要我不是一个人待在这儿就行，毕竟它不像在一个山洞或者地洞里。我们得安静下来，别再说这个了，好吗？"

除了等待，路易斯和罗丝·丽塔什么也做不了。于是，他们只好背对背，分别朝着通道的两面墙壁坐在了地上。"我们应该先吃点儿东西的，"路易斯小声地抱怨说，"等到大家来的时候，我应该都快饿死了。"

罗丝·丽塔在黑暗中动了一下，然后对路易斯说："把你的手伸出来。"

路易斯照着做了，接着他感觉罗丝·丽塔好像把什么东西放到了他张开的手掌里："这是什么？"

　　"是威氏牌软糖巧克力棒，"罗丝·丽塔回答说，"我早就想到我们可能会觉得饿的。"

　　这是路易斯很喜欢的一款巧克力棒。吃完之后，他和罗丝·丽塔又继续在黑暗中坐了好几小时。当乔纳森叔叔把椅子拖进书房时，他们听到了一些刮擦声和碰撞声，最后他们又听到了人的说话声。罗丝·丽塔从地上站了起来，透过小孔观察着书房里的动静。"有二十多个人，"她告诉路易斯，"我看见了耶格太太，还有普卢姆先生，看来会议马上就要开始了。"

　　路易斯站在她的旁边，把耳朵紧贴着书架的暗门。他听到乔纳森叔叔说："谢谢大家的到来。在我们开始之前，霍华德想让我提醒一下大家，如果还有没交会费的，要记得赶快交了。好了，想必大家都已经知道我们今天聚在这里的原因了吧，我想问问有没有人知道上周六是谁送给了我这本日记？"

　　然而，大家都在喃喃地说着各种版本的"不知道"和"那是什么"。

　　"这似乎是吉迪亚·克拉伯农写的一本魔法日记，"乔纳森叔叔解释说，"在我出门的时候，有人把它送到了我的家里。里面还有一张纸条，但落款只写了'您的一位朋友'。"

　　"日记里写了什么呀，乔纳森？"有人问道。

　　乔纳森叔叔回答说："我和弗洛伦斯已经把它读了好几遍，然后我们俩都认为大家应该听一听。等会议结束之后，我们还想请你们当中的一些人再好好研究这本日记。弗洛伦斯，你能帮忙读一下吗？"

路易斯听到齐默尔曼太太清了清嗓子，然后开始读起了日记中的部分内容。读完之后，她又紧接着说："就是这些内容。你们有谁知道他一直提到的那颗红彗星是什么吗？"

其中有一个人开口说："那是一颗彗星，弗洛伦斯，它每隔一万三四千年才会在地球上出现一次。它是邪恶魔法师们的能量来源，我记得在《弗拉菲乌斯》中有一段对它的描述，《卡巴拉》里面也提到过一些。后来，我还在一本杂志上看到过，说天文学家们最近在太空深处发现了它的踪影。"

"那么'伟大的远古者'又是怎么一回事呢？"乔纳森叔叔继续问道，"据我所知，和它们有关的唯一记载都在《死灵之书》里，但你们都知道那本书很稀有，恐怕我们永远也弄不到一本。除此之外，你们还知道些什么吗？"

"德莱特伯爵还写过一些关于它们的文章，"一个女人用低沉的声音回答道，"就在一本叫《无名异教》之类的德文书里。据我所知，它们应该是一群来自另一个时空的邪恶怪物。"

"是的，"乔纳森叔叔同意道，"可是老吉迪亚到底和它们之间有什么关系呢？那块陨石又是怎么掺和进来的呢？对了，说到这个，沃尔特，关于吉迪亚在1885年死去的事，你有什么发现吗？"

一个男人回答说："没什么特别的。1885年的时候，吉迪亚已经很老了，虽然没人知道他到底多大年纪，但他当时至少应该有七十五岁了。他死于12月21日，也就是流星坠落的那一晚。早在六个月前，他的身体状况就开始不太好了。镇上的验尸官说他是死于'全身僵硬症'，也就是一种麻痹症，我猜可能是中风吧。他的唯一继承人叫以利胡，后来就把他的尸体火化了——这在当时是很难做到的，因为那个时候火化并不是风俗。不过，始终没有人知道最后他的骨灰去哪儿了。"

"我来大胆猜一下，"齐默尔曼太太说，"应该是以利胡把骨灰撒在了小溪里，然后又在上面建了一座桥。又或者，他把骨灰放在一个装有铅块的罐子里，然后扔进了小溪。你们都知道的，那个时候怀尔德克里克溪的水位出奇地深——这也是为什么以利胡会选择在那里建一座铁桥。"

又有另外一个人问道："那块陨石里面有什么东西吗？"

路易斯听到乔纳森叔叔叹了一口气。"我们还不知道，"他承认，"但可以肯定的是，吉迪亚确实是让陨石坠落的罪魁祸首。但不知怎的，还有某个未知的东西也跟着它来到了地球，但那个东西到底是外星生物，还是幽灵，又或是一份惊喜，我们都无从得知。弗洛伦斯和我还想去找找以利胡1947年去世时留下的东西，但我们什么也没找到。他把所有的钱都遗赠给了各种慈善机构，而在卡拉马祖市负责帮他处理遗产的律师事务所也拒绝对他的私人文件做任何评论。"

"是哪一家律师事务所？"耶格太太问道。她是个讨人喜欢的女魔法师，但她说话总有些含混不清，所以她念的咒语常常会适得其反。

"叫穆特&马尔&博伊德律师事务所，"乔纳森叔叔说，"但不幸的是，穆特先生现在已经退休了，马尔先生也去世了，不过我必须得说，那位博伊德先生就像斯芬克斯[1]一样健谈。"

　　"是的，"齐默尔曼太太补充道，"我专门开车去卡拉马祖市看了一下那份遗嘱——当然，它本来就是一份公开的记录。那是一份很普通的法律文件，里面全是一些'鉴于''因此'和'各方'之类的废话，但唯独有一个段落非常奇怪。"接着，路易斯听到了纸张的沙沙声。齐默尔曼太太咳了一下，又继续说："我把它抄了下来，想让大家看看是什么意思。这段话是这么写的：'事物的含义不止一种。我所学到的一件事就是，心是灵魂的所在，灵魂就是生命，因此生命的关键，就在于一颗健康的心脏。'"纸张的沙沙声又响了起来，齐默尔曼太太问道："有人听懂了吗？"

　　大家都在相互嘀咕着，表示不解，突然间有人说道："听起来像是一条健康建议，所以以利胡是死于心脏病吗？"

　　"是肺炎，"乔纳森叔叔回答，"和大家一样，我们现在也是一头雾水。弗洛伦斯已经复印了那一部分遗嘱，待会儿我们会发给大家。如果有人解出了这个谜语，或者能证明它其实是无关紧要的，就请马上告诉我们。没有的话，下面我们就有

1　古埃及神话中爱说谜语的形象。乔纳森用它比喻博伊德先生说话令人费解。

的忙了。"

"所以，我们到底要做什么呢？"有人问道。

"首先，"齐默尔曼太太说，"我们需要成立一个小组委员会来专门研究这本日记。霍华德，你和沃尔特要比在座所有人都更加了解这种魔法，如果你们俩能和米尔德丽德一起，看看能在这本日记里发现什么，并且整理出一份详细报告的话，我们将感激不尽。"

"其次，"乔纳森叔叔补充说道，"我们还需要知道关于那颗彗星的更多资料，比如：它什么时候会出现？它的到来意味着什么？它将产生什么样的影响？这部分就由我来解决。最后，我们还需要有人继续留意怀尔德克里克溪。弗洛伦斯和我都坚信那里正有什么东西在蠢蠢欲动，但我们还不清楚，到底是鬼魂，是魔法师，还是不知名的动物在作祟。弗洛伦斯并没有察觉到任何魔法——"

"那一定就是没有了，"有人插话道，"只要说到魔法的事，我愿意把生命托付给弗洛伦斯。"

"我也是，"乔纳森叔叔附和道，"但我们还是得万事小心，免得后悔。现在，请允许我建议所有会千里眼之术的人进行值班轮换，这样我们就可以二十四小时都监视着那座旧桥了。此外，请准备好你们各自的水晶球，我碰巧得知那座旧桥的最后一根桥墩将会在星期五那天被拆除，到时也许会有什么事情发生。如果真的发生了什么，我们得马上知道。"

除此之外，就没有什么了。后来，大家各自散成了几拨人，有的在聊天，有的在吃点心。趁所有人都还在书房，路易斯和罗丝·丽塔立马溜到了秘密通道的另一头，来到了厨房，然后从后门走了出去。这时黄昏已经降临，他们开始往罗丝·丽塔的家，也就是大厦街的方向走去。

"我想我们的任务也很明确，"罗丝·丽塔说，"我们必须在不被发现的情况下协助他们。"

"我们的任务不是完成了吗？"路易斯不解地问道，"我们已经把日记本交给乔纳森叔叔了。"

"我们还有事情要做，"罗丝·丽塔坚持说，"首先，趁我还记得以利胡的遗嘱内容，我要赶快把那个谜语写下来。也许我们能把它解出来呢，而且我们也要像那些魔法师一样提高警惕。"

路易斯哼了一声，但是他也很清楚，千万不能在罗丝·丽塔想要掌控大局的时候同她争辩。后来，他们走到了罗丝·丽塔的家。在罗丝·丽塔写下了以利胡·克拉伯农遗嘱里的那段话后，他们一起来到后院，在露天椅子上坐了下来。这时，房子里传来了拳击比赛的声音，不知道是电视还是收音机里播的，而院子里的蟋蟀也在叽叽叫着。天色变得越来越黑了，路易斯躺在椅子上，凝望着天空。他看到夜空中点缀着几颗星星，心里想着那颗红彗星也许就藏在它们之间的某个地方吧。随着时间一分一秒地流逝，它也会越来越靠近地球，它到底会带来什么灾难呢？

同一时间，在离罗丝·丽塔家不远的地方，也就是新西伯德镇外的一座山上，还有另外两个人也在研究着天上的星星。他们就是那对老夫妇，梅菲斯托费勒斯·穆特和厄尔敏·穆特，他们正在轮流用望远镜观测。

"它比我们想象的要来得快，梅菲斯托，"女人开口说道，"过不了多久，我们就可以用肉眼看到它了。"

"没事，没事的。"驼背的老男人用沙哑的声音说，"那座该死的桥就快倒了，我们很快就可以自由行动了。即使镇上那些好管闲事的人发现了红彗星的事，那也来不及了！一旦'他'自由了，就再没有人敢和我们作对了！"

女人退到了望远镜的一旁，男人弯下腰来注视着目镜，幸灾乐祸地笑了一声。望远镜上的装置在嘀嗒作响，就像一个声音清脆的闹钟。过了一会儿，那个女人说："梅菲斯托，在你打盹的时候，欧内斯特·博伊德从卡拉马祖市打来了电话，他说有一个叫齐默尔曼的女人正在找吉迪亚留下来的文件。"

"哈！"男人喊了一声，"那就祝她好运！反正那些没有烧掉的都已经被藏在了很安全的地方——藏在一个不管是飞贼还是魔法师都找不到的地方！"

"除了那份遗嘱。"女人提醒他说。

梅菲斯托费勒斯·穆特慢慢地站直了身："她能从遗嘱里找到些什么呢，你这个傻瓜？只会知道以利胡把他辛辛苦苦挣来的钱全都浪费在了孤儿寡妇的身上！遗嘱里并没有任何会对我们不利的东西！"

"除了你一直都没弄懂的那段话，"女人继续说，"那段关于灵魂、生命和心灵的话。"

穆特恼火地咕哝一声，又转向了他的望远镜。"如果她能弄懂那段冗长的废话，那就算她比我梅菲斯托费勒斯·穆特要聪明！不过，我对此表示怀疑。但如果她打算解出那个谜题——如果她真的就快解出来了——我们就去关照关照她，亲爱的，"他邪恶地笑了一下，"你明白的，魔法师并不是长生不老的，魔法师同样是会死的。"

女人也跟着笑了起来，在一片漆黑中发出了低沉而沙哑的声音。"没错，"她说道，"魔法师当然是会死的。"

第八章

　　星期五平静地到来，又平静地过去了。路易斯开始希望一切都会相安无事。星期六的报纸上说，那座旧铁桥的最后一部分已经被拆除完毕。很显然，工人们什么意外也没有遇到。

　　又是一个星期六，一辆运货卡车停在了高街的这座老房子前面。乔纳森叔叔签收了各种各样的神秘包裹，其中的一个包裹甚至比路易斯还要高。乔纳森叔叔告诉路易斯，如果他愿意的话，还可以叫罗丝·丽塔过来看看。路易斯照做了。直到罗丝·丽塔来了之后，乔纳森叔叔才同意拆开所有的包裹。

　　"哇！"当他们打开那个最高的包裹时，路易斯惊喜地叫了出来。那是一根闪闪发光的白色管筒，上面还装着一些黑色的金属配件。路易斯立马就知道它是什么了："望远镜！"

　　"希望它能好用吧，"乔纳森叔叔忍不住说，"我可是花了大价钱的！这是22.32厘米口径的反射式望远镜，焦距是

1.6米，配有一个观测镜，一个带有电动马达的底座，上面还有不同的调节环和目镜，可以放大三十倍至五百倍。我想，呃，在后院里看看星星也许会是个不错的爱好。"

后来，他们开心地组装起了望远镜。当路易斯和乔纳森叔叔小心翼翼地把镜筒连接到底座上时，路易斯突然说："我知道为什么它必须得有一个马达，因为月亮、星星和行星都在移动，所以望远镜也必须跟着移动，这样才能看到它们。"

"地球也在动，"罗丝·丽塔纠正说，"星星之所以看起来像在移动，是因为地球也在不停地旋转。"

在组装完成之前，乔纳森叔叔一直跪在地上。这时，他站了起来，拿出一块大手帕擦了擦手。他的鼻子上也沾了一点儿油，但他根本没有注意到。"搞定！"他满意地说，"多美的一台望远镜呀！如果今晚天气晴朗的话，我们就拿它来看星星吧。"然后，他又从自己马甲最下面的口袋里掏出了一只金怀表，说道："我们一下午净忙这个了！不知道老太婆有没有在家，罗丝·丽塔，给齐默尔曼太太打个电话吧，问问她愿不愿意赏脸过来看看这个二十世纪的伟大发明。"

罗丝·丽塔跑去打电话了。一分钟后，她回来说："齐默尔曼太太刚从图书馆回来，她待会儿就过来。"

"很好，"乔纳森叔叔说，"你们觉得她会喜欢吗？"

罗丝·丽塔开玩笑回答道："我想您要是先把鼻子上的油渍擦掉，她就会更喜欢的。"

乔纳森叔叔不好意思地笑了笑，又用手帕擦了擦脸。过了一会儿，齐默尔曼太太没敲门就走了进来，手里拿着一个文件夹。她看到了望远镜，不禁摇了摇头，咂了咂舌头："一定花了你不少钱吧！"

"确实是很贵，但我的爷爷留给了我一大笔钱，而我又合理地用它们做了投资，"乔纳森叔叔解释说，"所以，我想放纵一下自己。今晚你想和我们一起看星星吗？在那之后，我还打算变出一场尼罗河战役，好让大家开心放松一下！"

为了很好地观察到天空，乔纳森叔叔和路易斯把望远镜抬到了后院的中央。齐默尔曼太太站在罗丝·丽塔的旁边，看着他们俩费力地把望远镜挪到了选好的位置上，然后又将双臂交叉在胸前，摇了摇头说："大胡子，如果你真的想搞什么天文观测，你就得把它弄到更高的地方去，那样才不会被树木挡住视线。或许可以在你的巴纳维尔特城堡的天花板上敲一个洞，在那儿建一个圆顶天文台！"

"也许吧，"乔纳森叔叔高兴地附和道，"或者我还会买下夏威夷屋，再拆掉它顶楼露台上的屋顶。那可真是个放望远镜的好地方。"

路易斯不知道乔纳森叔叔是不是在开玩笑。那座夏威夷屋也在新西伯德镇，离这里只有几条街。它建于十九世纪，修建它的人曾是美国派遣到桑威奇群岛的政府代表，而桑威奇群岛也就是后来的夏威夷群岛。在那里住了几年之后，这个人就退休来到了新西伯德镇，并在这里建造了一座具有热带风情的房屋，而它的特点之一就是屋顶上有一个可以睡觉的露台。在夏威夷，夜间的高温会让这个露台成为一间舒适的卧室；但在密歇根州的气候下，它一年之中顶多也就能用上几个月。镇上的人们都说，那个人好像是在一月的某个晚上死的，因为他当时决定要睡在露台那儿，结果就被冻死了。

接着，他们又鼓捣了一会儿望远镜，乔纳森叔叔给齐默尔曼太太演示了马达是如何工作的，以及目镜是怎么缩进它们的小镜筒里的。乔纳森叔叔把望远镜对准一棵很远的树的顶端，又调整了一下观测镜，也就是另一个连接在主望远镜上，但是要小得多的望远镜。它很容易就瞄准了，而一旦对焦目标之后，主望远镜上也会显示出同样的景象。然后，路易斯注视着一个60倍的目镜，它让一切看起来都比实际距离近了六十倍，路易斯发现自己看到的每一片叶子是那么清晰明了，不由得倍感惊奇。不过，他还注意到，目镜里的那棵树是上下颠倒的。

"那是因为它是一个天文望远镜，"乔纳森叔叔解释说，"它所呈现的景象都是上下颠倒的，所以当你通过它看月亮时，你会发现北边在下，南边在上。"随后，他环顾了一下四周："咦，罗丝·丽塔去哪儿了？"

"我不知道，"路易斯回答说，"那我去找找吧。"说完，他就向厨房门跑过去，差点儿和罗丝·丽塔撞个正着。"你去哪儿了？"路易斯问道。

罗丝·丽塔非常大声地说："我去上厕所了。"然后，她又压低声音对路易斯说："我其实是在看齐默尔曼太太的那个文件夹里的东西，你想听听看吗？"

于是，路易斯转过身去，对着乔纳森叔叔说："乔纳森叔叔，我们要去看电视。"

乔纳森叔叔向他挥了挥手，表示同意。路易斯和罗丝·丽塔一起来到了前厅。然后，路易斯打开了电视。在等电视机热场的时候，他调到了一场底特律老虎队的棒球比赛。"你可真够偷偷摸摸的。"他对罗丝·丽塔说。

"我知道，"罗丝·丽塔难为情地回答，"我一点儿也不觉得自豪，但我又觉得必须要这么做。齐默尔曼太太一直都在调查克拉伯农一家，你想听吗？"

路易斯说："我最好还是听一下吧。"

"好的，"罗丝·丽塔掰起手指，细数着文件夹里的资料，"第一，里面有一份20年代的报纸影印本，是关于克拉伯农农场的一篇报道。一些科学家怀疑那些植物应该是被真菌感染了，但他们并没有找到证据。后来，买下了农场的人也马上搬走了，于是农场就这么荒废了。第二，还有一篇以利胡·克拉伯农在1947年的讣告，但上面只说了他死于急性肺炎，享年八十四岁。第三，里面还有一张纸条，写着'梅菲斯托费勒斯·穆特律师'，以及一个位于卡拉马祖市的办公室地址。"

路易斯皱起了眉头："那不就是以利胡的委托律师的名字吗？"

"对的，"罗丝·丽塔说，"我想我们应该要好好调查一下他。"

"也许我们不需要这么做，"路易斯争辩道，"毕竟到目前为止，什么事都没发生，也许我们不应该再继续插手农场的事，也许……"

"乔纳森叔叔可不这么认为，"罗丝·丽塔继续说，"而且我也是这么想的。"

"但我们为什么非要自找麻烦呢？"路易斯悲观地问道。

罗丝·丽塔同情地摇了摇头。"好吧，"她开口说道，"如果你实在害怕，不敢帮我的话……"

"我没那么说！"路易斯反驳道，但他知道自己已经输掉了这场辩论。"那你觉得我们还要做些什么呢？"他问。

"很多事情，"罗丝·丽塔回答，"比如看看这个穆特律师是不是知道些什么；解出以利胡·克拉伯农遗嘱中的那个谜语；看看有没有人读懂了吉迪亚的那本疯狂日记。总之，要时刻留意着。"

"好吧，"路易斯表示同意，"不过你得答应我，如果到了下个星期还找不到任何线索的话，我们就要把整件事忘掉，好吗？我可不希望它成为我一生的事业什么的。"

"你已经厌烦了吗？"罗丝·丽塔狡黠地笑着问，"嘿，路易斯，其实我和你一样害怕。但是，这并不意味着我们就要眼睁睁地看着朋友们以身犯险。"

"你才不可能像我一样害怕呢，"路易斯抱怨道，"我觉得那是不可能的。"

那天晚上，从某种程度上来说，一切都非常顺利。齐默尔曼太太冷淡地说，以后周六晚上都只会固定做一顿饭。尽管她装出一副脾气不好的样子，她还是精心准备了一顿大餐：肉质滑嫩的烤鸡、新鲜香甜的玉米棒、洒着奶油酱汁的亮绿色豌豆、一些自制的面包卷，以及新鲜出炉的苹果派和香草冰激凌甜点。吃完饭后，路易斯和罗丝·丽塔帮忙洗碗，乔纳森叔叔则去后院摆弄着他的望远镜。此时，太阳已经落山，天也渐渐黑了下来。

当路易斯、罗丝·丽塔和齐默尔曼太太一起走到院子里时，他们的头顶上已经出现了几颗闪烁的星星。今晚的月亮比下弦月还要饱满一些，于是乔纳森叔叔把望远镜对准了它。"路易斯，"他说道，"想来看看另外一个世界的表面是什么样吗？"

路易斯眯起眼睛，通过目镜看着月亮的表面，有些地方白得耀眼，有些地方光滑而灰暗，而那些陨石坑，特别是在月亮不规则边缘的附近，看起来就像一潭乌黑的水。在望远镜的放大之下，路易斯感觉月亮的脸在一闪一闪的，十分迷人。

接下来就轮到罗丝·丽塔，最后是齐默尔曼太太。"太漂亮了，"齐默尔曼太太感叹说，"还能看到其他的行星吗？"

"当然了，"乔纳森叔叔有些骄傲地回答道，"让我来调一下。"只见他转动了一下镜筒，透过观测镜看了一会儿，又转动了几个旋钮。"来看看这个吧。"他说。

路易斯又是第一个。他看到了一个浅黄色的圆盘，周围还有一圈薄薄的白色环状物。"是土星！"他激动地说。

"答对了！"乔纳森叔叔咯咯地笑着说，"别再占着目镜了，让她们两个也看看！"

在大家都看了一眼之后，乔纳森叔叔问道："你们还有什么想看的吗？"

罗丝·丽塔用一种天真的声音问："那我们可以看到彗星吗？"

顿时，路易斯感觉空气中产生了一股寒意。乔纳森叔叔咳嗽了一声，回答说："应该能看到一个吧，不过我得重新对焦，调节参数，毕竟像观测镜这样的小望远镜可是看不见彗星的。让我来试试。"他先是摆弄着调节环，看了看目镜，然后又做了更多的调试。最后，他终于说道："来看看这像什么。"

路易斯看到了一颗很模糊的星星，中间是亮红色的，接着他才发现，围绕在星星周围的那团模糊的东西原来是彗发，也就是包裹着彗星冰冷头部的一部分尾巴。在望远镜的帮助下，路易斯辨认出了这颗彗星的尾巴，它正从中央的红色眩光处向外伸展。"它有名字吗？"路易斯好奇地问道。

"还没有，"乔纳森叔叔说，"不过，它倒是有一个编号了。如果杂志上所说的是准确的，下周我们就能用肉眼看到它了，可见它的速度非常快。"在大家一一看完彗星后，乔纳森叔叔便说："今晚就到此为止吧。另外，预告一下，我的特别节目将会在下周一上演，到时我会放一些烟花。"

路易斯很敷衍地表示同意，但他能看出来，乔纳森叔叔显然是在担心什么。

这也让路易斯更加焦虑起来。

星期一的晚上，乔纳森叔叔早就已经把望远镜和后院草坪上的桌椅全都挪开，准备开始施展他的幻象之术了。他站在院子的中间，齐默尔曼太太、路易斯和罗丝·丽塔则在他的身后站成一排，只见他举起魔杖，然后神秘地挥舞了一通。不一会儿，空气中就凝结出了一团旋涡状的雾，使得路易斯什么也看不见。紧接着，雾气开始翻涌起来，渐渐退去。突然间，一簇浪花打在了路易斯的脸上，他才发现自己正和大家站在一艘老式帆船的栏杆旁。眼前的帆船正一路破水前进，路易斯能真实地感觉到脚下的甲板也在跟着上下颠簸。周围的船舰不时地发出一些光亮，但他却没有听到任何枪声，证明战斗还没有开始。

　　"现在是1798年8月1日的晚上，我们正在纳尔逊中队的一艘船上，"乔纳森叔叔用严肃的语气说道，"我们的军舰是一艘护卫舰，纳尔逊派我们前往地中海的阿布基尔湾，也就是靠近尼罗河河口的位置，然后再悄悄溜进去攻击一支法国舰队，所以你们都要好好盯着那艘叫'东方号'的法国战列舰，因为到了午夜时分，它就要——"

　　路易斯并不清楚这艘船到底要去做什么，他只觉得甲板在不停地左右摇晃、上下颠簸。为了维持平衡，大家都晃来晃去的。有那么一瞬间，路易斯都快吓死了，以为他们撞到了一块巨大的石头上。

　　突然，一道可怕的红光笼罩了一切。路易斯抬起头，看到一束耀眼的光芒从一颗彗星上射了下来——但这颗彗星却和他在望远镜里看到的很不一样。它高高地悬挂在大家的头顶上方，燃烧的中心发出了满月一般的亮光，长长的尾巴几乎都要垂到地平线上了。

"乔纳森——"齐默尔曼太太开口说道。

"我不知道是怎么回事！"乔纳森叔叔大喊道，然后又挥舞起了他的魔杖，但并没有什么用，"弗洛伦斯，我需要你的帮助！"

这时，路易斯感觉罗丝·丽塔抓住了他的胳膊。他们的船根本就没有在什么海湾里航行，而附近也没有其他的船，眼前只有一片波涛汹涌、空无一人的大海，在那颗彗星的照耀下，四面八方都泛起了鲜红的血色。在他们的前方，好像有什么东西从水里冒了出来，就在船首的左舷附近。

路易斯倒抽了一口气，因为他看见一只巨大的章鱼或鱿鱼之类的东西突然从水里跳了出来，不停地扭动着它的触须。也许，它原来的颜色是一种病态的、斑驳的白色，但在彗星红光的映照下，它闪现出了红褐色。路易斯听到自己在疯狂地尖叫，他已经被吓得快发疯了。

那个像鱿鱼一样的东西，根本就不是什么动物。

它是一个巨大的恐怖的脑袋！

那个怪物在齐胸深的大海中，正朝他们大步走来！

第九章

　　齐默尔曼太太用刺耳的声音念起了咒语，刹那间，锯齿状的紫色闪电在船的四周闪烁起来。不一会儿，那些闪电就像进到排水沟的水流一样，统统流进了怪物的身体。

　　路易斯无法将目光从眼前的这幅奇怪景象上挪开，那个巨型怪物好像又变大了许多，看上去比之前更加强壮了。"没有用！"路易斯朝齐默尔曼太太尖叫道。

　　与此同时，怪物也尖叫了起来。路易斯看到它身上的触须正在不停蠕动，就像一大撮可怕的胡子，而在触须之下，它大张的嘴巴，足足有三四米宽，一口鲨鱼般的尖牙，发出了十分刺耳的咆哮声。

　　"坚持住呀！"齐默尔曼太太喊道，"我斗不过它！我的魔法只会让它变得更强大！我准备解除你的咒语了，乔纳森。你知道的，混用不同魔法会发生什么——所以赶快抓好路易斯和罗丝·丽塔！"

路易斯感觉到乔纳森叔叔搂住了他的肩膀，于是他也紧紧抓着乔纳森叔叔的胳膊。他很想闭上眼睛，不让自己看到眼前的可怕景象，但他实在太害怕了，竟然连这都做不到。随后，那个怪物把布满鳞片的手臂和带蹼的爪子朝他们伸过来，一股令人作呕的腐臭鱼腥味淹没了路易斯。他模模糊糊地看到齐默尔曼太太在做着什么手势，一直挥舞着手臂——接着，他就像被闪电击中了似的。一阵剧烈的震动让他喘不过气来，还有一种让他往下坠落、仿佛就要跌倒的恐惧感，然后——嘭！他重重地摔在了地上。是的，是在真的地上，而不是甲板上！

路易斯趴在了刚刚修剪过的草坪上。他闻到了青草的味道，还感觉到它们让自己的手掌和面颊发痒不已。路易斯觉得乔纳森叔叔好像就跪在他的旁边，于是他抬起头，眨了眨眼睛，才发现那束可怕的血色红光消失了。接着，他又听到了蟋蟀的鸣叫声，原来他们已经回到了自己家的后院。

"大……大家都还好吗？"乔纳森叔叔问道，但他的声音听起来十分茫然，还有些沙哑。

"是的。"罗丝·丽塔回答说。

"我想……是的。"路易斯也同时说道。

齐默尔曼太太摇摇晃晃地站在离他们几米远的地方。"我们先进去吧。"她提议说，声音听起来紧张而低沉。

大家一路跌跌撞撞地走进了厨房。齐默尔曼太太的样子让路易斯震惊不已。她瘫坐在一把椅子上，虽然她的头发平时也不是特别整齐，但现在却一绺一绺地散在了脸上。她的脸色变得很苍白，皮肤几乎就像蜡一样干燥，眼睛下方还吊着两个大大的黑眼圈。乔纳森叔叔给她端来了一杯水，她十分感激地喝了下去。"你没事吧，弗洛伦斯？"他问道，声音里透出一种担心。

她叹了一口气，点了点头："应该没什么事。因为我没有带伞，所以我连一半的能量都没能施展出来，但那——那个怪物把我剩下的大部分能量都吸光了！如果我再继续用另一个咒语对付它的话，我想我可能早就死了。"

罗丝·丽塔不解地问："它到底是什么？我们之前又是在哪里呢？"

乔纳森叔叔摇了摇头："我也不知道，罗丝·丽塔。但从发生的一切来看，我们很可能根本就不在地球上！也许是在别的星球上——或者某个其他的时空。似乎有什么东西扭曲了我的幻术，它本来就只会出现一堆幻象而已，而幻象是无法伤害我们的。但那个怪物，却是真实存在的。"

"不仅是真实的——而且还非常奇怪，"齐默尔曼太太插话道，"魔法非但伤害不了它，反而会被它反噬，它靠着魔法的能量越变越强。我从来都没听说过像这样古怪的事情。"

"这……这样的事情以前发生过吗？"路易斯问道，"我的意……意思是说，您的幻术会出错的事，乔纳森叔叔？"

乔纳森叔叔说："我从没失手过，不过齐默尔曼太太和我会想办法弄清楚的。"他皱着眉头，又接着补充道："嗯……

在我看来，我们也许应该先从H. P. 洛夫克拉夫特[1]的书着手。虽然它们都是虚构的作品，但如果我没记错的话，他的书里正好描述过类似的怪物。"

"真希望刚才的一切也是虚构的，"罗丝·丽塔喃喃地说，"我想尼罗河战役再也不会有了吧。"

"是的，"乔纳森叔叔说，"至少目前是这样。抱歉，孩子们，让你们失望了。"

"没关系的，"路易斯安慰说，"也许我该送罗丝·丽塔回家了。"

"这倒是个好主意，"乔纳森叔叔同意道，"现在一切似乎都恢复正常了，所以你们应该也是安全的。等你们走后，我会和齐默尔曼太太再商量一下那个怪物的事情。你们俩小心点儿。"

罗丝·丽塔咧嘴一笑："我们会的。"

"我很抱歉。"乔纳森叔叔又重复了一遍。

罗丝·丽塔耸了耸肩，回答说："不过，你可是答应过我们要放烟花的！"

从路易斯家到罗丝·丽塔家并不是太远——步行几分钟就到了。在路上，他们俩听到了远处传来砰砰的爆竹声，应该是运动场上正在举行新西伯德镇的国庆日演出，据说是由镇上的商会赞助的。但对路易斯来说，这些爆炸声听起来实在是微不足道，尤其是和他之前的遭遇相比。

---

1 美国怪谈、恐怖小说家，代表作有《克苏鲁的呼唤》等。

"谢谢你送我回家，"罗丝·丽塔说，"你可真勇敢。"

路易斯有些尴尬地说："因为乔纳森叔叔和齐默尔曼太太还需要谈一谈。"说完，他不禁颤抖起来，环顾了一下四周。今晚的月亮就快满月了，皎洁的光亮却让地上的阴影看起来更黑暗、更神秘了。突然，路易斯坦白道："我并不介意陪你走到前门。不过，说实话，我待会儿可能会害怕得一路跑回家！"

他们一起拐进了大厦街，在一盏黄色路灯的映衬下，罗丝·丽塔急匆匆地走着。在他们的头顶上方，一群白色的飞蛾正围着路灯打转，就像一些微小的行星在疯狂地绕着一颗恒星旋转一样。在灯光下，罗丝·丽塔瞥了路易斯一眼："你明天上午最好过来一趟，我们还得做一些调查。"

"我知道了。"路易斯咕哝道。虽然这并不是他想做的事，但他觉得自己必须坚持下去："我会早点儿来的。"

之后，他们就再没说什么了。站在前门的步道上，罗丝·丽塔对路易斯说："明天见。"接着，她快步走了进去。

路易斯开始朝高街往回走，但他突然感觉笼罩着一切的黑夜好像活了起来，似乎有一些他看不见的邪恶生灵正潜伏在他的周围。路易斯又记起了那个怪物发出的恶臭味道，他甚至在脑海里回想起了怪物那蠕动的触须，上面滴下来很多黏糊糊的液体。

于是，他加快了脚步，接着直接跑了起来。在巨大的黑暗海洋中，街上的路灯仿佛都变成了一个个黄色的岛屿，路易斯从一个岛屿跑到另一个岛屿，就像一个游泳者拼命地想在溺水前到达陆地一样。他把全部的注意力都集中在坡顶的那座房子上，一路嘟嘟囔囔地向坡上跑去，不由得喘起气来。

因此，他并没有注意到，斜坡上正停着一辆陌生的黑色别克车，就在街对面，汉切特家前院的路边上。

此外，他也没有注意到，此时有两双充满愤怒和仇恨的眼睛正在瞪着他。

"那小子是谁？"梅菲斯托费勒斯·穆特低吼道，"我还以为巴纳维尔特是个单身汉呢。"

"我怎么知道他是谁，你这个老糊涂？"他的妻子也咆哮道，"在这个死气沉沉的小镇上，我一个人也不认识。你很清楚，我们搬到这里根本就不是为了交什么朋友！"

"闭嘴，快闭嘴！"男人抱怨道，"不过，这里就是魔法出现的地方，我立马就感应到了，就是在这里产生了时空裂缝，才让一个'远古者'跑了出来。这一切都是受到了红彗星的影响，只要等到下周的月亏，我们就能用肉眼看到它了。"

穆特太太点了点头，表示同意："可惜大部分的魔法能量都留在另一个时空了。不过，还是有一些留在了这边。也许它已经传到了旧铁桥那儿，这样就刚好可以唤醒我们的老朋友了。我们现在开车过去吧。"

"没错，只有魔法能量才能让它恢复意识。快走吧，"她的丈夫催促道，"快点儿，我得去看看。"

女人让旧汽车静悄悄地滑下山坡，直到他们已经离巴纳维尔特家足够远。然后，她加大油门，随着一阵轰鸣，他们驱车穿过了小镇，一路向南边驶去。几分钟后，女人把车停在了横跨怀尔德克里克溪的新桥附近。

他们两个下了车。梅菲斯托费勒斯·穆特拄着拐杖走到了小溪边。他站在离水面三四米高的地方，使劲闻了一下。"啊，"他说道，"我猜对了！它来了！它来了！"

女人站在他的旁边。他们俩一起望着脚下的溪水，看见水中又沸腾起了泡沫，在月光下闪烁着微弱的彩虹色。

"还是太早了，"女人说，"根据你的计算，它要到月圆时才会升起来，那就要等到明天晚上才行。"

"闭嘴！"穆特用刺耳的声音说，"愚蠢的女人，难道你不知道魔法能量才是最重要的吗？如果我们的朋友足够强大，它现在就该升起来了——看！快看那儿！"

水里有什么东西升了起来。他们两个人往下注视着，仿佛被迷住了一样。这个东西圆圆的，有近一米宽，浅灰色和白色相间，身上布满了正在跳动的红色和紫色的血管，就像一团凝胶似的不停抖动着，一点儿也不坚固。

然后，它的身上出现了一条一英尺长的线。那条线裂开了，里面出现了一只巨大的黄绿色眼球，正在盯着他们两个。紧接着，又出现了另一只眼睛。诡异的是，在两只眼睛的中间，还出现了一张厚厚的大嘴。

水里的怪物用低沉的声音说道："我要上来了。"

它的眼睛和嘴巴开始在水里剧烈地摆动，于是它那怪异的肉体上出现了更多的肿块和气泡。它的一只手臂就这样形成了，而在它手臂的末端，居然还有十条三十厘米长的触须在不断地蠕动。最后，这个庞然大物自己爬到岸边，十分痛苦地将自己从水里拉了出来。

梅菲斯托费勒斯·穆特用他那骨瘦如柴的膝盖跪在了地上。"我的主人！"他兴高采烈地说，"你终于醒了！"

"很……很虚弱。"眼前的这团疙疙瘩瘩的肉体叹息道。在离穆特几米远的小溪边，它正胡乱抽搐着。

"你会变得很强壮的，"穆特太太把手放在丈夫的肩膀上说，"我们会给你喂很多魔法能量的！"

"还……"那怪物呻吟着，"还有……""还有活人，"穆特赶紧回答，"很多很多的活人。""还有魂魄，"他的妻子非常小声地说，"你还需要吃很多魂魄！"

可怕的怪物安静了一会儿，然后说道："我饿了！我好饿！"它猛地站起来，突然变成了一个粗糙的人形模样：一个近四米高的人，两条腿又短又粗，两只大脚是像煎饼一样的圆形肉垫，两条胳膊很像章鱼的触须。

然后，它就开始往穆特夫妇的身上爬去。

它的形态特征一直在不断变化。现在，它的一只眼睛高高地长在前额上，有十厘米宽，是绿色的，而另一只眼睛要小得多，是红色的，长在右耳的位置。它的嘴张得大大的，好像一个无底黑洞。

"我饿了！"它竖起身子，高高地耸立在穆特夫妇的身上，在月光下不停地流着口水，"我好饿！"

这一声喊叫之后，夜里的一切都沉寂了下来。

第十章

　　星期三的晚上，卡帕纳姆县魔法师协会又一次聚在了巴纳维尔特家。但这一次，路易斯和罗丝·丽塔并没有机会偷听。就在他们伺机躲进秘密通道之前，齐默尔曼太太带着一些魔法师来到厨房，向他们讲述了那个不怕任何魔法的怪物的事；而其他人则留在书房里，准备把自己查到的东西告诉乔纳森叔叔。

　　既然秘密通道的两个入口都被堵截了，路易斯和罗丝·丽塔就只好在后院进行他们自己的秘密作战会议。"你看今天的报纸了吗？"罗丝·丽塔问。

　　"还没有，"路易斯回答说，"怎么了？"

　　"报纸的第二版上报道了一则我们都很熟悉的新闻，"罗丝·丽塔严肃地说，"在周一晚上，怀尔德克里克溪路一侧的一片草地突然全都枯死，变成了灰色。"

路易斯惊恐地望着罗丝·丽塔。此时，他们俩都坐在草坪躺椅上，虽然天色已晚，但从厨房窗户里洒出来的暖暖的黄色灯光照亮了罗丝·丽塔的脸。"就像我们在克拉伯农农场见到的一样。"路易斯小声地说。

"没错，"罗丝·丽塔同意道，"县探员说这可能是由某种真菌引起的，但我们都知道，事情远远不止于此，而且那条小路正是通向镇里的。"

路易斯用力咬紧牙关，避免牙齿颤抖起来。这是一个温暖晴朗的夜晚，附近的夜间昆虫正在不停鸣叫，一切似乎都很正常，很安全。于是，路易斯试图让自己放松下来："真想知道是什么原因。"

"不管那是什么……哦，我的天哪！"罗丝·丽塔仰靠在她的躺椅上，眼睛直直地瞪着天空。

路易斯也随着她的视线望去。突然间，他感觉自己的身上好像有蚂蚁在爬。他一抬头，居然看见了那颗红色彗星。虽然它比望远镜里看到的要暗得多，只有一条小小的尾巴，但路易斯还是能看得很清楚。"时间不多了。"他说道。

"是的，"罗丝·丽塔回答说，"你还记得乔纳森叔叔提过的作家H. P. 洛夫克拉夫特吗？我去图书馆借了几本他的书。虽然不知道他是从哪儿搜集到的素材，但他在书里详细描写了'伟大的远古者'，无形的怪物，还有其他各种奇怪的东西。最后，当我在借书证上签名时，你猜怎么着？我发现曾有一个人在我之前借过那些书。"

"是谁？"路易斯问道，尽管他根本不确定自己是否想知道答案。

　　"一个叫E.穆特太太的人，"罗丝·丽塔说，"我还知道了她住在菲尔德街，也就是小镇出去的南面，从怀尔德克里克溪路岔开的那条街。"

　　"她一定和这一切有什么关系，"路易斯猜测说，"但我们又能做些什么呢？"

　　罗丝·丽塔叹了口气："我也不知道。不过，我们还是先进去吧。那颗红色彗星也许会对我们的健康有害，也许它还会发出什么原子射线呢。"

　　路易斯反驳说："彗星才不会发出什么射线，它们无法自己发光，都是反射的太阳光。"

　　罗丝·丽塔哼了一声："我才不管，反正它就是有害的，我有一种强烈的预感。"

　　路易斯准备站起来，但就在他站起来的瞬间，他突然产生了一种奇怪的感觉，就好像他的脑子里突然亮起了一盏灯，然后又熄灭了，如同闪光灯一样。"对了，以利胡在遗嘱里的那一段话是什么来着？"他慢慢地问道。

　　"我背下来了，"罗丝·丽塔告诉他，"它是这么说的，'事物的含义不止一种。我所学到的一件事就是，心是灵魂的所在，灵魂就是生命，因此生命的关键，就在于一颗健康的心脏。'要我说，老以利胡肯定是脑子糊涂了。"

　　路易斯有些绝望地闭上了眼睛。他明明已经如此接近——

106

他几乎就快想出来了——但后来……那个模糊的想法消失了。

他接着说："我还以为自己能弄明白的。事物的含义不止一种，所以是一个双关语吗？"

"你在说什么呀？"罗丝·丽塔疑惑地问。

路易斯摇了摇头："我不知道，我现在还不确定。"

"也许你之后就会想起来的，"罗丝·丽塔说，"明天我想去那个穆特太太家打探一下，没准答案就在那儿。"

"我们还是不要冒险了吧。"路易斯恳求道。

"不用担心，"罗丝·丽塔保证道，"只要我们小心点儿就好了。"

星期四的上午是阴天，黑压压的天空感觉随时都会打起雷来，但幸好暴风雨没有来临。在九点钟的时候，路易斯和罗丝·丽塔又骑着自行车出了城。这次的路程并不算长——离市中心只有一千多米。不久之后，他们的眼前出现了一条向右延伸的狭窄街道。这里根本没有路牌，但罗丝·丽塔说，地图上标着这里就是菲尔德街。

菲尔德街上的所有房子——无论是木结构房屋、村舍，还是平房，都是小小的，而且隔得很远。在路易斯看来，它们都像是退休的老人们会住的那种房子。这里大多数房子的后院里都有一块菜园，但唯独有一个院子里满是郁郁葱葱的绿色杂草，以及十几处散开的灰色斑块，看起来就和克拉伯农农场里的植物一样。于是，在罗丝·丽塔还没指出之前，路易斯就知道了，这一定就是穆特太太的家。除此之外，他们看到前院的一棵大杉树旁，停着一辆黑色的旧别克车。罗丝·丽塔骑着自行车经过这座房子，然后拐进一条长满青草的小路，最后找到了一条狭窄的小溪。小溪两旁的杂草长得比路易斯还要高。

到了小溪后，他们两个就停了下来。"现在怎么办？"路易斯问道。

"我们要暗中观察。"罗丝·丽塔一边小心地拨开杂草，一边回答。在这里，他们刚好可以看到穆特太太的房子。"事实上，我想我们还可以偷偷地接近他们。"她说道。

"我并不觉得这是个好主意。"路易斯反对道，但罗丝·丽塔已经弯着腰蹑手蹑脚地向前移动了。她小心翼翼地挪动身体，尽量不去碰到杂草。路易斯跟在后面，一心希望没有蛇会爬到这里来。他们走得越来越近，直到距离一扇开着的窗户只有几米远的时候，才停了下来。路易斯听见房子里有两个人在争吵：一个脾气暴躁的老头，一个声音沙哑的女人。

女人正在说："他当然不记得自己是吉迪亚·克拉伯农了，你这个老糊涂。他的身体里有太多的'异能'，而他那可恶的侄孙又把他关在那座铁桥下囚禁了这么多年。"

"要是我也什么都记不起来的话，我就不想变身了，"老男人抱怨道，"那又有什么用呢？就跟死掉了没两样，我可不想死！"

"你一定能记起来的，"女人说，"因为在你变身之前，你的身体又不会被火化！你也不会被关在溪底六十多年，也不会让外星人的肉体吃掉你大脑里的每一个细胞！你仍然还是梅菲斯托费勒斯·穆特——你只是会有一个新的躯壳，新的肉体，就像我们的那个老朋友一样！"

路易斯靠近罗丝·丽塔，小声地问："他们到底在说什么？"

罗丝·丽塔摇了摇头，她也不知道。

"啊！"男人咆哮起来，"我有点儿不想干这件事了！"

"什么！"女人尖叫说，"现在退出？就在我们已经能够看到红彗星的时候？"

路易斯和罗丝·丽塔互相看了一眼。"我们得告诉大家。"路易斯用嘴型说着。

罗丝·丽塔皱着眉头，耸了耸肩。"也许吧。"她打了个手势。

这时，那个女人大喊大叫起来："你疯了吗？我们就只需要哄骗那个叫巴纳维尔特的家伙，以及他那些愚蠢的朋友用魔法来攻击我们的小宠物就行了——总之越强越好！那些白痴根本就不会知道，魔法攻击只会让它变得越来越强大，直到它为'伟大的远古者'打开时空之门！"

"到时候，它们将会搭乘那颗红彗星来到地球，"老男人插嘴说，"是的，没错，厄尔敏，这些我都知道！只是，他们到底要什么时候才能攻击它呢？"

"快了！"女人回答道，"就快到了！不过，你也知道，整件事还是有一个漏洞。吉迪亚·克拉伯农自作聪明地保留了自己的一部分！而以利胡又把它藏了起来，我们怎么也找不到。

我相信吉迪亚的宝贝侄孙一定不会毁了它——他应该知道，只有当红彗星照耀时，它才能被彻底毁掉。但它就是那个漏洞！因为它包含着人性的一面，所以魔法可能会对它起反作用。"

路易斯发现罗丝·丽塔正使劲掐着他的胳膊，于是他向前一倾，突然间，所有的感觉都涌了上来——草丛戳到脸颊的刺痛，阴天的闷热压抑，女人刺耳的声音。这一切都让他感到头晕目眩，但那个女人说的漏洞到底是什么呢？

"你究竟想做什么？"男人追问道，"回到那该死的农场，然后把每一寸地都重新搜一遍？你知道的，那些早在1885年就死去的动物又开始活了起来，都是那颗彗星的杰作。呃！想想它们的臭味！"

"不，不，才不是！"女人大喊道，"我早就放弃寻找那个小玩意儿了。该死的吉迪亚，他居然用咒语把自己的灵魂和身体给分离了！我们要做的是，确保我们藏的东西不会被人发现。它必须在红彗星闪耀的时候才能出现，所以我们还得去看一下。"

"我可不想每隔五分钟就去一趟自来水厂！"男人大声嚷了起来，"如果你想去看，你就自己去！我要好好休息！"

"哦，不，不行，"女人说，"我得时刻看着你。我们是绝对不会分开的，直到我们都变身的那一天。我太了解你了！你就是个自私鬼，完全有可能会丢下我，自己变身！"

老男人应该离开了房间，因为他的声音渐渐变成了一种愤怒的呜咽声。不一会儿，门砰的一声关上了，四周变得一片寂静。罗丝·丽塔急匆匆地穿过草丛，路易斯紧跟在她后面。他们回到了停自行车的地方。

"快走。"罗丝·丽塔说。

"去哪里？"路易斯问道，"我们是不是应该回去，然后告诉……"

"还不行，"罗丝·丽塔打断了他，"那两个人还藏了些什么，我们得去查一下。"

"你是说自来水厂。"路易斯迟疑地说。

"快点儿。"罗丝·丽塔又重复了一遍，然后骑上了自行车。路易斯跟着骑上了自行车。接着，他们一路骑回小镇，来到了云杉街。这里的山脚下有四五块空地，还有整座城市的自来水厂。它是一座巨大的砖石建筑，一直有机器嗡嗡作响。在自来水厂的后面，还有一座水库，那是一个清澈的圆形池塘，四周围着高高的铁栅栏。在街对面是一个绿茵茵的公园，云杉溪就从这座公园里蜿蜒而过。这时，他们看到公园里有几家人正在打着棒球，一起野餐。

"没什么特别的，"路易斯开口说，"我想我们最好回去……"

罗丝·丽塔跳下自行车，低头看了看："快看这个。"

她指着地面。路易斯瞬间感觉胃里一阵恶心，他看到草地上有几缕灰色的腐烂物。"这些草就快死了。"他说道。

"这些东西都指向桥的那边，"罗丝·丽塔说着，"走吧。"

这座砖砌的人行桥横跨了一条很深的溪流，桥上有三个巨大的筒形拱。正当路易斯和罗丝·丽塔骑车过桥时，一股恶心的气味飘过来，路易斯差点儿吐了："是什么味道呀？"

罗丝·丽塔俯身在桥上，说："我想是从下面传来的味道。呃！好像是什么东西爬进去，然后死在里面了！"

他们两个互相看了看。路易斯知道自己和罗丝·丽塔想到一块儿去了。"我们必须这么做吗？"他问道。

罗丝·丽塔皱着眉头说："我想是的。"

他们放下自行车，过了桥，然后下到了岸边。这些由砖砌成的桥拱很高，他们两个都可以在第一个桥拱下面站直身体。这条小溪大约有四米宽。路易斯和罗丝·丽塔站在第一个桥拱旁边的岸上，一直盯着中间桥拱下的水面看。那里的颜色就像深水一样，是暗绿色的，时不时还有一些黄色泡沫从溪底冒出来，仿佛在离水面大约半米深的地方，藏着一块石头还是什么的。

"等一下。"罗丝·丽塔突然喊了一声。只见她正在沿着岸边快速地走来走去，直到她发现了一根细细长长的、很有韧性的树枝。她把树枝带了回来，接着说："让我们看看能不能够到。"

罗丝·丽塔站在小溪边，身子往前倾，用树枝戳了戳，但还是有些太短了。"我们还是快走吧。"路易斯恳求道。

"还不行，"罗丝·丽塔低声地说，"快抓住我的手，向后拉，千万别松开！"

路易斯抓住了她的左手腕。罗丝·丽塔在水面上探出身子，又试了一次。而这一次，树枝好像碰到了什么东西。"感觉像海绵，"罗丝·丽塔说，"就像是……"

　　罗丝·丽塔向前倾得太厉害，以至于路易斯以为他们俩都要一起掉进水里了。于是，他用力地往后一拽，罗丝·丽塔松开树枝，两人一起倒在了岸上。路易斯看见水里的树枝在猛烈地抖动着，原来是一条蠕动的触须缠住了它。后来，那条触须把树枝扔到一边，缩进了水里。紧接着，一个圆形的、丑陋的东西浮出了水面。它的身上满是疙瘩，灰溜溜的，还有一些红蓝相间的脉络。

　　最后，那个怪物睁开了一只充满死亡气息的恐怖眼睛，死死地盯着他们两个！

第十一章

那个怪物的脸——如果能算是一张脸的话——在一个旋涡中沉了下去。路易斯和罗丝·丽塔立马跳起来，跌跌撞撞地朝岸上爬去。等爬到岸上的最高处，他们惊恐地转过身来，但却发现那个令人颤抖的怪物已经不见了，眼前只有一片平静的碧水在缓缓流淌着，没有一丝涟漪，也没有任何气泡。

不过那个怪物肯定就在下面，很可能还会再出来。

"我们快走吧。"路易斯一边说着，一边骑上了自行车。然而，就在他准备蹬车的时候，整个上午都在积蓄能量的闪电突然发出了震天的隆隆声，一阵狂风也跟着吹了起来。路易斯骑车穿过人行桥，才发现在他和罗丝·丽塔去小溪边的这几分钟内，公园里的人都已经走光了，只有眼前的云杉树和冷杉树的树梢在来回摆动，滚滚乌云像黑烟一样盘旋在它们头上。紧接着，一道白色的闪电划破了天空。

路易斯回头一看，罗丝·丽塔正紧跟在他的身后。她俯身趴在自行车的车把上，脸色看上去很苍白。突然间，她的眼睛睁得非常大，朝着路易斯大喊："小心！"

　　他猛地扭过头来，才发现自己快冲到大街上了。此时，一辆破旧的黑色别克车开到了路边，正好就在他的前方。路易斯立马刹车，但是自行车的后轮却在草地上打滑了，一下子离汽车更近了！绝望之下，路易斯只好立即扭转车头，但也因此失去平衡，从自行车上狠狠地摔了下来。起初，一切都很像在噩梦中出现的慢动作一样，路易斯看到了小草正朝他的脸扑来，每一片绿叶都显得那么清晰。

　　紧接着，随着一声吓人的闷响声，他的头重重地撞到地上，仿佛整个世界都在黄色的亮光中爆炸了。路易斯隐约地感觉到，自己好像是先翻了个跟头，然后又仰面摔在了水泥人行道上。他摔得很重，连气都喘不过来。尽管他的肺在用力地吸气，但却没有一点儿空气进来。接着，眼前的一切逐渐消失了。有那么一瞬间，他在想自己是不是快要死了。

　　最后，路易斯颤抖着发出了一声很大的喘息声，他终于呼吸到空气了。他听到旁边传来了哐当声，接着罗丝·丽塔就跪在了他的身边，关切地问道："你没事吧？"

　　路易斯心里想，这真是一个愚蠢的问题，但是他仍然气喘吁吁的，说不了话。突然间，他感觉身上开始疼了起来，他的膝盖和手掌上都留下了几道深深的伤口，额头上也肿起了一个大大的包。

除了罗丝·丽塔，还有另外两个人也在俯身看着地上的路易斯。不过，路易斯的眼睛还无法聚焦，只感觉那两个人忽近忽远。是乔纳森叔叔和齐默尔曼太太吗？不，是一个老头和一个老太太。直到路易斯听到了那个女人低沉沙哑的声音后，他才意识到，原来他们是穆特夫妇。"天哪，年轻人，你这一跤可摔得不轻！"他们说。

刚一听到这声音，路易斯就一下子起了一身鸡皮疙瘩。如果他还有力气的话，他肯定马上就跳起来逃命了，但他现在所能做的，就是躺在那里，努力地多呼吸一点儿空气。

老男人拄着他的拐杖站在一旁，而那个女人跪在了罗丝·丽塔的旁边。穆特太太说："也许我们应该把你带到我们家去，然后打电话给——"

"不！"路易斯激动地说。虽然他还是感觉呼吸不上来，但他宁愿就这样死去，也不想答应她的请求。他又继续说："呃，不用了，谢谢，我……我没事的，只是有些喘不过气来。"他的声音听起来非常虚弱、犹豫，仿佛就要哭出来了。

"你确定吗，孩子？"女人一边问着，一边拨开了他额头上的头发。

路易斯简直吓坏了，他还以为女人的手会像蛇一样的冰冷。他并不知道自己伤得有多严重——至少有一些擦伤和瘀伤——但他还是尽力忍住不哭出来。"我没事！"他竭力让自己的声音镇静下来，"我还摔过比这更严重的呢，真的，我的妹妹南茜也知道的。"

"对，没错。"罗丝·丽塔急忙附和道，只见她的眼睛在圆圆的镜片后面眨了眨。在路易斯和罗丝·丽塔两人之间，罗丝·丽塔总是那个可以最快编出一些荒谬故事来的人。此时，她接着说："是这样的，在比利四岁的时候，我们和爸爸妈妈一起去看了马戏团表演，那里面就有一只会骑自行车的大灰熊，它会做后轮平衡，也可以不用手扶车把骑车，而且还能骑在一条钢索上。自从我们看了那些表演之后，比利就一直很想学那只灰熊做过的特技——"

　　"快走吧。"路易斯插话道，然后站了起来，朝他的自行车走过去。他的脚步摇摇晃晃，就好像脚下踩着一团果冻似的。"如果我们淋湿了，爸爸妈妈会生气的，而且马上就要下大雨了。"他十分痛苦地把自行车扶了起来，幸好它看上去没什么严重的损坏。他骑上车，说了声"谢谢"，然后就蹬着踏板出发了。现在，他终于看到自己的双膝和左手掌心都有很严重的擦伤，牛仔裤的裤腿上也破了两个大洞，而且他还能感觉到一股暖流从小腿上流了下来。不过，就算给他一千美元，他也决不会愿意接近梅菲斯托费勒斯·穆特和厄尔敏·穆特半步的。

　　罗丝·丽塔踩着自行车，骑到了他的旁边："嘿，你还好吗？你那一跤摔得很重呀。"

　　"应该没事的。"路易斯气喘吁吁地说。然而，伤口的疼痛让他的两只眼睛涌出了热泪，而吹到他脸上的风又让它们在脸颊上冷却了："我们得告诉乔纳森叔叔这件事。"

117

"我们再写一张纸条怎么样？"罗丝·丽塔问道，"你就告诉乔纳森叔叔，说自己从自行车上摔下来了，但不要让他知道是怎么一回事，就说是意外吧。而且，我敢跟你打赌，他一定会带你去看医生。等到那时候，我就回家去拿便笺簿，然后再写一张纸条。我会叮嘱他千万不要使用任何魔法，还有穆特夫妇就是这一切的幕后黑手。"

　　"好的。"路易斯回答道。这时，他的头开始痛起来了，因为他的额头上肿起了一个鹅蛋那么大的包，就在他左眉上方的头发里。虽然他并没有看到重影，但他确实感到恶心想吐。当他们终于回到高街100号时，路易斯特别高兴。

　　罗丝·丽塔先是跑了进去，不一会儿又出来了，而她的后面还跟着乔纳森叔叔。路易斯刚把自行车立起来，乔纳森叔叔就急忙赶过来看了他一眼："快上车，路易斯，我们得去找汉弗莱斯医生。谢谢你了，罗丝·丽塔，你最好赶紧回家去，暴风雨随时都可能会来。"

　　乔纳森叔叔和路易斯开车到了汉弗莱斯医生的诊所。他们刚一走进去，天上就下起了大雨。前台的护士把路易斯径直带进了检查室，乔纳森叔叔也紧跟在后面。过了一会儿，汉弗莱斯医生进来了，脸上露出一副担忧的表情。

　　路易斯很喜欢汉弗莱斯医生，他不仅身材魁梧、相貌堂堂，声音还像低音提琴一样好听。汉弗莱斯医生让他坐在绿色的检查台上，先看了看他头上的肿包，然后说道："嗯……看来摔得不轻呀，说不定人行道上都砸出一个大坑了！路易斯，接下来我会用灯照一下你的眼睛，可能会让你有点儿不舒服，但你一定要睁大眼睛，直视前方。"说完，汉弗莱斯医生便开始用手电筒照着路易斯的眼睛，尽管刺眼的光线让路易斯不禁流下眼泪，但他并没有抱怨什么。然后，汉弗莱斯医生又举起两根手指，问路易斯看到了几根手指。最后，汉弗莱斯医生笑了一下。"威斯康星州的人果然都生得很结实，"他小声嘟囔道，"没有脑震荡，对你而言，这应该是圣诞节过后最好的消息了吧。现在，我们再来处理一下这些擦伤。"

几分钟后，路易斯的伤口就包扎好了。然后，他就和乔纳森叔叔一起离开了诊所。这时，外面还在下着倾盆大雨，一切都感觉非常沉闷。在冒雨开车回家的路上，乔纳森叔叔突然开口问道："你到底是怎么摔的呀？"

路易斯回答说："因为我们听到了打雷声，所以就飞快地骑车赶回来。我回头想看看罗丝·丽塔骑到哪儿了，这时差点儿就要撞到一辆车，于是我立马转弯，避开了车，但是却摔了出去。"

"路易斯，你以后得更加小心一些。"乔纳森叔叔一边说着，一边摇了摇头。

虽然路易斯差一点儿就要把全部真相都说了出来，但他还是忍住了。如果乔纳森叔叔对自己更加失望怎么办？如果他知道自己和罗丝·丽塔正在四处打探，干涉一些他们本不应该插手的事情，他的叔叔又会怎么说呢？

在他们匆匆回到家之后，乔纳森叔叔看到了罗丝·丽塔写的新留言。她像上次那样把纸条叠好，丢进了信件投递口。而且，它和第一张纸条相同，是用的同一种黄色纸张和一样的印刷体大写字母。路易斯和乔纳森叔叔靠得很近，刚好看到了上面的内容：

亲爱的巴纳维尔特先生：

您千万不能用魔法对付敌人。穆特夫妇有一些不为人知的秘密。有个可怕的怪物从克拉伯农农场里出来了，它现在就在云杉公园的拱形桥下。保重！

您的一位朋友

乔纳森叔叔迅速把纸条折好，说了声"哼"，然后又转向路易斯，问道："你现在感觉怎么样？"

"马马虎虎，"路易斯说，"我的头痛得厉害。"

乔纳森叔叔摸了摸他的前额："没有发烧，先吃几片阿司匹林止痛吧。我想你得赶快回房间好好休息一会儿，你实在摔得太重了，等明天起来肯定会痛得受不了的。要不要给你拿个冰袋敷一下头？"

"不用了，我没事。"路易斯说。

乔纳森叔叔扬起眉毛，又问道："确定吗？好吧，那就先去躺一会儿，等你的头感觉好一些吧。我还得去打几个电话。"

路易斯没说什么。他回到自己的卧室，把破洞的牛仔裤换成了睡衣。不过，他没有躺在床上休息，而是在地板上放了一个枕头，跪在上面朝窗外望去。虽然现在还不到下午一点，但外面的天已经像傍晚一样黑了。在高街上，只见一片片青灰色的雨倾泻而下，呼啸的狂风把树上的树枝和树叶都刮了下来。从山坡上一眼望下去，每家房子的窗户都闪烁着黄色的灯光。出于某种原因，这一切都让路易斯感到非常孤独。他想象自己变成了一个无家可归的孤儿，正在凝望着窗外的那些温馨安乐的家庭，而它们却只属于那些更加幸运的孩子。

此时，路易斯很想知道罗丝·丽塔究竟在哪里，在做些什么。她确实是一个很好的朋友，但有时也会惹人生气。不过，路易斯知道，罗丝·丽塔是很理智的，她不是那种无缘无故就选择冒险的人。接着，路易斯又想起了穆特夫妇，在他摔倒的时候，他们表现得那么关心他，穆特太太甚至还想带他去自己家里。一想到这里，路易斯还是不禁打了个冷战。如果他真的去了，他还能活着回来吗？还有，那个在水里的怪物是什么？穆特夫妇和它又有什么关系？然而，路易斯总有一种诡异的感觉，他也许还会再见到他们——或者他们的那个"宠物"——那个在水里的恐怖的怪物。

看着窗外连绵不断的雨，路易斯的思绪开始飘荡起来，尽管他身上的擦伤、瘀伤和肿包都很疼。好在，擦破的膝盖压在枕头上，居然没那么疼了。路易斯开始胡乱想着，这些伤口究竟要多久才能痊愈。"痊愈……"他像在做梦一样地喃喃自语道。他一遍又一遍地说着这个词，直到它似乎失去了自己的含义。然后，他又想出了一些同义词："健康，强壮，有劲。"当他说出这些词的时候，他的脑子里好像突然闪过了什么东西，就像一股电流一样。路易斯之前也经历过同样的事，但这一次，他脑海中的灵感并没有就此消失。路易斯从枕头上跳了起来，光着脚站在地上，此刻的他已经完全忘记了自己的头痛和缠着绷带的膝盖。突然，他的眼睛睁得大大的。"哦，我的天哪！"他大喊道。

因为这一次他知道自己想对了。事物的含义不止一种，也就是说，含义几乎相同的词语也可能会有不同的意思——如果你找到了正确的解读方式的话。

路易斯刚才就是这么做的。他开始感觉心跳加速。是的，他很肯定，自己想得没错。

路易斯已经解开了以利胡·克拉伯农在遗嘱里留下的那个谜语。

第十二章

　　路易斯匆忙穿上衣服，冲到了楼下，大喊了一声"乔纳森叔叔"。但当他还没下完楼梯时，他就知道了乔纳森叔叔并不在家，因为房子里出现了一种有趣的回音——每当家里没有人的时候，它就会发出这种声音。这时，路易斯发现乔纳森叔叔的那根带水晶把手的黑色手杖不见了，它原本是插在前门旁的蓝色柳叶花瓶里的。那根手杖是他的魔杖，如果它不见了的话，那一定是乔纳森叔叔出于某种目的把它带走了。在慌乱地找遍整个房子之后，路易斯在厨房的桌子上发现了一张纸条：

　　嘿，路易斯——我和齐默尔曼太太要出去办点儿事，查点儿东西。如果我很晚都没回来的话，请不要担心，之后我会解释给你听的。冰箱里有一点儿烤牛肉，晚餐的时候你就把它热一热，然后再开一罐蔬菜汤就行了。

　　希望你的头已经好些了。要不是发生了一些十分
重要的事，我是绝不会丢下你一个人不管的。如果你
感觉不舒服，记得打电话给汉弗莱斯医生。他的办公
室和家里的电话号码都写在了电话簿的封底内页里。
希望我能在午夜前回来！

　　　　　　　　　　　　　　　　爱你的乔纳森叔叔

　　路易斯往隔壁瞥了一眼，齐默尔曼太太确实也不在家——
她的房子一片漆黑，但她的那辆1950年产的普利茅斯克兰布鲁
克，也就是被她称为贝茜的紫色汽车，仍然还停在车道上。后
来，路易斯近乎疯狂地冲到电话旁，拨通了罗丝·丽塔的号
码。是波廷格太太接的电话，然后她又去喊了罗丝·丽塔来接
电话。在等电话的时候，路易斯的双脚着急地挪来挪去。一分
钟后，他终于听到了罗丝·丽塔的声音："喂？"

　　"我解出来了！"路易斯匆忙地说，"我解出那个谜语
了！"

　　罗丝·丽塔很快反应了过来："你是说，你解开了以利
胡·克拉伯农的谜语？我马上过去！"

　　然而，路易斯在电话里听到了波廷格太太对此表示反对。
罗丝·丽塔一定是用手捂住了听筒，因为后来他就只能听到一
些模糊的争吵声。最后，罗丝·丽塔回来继续说道："我要晚
饭之后才能过去，而且得等雨停了才行。"

124

"没事，"路易斯说道，"你还记得吗，关于吉迪亚分离灵魂的那个咒语，穆特夫妇是怎么说的来着？"

"他们……似乎并不喜欢它。"罗丝·丽塔回答说。

突然，她停顿了一下，路易斯猜到应该是她的妈妈就站在电话附近。后来，罗丝·丽塔又小心翼翼地补充道："我就只知道这些。"路易斯听到罗丝·丽塔的妈妈在叫她，然后罗丝·丽塔急忙说："我要么今晚过去，要么过会儿给你打电话。我不在的时候，你什么都不要做！"

路易斯挂了电话，心里不禁在想，即便是和罗丝·丽塔在一起，他又能做些什么呢。如果他的猜想是对的——他非常确信自己一定是对的——那他就需要其他人来帮忙。要想得到以利胡隐藏了这么多年的东西，可不是两个孩子就能做到的，她们可能还需要——对的，需要魔法师的帮忙，或者任何一个比他勇敢得多的人。

整个下午，路易斯都心神不宁，坐立难安。他一会儿踱来踱去，一会儿又想看看电视，怎么也坐不住。而且，他每隔五分钟就要看一眼时钟，只感觉时间过得非常慢。

五点钟刚过，路易斯就走到书房里的两扇落地玻璃门前，朝院子里望去。外面的雨渐渐停了，厚厚的云层也散了一些，开始透出一些亮光。太阳也快下山了，在灰色的云层散开的地方，路易斯看到了蓝色的天空和一堆橘红色的云团。这个颜色让他想起了那颗彗星，而彗星又让他想起了那个不停蠕动的怪物，那个和罗丝·丽塔一起瞥见——是瞥见的吗？不，是用树枝戳到的怪物！

一想到这里，路易斯就瑟瑟发抖起来。于是，他转身离开窗边，开始翻阅书房里的书籍。乔纳森叔叔的书架有天花板那么高，上面堆满了各种各样题材的旧书。在其中一个特别的角落里，还放着一些和魔法有关的书。

路易斯把这些书都翻了个遍，终于找到了他要找的那一本凡·斯卡尔的《魔法和魔法艺术百科词典》。它又大又重，无论是大小，还是重量，都相当于一部未删节版的《韦氏大词典》。它有着深色的皮革封面，上面布满菱形鳞片——如果这是用蛇皮做成的，那一定是一张巨大的蛇皮。路易斯把那本巨大的词典抱到书桌上方，然后砰的一声把它放在了桌上。打开绿色灯罩的台灯后，路易斯翻开了这本词典。正如所有的旧书一样，它也有一种属于自己的独特味道，闻起来又脏又老旧，还有一点儿辣乎乎的，让他的鼻子不由得痒了起来。

路易斯小心翼翼地翻着这些满是褐色斑点的奶油色书页，然后在"灵魂"一栏，他找到了一些相关的文章，但其中只有一篇看起来像是他要找的——《灵魂是可以分离的》。

路易斯弯下腰来，凑近书页，仔细阅读着上面的小字：

灵魂是可以分离的。世界上曾有很多魔法师施过灵魂分离之咒，将灵魂从活着的肉体中分离出来，就可以让自己变得刀枪不入，永生不死。一旦咒语完成，他们的灵魂就会被藏起来，比如藏在一棵树、一块石头、一口井，甚至是一件珠宝里；此外，它也可以被放置在魔法师肉身里的一个特殊部位，这样一来，即使心脏被刺穿，他们也能够继续活下去（详见《灵魂的特殊安置》一栏下的《阿喀琉斯之踵》《尼索斯的紫色头发》等故事）。

不过，更为常见的情况是，灵魂会被藏在一些特别的容器中，比如一朵花、一块石头，或者一块红宝石里。只要这个容器能藏在一个安全的地方，不让任何人将其摧毁，并释放出里面的灵魂，那么灵魂的主人就永远都不会死去。只要灵魂是完好无损的，即使魔法师的肉身被摧毁了，它也可以慢慢地重生。根据中世纪斯堪的纳维亚的传说《没有心脏的巨人》，一个会魔法的巨人把含有其灵魂的心脏藏在了一只母鸭子的蛋里，而这只鸭子生活在一个被人遗忘的教堂下面的神秘枯井里，而这个教堂坐落在一座无名湖泊中心的神秘小岛上。因此，为了杀死巨人，故事中的英雄在打碎那个鸭蛋之前，必须要先经过一系列漫长而危险的探险，才能找到蛋的确切位置。同样，在爱尔兰的传说《卡诺》中，卡诺的灵魂被锁在了一块石头里，所以只有那块石头被打碎，卡诺才会真的死去。将灵魂与身体分离的咒语是绝对邪恶的，所以正义的魔法师们通常是不知道的。在小利维乌斯所著的《奇术》中只记录了咒语的第一行……

后面还有很多内容，但它们对路易斯来说都没什么用处。不过，在看完前面的内容后，路易斯更加确信自己的猜测是正确的。他真希望能知道乔纳森叔叔和齐默尔曼太太去了哪里。

路易斯感觉时间过得很慢。路易斯用冷的烤牛肉做了一个三明治，但他没什么胃口。他受伤的膝盖还是很痛，无法弯曲，不过好在他头上的包已经消肿了，尽管他左眼的黑眼圈看起来很吓人。路易斯把剩了差不多一半的三明治扔进了垃圾桶，然后焦躁不安地在地板上踱来踱去。外面的雨已经停了，太阳也完全下山了，随着整座房子里变得越来越暗，路易斯也跟着变得越来越紧张。湿漉漉的树枝在窗户上每抽打一下，都会让他不由得心惊肉跳；脚下的地板每发出一声嘎吱声，也都会让他冷汗直冒。接着，他就会走到前门，打开大门，朝街上张望，看看罗丝·丽塔是不是已经来了。

就这样重复了多次之后，路易斯注意到了一些奇怪的事情。在前门的右边有一个衣帽架，它的里面有一面镜子。自从路易斯搬到这座房子以来，他就知道这面镜子是有魔力的。路易斯有时能在里面看到自己的脸，但更多的时候，他会看到一些来自陌生而遥远的地方的景象。此刻，路易斯看到镜子里面忽然有光闪了出来，在对面的墙上不停地跳动、闪烁着，那形状就像是一把棱角分明的猩红色长矛。于是，他用力咽了口唾沫，往镜子里看了过去。

只见黑暗的夜空中，出现了一颗血红色的彗星。接着，这幅景象泛起了涟漪，仿佛路易斯是在透过水面凝视着它。那颗彗星的颜色一会儿褪成了暗淡的铁锈色，一会儿又变成了十分耀眼的血红色，亮得让人睁不开眼睛。路易斯用手挡住一些视线，然后看到在那颗彗星的上方，出现了两只直勾勾的眼睛——是人类的眼睛。它们在快速地转动着，好像它们的主人在着急地找什么人一样。突然，那两只眼睛锁定了路易斯。

这时，路易斯在镜子里看到了梅菲斯托费勒斯·穆特的脸，他的脸看起来干瘪而阴沉，正恶狠狠地瞪着镜子外面；他的两片薄薄的、皱巴巴的嘴唇发出了一声冷笑。接着，一些话语涌进了路易斯的脑海，但它们并不是说出来的，而是像在脑海中浮现的一个想法："哎哟，哎哟——这不是'比利'嘛，那个摔跤的男孩！爱管闲事的小子！"

路易斯发现自己无法把目光从镜子上挪开。

他的脑海里仿佛有个声音在说："你的'妹妹'去哪儿了，路易斯·巴纳维尔特？她的真名其实叫罗丝·丽塔吧？你认为我会饶过她和她可怜的家人吗？还有你那愚蠢的叔叔，他知道自己只能活到今晚午夜了吗？到那时，你们这些弱小的人将统统会被消灭——而只有我，能以另外一种形式永生不死！'伟大的远古者'将再次统治地球！红彗星的胜利就在眼前了！"

路易斯感觉自己快要疯了。在他的脑海里，一直回荡着一个刺耳、邪恶的笑声。他觉得自己被冻住了。这时，一个响声，一个来自现实世界的声音突然惊醒了他：是他左边的旧机械门铃发出了刺耳的叮咚声。他朝门的那边瞟了一眼，而就在这一瞬间，镜子里的光线忽然暗了下来。最后，唯一留下来的只有梅菲斯托费勒斯·穆特愤怒的号叫，它像蚊子的嗡嗡声一样在路易斯的脑海里慢慢消失了。

紧接着，路易斯马上扑过去，猛地把门打开了。门外站着的是罗丝·丽塔，只见她的手还伸在半空中，正准备再按一次门铃："路易斯！发生了什么事？你看起来糟透了！"

路易斯赶紧把她拉进书房，远离了那面镜子，然后又把刚才发生的一切倾泻而出。"午夜！"在他讲完后，罗丝·丽塔惊讶地说，"现在已经快六点了！"

"我还没说完。"路易斯告诉她。

"我知道，"罗丝·丽塔说，"你觉得自己解开了以利胡·克拉伯农遗嘱里的那个谜语。"

"才不是'我觉得'——我是真的解开了！"路易斯着急地说。

"那你快说呀！"罗丝·丽塔大喊道。

在向罗丝·丽塔解释什么是"分离的灵魂"时，路易斯一股脑儿把所有的话都讲了出来。然后，他又继续说："事情一定是这样的，老吉迪亚·克拉伯农用了一个魔法咒语把他的灵魂从身体里分离出来，又放进了某个东西里。以利胡在将他的叔叔火化之后，也知道了他其实并没有死。后来，不知怎的，以利胡就找到了装着吉迪亚灵魂的那个东西。但出于某种原因，他又不能把它毁掉——"

"为什么不能？"罗丝·丽塔不解地问。

路易斯恼火地瞪了她一眼："我怎么知道？也许是因为它

会让我们之前碰见的那个怪物逃出来！也许还有其他魔法方面的原因。我也不知道！但是，以利胡并没有毁掉那个东西，而是把它藏了起来，并且我知道它藏在哪里。"

罗丝·丽塔死死盯着路易斯："别跟我卖关子，路易斯！究竟在哪里？"

路易斯十分得意地引用了那段遗言："因此生命的关键，就在于一颗健康的心脏。"当罗丝·丽塔茫然地盯着他看时，他补充道："事物的含义不止一种，记得吗？比如'生命'也可以指'灵魂'，而如果你是健康的，那也可以指……"

罗丝·丽塔耸了耸肩："身体好？"

路易斯不耐烦地摇了摇头："再猜一次！"

罗丝·丽塔翻了个白眼，继续说："很强壮？手脚灵便？很有劲[1]？"

"答对了！"路易斯高兴地说，"找到生命的关键——也就是老吉迪亚的灵魂——在于一颗'有劲'的心脏，也就是'有井'的地方。'井'，罗丝·丽塔。"

戴着圆眼镜的罗丝·丽塔瞬间睁大了眼睛："有井的地方！所以老怪物的灵魂就藏在克拉伯农家的那口井里！"

路易斯点了点头，接着说："我们必须把它弄出来。"

然后，他们两个相互对视了一会儿。路易斯不知道罗

1　原文well是多义词，作形容词时表示"身体健康"，作名词时表示"井"。此处译文采用"有劲"，以对应下文的"有井"，达到双关语效果。

丝·丽塔在想什么，但是一想到又要回去那个可怕的地方，他就觉得一阵恶心。

可不管怎么样，他们只能这么做了。

否则，他们，以及世界上的所有人，都只能再活六小时了。

第十三章

"我们无法在六小时内骑车赶回来，"罗丝·丽塔说，"我们还能做些什么呢？"

"我们必须试一试！"路易斯坚定地说。他冲进地窖，拿回一捆绳子和一把又长又重的手电筒。他把这些东西递给罗丝·丽塔，然后又跑回自己的房间做了最后一件事。接着，路易斯匆匆下楼，大喊道："走吧！"

就在他们从后门准备出发时，罗丝·丽塔突然叫道："看！齐默尔曼太太在家！"果然，齐默尔曼太太家的客厅侧窗透出了黄色的灯光。路易斯和罗丝·丽塔赶紧跑了过去，一阵猛敲门。

让路易斯吃惊的是，来开门的并不是齐默尔曼太太，而是一位和善的女人。"路易斯！"那个女人喊道，"罗丝·丽塔！"

"耶格太太！"罗丝·丽塔脱口而出，"您在这里做什么？”

米尔德丽德·谢尔曼·耶格太太对她苦笑了一下。"哦，亲爱的，今晚所有的魔法师都要去做一件非常重要的事情，但齐默尔曼太太却忘记带上她可能会用到的一个护身符，你们也知道，我的魔法还不是很可靠，所以我就主动请缨回来了，"她朝他们举起一个白色的小盒子，"我希望这正是齐默尔曼太太所需要的。"

"我们可以帮忙，耶格太太，"路易斯说，"可是您得开车载我们去一个农场。"

"你的眼睛怎么了？"耶格太太问。

"我的头撞了一个包，但不是很严重。"路易斯告诉她，"耶格太太，您得帮帮我们。"看见耶格太太还是有些犹豫的样子，路易斯又补充道："这很重要！而且我们也知道那颗红彗星和穆特夫妇的事。"

"哦，天哪！"耶格太太说，"看来我非得帮你们不可了！我的车就在路边。"

于是，他们三个人挤进了耶格太太的那辆1939年产的雪佛兰。一路上，罗丝·丽塔都在气喘吁吁地给耶格太太指路。这时，南边的最后几朵云也已经散开了，太阳正在向西边落下。路易斯希望他们能在天黑之前到达克拉伯农农场，因为他真的不想天黑以后还待在那里。

耶格太太是一个非常谨慎的司机，即使是在她要加速赶着去救人的情况下，她的车速也只有每小时六十千米。他们的车穿过那座新桥，又在十字路口的小商店转了个弯，就在快七点时，他们终于到达了破败的克拉伯农农场。这时，太阳就像是一只膨胀的红色圆盘，低低地垂在地平线上。他们刚下车，路易斯就觉得天旋地转，但这不仅仅是因为他之前摔到了头，还因为这个地方飘出的一股恶心臭味。

他们三个排成一列，一起走到房子的后面，又绕过了那个塌陷的地窖——罗丝·丽塔离地窖尤其远——最后来到了一口砖砌的井边。直到这个时候，路易斯才完全意识到自己必须要做什么——现在得有人下到那个黑暗的井里去。他不能叫耶格太太下去，而罗丝·丽塔又非常害怕黑暗和封闭的空间。

他只能自己下去了。

他站在井边，双手紧紧抓着井沿上的砖块，踮着脚尖，朝那口黑暗的井里望去。这口井的直径大约有两米。路易斯拿手电筒往下照，看到了长满青苔的砖块。手电筒的光照射在了黑漆漆的水面上，他目测这口井大约有六七米深。罗丝·丽塔拍了拍他的肩膀。"你能做到吗？"她用颤抖的声音问道。

"我必须这么做。"路易斯回答说，尽管他一想到要下到井里去，就忍不住害怕了起来。他们先试了一下固定着辘轳和水桶的铁架子，它们都非常牢固。然后，路易斯就把绳子的一头系在上面，再把另外一头拴在自己的腰上。罗丝·丽塔解开自己运动鞋的鞋带，又把鞋带穿过手电筒底部的吊环，最后把手电筒挂在了路易斯的脖子上。路易斯感觉手电筒有些重。最后，他问罗丝·丽塔和耶格太太："如果我在下面遇到了麻烦，你们确定能把我拉上来吗？"

"我们会想尽一切办法的，"罗丝·丽塔苦笑着说，"你要小心！"

路易斯往身上绕了几圈绳子，然后爬过了井沿。他试图在长满青苔的砖上站稳，但它们实在是太滑了，每当他一寸一寸地往下坠时，他的双手都像在被绳子灼烧一样。他脖子上悬挂的手电筒照亮了下面的井壁，刚好能让他看清砖块上并没有什么古怪的东西，或者怪物之类的。除此之外，它好像也没什么其他作用。

似乎过了好几小时，缠在路易斯身上的绳子终于全部放完了。于是，他就悬在那里，用左手紧紧地抓着绳子，然后让手电筒往下照。他的脚趾就在离水面大概一米处的位置晃动着，水面仍然像一面沥青一样黑的镜子，让他无法分清它究竟是只有几厘米深，还是一个无底的深渊。路易斯不停扭动着绳子，环顾了整个竖井之后，他什么都没有发现。忽然——

他发现自己的脚边有一块松动的砖头，而砖头的边缘竟然发出了微弱的红光。路易斯稳住身子，向下看了看。这块砖往外突出了几厘米，一定是有人把它从井壁上撬下来过，然后又塞了回去。砖头的缝隙周围都透出了红色的光芒。

然而，路易斯却怎么也够不到它，这让他非常着急。

路易斯痛苦地哼了一声，摘下脖子上的手电筒，把它挂在手腕上，另一只手则用力地拽着绳结。如果他能再下降不到一米，他也许就能——

绳结突然松开了！路易斯用受伤的左手死死地抓住绳子，承受自己所有的重量——接着，绳子却开始从他的左手里滑了出去！路易斯绝望地伸出右手去抓，但并没有抓住，他掉进了冰冷的水里，惊恐地大叫起来。

冰冷的井水淹到了路易斯的膝盖。此刻，他正站在一堆滑溜溜的稀泥里，而那块松动的砖头就在他的头顶上方，现在他终于能够到了。

然而，新的问题是，他却够不到绳子了。眼前的绳子靠得那么近，但他用尽全力伸出手指，却还差那么一点点。他看见罗丝·丽塔和耶格太太就在自己的头顶，向下俯视着井底，接着他还听到罗丝·丽塔的声音在回响："出什么事了？"

"我掉下来了！"路易斯大喊道，"我需要更多的绳子！快点儿！"她们俩开始把绳子往上拉。为了不让自己害怕得发疯，路易斯把那块松动的砖头撬了出来。

当他看到砖头后面的东西时，他知道自己真的解开了那个谜语。

那是一颗闪耀着光芒的宝石，应该算是一颗红宝石吧，而且非常大——至少有十厘米宽。它被雕刻成了一颗心的形状，但不是那种爱心，而是一颗真正的人的心脏的模样。

路易斯感觉到这颗邪恶的心脏在跳动，就像真正的心跳一样，它的光芒也在有规律地闪烁着。接着，路易斯迅速抓住宝石，塞进了牛仔裤口袋。他不停地喘着粗气，感觉身体就快被冻僵了。

然后，他听到上面传来了什么声音。等他抬起头时，他简直不敢相信眼前的一切——

是罗丝·丽塔，她正顺着绳子向他滑下来。

路易斯知道，她该有多害怕。

突然间，他的恐惧都消失了。

罗丝·丽塔最讨厌封闭的空间，可是，她现在却稳稳地向路易斯靠近。如果罗丝·丽塔能来救他，那他同样也能去救他的叔叔和朋友们。

他只是希望一切还没有太迟。

罗丝·丽塔放完了所有的绳子。她把绳子绑在了自己的左手手腕上，使劲挥一下右手，摆动着自己的身体。她用一种快要窒息的声音说："在这儿！快抓住！"

"你拉不住我！"路易斯说，"让我先把找到的东西给你——"

"我们俩一定都要出去，"罗丝·丽塔郑重地说，"抓住我的手！"

路易斯一只手抓住了她的手腕。罗丝·丽塔一边呻吟着，一边把路易斯往上拉。他的双脚用力地撑在光滑的井壁上，另一只手终于抓住了绳子的另一端，他拼了命地死死抓住，然后说道："你快往上爬！我好了！快！"

罗丝·丽塔开始往上爬。路易斯先把绳子的另一端绕在自己的左手腕上，再用双手紧紧抓住绳子，但罗丝·丽塔的爬动让他不禁左右摇晃起来。她在半路停了下来，喘着粗气，呜咽着说："我做不到！"

路易斯在她的下面继续往上爬："你能做到的，加油！我们比赛，看谁先到井口！就像我们之前在体育课上学的攀岩一样！"

"我当时也没做到！"罗丝·丽塔哭着说。

"明年你就可以了！"路易斯喊道，"因为我们现在正在练习！下面的手往上放！用膝盖夹住绳子！如果害怕的话，每次爬一英寸就好！"

慢慢地，罗丝·丽塔又开始往上爬了起来。尽管路易斯觉得自己的胳膊快要从胳肢窝断下来了，他还是忍着疼痛，一点一点地跟着罗丝·丽塔往上爬。最后，耶格太太帮忙把罗丝·丽塔拉出了井口，然后她们俩又一起弯下身去拉路易斯。他终于出现在了暮色中，这时太阳已经落在树林的后面了。"几点了？"路易斯急忙问。

"已经八点多了，"耶格太太说，"哦，天哪，我们得抓紧时间了！"

忽然，一阵刺耳的笑声从破败的农舍那头传了过来："抓紧时间吗？很可惜，你们统统都得留下来！我命令你们！"

罗丝·丽塔惊恐地尖叫起来，路易斯也觉得自己快要晕过去了。

在那间破旧农舍的阴影中，一个满头白发的高大身影走了出来，手里拿着一根魔杖。

没想到，厄尔敏·穆特找到了他们。

第十四章

过了好一会儿，谁也没说话。然后，厄尔敏·穆特又朝他们走近了一些："好了，快告诉我，你们刚才在下面做什么呢，嗯？我想，是有一条秘密通道吧？你们到底在搞什么鬼？"

路易斯正在疯狂地思考着。他的一个口袋里有颗心形红宝石，而在另一边的口袋里，他有着——嗯，一个可能会派上用场的东西。"我们都知道那座桥下有什么。"他说道。

"我可不相信，"厄尔敏·穆特说，"一点儿也不信。"

"那下面有老吉迪亚·克拉伯农的骨灰。"罗丝·丽塔回答说。"他本应该变成一个'伟大的远古者'，但咒语出了岔子，所以他最后变成了一个怪物。"

路易斯看到厄尔敏·穆特先是露出十分惊讶的表情，眼睛睁得圆圆的，但紧接着又怀疑起来，眯着眼睛："没人会知道的！只有我和我丈夫知道！"

耶格太太把双臂交叉在胸前，用平静的语气说道："那就只能让你大吃一惊了，卡帕纳姆县魔法师协会知道的可要比你想象的多。他们今晚就会聚在一起，处理掉你的那颗宝贝红彗星和其他东西。"

路易斯把手伸进口袋，找到了里面的东西，然后紧紧地抓住了它："你知道你的丈夫打算丢下你吗？他告诉我，他将会成为唯一能变身的人，而其他人都将彻底从地球上消失，当然也包括你！"

"他那个懦夫才不敢呢！"穆特太太喊道，"因为我才是了解克拉伯农一家和他们魔法的那个女魔法师！想当初，为了接近以利胡·克拉伯农，我嫁给了梅菲斯托费勒斯·穆特！那时我的丈夫还只是一个乡村律师——但他是以利胡的律师！我们设法让以利胡告诉了我们很多事，要是那个老头儿能再多活几个月，我们就能逼他把所有的秘密都说出来，包括——"她突然停下，然后恶狠狠地笑了起来。"是的，"她又继续说道，"没错！你们找到了以利胡藏的那个东西！所以是在井里，对吗？有了它，我就能让吉迪亚·克拉伯农恢复他的记忆和意识了！甚至不再需要梅菲斯托了！在谁的手上？是你吗，女孩？还是你，路易斯·巴纳维尔特？"

"你不能拿走它！"路易斯大喊道，接着把手里的东西攥得更紧了。"是吗？但我偏偏就可以。"穆特太太瞟了路易斯一眼说道，"我还可以把你变成一只老鼠——或者直接把你炸熟，让你变成灰烬！原来那东西在你的口袋里！快把它给我，没准我还会对你手下留情！”

"别给她，路易斯，"罗丝·丽塔劝阻道，"她是在虚张声势！"

穆特太太用手里的魔杖比画了一下。刹那间，一道红光射了出来，击中了那间破败的农舍。

随着一阵木头的嘎吱声和锡铁皮的金属碰撞声，农舍倒塌了，激起了一团巨大的灰尘，让人喘不过气来。随后，穆特太太趾高气扬地走上前来，目露凶光，用魔杖指着路易斯。

"这样还是虚张声势吗？"

路易斯伸出他的拳头。"不要伤害我，"他恳求道，"也不要伤害我的朋友，让我们走吧，这个给你。"

"不行！"耶格太太说。

已经太迟了。胜券在握的厄尔敏·穆特向路易斯伸出手去。

路易斯把那个东西扔到了她伸出来的手里。一下子，魔法桥上的那颗铆钉落在了她瘦骨嶙峋的手掌上。紧接着，铆钉突然迸发出绚丽的光彩，就像一根根长矛似的射了出去，仿佛获得了新生一般。"不！"厄尔敏·穆特尖叫起来，她扔掉魔杖，疯狂地甩动自己的手，但那颗铆钉仍然粘在她的手上，就好像焊接上去的一样。"不！"随着又一声尖叫，她跌跌撞撞地跑过已经变成一片废墟的农舍，消失在了一团尘雾中。听到她发出癫狂的尖叫声，路易斯害怕得咬紧了牙关。"我到底做了什么？"他疑惑地问，"我只是想要争取一些时间——"

"嘘，亲爱的，"耶格太太说，"我大概猜到了那颗铆钉是从哪儿来的，但你并不知道它的威力，所以这不是你的错——"然后，意想不到的事情发生了。

厄尔敏·穆特之前挥舞的那根魔杖，突然在地上断成两截，发出了一声尖锐的声音，就像一声枪响。

耶格太太深深地吸了一口气，说道："她已经死了。当一个魔法师死去时，他的魔杖就会自己折断。我们快走吧。"

穆特太太的尸体就躺在一条通向大路的泥泞小道上，变成了一团灰蒙蒙的灰烬，但还能依稀看出是一个模糊的女人模样。她一定还有一只胳膊在那儿，因为那颗铆钉也躺在地上，仍然在闪烁着一些奇异的色彩。

"她……她居然化了。"罗丝·丽塔说。

"她已经很老了，所以她的整个身体都是靠魔法维系在一起的，"耶格太太解释道，"不过，那颗具有魔力的铆钉吸走了她所有的能量。也许我们还会再用到它的，路易斯，就由你把它捡起来吧。因为我也是一个女魔法师，尽管我并不是很有天赋，但谁也不知道它会对我有什么影响。"

路易斯厌恶地皱着眉头，从灰烬中捡起了那颗铆钉。然后，他们三个人一起跑向耶格太太的车，只听见路易斯的运动鞋一直发出扑哧扑哧的声音。这时，他们在附近看见了穆特夫妇的那辆黑色别克车，就停在小路的另一边，它的一半车身被杜鹃花丛挡住了。"我们得抓紧时间了，"耶格太太着急地说，"午夜就快来临了，现在我们只有不到四小时了。"

但尽管如此，她还是开得很慢。而且，她还坚持要先去一趟路易斯家，让他换上干净的牛仔裤和鞋子。"亲爱的，如果你因此得了肺炎，那就实在太冤枉了。"她固执地说。

等忙完这样那样的杂事，两小时就快过去了。最后，耶格太太把车停在了新西伯德镇北部的一个山坡上，这时的夜空早已漆黑一片。然而，当路易斯和罗丝·丽塔从车里下来时，尽管没有抬头看，路易斯就已经知道那颗红彗星出现了。它发出了非常明亮的红光，让整片旷野都染上了淡淡的红色。

此时，卡帕纳姆县魔法师协会的成员们都聚在了山顶上，每个人的手里都拿着一支点燃的蜡烛，围成了一个圈。看到路易斯和罗丝·丽塔，乔纳森·巴纳维尔特急匆匆地向他们走了过去，惊讶地睁大了眼睛："到底发生了什么事？"

路易斯急忙解释起来，罗丝·丽塔就在一旁时不时地补充一两句话。然后，路易斯从口袋里掏出那颗红宝石，递给了他的叔叔。"就是这个，我们在想，里面一定装着吉迪亚·克拉伯农的灵魂。"他终于说完了。

"我想你们说得没错，"齐默尔曼太太突然开口说道，原来她很早之前就走过来了，"乔纳森，我们一直以来都只想到要为新西伯德镇做一个魔法保护罩，但从路易斯所说的来看，梅菲斯托费勒斯·穆特的目标似乎是地球上的所有人，我们必须得改变计划了。"

"但我们又不能用魔法攻击它，"乔纳森叔叔反对道，"那个可怕的怪物，不管它是吉迪亚从水底召唤出来的，还是从外太空引诱来的——它会吸收魔法！无论我们使用什么魔法，都只会让它变得更加强大——特别是吉迪亚的骨灰还为它提供了一个肉身。"

齐默尔曼太太用一根手指碰了碰下巴，然后若有所思地说道："也许，我们可以换一种方式来施展魔法。"

就在这时，有人在坡顶的高处喊道："出事了！"

路易斯和罗丝·丽塔转过身去，看到大家都跌跌撞撞地从山顶上跑下来，还有几个人扔掉了手里的蜡烛。路易斯眨眨眼睛，仔细一看，只见山坡上升起来了一团雾，一团在不断盘旋的浓雾，闪烁着深红色的光芒，就像那颗红宝石上的光一样在跳动着。突然，它缩成了一个人形——

"所以，"梅菲斯托费勒斯·穆特咆哮道，"大家都是来这里参加派对的，对吗？居然没有邀请我！"

这一次，齐默尔曼太太带上了她的雨伞。她将雨伞往空中一举，就立刻变了模样。她之前穿着的紫色裙子，现在已经变成了一件飘逸的黑色长袍，上面还燃烧着一圈紫色的火焰，而她的伞柄也变成了一根长长的魔杖，顶端还有一颗明亮的紫色星星。"梅菲斯托费勒斯·穆特，"她十分严厉地说，"你的能量已经消失一半了！你的妻子想跟我们斗，结果失败了！"

"我一半的能量？"穆特冷笑了一声，"爱管闲事的弗洛伦斯·齐默尔曼太太，她的能量恐怕还不及我的十分之一呢！看着吧！我将召唤出'伟大的远古者'！没有人能与之抗衡！"然后，他就开始念着一些"莱利！纽埃利！"之类的咒语，但路易斯什么也没听明白。

不一会儿，那团深红色的雾又出现了，然后又缩小了——这一次，一个变幻无常的可怕身影从浓雾的深处冒了出来。它看起来巨大无比，有四五米那么高，身体在不停地扭动着，没有骨头的软手臂也在剧烈地抽动着。它一直在不断地颤抖，上下起伏着，一张丑陋的脸庞在畸形的头上晃来晃去。它的双脚所到之处，所有的小草都立马枯死了，就像在克拉伯农农场里出现的那些灰色的晶体植物。"我饿！"它用可怕、粗哑的声音叫道，"我好饿！"

　　"那就是吉迪亚·克拉伯农！"齐默尔曼太太大声喊道，"或者是他剩下来的那一部分！这就是你想要的吗，梅菲斯托？一坨只会流口水、摇来晃去的臭果冻？"

　　"我马上就能变身了！"穆特吼叫说，"我将永远地活下去！"他举起一根颤抖的手指，指向齐默尔曼太太。"杀了她！"他喊道，"杀掉他们全部！"

　　齐默尔曼太太也举起了自己的魔杖，并将另外一只手张开，好像就要开始施咒一样。与此同时，那个怪物停下了脚步，似乎是在做着准备，正期待着齐默尔曼太太的魔法攻击。突然，齐默尔曼太太转过身来喊道："大家快跑！我没有施法！"

　　顿时，魔法师们纷纷从山坡上涌了下来。乔纳森叔叔急忙让齐默尔曼太太和其他人坐上了他的车，一路呼啸而去。路易斯从座位上转过身，盯着后面看，他看到那个怪物正在疯狂地咆哮着，不停地抽打着。它击中了一棵树，然后那棵树就像玻璃做的一样，哗啦啦地碎了一地。"呼！"齐默尔曼太太喘着气说，"大家都还好吧？"

"是的，弗洛伦斯。"耶格太太回答说。她和路易斯，还有罗丝·丽塔一起坐在了后座："但我的车还在那儿！"

"我们以后再去取吧，"乔纳森叔叔说，"我敢肯定穆特不会轻易放过我们的。他想逼我们使用魔法，但没有得逞，所以他现在肯定十分气愤。我们必须得做点儿什么——而且是在十二点到来之前！但是能做什么呢？"

"乔纳森叔叔，"路易斯提醒道，"旧铁桥上的那颗铆钉还在我这里。"

"那太好了。"乔纳森叔叔回答说，"嘿，弗洛伦斯，你想到什么主意了吗？"

"也许有了一点儿灵感，"齐默尔曼太太说，"我们赶快去旧铁桥那儿吧，抓紧时间！"

在他们到达之前，路易斯有两次都以为一切就要完蛋了。在小镇的附近，那个巨大的果冻状怪物突然出现在他们面前，向汽车扑了过来。乔纳森叔叔猛打了一下方向盘，于是汽车的右轮胎就撞在了长满草的路肩上。在驾驶座一侧的窗户上，那个怪物的触须留下了一条长长的、黏糊糊的污迹。然后，梅菲斯托费勒斯·穆特出现在了小镇南边的一块高地上，挥舞着他的魔杖。一些火球从魔杖里射出来，伴随着燃烧的哧哧声，嗖嗖地朝他们飞了过来。虽然前两枚火球都没有击中他们，但第三枚击中了车顶，溅起了白色的金属火花。

最后，随着汽车轮胎在碎石路上摩擦出的一声轰鸣声，乔纳森叔叔终于把车开到了新桥的附近。他们立马下了车，然后齐默尔曼太太匆忙地说："乔纳森，我们俩得一起完成一个咒语，而其他人，一定要多加小心！如果穆特和他的那个怪物出现的话，你们就只能靠自己了，我们可能没办法过来帮忙。但无论如何，我们今晚必须结束这一切。"

"我好害怕。"罗丝·丽塔忍不住说。

乔纳森叔叔笑了一下，这让路易斯很是吃惊。"其实我们也很害怕。"他说道。然后，他又对齐默尔曼太太说："好了，老太婆，我都准备好了，下面我们该怎么办？"

他们俩把头凑在一起，开始商量了起来。这时，耶格太太、路易斯和罗丝·丽塔就负责在一旁放哨。路上仍然空无一人，而在他们的头顶上，那颗红彗星已经快升到了最高处，一条火红色的彗尾飘向东边。路易斯刚松了一口气，就惊讶地发现周围的一切都突然安静了下来，他没听见任何蟋蟀和其他夜行昆虫的鸣叫声，仿佛有人将一切按下了静音键一样。

"他们来了！"耶格太太警觉地说着，并开始挥舞着她用来当魔杖的一把木勺，"我不知道他们具体在哪里，但他们已经来了。"

路易斯打开手电筒，朝着路上照来照去，但没有发现什么动静。罗丝·丽塔低声地说："也许他们正在——"

突然，路易斯听到身后传来了一声吼叫！他的头又晕了起来。那个可怕的怪物正在往岸上爬，就在乔纳森叔叔和齐默尔曼太太的身后。只要是被它碰过的草，立即就枯萎了。在怪物的身后，梅菲斯托费勒斯·穆特飘浮在空中，他的神情十分扭曲，充满了敌意。"不要做无谓的挣扎了！"他尖声说着，然后他的双脚重新落到地上，"可怜虫们，你们的死期到了！"

这时，路易斯听到齐默尔曼太太在问："准备好了吗，乔纳森？"

乔纳森叔叔开口说："路易斯，请把手电筒的光照在我的身上。"

那个怪物就在五米开外。它向前迈了一步，转动着两只丑陋无比的眼睛。它身上散发出的那种令人窒息的恶臭，让路易斯不禁恶心起来。不过，他还是把手电筒照向了乔纳森叔叔。

乔纳森叔叔举起那颗红宝石："看到这个了吗，穆特？知道它是什么吗？你知道的，对吧——吉迪亚？"

顿时，那个怪物停下脚步，开始颤抖起来。它发出了呜咽声，像是在问一个问题一样。

"你的内心深处一定知道它是什么。"乔纳森叔叔继续说。

"闭嘴，快闭嘴！"穆特大声尖叫道，"你这个蹩脚的魔法师！我要杀了你！"

"那么吉迪亚·克拉伯农的灵魂也会跟着一起死掉！"乔纳森叔叔大喊道。

这时，那个怪物浑身颤抖得更厉害。"灵魂？"它用一种可怕而嘶哑的声音呻吟着，"灵……灵魂？"

穆特愤怒地尖叫道："既然它杀不了你，那我来！"他举起了魔杖——但突然间，怪物猛地转过身去，用一根触须狠狠地抽打在了他的胸膛上。随着一声痛苦和仇恨交织的号叫声，穆特踉跄着往后退，从岸边摔了下去。没有任何落水声。

乔纳森叔叔接着说："让我们的朋友看看那颗铆钉吧，路易斯。"

路易斯举起了那颗铆钉。此时，它的颜色看起来异常明亮。那个曾经是吉迪亚·克拉伯农的怪物又发出了一声可怕的咆哮声。

"没错，"乔纳森叔叔解释说，"正是因为有了它，你才能在小溪中平平安安地躲了这么多年。现在，如果我们把这个……"——乔纳森叔叔举起了那颗红宝石——"和它放到一起的话，会发生什么呢？又或者，把它和头顶上的那颗红彗星放在一起呢？"

那个怪物猛地向前冲过来，疯狂地甩动自己的触须，但乔纳森叔叔已经把红宝石扔了出去，然后大喊道："就是现在，弗洛伦斯！"

齐默尔曼太太的长袍开始飘动起来，她念了一个咒语，然后将魔杖上的水晶球指着那颗心形红宝石。它嗖的一下蹿上了天空——铆钉也从路易斯的手中猛地一下挣脱出来！于是，两道明亮的光束高高地射进了黑暗的天空。

随着一声恐怖的尖叫声，那个怪物举起手来，伸向空中——然后，它化成了银色的液体，飞向夜空，想要抓到那颗飞驰的红宝石！

他们在那儿看了好一会儿。那三道亮光越升越高，直到慢慢地变暗，最后消失不见了。"它们还会下来吗？"罗丝·丽塔担心地问。

"如果你指的是降落的话，我想它们应该会掉到彗星的表面上。"齐默尔曼太太说。这时，路易斯才注意到齐默尔曼太太的长袍和魔杖都不见了，她的手里还抓着那把普通的黑色雨伞，而上面的水晶球把手中央仍然有一颗在闪烁的紫色星星。

乔纳森叔叔走到小溪边，用手电筒照着水面。"真恶心！"他说道。

路易斯也过去看了一眼，发现溪面上漂浮着梅菲斯托费勒斯·穆特化成的一些灰色粉末。"为什么会这样？"他不解地问道。

"那个怪物碰了他一下，"乔纳森叔叔说，"它把他的生命全都吸干了，于是他就变成了一个空壳。当他摔下来的时候，他就碎成了这些粉末。"

"一切都结束了吗？"罗丝·丽塔问。

齐默尔曼太太叹了口气："只有时间才能说明一切。"

然后，夜行昆虫们又开始歌唱了。路易斯觉得自己从未听过如此美妙的声音。

第十五章

夏天过去了，九月的秋天来临了，学校也开学了。但自始至终，路易斯还是感到忐忑不安，就好像一切并没有完全结束一样。他仍然很难入睡，因为那些可怕的噩梦总是让他不停地惊醒。不仅是路易斯，就连罗丝·丽塔也说自己总是做噩梦，那个丑陋的怪物和红彗星也一直在困扰着她。

后来，在一个平静的周五晚上，齐默尔曼太太过来为乔纳森叔叔、路易斯和罗丝·丽塔做晚饭。路易斯和罗丝·丽塔正在厨房里帮忙搅拌土豆泥，这时，他们听到乔纳森叔叔在大喊："快！快过来看呀！"

大家急匆匆地跑到了客厅。乔纳森叔叔指着电视屏幕说："快看这个！"

电视里的新闻主持人正在播报："据天文学家们观测，曾在七月出现的那颗不同寻常的红色彗星很有可能已经被摧毁了。在八月的时候，它运行到了太阳的后面，无法被观测到，本来预计它将会在9月1日重新出现，但此后，它却再也没有出现。天文学家们解释说，它很可能和一颗小行星相撞，然后脱离了正常的运行轨道。于是，这颗彗星要么在太阳引力的作用下已经完全解体，要么已经直接坠入了太阳之中，而第二种情况的可能性会更大一些。下一条新闻……"

"哎呀！"齐默尔曼太太高兴地说，"真是个好消息，这样一来，我们就少了一件要担心的事！"

"撞击它的并不是小行星，"罗丝·丽塔说，她的声音充满了自信，"而是一颗红宝石、一颗铆钉和一团黏糊糊的东西。"

"确实是这样，"乔纳森叔叔表示赞同，"这一切都多亏了老太婆的魔法咒语，才把它们全部都送到了那颗红色彗星上，虽然那颗红色彗星本应该载着一些'伟大的远古者'。弗洛伦斯，你真是一个天才，居然能想到对红宝石和铆钉施咒，而不是对穆特和那个怪物。"

"谢谢你的夸奖，大胡子。"齐默尔曼太太笑着回答，"虽然我当时并不知道对红宝石和铆钉施咒能不能起作用！很高兴我的目标是对的。"

"不错，我也很高兴穆特夫妇永远地离开了这个世界，"乔纳森叔叔继续说道，"在很多年以前，这两个卑鄙小人就开始谋划了。唉，我才发现，最初抱怨怀尔德克里克溪上的那座旧铁桥的两个市民就是他俩，是他们说服了县政府把它拆掉的——因为他们知道红彗星就要来了，并且希望那个怪物能在红彗星到达之前重获自由。"

"那个怪物真的是吉迪亚·克拉伯农吗？"罗丝·丽塔问。

齐默尔曼太太回答说："是的——不过只有一部分是。它的另一部分应该是来自其他时空的某个生物，通过搭乘陨石来到了地球。我想它一开始应该只是一团不成形的胶状物，但当以利胡把吉迪亚的骨灰倒进怀尔德克里克溪后，它就把那些骨灰吸了进去。它有一点儿人性，想要一个灵魂；但同时，它又保留着自己的兽性，凡是自己触摸到的东西，它都会将其生命全部吸干。"

乔纳森叔叔捋了捋他的红胡子，"总算摆脱了梅菲斯托费勒斯·穆特和厄尔敏·穆特，就是他们把那可怕的东西放了出来。弗洛伦斯，从我第一次看见那两个家伙的时候，我就告诉过你，他们日后一定会弄出什么邪恶阴谋……"

"穆特夫妇！"路易斯惊喜地喊道，"原来你们一直说的是穆特夫妇！天啊，乔纳森叔叔，我之前无意中听到了你这么说，我还以为你说的是罗丝·丽塔和我！"

乔纳森叔叔感到十分惊讶，接着他把头往后一仰，笑了起来。"路易斯，你应该很了解我才对呀！"他说道，"听着，虽然我对你爬到井下面去，还有你鬼鬼祟祟做的那些事都很不高兴——但是路易斯，你不仅仅是我的侄子，你还是我唯一的家人，我的全世界呀！"

"所以，现在每个人的'全世界'都安全了，对吗？"罗丝·丽塔焦急地问道。

齐默尔曼太太把一只手放在她的肩膀上，向这位年轻的朋友保证说："疯狂的穆特夫妇，还有老吉迪亚·克拉伯农的灵魂，永远都不会再对我们造成威胁了。"路易斯看到罗丝·丽塔终于放松了下来。齐默尔曼太太又拍了一下她的肩膀，补充道："哪怕将来又发生了什么可怕的事情，我们四个也自然有强大的力量去对付它。"

"比如说，我们之间的友谊，"乔纳森叔叔同意道，"互相照应的关心，还有即使在被吓得发抖时，也能有尽力做到最大的勇气。当然，我们还有一些差强人意的食物，如果不是的话，那我的鼻子就有问题了！"

他们享用了一顿美味的晚餐。后来，在这个空气凉爽、清新的初秋夜晚，他们又走到了后院，用望远镜看了一小时的各种星星。它们看上去一点儿也不吓人，而是奇妙的、明亮的、美丽的、神秘的。

当路易斯沉醉在目镜中所看到的绚丽景象时，他突然发现，所有发生在这个夏季里的忧虑和恐惧都渐渐消失了。因为在他的周围，还有一个浩瀚的宇宙在有序地转动着，里面有成千上万颗耀眼而温柔的星星驱逐了黑暗，这一切都让整个夜晚显得不那么孤独了。又过了很长一段时间，大家才回到了屋里。那天晚上，路易斯睡得很熟，也很平静，他还做了许多快乐的梦。

小读客 经典童书馆

童年阅读经典 一生受益无穷

嘀嗒屋 ❾
世界尽头的高塔

［美］布拉德·斯特里克兰　著

董晓男　译

江苏凤凰文艺出版社

JIANGSU PHOENIX LITERATURE AND
ART PUBLISHING

图书在版编目（CIP）数据

嘀嗒屋 . 9, 世界尽头的高塔 / (美) 布拉德·斯特里克兰 (Brad Stickland) 著；董晓男译 . -- 南京：江苏凤凰文艺出版社, 2022.11
书名原文：The Lewis Barnavelt series
ISBN 978-7-5594-6914-4

Ⅰ . ①嘀… Ⅱ . ①布… ②董… Ⅲ . ①儿童小说 - 长篇小说 - 美国 - 现代 Ⅳ . ① I712.84

中国版本图书馆 CIP 数据核字 (2022) 第 123113 号

嘀嗒屋 . 9，世界尽头的高塔

［美］布拉德·斯特里克兰　著　　　董晓男　译

责任编辑	丁小卉	
特约编辑	马敏娟　　唐海培　　吴亚雯	
装帧设计	张路云	
责任印制	刘　巍	
出版发行	江苏凤凰文艺出版社	
	南京市中央路 165 号，邮编：210009	
网　　址	http://www.jswenyi.com	
印　　刷	三河市龙大印装有限公司	
开　　本	880 毫米 ×1230 毫米 1/32	
印　　张	28.75	
字　　数	500 千字	
版　　次	2022 年 11 月第 1 版	
印　　次	2022 年 11 月第 1 次印刷	
标准书号	ISBN 978-7-5594-6914-4	
定　　价	198.00（全 6 册）	

江苏凤凰文艺版图书凡印刷、装订错误，可向出版社调换，联系电话：010-87681002。

目　录

第一章

　　路易斯·巴纳维尔特啪的一声合上了书。他把最后一块巧克力薄荷糖塞进嘴里。他没有咀嚼，而是让香甜的巧克力在舌头上溶化，释放出薄荷清凉的味道。然后，他手托着下巴，坐在高街前一棵老栗树下的草坪椅上。他脸上没有笑容。事实上，他看上去非常沮丧。

　　没有什么原因。那是20世纪50年代六月的一天，天气温暖，微风习习。那时学校刚刚放假，路易斯可以自由自在地度过一整个暑假，你在密歇根州的新西伯德镇里能做的所有事，他几乎都可以做。而且，他还期待着晚上和他的叔叔乔纳森·巴纳维尔特拿出望远镜，在后院观察星空。

　　但目前这些都没什么帮助。现在路易斯能感觉到的只有生气、不爽和急躁，甚至听到他的朋友罗丝·丽塔·波廷格在街上喊他，也无济于事——"嘿，路易斯！你在做什么？发呆吗？"

路易斯做了个鬼脸。他想，他在学校受到的嘲笑已经够多了，他不需要罗丝·丽塔的嘲笑，即使她是带有善意的。

路易斯是个大约十三岁的胖男孩，圆圆的脸，留着中分的发型，头发用发油梳到脑后。但是他一点儿也不擅长运动。当孩子们打棒球或垒球时，路易斯总是最后被选中——如果他能被选中的话。他总是害怕受伤，也不敢参加其他孩子在秋天玩的那种打打闹闹的橄榄球比赛。虽然他通常能接受罗丝·丽塔或他的叔叔，抑或隔壁邻居齐默尔曼太太温和的调笑，但今天他的心情实在太沮丧了。于是他夸张地叹了口气，站起来说："我正要去打个盹儿。"

罗丝·丽塔推开了路易斯家的锻铁大门，那是一座三层的石头豪宅。她笑着说："好吧，我想，你听到我带来的消息之后就会改变想法了。"

"我表示怀疑。"路易斯说。

罗丝·丽塔把头歪向一边。她比路易斯高一点儿，身材瘦削，长着一头又长又直的黑发。她戴着一副又大又圆的眼镜，看上去有点儿笨拙；不过她能像风一样奔跑，在棒球比赛中投出的球也几乎比任何一个男孩都多："好啦，别愁眉苦脸的了。你怎么了？"

路易斯吸了下鼻子。"没什么。"他耸了耸肩，"我想，只是无聊而已。"这并不是全部的真相。事实上，喜欢阅读的路易斯刚刚读完了系列侦探小说的最后一本。他意识到：没有更多的冒险故事可以让他去发现了，这使他感到很焦躁。

罗丝·丽塔盯着他看了一会儿。除了栗树叶在微风中沙沙作响，四周一片寂静。然后她问："你叔叔呢？"

"在后面。"路易斯说，"他在收拾他的菜地。"

罗丝·丽塔眉毛一扬。乔纳森·巴纳维尔特年轻时曾在农业大学就读，但后来他从他祖父那里继承了一大笔钱。他每年都会在后院里清理一小块地用来种菜，而不是种花。"我们去看看他吧。"罗丝·丽塔说，"这件事也牵涉到他。"

路易斯有些兴趣了。虽然他仍在为没有更多的侦探小说可读而感到烦恼，但是罗丝·丽塔的态度却让他很好奇。他把书扔在了草坪的椅子上，但他的语气仍然很不耐烦："好吧，我和你一起去。"

他们绕到后面。乔纳森·巴纳维尔特正跪在花坛旁。他穿着一条卡其色的水洗裤、一件蓝色的工作衬衫，还有一件红色的马甲。他还戴着棕色的棉质工作手套，挥舞着一把生锈的铲子，栽下最后几株色彩鲜艳的牵牛花。

"你们好啊！"当罗丝·丽塔和路易斯从房子的拐角处走过来时，乔纳森叔叔咧着嘴笑了。他站起身来，掸去膝盖上的灰尘，脱下手套。然后他双手叉腰站在那里，欣赏着自己的杰作："瞧瞧！每年弗洛伦斯都会取笑我，说我除了在院子里种甜玉米和西红柿之外，不会种别的东西。我想这回她会知道我的厉害的！我打算今年种一些最棒的牵牛花。"他用一块红色的大手帕擦去额头上的汗珠，留下一抹棕色的泥土："这活儿干起来可太热了。我要去喝点儿冰镇的柠檬汽水。你们要和我一起去吗？"路易斯不得不努力克制自己的暴躁情绪。自从他的父母在一场悲惨的车祸中丧生后，路易斯就一直和他叔叔住在高街上的这栋大房子里。虽然他有时也会想念他的父母，但他非常喜欢现在这样的生活。乔纳森·巴纳维尔特是个高个子，有一个大肚子，留着浓密的红胡子。他喜欢笑，喜欢吃，最喜欢的是魔法。他是一个能凭空创造出神奇幻象的魔法师。正因如此，再加上他的幽默感，和他一起生活，路易斯永远不会无聊。然而，路易斯决定不再让人随便开自己的玩笑了，所以他只是哼了一声，耸了耸肩。

乔纳森叔叔似乎没有注意到。他领着两个孩子回到屋里，走进厨房，打开冰箱，拿出一罐冰镇的柠檬汽水。他拿出三个高玻璃杯，然后把汽水分给大家。

"干杯，"他说，"为了温暖的天气、充足的雨水和万物生长的季节！"他和罗丝·丽塔碰了杯，但路易斯并没有加入他们。乔纳森叔叔喝了一大口柠檬汽水后说："我猜路易斯今天心情不好，所以这杯饮料应该很适合他。"

路易斯皱起了眉头："我只是不想说话。我不知道为什么今天每个人都要找我的麻烦。"

"没人找你的麻烦。"罗丝·丽塔回答，"事实上，我是特地来邀请你，还有你叔叔和齐默尔曼太太的。我们能把她叫过来吗？"

乔纳森摇了摇头："如果她在家的话，我们可以叫她过来，但是弗洛伦斯今天下午才回来。她在荷马有一些法律事务要处理。"

路易斯感到一阵不安。他们的邻居弗洛伦斯·齐默尔曼太太是一位出色的厨师，一位富有同情心和乐于助人的朋友，也是一个女魔法师。不过她不是一个邪恶的女魔法师，而是一个友好、快乐、满脸皱纹的善良女魔法师。乔纳森叔叔也一直承认，她的魔法比他的强大得多。"怎么了，乔纳森叔叔？"路易斯问道，"有人起诉齐默尔曼太太吗？"

乔纳森一脸惊讶地看着路易斯，说道："起诉老巫婆？当然不是！你知道的，她一直对她在里昂湖的房产旁边的老渔场不满，她说那里存在公共安全隐患，因为那个渔场的所有者从来不进行维修。好吧，多年来她一直说她要从渔场的所有者那里买下那个破烂不堪的旧东西，然后把它拆了，现在她终于做到了。她今天去签署契约，仅此而已。所以，罗丝·丽塔，如果你想让我们一起接受你的邀请，你只有等一等了。"

罗丝·丽塔几乎要从椅子上蹦起来了："但是我等不及了，太刺激了！我要先告诉你和路易斯，但是你必须保证，在我有机会告诉齐默尔曼太太之前不要对她说。"

现在路易斯的兴致确实来了。他了解罗丝·丽塔和齐默尔曼太太之间的亲密友谊。她们差不多就像姐妹——如果姐妹可以是一个十几岁，而另一个大约七十岁的话。"好吧，我保证。"路易斯说，乔纳森也做了承诺。

罗丝·丽塔眉飞色舞地问："你们认识我外公戈尔韦吗？"

乔纳森·巴纳维尔特看起来很困惑："我当然认识阿尔伯特。他怎么了？"

罗丝·丽塔的外公阿尔伯特·戈尔韦是一位高大、秃顶的老人，在新西伯德是个有名的人物。尽管戈尔韦先生总是告诉人们他快九十岁了，但路易斯最近从罗丝·丽塔那里得知他实际上只有八十一岁。不过，人生漫漫，在这漫长的一生中，戈尔韦先生做了很多事情：他十六岁时离开家，在海军服役四年。然后，他回到了新西伯德，完成了学业，成为一名建筑工人、一名相当出色的摄影师和艺术家。最后，他成了一名建筑师。他曾两次重返海军服役，一次是在第一次世界大战期间服役两年，另一次是在大萧条期间服役四年。他还曾周游世界。他现在仍然喜欢四处闲逛，对各种小玩意儿和小发明有着浓厚的兴趣。

"你外公怎么了？"路易斯重复道。

"整个夏天他都会待在豪猪湾附近的一个地方。"罗丝·丽塔告诉他，"我外公在海军的一个老朋友到澳大利亚去参加帆船比赛了，他请我外公帮他看家。他的家在苏必利尔湖的一个岛上，他还有一艘帆船。外公说我们可以一起去拜访他！"

路易斯的心怦怦直跳。一艘帆船！现在，事情变得有趣起来了。但接着他咽了下口水。路易斯常常杞人忧天，他总是把事情往最坏的方面想，而且会考虑到所有可能的危险。豪猪湾位于密歇根上半岛，那是一片向东延伸、形状像弯曲的手指似的陆地，处在北部的苏必利尔湖和南部的密歇根湖之间。路易斯曾经去过那里一两次，有时他会在报纸上读到有关熊出没、危险的雷雨和荒野森林火灾的报道。如果他们都在一艘帆船上，突然刮起了大风暴，会发生什么？他脑海中浮现出一幅画面：他们都掉进了冰冷的水中，挣扎着，拍打着水花，尖叫着求救，最后一个接一个地淹死了。

但乔纳森·巴纳维尔特看上去很高兴："听起来不错！我知道阿尔伯特有丰富的驾驶帆船的经验，而且和他聊天总是很有趣。我现在就可以出发！你呢，路易斯？"

叔叔的热情让路易斯不得不挤出一丝笑容。他吞下了喉咙里涌起的一阵又冷又酸的不适感。"听起来很不错。"他附和道，"我想那会很有趣。"

罗丝·丽塔生气地瞥了他一眼："当然会很有趣！我们可以去探险，假装自己是弗朗西斯·德雷克爵士[1]的金鹿号的船员，准备环游世界！我们可以野餐、游泳和钓鱼。也许我们还可以在湖上的某个岛上过夜。这总比我们整个夏天都埋头看书强！"

"嘿！"路易斯表示抗议。

乔纳森拍了拍路易斯的肩膀："热爱阅读并没有什么错。路易斯，我有个建议：走之前，我们顺便去趟安娜堡我最喜欢的旧书店，你可以买一些冒险故事书。我还要准备一整箱薄

1　弗朗西斯·德雷克（Francis Drake），16世纪英国著名航海探险家。

荷饼！"

路易斯点了点头，脸上浮现出他一直在竭力克制的笑容。"这听起来不错。"他喜欢边读书边吃糖果，所以他大多数书的页角上都有巧克力色的手印，"好的，我加入。我们什么时候告诉齐默尔曼太太？"

"不是我们，"罗丝·丽塔反驳道，"我要自己告诉她。我想给她一个惊喜！"

罗丝·丽塔留下来吃了午饭。吃了热烤牛肉三明治和一些土豆沙拉后，她帮路易斯打扫了一下卫生。不久之后，齐默尔曼太太开着贝茜——她那辆紫色的普利茅斯沿着大街嘎吱嘎吱地驶来，罗丝·丽塔和路易斯跑到她家，去告诉她这个消息。当他们坐在客厅里的紫色沙发上时，齐默尔曼太太禁不住取笑罗丝·丽塔的兴奋。沙发后面的墙上挂着多年前伟大的法国画家奥迪隆·雷东[1]为齐默尔曼太太画的一幅紫色巨龙的油画。齐默尔曼太太最喜欢的颜色是紫色，她喜欢用它来装饰自己的生活：她穿着宽松的紫色连衣裙，连浴室里的卫生纸都是紫色的。

"天哪！"罗丝·丽塔讲完后，她惊呼道。她推了推鼻子上的金边眼镜，眼睛里闪烁着愉快的光芒："我原本只能待在家里度过一个安静的夏天，而现在却有这样的好事。罗丝·丽塔，我很高兴接受你的邀请。替我谢谢阿尔伯特，出发的时候

1　19世纪末法国象征主义画家。

告诉我一声。现在，谁想吃巧克力饼干？"

路易斯舔了舔嘴唇。他的叔叔是个蹩脚的厨师，只能勉强做出一份可以吃的三明治或汉堡，但齐默尔曼太太却能端出各种可口的饭菜和美味的点心。他们在她厨房里的桌子旁坐了半小时，大口地吃着新鲜酥脆的饼干，啜着高玻璃杯里的牛奶。吃完后，齐默尔曼太太说："你们为什么不拿一些饼干给怪胡子呢？如果他想要去驾船、钓鱼或徒步旅行，他就得保持体力！"她把饼干装在午餐纸袋里，路易斯和罗丝·丽塔带着饼干回到路易斯家。

他们冲进客厅。电视机开着，那是一台顶尖科技电视机，屏幕是圆形的，像舷窗一样。路易斯认出电视上播的是《家庭派对》，这是他叔叔有时会看的一档下午节目。但是客厅里一个人也没有。

"乔纳森叔叔？"路易斯喊道。没有人回答，他不安地看了罗丝·丽塔一眼："我很好奇他在哪儿。"

罗丝·丽塔知道路易斯经常会无缘无故地紧张起来。"他可能上楼去了。"她用一种理智的语气说，"也许他在花园里干了那么多活儿，需要洗个澡。"

但乔纳森不在二楼，也不在闲置的三楼。两个好朋友回到楼下，路易斯感到越来越紧张。他叔叔不会让电视机或收音机一直开着，自己就那样从房间里出去。他们朝厨房走去，路易斯注意到通往地下室的门半开着。这时，他想起乔纳森叔叔把他的钓具放在那里，就在炉子旁边墙上的一个柜子里。

"我敢打赌，他是去拿他的钓竿和钓线了。"他松了口气说，"来吧。"

路易斯走上地下室的楼梯，向下看去，那里一片漆黑。正常情况下，他叔叔肯定会把灯打开。他摸到开关，按了一下。什么都没有发生。"乔纳森叔叔？"路易斯在黑暗中喊道，"你在吗？"

"我不喜欢这样。"罗丝·丽塔喃喃地说，"一声不吭就消失了，这不像他。"

"去厨房的杂物抽屉里把手电筒拿出来吧。"路易斯对她说。她匆匆离开了。

路易斯站在最高一级台阶上，心怦怦直跳。灯泡烧坏了吗？乔纳森是不是正要下楼换灯泡，却在黑暗中被绊倒了？他受伤了吗？

不久，罗丝·丽塔拿着手电筒回来了。路易斯打开手电筒，把明亮的光束向下照去。巨大的黄色椭圆形光线沿着台阶缓缓移动，然后照亮了地下室的混凝土地面。光线停在了一个又长又黑的东西上——

是他叔叔的腿！

路易斯匆匆跑下楼。乔纳森·巴纳维尔特双手张开，一动不动地趴在地上。他的脸朝向另一边，有那么可怕而痛苦的一瞬间，路易斯觉得他可能已经死了。然后，那个倒下的身影动了一下，呻吟了一声。

路易斯用手电筒照着站在台阶中间的罗丝·丽塔。"他昏过去了！"他喊道，"去找齐默尔曼太太，快！"

罗丝·丽塔飞快跑回楼上。路易斯跪在昏迷不醒的叔叔身边，仅靠着手电筒微弱的光线驱散地下室里的黑暗。

他非常担心乔纳森叔叔，甚至忘了在可怕的黑暗中可能潜伏着什么危险。

第二章

"好吧，"汉弗莱斯医生用低音提琴般的低沉声音说，"我现在举着几根手指？"

"十一。"乔纳森·巴纳维尔特靠在自己床上的一大堆枕头上气鼓鼓地说。站在床脚边的路易斯使劲咽了口唾沫。事故让他的叔叔失去理智了吗？但接着他又放松下来——乔纳森继续说："当然，我说的是二进制表示法，用十进制表示的话是三。满意了吗，你这个药贩子？"

汉弗莱斯医生笑了："好吧，不管怎么说，在楼梯上摔了一跤，并没把你的倔劲给摔掉！乔纳森，你这几天不要太紧张。如果你有什么不寻常的症状就给我打电话，比如头疼得厉害、看东西重影或耳朵里长出了番茄藤！"他转向路易斯、罗丝·丽塔和齐默尔曼太太："喜欢抬杠的乔纳森没什么大毛病。他的病症的学名是大头肿，也就是通常所说的头部遭受重击。他会没事的。"

"谢谢你，医生。"齐默尔曼太太说，"你能这么快就赶来，真是太好了。"

医生向她眨了眨眼。"上门服务收费更高。"他愉快地说，"而且，我喜欢开快车。当我接到急救电话时，警察都不敢阻拦我！"他拿起装满方形药瓶、咔嗒咔嗒作响的皮箱，祝愿大家度过一个愉快的下午。

医生刚一出门，乔纳森·巴纳维尔特就掀开了盖在身上的被子。齐默尔曼太太和罗丝·丽塔赶过来的时候，他已经在地下室里醒了过来。他靠自己的力量爬回了卧室。他刚才并没有脱去衣服，现在他把穿好袜子的脚塞进鞋子里。"我觉得自己像个大傻瓜。"他抱怨道。

"发生了什么事，乔纳森？"齐默尔曼太太问。

乔纳森小心翼翼地摸摸头顶："如果我知道，那就糟了。我听到有人在地下室的台阶上，或者说，我以为我听到有人在地下室的台阶上。于是我打开门，想把灯打开，但灯泡坏了。然后，我想，我听到了路易斯在喊我。于是我开始下楼，我记得的下一件事是我的头被重重一击，还有很多美丽的旋转的彩色星星。我想我一定是在黑暗中被绊倒了。"他拉扯着他的红胡子，"路易斯，我想刚才地下室里的不是你吧。"

路易斯摇了摇头。"我们刚刚在隔壁。"他说。他讲了一遍在找到乔纳森之前，他和罗丝·丽塔是如何寻找了乔纳森几分钟的。

"奇怪。"乔纳森说道，"我可以发誓，我听到有人在那里。也许我们最好去检查一下。"

　　"你可以吗？"齐默尔曼太太问。

　　"我又不是小宝宝，弗洛伦斯。"乔纳森生气地回答说，"在我的一生中，我经历了很多次的颠簸和重击，但没有一次让我丧命！"

　　路易斯的心怦怦直跳。他讨厌听他叔叔提起死亡。自从他的父母去世后，路易斯一直生活在一种恐惧之中，害怕被孤单地留在这个世界上。他咬着嘴唇，但什么也没说。

　　乔纳森拿出一把大手电筒，不是放在厨房抽屉里的那把小手电筒，他们一起走进地下室。乔纳森在架子上摸索着找到了一个一百瓦的灯泡："让我把这个换上，看看有没有闯入者的痕迹。"

　　"让路易斯换吧。"齐默尔曼太太建议道，"头部受伤后，你不适合爬梯子。"

　　"遵命，陛下，"乔纳森回答说，"满足你的任何愿望。路易斯，去把梯子拉出来吧。"

　　路易斯爬上梯子。地下室里唯一的一盏灯挂在天花板上，罩着一个圆锥形的绿白相间的金属灯罩。他伸手去拧旧灯泡，却发现它松动了。他惊讶地把它拧紧，灯泡突然发出一道耀眼的白光，晃得他差点儿从梯子上掉下来。

　　"这才对嘛。"乔纳森说，"路易斯，怎么了？你的脸色白得像个鬼。"

"我没有换灯泡。"路易斯结结巴巴地说,"一定是有人故意把它弄松的!"

"不太可能,"他叔叔说,"它可能只是自己松掉了。你知道,有时会这样。这是由开灯和关灯使底座加热和冷却交替,从而不断膨胀和收缩造成的——"

"哦,是你自己膨胀和收缩了吧,邋遢鬼。"齐默尔曼太太尖刻地说,"别再装明白了。你去煤仓那边了吗?"

"我记得没有。"乔纳森若有所思地说,"我刚走到台阶下面,该死的,我就摔倒了。怎么了?"

齐默尔曼太太指了指煤仓:"因为有人来过这里,没错。那个人有一双大脚。"

路易斯看了看她所指的地方。废弃煤仓是空的,因为乔纳森几年前就把煤炉子换成了燃油炉子。但是这个开阔的小房间里仍然覆盖着一层脏兮兮的煤尘。它的后墙是厚厚的胶合板,后面有一条奇怪的通道,这条通道是乔纳森在路易斯来后不久发现的。路易斯看到了齐默尔曼太太注意到的东西:地下室地板上的煤尘上有一串淡淡的脚印,从煤仓向外延伸。

"奇怪。"乔纳森说。他走到煤仓旁边,盯着胶合板看:"嗯。有人把它也拉松了。"他用力一拉,胶合板掉了下来。后面是一堵灰泥墙,有一个破烂的开口通向黑暗。乔纳森用手电筒照着通道,通道看上去像个矿井:"这里什么也没有,所以不管是谁,一定是失望地空手而回了。"

齐默尔曼太太站在他身边,碰了碰他的胳膊:"我一点儿也不喜欢这样。这里曾是艾萨克·伊扎德藏他的末日时钟的地方。"

罗丝·丽塔迅速地看了路易斯一眼。他告诉过她关于伊扎德的一切,伊扎德是一个邪恶的魔法师,在乔纳森之前,他是这栋房子的所有者。她知道伊扎德和他同样邪恶的妻子塞伦纳密谋用一个魔法时钟毁灭世界;她还知道,当塞伦纳·伊扎德从坟墓里爬出来要完成咒语时,路易斯、乔纳森叔叔和齐默尔曼太太同她进行了艰苦的战斗。"那个钟还在吗?"她问,"会不会有人在找它?"

"不可能!"乔纳森坚决地说,"首先,路易斯把那个钟砸得粉碎,我和卷毛假发怪[1]把它的残骸处理掉了,这样它就再也不可能被重新组装起来了。其次,除了伊扎德夫妇和我们,没人知道它曾经在这里。我们从没把这件事传出去,而且我知道,塞伦纳·伊扎德再也不会死而复生了,也不能再四处寻找时钟了。再说了,这些脚印肯定有十码[2]长。伊扎德夫人虽然并不漂亮,但她的脚肯定也没有炮艇那么大!"

"那……那是谁闯进来了?"路易斯问。

乔纳森摇摇头,皱起眉,又揉了揉头上的肿包:"不知道,路易斯。可能是流浪汉。不过,别担心。我没事,我们还会继续我们的假期计划。"

1　乔纳森给齐默尔曼太太起的绰号之一。
2　十码约为二十七厘米。

"你不打算报警吗？"罗丝·丽塔问。

乔纳森若有所思地说："不，我想不会。毕竟，什么也没丢。我都不确定是不是闯入者砸了我的脑袋。我还是觉得，我可能只是摔了一跤，摔下了楼梯。我猜来这里的人已经逃出去了。不过，安全起见，我觉得弗洛伦斯应该施一些保护咒，在我们不在的时候保证巴纳维尔特庄园的安全。你觉得你能行吗，皱纹老太婆？"

齐默尔曼太太对乔纳森吐舌头："呸，乔纳森·巴纳维尔特。我当然能行！我会想出一个甜蜜的咒语来消灭任何王国的邪恶入侵者。而你则要集中精力治好你裂开的头盖骨，就这样！"

这一切似乎暂时就这样结束了。接下来的几天，乔纳森和路易斯都在为去上半岛的旅行做准备。虽然路易斯仍然心神不宁，但什么也没发生。有时他会在夜里醒来，好像听见走廊里有鬼鬼祟祟的脚步声。但当他鼓起勇气去检查时，却没有发现人。

快到六月底时，他们做了最后的几项准备工作。乔纳森安排了一个兼职女清洁工，霍尔茨太太，每周去检查几次房子，并收收报纸。她还同意将所有重要邮件转寄至豪猪湾的邮政总局。在一个晴朗的星期五早晨，一切都准备好了。乔纳森和路易斯把他们的衣服装进了一个巨大的纸板箱子里，这个箱子曾经属于路易斯的父亲。他们还带了两根鱼竿和鱼线盘、一堆要读的书，以及其他各种零零碎碎的东西。

齐默尔曼太太和罗丝·丽塔也准备好了。他们打算开车过去，齐默尔曼太太坚持要开贝茜旅行。她不信任乔纳森的车，那是一辆1935年产的四四方方的马金斯·西蒙，就像是老式电影里的东西。幸运的是，普利茅斯克兰布鲁克车型的后备厢很宽敞。乔纳森把所有人的包和渔具都放了进去。然后，齐默尔曼太太一踩油门，他们出发了。齐默尔曼太太和乔纳森坐在前排，路易斯和罗丝·丽塔坐在后排。

这是一段漫长的旅程，要经过密歇根州的首府兰辛，然后再经过伊萨卡、普莱森山和罗斯布什等小镇。在霍顿湖，换乔纳森叔叔来开车，但他很快就因为抄近路而迷路了。齐默尔曼太太还嘲笑了他一番，但当他在一家餐馆停下来问路时，发现那里的食物闻起来太香了，于是他们决定在那里吃饭。这里的汉堡是路易斯吃过的最美味的汉堡。乔纳森微笑着说，虽然他们偏离了轨道，但他寻找美食的本能正好发挥了作用。

不久之后，他们又回到了主干道上。整个夏日午后，他们一路奔驰，疯狂地唱着歌：《赫特苏特之歌》《玛尔兹·多茨》《警察舞曲》，他们都跟着没有具体含义的副歌大声唱道："弗洛——杜伊，弗洛——杜伊，弗洛——杜伊！"那天晚些时候，他们在一家汽车旅馆停了下来，那是一群散布在松树下的小木屋。齐默尔曼太太和罗丝·丽塔住在一个小屋里，乔纳森和路易斯住在隔壁。那天晚上，路易斯睡了几周以来的第一个好觉，尽管他的叔叔鼾声震天。

第二天早上，他们乘渡船前往上半岛。然后他们转向西行。乔纳森提到，住在上半岛的密歇根州居民认为来自南部的人都有点儿疯疯癫癫的："反过来也一样。"

整个上午他们开心地讨论着。沿着这条路，他们偶尔会看到苏必利尔湖。在路易斯看来，苏必利尔湖就像一片大海。有的时候，波涛汹涌的水面上到处都是帆船，逆风前行；而有的时候，湖面看起来广阔而空旷，在多云的天空下像石板一样灰蒙蒙的。

他们到达豪猪湾时已经是下午了。豪猪湾是一个由房屋和其他建筑物组成的半圆形区域，紧靠水边。罗丝·丽塔和外公约定在码头对面的杂货店碰头。他们找到了那个地方，齐默尔曼太太把贝茜停好，然后他们都从车里出来，伸展着快抽筋的双腿。

这家杂货店又大又空，光线昏暗，里面满是奶酪和鱼腥味。一些老人在柜台前的三张小桌子上玩跳棋，一个不到一米五的矮个子男人正站在收银台前付两袋食物的钱。乔纳森等到这位顾客拿起他的包之后，对收银台的店员说："嘿，我们要在这里见阿尔伯特·戈尔韦。"

店员的头发是锈褐色的，看上去就像一团钢丝球。他点点头说："是的，他马上就会来。他告诉过我，他在等你们。你是乔纳森·巴纳维尔特先生吧？"

路易斯听到一声突然的撞击声。他回头看了看，矮个子男人把他的一个购物袋掉在地上了。鲑鱼、猪肉、豆子和豌豆罐头掉在粗糙的木地板上，发出一阵噼里啪啦声。其中一个罐头撞到了路易斯的脚，他弯下腰把它捡了起来。

陌生人的脸上突然露出了可怕的微笑。"谢……谢谢你。"他用嘶哑的声音说。他伸出瘦骨嶙峋的手去拿路易斯递给他的鲑鱼罐头。路易斯发现他的手指很脏，沾满了黑油，而且他所有指甲的缝隙里都有黑色的污垢。不知什么原因，路易斯打了个寒战。这个小个子男人长着一张丑陋的脸，脸上横着两道浓密的眉毛。他的鼻子圆圆的，向上翘，就像个猪鼻子。他的牙齿又黄又乱。当他重新收拾好袋子，匆匆离开时，纱门在他身后砰的一声关上了，他似乎有些恼火。

"杰克，你有个很奇怪的顾客。"其中一个玩跳棋的人说，"我希望你确保那个家伙给你的钱不是假的。我再也不相信那个叫克罗斯科的家伙了。"

"克罗斯科没问题。"店员回答说，"他进来，买他想要的东西，然后付钱。他不像我认识的某些人那样，成天玩跳棋，喜欢说谎！"

其他玩跳棋的人听了都笑了起来，甚至那个反对克罗斯科出现的人也笑了起来。

没过多久，纱门打开了，路易斯看见阿尔伯特·戈尔韦走进店里。他虽然已经八十多岁了，但仍然站得笔直。他光秃秃的脑袋上戴着一顶时髦的白色游艇帽，穿着深蓝色双排扣西装外套、白色衬衫、白色裤子和白色鞋子，没有打领带。"嘿，罗丝·丽塔。"他一进门就说，"各位，很抱歉我来晚了。我刚刚在确认燃油会送到家里。即使在六月，湖面上也会有点儿冷！"

然后，他们都坐回贝茜上，由戈尔韦先生带路，把大家领到一个码头，那里停泊着一艘蓝白相间的帆船。路易斯迫不及待地想要上船。他和罗丝·丽塔帮忙把箱子拖了过去，然后齐默尔曼太太把贝茜停在码头附近一个安全的停车场里。戈尔韦外公帮助齐默尔曼太太、罗丝·丽塔和路易斯爬上了船。乔纳森向后甲板——其实是舵柄——行了个礼，说："请允许我上船！"

戈尔韦外公笑了。"批准。"他说。然后乔纳森也上了船。"欢迎来到太阳鱼号。现在，如果路易斯去解开帆索，罗丝·丽塔帮我扬起帆，我们就可以向伊瓦尔黑文岛进发了！"

这是一次激动人心的旅行，尽管天空灰蒙蒙的，看起来暴风雨要来了。白色的三角帆抖动着，太阳鱼号掠过黝黑的水面。风清新宜人，徐徐地吹着，路易斯觉得这个假期可能会变得很有趣。

可是他错了。事实证明，大错特错。

第三章

　　一连四天四夜，路易斯玩得很开心。他们住在一所属于马文先生的房子里。"吉姆·马文，"戈尔韦外公介绍道，"1917年，他在一艘旧船上服役，是一名留着胡子的中尉。我比他年纪大，当然我只是一个普通的一等水手。一天晚上，在大西洋中央，一艘德国潜艇袭击了我们，向船的中部发射了一枚鱼雷。爆炸太猛烈了，我看到马文中尉从栏杆上摔了下去。每个人都跑来跑去，扯着嗓子大喊。你知道那个古老的'紧急情况通用指令'吗，路易斯？"

　　路易斯摇了摇头，脸上露出了期待的微笑。

　　戈尔韦外公津津有味地背诵道："'遇到危险或不确定情况的时候，绕着圈子跑，大声尖叫和叫喊！'好吧，长官，船员们似乎就是这么做的。我抓起一个救生圈，一个燕式跳水，跳入大西洋中。水里可真是冷啊！不知怎的，在一片火光中，我看到马文中尉在水中挣扎着——这时船已经着火了——我带着救生圈游到他跟前。这时炮手们终于清醒过来了，开始猛击潜艇。最后，潜艇沉了下去，这时甲板上有人借着火光看见了我们，把我们救了上来。幸运的是，他们终于扑灭了火，我们费劲地驶进了港口。从那以后，吉姆·马文就成了我的朋友。"

第一次世界大战后，吉姆·马文在石油和钢铁行业赚了很多钱，他买下了伊瓦尔黑文岛，在上面建造了他梦想中的房子。这是一座闪亮的白色现代主义风格大厦，呈阶梯状，在山坡上层层叠叠地排列着。这里到处都是玻璃墙，可以欣赏到湖上的美景。在平坦的山顶上有一个网球场、一个槌球[1]场和一根高高的旗杆。每个晴朗的清晨，路易斯和罗丝·丽塔一起到那里升起国旗；每天傍晚日落时，他们再把国旗取下来折叠起来。

星期三是他们到这里的第五天，外面下着蒙蒙的凉雨。尽管天气不好，但戈尔韦外公说他要乘帆船到八千米外的豪猪湾去。路易斯自告奋勇要和他一起去。他穿着一件黄色的雨衣，把帆拉得非常好，当他们在码头上捆帆时，戈尔韦外公夸他是个一等水手。路易斯心中充满了骄傲。

他们去了杂货店，戈尔韦先生在那里买了面包、牛奶和其他一些东西。路易斯注意到之前玩跳棋的人不在了。他想，可能雨下得太大了，他们不会来店里了。事实上，除了一个头发灰白的高个子男人也在购物外，他和戈尔韦外公几乎独占了整

1　在平地或草坪上用木槌击球穿过铁环门的一种室外球类游戏。

个杂货店。他们把买的东西推到柜台前。店员帮他们结了账，然后说："哦，对了，我差点儿忘了，有你们的信。"他在柜台下面翻来翻去，拿出一沓信件。"给巴纳维尔特先生的。"他一边说，一边把信递了过来。

路易斯接过信。他和戈尔韦外公每人拿着两个装杂货的棕色纸袋走出了杂货店。他们在杂货店的门廊上望着连绵不断的雨，站了一会儿。突然，他们身后的门开了，头发花白的男人说："还有一封信。我可以把它给你吗？"他挥舞着一个马尼拉信封[1]。信封大约长三十厘米，宽二十三厘米。

"嗯，当然可以。"路易斯说着把他手里的袋子挪了挪，接过信封，"谢谢。"

"不客气。"陌生人笑了。他比戈尔韦外公高，很瘦。他穿着深色的裤子和深蓝色的风衣，脸看起来饱经风霜。"很高兴有这个机会为你效劳。"说完他又回到了杂货店里。

路易斯好奇地看了看信封。信封角落里贴着六张三美分的邮票。邮票是淡蓝色的，上面画着一艘长长的铁矿石货轮，还有一幅五大湖[2]的地图。邮票的顶部写着"苏水闸，苏圣玛丽[3]"，底部写着"五大湖的百年运输"。路易斯以前从未见过

1　一款非常耐用的咖啡色档案信封，其原料中含有原产菲律宾的坚固的马尼拉麻，故而得名。

2　北美洲中部彼此相连的五个大湖的总称，即苏必利尔湖、密歇根湖、休伦湖、伊利湖及安大略湖，构成世界最大的淡水水域。

3　美国密歇根州的一座城市。苏水闸的四座闸口横跨苏圣玛丽运河的两条河道。

这些邮票。

他瞥了一眼地址。有人用尖尖的笔迹在信封上写着"密歇根州豪猪湾邮政总局 路易斯·巴纳维尔特"。谁会给他写信？肯定不是他的英国笔友伯蒂·古德林，伯蒂甚至都不知道他在这里。不管怎样，笔迹很陌生。

他没有时间去弄清楚，因为戈尔韦外公已经准备好出发了。路易斯把信封塞进一个袋子里，以免弄湿，然后两人匆匆离开门廊，跑到码头。雨下得更大了，灰色的雨幕笼罩着湖面。他们把杂货装进船舱，解开帆索，向伊瓦尔黑文岛进发。

"坚持住，路易斯，"戈尔韦外公大声喊道，"暴风雨有些猛！"

他们就像在坐过山车一样。风刮得更猛了，他们只好把帆收起一部分。路易斯握着舵柄，操纵着船。戈尔韦外公把船帆降下一半，然后把底部绑起来，把它固定在帆桁上。"要防止我们被大风吹走。"他回来时说，"现在，如果我的航位推算不太离谱的话，我们随时都可以看到岛。"

路易斯感到有点儿恶心，但突然间，绿色的伊瓦尔黑文岛出现在前面的雨中。他们把太阳鱼号驶入船道，系好船头和船尾，放下船帆。然后，他们带着四袋湿淋淋的食物匆匆走进房子。

"怎么样？"他们咯吱咯吱地走进厨房时，罗丝·丽塔问。

戈尔韦外公摇了摇头："无论是人还是动物，今天都不适合外出。我们也许应该等一等，但是我们的牛奶都喝光了！"

他们打开了袋子，路易斯拿出了他的信封。"有人给我寄了一封信。"当他和罗丝·丽塔两个人走进书房时，他对她说。

"谁？"她问道。

"我们来看看。"路易斯回答。他把信封啪的一声放在桌子上，坐进了转椅。然后他撕开信封的封口。信封很潮湿，被胶水粘住的地方很容易就撕开了。他把手伸进去，拿出了个什么东西。但那不是一封信。

那是从一本旧书上撕下来的一页纸。而且那是一本大书，因为当他把纸展开时，那一页纸大约有二十五厘米宽，三十厘米长。路易斯把它平铺在书桌上，惊讶地眨着眼睛。

书页的一面用哥特字体密密麻麻地印着拉丁文。另一面是一幅钢版画，画面是用密集的交叉线条勾勒出来的。画的右边，一位国王坐在华丽的王座上，长满胡须的脸上露出严厉的表情。他伸出的手握着一根权杖。版画的左边站着四个士兵。在他们中间蜷伏着一个戴着兜帽、披着斗篷的神秘人物，分不清那是男人还是女人。在版画的底部用别致的字体写着这幅画的标题：

Contradico Salomonis cum demonio nocturne

"这究竟是什么？"罗丝·丽塔问。

"我不知道。"路易斯承认，"但这句拉丁语的意思是'所罗门与夜魔的辩论'。"这时，他注意到了某样让他感到发冷的东西，他的胳膊上起了一层鸡皮疙瘩。在插图的右下角，所罗门王的宝座投下了深深的黑色阴影。当路易斯盯着它看的时候才意识到，那根本不是影子，而是某种怪物。它蹲在王座旁边，像蜘蛛一样用四肢抱住自己。它的身上似乎覆盖着一层乱蓬蓬的黑色毛发。只有从它的左肩才可以看到它的右手，几乎全是骨头。它像所罗门一样，用手指指着那个戴着头巾的人，好像在指责他。但最糟糕的是那双眼睛，像圆圆的碟子，似乎正射出仇恨的光芒。

路易斯感到他的胃一阵痉挛。他有一种不可思议的直觉，他确信，这个怪物并非画家编造出来的，它是根据一个活生生的模子画出来的。

"怎么了？"罗丝·丽塔问，"嘿，路易斯，你看到了什么？"

"看……看这个。"路易斯说。他用颤抖的手指指着那个怪异的形象。

罗丝·丽塔皱起了眉头："没什么好担心的，路易斯。那只是王座的影子。"

"不！"路易斯坚持道，"看到了吗？这是它的头，这是它的眼睛……"

罗丝·丽塔从他手里接过那页纸："我不这么认为。那两个白色的斑点不是眼睛，而是王座上的装饰物。看，这里还有两个。它只是一个影子。"

路易斯强迫自己更仔细地观察。奇怪的是，当他聚精会神地想要看清那个可怕的怪物时，它似乎消失了。现在看来，罗丝·丽塔是对的。那只是一团边缘参差不齐的黑影。尽管如此，路易斯还是感到呼吸困难。他知道他会梦到那东西的。

那页纸另一边的拉丁文根本没什么用。这是一份列举巫术邪恶行为的清单：

三、动物生病和死亡，是由魔法造成的。

四、恶魔之眼将带来不幸。

五、魔法师知道深奥的秘密，尽管没人提起。

路易斯帮罗丝·丽塔翻译了上面的文字，清单上还写着其他类似的内容。"它完全没有提到所罗门。"最后，路易斯说。

罗丝·丽塔只是耸耸肩："我猜这幅画讲的可能是所罗门王正在对恩多女巫进行审判之类的故事。不知道是谁送你的，这个东西太疯狂了。里面有便条吗？"

路易斯摇了摇信封："没有。我觉得没——"他突然停住了，信封里飘出一张纸条。它在空中旋转着，他伸手去抓，在它掉到地板上之前抓住了它。

"那是什么？"罗丝·丽塔探头去看，"是某种奇怪的广告还是什么？"

路易斯的手在抖。那张纸条是羊皮纸，不是普通的纸，在他的手指间，感觉很奇怪，好像它有了生命在扭动。纸条上有三排非常奇怪的棱角分明的字母，它们是用锈红色墨水写的，对路易斯来说，它们毫无意义。"是某种语言吧。"他对罗丝·丽塔说。

她看了看那些字。"不，"她慢慢地说，"我不这么认为。这些是如尼文。我不能全部认出来，但这个百分之百是a，我认为另一个是E。"

路易斯知道，如尼文是北欧人和日耳曼人用来在石头上刻下铭文的一种文字。正因如此，它们的棱角分明，样子古怪。但除此之外，他不知道这些碑文可能有什么含义。他连这些一千五百年前的文字的字母表都看不懂！

"也许我们最好把这个给齐默尔曼太太看看。"他说。

"好主意。"罗丝·丽塔表示同意。

他们发现，她就在他们刚才离开的地方，厨房里。她正在开心地为大家准备午餐：自制的蔬菜面汤、厚厚的鸡肉三明治和蓝莓派。但当她看到路易斯脸上痛苦的表情时，她立即放下了手里的活儿。

路易斯和罗丝·丽塔很快解释了发生的事情。齐默尔曼太太对书中的插图研究了很长一段时间，但随后她摇了摇头："对不起，路易斯，我看不出你说的怪物。我认为罗丝·丽塔是对的，这只是光和影造成的视觉错觉。不过，让我看看那张羊皮纸。嗯？"

齐默尔曼太太皱着眉头看着写在羊皮纸上的锈红色如尼文。然后她把眼镜推到她那乱蓬蓬的白发里，仔细地端详着那些字母。"真是奇怪。"她喃喃地说，"好吧，这些不是北欧人使用的标准类型的北欧古字母如尼文。它们是凯尔特语。我想它们是马恩如尼文，起源于大不列颠岛附近的马恩岛。我认不全，但我差不多能看得懂这部分：给你四十八个。对我来说，这就像一碗豌豆汤一样清晰。你能理解吗？"

"不能。四十八个什么？"路易斯问道。

"这我不知道。"齐默尔曼太太若有所思地回答，"四十八个椰子奶油派？四十八期免费的《男孩生活》杂志？四十八个州的旅行？我不知道！不过，我们一回到新西伯德，我就会查阅一些有关如尼文和古代语言的文献。如果运气好的话，我也许能破译其余的内容。"

路易斯深吸了一口气："别把这事告诉乔纳森叔叔，好吗？"

齐默尔曼太太把眼镜推回原位。她睁大眼睛盯着他："为什么不告诉他？"

路易斯无奈地耸了耸肩说："嗯，最近几天，他钓鱼、航海，过得挺开心的。我们还要在这里待三天。在他头上撞了个大包之后，我希望他能好好度个假，不用担心别的事。"

齐默尔曼太太笑了，用手指点了点下巴："好吧，路易斯。但我要告诉你我的计划。我要给我的一些朋友打几个电话，他们懂秘密语言和神秘符号。如果这张羊皮纸有什么妖术，他们肯定会知道的。同时，你要确保它的安全。我建议把它放在你的钱包里，你把它当成一张一千美元[1]的钞票。然后，尽量不要为此担心。"

"好的。"路易斯说。

齐默尔曼太太和善地笑着拍了拍他的手："我知道这个建议说起来容易，做起来难！但罗丝·丽塔和我会尽力帮你解开这个谜团。在我们有事情可做之前，要按兵不动，不要向忧虑和烦恼屈服。好吗，路易斯？"

"好吧。"路易斯对她说。但说起来容易，做起来难啊！

1　美元的最高面值为100，此处齐默尔曼太太用了夸张手法，提醒路易斯好好保存。

第四章

　　齐默尔曼太太说到做到。她从来没有对乔纳森提起过那张奇怪的羊皮纸。然而，路易斯发现，他的假期已经被毁了。晚上，当他想睡觉的时候，一个可怕的、毛茸茸的、瘦弱的怪物的幻影就在他的眼皮外面飘浮。

　　一天晚上，他从床上坐起来，试着读一本神秘小说。像往常一样，他一边看书一边嚼东西；这次是一盒巧克力花生糖。路易斯本应该感觉很舒坦，他身后靠着三个蓬松的大枕头。这本小说讲的是一起离奇的谋杀案，受害者的所有衣物都被翻了过来。但路易斯发现自己很难集中注意力。

　　他把故事的脉络弄乱了，翻回上一页又读了一遍。他盯着书，把一颗裹着巧克力的花生塞进嘴里。但当他咬了一口之后，事情就更加不对劲了。

　　花生不脆，而且黏糊糊的。它还在他的嘴里动！

路易斯赶紧吐了一口唾沫。糖果咚的一声落在床上——然后它长出了腿！它飞快地从床边爬过。

路易斯的胃猛地一阵翻腾。他低头看了看左手里的盒子，好多蟑螂从里面涌了出来，有几十只。它们油腻的棕色翅膀在床头灯的照耀下闪闪发光。它们爬上他的胳膊，朝他的脸冲去！

路易斯恶心得快要窒息了，他从床上跳了起来——

书哗啦一声掉在地板上。糖果盒掉在蟑螂旁边，两三颗裹着巧克力的花生滚了出来。路易斯背靠着墙站着，疯狂地拍打着自己。

蟑螂已经消失了。路易斯眨了眨眼。他意识到这是一个梦。他在看书的时候睡着了，梦见了一群恶心的蟑螂。他跌跌撞撞地走进浴室，使劲地刷牙，用冷水漱了四次口。然后，他回到卧室，拿起那本书和那盒糖果。路易斯把盒子扔进了垃圾桶。他觉得自己再也不想吃巧克力花生了。

从那以后，路易斯甚至晚上睡觉前都不再读书了。他无法专心看书，就像他不能在苏必利尔湖的深水中漫步一样。

他备感痛苦，因为他不想毁了其他人的假期。如果在平时，他会非常享受这场旅行的。这栋房子很迷人，有俯瞰湖面的阳台，还有一个图书馆。虽然这些书不是路易斯喜欢读的，比如《上中西部矿物学野外指南》和《含油地层地形指标》之类的书，但它们给房间带来了一种舒适的感觉，任何一个爱读书的书虫都会喜欢这里。除了读书，还有很多事情可以做。

乔纳森喜欢在码头上钓鱼，他钓到了一些漂亮的鱼：湖鳟鱼、虹鳟鱼和银鳕鱼。路易斯和罗丝·丽塔有时也会和他一起，尽管路易斯有些受不了把鱼从鱼钩上拿下来。他们把捕到的大部分鱼都扔了回去；但有一天晚上，他们吃了一顿丰盛的炸鱼，乔纳森舔着嘴，品尝自己抓来的美味鳟鱼。

在豪猪湾的暴风雨之旅结束后，路易斯就没有再登上过太阳鱼号。罗丝·丽塔和戈尔韦外公星期五去带回了一些邮件。路易斯没有再收到任何信件，这让他松了一口气，但乔纳森收到了转寄来的电费账单和他住在奥西五山的妹妹寄来的一封信。总而言之，路易斯本应该享受从日常生活中解脱出来的乐趣，只要他能把注意力从那张隐约有危险的羊皮纸和那幅可怕的钢版画上转移开。

他们在伊瓦尔黑文岛的一周假期即将结束。他们打算星期天开车回新西伯德。在齐默尔曼太太的建议下，他们都同意在最后一个周末去划船探险。"我们准备一顿野餐。"齐默尔曼太太兴高采烈地说，"我要做我拿手的土豆沙拉，还要炸一大盘鸡肉。我们还要带上巧克力蛋糕、新鲜面包卷、柠檬汽水和一大保温瓶冰茶。然后，我们会发现一座特别有趣的岛屿，甚至可能是一座尚未被探索过的岛！"

"一个人类从未涉足过的地方。"乔纳森调皮地眨了眨眼睛插嘴说，"我们可以以国家的名义认领它！"

"哦，那应该不是什么大问题。这附近有很多岛屿。"戈尔韦外公搓着双手说，"而且看天气预报，星期六的天气看起来也不错。我们可以来一次真正的航行！扬起船帆，看看我们这艘可靠的大船能开多快！"

一切都安排好了。星期六的清晨，天空明亮而晴朗，吹着阵阵西北风。当他们把东西装上船的时候，大家都很高兴——大家，但是，不包括路易斯。他不得不强迫自己装出很享受这次旅行的样子。

九点左右的时候，太阳鱼号倾斜着身子，在深色的水面上掠过，滑出一道白沫飞溅的尾迹。罗丝·丽塔和路易斯轮流握舵，在平静的水面上飞驰。戈尔韦外公教他们如何转舵，如何改变航向，如何驾驶船只。这些在顺风或逆风时都是不同的，通常这会让路易斯觉得自己是一个勇猛的海军英雄或海盗王。但由于忧虑和睡眠不足，他现在只感到头昏眼花。

十一点左右，他们开始寻找一座可以野餐的小岛。一些小岩石隐约出现在右边，但大家都认为它们太潮湿，不舒服。一座长满松树的小岛看上去很不错，但当他们接近时，发现上面贴着很多"禁止侵入"的牌子。于是他们离开了那里。突然，乔纳森叔叔说："看那边，左舷。"

路易斯对此微微一笑。他叔叔喜欢划船，就像小鸭喜欢游泳一样。他总是喜欢说"船尾"和"船腹"之类的词。路易斯握住舵柄，身子倾斜，这样他就能看到帆桁下的情况。他看向左边，也就是水手们和他的叔叔乔纳森称之为"左舷"的方向。

他不确定自己看到了什么；有什么东西在空气中闪烁，就像热浪在灼热的柏油路上舞动，感觉很奇怪。湖面的一大部分看起来像蓝灰色的果冻一样蠕动着,上升到一两米高的空中,然后像烟雾一样被微风吹散。"那是什么?"路易斯问。

戈尔韦外公手搭凉棚,疑惑地摇了摇头:"这是我在这一带水域里见过的最奇怪的东西,看起来就像撒哈拉沙漠的海市蜃楼。撒哈拉沙漠比苏必利尔湖干燥5000万倍,而且相当热!转向左舷,路易斯。让我们去看看。"

路易斯害怕地用恳求的目光看了罗丝·丽塔一眼。她似乎明白他现在非常焦虑。"要我来掌舵吗?"她问。

他摇了摇头。这个想法也许很傻,但他讨厌在罗丝·丽塔和他的朋友面前显得像个胆小鬼。他转动舵柄,直到太阳鱼号的船头正对着这个奇怪的现象。

"这不是水龙卷,"齐默尔曼太太一边若有所思地说,一边用一只手压着紫色太阳帽的帽檐,以免它被风从头上吹走,"也不可能是汽油烟雾或太阳光的反射。"

乔纳森抓着一根绳子,身子探了出去:"既不是雾气,也不是水汽。非常奇特!也许我们发现了海底火山,或者一种完全未知的大气现象。"

太阳鱼号越来越靠近闪烁的空气幕帘。路易斯紧紧地抓住舵柄。他心里有一种绝望的冲动,想猛拉住舵,想躲开前面的一切,想逃走。但大家会怎么看他呢?其他人都没有惊慌失措!他不得不强迫自己冷静下来。路易斯深吸了一口气,让自己保持住航向。

就在帆船的船头马上要穿过那道波光粼粼、摇摆不定的屏障时，它突然消失了。在他们前面，一下子出现了一座绿色的岛屿。路易斯眨了眨眼。他们离它只有几百米远，而这座岛就像是凭空冒出来的。

那是一座半球形的小岛，面积有四五万平方米。路易斯觉得那就像是一座突然浮出水面的小山。岛的外围长着茂密的蓝绿色冷杉，但这些冷杉只长到半山腰的位置。圆圆的山顶看上去青草茂盛，很光滑。最奇怪的是，一根光秃秃的黑柱子似的东西在山肩直竖着。起初，路易斯以为那是一棵高大的枯树的树干。然而，当他们靠近时，他意识到那是某种人造的建筑——一座大约三十米高的黑塔直插天空。

"这太奇怪了。"戈尔韦外公咕哝道。

"怎么了？"罗丝·丽塔问。

戈尔韦外公撩起他的游艇帽，搔了搔他的秃头："因为这里根本不应该有岛屿。我以前曾经过这里，我知道这地方在地图上没有标记！但是我现在希望有新的发现，所以我建议，我们找一个地方把船停下来。"

其他人都同意了，而路易斯没有勇气成为唯一一个反对的人。戈尔韦外公从路易斯手中接过舵柄，路易斯便走到船头去。他站在船头注视着帆船转向小岛的西南岸。看着它，他心里充满了一种奇怪的恐惧感。他紧握双手，希望他们找不到可以停靠的地方。由于某种原因，他不想踏上那个地方。

暂时看来，他的希望有可能实现。小岛侧面陡峭，灌木丛生，没有供船只停泊的入口或遮蔽处。但是，在岛的最南端，路易斯看到一条小溪从岩石河床上流淌下来。河水像散落的土豆一样溅在光滑的棕色石头上，泡沫飞溅进苏必利尔湖，形成了一个小水湾。在小水湾入口处矗立着一个看上去很坚固的木墩。

"我们就把船停在这里吧。"戈尔韦外公宣布，"乔纳森，拿上测深杆，确保这里的水足够深，如果搁浅就不好了！"乔纳森拿着一根长杆站在船头。他把它直接插进水里，测试深度。"到目前为止还没有到底。"在罗丝·丽塔收起船帆时他说道。太阳鱼号放慢了速度，几乎不再漂浮，戈尔韦外公非常专业、认真地把船带向码头。就在船头快要撞到码头的时候，乔纳森说："这里的水有将近三米深。足够安全！"

然后，船慢慢地靠到码头上。罗丝·丽塔和乔纳森叔叔跳下船，帮忙系好缆绳。最后，路易斯极不情愿地从太阳鱼号上爬了下来。他提着野餐篮子。"也许这不是一个好主意。"他喃喃地说，"也许这座岛的主人并不希望我们停在这里。"

罗丝·丽塔摇了摇头："那么，这位神秘的岛主为什么不像我们之前看到的那样挂上'禁止侵入'的牌子呢？说不定这里是州立公园之类的地方。再说，这儿也没有别的船，对我来说，先到先得。"

"这确实是一个奇怪的地方，"乔纳森说，"那是肯定的。但它似乎是安全的，没有危险。我不知道是什么光把它遮住了，但也许这只是阳光和薄雾在水面上的一些把戏。不管怎样，我们现在在这里了。"

从码头延伸出一条弯弯曲曲、长满青草的小路，蜿蜒曲折地穿过阴暗的冷杉林。他们沿着小路爬上山坡，眼前突然出现一片长满青草的空地。在那里，他们发现了一间小石屋，是一间不到二十平方米的平房。陡峭的屋顶铺着炭色的石板瓦。小屋只有一扇门和一扇百叶窗。石砌的烟囱里并没有烟升起来。这地方看上去空无一人，死气沉沉。

路易斯擦了擦脸。他满头大汗，不仅是因为他要费力地带着他们的野餐篮子，沿着小路爬上来，还因为他无法摆脱一种奇怪的恐惧感。然而，这座岛屿似乎完全正常。蚱蜢在草地上跳来跳去，红雀和松鸦在树上叽叽喳喳地叫。尽管如此，他们周围的环境还是让路易斯感到紧张不安。他一直觉得随时会有什么可怕的东西向他们扑来，但一切看起来都很平静。

"我觉得没人在家。"齐默尔曼太太在他们朝小屋走去的时候说。他们在紧闭的门前站了一会儿。房子里没有动静。"当然，住在这里的人一定要坐船来来回回，可我们没看到有船，所以他们一定出去了。我们野餐的时候会保持干净。我想，我们不会打扰任何人。来吧，让我们爬到山上，看看我们能看到什么，就像儿歌《翻过山的熊》里描述的那样。"齐默尔曼太太说。

小路一直穿过空地延伸到另一边的树林。路易斯提着野餐篮子，开始感到疲倦了。然后，正当他想问是否可以放下它休息一会儿的时候，他们走到了另一块空地上，比之前的空地更奇怪。

他们面前耸立着那座黑色的塔。它是用一些圆咕隆咚的黑色石块砌成的，石块间的灰泥形成了细密蛛网状的灰色条纹。路易斯把头向后仰了仰。从结构来看，这可能是一座窄小的灯塔，但它看起来和他以前见过的灯塔不一样。首先，它似乎没有门，至少在地面上没有。

但是，在塔的一边，有一排看上去很危险的台阶，非常狭窄，像支撑着教堂墙壁的飞扶壁[1]。他在船上的时候并没有看见它们。有可能是角度不对，塔把它们挡住了。光是看着那些陡峭的台阶就让路易斯感到头晕目眩。它们没有扶手，每一阶都只有大约三十厘米宽。只有傻瓜或非常绝望的人才会尝试攀登这样的台阶，他想。只要脚下一滑，你就会摔断脖子。

"嗯，"齐默尔曼太太若有所思地摸着下巴说，"就像路易斯·卡罗尔[2]写的那样，越来越奇怪了。这是一片很陡峭的草坪！我想知道，这座塔到底是纪念什么的。"

齐默尔曼太太说的是从塔的底部向北倾斜的草坪。显然有人把它护理得很好。草坪被修剪得很短，没有任何杂草，弯弯曲曲的白色碎石小道纵横交错。草坪上散落着一座座奇形怪状的金属雕塑。西面有六根铁棍，每根大约三米长。它们倚靠在一个圆形的石头底座上，就像黄水仙被放在一个对它们来说太大的花瓶里。每根杆子的末端都有一只锻铁制成的飞行蝙蝠。

1　一种起支撑作用的建筑结构。
2　《爱丽丝漫游仙境》的作者。

几步远的地方有一圈七根将近两米高的石柱，每根石柱都像科林斯柱[1]一样有凹槽。每根柱子的顶端都有一个真人脑袋大小的头骨，由透明的水晶制成，闪闪发光。再过去是一小片墓地，四周是黑色的铁栅栏。那里有八块白色大理石墓碑，但墓碑上光秃秃的，没有刻名字。再往前是更多奇怪的雕塑：五道参差不齐的闪电，一个举起手臂站着的人，三只瞪大的玻璃眼球，六个看起来像挂着绞索的绞刑架的东西，等等。路易斯数了数，总共有十几个不同的雕塑群。

"我不喜欢这个地方。"齐默尔曼太太双臂环抱着自己肯定地说，感觉天气好像变冷了，"有人花了很多钱和精力建了这些古怪的东西，从它们的样子来看，我得说，建造者是在为精神错乱的人建一个公园。"

乔纳森站在她身边，盯着坟墓。他点了点头："我同意你的看法，弗洛伦斯。反正这不是一个适合野餐的地方。我们离开这里吧。"

他们急忙沿着小路往回走，速度比他们刚才爬上去时要快。罗丝·丽塔抓住野餐篮子的把手，帮路易斯拿着篮子。"谢谢。"他咕哝道，感谢她的帮助。

他们经过大门紧闭的小屋，然后往下向码头走去。太阳鱼号在那里等着他们，除了路易斯，所有人都爬上了船。他待在码头上解开缆绳。在他爬上甲板前，他转身最后看了一眼小岛。

1　源于古希腊的一种古典建筑柱式。

长满草的小路弯弯曲曲地转入冷杉林的阴影中。树荫深得不自然，好像现在是傍晚而不是中午。不知怎的，树林里有点儿太暗、太阴郁了。这时，路易斯看到了一样几乎让他尖叫的东西。

阳光下的一条长满青草的小路上，只有一小片阴影在摇曳。当路易斯目不转睛地盯着阴影时，他觉得自己的眼睛快要从脑袋里钻出来了。阴影里伸出来的东西好像是一条细长弯曲的胳膊。一只瘦骨嶙峋的手似乎抓住了草。黑影向前移动。

然后它睁开了两只黄色的眼睛瞪着他。

路易斯跳上了太阳鱼号。"我们离开这里！"他尖声叫道，声音变得很高。

戈尔韦外公已经解开了尾缆，乔纳森靠在测深杆上，把船头推离了码头。罗丝·丽塔拉起帆索，砰的一声，船帆扬起，把船拉离了湖岸。

路易斯回头望去，黑影还在。只是现在，它显然只是树枝在阳光下的影子。

他看到的只是他想象出来的东西吗？有那么一个可怕的时刻，他确信《所罗门辩论》中的怪物已经找到他了。它顺着小路往下爬，就像一只漆黑的猫悄悄地看着猎物。它用充满仇恨的淡黄色眼睛盯着他。

太阳鱼号离开小岛时，路易斯还盯着那影子。看着它随着距离越来越远而缩小。突然间，这座岛消失了。它消失了，就像从未存在过一样。路易斯甚至看不到之前幽灵般闪烁的波光。

"它去哪儿了？"站在他身边的罗丝·丽塔问。

每个人都回头望去。戈尔韦外公清了清嗓子。"看来我们的速度比我想象的要快，"他说，声音听起来有些颤抖，"速度一定有每小时二十八千米。"

"肯定有！"乔纳森说，"啊，谢天谢地，总算摆脱它了！我们可以找个更舒服的地方来吃弗洛伦斯准备的炸鸡和土豆沙拉，而不是待在那个疯子的游乐场。"

路易斯非常了解他的叔叔。他从乔纳森的声音里察觉到了疑惑和不确定。不知怎的，他感到他们的麻烦才刚刚开始。

第五章

在旅途结束后回到家的第一个晚上，路易斯睡得比之前好多了。到了星期一早上，他开始觉得，也许最糟糕的时候已经过去了。齐默尔曼太太像往常一样过来做早餐。她讨厌一个人吃饭，而且她很清楚乔纳森·巴纳维尔特连烧水都不会，更不用说做一顿包含土豆煎饼、奶酪炒蛋和美味香肠的可口早餐了。三个人一起享用了早餐，齐默尔曼太太和路易斯说话时特别亲切、温柔。他知道，她会研究那幅奇怪的画和那张写满古代如尼文的羊皮纸。如果真的有什么问题，她会想办法解决。

很长一段时间以来，路易斯第一次决定不再担心。他原本计划在假期读的书一本也没读。他挑了一本侦探小说，作者是埃勒里·奎恩[1]。他在前院的栗树下坐下，开始读这本书。书中的故事真是一个吸引人的谜题，他一天大部分的时间都在读书。

那天晚饭后，罗丝·丽塔来了。她来时，路易斯和乔纳森正在前厅看电视，看的是一部西部片。"嘿，"她说，"我想去运动场看国庆日的烟火。你们要来吗？"

乔纳森叔叔疲倦地笑了笑："我们度假回来，半路我就累坏了。但你和路易斯想去就去吧，给我和弗洛伦斯带两根烟火棒！"

路易斯并不想去看这场演出，但罗丝·丽塔显然想有人陪她一起去。他喃喃地说："当然，我和你一起去。我们骑自行车过去吗？"

罗丝·丽塔愁眉苦脸地说："不行。就在我们离开前，我撞到了路边，把自行车前轮撞歪了。爸爸还没抽出时间来修呢。"

路易斯耸耸肩："没关系。我们可以走着去。"

通常路易斯喜欢在家乡的街道上散步。新西伯德到处都是有趣的老房子。有些房子就像维多利亚时代的多层蛋糕，有很多装饰，以至于它们看起来更像是用来展示突出壁柱、花哨的飞檐和华丽装饰的"模特"，而不是用来居住的地方。其他的

1　美国解谜推理小说家曼弗雷德·班宁顿·李和弗雷德里克·丹奈表兄弟二人使用的笔名，他们开创了合著推理小说的先例。

建筑风格各异，从乔治亚时期优雅的石头房子到都铎时期的木头和灰泥房子，其中一个甚至还模仿了南太平洋上的别墅。它是在19世纪由一个新西伯德本地人建造的，他曾是美国驻三明治群岛[1]的代表。

然而，在那个星期一的晚上，路易斯没有心思留意周围的一切。他又开始感到有点儿神经质了，但他不知道为什么。面对他的沉默，罗丝·丽塔选择了尊重。他们加入了城郊运动场上的人群，两人几乎没说话。看台上已经坐满了人，新来的人在草地上铺开了毯子和毛巾。镇上的铜管乐队在镇长雨果·戴维斯先生的带领下吹奏着乐曲。路易斯看到胖乎乎的戴维斯先生穿着红白相间的乐队指挥服装，不禁咧嘴一笑。他的衣领绷得太紧了，眼睛都快瞪出来了，红扑扑的脸和雪白的头发形成了鲜明的对比。但他激情四射地挥舞着指挥棒，指挥乐队演奏乐曲。

路易斯和罗丝·丽塔以及他们在学校认识的几个孩子聊了一会儿。路易斯认出了在球场另一边的塔比·科里根，他是新西伯德的顶尖运动员之一。塔比和路易斯曾经是好朋友，但当塔比开始取笑路易斯太胖时，这段友谊就结束了。当罗丝·丽塔和路易斯四处寻找坐的地方时，路易斯注意到塔比在看着他们。他没有挥手，路易斯知道，塔比会像往常一样假装他不存在。

罗丝·丽塔说："我不想去球场。我们来看看这边。"他

1　1778年至1898年，夏威夷也被称为"三明治群岛"。

们在山坡上找了一块草地，在那里可以看得很清楚。他们听着乐队演奏，天色渐渐暗下来。最后，戴维斯先生用红色的大手帕擦了擦脸，举起双手说："现在是今晚的高潮。烟花庆祝活动开始！"

在运动场的另一头，一个用绳子围起来的地方，有五个人影在忙活。其中一个弯下腰，手里拿着一根通红的棍子。他触到一根引信，嗖的一声，一枚火箭弹烟花拖着一条金色的火花飞向空中。它升起时伴随着一阵口哨似的嘘嘘声，然后在空中炸出一个明亮的黄色球体。过了一会儿，砰的一声！所有人都惊呼"哇哦"！

更多的火箭弹烟花接踵而至。有些是鲜艳的绿色，有些是蓝色，有些是耀眼的白色，有些是红色；有的像被粗短的迫击炮射向空中，有的则像靠自己的力量向上拉的拉链，留下一道笔直或波浪形的光痕。转轮烟花旋转着，咝咝作响，罗马烟火筒将火球射向空中。在表演的最后，几十枚火箭弹烟花同时升空，砰砰的爆炸声让路易斯感觉耳朵都在隆隆响。绚丽的烟花让他眼花缭乱，他也和大家一起鼓起了掌。结束后大家都站了起来，开始慢慢地离开运动场，人们都在谈论这场表演多么精彩。

路易斯和罗丝·丽塔跟着人群一起走到镇中心，经过主街和老鹰街的拐角处的农业饲谷大楼。他们又穿过药店附近的主街，朝位于大厦街上的波廷格家走去。突然，路上只剩下他们俩了。"我最喜欢星爆烟花。"罗丝·丽塔说。

"你是说炸弹在空中爆炸？"路易斯问，"还是火箭弹刺眼的红光？因为大多数星爆烟花都是金色的，而不是红色的。"

突然，路易斯感到好像有一百万只蚂蚁爬上了他的脊梁。军事幻象是乔纳森叔叔擅长的魔法之一。他曾向他们展示了拿破仑、纳尔逊勋爵和尤里西斯·辛普森·格兰特将军的经典战役场景。路易斯曾经很喜欢看西班牙无敌舰队出征之类的壮观场面，但现在……他颤抖着深深地吸了一口气："也许吧。不过现在还不是时候。不知为什么，我认为这个夏天不适合使用魔法，即使只是幻象。"

大厦街很昏暗，路灯下泛着黄色的灯光。路易斯眼中的罗丝·丽塔好像只是一个剪影。她转过身对他说："你在想那幅奇怪的画？"

"是的，没错，"路易斯说，"还有羊皮纸。还有那座消失的岛屿。有什么坏事就要发生了，我能感觉到。"

他们来到罗丝·丽塔家门口。"好吧，如果你需要帮助，算我一个。"她说，"但如果我是你，我会让齐默尔曼太太来处理。别忘了，她了解这些事。明天你想玩高飞球和地滚球[1]吗？"

"玩吧。"路易斯说。罗丝·丽塔走进了屋里，路易斯拖着沉重的脚步，双手插在牛仔裤口袋里，低着头快速地走着。现在他独自一人走在黑暗中，他会想象四周都是危险。路易斯觉得他应该吹口哨来避开危险，就像有人吹着口哨经过墓地一样。但是他太胆小了。这种声音可能会引起不好的东西的注

1　棒球术语。

意。他想赶紧回家，安全地待在自己的家里。

在拐角处，他仿佛听到身后有轻微的沙沙声。他转过身来，回头看了看，凝视着黑暗，能听到血液在他的耳朵里汩汩流动。但那里似乎什么也没有。

当他爬上回家的山坡时，路易斯看到有人站在半山腰的路灯下。看起来像个女人。一开始他以为可能是齐默尔曼太太，但随后他注意到那人穿着一件长长的黑色连衣裙，戴着黑色的面纱。路易斯从没见过齐默尔曼太太穿除了她最喜欢的紫色之外其他颜色的衣服。他放慢了脚步，想着这个陌生人会是谁。

她一定是听到了他的脚步声，因为她朝他看了看，然后向后退了一步。路易斯松了一口气。她看上去和他一样胆怯。他决定快速从她身边走过。

他刚走到街灯下，那女人就试探地低声对他说："年轻人，我可以问你一件事吗？"

路易斯缓缓向前移动。人们总是说，不应该和陌生人说话，但从她身边跑过去似乎又是不礼貌的。另外，她的声音听起来有些着急。也许她只是需要有人帮她指路。"什……什么事？"他说。

"你觉得我漂亮吗？"女人问道，然后伸手揭开面纱。

路易斯感到脚下像是生了根一样。女人的眼睛在燃烧。而她的嘴——她的嘴俨然一道直直地贯穿脸部的红色口子，从一边的耳朵咧到另一边的耳朵。她的嘴巴咧开，露出几十颗锋利、弯曲的黄色牙齿。她鬼魅地朝路易斯咧嘴一笑！

路易斯逃命似的跑开了。他听见那女人在笑，他惊恐地回头看了一眼。她没有动。她站在街灯下，嘴巴张得很大，笑个不停。然后，不知怎的，她开始发光。她的身子在萎缩，最后只剩下皮包着骨头。黑色的裙子变成了乱蓬蓬的黑发。那个怪物在那里站了一会儿，然后向前一跃，融入了夜色之中！

路易斯跑得比他想象的更快。他猛地穿过高街100号的大门，冲过门廊，砰的一声关上了身后的前门。他闩上门，胸口起伏着靠在门板上。"乔纳森叔叔！"他喊道，"乔纳森叔叔，快来！"

没有人回答。路易斯在黑暗的门厅里伸手去够电灯开关。他的手碰到了什么东西，但那个东西倒下去了，砰的一声重重地摔在地上。路易斯找到了开关。微弱的黄色灯光照亮了狭小的门厅，路易斯惊魂未定地看了看倒在地上的衣帽架。

可他叔叔并没有衣帽架。路易斯疯狂地环顾四周。衣帽架不见了，带着淡绿色条纹的象牙色墙纸消失了，取而代之的是一张深褐红色的墙纸，上面错综复杂的弯曲藤蔓图案围绕着白色的盾牌。每块盾牌上都用华丽的字体写着"II"，就像罗马数字"2"。

路易斯以前见过这种墙纸。他刚搬到叔叔家时，墙上就是这样的墙纸，但乔纳森·巴纳维尔特早就把它换掉了。

盾牌上的字母代表"艾萨克·伊扎德"，这个邪恶的魔法师曾经是这座豪宅的主人。

路易斯唯一的想法是跑到隔壁齐默尔曼太太家。他需要帮助，而且要快。他打开门上的门闩，猛地把门打开。

一个扭曲的身体撞入他的眼帘，它邪恶的脸与他的脸平齐，就像是雕刻成形的噩梦。它咆哮着，黄色的眼睛闪闪发光。路易斯发出一声无声的尖叫，跑上楼梯。他听到一阵咝咝的呼吸声和身后爪子刮擦木地板发出的沙沙声。他跑到楼梯顶上，跑进了自己的卧室。

但这不是他的房间。

他的床和其他家具都不见了，取而代之的是一张古老的红木桌子，桌子腿被雕刻得像狮子的腿。书堆得到处都是，满是灰尘，摇摇欲倒。一盏老式台灯亮着，在房间里投下微弱的黄光。

一扇窗边放着一个已经失去光泽的黄铜望远镜，望远镜前面有一张空椅子。路易斯意识到他身后的东西大概已经爬上了楼梯。他会被困在这里的！

他冲到黑暗的走廊里。那扇本该通向他叔叔房间的门被锁上了。路易斯听到身后有动静。他冲向房子南翼二楼的楼梯，跑到楼梯平台上，砰的一声关上身后的门。

这里也不一样了。楼梯中间有一扇椭圆形窗户。路易斯知道那是一扇被施了魔法的窗户，是他的叔叔对它施了咒语，让它能够显示不同的场景。而现在，它只是一扇透出一点儿光线的透明窗户。路易斯找不到电灯开关。他在黑暗中跌跌撞撞地上了楼梯，想躲到上面那些废弃的房间里去。

而他在三楼听到了一些声音。

那一刻他无法相信自己的耳朵。

这声音又快又低，他多年前就听到过。

那是末日时钟的嘀嗒声。

路易斯抽泣着。这不合理！他知道那个声音。这是邪恶的艾萨克·伊扎德曾经隐藏在高街100号墙内的末日时钟的嘀嗒声。但是那个钟已经被路易斯打碎了，就在塞伦纳·伊扎德的鬼魂快要抓住它的前几秒，他把它摔在了地板上！

又传来一声巨响，楼下楼梯间的门被打开了。怪物在南边的楼梯上！路易斯知道它在找他！

他跑过走廊。在他的右前方有一扇门通向一个乔纳森·巴纳维尔特很久以前就上了锁的房间。那是公寓塔楼下面的房间。乔纳森说那曾是艾萨克·伊扎德的观测室，他曾在这里研究云层的形成，并策划世界末日的到来。

那扇门被撞开了！

路易斯跌跌撞撞地停了下来，一只手扶在墙上，以免摔倒。一个驼背的老人斜眼看着他。他一只手高高地放在门框上，另一只手放在门把手上。"你来得太晚了！"那人用一种可恨的、讥笑的声音连珠炮一样地说，"时间到了！时间不多了！时间和惩罚！时间和笑容！时间，时间，时间，以一种如尼文的韵律！看看这个时钟！大手、小手，还有命运之手在哪里？太晚了，太晚了！出击的时间！杀戮的时间！世人将会知道伊扎德的愤怒！"他的声音变成了一种可怕的、尖锐的尖叫，路易斯的眼睛里涌出了泪水。这些话他有一半都听不懂，但这些话就像一股可怕的旋风，在他脑子里打转。

路易斯身后的楼梯间门砰的一声打开了。寒冷的空气笼罩着他，散发着可怕的腐烂的气味。路易斯想跑，但他无处可去。他感到有什么毛茸茸的东西从他的脖子后面擦过——

世界在旋转。路易斯尖叫着昏了过去。

第六章

"路易斯？路易斯，你能听到我说话吗？"那声音微弱而遥远，听起来好像是透过棉花传来的。他觉得额头上有一股凉气——是那个可怕的长毛怪物在触摸他吗？

他睁开眼睛，惊恐地大叫一声，试图跳起来。有一双手放在他的肩膀上，把他按住："放松！放松！"

然后，整个房间变得清晰起来。是他自己的房间，有一面高大的镜子、四柱床、熟悉的地毯、黑色的大理石壁炉和书架。他就躺在床上。乔纳森叔叔俯身看着他，双手放在路易斯的肩膀上。齐默尔曼太太站在他旁边，脸上带着焦虑的神色。

"乔纳森叔叔！"路易斯搂住他叔叔的脖子喊道，"我以为——"乔纳森安慰地拍拍他的背："你没事，路易斯。但你把我们吓了一跳。你在上面发生了什么事？"

路易斯靠在枕头上，一只手放在前额上。他的额头上放着一块又冷又湿的毛巾："上面……哪儿？"

齐默尔曼太太说："乔纳森听到你在楼上的某个地方尖叫。他把整个二楼都找遍了，但没有找到你，所以他去了三楼，你就躺在那里，就在老艾萨克·伊扎德当作观测室客厅前面。"

路易斯抓紧他的被单。现在，那个可怕夜晚的记忆又像洪水般涌了回来。他结结巴巴地把事情的经过讲了一遍，忘记了乔纳森对所罗门版画和那张写满了如尼文的羊皮纸一无所知。

但是齐默尔曼太太补充了这些细节。乔纳森坐在路易斯的床角边，一只手拨弄着他的红头发，让它们像一把磨损了的铜刷子一样竖起来："这事听起来相当严重。你真的遇到了些倒霉事，路易斯。你回到家的时候看到的是这栋房子，哦，1940年左右的样子。"

"那不是真的？"路易斯咽了一口口水问道，"那个老人，那个怪物，都不是真的吗？"

乔纳森拍了拍大腿："从正常意义上来讲，那不是真的。你描述的那个老人是艾萨克·伊扎德，没错，但你知道他长什么样，因为你曾经看过他的照片。还记得吗？"

路易斯点点头："可是，天哪，乔纳森叔叔，他像是真的。你不认为……他……他……"

齐默尔曼太太似乎明白了路易斯想要说什么："他从坟墓里爬了出来？不可能！我很擅长感知魔法的作用，而这栋房子里最近一点儿魔法的力量也没有。当然，除了你叔叔的那些愚蠢法术，但那是一种温暖而快乐的感觉，而不是邪恶魔法起作用时那种冷酷而犀利的感觉。不管怎么说，路易斯，艾萨克·伊扎德作为一个魔法师真的不是什么了不起的人物。他创造了末日时钟，我承认，但他只是遵循了一个古老的公式。他的魔法主要是通过云层的形成来预言未来。那个家族里真正的魔法师是他的妻子，已经死去、无人哀悼的塞伦纳。"

乔纳森叔叔扮了个鬼脸："他们俩都已经死了，路易斯。塞伦纳有足够的力量，即使是在她被封进坟墓之后，也能以一种超自然的方式存在着，但我们已经削弱了她的力量。没人能从另一个世界回来两次。不，有人只是想让我们以为老艾萨克又在耍他的邪恶把戏。我们的问题是要找出那个人是谁。"

齐默尔曼太太用手指轻拍着下巴，看上去若有所思："嗯。路易斯，你描述的那个长相可怕的女人有一个名字，她叫裂口女。"

"啥？"乔纳森问道，"肚皮舞娘安娜？"

"是裂口女，你这个耳背的家伙。"齐默尔曼太太尖刻地回答，"那是日语，正如它的字面意思，意思是大嘴女人。她不是鬼，更像是一个邪恶的灵魂，有点儿像苏格兰报丧女妖[1]。只是裂口女不会警告人们厄运的来临。相反，她出现的时候会带来不幸。但除了日本，我从没听说过她在其他地方出现过。我觉得很奇怪，不知道是不是——"这时，楼下的电话响了。

1　爱尔兰和苏格兰传说中预告死亡的女妖精。

"那可能是你的国际长途电话，弗洛伦斯。"乔纳森叔叔说。

"我去看看是不是。"齐默尔曼太太说。

"我们也可以去吗？"路易斯小声问道，"如果我们三个人在同一个房间里，我会感觉好一些。"

他叔叔扬起眉毛："你觉得自己能行吗？"

"我想可以。"路易斯对他说。

于是他们下楼去找在楼下打电话的齐默尔曼太太。她说的是德语，路易斯听不懂。她谈了几分钟，然后挂断了电话。

"喂，卷毛假发怪，"乔纳森说，"这可要花我一大笔电话费呢！你要知道，打一个横跨大西洋的电话可不便宜。"

"每一分钱都物有所值。"齐默尔曼太太回击道，"刚刚是亚塔那修教授，他是德国哥廷根大学魔法艺术荣誉教授。虽然他现在已经退休了，但他仍然与世界各地的魔法师有联系。我让他去了解了一下。他已经发现了足够多的东西，我认为，我们可能是在跟伊扎德家的某个人对抗。"

乔纳森看起来很困惑："但塞伦纳不能再次死而复生，她的丈夫也没有她所拥有的那种力量。"

齐默尔曼太太举起一根纤细的手指："没错。但事实证明，他们并不是这个邪恶家族的所有成员。很多年前，大约在1900年，他们生了一个儿子。"

"我知道。"乔纳森说，"但我以为，他在还是个婴儿的时候就夭折了。"齐默尔曼太太叹了口气："我们都这么想。但是亚塔那修教授说，1922年，也就是我拿到魔法博士学位的那一年，一个叫伊扎德的人从英国来到了奥地利。他那时只是个年轻人，年龄在二十岁到二十五岁之间。他在康沃尔[1]跟一个叫卡斯韦尔还是什么的魔法师学过魔法。在奥地利，他成了汉斯·霍比格的徒弟。"

乔纳森惊讶地低声吹了一声口哨："那个年轻人会是伊扎德的儿子吗？"

齐默尔曼太太耸耸肩："伊扎德和塞伦纳生下一个健壮的男婴，取名为以实玛利。1922年出现在奥地利的那个小伙子是个美国人，而年龄正好吻合。而且你知道汉斯·霍比格是什么样的人。"

"他是什么样的人？"路易斯问，他甚至不确定自己是否想知道。

齐默尔曼太太给了他一个安慰的微笑："霍比格是一位涉足魔法领域的占星家，他有很多疯狂的理论，包括整个宇宙是由冰构成的。但他和欧洲许多魔法师有密切联系，而以实玛利·伊扎德也曾向他们中的很多人学习过。以实玛利在1930年离开了奥地利，然后——乔纳森记住这个——然后，他去了日本，在那里，他在一个阿伊努人[2]导师的指导下学习了十年的亚洲魔法。"

"这就可以解释为什么路易斯看到了裂口女。"乔纳森

1　英格兰西南端的一个郡。
2　日本北方的一个原住民族群。

说，"我敢打赌，她只是一个为了吓唬路易斯而虚构出来的幻象。"

"我不会跟你赌这个，"齐默尔曼太太回答，"因为我有百分之九十九的把握相信你是对的。在第二次世界大战之前，披着美丽外衣的恶魔以实玛利便从我们的视野中消失了。但亚塔那修教授认为，从那以后，他一直在周游世界。你看，在过去的十二三年里，世界各地都出现了一些古怪的魔法师小团体。没有人了解他们，但很多很厉害的魔法师都与此有关系。可能有二十五到三十个这样的团体，每个团体有四五十名成员。"

"邪恶的魔法师，嗯？"乔纳森皱着眉头说，"他们都做了什么？"

"绝对什么也没做。"齐默尔曼太太说，"至少，没有人能确定。他们似乎在练习魔法，但并没有把它用于任何特定的事情。当然，除非他们把它输送给了那个神秘人。"

"这是什么意思？"路易斯问道，他感到无助和困惑。

乔纳森摇了摇头："路易斯，卷毛假发怪的意思是，这些坏家伙可能正在酝酿某种坏魔法。但他们没有自己使用，而是把它传送给了以实玛利·伊扎德。他就像，哦，像烤面包机或电风扇。通上魔法电流之后，他突然间就成了老大。他拥有任何一个魔法师都无法控制的力量。但我不明白，这些坏人能从中得到什么好处？我还从来没见过一个邪恶魔法师的恶行不是出于自私的目的！"

"这个我回答不了你。"齐默尔曼太太承认道，"天知道他们在策划什么坏事，但我怀疑我们卷入了一件非常糟糕的事情。我开始能猜到一些情况了。乔纳森，我觉得你不是绊倒掉进地下室的。我想是有人在那下面四处窥探，想要寻找塞伦纳·伊扎德的末日时钟的踪迹。也许他不知道路易斯已经把它砸得粉碎了。"

"那就解释得通了。"乔纳森冷冷地说，"如果以实玛利认为他能找到那个可怕的计时器，并让它再次嘀嗒作响，那么他很可能会去地下室里寻找它。一个能变出幻觉和幻影的魔法师，一定可以让我觉得自己听到了路易斯的声音。"

"所以，他有可能在时钟毁掉之后来过这里。"齐默尔曼太太沉思着说，"幸运的是，那个时钟已经无法修复了。"

"但如果他制作一个新的呢？"路易斯问道。

乔纳森和齐默尔曼太太久久地注视着彼此。齐默尔曼太太说："路易斯，这就是我们担心的。我能想到以实玛利·伊扎德想要得到末日时钟的三个原因。第一，他想彻底结束这一切，亲手带来世界末日，就像他那变态的父亲试图做的那样。第二，他知道那该死的东西能做什么，想要摧毁它，来保护世界。第三，他想阻止它继续运转，因为他自己也在创造一个类似的咒语，他知道，基于同一种魔法的两个咒语会相互抵消。"

路易斯使劲咽了咽口水："也……也许他对他父亲的所作所为感到抱歉。也许他只是想确认一下时钟是否被毁了。"

乔纳森摇了摇头："恐怕我们不能这么假设。我觉得一个无辜的人不会这样偷偷摸摸的。我相信任何一个没有恶意的人都不会像今晚这个人那样，把你吓得魂不附体，路易斯。奇怪的是，这些事情看起来像是一种巧合。弗洛伦斯，你认为我们在苏必利尔湖的奇怪经历与这一切有关吗？"

"有可能。"齐默尔曼太太表示赞同，"毕竟，有人知道路易斯在伊瓦尔黑文岛上，才会把照片和那张羊皮纸寄给他。"

"没错。"乔纳森说，"顺便问一下，路易斯，你还留着那封'小情书'吗？"

"在我的钱包里。"路易斯说。他从牛仔裤口袋里掏出钱包，打开后，掏出那张黄白色的羊皮纸，展开来。

突然，那张纸像是活了过来。它在路易斯的手里令人恶心地扭动着。路易斯惊恐地叫了一声，把它扔在地上。那张羊皮纸掠过一扇开着的窗户，撞在纱窗上，疯狂地扑棱着，像一只疯狂地拍打翅膀的飞蛾，想要逃走。齐默尔曼太太立刻跳了起来。"别让它跑了！"她喊道。

乔纳森冲到窗前。羊皮纸已经找到了纱窗的边缘，正试图从纱窗和窗沿之间的缝隙中钻出去。啪！乔纳森用力拍了它一巴掌，然后把它从纱窗上拿了下来。它在他手里使劲地扭动着。路易斯有一种奇怪的感觉，那就是它很愤怒，充满了对他们所有人的仇恨。

过了一会儿，那张羊皮纸软绵绵地挂在乔纳森的手指上。他把它展开，仔细看了看上面的标记，然后把它还给了路易斯。"要非常小心。"他警告说，"我同意弗洛伦斯的看法：你的安全可能取决于你对它的保护措施。把它放在你的钱包里，除非我和弗洛伦斯让你拿出来，否则别拿出来。明白了吗？"

路易斯把那张羊皮纸塞回他的钱包里，又赶忙把钱包塞进牛仔裤口袋里。"明白了。"他说，声音因恐惧而尖锐。

乔纳森把他的大手放在路易斯的肩膀上。"别担心。"他说道，"不管是以实玛利·伊扎德、坏蛋丹、七趾皮特，或者不管他叫自己什么，我们都会一起渡过难关。我们三个人一定会好好修理他的，没问题。"

"是我们四个人。"前门传来一个声音。

乔纳森吓了一跳，他们都转过身去，看到罗丝·丽塔正站在门口，脸色苍白。"我正准备睡觉的时候，有个东西挂在我的窗户上。"她说，"我打开手电筒，但只能看到两只黄色的眼睛在发光。然后它就从窗口逃走了。"

"你看到了？"路易斯喘着气说，"你为什么不打电话给我？"

"我不能。"罗丝·丽塔坦白道，听起来很痛苦，"我爸爸妈妈还在看电视，电话在客厅里。但我穿好衣服，一有机会就溜了出来。我想确保你没事，所以我就跑了过来。"

路易斯对她微微一笑。他知道，在看到了那个眼睛闪闪发光的黑影之后，自己永远也不会有勇气像她这样在黑夜里奔跑。"谢谢。"他说。

罗丝·丽塔点点头，然后歪着头看了看齐默尔曼太太和乔纳森叔叔："我听到了你说的一些话，说的是某人寄给路易斯的那张画，对吗？"

"是的，"齐默尔曼太太说，"还有其他事情。但这可能很危险，亲爱的。"

"我不在乎！"罗丝·丽塔坚定地回答，"没有人可以这样摆布我们！"

乔纳森把头往后一仰，哈哈大笑起来。"我可不想让罗丝·丽塔生我的气！"他宣布道，"那好吧。我为人人，人人为我！我们将成为四个魔法火枪手，我们很快就会知道真相。现在还有一件重要的事情要做。"

"是什么？"齐默尔曼太太问，"你说！"

乔纳森咧嘴一笑："哎呀，李子脸！我碰巧知道你今天烤了巧克力蛋糕，你得把蛋糕拿过来。我们都需要来点儿夜宵补充能量！"

路易斯原本觉得他一口都吃不下了。然而，当齐默尔曼太太真的把美味的巧克力蛋糕拿来时，他却实实在在地吃了两大块。

第七章

几周过去了，乔纳森和齐默尔曼太太花了很多时间来确认巴纳维尔特家的房子里没有潜伏着邪恶的东西。罗丝·丽塔自告奋勇，和路易斯一起去帮忙。这种大家一起努力的感觉非常振奋人心。四个人从地下室开始。他们必须确保隐藏末日时钟的通道里没有藏着什么秘密。

经过几个小时的探查和搜索，齐默尔曼太太宣布，一切都很清楚。"没有诡雷，没有虎穴，也没有定时炸弹。"她带着疲倦喜悦地说道，"天知道这东西最初是为什么建造的。它肯定和房子一样古老，也就是说它不是艾萨克·伊扎德建在这里的。我的直觉是，最初的建造者是想要在这里建造一个防风地下室，但一直没能完成。或者它本来应该是一个酒窖。不管怎么说，这里并没有潜伏着什么邪恶的东西。"

但这只是搜索的开始。在乔纳森叔叔的坚持下，从阁楼到地下室，他们把整栋房子都搜查了一遍，把成吨没用的旧东西拖了出来。"邻居们会怎么想？"齐默尔曼太太烦躁地看着一堆废弃的旧写字台、破椅子、虫蛀的窗帘和破旧的沙发堆积在路边。

"他们会以为疯疯癫癫的老巴纳维尔特终于抽出时间来做春季大扫除了，"乔纳森咯咯地笑着说，"虽然现在是七月份！"

对路易斯来说，整个星期最糟糕的时候是乔纳森打开三楼的门时。它通向一间旧客厅，艾萨克·伊扎德曾经在这里坐了好久，通过前面的大窗户研究云的形成。伊扎德是个充满怨恨和愤怒的人，他认定整个世界都在针对他。为了报复，他计划毁灭世界。当然，这样意味着他也会结束自己的生命，但正如齐默尔曼太太所观察到的："那个老邋遢鬼非常讨厌这个世界，他更愿意换一个世界。"

"他一定是精神不正常。"罗丝·丽塔补充道，她正在搬一块卷起来的地毯，累得喘不过气来。"当然啦，"乔纳森回答，"他疯了，疯疯癫癫，脑子有问题。但这让他更危险了。幸运的是，他也优柔寡断。"他接着解释说，伊扎德知道一种毁灭世界的咒语，那甚至不需要末日时钟。但是，他必须在恰当的时机说出来；而只有当他看到某些云形成时，他才能知道什么时候是恰当的时机。

"这种事发生过两次，"他们把地毯拖到路边，乔纳森继续说道，"在四十二年的观察和等待中出现过两次。但你们知道，云总是瞬息万变。当伊扎德确信自己看到了合适的云层时，它们已经散开了。这就是他要打造末日时钟的原因。但幸运的是，他的魔法并不能完全终结这一切。只有他的妻子塞伦纳能做到这一点，但她在倒计时结束前就死了。"

他们把地毯扔到堆积如山的垃圾堆上。它砰的一声落在地上，扬起一团令人窒息的灰尘。路易斯咳嗽了一声，朝后退了几步。"我们能不能不谈这个？"他问，"每当我想起伊扎德时，我就会觉得，每次进到房子里都能听到那个时钟的嘀嗒声。"

"好吧，"乔纳森叔叔爽朗地表示同意，"不再提伊扎德了。现在，我想，再来两次，我们就能把三楼清空了……"

当然，他们并没有把三楼完全清空。乔纳森叔叔喜欢收藏东西，所有有意思的东西他都留着。他们发现了数千张立体幻灯片。把它们放在一个特殊的幻灯机中，透过它往里看，你会看到一个棕色的三维世界。有马戏团的场景，有鳕鱼角[1]，有丛林，有建造自由女神像之前的纽约港，有喜马拉雅山脉，有追逐线团的小猫。他们把所有这些照片都保存在巨大的纸板箱里，只花了一点儿时间看了其中一些照片。乔纳森还保留了客厅里的风琴，以及那些看上去更像古董而不是破烂的家具。

齐默尔曼太太帮忙用一个水晶球来确保他们没有发现魔法物品，没有邪恶的东西。在卡帕纳姆县公共工程部工作的朱

1　美国马萨诸塞州南部的一个钩状半岛。

特·费索在一周内两次开着一辆大自动倾卸卡车来把他们要丢弃的东西全部运走。朱特看着堆积如山的垃圾，喋喋不休地抱怨着，然后把它们全部拖走了，只留下身后一团爱德华国王牌雪茄的烟雾。

最后，在临近七月中旬的一个下雨的下午，乔纳森、齐默尔曼太太、罗丝·丽塔和路易斯围坐在厨房的桌子旁。他们又累又脏。齐默尔曼太太的鼻子和脸颊上都是灰尘。乔纳森叔叔汗流浃背，红色的头发贴在额头上，连红胡子都软塌塌的。

"好了，"他嘟囔道，"任务完成了。不管那个讨厌的咒语的来源是什么，它绝不可能从这里开始。"

"但至少我们终于把这座长满苔藓的老房子清理干净了，这么多年来早就该这样做了。"齐默尔曼太太说。远处传来隆隆雷声。她向上看了看："我希望所有的窗户都关上了。"

乔纳森点点头："都关了。好了，我们差点儿拼了老命，肠子都要累爆了——"

曾经是一名教师的齐默尔曼太太听到乔纳森这种不文雅的措辞，皱起了眉："乔纳森，拜托。"

罗丝·丽塔笑了，乔纳森朝她眨了眨眼睛："那好吧，弗洛伦斯。是我们的内脏表皮差点儿穿破了，运气不太好。我建议下一步是回到伊瓦尔黑文岛，看看那里发生了什么奇怪的事情。"

齐默尔曼太太用手指敲打着桌子："我不认为这么做有什么好处。阿尔伯特说——"

"你和戈尔韦外公联系过了？"罗丝·丽塔问，听起来很惊讶。

"当然联系过。"齐默尔曼太太说，"当然，阿尔伯特不知道我是个女魔法师，他也不知道乔纳森会魔法。但他知道我们登上的那个奇怪的岛不太对劲。他就在那里，在最好的地方监视着一切。"

"那座小岛怎么样了？"路易斯问道，他的噩梦就是从那座高出树木之上的阴森黑塔开始的。

齐默尔曼太太摇摇头说："没什么，真的，路易斯。阿尔伯特没再说有关那个地方的具体情况，他在附近也没有找到愿意谈论它的人。他仔细检查了海图和地图，但在任何地图上都找不到那样大小的岛屿。事实上，据他所知，在那座小岛的位置应该有一块巨大、丑陋的岩石耸立在湖面之上，但他连那块岩石也没找到。"

罗丝·丽塔往上推了推眼镜，揉揉眼睛。"也许只是没有人能看到那座岛，"她说道，"也许只有我们能看它，因为我们的船上有两个魔法师。"

乔纳森和齐默尔曼太太互相惊讶地看了一眼对方。"一定是！"乔纳森用右拳猛地一捶左手掌喊道，"罗丝·丽塔，你真是个天才！你怎么想，弗洛伦斯？"

"有可能！"齐默尔曼太太说，她的声音很兴奋，"很可能是！如果这座岛被魔法阵保护着——或者它甚至不属于我们的世界——"

路易斯不喜欢这样的说法："它怎么可能不属于这个世界

呢？我们曾实实在在地在上面走过！那不是我们想象出来的！"

齐默尔曼太太安抚地笑了笑："哦，那确实是真实的，路易斯。但是，这很难解释。你知道两个肥皂泡碰在一起会突然粘在一起吗？好吧，想象一下，我们所知道的宇宙并不是唯一的宇宙。也许有很多这样的宇宙。有时，其中两个可能会碰在一起，在它们相遇的地方粘在一起，就像两个肥皂泡。在这些地方，一些不属于我们世界的东西就可能会出现在我们的世界里。"

罗丝·丽塔慢条斯理地说："所以，它确实是另一个宇宙的一部分，但它正好在两个宇宙接合的地方。"

"正确。"乔纳森叔叔说，"我不是科学家，但我知道像阿尔伯特·爱因斯坦教授这样的人也认为这是可能的。但因为他们的专业是科学，而不是魔法，所以他们不知道，一个强大的魔法师可能会把两个肥皂泡粘在一起，并把它们固定在那里。也许科学家会说我们看到的那座岛是另一个空间的一部分。也许它确实是我们世界的一部分，但它出现在了错误的时间。它可能存在于最后一个冰河时代之前，也可能来自五千年后。当我们穿过那道闪烁的屏障时，我们可能是回到了过去，也可能是穿越到了未来。"

"又或者是在侧面，也或者是里外颠倒。"齐默尔曼太太插话道，"事实到底怎样，我们并不知道。但我们强烈怀疑，这座岛不属于我们的世界。它是通过某种魔法来到这里的，这是我们需要验证的事情。"

路易斯的心脏跳得有点儿快："可是，如果需要一个魔法师才能看到这座岛，那就意味着——"

"我们得回到那里。"乔纳森温和地说，"或者，我们中至少有一个人要回去。"

"不！"路易斯喊道，"天哪，乔纳森叔叔，齐默尔曼太太说几乎世界上所有的邪恶魔法师都把力量传送给了以实玛利·伊扎德！你会被杀死的！"

齐默尔曼太太叹了口气："我不是这个意思，路易斯。以实玛利·伊扎德——如果真是他的话——有一些追随者分散在世界各地。也许有几百个人。不过，这与'世界上所有的邪恶魔法师'差得远了。相信我，乔纳森和我都知道其中的危险。我们会非常非常小心的。"

"你们两个？"路易斯哀叹一声，"你们要把我一个人抛弃在这儿？"

"没人会被'抛弃'的，路易斯。"叔叔耐心地对他说。他想了一会儿，又说："事实上，路易斯说得有道理，弗洛伦斯。我们没必要两个人都跑去伊瓦尔黑文岛。我们可能是错的。也许最后的关键并不在那里。应该有人留在这里，关注事态的发展。既然有来自世界各地的人向你报告情况，那就应该让我去。"

路易斯很想大哭一场。难道没有人听他的吗？齐默尔曼太太咂咂嘴，思索着。"你知道的，如果遇到非常糟糕的事情，你是没有能力处理的。"她提醒乔纳森道，"就像你自己说的，你实际上更像一个客厅魔术师。而在紧要关头，我可以使出相当强大的魔法。"

"在开始争论之前，"乔纳森说，"我们必须先找到那座岛。我想我的魔法至少足够强大，可以探测到任何普通的隐藏咒。"

路易斯受不了了。他从椅子上滑下来，走进前厅。罗丝·丽塔跟在他后面。"他们想要把我们排除在外。"她冷冷地说，"我知道。"

路易斯用手托着下巴："他们认为是在保护我们。"

罗丝·丽塔双臂抱肘坐在沙发上："好吧，我不知道你怎么想，但我不会接受的。我要告诉我的爸爸妈妈，外公要我到岛上去帮他做些家务。妈妈一直很担心他。我想她会让我坐汽车去的，尤其是如果外公在那里等我的话。"

路易斯难以置信地盯着她。罗丝·丽塔也打算抛弃他吗？"但是以实玛利·伊扎德和他的魔法——我的意思是，万一出了什么事怎么办？"路易斯问。

罗丝·丽塔耸了耸肩。"我的家人对那个老头子以及他的魔法诅咒一无所知，"她指出，"所以他们不会担心。我也会格外小心的。我不会让自己出任何事的！"

但这些对路易斯的情绪没有任何帮助。"那我就得一个人留在这儿了。"他不高兴地说。

罗丝·丽塔摇摇头说："不，不会的。要么你叔叔会留下，要么齐默尔曼太太会留下。现在我得给外公打个电话，说服他，让我的家人允许我在暑假剩下的时间里去找他。这应该不难。他总是说我是他最喜欢的亲人！"突然，罗丝·丽塔严厉地看了路易斯一眼："嘿，你不能说出去，明白吗？如果你叔叔或齐默尔曼太太发现了我的计划，他们一定会阻止我的。"

"我不知道。"路易斯坦白道，"这样做好像不对——"

"听着，路易斯，"罗丝·丽塔指出，"我们必须密切关注谁去了那里。我知道，你不希望你叔叔在那座神秘的岛上四处打探，没人知道他要去哪里，也没人知道他要做什么。而我也希望齐默尔曼太太能够安全。我知道，我把你留在这里，自己就这样离开有点儿不太好，但总得有人去啊！因为我外公已经在那里了，所以，我去是最合适的选择。答应我，你什么也不说，好吗？"

路易斯很不情愿地咕哝道："好吧。我保证。"

许多天过去了，一切都恢复了正常。乔纳森叔叔要去密歇根上半岛，看看能发现些什么关于消失的岛屿的事情。路易斯会住在齐默尔曼太太的客房，帮助她研究可能提供保护的咒语和魔法。

但是，两个大人都不知道，罗丝·丽塔会在乔纳森叔叔出发前一天坐灰狗巴士[1]去豪猪湾。当他到达时，她已经在那里了。她向路易斯保证，她会与他保持联系，并让他知道事情的进展。

---

1 美国跨城市的长途巴士。

这让路易斯很担心，而且非常不满意。不过，这已经是他们能做到的最好的安排了，他也只好接受了。周六早上，他站在家门口的路边，挥手看着叔叔开着他那辆四四方方的老马金斯·西蒙离开。当路易斯看着汽车轰隆隆地冲下山坡时，他不禁在想，他是否还能再见到他的叔叔或者罗丝·丽塔。

第八章

就在当晚，让路易斯大吃一惊的是，乔纳森从豪猪湾打来电话，说他已经到了。齐默尔曼太太接电话时大约是九点半。她把电话递给路易斯，路易斯听到了叔叔的声音。

"这可真是一次快速的旅行啊！"路易斯说。

他的叔叔哈哈大笑："我感觉沿着一条直线开车就到了上半岛。别担心。我很小心，没有超速。反正，没超太多。不管弗洛伦斯怎么说，我的老马金斯·西蒙还是那样生龙活虎，而我是个很棒的司机。因为我中途没有停下来吃东西，所以节省了很多时间。说到弗洛伦斯，我得再跟她谈谈。"

路易斯把电话还给了齐默尔曼太太。

经过短暂、温和的交谈后，她挂了电话，对着路易斯微微一笑。他的表情一定表明了他的焦虑，因为齐默尔曼太太用一种安抚的声音说："路易斯，请不要担心。你叔叔能照顾好自己，他很好。乔纳森说他在豪猪湾租了一间钓鱼小屋——"

"他不跟戈尔韦先生住在一起？"路易斯惊讶地眨着眼睛问道。他以为乔纳森会回到伊瓦尔黑文岛上的豪宅。

齐默尔曼太太摇了摇头："没有。他不想打扰阿尔伯特，另外，乔纳森认为如果在岸上，他可以多打听一些消息。"她打了个哈欠："请原谅！最近我一直睡眠不足，因为伊扎德，还有那些魔法师，还有末日时钟和神秘的塔都在我脑子里打转！我答应乔纳森明天早上送你去做弥撒，之后，我们可以带罗丝·丽塔去我在昂湖的小屋。我想确保我雇的木匠已经把我房子附近那个摇摇晃晃的老码头拆掉了。把野餐和巡视工作结合起来一定很有趣。"

路易斯心里感到很不舒服。"好吧。只是我觉得罗丝·丽塔去不了。她说过要出城什么的，"路易斯顿了一下，接着说，"和她的家人一起。"在某种程度上，这是真的，他想。戈尔韦外公确实是她家庭中的一员。但路易斯非常清楚，他的借口听起来多么苍白无力，而他那不确定的声音又让事情变得更糟。他不擅长保守秘密。罗丝·丽塔想象力丰富、机智敏捷，路易斯却很难撒哪怕一个简单的小谎，甚至很难保守一个秘密。

不过，令他宽慰的是，齐默尔曼太太似乎没有注意到什么不对劲。"好吧，"她说，"那就我们两个人一起去远足。我烤一个蛋糕，我们去野餐，消磨一个下午。"她又打了一个哈欠，然后昏昏欲睡地笑了笑："不过现在我要赶紧上床睡觉去了。你不要熬夜看书。"

"我不会的。"路易斯保证道。事实上，他已经读完了著名作家C. S. 福里斯特的一本激动人心的海上探险小说。他曾想回隔壁家里再拿一本书，但随后他盯着漆黑的窗户看了看，夜很黑，路易斯禁不住打了个寒战，他知道自己连穿过院子的勇气都没有，因为那毛茸茸的东西可能就潜伏在外面。

也许他能在齐默尔曼太太的房子里找到些书读。路易斯走到前客厅靠墙的一个普通的胡桃木书架前。书架上塞了几十本书。大多数书都是关于魔法的，但书架最上面是一些关于去异国他乡旅行的新书，其中有一本被从原来的位置拔了出来。路易斯歪着头读着书脊上的字——《凯尔特的土地和人民》。出于好奇，他把这本书抽了出来。

书页摊开至书签标记处。不过，路易斯发现，那根本不是书签，而是一封用打字机打出来的脏兮兮的信，写在一种叫洋葱皮的非常薄的纸上。这张纸很薄，几乎是透明的。即使信被折起来了，路易斯也能辨认出其中一行字："……你年轻的朋友路易斯·巴纳维尔特。"

出于好奇，路易斯打开那张纸，看到上面写着：

7月14日
戈德施密特大街412-B号
哥廷根

亲爱的齐默尔曼博士：

很高兴能再次和你进行交流。我一直在调查你向我描述的那些给你年轻的朋友路易斯·巴纳维尔特的如尼文。这是根据我对凯尔特语不太深入的了解所做的翻译：

致路易斯·巴纳维尔特：死神被召唤，他的黑夜仆人被释放，跟随你的脚步，计算你生命的剩余时间。给你四十八天。

就像你说的，我亲爱的齐默尔曼博士，这真是令人费解至极。然而，在卡斯韦尔1890年发表的一篇文章中，我发现了一种塔勒斯里斯神庙的无耻成员使用过的寄信方式，我担心这就是那种方式。这是一种施放如尼文的方法，将灾难召唤到不幸的人身上。如尼文提到的死神和黑夜仆人尤其令人不安。如果你对日期的陈述准确，那么危险将会在8月15日来临。

我不知道解咒的办法，但如果你年轻的朋友能把羊皮纸还给送信人，也许能让他免受伤害。同时，你要让他明白，必须保管好羊皮纸。它会尽力毁灭自己，如果成功了，他就完了。顺便说一下，你可以在伟大的英国鬼故事作家M. R. 詹姆斯先生的作品中找到关于这种咒语的英文小说。这可能值得一读。

请允许我叫你弗洛伦斯，然后我必须说，我会尽可能请更多的同事来协助你。祝你好运，如果你什么时候来德国，可以顺便来看看你的老朋友。

赫尔曼·亚塔那修，魔法学博士

（哥廷根大学名誉教授）

路易斯用颤抖的手指把信折好，然后把书放回书架上。他犹豫了一会儿，从较低的一层抽出另一本书。这是一本厚厚的关于超自然和神秘知识的百科全书。它那有着鹅卵石般花纹的栗色皮革书皮摸起来很滑。路易斯呼吸很浅、短促，以致他感觉有些头晕。他闭上眼睛，试图强迫自己冷静下来。然后他坐在扶手椅上，旁边有一盏台灯。路易斯再次鼓起勇气，觉得自己准备好了。他把书翻到词条目录A，他甚至希望自己找不到条目。但上面白纸黑字写着：

死亡天使（Azrael）。阿兹里亚尔（Azri'al）：

犹太传说中，十四个死亡天使之一的名字……

路易斯用眼角余光看到椅子扶手上有东西。天很黑，它就在他的手腕旁边。他胳膊上和脖子后面的汗毛都竖了起来。在那可怕的一瞬间，他以为那深灰色的斑点是一只蜘蛛，一种巨大的蜘蛛，就像捕食鸟类的南美狼蛛。

蜘蛛的一条腿动了。然后路易斯意识到，这个形状可能是一只手——一只瘦骨嶙峋、多毛的手——

随着一声窒息的尖叫，路易斯从椅子上跳了起来，转过身来，他发现那黑影不过是那盏台灯链条的影子，链条的末端是一根流苏。

但是，所罗门王版画上的形状看起来也像一个影子。

路易斯摸索着把那本百科全书放回书架原处。他的牙齿咯咯作响，好像要冻僵了。他跑到客房，把自己锁在里面，拉上窗帘。他连衣服也没脱就跳上了床，蜷缩着躺在那里。他用被子盖住脸，一遍又一遍地低声背诵着拉丁语祈祷词：

"Nam et si ambulavero in medio umbrae mortis
non timebo mala..."

这句话的意思是"我虽行在死亡的阴影中，但我将无所畏惧"。但路易斯真的感到害怕。他担心8月15日会发生什么糟糕的事。他只能活不到三周的时间了吗？他非常害怕，直到很晚才睡着。事实上，晚到他透过紧闭的窗帘看到了黎明的第一缕微光。

最后，他睡得很不安稳，梦里出现了一个鬼鬼祟祟、毛茸茸的怪物。他能感觉到，它那可怕的黄眼睛正盯着他看。它由阴影和仇恨构成，徘徊在他的视线边缘，每当他一回头，它就消失了。但路易斯知道它就在那里，就在那里等着。

时钟在嘀嗒作响。

直到八月中旬，可怕的事情真的发生了。

"罗丝·丽塔，"阿尔伯特·戈尔韦说，"我很感激你想帮助你的外公，但到目前为止，你似乎过得不太开心。"

星期天早上，他们坐在餐桌旁吃早餐。罗丝·丽塔抿了一口热巧克力，疲惫地对外公笑了笑："坐了那么长时间的公共汽车，我真是累坏了。一切都好吗？"

"很好，很好。"戈尔韦外公说。他喝了一大口咖啡。"前几天收到了吉姆·马文的信。他的游艇在预赛中表现很好，所以他将参加下个月中旬的大型比赛。"他摇了摇头，"你知道，澳大利亚现在是冬天。即使是最好的帆船，我也不想驾着它在波涛汹涌的海面上航行。我曾绕着合恩角和好望角航行过，我熟悉咆哮西风带[1]的狂风。还是苏必利尔湖更适合我！"

罗丝·丽塔拨弄着盘子里的煎鸡蛋："对那座奇怪的岛，您有什么发现吗？"

戈尔韦外公放下杯子："我找到了它的名字。也许是它的名字吧。杰克·布兰尼根——他是豪猪湾那家杂货店的老板，同时也是邮政局长、治安官、厨子和洗瓶工——我刚才说什么来着？对了，杰克说他觉得那个地方可能叫日晷[2]，要我说，这岛的名字可真有趣。有个叫克罗斯科的家伙每周来取两三次邮件。有一次有人问他住在哪里，他笑着说在日晷岛。豪猪湾的人都没听说过这个地方，所以杰克认为它可能就是我们看到的

---

1 大约在南纬40度至60度附近，常年盛行五六级的西风和四五米高的涌浪，有时会刮七级以上的大风。

2 古代利用日影测得时刻的一种计时仪器。

那座岛。"

"我想知道那座塔是谁建的。"罗丝·丽塔尽量装出一副漫不经心的样子说道。

她外公耸耸肩:"你还真问住我了。可能是海岸警卫队建的,现在已经废弃了。要我说,也可能是古代齐佩瓦族[1]建造的。"他皱了皱眉:"但我知道的是,这个地方让我感觉很糟糕。住在那个小屋的人肯定不喜欢访客。反正我也不打算再去了。"

罗丝·丽塔觉得她不应该再继续这个话题了。她站起来说:"我来洗碗。"

她的外公哈哈大笑:"非常感谢,伙计,但这个地方有各种现代化的便利设施。"他站起来帮她把碗碟放进洗碗机。这是罗丝·丽塔第一次见到洗碗机,她立刻决定,以后她一定也要拥有一台洗碗机——因为她讨厌洗碗。

收拾完后,他们俩又玩了几局红心牌。然后戈尔韦外公有一些事情要做。他把罗丝·丽塔一个人留在书房里,她坐在那里纳闷,乔纳森为什么还没有出现。她知道,他计划在这个周末的某个时候开车过来。她并不是特别期待见到他,因为她很清楚,他不会赞成她四处打探的。

但她也觉得,为了路易斯,她应该尽她所能找出答案。齐默尔曼太太和乔纳森叔叔会尽力保护他,但他们会选择大人们

---

1 规模最大的十二个北美洲原住民部落之一。

的方式。他们对他保守秘密，是为他好。

可罗丝·丽塔对被隐瞒的厌恶甚至超过了她对洗碗的厌恶。她看了看表，才十点十二分。她拿起电话，犹豫了一下，然后拨了零。接线员接通电话后，罗丝·丽塔对她说，她想打一个长途找人电话，她说出了齐默尔曼太太家的号码，但是留的是路易斯的名字。

电话只响了一下，路易斯就接了起来："你好，齐默尔曼家。"

接线员问他是不是路易斯·巴纳维尔特，当他回答"是"的时候，她对罗丝·丽塔说："请讲吧。"

"你是自己在家吗？"罗丝·丽塔低声问道。

"不是。"路易斯说。

"哦。齐默尔曼太太就在你附近，对吧？"

"没错。"

罗丝·丽塔想了一会儿，最好不要让齐默尔曼太太知道她在哪里。"听着，"她对路易斯说，"记住我下面要告诉你的话，你有机会的时候把它写下来，这样你就不会忘记了。好吗？"

"没问题。"路易斯说。

"好的。"罗丝·丽塔说道，"首先，我们看到的岛可能叫日晷岛。我想'晷'字是日—处—口，但我也可能写得不对。明白了吗？"

"嗯。"

"接下来，一个叫克罗斯科的人可能——"

"什——什么？"路易斯问，他的声音突然变得又高又紧张。

"克罗斯科，"罗丝·丽塔重复了一遍，"你听说过这个人吗？"

"嗯，是的，"路易斯说，"在杂货店里。"

罗丝·丽塔皱起了眉头："你是说在豪猪湾的那家杂货店吗？"

"第一天的时候。"路易斯补充道。

罗丝·丽塔几乎从椅子上跳起来，说道："你看到他了？"

她听到路易斯说了些什么，但声音太轻了，她听不清。停了一会儿，他很快补充道："我告诉齐默尔曼太太，我闻到了什么东西烧焦的味道——她在烤蛋糕——听着，我们第一次开车去的时候，店里有个小个子男人。他长着一头浓密的黑发，看起来有点儿吓人。他们说他叫克罗斯科。"

"好的。"罗丝·丽塔说，"我要说服外公去一趟杂货店，我要去问几个问题。你叔叔什么时候来？"

"他已经到了。"路易斯告诉她，"他租了一间小屋。齐默尔曼太太过来了。我最好还是挂断电话。"

"我明天再打来。"罗丝·丽塔答应道。她挂断了电话。虽然路易斯很害怕，虽然她自己也很担心，但她还是笑了。她喜欢广播和电视上的侦探节目，而现在这件事就像一个深沉、黑暗的谜。她决定下一步去豪猪湾的杂货店打探一下嫌疑人的消息。

她想，也许她甚至可以了解到有关那个克罗斯科和神秘的日晷岛的信息。如果她能破案，然后告诉乔纳森和齐默尔曼太太他们要怎么做，那就太好了。

不过，首先，她得说服外公，让他觉得在周日下午乘船去豪猪湾是一件值得的事情。而且，如果杂货店根本没开门怎么办？

"船到桥头自然直。"罗丝·丽塔对自己说。然后她就出发去做她的侦察工作了。

第九章

当天下午晚些时候，一艘破破烂烂的红色旧摩托艇嘎吱嘎吱地驶进日暮岛的木码头。船上只有一个人：一个长着浓密黑发的矮个子男人。他走起路来奇怪地抽搐着。当他把船系好，爬上岸时，四处打探了一番，好像以为会有敌人扑向他似的。他拿起两个棕色的纸袋，沿着弯弯曲曲的小路匆匆而去，笨拙地用罗圈腿向前跑着。

他对着一间小屋的门说了一句话，门锁自动打开，铰链悄无声息地松开。矮个子男人匆匆走了进去。他走进一间很普通的房间。左右墙边放着两张床，每张床上都铺着一块绿色的陆军毛毯，整理得都很整齐，看起来像是医院里的一个角落。在那人左边靠近门的地方，墙边有一张桌子。门的另一侧有一个书柜，里面塞满了古旧的大部头书籍。房间后面有一个烧木头的火炉，罐子、锅、盘子都放在上面的架子上。一个低矮的老式冰箱靠在对面的墙上。另外一个房间是浴室。

他把一些咸肉和鸡蛋放进了冰箱里，把一条面包和几罐食物放在了一个架子上。然后他小心翼翼地把纸袋叠好，放进火炉旁的木箱里。最后他在房间里环视一圈，就匆匆走了出去，在门外停了下来，说了一句话，门就关上、锁上了。

他在小屋前站了几分钟，搓着手，好像在洗手。他又不满又担心地摇了几次头。"我不喜欢被他们窥探，我不喜欢。"他自言自语地抱怨道。然后他匆匆爬上山坡，穿过树林，沿着通往塔楼的小路向前走去。

那个人站在那里。他站在山的最东边。那时候是下午，影子很长。黑塔的影子几乎落在了那个高个子男人的脚边。但他没有看自己的脚。他的脸转向东方，厚厚的云彩伸向天空。

"什么事，克罗斯科先生？"高个子看都不看矮个子男人一眼，说道。

矮个子男人沿着一条弯弯曲曲的砾石路走来。他穿着沉重的黑色靴子，每走一步，脚底下的碎石就发出嘎吱嘎吱的响声。他在离那个人两三米远的地方停了下来："先生，巴纳维尔特又回来了。"

高个子点点头。他的头发是铁灰色的，而且特别长，垂在他的脖子上，在夕阳下闪闪发光："巴纳维尔特又回来了。他当然会回来。他当然会回来。"

克罗斯科舔了舔嘴唇："他在到处打听、窥探和监视我们。您——您不担心吗？"

高个子没有回答。一阵微风吹乱了他的长发。在午后的阳光下，他的脸显得棱角分明，就像用沙石粗略地雕刻出来的面具。"在那儿，"他说着举起一只胳膊向上指了指，"那儿。你看到了吗？"

克罗斯科向东望去。高耸的云层呈现出一张可怕的人脸形状：眼窝的阴影很深；鼻子又长又弯，像鹰嘴；嘴痛苦地扭曲着。克罗斯科禁不住颤抖起来："这很像他。我是说，就像我看过的那些他的照片一样。"

"我已故的父亲，"另一个人说，"艾萨克·伊扎德。他已经消失了。"

云一直在移动。那张脸的左半边皱了起来，右眼窝向外折叠，像一朵盛开的花。五分钟后，看不到那张脸了。

以实玛利·伊扎德叹了口气："他梦想拥有强大的力量，结果却一无所获。你知道他失败在哪里吗？"

克罗斯科低下了头。他知道，不管他怎么回答，都是错的。"不知道。"他低声说道。

"你当然不知道。"以实玛利轻蔑地说，"你怎么可能知道呢？毕竟你自己就是个失败的魔法师。如果你明白失败的原因，你就不会输得这么惨了。你居然敢挑战我的魔法！我能让你活着，你已经很幸运了，更不用说让你成为我的仆人，让你见证我最伟大的作品。"

"是的，先生。"克罗斯科咬紧牙关小声说。

以实玛利发出一阵嗤之以鼻的轻哼："我父亲想要毁灭世

界，因为他对自己在这个世界的生活感到不满。愚蠢，愚蠢！世界上有许多美好的事物。不幸的是，其中也包括了许多占有欲很强的人。但这种情况将会改变。甚至现在，上天的预兆就展现在天空中。当时间到了，当时钟带来黑暗的一天，一切都将改变！你在新世界会是什么样子？当然，还是我的仆人。但你的主人将会成为世界的主宰。这个拥挤的地球上所有的低等生物都将被清除，只有我的追随者才能活下来。而我，将成为他们的主人。"

"可是巴纳维尔特来了——"

"巴纳维尔特什么都不是！"这句话就像一记猛然抽打过来的鞭子，"一个客厅魔术师！他的力量薄弱，知识和理解力更弱，到时候他会遭殃的。不要让他死得太快！你不明白，我可怜的克罗斯科，我希望他来这里。是的，还有力量更强大的女魔法师齐默尔曼，还有那个阻止我母亲计划的该死男孩——"

"但如果他没有那样做，世界早就完蛋了，"克罗斯科抱怨道，"在你的计划实施之前就结束了。"

"哦？所以你认为我应该感谢这个路易斯·巴纳维尔特？"以实玛利咆哮道，"感谢那个把我母亲从坟墓里召回来，然后又将她永远放逐的小恶魔？不，不，他也得受苦。他将遭受最可怕的痛苦。如尼文会处理好一切的。"

两个人沉默了好一会儿。红彤彤的太阳从西边落下，接近地平线，然后慢慢消失了。当天空只剩下一片深红色的光晕时，以实玛利再次扫视天空："没有云了。没有天兆了。"

但接着他咯咯地笑了："又一天过去了。很快,克罗斯科,很快。鱼儿上钩了。时针在转动。而这一次,那些傻瓜甚至看不见它!"

在越来越浓的黑暗中,失败的魔法师克罗斯科又打了个寒战。

下了一个星期的雨后,伊瓦尔黑文岛的天空终于放晴了。七月底一个炎热的星期一下午,罗丝·丽塔终于找到了一个可以好好聊聊的人。她的名字叫玛尔塔·克雷布斯迈耶,今年十二岁半。玛尔塔的爸爸是豪猪湾的钓鱼向导,妈妈是老师。玛尔塔自己也感到很无聊。"当然,这里有很多游客可以做的事情。"当她们在豪猪湾联合学校的操场上来回投掷棒球时,她冷冷地对罗丝·丽塔说。玛尔塔是一个矮胖的女孩,一头深色的短发,健壮的手臂很适合打棒球:"但是夏天已经过去了。今年剩下的时间天气也不会太好。学校里总共只有大约一百个孩子,他们大多数人都觉得我是个怪人。"

罗丝·丽塔接住了玛尔塔的快速球。玛尔塔还不错,她想。她速度很快,但她需要提高准确性。"你刚才说天气不好是怎么回事?"罗丝·丽塔天真地问,试图把玛尔塔拉回到她真正感兴趣的话题上。

罗丝·丽塔的球砸向了玛尔塔的手套。"好球。哦,不是天气,我想,只是有趣的云。是怪怪的,不是有趣,哈哈。它们有时看起来像人脸,或者像神话中的动物。知道什么是奇美拉吗?"玛尔塔兴奋起来,投出了一个相当不错的弧线球,不过很快球就落地了，应该是一记坏球，而非好球。

罗丝·丽塔借用了玛尔塔弟弟的手套。球猛地撞了进来。"当然。"罗丝·丽塔说，"奇美拉是一种混合动物。半蛇半狮，对吗？"她真希望自己能像路易斯一样知道那么多神话知识。她不确定自己是否很好地描述了奇美拉的特征。

玛尔塔给了她一个高傲的微笑。她的刘海儿很短，但她还是不停地把刘海儿往后捋，好像它们很困扰她似的。"你说的是有点儿像奇美拉，但它有三个头。一个是山羊头，一个是狮子头，还有一个是蛇头。我们去年在英语课上学过。不管怎样，上周有一天日落时，西边有一大片云。太阳把它变成了红色和紫色，看起来就像我们英语书里的奇美拉。我让戴维看了。我告诉他，这意味着怪物要来地球了，这把他吓得魂不守舍！"她想起这件事忍不住笑了，"他受不了看恐怖电影或类似的东西。"

罗丝·丽塔点点头。玛尔塔说过，她的弟弟叫戴维，他有点儿胆小怕事。她向山下瞥了一眼，可以看到杂货店，杂货店的另一边是她外公停摩托艇的码头。戈尔韦外公正在和在杂货店里闲逛的几个老人闲聊。罗丝·丽塔猜她有很多时间去弄清楚玛尔塔都知道些什么。"我们在湖上看到了一些真正奇怪的东西。"她在几次投球后说，"那是一座岛屿，好像被神秘的雾遮住了——"罗丝·丽塔突然停住了。她想象力丰富，当她开始讲述某件事时，她总是要抵制诱惑，不要把它变成一个复杂的故事。她耸耸肩说："这座岛就好像是突然冒出来的。"

"嘿，"玛尔塔说，"我听说过。在伊瓦尔黑文岛以东几千米处。有人告诉我，有个疯狂的外国富翁在战后买了一座小岛，取名为日暮岛。他有一个有趣的外国名字。伊哈姆？伊扎曼？或者类似的名字。"

"伊扎德？"罗丝·丽塔问。她太激动了，这一球扔得一塌糊涂。它落在玛尔塔前面不到两米的地上，然后歪歪扭扭地弹了一下，但玛尔塔用巧妙的步法抓住了它。

"伊扎德，"她直起身子说，"就是这个名字！你累了吗？如果你想的话，我们可以停下来。天气太热了，不能玩接球游戏了。"

"也许我是有点儿累了。"罗丝·丽塔说。她们走向秋千。这秋千就像罗丝·丽塔记忆里小学时玩的那种秋千：一个高高的A形钢框架。上面挂着八根铁链，铁链已经锈得几乎发黑了。有些给小孩子准备的秋千很低，但对罗丝·丽塔和玛尔塔来说，最后面的两个秋千高度还算舒适。她们选择了这两个位置，并排坐在一起。罗丝·丽塔抓住铁链，向后靠了靠："你为什么觉得这个叫伊扎德的家伙疯了？"

秋千下面的草已经磨光了。玛尔塔低下头，用脚尖在尘土上画了几个小圈："我不知道。他说话不多。他还有个仆人，我猜你可以这么叫他：助手。伊扎德像使唤狗一样使唤他。不管怎样，那个仆人是个小个子，有点儿驼背。他总是对孩子们大喊大叫，告诉他们世界末日就要来了。疯狂的家伙。"

"嗯。听起来他们俩不住在镇上也挺好的。我想知道，为什么我们很难看到伊扎德的岛。"罗丝·丽塔漫不经心地说。

玛尔塔的秋千来回摆动时发出吱吱声。她并不是真的在荡秋千，只是稍微来回摆动："谁知道呢？镇上的人也讲过很多关于那座岛的疯狂故事。战后伊扎德买下它的时候，它不过是块石头，现在到处都是树和其他东西。人们断言是他让它变大的。他还建了座奇怪的灯塔，但没人经常去那里。那里水不够深，停不下那些大货船，鱼也都离开了那片湖。再说，就像我说的，伊扎德和他的助手都很疯狂，没有人愿意和他们待在一起。"

"让岛屿变大。他还自己建了一座灯塔。也许这个伊扎德会施某种魔法。"罗丝·丽塔小心地说道。

玛尔塔哼了一声："哦，当然。那他怎么不像动画片里的小精灵一样撒点儿仙尘，就飞向月球呢？如果真有人这么想，那他一定是脑子进水了。他不是魔法师。魔法师只是在故事书里才有的。不，伊扎德只是个老疯子，仅此而已。"玛尔塔开始荡秋千，然后停了下来，她的运动鞋在磨秃了的草皮上打滑："说到奇怪的云，看看那朵！"

罗丝·丽塔看向玛尔塔所指的那片天空。她的胃感到很不舒服。有那么一瞬间，她根本没有想到她看到的可能是一朵云，她觉得那就像是一个大大的氦气球，就像她在电视上看到的梅西感恩节大游行[1]中拖着的气球一样。

1　始于1924年，是由美国梅西百货公司主办的一年一度的感恩节大游行。

但这并不是气球，而是一朵飘荡的白云。就在她注视着云朵的时候，它那不寻常的形状逐渐消失了。有一瞬间，她看到的云就像一个圆形的表盘，有两个指针，一长一短。表盘上面当然没有数字。短针快到十二点的位置了，长针指向十五分钟多一点儿。

　　罗丝·丽塔觉得自己喘不过气来了。路易斯告诉过她，老艾萨克·伊扎德会天空魔法。他花了数年时间研究云的形成，并试图利用它们来预测世界末日。他痴迷于自己造出来的神奇末日时钟。现在，伊扎德的儿子以实玛利把时钟又重新组装起来了吗？云时钟是代表时间不多了吗？罗丝·丽塔知道，有一件事是肯定的：她不能把这件事告诉玛尔塔。普通人是不会相信魔法的！

　　"我得走了。"她从秋千上站起来说，"时间不早了，外公会担心我的。回头见。"

　　"下次你来镇上的时候，我可以把戴维的球棒借给你。我们可以玩飞球和滚地球。"玛尔塔喊道，"我住在那边的绿房子里，过了学校左边的第一栋房子。如果戴维不太害怕云，他也许也会和我们一起玩！"

　　"好的。"罗丝·丽塔勉强对玛尔塔笑了笑，然后匆匆走下长满青草的小山。虽然天气炎热干燥，但昨天的雨使她脚下的草皮踩上去咕叽作响。她小跑着向杂货店走去，心里感到一种说不清的恐惧。

　　还没穿过停车场，罗丝·丽塔就听到店里传来一个老人尖细的声音："我告诉你们，这就是神迹！看看天空！云中的骷髅，还有魔鬼的头颅。世界末日就在眼前！这还不是全部！就在上星期，勒恩·克劳利钓到了一条会说话的鱼——"

"哦，别这样，塞缪尔。"就在罗丝·丽塔踏上门廊时，店主杰克·布兰尼根的声音响起，"你会相信勒恩跟你说的话吗？勒恩·克劳利只要带上几瓶假酒去钓鱼，他就会开始和他的鱼饵说话！"

杂货店里很黑。罗丝·丽塔透过紧闭的纱门往里看，隐约看到几个男人坐在跳棋桌旁，还有两个男人站在柜台前，一边一个，在说话。"我告诉你，那条鱼真的跟勒恩说话了！"一直在提醒人们注意各种神迹的瘦削老人坚持说，"它说：'8月15日，太阳变暗，世界灭亡。'这就是它说的！我告诉你们，这个旧世界只剩两个多星期了，然后就会毁灭了！"

罗丝·丽塔站在纱门前可以看到柜台的一个角落。杰克站在柜台后面，一个昏暗的灯泡挂在一个圆锥形的金属灯罩里，就挂在他的头顶上。他转过身，从身后的书架上拿起一本纸质封面的书。"太阳变暗，是吗？就像日食？"他舔了舔拇指，翻了翻书。找到他想要的东西后，他透过眼镜读了起来，一边默读，一边嚅动着嘴唇，然后他把书扔回到书架上："嗯，年鉴上肯定没有预测到十五号的日食！我猜那条鳟鱼可能搞错了。也许它和勒恩喝了同一个瓶子里的酒！"大家都笑了，罗丝·丽塔在一片笑声中走进了杂货店。

"好了，"戈尔韦外公说，他的声音异常严肃，"她来了，就像我说的。”

罗丝·丽塔的眼睛渐渐适应了店里的昏暗，她咽了下口水。一个人转过头来，忧心忡忡地看着她，一副听天由命的样子，是乔纳森·巴纳维尔特。他摇了摇头，红胡子跟着晃了晃。

她被发现了。

第十章

　　"你能开这个东西？"齐默尔曼太太疑惑地看着这艘已经老化了的船问道。

　　"不是什么难事，"路易斯回答，希望自己是对的，"你只需启动舷外发动机，然后用这个手柄转动它。如果你把它拉到左边，船就会向右行驶。"

　　"我希望我们能找到伊瓦尔黑文岛。"齐默尔曼太太说，"如果我们在湖上迷路了，那可真要倒霉了！不过，既然你能从岸上看到伊瓦尔黑文岛，我想我们也不会错得太多。好吧。我们去看看罗丝·丽塔在干什么！"

　　这是八月的第一个星期二。前一天，乔纳森·巴纳维尔特生气地给齐默尔曼太太打了电话，告诉她罗丝·丽塔就在那里。齐默尔曼太太为此烦恼了一整夜，所以她和路易斯在日出前就出发了，驱车前往密歇根上半岛。当他们把贝茜停好，租下那艘小摩托艇时，已经是傍晚了。但齐默尔曼太太走上小船后，她看起来很担心。

路易斯也很担心，但能被信任是件好事。他解开缆绳，坐在发动机旁边，按那人告诉他的方式启动了引擎。伴随着舷外发动机的咔咔声，路易斯把小船从码头开了出来。

那天风平浪静，小船开得不快。他们沿着湖岸行驶到一个红黄色悬崖耸立的地方。然后，在左前方，他们看到了伊瓦尔黑文岛，白色的宅邸一直延伸到山坡上，就像一个马虎的巨人留下的一堆积木。齐默尔曼太太用一只手按住她的宽边软帽，发出一阵啧啧声。"这都怪弗兰克·劳埃德·赖特[1]！"她说，"我还是喜欢房子看起来像房子，而不是一堆方块儿。小心，路易斯！我敢肯定，这里是深水区。"

路易斯没有回答。他正集中精力驾驶着他们的船在水面上航行。说实话，他感觉不太舒服。他最近睡得不好，有一种奇怪的感觉，觉得船在向一边倾斜。这是由波浪引起的，船正在从右向左移动。在他们身后，夕阳西下，小岛沐浴在铜色的阳光中。当他们靠近时，路易斯看见一艘帆船系在码头上，旁边有一艘渔船，上面装着舷外马达，比他们的稍大一点儿。"那一定是乔纳森叔叔租的船。"路易斯指着渔船说。

"双手握住舵柄！"齐默尔曼太太说，"我可不想像甜甜圈一样被泡在水里！小心！"

1　20世纪著名的现代主义建筑师，崇尚自然、简洁的建筑风格。

路易斯关闭了舷外马达。他们渐渐减慢了速度。速度太慢了，所以他又不得不给马达一点儿动力，让他们回到航道上。最后，他们漂进了码头，虽然船头撞在码头上的声音有些沉重，但还不算太糟。齐默尔曼太太系好了缆绳，然后他们走上码头，路易斯在那里把尾缆系好。戈尔韦外公、乔纳森叔叔和看起来有些不好意思的罗丝·丽塔列队从屋里出来迎接他们。

"你们好。"乔纳森说着，接过齐默尔曼太太的手提箱和路易斯的行李袋，"嗯，我们很幸运，阿尔伯特说，欢迎我们在这里多待几天。"

"周围没有人，还真是有点儿寂寞。"戈尔韦外公笑着补充道，"但我不知道我这个淘气的外孙女竟然没告诉她的朋友们就溜了出来。"

"我很担心你，外公。"罗丝·丽塔说，"你一个人在这儿，要是出了什么事怎么办？"

"那座神秘消失的小岛跟这里毫无关系。"戈尔韦外公冷冷地说，"好啦，好啦，你们都到齐了，我的炖肉也快做好了，所以请进来吧，大家坐好，我们就可以好好大吃一顿了。"由他带路，大家沿着小路回到那栋大房子。

这真是一顿美餐，尽管路易斯只吃了一点点。晚饭后，他们打了几局牌，直到戈尔韦外公伸了伸懒腰，打了个哈欠。"我想我该睡觉了。"他说，"晚安。"

老人刚一进卧室，乔纳森叔叔就把他们都叫到了书房。"是时候召开作战会议了。"他一边严肃地说，一边关上身后的门，"大家都坐下来。"

书房里靠窗的位置有一把宽大的椅子，足够路易斯和罗丝·丽塔一起坐。齐默尔曼太太在一把大的绿皮扶手椅上坐了下来。乔纳森叔叔从桌子后面推过来一把带轮子的办公椅。"现在，"他把手放在膝盖上说，"让我们看看是怎么回事，弗洛伦斯？"

齐默尔曼太太介绍了她的研究，以及她与世界各地正义魔法师的交流结果。"不管怎样，"最后，她迟疑了一下说，"就在这个月十五号。应该和日月食有关，但那天没有日食或月食，所以——"

乔纳森叔叔疲倦地点点头："是的，我在这边也听说过一些。但我们知道，如果使用正确的魔法，是可以出现日食或月食的。"

因为最近一直没睡好，路易斯感到头昏眼花，浑身发抖，不过他也听明白了：只要条件合适，他叔叔就能引起一次神奇的日食或月食。这和真正的日食或月食并不一样，因为它只能从一个非常小的区域看到，但在短暂的黑暗中，可以发生各种奇怪和神奇的事情。"没有人能用魔法遮住太阳，是吗？"他焦急地问道。

乔纳森叹了口气："我不知道。我的魔法还不够强大。但是，如果是一个研究天空魔法多年的人——那可能就是另一回事了。现在，罗丝·丽塔，请解释一下你在这里做什么。"

罗丝·丽塔黑框眼镜后面的眼睛睁得大大的，神情严肃。

"我外公年纪很大了。我担心他一个人在这里。如果他在岛上受伤了找不到电话怎么办？所以我想我应该来，然后……然后……"她说不下去了，低头盯着自己的膝盖。

齐默尔曼太太和蔼地说："然后你趁着在这儿的这段时间在周围转了转，是吗？好吧，如果你了解到了什么，现在就说出来吧！"

"我了解到的不多。"罗丝·丽塔承认。她说了玛尔塔和她弟弟，以及天空中奇怪的云的故事。

她说完后，乔纳森若有所思地捋了捋胡子："就是这个。老艾萨克·伊扎德研究了云的形成，希望能毁灭世界。而他那个更阴险的儿子正在施魔法改变云，可能是想找到合适的方法来打开他的邪恶魔法大门。"

"还有一件事。"路易斯胆怯地说，他吸了吸鼻子，"我不是故意的，齐默尔曼太太。老实说，我不是在四处窥探。但我找到了一封亚塔那修教授写……写给您的信，他说我会在这个月十五号死掉。"

"哦，天哪！"齐默尔曼太太说，她从椅子上站起来，拍拍路易斯的肩膀，"怪不得你一直失眠！我应该把那封该死的信锁在我书桌的抽屉里！路易斯，一定有办法对付那个邪恶魔法的。我们有很多人在研究这个问题，我也对你施了很多保护咒。我没有对你说的唯一原因是，说实话，我知道你有多担心。"

"好吧。"乔纳森说，"既然现在我们到了这里，那就待在这里，直到这件事结束。我在一个岬角上租了一间钓鱼小屋，可以俯瞰那座被诅咒的小岛，只是它还没有出现过。我甚至没有看到我们第一次注意到的闪光，我已经在水面上游荡了好几天了。如果你们感兴趣的话，可以听听我的想法，只有当以实玛利·伊扎德或他的助手——那个克罗斯科，到达或离开那座岛时，隐藏咒才会解除。当他们其中一个通过后，咒语在几分钟或几小时内会不太稳定，那时我们就能进入以实玛利的地盘了。"

"克罗斯科，"齐默尔曼太太重复了一遍这个名字，"不知道会不会是同一个人。我以前认识一个叫克罗斯科的人，乔纳森，你也认识。还记得他吗？他的全名是拉迪斯拉夫·克罗斯科，在艾萨克·伊扎德死掉几个月后，他来到了新西伯德。"

乔纳森皱起了眉头："没错！你的记忆力真好，弗洛伦斯！我一直在想我以前在哪里听到过这个名字。他想买伊扎德的房子，但那时我已经把它买下来了。"他转向路易斯，"路易斯，你知道，老艾萨克多年来一直在逃避缴纳他的房产税。我想，他以为他会毁灭世界，所以不用为此担心。总之，他死后，那地方被拍卖用来抵缴税金，我出了高价买下了它。拉迪斯拉夫·克罗斯科晚来了三个星期。可能是同一个人，弗洛伦斯。我都不知道我见到他时能不能认出他来。我只见过他一次，大约十分钟，那是好多好多年前的事了。"

"他又出现了。"齐默尔曼太太说，"据我所知，大约五年前，他曾试图在欧洲把一群邪恶的魔法师组织起来。在哈茨山的沃普吉斯之夜，发生了一场魔法决斗，他的小团体四散而逃。我感觉这一定是同一个人，但他为什么或怎么和以实玛利·伊扎德混在了一起，我猜不出来。"

乔纳森站起来，开始踱步："嗯，我们知道这个克罗斯科先生大约每周会去杂货店两次，买冰激凌和日用品。现在我们有足够的人，可以分头去打探杂货店还有那座奇怪的小岛，也许我们最终会找到线索。弗洛伦斯，马凯特那边有家军需品商店。我明天一早开车去看看能不能找到对讲机。我们现在主要要做的事情就是找到一条路进入那个地精岛[1]，或者管它叫什么名字的岛。"

那天晚上，路易斯睡在他六月份来访时住过的房间里。他不是很困，拿了一本书躺在床上。那是他在书房中找到的《上半岛指南》，这本书又大又薄，里面满是野生动物和风景的彩色照片。路易斯翻着书，看着色彩斑斓的彩绘悬崖、白雪覆盖的冬季森林、湖泊、山丘和瀑布，渐渐地，他开始打哈欠。

这时，他发现了一张秋天的豪猪湾附近树林的照片。枫树、白桦树和红叶树闪耀着黄色、橙色和红色的光芒。镜头透过树干眺望着远方，树干渐渐向远处隐去。照片上到处都是灌木丛。这是一幅宁静的景象。路易斯正要翻过这一页，突然有什么引起了他的注意——画面上，远处有一片白色，被两根细长的树干遮住了一半。

---

1 英语里地精（Gnome）和日晷（Gnomon）的拼写相似。

路易斯漫不经心地想那是什么。某种动物？但它太大了，不可能是兔子之类的东西。他又打了个哈欠，闭了一会儿眼睛。

然后他又看了一眼那页纸。那个白色的东西动了。他很确定它动了。现在它从一棵树后面偷偷地看他，而这棵树离他更近了。路易斯盯着它看，直到眼睛发疼。他有一种可怕的感觉，仿佛自己掉进了照片里。他想把目光移开，但他发现自己做不到。

他的眼睛因疲劳而灼热，眼眶变得湿润，白色的影子开始摇摆起来。它在动！或者这是由于他的眼睛疲倦？它非常惊险地从一棵树上跳到另一棵树上——路易斯几乎可以确定！

他想从床上起来呼救，但他感到全身瘫软。那个晃动着的东西越来越近了。他想看清楚它是什么，尽管他一想到它可能是什么样子就感到害怕。也许是他盯得太紧了——路易斯突然有一种不可思议的感觉，觉得不对劲。他使劲把目光从书上移开。房间的另一头，他的床脚处有一扇高高的窗户，窗外是湖。窗下是一片阴影，路易斯房间里台灯的光线照不到那里。在黑暗中隐约闪着两道黄澄澄的光点，像鸡蛋一样圆。它们没有动。路易斯颤抖着伸出手去拿灯。台灯有一个细长的底座，像一个烛台。他一把抓住台灯，猛地把它高高举起，把窗下漆黑的壁龛和窗帘之间的阴影都照亮了。

一个毛茸茸的黑东西发出嗞嗞声，跳了起来，爬上了墙！这是所罗门王版画中的夜行动物！路易斯尖叫起来，声音干巴巴、又细又高。只见那怪物一跃而起，爬上了墙，又爬上了天花板，像一只可恶的苍蝇似的紧紧贴在天花板上，圆圆的脑袋在细长的脖子上扭动着，黄色的眼睛一直盯着他——

某种冰冷的东西碰到了他的手！

路易斯低下头一看。那本书掉在床上裂开了，从裂缝中伸出一只瘦骨嶙峋的手，凶狠地想要抓住他的手——

随着一阵痉挛，路易斯扔掉了台灯，把书从床上踢了下去。他跑到门口，把门打开。对面站着一个女人形状的东西。她的脸像个骷髅，空洞的眼窝里射出炽热的光芒。接着，从那家伙身上传来一声刺耳的哀号，一声又一声，使路易斯血管里的血液都凝固了。他听到从幽灵后面更远的地方传来了齐默尔曼太太的声音："路易斯！究竟是怎么回事？"

路易斯又尖叫了一声，扑向那个幽灵。刹那间，他觉得自己仿佛穿过了一层冷雾。然后，他倒在了齐默尔曼太太的怀里，含混不清地讲述着刚才发生的一切。

第十一章

"报丧女妖。"乔纳森叔叔说，"这是我们的朋友伊扎德的另一张名片。他似乎在告诉我们，他曾经游历世界各地，从日本到爱尔兰，可以召唤各种信仰的幽灵。"

已经是早晨了，路易斯感到不那么害怕了，尽管他仍然怀疑自己是不是疯了。"是真的吗？"他问。

乔纳森看着齐默尔曼太太："让我们问问专家吧。弗洛伦斯？"

齐默尔曼太太摇了摇头，把一绺凌乱的头发捋回原处："我认为不是。路易斯，我觉得这些东西——报丧女妖和裂口女，就像你叔叔的幻术。它们看起来和感觉上都是真实的，但它们只存在于你的脑海中。我觉得老变态以实玛利就是想用这些东西让你害怕。你越不冷静，就越难做出反击。"

罗丝·丽塔说："所以，我们为什么不反击呢？你不能用紫色闪电什么的把他炸飞吗？他对我的朋友做这些可怕的事情时，我可不喜欢就这样干坐在这里！"

齐默尔曼太太笑了。"因为我们不是邪恶的魔法师，"她说，"就这么简单。用魔法自卫是一回事，但四处电击别人，那就是另一回事了。此外，根据我们已经了解到的情况，我们知道在以实玛利的阴谋中有不少会魔法的朋友。我们不能冒险袭击他，除非——首先，我们知道他的意图；其次，我们能找到他。但是别担心，我们正在努力。"

那天，齐默尔曼太太和乔纳森叔叔都离开了伊瓦尔黑文岛。尽管罗丝·丽塔一再恳求，但她和路易斯还是不得不留下来。他们站在那里，看着摩托艇向豪猪湾驶去，罗丝·丽塔双手托着下巴坐在一块岩石上。"这不公平。"她抱怨道，"他们需要有人照顾。他们不像以前那么年轻了。"

"但这可能很危险。"路易斯反对说。他立刻后悔说了那句话。这让他听起来像世界上最胆小的人。

罗丝·丽塔瞪大了眼睛："这正是我们应该和他们在一起的原因啊！听着，路易斯，我们得做个约定。"

"为什么？"路易斯问道。

罗丝·丽塔耐心地说："我们必须达成一致意见，我们不能让齐默尔曼太太一个人独自跑来跑去。"

"但她是个女魔法师。"路易斯指出，"她也不喜欢我们干扰她。"

"她是我的朋友。"罗丝·丽塔反驳道，"我不能让她一个人陷入麻烦的境地。下次齐默尔曼太太准备去探险的时候，我们中的一个人必须一起去，即使我们要偷偷地跟着！"

她目不转睛地盯着路易斯，以至于他不忍心表示异议。于是他说："好吧。"但他觉得自己不是很勇敢，甚至对这个想法感到不太舒服。这一天剩下的时间里，路易斯一直提心吊胆。当太阳西沉时，他听到了舷外发动机的推杆声。他和罗丝·丽塔再次赶到码头。令路易斯吃惊的是，他看到他叔叔租的船在水上行驶，而船上有三个人。他的心怦怦直跳。第三个人是克罗斯科，他蜷缩在船头，看上去很生气。

船一系好，乔纳森叔叔就踏上了码头。他的左臂弯里夹着一个沉重的纸袋。他用右手把克罗斯科和齐默尔曼太太拽到了码头上。"如果我全部的力量都在，你永远也无法打败我。"克罗斯科哀怨地说。

罗丝·丽塔看看他，又看看齐默尔曼太太。"你打败他了？"她问。

"打败了。"齐默尔曼太太坚定地回答，"这个人在城里看见了我，想对我施咒。我感觉到了魔法的力量，及时将它移开。那魔力不是很强大，而且我认为他没有足够的胆量敢伤害我，我抵消了他的咒语。然后我给了他一个回击，让他不得不服从我的命令，至少在日落之前。我们进屋去吧，克罗斯科先生。快走！"

克罗斯科就像一个被绳子牵着的木偶，步履蹒跚地向房子走去。见到戈尔韦外公时，乔纳森向外公解释说，他们要问克罗斯科几个关于日暮岛的问题，克罗斯科在外公面前并没有说话。"那我要开始准备晚餐了。"戈尔韦外公说。说完，他就回到房子里了。

"真是一个温暖的下午啊！"齐默尔曼太太说，"我们在外面待几分钟吧。好了，克罗斯科先生。你要如实回答乔纳森·巴纳维尔特的问题。明白吗？"

小个子男人点了点头，脸上却露出憎恨的表情。路易斯看着罗丝·丽塔，她正睁大眼睛盯着齐默尔曼太太。他知道她在想什么。齐默尔曼太太并不刻薄，但现在她的声音却像铁一样冰冷、坚硬。

"我们怎样才能到日暮岛？"乔纳森问道。

克罗斯科不舒服地扭动着身子。"不，"他说，"不——不——"然后他的嘴唇抽搐了一下。他不情愿地一字一字说道："这——是一个解印——魔咒。就在所罗门之钥中。但——但是有防护。如果你使用咒语，他会知道的。"

乔纳森叔叔靠得更近了："那么，我们怎样才能在他不知道的情况下到达那座岛呢？"

克罗斯科闭上了眼睛："求你。求求你们。他会对我做可怕的事——你们必须等到他穿过屏障，到达或离开岛时，然后迅速行动——我感觉到了他的气息！不！不，主人！救我！他知道我在这里！"

最后几句话像是绝望的呻吟。路易斯迟疑了。他几乎要为这个吓坏了的小个子感到难过了。

乔纳森说："帮助我们，我们会保护你的。现在，有个棘手的问题：关于末日时钟，你知道些什么？"

接下来，克罗斯科脸上的变化把路易斯吓坏了。他的脸一会儿红，一会儿白，眼睛打着转，嘴巴颤抖着，好像努力要把它闭上似的。"时间不多了！"他喊道，唾沫飞溅，"当十五号时钟指向中午十二点的时候，黑暗的一天就开始了！火将吞噬一切低等生物，只有他的追随者将继续生存在地球上——不，主人！我不是故意要告诉他们的！我——我——控制不了自己！"

罗丝·丽塔惊慌地跳了起来。路易斯喊了出来。有什么东西抓住了克罗斯科，某种路易斯看不见的东西。它把那个小个子男人拽来拽去，然后和他一起升到空中。他像一只被老鹰抓住的老鼠一样摇晃着。在深红色天空的衬托下，一个巨大、模糊、不成形的影子不停地摆动着。克罗斯科语无伦次地尖叫着，声音很细。齐默尔曼太太念了一个咒语，举起了魔法伞。紫光一闪，刹那间，路易斯看到了一个轮廓，像是一只张开翅膀的黑色大鸟。

突然间，克罗斯科的皮肉开始冒泡，他的眼睛肿了起来，渐渐散开，鼻子的位置裂开了一个黑洞，皮肉变成了绿色的鳞片，四肢萎缩，长出了爪子。

抓住克罗斯科的那个力量把他甩到一边。他的身体从空中飞了出去，扑通一声撞在岩石上。这个曾经是人类的畸形怪物像可怕的动物一样号叫着。它的爪子在岩石上发出咔嗒咔嗒的响声，飞快地钻进了黑漆漆的湖水里，然后不见了。

路易斯听到罗丝·丽塔的喘气和抽泣声。齐默尔曼太太搂着罗丝·丽塔的肩膀。"我们的朋友伊扎德先生不喜欢他的奴隶背叛他。"她冷冷地说,"我早该料到会这样。"

这时,戈尔韦外公在屋里喊道:"那么,我们六个人一起吃晚饭好吗?"

乔纳森脸上带着恶心的表情喊道:"只有五个人。克罗斯科先生没有留下来。"

第二天,乔纳森叔叔和齐默尔曼太太试用了乔纳森在军需品商店买的对讲机。齐默尔曼太太把路易斯也拉到一边。"我有东西要给你。"她说,"首先,从你的钱包里把那张羊皮纸拿出来。要非常小心。"

路易斯开始感到呼吸困难。他拿出那张羊皮纸,他非常讨厌它奇怪的质地,讨厌它在他手里蠕动的样子,好像它是有生命的。

齐默尔曼太太拿出一本小书,只有大约十三厘米长、八厘米宽。它的蓝色封皮已经磨损得很厉害,书页的边缘也因年代久远而发黄。"这里,"她说,"把羊皮纸放在两页纸中间。"

路易斯随意翻开了一页。它是用外语写的,每行之间都有英文翻译。页面上方的标题是"拉维加的他加禄语/英语海事用语手册"。路易斯看到那页纸上用英语写着"请问,下一次大潮什么时候到来?"和"我需要一个领航员来协助我开船"。不过,他很快就把羊皮纸夹进书里,然后把书合上。齐默尔曼太太递给他一根很粗的橡皮筋。"现在,保险起见,再绑上这个。"她说，"你不会希望那张羊皮纸从你身边跑掉的。"

照做之后，路易斯问道："这是一种魔法吗？"

齐默尔曼太太眨了眨眼："可能是。这本我在旧货商店花了二十五美分买的旧书里面有我所有用密码写的最强大的魔法咒语。可以说，如果没有它，我会手足无措。想象一下，里面甚至有一个强大的咒语，可以摧毁一个魔法钟。"

路易斯感到困惑。齐默尔曼太太是在告诉他，这其实是一本魔法书吗？可他以前从没见她用过。她的魔法全靠护身符、咒语和魔法伞来完成。但是，在齐默尔曼太太的建议下，他还是把这本书放在了裤兜里。"现在怎么办？"他问。

"现在是最难的部分了。"齐默尔曼太太严肃地回答，"我们能做的只有等待。"

日子一天天过去。路易斯越来越不安。十二号到来。然后是十三号。他只剩下两天的时间了！也许整个世界也是！那天晚上，他躺在床上辗转反侧，心烦意乱。于是他听到了那些声音。

他叔叔说他要去四处看看，那天下午，他就回他租的钓鱼小屋去了。但是路易斯听到他在说话，猜到叔叔一定回来了。路易斯从床上滑下来，匆匆穿上衣服，沿着走廊走去。声音是从齐默尔曼太太的房间传来的，当他离得足够近的时候，路易斯意识到，他的叔叔并不在那里。他是通过对讲机和齐默尔曼太太通话。

"他刚走。"乔纳森叔叔说，"如果我那艘该死的船没有出故障的话——听着，弗洛伦斯，快去启动你的船，尽快赶到目的地。他将在半小时内到达那里。当他通过时，屏障会下降，你就可以进去了。这是我们唯一的希望！"

"我这就出发。"齐默尔曼太太说。她开始在房间里走来走去，可能是在穿衣服。

路易斯用力咽了下唾沫。他和罗丝·丽塔约定过，他们中的一个人必须参与冒险。他知道齐默尔曼太太要跟踪以实玛利·伊扎德去日暑岛。

他做出了决定。他必须和齐默尔曼太太一起去。他总不能叫醒罗丝·丽塔，求她去吧！虽然他吓得要死，但如果他退缩了，罗丝·丽塔肯定会轻蔑地看着他，那样的表情比恐惧更让他烦恼。于是，路易斯尽可能轻地跑到外面，冲到码头上。

他能藏在哪里呢？他爬上租来的船。正前方有一个小隔间，里面放着救生衣、渔具等。隔间有一个滑动门，路易斯用力拉开门。他蹑手蹑脚地钻进去，转过身，把门又关上了。这里并不太舒服。他坐在里面，膝盖顶着下巴，头顶着甲板。但至少他把自己藏起来了。

似乎过了很长一段时间，他才感觉到船在晃动。接着引擎轰的一声启动，船开始移动了。当船头忽升忽降的时候，路易斯尽量不让自己发出惊慌失措的响声。他紧紧抓住身边的救生衣架子。几分钟过去了。齐默尔曼太太关掉了引擎，有一段时间，他们只是在水面上漂浮着。

前舱有一股旧鱼饵和鱼的味道，路易斯很快就感觉像蒸汽浴一样闷热。汗流浃背的路易斯紧张地听着周围的声音。最后，他听到了一阵几乎像蚊子嗡嗡声一样微弱的嘎吱响声。那是另一艘船。他知道它过去了。然后，他听到齐默尔曼太太开始划桨的水声。他感到全身像电刺一样，一阵冰冷。之前他们穿过日晷岛周围的屏障时，他也有过这种感觉。

路易斯意识到可怕的事情随时可能发生。

船把他们直接带进了一个强大而疯狂的魔法师的魔爪中。

第十二章

太阳刚刚升起，罗丝·丽塔听到小船靠近伊瓦尔黑文岛的声音。她跑向码头。乔纳森·巴纳维尔特一靠近，她就大声喊道："齐默尔曼太太离开了！路易斯也是！"

乔纳森猛地抬起头来："什么！路易斯？"

"是我的错。"罗丝·丽塔坦白道。她急忙解释了她和路易斯的担心，以及他们是如何约定的——如果齐默尔曼太太试图独自离开，他们会偷偷跟着她。"我要担心死了。"她说道。

"我去追他们。"乔纳森说。

"我也去。"

乔纳森盯着她愣了一下："好吧，不过要让你外公知道——"

"他已经知道了。"罗丝·丽塔吓了一大跳。戈尔韦外公从房子到码头的小路走过来，现在就在她后面。他把手放在她的肩膀上。"你的外公可不笨。"他轻声说，"乔纳森，一段时间以来，我一直怀疑你除了会客厅里的魔术，还有别的秘密。我一直都知道弗洛伦斯·齐默尔曼有一些与众不同的地方。我不知道到底是怎么回事，但我知道你们有正经事要办。照顾好我的外孙女。"

"我会的，阿尔伯特。"乔纳森说，"上来，罗丝·丽塔！我们别浪费时间了！"

小船呼啸着离开伊瓦尔黑文岛，罗丝·丽塔向她的外公挥手告别。她感到非常焦虑。她还能见到活着的路易斯吗？

她还能见到活着的其他人吗？

今天是8月14日。

明天会是世界末日吗？

从路易斯踏上日暮岛的那一刻起，他就感到很奇怪。他一直待在狭窄的船舱里，直到齐默尔曼太太离开船，他才爬了出来，跟在她后面。夜很黑，没有月光，路易斯很快就迷路了。

让他吃惊的是，天空已经开始变亮了。时间过得比他想象的要长。当太阳升起时，他发现自己正在一片杉树中徘徊。他爬上斜坡，一直走到黑塔前面的草坪边。从那里他可以看到东方的天空是红色的。头顶上，云朵扭曲成可怕的形状，像尖叫的面孔和紧握的手。

路易斯找到了一条穿过树林的小路，就顺着它走下去。不久，那间小屋就映入眼帘。从唯一的一扇窗户里，路易斯瞥见了一道紫色的光。齐默尔曼太太！他如释重负。但就在接下来的一秒钟，恐惧像冰冷的拳头攥住路易斯的心脏。

他听见一个声音冷笑着说："你可真蠢，竟然来了。你什么都做不了！没有这个，你什么都做不了！"

齐默尔曼太太回答道："那是你的想法，以实玛利·伊扎德。你学过魔法。你应该知道，魔法师可以在魔法书中储存强大的力量。哦，碰巧我把一本书托付给了我的一个好朋友。一本非常特别的书，可以消灭你和你的疯狂计划。"

那人笑了："这么说，你把一本咒语书送给了那个买了我父亲房子、笨手笨脚、大肚子的红胡子傻瓜！他很容易对付的。我可以从他手里夺走你的魔法书，就像我从你手里夺走你那把愚蠢的雨伞一样容易！现在我该怎么处理你呢？我不想杀你，因为世界改变之后，我需要仆人。我知道了！我正好有个地方。你将拥有一个观看世界末日的头排位置！跟我来——我命令你！"

路易斯躲到房子的拐角处。他蹲下身子，看见一个长着灰色长发的高个子男人走出小屋。他穿了一套黑色西装和一件黑色高领衬衫。他用瘦骨嶙峋的手臂做了个神秘的手势，齐默尔曼太太便顺从地走出了屋子。她的白发披散着，穿着一件紫色的连衣裙和一双黑色的便鞋。她挺直腰板，大步朝小路走去。以实玛利带着她走向塔楼，脸上带着残酷而胜利的表情。路易斯很快就看不到他们了。

路易斯急忙跑上前。小屋的门开着。他走了进去，发疯似的四下张望。然后他看到了他要找的东西。那人把齐默尔曼太太的黑色魔法伞插在屋顶的椽子上，水晶球闪烁着暗淡的光。但是路易斯够不着。他想找个东西爬上去——这时，他听到外面嘎吱嘎吱的脚步声！路易斯毫不犹豫地钻到房间里的一张床底下。他紧紧地靠在墙上，希望没有人能看见他。他的鼻子发痒，想打喷嚏。路易斯用手指捏住鼻子，拼命克制着这种感觉。他瞥见了以实玛利的脚。他听到那人在轻笑。"真正的魔法师也不过如此。"男人自言自语道，"现在该给那个傻瓜设个陷阱了！"

路易斯意识到，以实玛利说的是他的叔叔。他非常害怕，以为自己会失去理智。

"我们必须搞到更多的汽油。"乔纳森·巴纳维尔特说，"我在钓鱼小屋有一些汽油。"

罗丝·丽塔开始感到惊慌。这时，太阳已经快落山了。几个小时以来，她和乔纳森一直在湖面上绕来绕去，试图找到日晷岛。乔纳森一次又一次地使用对讲机，但始终没能和齐默尔曼太太取得联系。

乔纳森把船划到岸边，然后匆匆爬上山坡，来到一间小木屋。他很快就回来了，手里拿着一个红色的汽油罐。他往舷外发动机油箱里加满了汽油。罗丝·丽塔闻到了一股刺鼻的气味，她皱起了鼻子。"好了，"他说，"让我们再试一次。"

不一会儿，他们又回到了苏必利尔湖上。罗丝·丽塔一直不安地望着西边。太阳快落山了，她知道，如果他们不能很快找到蛛丝马迹，就得回到伊瓦尔黑文岛。她怀疑他们是否走对了路。乔纳森似乎确信齐默尔曼太太去了日暮岛，但也有可能她想出了一个不同的计划。她也可能在任何一个地方——

"就在那儿。"乔纳森突然说。

罗丝·丽塔看到了空气中的波动。乔纳森转动船头，发动引擎。"它要消失了！"当涟漪开始消退时，她喊道。

"抓好了！"乔纳森吼道。

罗丝·丽塔紧紧地抓住船舷。乔纳森加足马力，船几乎要飞离水面了。罗丝·丽塔在座位上摇来晃去，她心想，这小船就像打水漂时跳过水面的石头——啪！啪！啪！

他们到达了屏障，急速穿过，突然间，日暮岛的东侧出现在正前方。塔楼的飞扶壁楼梯在深红色的天空映衬下是乌黑的。乔纳森转过身，关掉马达，他们沿着岸边向左航行，一直来到港湾和码头。"他们在这儿。"罗丝·丽塔指着码头说。齐默尔曼太太租来的摩托艇就拴在那里。这是停在那里唯一的一艘船。

"看来那个狡猾的家伙已经离开了。"乔纳森说，"在我看来，这真是太棒了！"他抓起对讲机说："弗洛伦斯！你在吗？我就要在日暮岛靠岸了。"他把按钮转到"听"，但罗丝·丽塔只能从对讲机的小喇叭里听到无线电的噼啪声。

他们把船系好，登上了码头。罗丝·丽塔抬头望着蜿蜒的小路，心中充满了疑虑。天很快就要黑了。然后呢？她只能希望齐默尔曼太太和路易斯都平安无事。

夜幕降临时，路易斯还躲在床底下。以实玛利一走，他就从床底下爬了出来。他在门口瞥见那个家伙沿着小路向码头大步走去，几分钟后，他听到一艘摩托艇驶离的声音。路易斯立刻跑向黑暗的塔楼。齐默尔曼太太不见了。他喊着她的名字，回应他的只有微弱的回声。

　　路易斯在岛上游荡了一天，想要找到齐默尔曼太太可能被关在哪里。但他没有找到。他饿极了，于是下午回到小屋，打开一罐冷豆子就吃了起来。然后他把罐子藏了起来。他在小屋的架子上找到一叠备用的军用毛毯，拿了一条。路易斯去了码头，在齐默尔曼太太的船上寻找可能用到的武器，但什么也没找到。然后，当他听到远处摩托艇返回的嗡嗡声时，他赶紧逃进了树林。他发现了一个地方，一个由一些掉落的树枝形成的洞。路易斯爬了进去，蜷缩在毯子里。他离通往塔楼的小路很近，一旦有人经过，便可以看到。他的计划只是等待和观察，但几分钟过去了，然后几个小时过去了……太阳快落山的时候，他累坏了，熬过了漫长的一天，他终于睡着了。梦里，他梦见了毛茸茸的东西在爬。

第十三章

　　乔纳森和罗丝·丽塔检查了以实玛利的小屋，没有发现路易斯或齐默尔曼太太的任何踪迹。然后，在暮色降临的时候，他们爬上了塔楼，四处搜索。仍然没有任何发现。乔纳森深吸了一口气。"我想到他们可能在一个地方。"他说，"但你不能去，罗丝·丽塔。那里太危险了。你在这里等着。"

　　罗丝·丽塔看着乔纳森走到奇怪的陡峭台阶的底部，爬上塔顶。他犹豫了一下，然后开始往上爬。罗丝·丽塔光是看着他就感觉头晕目眩。台阶很高，很难走。天色渐暗，罗丝·丽塔只能看见塔楼、台阶和乔纳森的轮廓。

　　大约过了一个小时，乔纳森爬上了塔顶，登上了环绕塔顶的一个圆形平台。"这里有一扇门。"他朝下面喊道，声音在远处显得很微弱。

　　"小心点儿！"罗丝·丽塔喊道。

她听到开门时轻微的咔嗒声，接着是砰的一声，然后就什么都没有了。罗丝·丽塔数到一百。然后，她开始向台阶底部走去。但是一个声音突然让她停住了脚步，那是从远处传来的舷外马达的声音。突然，四周一片寂静。罗丝·丽塔立刻冲到塔底。有人走近，她躲在了后面。她在暮色中环顾四周，只能辨认出一个身影。那是一个又高又瘦的男人，穿着一身黑衣服。他站在台阶底部拍着手。"原来是苍蝇来找蜘蛛了。"他轻声说，"现在我的复仇计划就要完成了！"然后他跑上没有栏杆的台阶，一次两级跑上塔顶。

他敲了敲塔顶的门。"这里舒服吗，乔纳森·巴纳维尔特？弗洛伦斯·齐默尔曼，喜欢你的客人吗？"他用讥讽的声音问道，"现在你们已经发现了吧，这扇门是不能从里面打开的——除非说出只有我知道的咒语。不过为了确保万无一失，我要对你们俩施个小小的麻痹咒！"他用某种语言吟诵这咒语，罗丝·丽塔听到门开了，又关上了。

罗丝·丽塔沿着小路向小船跑去。但她还没走到那块空地和小屋前就停了下来。以实玛利提到了乔纳森和齐默尔曼太太，但没有提到路易斯。这是不是说，路易斯还是自由的？他是不是被囚禁在岛上的其他地方？还是发生了什么可怕的事情？

她犹豫了很久，然后听到有脚步声靠近。罗丝·丽塔离开了小路，在黑暗中跌跌撞撞地走进了树林，蜷缩起来。以实玛利·伊扎德从小路经过，边走边自言自语："没找到魔法书！那个女魔法师会用它做什么呢？没关系，没关系，他们现在搞不出来什么名堂了，明天中午以后他们就没有法力了。我会——"

罗丝·丽塔在小路上后退了几步，踩到了一个柔软的东西上。"我的手！"路易斯尖叫道。

当罗丝·丽塔跌跌撞撞地摔倒时，路易斯从藏身之处冲了出来。

"谁在那儿？"以实玛利叫道。

然后，罗丝·丽塔听到路易斯慌乱地试图逃跑，她听到他重重地摔倒在地上。"救命！"他喊道。

"逮到你了！"以实玛利喊道，"这是谁，这是谁？巴纳维尔特可怜的侄子！好吧，好吧，你至少得等到明天，他们才会来和你团聚。你还不如和我一起度过你的最后一个晚上！也许你可以告诉我一些我需要了解的事情！"

罗丝·丽塔听到路易斯在呜咽，然后，小路上传来一阵脚步声。她跪倒在地上，在黑暗中摸索着找到了一块粗糙的毯子，接着，她穿过灌木丛，希望自己是朝着小路的方向走去的。树枝抽打着她的脸，她的脸颊感到一阵刺痛。她差点儿把眼镜丢了。之后她来到了空地上。她不得不摸索着下山。最后，她看到了一束黄色的长方形灯光，那是以实玛利小屋唯一的窗户。她四肢着地，偷偷爬到墙边。窗户打开了大约十五厘米。透过窗户，她可以听到以实玛利的声音："我现在累了。躺到那个铺位上。躺上去！你会睡着。我会让你一直睡到最后一小时。然后我会看着你受苦！现在，睡吧。我命令你！睡吧……"

令罗丝·丽塔惊恐的是，她感到眼皮越来越沉。她想要躲开那催眠的声音。但是太迟了！她还没来得及爬远，就被睡意战胜，失去了知觉。

而对路易斯来说，他仿佛掉进了一个无底洞。有那么一会儿，他躺在帆布床上，挣扎着，过了一会儿就睡着了。之后，不知怎么的，他又醒了。一缕阳光从窗户照进来。路易斯站起来，意识到以实玛利·伊扎德双臂抱肘站在他面前。"你的时间快到了，孩子。"邪恶的魔法师嘟囔着，"现在是十五号，是你要死去的时间！但仁慈的我给你一个希望。我把如尼文给了你，毫无疑问，它们已经消失了。但它们就是会消失的，你知道的！持有如尼文的人无力对抗暗影的力量。但我是个魔法师。我可以阻止你的厄运。我可以让你活着。"

"什——什么？"路易斯问道，"齐默尔曼太太在哪里？"

以实玛利笑了："如果你乖乖配合，我就带你去见她。是的，让你和她，还有你那愚蠢的叔叔待在一起，直到这个世界除了我的追随者外，所有人都被清除。在这座岛上，只有在这里，你才能避免即将到来的毁灭。但你的生命正在消逝，就像沙漏里的细沙在流淌！告诉我，你知道那个女魔法师的书在哪儿吗？"

路易斯意识到他牛仔裤口袋里的重量，开始感到不安。"什么书？"他问。

"一本咒语书，她说。"以实玛利回答，"这是我唯一小小的担心。一件小事。我以为在你叔叔那里，但不在。你只有一次机会。告诉我书在哪里——否则我就让你死在阴影里！"

小屋里的灯开始闪烁。路易斯惊恐地凝视着窗户。日光在飘动，仿佛有什么东西的翅膀把它遮住了。"书！"以实玛利喊道，"愚蠢的孩子！你觉得齐默尔曼太太会想要看着你死吗？这是你最后的机会！"

路易斯无法战胜这压倒性的恐惧。现在，一片片的影子从纱窗掠过，穿过微微打开的窗户。它们和飞蛾差不多大，是一些在空中盘旋、向他移动的黑暗碎片。"给你！"他尖叫着，从口袋里猛拽出那本小书，"在这儿！"

以实玛利举起右手，那些模糊的影子便从窗口飘出去了。"很好，孩子。"他平静地说。他打开门："我们一起走到塔上去。跟我来。"

路易斯感到他的腿在动，但他似乎无法控制它们。路易斯站起来，跟着以实玛利走到小路上。这是一个阴云密布的日子，奇怪的阳光在膨胀、翻滚的云层中忽隐忽现。从太阳的高度来看好像是上午，实际上已经接近中午了。路易斯手里还攥着那本小书。

"你必须把女魔法师的咒语书给我。"以实玛利说，"我不会强迫你的。你必须按照自己的意愿去做。但如果你不这么做，那我就让咒语自动失效。你就会死。把书给我，如果你愿意的话。"

这时，路易斯记起那张羊皮纸就在书里面。他把书拿了出来。以实玛利带着胜利的神情接过了它。他翻开书。然后，他猛地抬头看了一眼。"这是什么把戏？"他咆哮道，"这是——"

书里有个白色的东西在飘动。"你把如尼文拿回去吧。"路易斯说。

以实玛利的脸吓得直抽搐。"蠢货!"他尖叫起来,"快把它拿回去!"他伸手去抓羊皮纸,但它被吹走了。他跑去追它——

罗丝·丽塔从灌木丛中滚了出来,把他绊倒了!羊皮纸飞过了树林。路易斯后退。"小心!"他冲着罗丝·丽塔尖叫道。

空中又布满了那些旋转的影子。以实玛利站了起来。他尖叫着,用疯狂的目光看向路易斯。"抓住它们!"他喊道,"没有我,世界将会毁灭,也不会有人来重建它!末日时钟正在运行!停下来——"

影子渐渐逼近。它们像一件破斗篷似的把以实玛利盖住。他挣扎着站起来,向路易斯扑去。他那爪子似的手从黑暗中显露出来,但它们逐渐变得透明,就像影子一样。"快阻止它们!"这个邪恶的魔法师用低沉的呻吟声哀号道。接着,随着一声可怕的撕裂声,黑影散开了。什么也没留下。它们像旋风一样旋转着,以实玛利痛苦的号叫从里面溢出。然后它们升到空中,越升越高。

"快!"罗丝·丽塔抓住路易斯的胳膊说,"我们得去救你叔叔和齐默尔曼太太!"

这时,有什么东西扑通一声掉在他们面前的小路上。正是那本咒语书。书页冒着烟,烧焦了,然后,一页接一页被风吹走了。

第十四章

路易斯没有时间为以实玛利的悲惨结局而震惊。"你听！时钟还在嘀嗒响！"罗丝·丽塔喊道，"我们得找到它，把它关掉！"

"但是我们在岛上很安全。"路易斯反对说，"他……他是这么说的！"

罗丝·丽塔狠狠地瞪了他一眼："当然，我们可能很安全。但戈尔韦外公呢？我的爸爸妈妈呢？我们在这个世界上的所有朋友呢？如果我们不阻止这事，他们都会被烧焦！"

路易斯知道她是对的。"可是他们在哪儿呢？"他问道。

"我知道他们在哪里。跟我来！"罗丝·丽塔厉声说。

他们沿着弯弯曲曲的小路向黑暗的塔楼跑去。

破棉絮状的乌云在头顶上的天空翻涌。它们为太阳留出了一个几乎像隧道一样的开口，但它苍白的光线似乎只会让乌云更加吓人。路易斯觉得他周围的阴影在晃动着、抽搐着，伸向整个世界。树下黑黢黢的水潭忽隐忽现，汹涌澎湃，仿佛要吞噬光明。

罗丝·丽塔和路易斯冲到通往塔顶的狭窄台阶底部。"我去。"罗丝·丽塔自告奋勇地说，"我不怕高，不像——"

"我们俩一起去。"路易斯坚定地回答，"你不能把我一个人留在这下面！"

罗丝·丽塔点点头，在前面领路。路易斯才走了十几阶就感到膝盖开始发抖。台阶又窄又陡。走错一步，他就会掉下去。以实玛利为什么不造一个栏杆呢？但路易斯刚一产生这个疑问就想到了答案：在那个邪恶魔法师的计划里，只有他的敌人才会爬上台阶。

爬到一半时，路易斯感到头晕目眩。他只能手脚并用往上爬。"你先走。"他喘着气说，"我已经尽可能快了。"

"不要往下看。"罗丝·丽塔建议道。她快步向上走，脚步坚定。当罗丝·丽塔到达那扇紧闭的门前时，路易斯才只走了四分之三。"我要试着把门打开！"她喊道，"你拉，我推！"

路易斯听到他叔叔在大喊着答话。他强迫自己站起来，与胃里可怕的恶心感做斗争。他一步一步地爬上去，终于爬到了罗丝·丽塔站着的平台上。这里比楼梯要宽。事实上，它绕着塔顶一圈。路易斯费力地站了起来："要……要我帮你吗？"

罗丝·丽塔咕哝了一声："你叔叔念了某种咒语，我听到门砰的一声，但没有打开。这个疯狂的门闩是用一种非常结实的弹簧固定的。我转动它的时候，就没法推它；我推它的时候，就不能转动它。我想办法把门闩打开。等我告诉你时，你就使劲儿把门推开！"

"好……好的。"路易斯说。他不愿意去想，如果自己撞到门上退后两步会发生什么。这将是他采取的最后一步。现在，塔顶周围的云都在旋转，太阳几乎就在头顶上。他们只剩下几分钟了。

罗丝·丽塔抓住粗大的铁把手，用尽全力拧了一下。"就是现在！"她咬紧牙关说，"好紧！"

路易斯闭上了眼睛，用力撞门。他的肩膀撞在门上，门砰的一声打开了！路易斯惊慌地大叫着，跌跌撞撞地冲进一个圆形的小房间。里面只有两把背靠背的椅子。乔纳森叔叔和齐默尔曼太太坐在椅子上，手脚都被捆住了。

"好样的，路易斯！"正对着门的乔纳森叔叔喊道，"快用你的军刀给我们松绑！"

"快点儿，"齐默尔曼太太催促道，"我们剩下的时间不多了。"

罗丝·丽塔扶着门。她踢掉了运动鞋。"这门里面没有把手。"她说，"我要用鞋子把它卡住。快帮你叔叔松开绳子，路易斯。我去给齐默尔曼太太松绑。"

"小心。"齐默尔曼太太说，"这是魔法绳索。如果拉错了绳结的方向，它就会捆住你！"

路易斯从牛仔裤口袋里掏出了他的童子军军刀。他打开刀，说："我应该从哪里割呢？"

　　"哪儿都行！"乔纳森指挥道，"这只是普通的晒衣绳！我可不喜欢像李子脸那样小心翼翼。"

　　路易斯割断了一圈绳子，然后又割断了另一圈。乔纳森把他的胳膊抽了出来，然后从路易斯手里拿过刀子，割断了绑在他左臂和腿上的绳子。他跳起来说："往后站，罗丝·丽塔。我很擅长解魔法结！"

　　他在齐默尔曼太太右臂的结上比画了几下。绳子扭动了一下，然后突然松开了。齐默尔曼太太松了一口气说："谢天谢地！接下来的就交给我吧。"她自己做了个魔法手势，然后站了起来，绳子先是像太妃糖一样伸展着，然后又化为一缕缕雾气。"我们得去拿我的魔法伞。"她说，"那个怪胎把它放在他小屋的椽子上了。他去哪儿了？"

　　路易斯使劲儿咽了咽口水。"影……影子抓住了他。"他说，"我……我把那张羊皮纸和那本书给了他，然后如尼文就回到了他那里。"

　　"总算摆脱了。"齐默尔曼太太粗声粗气地说，"我们走吧！"

　　"我和你一起去！"乔纳森大声说，从椅子下面拿起他那根水晶头的手杖，"大家跟我来！"

　　路易斯曾认为爬上这些台阶很困难，可他没想到，往下走更糟糕。虽然没有刮风，但云层在头顶上盘旋着，这种移动让路易斯觉得自己好像摇摇欲坠。但他叔叔的手紧紧地放在他的肩膀上，他强迫自己一步一步地向前走，直到他终于回到了地面。

"我去拿我的伞！"齐默尔曼太太大声说道，"你们看看能不能找到那个该死的钟！现在离中午十二点只有五分钟了！"

"我和你一起去。"罗丝·丽塔说，她停下来把运动鞋穿好。她和齐默尔曼太太沿着小路向小屋冲去。

乔纳森靠在塔上，把耳朵贴在石头上。"我什么也听不见！"他抱怨道，疯狂地挥舞着手杖，"以实玛利做了什么？做一个神奇的电子末日时钟？那可不是他的风格！"

路易斯向陡峭的山上望去。四周一片黑暗。草和所有怪异的雕塑都沐浴在从云缝里透进来的微弱阳光中。阴影变得模糊了，路易斯有一种恶心的感觉，觉得太阳正在消失。

然后，他注意到了什么——离塔最近的雕塑是一组从混凝土圆顶指向上方的长矛。一支在中间，被三支长矛包围着，外面还有一圈八支长矛。路易斯突然意识到，那正好是十二支长矛。他现在再看，那些东西并不太像矛，而更像是一个巨大时钟的指针。这会是答案吗？十二个时钟指针，十二个小时，中午十二点？他感觉天旋地转。答案似乎近在咫尺，但又溜走了。答案就像一捧水一样，他抓不住它。

乔纳森叔叔指了指小路："弗洛伦斯和罗丝·丽塔来了。也许她们会有好主意。"

路易斯回头望去。齐默尔曼太太使用了她的魔法。那把伞变成了一根高高的乌木魔杖，顶端是一颗明亮的紫色水晶，射出跳动着的光芒。齐默尔曼太太的紫色连衣裙变成了飘动的黑色长袍，紫色的火焰在织物的褶皱中闪烁。

在她身后，一个黑乎乎的、毛发蓬乱的身影正沿着弯弯曲曲的小路爬上来！"小心！"路易斯惊慌地尖叫道。

齐默尔曼太太转过身去。那暗影生物突然抬起头来，凶狠地张开双臂，黄色的眼睛瞪得发亮。路易斯看见齐默尔曼太太把罗丝·丽塔推到身后，她面对这个摇摇晃晃的怪物，一步一步地后退到山坡上。最后，她走到了塔楼下的一个圆圈。那个可怕的身影来到圆圈的边缘，然后开始在边缘徘徊，就像一只饥饿的丛林野兽。

"只要我们不走出圈子，我们就是安全的。"乔纳森说，"那怪物抓走以实玛利后为什么没有消失呢？魔法师的咒语通常在他死后就失效了！"

"记住，他还有很多邪恶的魔法师同伙。"齐默尔曼太太回答说。她绝望地向上凝视。"还有不到两分钟！"她说，"你们找到时钟了吗？"

"没有。"乔纳森说，"快来帮我们一起找！"

罗丝·丽塔把目光从影子怪兽身上移开，说道："也许它就藏在某个非常显眼的地方，就像埃德加·爱伦·坡[1]小说中

1　19世纪美国诗人、小说家和文学评论家，著有侦探小说《失窃的信》等。

那封被盗的信。会不会在那些可怕的雕塑里？在一个水晶头骨里，或者——"

路易斯向山上望去。在那一小片阳光下，塔楼的影子缩成了一个很小的黑影。塔尖的影子几乎碰到了第十二支长矛——

然后，他找到了答案！

"这是日晷！"他尖声大叫道，"整座山就是一个日晷！我们看不见时钟，因为我们正站在它上面！"他指着塔尖的影子："当它碰到十二支长矛——一共有十二支长矛——太阳就会熄灭，咒语就会生效！"

"哦，我的天啊！"齐默尔曼太太说，"你是对的！所有人都往后站！"

她用魔杖指着塔楼的顶端。她迅速念了一句古哥特式的咒语，一道紫色的闪电从她的魔杖尖射了出来。它在空中划出一道弧线，撞在塔顶上。随着一声猛烈的爆炸，石头炸开了，塔尖倒塌了。"退后！"乔纳森喊道。他一只手抱住路易斯的腰，另一只手抱住罗丝·丽塔的腰，把他们拖走了。

路易斯吓得一哆嗦。整个塔顶都被炸飞了，落向地面，砸中了离齐默尔曼太太不到一米的地方。塔尖插入地面。云层一直在急速旋转，突然沸腾起来。从他们周围传来一声尖叫，比路易斯听到过的任何声音都要响亮。他用手捂住耳朵。

水晶头骨一个接一个地爆炸了，爆炸声像猎枪一样响亮！长矛像热炉子上的冰激凌一样熔化了！金属蝙蝠也着火了，发出炫目的白光！塔开始摇晃，发出隆隆声。石头从高高的台阶上掉了下来！

"快跑，弗洛伦斯！"乔纳森喊道，"孩子们，快到船上去！"

"我不会留下齐默尔曼太太一个人的！"罗丝·丽塔坚持说。她挣脱乔纳森叔叔的手，跑向她的朋友。齐默尔曼太太转过身来，眼睛睁得大大的，神情恍惚。她绊了一下，然后罗丝·丽塔出现在她身边。她把齐默尔曼太太的手臂搭在她的肩膀上，搀扶着齐默尔曼太太向小路跑去。

大理石墓碑变得像蜘蛛网一样。它们摇摆不定，然后像软塌塌的灰色飘带一样随风飘散。路易斯脚下的地面在起伏，他跟跄了一下，就像要走过一个巨大的软绵绵的床垫。整座岛都在咯咯作响。树木像流沙一样陷入泥土里。

那个影子怪物就站在那里，浑身抖动，身体肿胀！它挡住了去路。乔纳森看着齐默尔曼太太，然后他说："我想这次要看我的了。希望我能成功！"

路易斯感到非常难受。乔纳森大步走出圈子，黑影向前猛冲，朝他扑过来。乔纳森两脚叉开，把手杖笔直地举在面前。他用雷鸣般的声音喊道："光明与真理！"

炫目的光芒从他手杖上的水晶球里射出！路易斯看见射出的光芒击中了影子怪物，并把它举到了空中。光带刺穿并撕碎了它，阴影的碎片旋转着消失无踪！

它被彻底消灭了！

乔纳森转过身，抓住齐默尔曼太太的另一只胳膊。这时路易斯才注意到，她的魔法杖又变成了一把伞，一把普通的黑色雨伞，伞柄上有一个水晶球。"我没事，"齐默尔曼太太小声说，"只是对这样的突如其来的灾难没有做好准备！'光明与真理'，乔纳森？对一个只会空谈的魔法师来说，这咒语可真棒！我们走吧！"

他们跌跌绊绊地走下起伏的小路，经过小屋，小屋像鼻涕虫的黏液一样闪着恶心的光，正慢慢渗进地下。路易斯回头看了看。树都被吸进了土里，他都能看见那座塔了。它在移动，摇摇晃晃，黑色的石头不断落下来。然后，伴随着一声听起来像是末日来临的可怕巨响，塔断了，倒了下来。

路易斯惊恐地尖叫起来。小路已经变成了液体，像可怕的泥潭。他觉得自己陷了进去，泥浆没到膝盖。他周围的每个人都在跌跌撞撞地挣扎着。但前面就是码头，以实玛利的船和他们自己的船都停在那里。

乔纳森陷进泥里，泥浆已经没过他的腰了，他使出了超人般的力气，把路易斯扶了起来。"去吧！"他喊道，路易斯感到自己被抛向空中。他惊慌地大叫一声，然后掉进了冰冷的水里！他拼命挣扎着浮出水面，抓住了什么坚硬的东西——是乔纳森叔叔的小船的舷缘！他扑通一声翻过扶栏，跳进了小船。在他前面，苏必利尔湖的湖水正在吞噬着日晷岛。乔纳森叔叔把罗丝·丽塔扶起来，他身边的齐默尔曼太太步履踉跄，一只手搭在他的肩膀上。他们俩都陷进了松软的泥土里，但现在湖水已经淹没到了他们的腰际。

"坚持住！"路易斯尖叫道。他抓起缆绳猛地一拉，把拴缆绳的木桩从几乎已经变成液体的木码头上扯了下来。路易斯抓住码头上的一个桥墩，使劲推。这感觉真让人难受，就像把他的手伸进了什么腐烂的东西里，弄得油腻腻、黏糊糊的，但他的这一努力终于让船漂了起来。乔纳森向前冲了一步，两步，然后到了船边。他把罗丝·丽塔抱了进去，把手杖扔到她身后。然后，就在泥浆马上要没到他胸口时，他又把齐默尔曼太太扶了进去。"走！"他大喊，"我会没事的！带她们出去，路易斯！"

　　齐默尔曼太太已经喘不过气来了，她趴在甲板上，抓住了乔纳森的一只胳膊。"我抓住他了！"她说，"启动引擎！"

　　路易斯猛拉绳子，舷外发动机响了一声，然后启动了。"抓紧！"他吼道。他尽可能缓慢地掉转船头，他们开始驶离小岛，乔纳森叔叔拼命地抓着船和齐默尔曼太太。

　　"看那边。"罗丝·丽塔用充满敬畏的声音说。

　　路易斯回头看了一眼。整座岛正在溶解。它就像一团腐烂的东西一样流进了湖里。在他们头顶，云层越来越稀薄，云雾开始散开。

　　"拉我上去！"乔纳森叔叔喊道。罗丝·丽塔和路易斯向后靠了靠，他斜着身子从一边滑了进来，半个船舱里都是苏必利尔湖的湖水。他正在发抖。"末日时钟完蛋了！"他喊道，"太好了！整座岛都会被水淹没。"

　　"而且'不留一丝的痕迹'。"齐默尔曼太太引用了莎士比亚《暴风雨》中的一句话，"但是，我们及时摧毁末日时钟了吗？是我们消灭了魔咒，还是——"

她没有说完。但路易斯知道，她不忍说的是："还是咒语把其他人都消灭了？"

第十五章

　　路易斯很快就知道了，是他们及时摧毁了时钟，这让他松了一口气。虽然戈尔韦外公说出现了一些"非常奇怪的天气现象"，但并没有什么可怕的事情发生。一个多星期后，他才知道了剩下的故事。

　　那是在一个温暖的夏夜，在新西伯德，他们都回来了，包括戈尔韦外公，他的朋友从澳大利亚回来了，赢得了帆船比赛的金杯。但当齐默尔曼太太把她所了解到的情况告诉乔纳森、罗丝·丽塔和路易斯时，戈尔韦外公并不在场。

　　"亚塔那修教授和其他人认为，我们真的是给了邪恶魔法世界狠狠一记重击。"她笑着说，"我们可能永远不会知道，在以实玛利·伊扎德统治世界的疯狂计划中，有多少魔法师和他签订了契约。可能有几百个，也可能有上千个，或者更多。但据我世界各地的朋友告诉我，那些邪恶魔法师的魔力已经完全枯竭了。他们用剩下的魔力甚至无法把奶油变成黄油！他们中的一些人恨死以实玛利那个坏蛋了。如果他们能找到他——嗯，也许死在影子怪物的手里，会比死在他曾经的同伙们的手里更舒服一些！"

乔纳森点点头："我就知道会这样。以实玛利动用了大量的魔力来维持那座岛的稳固。当弗洛伦斯啪的一声折断太阳钟的指针时，他们的愿望便落空了。当那座岛消失的时候，他们的魔力也随之消失了！"

罗丝·丽塔松了一口气："那么世界就安全了。"

齐默尔曼太太的眼睛闪闪发亮："不管怎么说，大家都平安无事，没有被伊扎德家的最后一个成员杀死！没有了那些邪恶的魔法师，这个世界在很多方面都会更安全、更舒适。不过，你们得记住，并不是世界上所有的邪恶魔法师都和以实玛利结了盟。我们仍然要保持警惕。"她转身对乔纳森说："顺便说一下，邋遢鬼，我没有折断任何'指针'。我发现那个在太阳钟上投下影子的小玩意儿的官方名称是日晷。"

乔纳森拍了拍额头："日晷岛！哦，我的天啊！现在我真希望我以前在语文课上好好学习过。"

齐默尔曼太太笑着说："那座钟太大了，我们看不见它的全貌。其实只要数一数那些可怕的雕塑，我们就应该知道了。它们代表的是白天的时间，从早上六点到晚上六点！"

乔纳森摇了摇头，然后他在马甲口袋里摸了摸。

"哦，顺便说一下，弗洛伦斯，我已经处理好了。"他递给她一张纸条。

她疑惑地接过纸条看了看，然后笑了。"你帮我付了租船的钱！"她说，"七百美元！我会还给你的。"

"没必要。"乔纳森笑着说，"价格很便宜！我完全付得起。我刚刚告诉船主，你把船撞碎了，船像石头一样沉了。"

"我开车的技术可比开船好！"齐默尔曼太太反驳道，但她还是咧着嘴笑了。

好一会儿没有人说话。然后，路易斯犹豫地问道："你会没事吧，齐默尔曼太太？我是说，你并没有耗尽你所有的力量，对吧？你看起来相当——"

"相当糟糕？"齐默尔曼太太替他说完，"没事的！没事，我的魔法没事，谢谢你。但是，我的天啊！打破那个咒语让我很难受。我觉得自己好像抓住了一根带电的电线。我很幸运，罗丝·丽塔和乔纳森都很顽强。如果没有他们拖着拽着我，我想我不可能找到去码头的路！"

"不客气，老巫婆。"乔纳森回答，"不管怎么说，当那座岛想把我吞下去的时候，是你紧紧抓住我的胳膊，救了我！"他掰了掰手指："好了，说到魔法……我知道路易斯喜欢看古代的战争，但今晚我想我会尝试一个稍微不同的咒语。既然我们拯救了人类，给了世界一个未来，我想我可以想象一个美好的幻觉，让我们一起参与其中。准备好了吗？"

乔纳森花了不少工夫，当他完成最后的准备工作时，他挥舞着手杖，吟诵了一段咒语。一团粉红色的薄雾盘旋而入，当薄雾平息下来时，他们站在一个锈红色的山坡上，山坡上覆盖着积雪。太阳看起来很暗、很小，天空是粉红色的。在更远的地方，路易斯可以看到一些圆顶和正在生长的绿色的东西。

"我们在哪儿？"他问。

他的叔叔笑了："当然是在火星上！但不是现在的火星，而是几百年后的火星，那时人类把它变得更像地球，并在这里生活。最精彩的部分是火星上的重力很小！"

乔纳森猛地一跳，飘然而起。他向上飞了三四米，然后又优雅地回到——好吧，不是地球表面，而是火星表面。"试试看！"他说，"太有趣了！"

很快，罗丝·丽塔和路易斯就蹦蹦跳跳地走来走去，笑得前仰后合，就像在宇宙中最大的蹦床上玩耍一样。乔纳森叔叔双手叉腰站在那里，满脸笑容。"还有什么比这更有趣呢？"他问道。

砰！当一个软雪球砸到他的头时，他尖叫起来。他转过身来，看见齐默尔曼太太又在揉一个雪球。

"还有什么比这更有趣呢？"她调皮地问道，"当然是一场老式的未来派雪仗！"

罗丝·丽塔和路易斯坐下来，看着乔纳森叔叔和齐默尔曼太太一边欢呼一边来回扔火星雪球。路易斯咯咯地笑了起来。罗丝·丽塔也是。然后他们俩一起大声欢呼起来。他们的笑声在火星奇异的天空中飘荡。这声音真美妙。

嘀嗒屋 ⑨

世界尽头的高塔

唤醒孩子内在的勇气，遇到困难不再逃避！

本系列包括：

策　　　划：读客文化 021-33608320
版　　　权：读客文化
责任编辑：丁小卉
特约编辑：马敏娟　　唐海培　　吴亚雯
封面设计：张路云
封面插画：[英]内森·柯林斯
网　　　址：www.dookbook.com
投稿邮箱：dookchina@163.com

小读客

小读客经典童书馆
443

嘀嗒屋 ⑨

世界尽头的高塔

唤醒孩子内在的勇气，遇到困难不再逃避！

路易斯本应在湖边和家人、朋友们度过一个愉快的假期，一封匿名信却让他陷入了恐惧之中……

凭空出现的湖心岛、诡异的黑色高塔，以及再次出现的末日时钟的嘀嗒声，一切都指向一个答案——末日时钟毁灭世界的计划即将重启！

世界末日的阴云笼罩，灾难随时有可能发生。无论如何，他们必须回到湖心岛去摧毁末日时钟！这一次，路易斯变得更加冷静和灵活了。但为了彻底粉碎邪恶魔法师的阴谋，只有勇气还不够，他还需要发挥自己的聪明才智……

本系列荣获

- 《纽约时报》年度杰出图书奖
- 美国图书馆协会国际兴趣儿童图书奖
- 纽约公共图书馆年度青少年图书奖
- 美国佐治亚州青少年组年度作家奖

以充满童心的叙事方式，用一个华丽绚烂的魔法世界，包裹了一个温暖治愈的勇气童话。

——环球网影评

真正强大的魔法，是被理解、接受后的爱与陪伴，还有不会被生活磨灭的勇气和童心。

——《北京晚报》

建议上架：畅销书 / 儿童文学
ISBN 978-7-5594-6914-4

熊猫君激发个人成长
www.dookbook.com

9 787559 469144 >

定价：198.00元
（全6册）

凤凰传媒
PHOENIX MEDIA

布拉德·斯特里克兰

作者简介：

　　布拉德·斯特里克兰，美国奇幻小说作家，盖恩斯维尔州立学院英语教授。他完成了约翰·布莱尔创作的《嘀嗒屋》系列的遗稿，并延续《嘀嗒屋》系列的角色创作了另外六本，其中的《魔法师博物馆》获得了纽约公共图书馆年度青少年图书奖和美国佐治亚州青少年组年度作家奖。

译者简介：

　　陈颜，上海外国语大学英语语言文学硕士，自由译者，已出版翻译作品《优势变现》《数字迷城：数字时代下的生活、自由和幸福》等。

小读客 经典童书馆

童年阅读经典 一生受益无穷

嘀嗒屋 ⑩

神秘哨子的召唤

[美] 布拉德·斯特里克兰　著
陈颜　译

江苏凤凰文艺出版社
JIANGSU PHOENIX LITERATURE AND
ART PUBLISHING

图书在版编目（CIP）数据

嘀嗒屋 . 10, 神秘哨子的召唤 / (美) 布拉德·斯特
里克兰 (Brad Stickland) 著; 陈颜译. -- 南京：江
苏凤凰文艺出版社, 2022.11
　书名原文：The Lewis Barnavelt series
　ISBN 978-7-5594-6914-4

　Ⅰ.①嘀… Ⅱ.①布… ②陈… Ⅲ.①儿童小说－长
篇小说－美国－现代 Ⅳ.① I712.84

中国版本图书馆 CIP 数据核字 (2022) 第 123116 号

嘀嗒屋 . 10，神秘哨子的召唤

［美］布拉德·斯特里克兰　著　　陈颜　译

责任编辑	丁小卉
特约编辑	马敏娟　　唐海培　　吴亚雯
装帧设计	张路云
责任印制	刘　巍
出版发行	江苏凤凰文艺出版社
	南京市中央路 165 号，邮编：210009
网　　址	http://www.jswenyi.com
印　　刷	三河市龙大印装有限公司
开　　本	880 毫米 × 1230 毫米　1/32
印　　张	28.75
字　　数	500 千字
版　　次	2022 年 11 月第 1 版
印　　次	2022 年 11 月第 1 次印刷
标准书号	ISBN 978-7-5594-6914-4
定　　价	198.00（全 6 册）

江苏凤凰文艺版图书凡印刷、装订错误，可向出版社调换，联系电话：010-87681002。

目 录

第一章

在20世纪50年代一个多云的夏日午后，十二个男孩和一个男人穿着童子军制服，正徒步穿过密歇根州南部的一片草地。男人看上去有点儿心烦意乱，大概是因为男孩们都在齐声高唱着：

"我们是真正的童子军，我们忠诚又守信；我们是一三三营的童子军！我们优秀又无敌；当我们前进的时候，我们都高兴地唱着：我们是真正的童子军……"

就像那首《墙上的99瓶啤酒》，这首歌同样也能在三十秒之内逼疯任何一个大人。在队伍的末尾，有一个小男孩没有张嘴跟着唱，他气喘吁吁地迈着沉重的步伐，费力地跟在大部队的后面。这个男孩就是路易斯·巴纳维尔特，他大约十三岁的样子，一看就是个不喜欢运动的小胖子。这时的他感觉又累又热。一颗颗汗珠顺着他的脖子淌下来，不仅弄得他痒，还搞脏了他的卡其布制服。还有他背包上的背带，同样勒得他的肩膀很不舒服。他举步维艰地走在草地上，每走一步，脚下的干草就会发出沙沙声和噼啪声。

然而，他在心里想着，这至少要比在树林里好多了。如果是在树林里，别的孩子就会把树枝往两边拨开，然后等他们一放手，那些树枝就会往后弹回来，打在他的脸上。一旦有树枝刺痛他的眼睛，让他掉了眼泪，大家就会在一旁笑话他。

尽管如此，在背着沉重的睡袋、帐篷和补给品的情况下，路易斯还是觉得寸步难行，酷热难耐。不过，路易斯知道自己最好不要抱怨。其他的人都可以随心所欲地抱怨，但路易斯只要多说一个字，他就会被大家当成一个"爱哭鬼"，而且还会一直被嘲笑下去，没完没了。

似乎已经过了好几小时，童子军团长哈尔弗斯突然吹了一声哨子，哨子发出尖厉的响声。路易斯停下脚步，抬头看了一眼，原来大部队已经走到了一座低矮的山丘顶部。"我们将在这里扎营，"童子军团长开口说道，"如果今晚下雨的话，这里会是个不错的位置。大家先搭好帐篷，然后我还需要几个人去捡一些石头和木柴回来。彼得斯、福克斯，还有……让我想想，巴纳维尔特，你们三个去吧。"

"福克斯和我一起去捡木柴。"斯坦·彼得斯立刻说。他看起来又高又瘦，长着一头红发、两只大大的耳朵、一个大鼻子，脸颊似乎被一千个淡橙色的雀斑覆盖了："让巴纳维尔特去捡石头吧。"

"是的。"比利·福克斯同意道。比利看起来要比斯坦矮一点儿，也更胖一些。他长着一张圆圆的脸，棕黄色的头发剪成了平头，还有着像足球运动员一样结实的身材。接着，他小声地用一种只有路易斯和斯坦能听见的声音补充道："大肥猪需要锻炼一下！"

顿时，路易斯感觉自己的脸像火烧一样的滚烫。他生气地瞥了比利一眼，但还是紧闭双唇，什么也没说。路易斯从很久以前就明白了，如果他和这些人争吵起来，他们以后只会变本加厉地对他。于是，他转过身去，放下背包，开始搭自己的小帐篷。

至少这是他能做好的事情。路易斯住在密歇根州新西伯德镇的高街100号，在来参加童子军之前，他和自己的叔叔乔纳森已经在后院里反复练习过好多次了。自从几年前他的父母在一场可怕的车祸中双双丧生之后，他就搬到新西伯德镇，和乔纳森叔叔住在了一起。现在，乔纳森叔叔就是他的法定监护人，而路易斯也很享受和叔叔在一起生活的大部分时光。

值得一提的是，乔纳森·巴纳维尔特是一位魔法师。他不仅能像魔术师一样把手帕藏进袖子里，或是假装让硬币消失，而且还是一位真正的魔法师。他能创造出许多精彩绝伦、栩栩如生的幻象，甚至包括声音和味道。住在他们隔壁的是弗洛伦斯·齐默尔曼太太，她是一位和蔼可亲、满脸皱纹的老太太，同时也是一位善良的魔法师，她的魔法甚至比乔纳森叔叔的还要高强。只要有他们俩在身边，生活就永远都不会枯燥无聊。

不过，有时候路易斯却觉得枯燥一些也无妨。他天生就是个胆小的孩子，而在过去的日子里，他却遭遇了很多奇奇怪怪的魔法危机。说来也奇怪，对比他在日常生活中遇到的问题，比如欺负他的同学、苛刻的老师或者周末远足等，他在面对魔法危机时，反而能处理得更好。

路易斯把最后一根木桩钉好，就往后退，站了起来。他的帐篷堪称一件艺术品，表面紧绷结实，棱角分明利落。"哈尔弗斯先生，"他开口说，"我搭好了。"

哈尔弗斯先生身材高大，体格健壮，有着一个圆滚滚的鼻子、一头花白的短发，还戴着一副黑框眼镜。他走过来看了看路易斯的成果。"干得不错，"他拍了拍路易斯的肩膀说，"让那些慢吞吞的家伙都好好学学！对了，巴纳维尔特，我们还需要一些平整的石头来搭火坑，快去吧。"

"是啊。"斯坦冷笑着说。他的帐篷还是松松垮垮的，就像一块搭在晒衣绳上的布："非常感谢你教会了我们这些慢吞吞的家伙！"

但路易斯什么也没说。他径直走到山脚，然后往一片树林里去了。这时，他才开始害怕了起来。无论如何，斯坦和比利都一定会过来报复他的，因为他们会觉得自己尽力搭好帐篷，是在故意让他们难堪。当路易斯消失在大家的视野之后，他没有再继续寻找石头，而是坐在了一根原木上面，用胳膊肘顶在膝盖上，双手托着下巴。他在那儿歇了好几分钟，为最近很不顺心的生活烦恼了起来。

其中的一个烦恼，就是他和乔纳森叔叔参加的教会又换了一位新神父，这已经是一年之中换的第三位了。这位新来的福利神父是从爱尔兰远道而来的一位老人，但他总是板着一张脸，似乎认定了天底下的男孩都是邪恶的化身。因此，路易斯开始害怕去教堂里面忏悔。他很喜欢之前的那些神父，他们都和蔼可亲，待人友善，而且向他们进行忏悔，也不是太难：只要诵念十几句经文就行了，仅此而已。可现在，福利神父却会为了一些小事严厉地责备他，还动不动就以忏悔的名义安排路易斯干些修剪教堂的草坪，清理地下室，还有清洗教区房子的窗户之类的事情。

斯坦·彼得斯也和路易斯去同一个教堂，但不知怎的，他好像从来都没惹上过什么麻烦。当路易斯正在教堂外面干活儿时，斯坦碰巧路过了两三次，但他都在一旁幸灾乐祸。有时候，路易斯甚至觉得福利神父跟那些喜欢欺负他的男孩是一伙的。即使路易斯做得再好，福利神父也会对他皱着眉头，仿佛路易斯并不是一个懵懂天真的初中生，而是他的头号天敌。

关于这个烦恼，乔纳森叔叔也告诉过路易斯，他必须学会和各种各样的人打交道，所以他一定得继续去教堂忏悔，但路易斯不知道自己还能撑多久。在过去，他是很喜欢参加弥撒的，因为每当祭拜仪式结束的时候，他总会觉得自己和逝去的父母很靠近。但现在，他只觉得天堂里所有的圣人都好像站在了福利神父的那边，都像福利神父一样用不满的目光盯着他。

路易斯叹了口气。在斯坦和比利找到他之前，他得赶快开始找石头了。他四处翻找，挖到了六块足够扁平的石头，又把它们堆在了树林边上。然后，他往森林的幽暗处走得更远了些，想再多找一些石头回来。不过，他并没有走上陌生的小路，而是一直紧张兮兮地查看周围的地标，以免自己迷路。

他知道这么做有点儿幼稚，因为童子军队伍所在的位置离新西伯德镇只有十几千米而已。这一小块树林和草地的四周都是农田，即使他和大部队走散了，他也只需要继续往前走，不久之后就能看到一座农舍或者一条车道了。但尽管如此，他还是不太敢与哈尔弗斯先生以及其他人离得太远。

路易斯一边想着自个儿的烦心事，一边穿过一片灌木丛，来到了一块空地边上。他发现空地的中间有一块石头，但那块石头对他来说实在太大了。事实上，那块石头差不多三米长，一米多厚，是一块又长又平的巨石，有着几乎椭圆形的轮廓。它的周围还散落着无数小石头，从手掌大小到南瓜大小不等。也许，是冰河时代末期的一座冰川把它们带到了这里——但在路易斯看来，这些石头似乎是人类留下的。

不过，石头就是石头嘛。路易斯抱起一个中等大小的石块，把它搬到树林边上的石堆里去了。只要再多找几块这样的，他就能心满意足地打道回府了。于是，路易斯穿过灌木丛，接二连三地搬了一块又一块的石头。就在他第五次，或是第六次搬运时，他已经累得不行了，只好坐在那块巨石上休息，喘口气。这时，他才注意到巨石长满青苔的表面上好像刻着什么字，看起来非常古老，还有一些字母看不太清，就像被腐蚀了一样。但是，路易斯还是拼凑出了上面的奇怪刻字：

HIC IACET LAMIA

这是拉丁文。路易斯曾经是一名祭坛侍童，在学校里也学过一年多的拉丁语，所以他很容易就翻译出了开头的两个词："这里埋葬着——"

路易斯发出一声惊叫，立即从巨石上跳了下来。原来这是一座坟墓！那它的里面一定埋葬了一个叫"拉弥亚"的人。虽然路易斯并不迷信，但他也从不会去触碰和坟墓有关的事情，至少是在经历了塞伦纳·伊扎德的可怕事件之后。那时，他刚搬来和乔纳森叔叔一起住。他偷偷尝试了一个魔法咒语，一不小心就把一个叫塞伦纳·伊扎德的女鬼魂从坟墓里召唤出来了！

路易斯慌忙弯腰搬起了最后一块石头，他必须得这么做——突然，他停了下来。那块巨石底下的黑色泥土里好像有什么东西在闪闪发光，而且还是银色的。路易斯放下了手中的石头，将巨石底下的一些干土刮开，找到了一个大约十厘米长、和钢笔一样粗的银色管状物。路易斯把它捡了起来，翻来覆去地看。原来这是一枚哨子，里面塞满了泥土，但并没怎么生锈。

就在这时，他听到树林里传来了一阵哗啦啦的声音。有可能是比利和斯坦，他在心里胡乱想着，然后立马把哨子塞进了口袋里。他们要是发现了这枚哨子，一定会毫不客气地把它从路易斯的手里夺走，而且如果他们认为自己能逃过责罚的话，说不定还会痛打他一顿。路易斯又搬起了之前的那块石头，摇摇晃晃地走了起来。他听到比利和斯坦好像在左边的某个地方，但他没有理会他们，而是径直把石头搬到了营地。后来，哈尔弗斯先生又派了另外两个搭完帐篷的男孩帮忙搬完了剩下的石头。

在太阳快要落山的时候，他们生起了篝火，做了一些热狗和一壶烤豆。现在已经没有要下雨的迹象了，头顶上的乌云散去，天空正慢慢放晴，夕阳西下，在天边留下了一片鲜艳的粉红色。路易斯吃完了两个热狗，虽然还是觉得很累，但好在填饱了肚子。夜幕降临之后，童子军们开始讲起了篝火鬼故事。路易斯听到了许多的故事，比如有一个用钩子当手的疯子杀人犯的逃亡故事；还有一个关于房间的恐怖故事，一个女人的丈夫告诉她，她可以随便进出房子里的每一个房间，但唯独有一个房间是不能进入的……

路易斯什么故事也没说。他也不太喜欢大家说的这些故事，因为它们都让他想起了以前真实发生过的一些恐怖事情，而且他也根本无法提及那些事，除非他想让哈尔弗斯先生和其他人都认为他的脑子进水了。路易斯觉得大家说的这些故事一点儿也不可怕，好吧，准确地说，是没有那么可怕。此外，他还注意到，当大家讲完一个又一个的故事时，其他的童子军都蜷缩成了一团，越来越靠近火堆，只有他一个人孤零零地坐在一边。

这个时候，比利·福克斯讲起了一个名叫"疯狂杰克"的隐士的故事，他在一百年前"也许就住在这片树林里"。

"……所以这个猎人就迷路了，懂了吗？"他说道，声音听起来低沉又恐怖，"然后，他来到树林里的小木屋前。猎人敲了敲门，然后这个人就打开了门。猎人大约有两米高，一头蓬乱的头发，还有着像老鼠窝一样乱蓬蓬的胡子，里面夹杂着一些草和其他东西……"

其他的男孩都在聚精会神地听着，路易斯却慢吞吞地从口袋里拿出了之前找到的那枚哨子。他捡起一根小树枝，开始清理堵在银色哨嘴处的泥巴。究竟是谁把它丢在了那里？有多长时间了呢？也许早在哥伦布来到新大陆的几个世纪以前，就有一个波塔瓦托米[1]猎人把它给扔掉了；也许在美国还没有成为一个国家的时候，就有一个法国探险家把它戴在了脖子上。路易斯十分享受地幻想着这枚哨子身上一切可能的故事。

比利的故事快结束了："猎人从没有睡过这么柔软的床，所以他很想知道床垫里到底塞了什么。于是，他拿起猎刀在床单上切了一个小口子。里面居然是人的头发！他跳了起来，想跑出房间，但是却开错了门……就在这时，他感觉有人抓住了自己的头发！"

斯坦从篝火边溜过去，抓住巴尼·巴约斯基的红头发，使劲拉了一下。巴尼几乎和路易斯一样胆小，于是他非常惊慌地尖叫了起来。

路易斯咕哝了一声，很庆幸在其他童子军纷纷靠近火堆的

---

1 波塔瓦托米人是美洲大陆上的印第安部落，目前主要居住在美国威斯康星州和密歇根州。

时候，自己留在了原地，否则他就会成为受害者。

他已经把哨子里的大部分泥巴都清理出来了，但里面还是有一些沙砾，看起来脏兮兮的。他决定等到露营结束后，让他的朋友罗丝·丽塔·波廷格来帮他研究一下这个新发现。罗丝·丽塔要比路易斯大一岁，但他们俩在学校是同班同学。她是个十分聪慧的女孩，很喜欢历史，尤其是那些和大炮、冒险或探险有关的历史。与此同时，他还要把哨子再清理干净，然后——

突然，路易斯吓了一跳。大家已经开始灭火了，唐尼·马龙用他的军号吹起了《熄灯号》，虽然每六个音符中就只吹对了一个。原来是就寝时间到了。

男孩们都爬进了各自的帐篷睡袋里。路易斯仰面躺着，把头放在小帐篷的外面。他双手抱在脑后，仰望着漆黑的夜空。他能说出许多星座的名字，还看到了两颗行星：明亮的木星和红色的火星。这时，月亮也出现了，它的半个圆面是明亮的。路易斯听见了周围的蟋蟀在鸣叫，远处还传来了猫头鹰的哀鸣声。一阵微风吹得干草沙沙作响，路易斯闭上眼睛，很快就睡着了。

过了一会儿，他突然惊醒了。他感觉自己被埋了起来，马上就要窒息了！他的胸脯在剧烈地起伏着，但他无法呼吸！路易斯不断挣扎着，却发现自己的胳膊被死死地压住了。他一点儿都动弹不了！有什么东西正按着他的脸——

不知道从哪里来的力量，路易斯拼命地挣扎着，设法将一些空气吸进肺里，发出了一声惊恐的尖叫。

"怎么了？"是哈尔弗斯先生的声音，他听起来有些困倦，但又很生气。

路易斯感觉有人在用力地拽他。接着，他突然又能呼吸了，一股凉风冲进了他的肺里。就在这时，路易斯发现自己正与哈尔弗斯先生四目相对，他举着手电筒。

"你到底怎么了？"哈尔弗斯先生严厉地问道。

"我……我……"路易斯喘着粗气说。

"快点儿出来。"哈尔弗斯先生拉开了睡袋的拉链，把路易斯解救了出来。

路易斯爬了出来，但仍然气喘吁吁的。他终于明白发生了什么事：不知怎的，他居然把自己的睡袋拉链从头到脚地完全拉了起来。他颤抖着站在那里，借着哈尔弗斯先生的手电筒光，他才看到自己的帐篷被毁了。整个帐篷垮了下来，在风中摇来晃去的，而且上面的帆布还被划破了三条大口子。

在手电筒发出的一小圈黄色光源之外，其他男孩正在对着路易斯坏笑。路易斯看见比利用胳膊肘轻推了一下斯坦，然后两人都窃笑了起来。

"这是谁干的？"哈尔弗斯先生问道，又把他的手电筒照在了被毁坏的帐篷上，"路易斯，你知道是谁吗？"

路易斯摇了摇头："我没看见任何人。"

"有可能是熊吧。"比利说。

"有可能是疯狂杰克。"斯坦插话说道，好像他是真的想帮忙似的。其他人随即咯咯地笑了起来。

"童子军绝不应该做这样的事，"哈尔弗斯先生责备道，"究竟是谁这么对待路易斯？"

当手电筒的光从一张一张的脸上扫过去时，男孩们都安静了下来。没有任何人出来承认。

"那好，"哈尔弗斯先生厉声说，"你们这次都别想赢得任何荣誉徽章了，除了路易斯。现在先去睡觉吧，路易斯，虽然你的帐篷坏了，但我想今晚是肯定不会下雨的，你能将就一下吗？"

路易斯点了点头。

"别再耍什么花招了，"哈尔弗斯先生大吼道，然后关上了手电筒，"进去睡觉，马上！"

当路易斯进到帐篷时，他确信自己听到了一些强忍住的笑声。他躺了下来，但心里怒火中烧。如果他能再强壮一些的话，他保证要让他们好看！他会好好地教训他们一番，叫他们不要因为别人胖一点儿就到处找碴儿。

他躺在睡袋里，感觉心脏也慢慢恢复了正常跳动。哈尔弗斯先生的手电筒一灭，整个营地就沐浴在了一片黑暗之中，只有一缕灰色的烟柱从死气沉沉的篝火中升了起来，在苍白的月光下就像个幽灵一样。

路易斯闭上了眼睛。然后，他又开始胡思乱想了起来。是烟吗？但是大家明明都已经用水把篝火浇灭了！他撑着胳膊肘，又坐了起来。

他真的看到烟了吗？它看起来就像一缕微弱的、飘忽不定的烟雾，大约有一个人那么高，但它又很难看清楚，路易斯觉得也许是自己看错了。他擦了擦眼睛，但现在他什么也看不见，只有一片黑暗和天上遥远的星星与月亮。

不管怎样，路易斯心想，篝火根本就不在那个方向，而是在左边更远一点儿的地方。

他又闭上了眼睛。接着，他产生了一个令人不安的想法。之前大家一直在讲鬼故事，如果那根本不是烟呢？

路易斯又坐了起来，朝四周瞪大眼睛望了望。什么也没有。他又躺了下来。

但这一次，他知道自己是睡不着了。

第二章

　　星期天的下午，童子军们回到了新西伯德镇。"怎么样？"乔纳森叔叔开口问道，这时路易斯正背着沉重的背包摇摇晃晃地走进门口。

　　"不是很好，"路易斯承认说，然后打开了自己的小帐篷，"你看。"

　　乔纳森叔叔非常和蔼可亲，他的红头发最近有了灰白色，红色的胡须里也夹杂着一些白胡子。他朝路易斯走了过来，拿着那个被毁的帐篷看了看。"应该是有人用刀划的，"他慢慢地说，"究竟发生什么事了？"

　　"是一些人搞的恶作剧，"路易斯无奈地说，"他们认为这会是个有意思的玩笑。对不起，乔纳森叔叔，我会用我的零用钱重新买一个的。"

　　"别犯傻了，"乔纳森叔叔告诉他，"区区一个小帐篷，我还是付得起的。但这并不像是一个玩笑，而是一种卑鄙的、具有破坏性的行为。到底是谁干的？"

路易斯低下了头："我不确定。是在我睡着的时候发生的，我什么也没看见。"

乔纳森叔叔看着路易斯："好吧，但我会去找弗雷德·哈尔弗斯谈一谈的。如果这件事发生在一个父母没钱买新帐篷的男孩身上，那就真的是非常刻薄的行为了。"他抓住小帐篷的边缘，把它举起来看了看，又叹了一口气。"坏得太厉害了，没办法修补，"然后，他的眼睛闪了一下，"当然，我们可以请弗洛伦斯使用她的魔法，保证能让它像新的一样，但那就是自欺欺人了。"

路易斯赞同地点了点头。尽管弗洛伦斯·齐默尔曼太太挥一挥她的魔杖，就能轻而易举地修补好这个帐篷，但她几乎从没有在像这样微不足道的事情上使用过魔法。她曾经向路易斯解释过，魔法就得用在重要的事情上。"没错，"她最后总结道，"那样的话，生活中就没什么乐趣可言了。为什么？如果我用魔法做了一个德国巧克力蛋糕，虽然它尝起来会和我自己做的一样美味，但我就没办法享受搅拌面糊的乐趣了，而你的大胡子叔叔也没办法享受舔搅拌器的乐趣了！"

"好了，"乔纳森叔叔继续说道，"我们得把它扔掉了，然后这个星期我会再给你买一个新的。需要我帮忙一起整理你的露营装备吗？"

"不了，谢谢叔叔，"路易斯告诉他，"我能应付得来。

整理完之后，我还要先洗个热水澡。我浑身都是汗和一些沙子，脏兮兮的。"

几分钟后，路易斯站在了花洒下面，开始淋着热水洗澡。由于一路上都在徒步旅行，他的肩膀和双腿仍在隐隐作痛，而淋浴能让他的肌肉酸痛得到缓解，他感觉非常舒服。最后，他洗完了澡，用毛巾擦干身体，就回到卧室去换衣服了。

路易斯很喜欢和乔纳森叔叔住在一起，其中的一个原因就是这座房子。乔纳森叔叔的祖父在很多年以前就去世了，但他把大部分的钱都留给了乔纳森叔叔一个人。对此，乔纳森叔叔曾经向路易斯解释过，他当时眨了眨眼睛，笑呵呵地说："路易斯，那是因为我的哥哥查理，也就是你爸爸，是一个真正积极进取的人，所以爷爷知道他一定会过上好日子的。此外，爷爷一点儿也不喜欢他的两个孙女，因为她们又专横又爱管闲事，还嫁给了贪官污吏，让整个家族为此蒙羞。于是，我就成了爷爷最喜欢的孙子，因为我们两个有很多的相似之处：长得胖，懒惰，动不动就为生计发愁！"

路易斯知道乔纳森叔叔在做一些投资，而且这些投资还给他带来了稳定的收入。在第二次世界大战期间，乔纳森叔叔买下了位于高街的这座豪宅，虽然价格高昂，但他从没有后悔过。这座房子有三层，所有的卧室里都有一个不同颜色的大理石壁炉。路易斯房间里的壁炉是黑色大理石做的，并且还带有一个防火屏。他的床是一张又大又结实的四柱床，床柱上的装饰也和他的那面大镜子的边框花纹非常相衬。从卧室的窗户望出去，可以看到住在街对面的汉切特家，再往上看，还可以看到山顶上的一座水塔。总而言之，这是一间很大的房间，每当路易斯想到比利·福克斯和斯坦·彼得斯可能都没有睡过像这样宽敞整洁的卧室时，他就不禁有些得意。

路易斯穿了一条牛仔裤和一件红色条纹T恤衫，然后又穿上了一双运动鞋。他之前把那枚哨子放在了床头柜上，就在他的闹钟旁边。这时，他把哨子抓起来，塞进口袋后，就匆匆下楼了。"我能去一趟罗丝·丽塔家吗？"他问乔纳森叔叔。

乔纳森叔叔看了看怀表："可以，不过要在六点之前回来，因为弗洛伦斯今晚要过来给我们做饭。如果你愿意的话，也把罗丝·丽塔叫来吧，我们的大门永远为她敞开！"

"好的。"路易斯砰的一声关上门，穿过草坪，打开了铁门。然后，他匆匆走下坡，来到了大厦街39号，也就是罗丝·丽塔的家。当密歇根即将要成为一个州的时候，新西伯德镇的人们都希望小镇能被选为新的州首府。因此，大家计划着要建造一座漂亮的州政府大厦，甚至还以大厦的名字来命名这条街道。但后来，小镇输给了兰辛市，所以现在这条街的名字就变得有点儿误导人了。

罗丝·丽塔家的房子虽然不是什么豪宅，但它就和这条林荫大道上其他的房子一样，看上去非常舒适。路易斯走进罗丝·丽塔家的院子，听到房子后面传来了一声球棒和球相击的噼啪声。于是，他绕到后院，看见罗丝·丽塔正抛起一个棒球，准备击打。"嘿！"路易斯向罗丝·丽塔打招呼道。

罗丝·丽塔朝他咧嘴一笑。她是一个身材高挑、长相普通的女孩，有着一头细长的黑发，戴着一副又大又圆的黑框眼镜。"你好呀！"她回答说，"嘿，你来得正好。想一起玩棒球吗？"

他们开始轮流投球和接球。在这两方面，罗丝·丽塔都要比路易斯强得多，但她不会因此而取笑他。"你的徒步旅行如何呀？"当他们累了停下来休息时，她问道。

路易斯做了个苦瓜脸："糟糕透了。"接着，他说了大家对他耍的刻薄把戏。

罗丝·丽塔的脸涨得通红，生气地问道："简直太恶劣了！到底是谁干的？"

路易斯耸了耸肩："我不确定。"

罗丝·丽塔严肃地说："我敢打赌，就是比利和斯坦两个人，对不对？"

"也许吧。"路易斯慢吞吞地说。他不想把罗丝·丽塔牵扯进来。如果她走到比利和斯坦面前，要求他们为自己被毁的帐篷赔钱的话，那他之后就会遭遇更大的麻烦。他们会叫他娘娘腔，还会说他和罗丝·丽塔是相爱的男女朋友。突然，他想起了口袋里的那枚哨子，也许它能分散一下罗丝·丽塔的注意力。他把哨子拿了出来，然后说："我在树林里发现了这个。"

罗丝·丽塔接了过去："这是英国警察用的那种哨子吗？"

"我觉得不像，"路易斯说，"我想它应该有一定年头了，我是在一块石头下面发现的。"

罗丝·丽塔转动着手中的哨子。"上面还有雕刻的图案，"她惊讶地说，"一些花饰和圆圈……还有一些单词。"她透过眼镜，眯着眼睛看了看："S……I……其他的就看不出来了。"

"让我看看。"路易斯也眯着眼睛，仔细地盯着哨子看。难怪他没有注意到上面有字，因为这些字迹非常模糊，就像旋涡似的扭曲，很难分辨到底是一个字母还是雕刻图案的一部分。他慢慢地读着："Sibila et veniam，至少能看出来这些。"

"是拉丁语吗？"罗丝·丽塔问，"意思是'因为有事，我就来了'？"

"不对，是'如果有事，我会来的'，"路易斯纠正道，"但我不认识第一个词，它应该是一个动词，而且是用在祈使句中，我就只知道这些了。"

"我的字典就在楼上，"罗丝·丽塔说，"我去拿下来。"

罗丝·丽塔把那本黑色封面的拉丁语–英语大词典抱到了前廊，他们翻看了一遍，但并没有找到什么线索。"这一定是个罕见的词语，"路易斯喃喃地说，"也许我们可以查一下公共图书馆里的大词典……"

"好的，但不是现在。"罗丝·丽塔说完，便拿起哨子，举到了自己的嘴边。

路易斯赶紧抓住她的胳膊，拦住了她："别把它放嘴里！天哪，我告诉过你的，这是我从石头下面挖出来的。它埋在有虫的泥里，上面可能有各种各样的细菌。"

"真恶心。"罗丝·丽塔伸出了舌头,"谢谢你阻止了我。"她把哨子还给了路易斯。"我只是想知道它吹起来会是什么声音。也许你可以洗一洗,或者放在酒精里泡一下。"

路易斯把哨子重新放回了牛仔裤口袋里,继续说:"哦,我本来是想问你今晚愿不愿意过来吃晚饭的,是齐默尔曼太太做饭。"

"当然愿意了,"罗丝·丽塔立刻回答说,"我这就去告诉妈妈。"她把词典拿了回去,几分钟后又回来了,头上还戴着一顶底特律老虎队的棒球帽:"我们走吧!"

他们走到高街,然后上了坡。在路上,罗丝·丽塔开口问道:"那你觉得是谁弄丢了这枚哨子呢?"

路易斯摇了摇头:"我不知道,我想可能是前哥伦比亚时代或者……"

"不,"罗丝·丽塔插话说,"它才不可能是美洲大陆上的东西,上面有拉丁文的刻字。"

路易斯有点儿恼火地解释说:"我当时又没有看到那些字。反正,还有人认为罗马人和迦太基人要比哥伦布早几个世纪就横渡了大西洋呢。"

罗丝·丽塔笑了起来:"就凭他们的五层橹船和划桨帆船吗?这实在太牵强了。"

"我也没说我相信呀。不过,它也有可能是某个传教士留下来的。曾经有法国神父来过这里,还把波塔瓦托米人和……"

"但是，神父一般是不会带哨子的，"罗丝·丽塔插嘴说，"我从来都没听说过。"

"也许有一些人会呢，"路易斯固执地说，"总之，我是在一个坟墓附近发现了它。"

"什么附近？"

"你明明听到了。"路易斯自鸣得意地说。罗丝·丽塔盯着路易斯，眼镜片后面的一双眼睛睁得大大的："那个地方在哪里？"

"就在理查森树林里面。"

"这也太胡扯了，"罗丝·丽塔说，"理查森树林的中间根本就没有墓地，那儿只有一块不适合耕种的石头地，仅此而已。"

路易斯把手放进口袋里，握住了哨子。"但是，它看起来就像一座坟墓，而且石头上还刻着死者的名字，上面说：'这里埋葬着拉弥亚'。也许这个人就是某个拓荒者的妻子什么的。"路易斯的想象力很丰富，他又补充道，"他们很可能是第一批从东部来到密歇根州的定居者，而她在一辆带篷马车上生病去世了。于是，她悲痛的丈夫便在那里埋葬了她，还在坟墓上放了一块大石头，防止野兽靠近，最后在石头上刻下了她的名字。"

罗丝·丽塔翻了个白眼："也许是拉弥亚牌的超级泡泡洗衣液广告吧。"

路易斯哼了一声。"好吧，好吧。但它看起来真的像一座坟墓！而且——"他突然停了下来，"仔细想想，石头上的碑文也是拉丁文，就像哨子上面的一样。"

"哦，所以你认为这枚哨子是属于一个死人的啰？"罗丝·丽塔带着一丝讽刺的口气问道。

"我不知道，"路易斯坦白说，"但它们肯定有什么关联。天哪，在一个偏僻的空地中间，出现了一块古老的拉丁文石碑，旁边还有一枚拉丁文刻字的哨子，这绝不可能只是个巧合。"

罗丝·丽塔露出一脸不相信的样子。他们两个推开了路易斯家的大门。路易斯嗅了嗅。齐默尔曼太太是位非常优秀的厨师，晚餐的香味已经飘了出来，让路易斯期待得直流口水。这个味道闻起来很像是烤猪肉的香味，以及一种新鲜面包散发出来的酵母味，也许还有热苹果派的甜辣味。罗丝·丽塔也闻了闻："好香呀！"

他们快步走进餐厅，看到齐默尔曼太太和乔纳森叔叔正在布置餐桌。"你们两个好呀！"齐默尔曼太太笑着说。她像往常一样，穿着一件紫色的衣服，一头蓬乱的灰白头发松散地盘在头顶上："正好赶上了。快去把你们的手洗了再过来吧。"

他们两个几乎是跑着去的。所有的食物都和路易斯期待的一样好吃，齐默尔曼太太心满意足地看着两个孩子狼吞虎咽地吃起来。乔纳森叔叔咬了一大口苹果派之后，嘴里喃喃地说："嗯……太好吃了，老太婆！这比你上个月烤的那个樱桃派还要好吃，这简直就是全世界最好吃的苹果派！"听到这句话，齐默尔曼太太咯咯地笑了起来。

"非常感谢你的称赞，大胡子！"齐默尔曼太太回答说，"但是，别以为几句赞美就能让你不用洗碗了！"

听到他的叔叔和齐默尔曼太太互相喊着彼此的绰号，路易斯咧嘴笑了起来。虽然这已经是他们之间的一个老习惯了，但还是常常会让他忍俊不禁。齐默尔曼太太看着路易斯吃完了他的第一块苹果派，也笑了一下："对了，路易斯，你的叔叔说福利神父对你有些严厉，那你还会去参加晚间弥撒吗？"

路易斯看了一眼他的叔叔。乔纳森叔叔开口说："弗洛伦斯，错过一次弥撒又不是什么大罪，况且福利神父也知道周末徒步远足的事情，教堂还赞助了路易斯的童子军队伍呢。所以，我想他今晚就不用勉强自己去了。"

齐默尔曼太太又给路易斯递上了第二块美味的苹果派。"我还在学校里教书的时候，偶尔会遇到像福利神父这样的人。"她吐露道，"很多身材矮小的老师都会对学生十分严厉。因为他们几乎每一个人都有过类似的艰难经历，比如他们都曾在一些条件艰苦的学校里教过书，而那里的大多数孩子都很喜欢惹是生非；又或者是他们都经历过不幸的童年。别让他打击到你，路易斯。我相信他是出于好意，而且你也知道，神父们有时候并不怎么了解年轻人，尽管他们应该了解。"

乔纳森叔叔轻轻笑了一声，又捋了捋他的红胡子："他们有时候也不理解我们这些老古董。就在上周，福利神父告诉大家，教区的房子急需修一些新的排水沟，他希望教区里较为富有的居民能参与进来，为修建新的排水沟捐一点儿钱。接着，他就用他炯炯有神的眼睛看了我一眼，我想那应该是对我的一种暗示。路易斯，不如这样吧，我干脆捐一点儿钱出去，也许福利神父就会对你宽容一些了，你觉得怎么样？"

路易斯喝了一大口牛奶。然后，他非常严肃地说："我觉得……我觉得……那个，我想再吃一块苹果派。"

罗丝·丽塔扑哧一笑，把牛奶从鼻子里呛了出来。齐默尔曼太太赶紧拿着餐巾纸从椅子上跳了起来，但罗丝·丽塔没什么事情。她的笑声太有传染性了，最后大家都一起大笑了起来。这真是一个快乐的时刻。

没过多久，路易斯就不禁怀疑起来，自己是否还能再像这般开心大笑了。

第三章

日子一天天地过去了，路易斯没有忘记那枚哨子，不过他也没有去吹过它。这枚哨子现在变得很干净，路易斯把它放在酒精里浸泡了一整天，然后又在自来水下面一遍又一遍地擦洗。奇怪的是，路易斯并没有在哨子表面看到什么污迹，尽管它很可能在那块石头底下埋了很长的时间。这枚银色的哨子正在闪闪发光，就像新的一样。

或者说，至少路易斯认为它现在干净得就像新的一样，因为它看起来显然不新，而且有些年头了，就像是一件经过精心修复的博物馆文物一样，还是显现出了岁月的痕迹。它上面雕刻的线条很模糊，仿佛经历了几个世纪的抚摩，已经被完全磨平了。即使路易斯把它彻底清理干净了，也仍然无法看清那些令人费解的刻字。有时，这些刻字会像突然消失了一样，路易斯只好翻来覆去地看哨子，在一定的角度捕捉到合适的光线之后，才能看清楚一些。于是，他越来越好奇，究竟这枚哨子和理查森树林里的那块巨石有什么关系。它们都有拉丁文刻字，而且哨子上有在词典里找不到的奇怪单词。每当他想起哨子或者那块巨石的时候，他总是会有一种相似的怪异感觉——它们两个属于彼此。不知怎的，他就是有这种感觉。

路易斯找到了一条旧串珠项链，就像士兵们戴身份识别牌的那种一样。然后，他把项链穿进了哨子末端的圆环。不过，路易斯并没有把哨子挂在脖子上，因为它的身上有一些路易斯讨厌的东西：这枚哨子之前塞满了黑色的泥，说明一定有虫子曾在里面爬进爬出，而一想到要把它放进嘴里，他的胃就不由得翻腾起来；而且，万一它真的是坟墓里那位死者的物品呢？一想到这儿，路易斯吓坏了。

接下来的星期六下午，路易斯和另外三四个男孩必须到教堂去打扫过道和擦拭长椅，这是他的忏悔的一部分。后来，福利神父又让他负责清洁圣餐仪式上的酒杯、托盘和香炉，这些物品都必须先用抛光剂擦一遍，然后再小心翼翼地用软布擦亮。这确实是一项枯燥的工作，但路易斯并没有任何抱怨，因为这总比拿着一块破布、一瓶抛光剂，还要耗费大量体力去把教堂里所有长椅都擦得亮铮铮的要好。不知怎的，这些银色器皿表面的反光让路易斯想起了那枚哨子。

福利神父坐在房间另一头的书桌前，正在处理文书工作，他皱着眉头望着手中的文书，仿佛它是一个有罪的小男孩。路易斯一直想要鼓起勇气和他说话，过了好一会儿，他终于开口了。"神父，"路易斯小声地说，"我可以问您一件事吗？"

福利神父长着一张圆圆的脸，但却不怎么讨人喜欢。几道深深的皱纹从他的鼻孔里延伸出来，使他的两边嘴角往下耷拉着，显出一副不以为然的样子。尽管他的一头鬈发已经变得雪白，但他的眉毛却又黑又密，一双黑色的眼睛在又深又暗的眼窝里闪闪发光。"怎么了？"他轻声地说，声音听起来倒不像是不欢迎的样子，而是有些心不在焉。

"我……我在找一个拉丁文单词，"路易斯结结巴巴地说，"但我在词典里没有找到，所以我……我想来问问您。"

福利神父把他在处理的文件放到了一边："好呀，那个词是什么？"

"sibila。"路易斯回答说。

福利神父愣了一会儿，扬起了一条浓密的眉毛。"你问的这个词可真奇怪！"他的声音突然变得刺耳起来。

"对不起，"路易斯解释说，"我已经试着查过了。"

福利神父摇了摇头，用一只手捂住了双眼。他沉吟道："sibila，真是个奇怪的词。"接着，他把手从眼睛上拿开，深深地吸了一口气："好了，路易斯，我们试着来找一下吧。你觉得它的词性是……"

"是动词，"路易斯立刻回答说，"祈使动词。"

"表示指令或命令，"福利神父同意，"就像是，嗯，Spiritum nolite extinguere，你来翻译一下！"

路易斯已经开始后悔向福利神父提这个问题了："呃，是

'不要浇灭精神'。"

"不对，是'不灭的精神'，"福利神父纠正道，"那它出自哪里呢？"

"我……我不知道，"路易斯坦白，"嗯，是出自《新约全书》？保罗书信[1]？"他知道这个猜想很合理，因为福利神父好像很喜欢《使徒书信》。

"是在《帖撒罗尼迦前书》里，你这个无知的小鬼。"福利神父纠正道，眼神中带着一种莫名的怒火，"等明天的弥撒结束之后，我会再问你一次，希望你到时候能一字不漏地快速讲出它的内容。至于sibilare，它就是一个动词，意思是'发出咝咝声'。不过，我也不明白为什么会有人命令别人发出咝咝的声音。回去干活儿吧！"

路易斯若有所思地又干起了他的抛光活儿。"发出咝咝声，我就会来到"？这完全说不通。关于墓碑上的那个名字，他决定不去问福利神父了。如果他没猜错的话，"拉弥亚"应该就是某个他应该认识的圣人或者殉道者的名字。要是他又跑去问了，说不定还会被罚打扫教堂长椅或者拖厕所地板。与此同时，福利神父一直用疑虑的眼神看着路易斯，好像觉得他在密谋着什么似的，而路易斯只好竭力装出一副无辜的样子。

这一天过得十分漫长，但在午后不久，福利神父终于"释放"了他和其他几个来忏悔的男孩。路易斯骑上自行车，来到

---

1 保罗书信是《新约全书》中《使徒书信》的主要内容。

了公共图书馆。这是一座巨大的灰色石面建筑，离南北战争纪念碑并不远。这时，路易斯看到大楼的外面也停着罗丝·丽塔的自行车，但他并不是很惊讶。罗丝·丽塔算是个书呆子，即使是在暑假，她也会如饥似渴地疯狂读书。路易斯也很喜欢阅读，但他倾向于一段时间内只读同一个主题的内容。他会花上一个月或更多的时间来读一系列侦探书或者冒险故事，比如阿瑟·柯南·道尔、埃勒里·奎因、亨利·赖德·哈格德以及罗伯特·路易斯·史蒂文森的小说。然后，当他对别的东西产生兴趣时，比如天文学、古代历史等，他就又会花上一段时间来集中读一些相关的书籍。

路易斯爬上石阶，推开了图书馆前门。吉尔太太从自己的老花镜上方看了一眼，然后笑了起来。"嘿，路易斯，"她轻声地说，"你今天来得有点儿晚，我们还有一个半小时就要关门了！"

路易斯笑着说："我不会待太久的。对了，请问罗丝·丽塔在哪儿呢？"

"我想应该是在资料室吧。"图书管理员回答道。

路易斯转过身，向右边拐了进去。比起放满了一排排书架的藏书室，资料室可要小多了。不过，路易斯倒是很喜欢这个安静的小角落。这里立着几扇高高的拱形窗户，透过窗外的树木，光柔和地照了进来。没人坐在这里，除了罗丝·丽塔。她正俯身看着一本厚厚的书，而在这本书的一旁，还摞着一大堆其他的书，看来她已经在这里读了很长时间。她把自己的脚勾在椅子腿的后面，似乎完全投入进去了，一点儿也没有注意到路易斯的到来，直到他走过来，扑通一声坐在了她旁边的椅子上。罗丝·丽塔着实吓了一大跳。

"我一点儿动静都没听到。"她开口说，表情有些严肃。

"对不起，我不是有意要吓你的，"路易斯抱歉地说，"你在看什么？"

罗丝·丽塔将手中的书往前翻了几页，又把它推到了路易斯的面前。他瞥了一眼书名：《英语世界里的伟大诗歌》。然后，他皱了一下眉头。罗丝·丽塔翻开的是约翰·济慈的一首诗，标题叫作"拉弥亚"。路易斯读了开头的几行：

> 很久很久之前／在自然女神和森林之神被精灵们赶出繁荣的森林之前／在奥伯伦国王用镶嵌着晶莹宝石的闪亮王冠、权杖和披风吓跑了树神和农牧神之前……

"辞藻很华丽，所以它说了什么？"路易斯不解地问。

罗丝·丽塔压低了声音说："一个怪物！"

路易斯倒吸了一口气。他突然感到一阵恐惧，但同时又憎恨自己这么胆小。没错，他偶尔也会听一些篝火鬼故事，但他很清楚那些都是虚构的。还记得那一晚，他坐在快要熄灭的火堆余烬旁，听比利·福克斯讲了一个根本不存在的疯狂隐士的愚蠢故事。但此时，在大白天里听到罗丝·丽塔谈论某个可能真实存在的怪物，又是另外一回事了。路易斯深深地吸了一口气，继续说道："所以，拉弥亚是……"

"一个怪物，"罗丝·丽塔解释说，"她是一个蛇妖，可以幻化成一个女人的模样，而且也可以从女人模样幻化成一条蛇。我没读完这首诗，但我还找到了其他的东西，M.R.詹姆斯写的一个鬼故事，里面有提到一枚哨子，虽然它是虚构的。但你可以看看这个。"她从桌上的书堆里抽出了另一本厚厚的书："我在上面做了标记。"

路易斯把那本书接过来，看到书名是《各国神话传说概略》，然后又把书翻到了插着一张纸条的地方。他很快就在右边的那一页找到了"拉弥亚"的相关条目。

拉弥亚：女吸血鬼。希腊神话中，拉弥亚是利比亚的一位女王，因受到宙斯宠爱遭到了赫拉的惩罚。在赫拉的催眠之下，拉弥亚吸掉了自己孩子的血，害死了他们，而悲伤欲绝的拉弥亚也因此发了疯。此外，拉弥亚还受到了更大的诅咒，赫拉夺去了她的眼睑，让她永远无法闭上眼睛，只能活生生地看着眼前出现的一切恐怖景象。最后，她变成了一个半人半蛇的怪物。出于对那些孩子还活着的母亲的嫉妒，拉弥亚四处诱拐和残杀孩童，并以此为乐。尽管拉弥亚可以化身成一个美丽的女人，但她却变成了一个嗜血恶魔。曾经的希腊人和罗马人会用她的名字来吓唬孩

子，以规训他们养成良好的行为习惯。再后来，拉弥
亚就成了魔法师或者吸血鬼的同义词。

看完之后，路易斯的喉咙突然发紧，他吃力地咽了一下
口水："但……但这只是个神话传说。世界上本来就没有吸血
鬼，即使真的有，也不会正好就被埋在离新西伯德镇几千米的
地方！"

罗丝·丽塔接着说："那个词在拉丁语中也可以表示'女
巫'，也就是'女魔法师'。"她又把声音放低了一些："我
们都知道世界上是有魔法师存在的，比如齐默尔曼太太，她是
一个好魔法师，但同时也有一些坏魔法师，比如格特·比格
尔，她当初差一点儿就杀了我和齐默尔曼太太。"

路易斯点了点头。罗丝·丽塔之前告诉过路易斯有关格
特·比格尔的一切：她是个邪恶的魔法师，曾经住在密歇根州
的北部，直到她自己变成了一棵树，她对齐默尔曼太太的仇恨
才算是画上了句号。

"这就是全部了吗？"路易斯问道。

"当然不是，"罗丝·丽塔回答说，"我一直找呀找，终
于在一本巨大的古拉丁语词典里找到了sibilare的意思。"

"它的意思是'发出咝咝声'，"路易斯说，"我已经知
道了。"

透过圆圆的镜片，罗丝·丽塔朝他投去一丝惊讶的目光：
"是的，确实没错，但它也可以表示'吹哨子'的意思。"

路易斯感到一阵恶心。"'吹一声哨子，我就会来到'，"他说道，"这就说得通了。"

"但到底是'谁'会来呢？"罗丝·丽塔疑惑地问，"我觉得最好让齐默尔曼太太来看看它到底是什么东西，毕竟她是魔法护身符之类的专家，这正是她的专长。"

"好吧。"路易斯同意道。在他过度活跃的想象力驱动下，他已经幻想出了一个巨大的、有鳞片的怪物从树林里的那块岩石下面爬出来，并在哨声的召唤下向他蜿蜒地爬了过来。"我很确定一件事，我是绝对不会去吹它的。"他把手伸进口袋，想去拿哨子。紧接着，他一脸紧张分分地转头望向了罗丝·丽塔："它不见了！"

"你弄丢了？"罗丝·丽塔着急地问，"你最后一次看到它是什么时候？"

"今天早上我把它放进口袋里了。"路易斯小声地说，"我很肯定，我一定把它放进去了。我还用一根项链把它拴了起来，但我又不想戴着它。"他站起来，把手伸进所有的牛仔裤口袋里找了一通，但除了一块手帕、一把前门钥匙和一个瘪瘪的钱包之外，什么也没有找到。

"你今天去过哪些地方？"

路易斯摇了摇头："我就在家里，然后又去教堂帮忙打扫，再然后，我就骑自行车来这里了。"

罗丝·丽塔立马从椅子上跳了起来："我们快走吧，得去找到那个东西。如果它真的有魔法的话，恐怕它会引起一堆麻烦事。"

他们冲出了图书馆。一路上,路易斯都在目不转睛地盯着地板、前门的台阶、自行车周围的人行道和草地,但什么也没有找到。他带头往教堂的方向骑去,罗丝·丽塔踩着踏板跟在他的左后方。路易斯猜想,哨子可能是在他骑自行车的时候从口袋里掉出来了,但如果真是那样的话,他也没有在路上看到它的任何踪迹。

他们两个骑到了教堂,路易斯先走了进去。这时,福利神父正准备离开办公室。"你有事吗?"当路易斯匆匆向他走来时,他不耐烦地问道。

"我想我可能掉了什么东西,"路易斯小声地说,"我可以找一找吗?"

"快点儿。"福利神父厉声说道,然后拉住了教堂的门。

路易斯迅速地看了一眼地板,甚至还把手伸到自己坐过的椅垫下面,但什么也没找到。他向福利神父道了谢,福利神父也随意地点了点头。在他正要转身离开时,福利神父突然开口喊道:"路易斯!"

"怎么了,神父?"路易斯赶紧停了下来,问道。

这位老神父盯着他看:"你是在哪儿看到那个拉丁语动词的?"

路易斯耸了耸肩:"就是在一个地方看到的。"

"是在一本书里吗?"福利神父继续问。

"可能吧。"路易斯敷衍地说,他不想提到哨子的事。

"好吧。"福利神父说完，转过身去。

路易斯急忙跑出教堂，见到了罗丝·丽塔："里面没有。"

接着，他们又骑着自行车朝路易斯的家赶去。一路上他们两个都用眼睛紧盯着地面，但还是一无所获。到了路易斯的家门口，他们停了下来，把自行车靠在铁栅栏上。"好吧，"罗丝·丽塔说，"也许这样是最好的，它很有可能不是什么神秘的小玩意儿，也许就只是一枚狗哨而已，丢了也好。"

路易斯似乎高兴了一些。"是的，很有可能，"他说道，"'吹一声哨子，我就会来到'！如果它是一枚狗哨的话，那就完全能说得通了，不是吗？"

"对呀，"罗丝·丽塔表示同意，"也许拉弥亚是一条对主人非常忠心的小狗。在早期的拓荒者时代，它的主人很可能坐着一辆带篷马车一路西行，然后在新西伯德镇附近扎下营来。等到夜深人静的时候，一只巨大的灰熊突然袭击了他们！拉弥亚冲了上去！接着，灰熊用爪子猛击了它一下！多亏拉弥亚拖延了一些时间，它的主人才有机会拿起一把滑膛枪，射死了大灰熊，但可怜的拉弥亚却受重伤死掉了——"罗丝·丽塔突然停了下来："你这样看着我干什么？"

路易斯摇了摇头："当初我想到埋在那块巨石下面的很可能是一位拓荒者的妻子时，你就取笑我，而现在，你却说那里埋着的可能是一条死掉的狗！你的想象力真是丰富，随随便便都能编出一个故事来了——哪怕只给你两颗豌豆和一根生锈的钉子！"

罗丝·丽塔哼了一声："总有一天，我会成为一位著名作家，你就等着瞧吧。"

路易斯又问道："那么，你觉得我们还要去问齐默尔曼太太吗？"

罗丝·丽塔想了一会儿："还是去吧，又没有什么坏处，不是吗？她不会取笑我们的，要是那枚哨子真有什么可怕的地方，她也一定会知道的。"

然后，他们来到了隔壁齐默尔曼太太的家，这是一座非常温馨舒适的房子。齐默尔曼太太微笑着迎接了他们。路易斯很喜欢他这位隔壁邻居的客厅，因为齐默尔曼太太最喜欢的颜色是紫色，所以这里的一切都是紫色的：地毯、沙发、椅子，还有淡珍珠白的墙纸上也布满了紫罗兰花的图案，就连挂在墙上的画也有几抹紫色。

齐默尔曼太太给他们两个端来了柠檬水和一些入口即化的蛋白霜饼，然后开口说道："好了，你们俩要么是有什么心事，要么就是在捣鼓什么，所以我还是礼貌地问一下：你们怎么了？"

罗丝·丽塔看了一眼路易斯，然后路易斯就开始解释起了哨子的来龙去脉。他很详细地描述了那枚哨子，包括他们在上面发现的拉丁文含义，以及树林里那块平坦的巨石上刻着的"这里埋葬着拉弥亚"的拉丁语碑文。同时，罗丝·丽塔也把自己找到的线索补充了进来。

齐默尔曼太太若有所思地用手指摸着下巴："嗯……在我

看来，你们说的这些都没有什么依据。一般来说，并不存在什么魔法哨子、魔法铃铛，对了，还有魔法喇叭之类的东西。我在研究魔法护身符的时候，也从没有读到过有关魔法哨子的记载。当然，我也知道济慈的那首诗，但它只是源于一个古老的传说而已。那块石头的具体位置在哪儿，路易斯？"

"就在小镇的西北面，"路易斯回答说，"那儿有一座桥，在桥的旁边有一个能让哈尔弗斯先生停车的地方。然后，我们又徒步了几小时，在穿过一片草地之后就到达了营地，而那片树林就在营地的山丘下，对面是河。"

"是理查森树林，我知道你说的那个地方，但我从没听说过那里有什么蹊跷的事情。不知道你的叔叔愿不愿意用他的老爷车载我们，这样明天我们就可以去看一看。也许那儿根本没什么奇怪的东西，但听起来还是值得去一趟。罗丝·丽塔，你猜得没错，它有可能是拓荒时代留下的某个遗迹，甚至还可能更早，可以追溯到法国人登上美洲大陆的那个时候。"

接着，他们三个又去了隔壁，而乔纳森叔叔也欣然同意了。"我们中午就出发，就把它当成一次野餐吧，"他宣布道，"罗丝·丽塔，我们十二点半左右去你家接你，可以吗？"

罗丝·丽塔点了点头，表示没有问题。

于是，一切就这样安排好了。那天晚上，路易斯安心地上床睡觉了。他在心里想，幸好自己把哨子弄丢了，这样就少了一件需要担心的事。

但在梦里，他又看到了那块巨石，月光洒在它的表面。他好像就站在石头的附近，着了迷一样盯着它看。突然，石头开始颤抖起来，发出奇怪的声音，有低沉的呻吟声，还有一种咝咝声。微弱的红光从它表面的裂缝里露了出来，接着有什么黑乎乎的东西从石头下面流了出来。

起初，路易斯以为流出来的是水，仿佛石头的下面有一个泉眼。但是，那些黑乎乎的东西并不是水。它在月光下流淌着，油黑的表面散发着一些微光，然后又流到了空地里的其他岩石上。路易斯慢慢地远离它，就仿佛它是一个有生命的东西，而路易斯不想引起它的注意。

后来，路易斯的脚踩进了什么东西里。虽然现在离秋天还有好几个月的时间，但不知怎的，这片空地的四周却已经铺上了一层干枯的树叶。那团黑乎乎的东西停了下来，但紧接着，它突然快速地朝路易斯流了过来。于是路易斯立马飞奔了起来，比自己想象的还要快。他向前一跃，跳上了那块长满青苔的墓碑石头。

那团黑乎乎的、不成形的东西流进了一堆枯叶里面，只见它开始上下起伏，沙沙作响。然后——然后，它居然从地上站了起来！

路易斯感觉自己的心脏怦怦乱跳。那些枯叶紧紧地粘在一起，形成了一个模糊的人形。那个人形蹒跚着向他走过来，只见它把头往前甩，又缓慢地左右摇晃起来。当月光洒在它的身上时，路易斯才看到它的脸上并没有眼睛，只有两个凹进去的洞。

原来它看不见。

但后来，它用四肢爬了起来。它把脸贴在地上，拖着双脚，离路易斯越来越近，还不停地发出咝咝声。它似乎能闻到路易斯的气味。

路易斯往后退，什么声音也不敢发出来，但他已经快退到石头边上了。他正要跳下石头——

突然，他感觉到一双干枯的手拽住了自己的脚踝！

路易斯倒抽了一口气，从床上坐了起来。他的心越跳越快，就像要炸开了似的。原来是他的右脚踝让被子缠住了。

他告诉自己要冷静下来。于是，他费力地把被子弄平，又躺了下去，希望自己狂乱的心跳能够平复下来。

第四章

到了星期天的下午，尽管阳光明媚，天气温暖，路易斯还是打了个寒战。此时，乔纳森叔叔就站在那块长满青苔的石头旁边，看着上面的碑文，摇了摇头。"我从来都没听说过这个东西，"他承认，"尽管我在这附近生活了一辈子。老太婆，你呢？"

齐默尔曼太太今天的打扮有些奇怪。因为要徒步，所以她穿了一条马裤，但它居然是卡其色的，而不是紫色的。此外，她还戴了一顶很大的紫色软边帽子，穿了一件紫色毛衣。她的手里拿着一把卷起来的雨伞，有时她还会像拄着拐杖一样倚在它的上面。她一边绕着石头走，一边若有所思地歪着头："我也没听说过，但这也说明不了什么。我并没有在它的身上感应到什么特别之处。"

罗丝·丽塔宽慰地看了路易斯一眼："那就没什么好担心

的了。"

乔纳森叔叔咧嘴大笑起来。"我同意罗丝·丽塔的看法，"他说道，"如果连老太婆都感应不到的话，那它就应该没什么特别的了。路易斯，我想你大可以放心地把它当作虚惊一场了。"

路易斯勉强挤出了一丝微笑："希望如此吧。自从刚才回到这里，我就觉得有些犯恶心。"

"有可能是你饿了，"齐默尔曼太太说，她卷起自己的毛衣袖子，开口说道，"好了，大家往后站，我要在这里施个魔咒，确保万无一失。"

他们几个都退到了空地的外面。乔纳森叔叔站在罗丝·丽塔和路易斯之间，把两只手分别搭在了他们的肩膀上，而路易斯正努力地让自己的呼吸保持正常。

齐默尔曼太太在那片空地上挥舞着手中的雨伞，小声地念叨着什么。这并不是一把普通的雨伞，它的手柄上有一个抓着小水晶球的青铜狮鹫。突然，水晶球开始发出一束颤动的紫光，一团淡紫色的薄雾从它上面扩散开来，就像一个圆顶一样罩住了整个空地。齐默尔曼太太站在中间，将雨伞直挺挺地伸在面前，然后慢慢地画出了一个完整的圆圈。

路易斯眨了眨眼睛。在这团雾中，他隐约看到了一些影子似的东西。一只"影子鹿"从地上跳起来，又坠了下去，最后消失不见了。一只"影子兔"跳过那块石头，接着又被一只俯冲下来的"影子鹰"猛地抓到了空中。路易斯感觉自己脖子后面的汗毛都立了起来。他突然明白了自己看到的是什么：曾经在这片空地上死去的生命！在这里死去的一切都留下了某种印记，而齐默尔曼太太现在把它们都唤醒了。

但是，没有任何"影子人"出现。十分钟后，齐默尔曼太太把雨伞放下了。那团雾越来越薄，突然间就完全消失了。齐默尔曼太太朝他们走过去，又耸了耸肩："没有任何怪物，路易斯。这里只有一些普通的森林动物，兔子、鹿以及其他的鸟类和昆虫。就我所知，这里并没有什么可害怕的东西。"

路易斯终于舒了一口气。"我现在感觉好多了。"他承认道。

齐默尔曼太太笑了一下："希望你已经好到可以吃下一些三明治和蛋糕了。因为这件事就到此结束了，我们可以开始野餐了！"

他们的确去野餐了，但奇怪的是，大家好像有心灵感应似的都选择了离开那片空地，然后走到童子军们曾经扎营的山丘上。他们在那里摊开准备好的食物，一起又吃又说又笑起来。然而，路易斯却一直注视着山下的那片树林。不知怎的，他总有一种不祥的预感，似乎这一切并没有真正结束。

到了星期二的晚上，路易斯要去参加童子军会议。一三三营通常都会在新西伯德镇中学的餐厅里集合。这所中学的高中部就设在初中部的旁边，两栋教学楼之间有一条小巷互通。在七点钟的时候，路易斯来到了餐厅，哈尔弗斯先生在门口迎接了他。他们是最先到达的两个人，没过多久，其他的人也纷纷进来了。那天晚上，他们一起总结了上次的徒步旅行，并且还检讨了为什么除了路易斯之外，营队里的其他人都没有获得奖章的事情。接着，他们又讨论了一些可以为明年童子军大会筹集资金的方法。最后，大家像往常一样玩了一些游戏之后，会议就结束了。不过，路易斯却郁闷地意识到，似乎大家都没有从中获得什么乐趣，尤其是他自己。

到了八点半，也就是该散会的时候，路易斯松了一口气，感到如释重负。他和巴尼帮忙打扫了餐厅，然后哈尔弗斯先生就让他们两个离开，并锁上了门。巴尼拐进了两栋教学楼之间的那条巷子里，而路易斯则开始朝主街走去。没走多远，他就听到巴尼大喊道："嘿，路易斯！快过来看这个！"

路易斯停下了脚步。这时的天还没有很黑，但太阳已经落山了。他回头望了望那条巷子，但并没有看到巴尼。"怎么了？"路易斯喊道。

没有回应。几秒钟后，路易斯又开口喊道："巴尼？你怎么了？"

还是没有人回答。路易斯开始不安起来。到底发生了什么？是巴尼弄伤自己了吗？他是个笨手笨脚的人，完全做得出那种傻事。路易斯叹了口气，决定亲自去看一看。

那条小巷他已经走过成千上万次了，但通常都是在白天。路易斯走进了那条阴暗的巷子里，感到胸口一阵发紧。一切都很安静。"巴尼？"他开口喊道，声音有些颤抖，"你到底怎么了？"

走到小巷的尽头，向左拐就可以到高中部的体育馆，向右拐就可以到初中部的球场。就在路易斯刚要迈出步子时，有人绊倒了他。刹那间，路易斯伸出双手，猛地向前一扑，脸朝下倒在了人行道旁的草地上，仿佛肺里的空气都被砸了出来。接着，他听到了有人跑走的声音。

然后，他听见斯坦·彼得斯的声音大喊道："你最好什么也别说，巴尼！"

路易斯大口喘着粗气。"到底……到底发生了什么？"他问道。

那个绊倒路易斯的人把他拉了起来，又紧紧地把他的胳膊抓在身后。"我们不喜欢聪明人。"是比利·福克斯的声音在说话。他向路易斯凑近，近到路易斯都能闻到他嘴里那股熏人的口气："所以，我们要给你好好上一课。"

教学楼的转角处实在是太黑了，路易斯只能模糊地看到斯坦瘦长的身影。"放开我！"路易斯愤怒地说。

斯坦走近路易斯，对着他的腹部用力猛击了一下，路易斯发出又惊又痛的呻吟声。"这是第一下，"他说道，"胖子，要不要帮我们数数？看看在你哭鼻子之前，我们究竟能数到几？"

路易斯想要挣脱比利的束缚。"不——行！"比利责备道，扯得路易斯的胳膊生疼，"如果你不像个男人一样乖乖接受的话，有你好受的！"

路易斯绝望地向后踢了一脚。他感觉自己的脚跟重重地踢在了比利的小腿上。比利又气又惊地号叫起来。接着，路易斯将全身的力气往比利的身上压过去，他感觉比利就要摔下去了。片刻之后，比利果然倒在了地上，路易斯也失去平衡，跟着摔在了他的身上。这时，斯坦就像拳击手一样地挥舞着拳头跳来跳去。

"快点儿起开！"比利嚷道，"你把我的肋骨弄断了！"

路易斯从比利的身上滚了下来。就在他想爬起来的时候，他感觉自己摸到了一个冷冰冰的东西。他想都没想，就一把抓住了那个东西，猛地起身，跌跌跄跄地跑了。他嘟嘟嘟嘟地沿着小巷朝主街的方向跑去，听见斯坦的脚步声回荡在身后的人行道上。路易斯终于从巷子里冲了出来，他的头顶上方出现了闪烁的路灯。有那么一瞬间，路易斯感觉到斯坦的手好像滑过了他背上的衬衫，差一点儿就要追上了他。

路易斯低头看了一眼刚才捡起来的东西，原来是那枚哨子，它的上面还挂着一条链子。他转向斯坦，大喊道："别再追了！"

在斯坦的身后，比利一瘸一拐地从小巷里走了出来。"快揍那头肥猪！"比利喊道，"快抓住他，狠狠揍他！"

路易斯知道他绝不可能跑过他们两个，于是他做了自己唯一能想到的事。他把哨子塞进嘴里，拼命地吹了起来。

哨子发出了一声尖厉刺耳的响声。不知为何，这个声音给人的感觉冷冰冰的，路易斯用尽了全身力气去吹它，不禁脊背发凉。刹那间，傍晚的天空中闪现出一束光，仿佛有一道无声的闪电从他的头上劈了下来。路易斯看到了斯坦和比利，就仿佛他们两个都被定格在一张高速相机拍摄的照片里。

他们两个人都停下脚步，眼睛和嘴巴张得大大的，露出了惊恐的神情。似乎过了很长一段时间，他们还是那样一直呆立在原地。然后，斯坦突然大叫起来："快跑！"

斯坦和比利确实都跑了起来，只是两个人的方向正好相反。路易斯开始浑身发抖，他把哨子从嘴里拿了出来。虽然他并没有再吹哨子，但他似乎听到了那可怕的哨声在空中久久地回荡着。他也立即转过身，朝着第三个方向跑走了。直到他冲进家门，才停了下来。

此时，乔纳森叔叔和齐默尔曼太太都坐在书房里，正在聚精会神地下棋。路易斯朝他们挥了挥手，然后匆匆回到了自己的房间。他打开床头柜的抽屉，把哨子扔了进去。接着，他在床边坐了下来，试图平复自己的呼吸。他不知道刚才究竟发生了什么。

渐渐地，他紧张不安的情绪稳定了下来。路易斯告诉自己，斯坦和比利会逃跑是因为他们并不知道哈尔弗斯先生之前在哪儿，他们很可能以为那声哨声是哈尔弗斯先生吹的，还可能是警察。

"他们都是胆小鬼，"路易斯对自己说，"欺软怕硬的胆小鬼。"

不过——光是回想起那声刺耳的哨声，那枚银色哨子发出的哀鸣声，路易斯的牙齿就会不由得打起战来。所以，那个哨声也对比利和斯坦产生了同样的影响？难道他们真的只是被这个吓跑了？

那天晚上，路易斯一直感觉心神不宁。但随着时间流逝，什么也没发生。于是，他就去洗了个热水澡。

他先是躺在床上看书，渐渐地，他开始犯困了。最后，他就把书放在一边，关了灯，立马就睡着了。不过，他担心的噩梦并没有出现。

第五章

　　星期三的早上，天气晴朗而温暖。吃过早餐之后，路易斯给罗丝·丽塔打了电话。她同意在主街西侧的公园和路易斯见面，后来他们两个都在九点钟准时出现了。这是一座位于交通环岛中心的圆形公园，四周有一圈白色的大理石圆柱，中央有一座喷泉，喷出来的水柱很像一棵随风飘扬的柳树。此外，这里还有一圈大理石长凳，罗丝·丽塔和路易斯就坐在其中一条上。在阳光的沐浴下，公园的四周车水马龙、人来人往，路易斯突然觉得自己充满了勇气。于是，他快速地把昨天发生的怪事告诉了罗丝·丽塔。

　　听完路易斯的故事，罗丝·丽塔皱起了眉头。"比利·福克斯斯和斯坦·彼得斯就是两个浑蛋，"她气愤地说，"他们两个就是不良少年。如果我是你的话，我就会去报警，因为他们所做的——就属于校园霸凌！"

路易斯不耐烦地摇了摇头："你没听懂我说的吗？把他们两个吓跑的就是那枚哨子！我摔倒的时候捡到了它，正好就在我的手边！"

"哨子？"罗丝·丽塔怀疑地看了他一眼，"你确定是同一枚哨子吗？"

路易斯点了点头："我回到房间后认真看过了，它的上面有刻字，而且所有的地方都一模一样。"

"那它是怎么跑到学校去的？是你把它掉在那里了？"

路易斯摇了摇头："我那天把它放进了口袋里，但是我没有去学校。就好像它突然间消失了，然后在我需要它的时候，它又突然间出现了一样。"

"哦，有道理，"罗丝·丽塔略带讽刺地说，"但会不会是你不小心把它掉在教堂，然后别的男孩恰好捡到了，接着又在教学楼后面把它弄丢了？你不觉得这要比你的'突然消失又出现'的说法更合乎逻辑吗？"

"我不知道什么才算合乎逻辑，"路易斯坦白，"我只知道那让我非常害怕，我找到了那枚哨子，然后还吹响了它。我想应该就是哨声把他们吓跑了，就像……像……我不知道，就像某个有生命的东西突然发怒了一样。"

"好吧，"罗丝·丽塔说，"也许那个小玩意儿真的有魔法。你把它带来了吗？"

"我才不想带着它到处乱走，"路易斯回答，"我把它放在了床头柜的抽屉里。"

罗丝·丽塔站了起来："那我们回去拿吧，是时候让齐默尔曼太太看一看了。"

路易斯没有反驳。他和罗丝·丽塔一起走回了家，然后又上楼进到了卧室。他打开抽屉，但是，哨子不见了！路易斯突然感觉胃里一阵抽搐，他从床头柜里把整个抽屉拉出来，又把里面的东西全部倒在了床上。他看见了一枚天使像章；一串属于他母亲的念珠；五枚19世纪80年代印有印第安人头像的硬币；一副印有各个作家头像的纸牌；还有两根橡皮筋和一个扁平的小玩意儿，是他专门买来练习腹语的，但实际上并没有什么作用。接着，他又在一些更小的杂物堆里找来找去：一些双筒望远镜上的老旧小镜片；在自来水厂附近的河床上找到的一个石质箭头；还有一支印着一艘渡船图案的红色铅笔，上面用黑色字体写着"埃斯卡诺巴市"，但他还是找不到那枚哨子。

路易斯把所有的东西都放回抽屉里，慢慢地下了楼。他和罗丝·丽塔来到后院，在两张草坪椅上坐了下来。"它又不见了。"路易斯无奈地说。

罗丝·丽塔摇了摇头。"这也太奇怪了，"她说道，"你确定昨晚找到哨子了吗？"

路易斯恼火地瞪了她一眼。"我没有发疯，"他解释说，"这一切都不是我凭空想象出来的！斯坦对着我的肚子打了一拳，我的胃到现在都还在痛呢，你看看我的手。"他举起双手，把手掌向外摊开。在他摔倒的时候，他的两个手掌根都擦伤了，所以上面还留着一些清晰可见的伤痕："如果我没有找到那枚哨子的话，他们一定会把我揍得半死的。"

罗丝·丽塔深深地叹了一口气："我也不知道该怎么办了。我们可以告诉齐默尔曼太太和你的叔叔，但到目前为止，他们也没有找到什么线索。你怎么想呢？"

路易斯咬着下嘴唇，思考了一下："好吧，我不想跑去找乔纳森叔叔。他也许会说，我不应该害怕像比利和斯坦那样的恶霸。他总是告诉我要学会为自己挺身而出。我的意思是，如果我能找到那枚该死的哨子，那就另当别论了；但现在没有了它，我也不知道乔纳森叔叔和齐默尔曼太太还能做些什么。"

罗丝·丽塔勉强地点了点头，表示同意："我觉得你说得有道理，虽然我不怎么喜欢这个主意。不过，我们可以去查清楚昨晚发生的事，所以一开始喊你的那个男孩是谁？"

"巴尼·巴约斯基，"路易斯回答说，"你也认识他的。"

"长着一头红发，住在铁轨对面的那个？"

"就是他。"

罗丝·丽塔一下子从椅子上跳了起来："那好，就从他开始，也许他就是目击者，走吧！"

路易斯骑上了他的自行车，载着罗丝·丽塔一起出发了。他们在罗丝·丽塔家的门口停下来，好让她也骑上自己的自行车，然后就一路沿着主街骑去，穿过铁轨，来到了巴尼的家。这是一间小屋，外面的院子里有两个小孩正在玩耍。其中的一个小孩跑了进去，不一会儿巴尼就出来了，但是他的脸色十分苍白，一脸惊恐的样子。

巴尼走近之后，立马开口说道："天哪，路易斯，真对不起！如果我当时不喊你的话，斯坦和比利就会揍我的。"

"没关系的，也没有那么糟糕。"路易斯安慰他。

"你亲眼看到路易斯发生什么事了吗？"罗丝·丽塔问道。

巴尼摇了摇头："没有，比利一放开我，我就马上跑出来了！我还去学校门口找哈尔弗斯先生，可是他早就已经走了。"

罗丝·丽塔又问了一些细节问题，但巴尼却什么也答不上来。过了一会儿，他们就骑回了高街，在路易斯家的门口下了车。罗丝·丽塔说："好吧，我们什么也没查到，但我们还得小心一点儿，然后——"她突然停下，惊慌地大叫了起来。

路易斯迅速地看了她一眼，只见她抬头望着他卧室的窗户，眼睛睁得大大的。于是，他也跟着朝窗户那儿望了过去。

他究竟是看见了，还是没看见呢？——有什么东西一闪而过，好像是一张苍白的脸，一张就像雪一样白皙的脸，正紧紧地贴在窗户玻璃上。它在那里停留了片刻，然后消失了。

但就在那一刻，路易斯惊恐地发现它没有眼睛，是的，它真的没有眼睛。

它只有两个凹进去的黑洞，似乎在直勾勾地盯着路易斯惊恐的灵魂。

路易斯和罗丝·丽塔一起进了家，爬上楼梯，蹑手蹑脚地穿过走廊，最后来到了路易斯的卧室门口。

路易斯紧张地吞了一下口水。他的心脏开始怦怦狂跳，以至于他觉得罗丝·丽塔都快听见他的心跳声了。后来，他把一只手放在圆圆的门把手上，只感觉掌心有些冰凉，接着他又慢慢地转动把手，听到了一声微弱的咔嗒声。

他猛地一下推开了门！

他长舒了一口气，房间里什么也没有，都是一些很平常的东西。

"也许是什么东西弄出来的反光吧。"罗丝·丽塔猜测说，但她的声音有点儿颤抖，"又或者是我们自己想象出来的。"

路易斯皱起了眉头。"我的床……"他突然说道。只见他的床上乱糟糟的，枕头被乱扔一气，床单和被子也都掉在了地板上。

罗丝·丽塔盯着他："床怎么了吗？"

路易斯回答说："我才没有把床弄得这么乱，我一般都会收拾整齐的。一定有人来过这里，有人闯进了我的房间！"他没有再继续说出自己的另一个想法：不管是谁来过，他一定是在找那枚哨子。

但是罗丝·丽塔似乎看穿了他的心思："我想你应该检查一下，看看是不是少了什么东西。"

路易斯花了半小时，把从衣柜到壁炉台的所有东西都检查了一遍，但都没有什么不妥，唯一放错了地方的就只有床单和被子。

罗丝·丽塔把它们扔回了床上："还是没有找到哨子。"

路易斯摇了摇头："没有，但我想应该没人翻过我的抽屉，因为里面的所有东西看起来并没有人动过。"

"这太奇怪了，"罗丝·丽塔说，"我从没听说过有窃贼破门而入，却只是为了把床单弄乱的！或者他是为了练习怎么叠出完美的床单角和平整的床面吧。"

路易斯也无法解释。"帮我一下吧，我们把床重新铺好。"他提议道。

他们一起铺好床后，就下了楼，看到乔纳森叔叔正抱着满满一纸袋的食品杂货走进来。于是，他们又帮助乔纳森叔叔把东西放好。罗丝·丽塔把几罐汤罐头放在了厨房的橱柜里，然后突然问道："巴纳维尔特先生，您能用魔法查查有没有人偷偷闯进了您的家吗？"

乔纳森叔叔扬起了他红色的眉毛："真是个奇怪的问题！你的意思是说，我有没有类似防盗报警器的魔法吗？"

"您有吗？"罗丝·丽塔继续问道。

乔纳森叔叔轻轻地笑了一声，回答说："从某种程度上来说，应该算是有吧。在新西伯德镇住了这么多年，我从来没有担心过会有什么窃贼。但后来，邪恶的以实玛利·伊扎德，或者是他的一个信徒，竟然溜进了这里。虽然以实玛利·伊扎德已经死了，但我还是重新考虑了一下房子的安全问题。你也知道的，我很擅长施一些幻象之术。所以，不久之前，我就在所有的门和窗户上施了一些幻咒。如果有窃贼试图闯入的话，他就会被一匹狼袭击，被一条眼镜蛇追赶，或者被一群蜜蜂围攻。虽然它们并不是真的，但窃贼又怎么会知道呢？"

"那您能看出有没有人触发了您的咒语吗？"罗丝·丽塔

很想知道答案。

乔纳森叔叔捋了捋胡子："我当然能了，但并不是通过检查什么仪表或读取表盘之类的方法——如果你指的是这个的话——我是通过某种感觉来判断的。我刚才已经感应过了，没有什么特别的。所以，你们俩怎么了？"

路易斯咳嗽了一下："我的房间里有一些东西被动过了，但可能是我搞错了。"

"你房间里的东西？"乔纳森叔叔紧盯着他的侄子，"是什么危险的东西吗？还是什么值钱的物品？"

路易斯连忙睁大眼睛解释："啊，不！我的意思是，我的房间里没有任何危险的东西，也没有什么值钱的物品，反正没有什么是窃贼看得上的。只是，嗯……我的床被翻得乱糟糟的，就好像有人想在床垫下面找什么东西。"

听到这里，乔纳森叔叔坚持要去路易斯的房间看一下，但跟路易斯和罗丝·丽塔一样，乔纳森叔叔也没发现什么不寻常的地方。"好吧，"他总结道，"也许你只是忘了铺床而已。但如果再发生这种事的话，一定要告诉我。就目前来说，我很肯定这里没有什么邪恶的魔法。弗洛伦斯在感应邪恶魔法方面可是个高手，如果她说这里没有的话，那就是真的没有。不过，既然我们有魔法，那自然就会有高深魔法，为了安全起见，我们还是要保持警惕。如果再有什么奇怪的事情发生，请一定要告诉我。"

"高深魔法？"罗丝·丽塔的声音听起来十分好奇，"那是什么？"

乔纳森叔叔把拇指插在自己的背心口袋里，路易斯觉得他看起来有点儿不太自在。乔纳森叔叔回答说："高深魔法是一种古老的魔法，罗丝·丽塔，也就是从很久很久以前传下来的魔法。通常情况下，一个魔法师所施的咒语会在他死后完全失效。哦，不过，也有一些例外，比如那个魔法师非常强大，或者那个咒语是由多个魔法师一起施下的。但不管它是多么强大，那都是属于人类的魔法。高深魔法，嗯，是一种野魔法，是来自外面世界的魔法。"

"外面世界？"路易斯不解地问道。

乔纳森叔叔懊悔地笑了一下："我的意思是说，在我们所熟悉的这个世界之外，在我们所知道的这个宇宙之外，它来自其他的维度、时间、空间，因为高深魔法本来就不是人类能够创造或者控制的。谢天谢地，我们这儿倒是没什么高深魔法。实话说，高深魔法是非常罕见的，所以我也不确定弗洛伦斯能不能马上感应出来。偶尔会有一些不怀好意的魔法师，企图唤醒并驯服某种高深魔法，但结果总是高深魔法更胜一筹，而那些倒霉的魔法师就被反噬了。"

路易斯看起来很沮丧，于是乔纳森叔叔立马又补充道："不过，我并不是说这里正有类似的事情发生！事实上，我认为它出现的概率，要比我中彩票的概率小得多。所以，我的建议就是不要过度忧虑，只要多留心一下就好了。就像童子军们常说的，要时刻准备着，仅此而已。"

路易斯点了点头，但他的心里却在想，虽然没什么大不了的，但保持警惕并时刻做好准备的这种状态，根本就无法让他减轻一点儿忧虑。

　　事实上，他已经产生了一种反胃的感觉，而这让他感觉比之前更焦虑、更紧张、更痛苦。

　　然而，接下来的几天并没有发生什么离奇的事。路易斯也慢慢开始相信他的叔叔是对的，也许那天早上真的是他忘了整理床铺。星期天到了，路易斯和乔纳森叔叔一起去参加了弥撒。这一天的天气非常暖和，福利神父主持弥撒的声音低沉而枯燥，冗长的话语中带着一种奇怪的抑扬顿挫，还有一点儿外国口音，整个听起来就像催眠曲一样。路易斯坐立不安了好一会儿，然后闭上了眼睛。直到乔纳森叔叔冷不丁推了他一下，他才意识到自己在打瞌睡，而在他睁开眼睛的瞬间，他看到福利神父正在瞪着他。路易斯无力地坐在长凳上，他知道自己要遭殃了。

　　果然，在仪式快结束的时候，福利神父径直向乔纳森叔叔和路易斯走来。他用一种冷酷的声音说："年轻人，我可没有在你的卧室里布道，你不应该在教堂里睡大觉！"

　　"我……我很抱歉。"路易斯胆怯地说。

　　福利神父哼了一声。"巴纳维尔特先生，如果路易斯今天下午可以来教堂帮我做一些小事的话，也许他的罪过就会轻一些。"他说道，"当然，这完全由您来决定。"

　　"那就让路易斯自己来决定吧，"乔纳森叔叔彬彬有礼地回答说，"你觉得呢，路易斯？"

路易斯对着乔纳森叔叔苦笑了一下。路易斯一直认为和乔纳森叔叔住在一起的好处之一，就是他更把自己当作一个成年人来对待，而不是一个小屁孩。这时，路易斯知道如果他拒绝福利神父的话，只会让自己更难堪，所以他就点了点头。

乔纳森叔叔说道："好的，福利神父，他会来的。"

在两点钟的时候，路易斯来到了教堂。福利神父让他在书房里的书桌旁坐下，然后在他面前放了一大本皮革封面的书："年轻人，这是奥古斯丁的《忏悔录》，是一部非常重要的作品。当你读完一百五十页的内容，你就可以离开了。等到下周，我会问你一些关于这本书的问题。"

路易斯本该对此感到高兴，因为他很喜欢阅读，但是奥古斯丁的拉丁语很难理解，而且就像之前在教堂里一样，书房里的空气很暖和，路易斯又感到有些昏昏欲睡了。时间一小时一小时地过去，窗外的天色也渐渐暗了下来，乌云密布。大约到了五点钟的时候，路易斯开始听到轰隆隆的雷声。当他终于读完时，已经快六点了，这时的雷声感觉更响更近了。

福利神父问了他几个书里面的问题后，说道："很好，下周你会收到一张列了二十五个问题的清单，我希望你至少能回答出二十个！"然后，福利神父就把他打发走了。路易斯推开教堂那扇沉重的大门，顶着即将来临的暴风雨走了出来。虽然还没有下雨，但在天上翻腾着的深灰色云团似乎就要迸裂开来，涌出洪水一般。突然，一道闪电在路易斯的头顶上闪开，随即一声雷鸣响起，震得大地都抖起来了似的。路易斯一路小跑，希望能在被雨淋透之前赶到家。

在跑到主街的半路上，路易斯突然想到可以先冲进路边的商店里，然后再打电话请乔纳森叔叔开车来接他；但事实上，他已经离高街很近了，只要爬个坡就可以到家。路易斯觉得也许根本就不会有暴风雨，就在刚才的那一声惊雷之后，雷声已经没有那么响了，风也只是一阵阵的。于是，他把头低下，匆匆向前走去。昏暗的天空给一切都蒙上了一层怪异的紫铜色。尽管路易斯已经开始上气不接下气了，他还是尽力加快步伐。

他拐到了高街，仍然埋着头，注视着自己运动鞋的鞋尖在地上一步一步地迈进。为了不让自己一直担心打雷的事，路易斯还编了一首毫无意义的打油诗："抬起一只脚，放下一只脚，走路才不会摔跤。"接着，他又开始数自己走了多少步，想要再次转移注意力，不去担心闪电和暴雨的威胁。

等走到坡脚下时，他抬头看了看。只见狂风刮在树上，发出一阵萧萧声，头顶上的树枝猛烈地抽动着，一些雨点重重地打在了人行道上。路易斯刚刚经过一个院子前，看到五六份报纸散落在通往前廊的路上，他猜想这家人一定是去度假了。这个院子的周围是一圈未经修剪的树篱，树篱的另一边是私人车道。就在路易斯快要走到车道时，他用余光瞟到了什么动静。

突然间，两个男孩从车道边跳出来，挡住了他的去路。其中一个男孩又高又瘦，脸颊上还有一片橙色的雀斑，原来是斯坦·彼得斯，那么另一个又矮又胖的自然就是比利·福克斯了。

"我们一直在外面找你呢，"比利冷笑着说，"斯坦看见你进了教堂，我们就知道你会走这条路。这次可让我们抓住你了，巴纳维尔特。今天的风这么大，看来警察也听不到你的求救声了。"

斯坦咧嘴一笑，布满雀斑的脸上露出一种令人厌恶的表情："这一家人的车库真是不错，够隐蔽。"

"离我远点儿！"路易斯大喊道，心里感到非常恐惧，"我又没有得罪你们！"他焦急地朝高街上四处张望，但暴风雨即将来临，大家都在家里待着，街上空无一人。忽然，一阵风吹落了橡树和枫树上的一些绿叶，它们就像受惊的鸟儿一样在天空中旋转着飞走了。

比利握紧拳头，向前迈了一步："你就是个眼中钉，巴纳维尔特。你这个死肥猪、爱哭鬼，我们要让你付出代价。"

路易斯往后退了一些，但那两个恶霸还在朝他步步逼近。他们走得并不快，只见斯坦用右拳击打自己的左手，而比利一边咧嘴笑着，一边掰着他的手指关节。看来他们两个很乐在其中，路易斯苦涩地想着，如果他有那枚哨子的话——

突然间，路易斯下意识地摸了摸牛仔裤的口袋。没错，他的手指摸到了一枚光滑的哨子。他把哨子摸出来，放到了嘴边："小心我又要吹哨子了！"

斯坦不屑地笑了："刮这么大的风，有谁能听到？快吹呀，死胖子，你把肺吹炸了也没用！"

路易斯没有一丝犹豫地把哨子放进嘴里，拼命地吹了一下。刹那间，那个冷冰冰、阴森森的哨声又传了出来。整个世界似乎变黑了一秒钟，路易斯觉得好像有什么东西把他肺里的空气都给抽空了。那个哨声让斯坦和比利停下来——至少停了一会儿。然后，比利十分凶恶地发出了一声动物般的咆哮："抓住他！"

两个恶霸一齐向前冲了过去，路易斯急忙跳开了。他跳进了刚刚看到的那个院子里，又盲目地跑到一条小道上，最后狼狈地爬到了这户人家的门廊前。他被逼得走投无路了，只能嘭嘭地敲起门来。

"没人在家的，你这个愚蠢的死胖子。"比利嘲弄道，这时他和斯坦就快走到门廊了。忽然，一阵狂风刮起来，发出了尖锐刺耳的呼啸声。为了让路易斯听清他说的话，比利大声喊道："这家人好像都到佛罗里达州，还是什么地方去了，现在你知道，我们为什么会选这里了吧？"

然后，奇怪的事情发生了。只见院子里的深绿色杂草开始一圈一圈疯狂地摆动，仿佛是有一阵旋风在使劲地吹它们。然后，狂风的呼啸声又变成了异常刺耳的哨声，一直不停地在空中回荡着。一份份被捆好的报纸也开始转动起来，突然间，捆报纸的橡皮筋可能是因为磨损严重，啪的一声断掉了，报纸随即哗啦啦地散开，平平地铺在了地上。

紧接着，旋风卷起了散落在地上的报纸，它们随着风柱不断地上升。然后，一个模糊的白色形象出现了。渐渐地，它的形状清晰起来。"快看！"路易斯喊道，用颤抖的手指指着那团即将成形的东西，"它来找你们了！"

比利回头看了一眼，惊慌地大叫起来，而斯坦也同样被吓得头晕目眩。

那团不停转动的"报纸旋风"变成了一个怪物的模样：它有身体，有胳膊，有头，但没有腿，只有一条像蛇一样的尾巴在不停地甩动。它发出了一种冷酷无情的咝咝声，似乎正在变得更强壮。路易斯怔怔地盯着它，虽然他很想大声叫喊，但他已经被吓得呆若木鸡，就连一声短促的尖叫都发不出来。他认得那个怪物的脸——没有眼睛的可怕的脸——那张表情空洞、只有一张恐怖大嘴的脸。他曾经在噩梦中见过它，也在他卧室的窗户上瞥见过它一眼。此时，路易斯看见这张脸正在它那长长的脖子上来回摆动，仿佛是在寻找一个牺牲品。

那个怪物像蛇一样地向前滑动着。它有一种忽隐忽现的本领，就好像它并不是真实存在的一样，但它在滑动时确实又发出了一些刮擦声。而且，当一些飞舞的落叶掉在它的身上时，那些叶子也没能径直穿过它的身体，而是像粘在了它的白色皮肤上。斯坦和比利开始往后退。"你们跑不掉的，"路易斯听到自己用嘶哑的声音喊道，"它是一个鬼魂！无论你们躲到哪儿，它都能找到你们！"

比利尖叫起来，跟跟跄跄地往后退，直到被门廊的台阶给绊倒了。他失去平衡，一屁股坐在了地上，大喊道："不！不！不！"

此时，斯坦也在疯狂地喊："闭嘴，快闭嘴！"

那个怪物将自己没有眼睛的脸转了过来，瞄准了叫喊声发出的方向。一下子，它像闪电一样飞快地向前冲去，飞到了斯坦的正前方。路易斯还是无法将视线移开，他看到怪物直立了起来，比斯坦高出了三十多厘米。路易斯倒吸了一口凉气，他好像听到，不，更确切地说，他是感觉到了一种超自然的声音正在说话：**是我的！**

接着，那个怪物袭击了斯坦，就像眼镜蛇一样的迅速而致命。路易斯看见它在斯坦的胸口处猛击了一下。见到眼前的恐怖景象，比利声嘶力竭地大声尖叫，然后从门廊的台阶上跳了起来。他从怪物的身边跑过，抛弃了他的朋友，一路疯狂地向大街上跑走了。于是，那个怪物没有再继续攻击斯坦，而是立刻转身，飞快地追了上去。

斯坦跪倒在草地上，捂着胸口痛苦地呻吟着。路易斯立即从门廊上跳下来，向他跑过去："你没事吧？"

斯坦把脸转向路易斯，只见他已经吓得脸色发白。他一边哭，一边喋喋不休地像在说着什么，但他并不是在说话，只是发出了一些傻乎乎的呻吟声和咕哝声。对路易斯来说，那就像是傻子才会发出来的声音。

冰冷的雨点开始猛打在他们身上。一下子，整个世界在一片雨幕中变得模糊起来，暴雨猛烈地冲刷着人行道，又从地上飞溅起来，形成了齐膝高的水花。斯坦摇摇晃晃地站了起来，双手仍然抓着自己的胸口，然后，他跑了起来，噔噔噔地跑到大街上，又跑下了坡。路易斯也急忙跟着跑到了街上，透过雨幕，他看到斯坦在坡底转了个弯，而比利和那个鬼魂——如果那个像蛇一样的东西真的是鬼魂的话——却不见了踪影。

路易斯松开了一直紧握的拳头，但那枚哨子却又不翼而飞了，他的手里只留下了一道红红的印子。他在那儿站了好一会儿，冰冷的雨水敲打在他的头和肩膀上，把他淋成了落汤鸡，可他却没有任何感觉。直到又响起了一声惊雷，吓了他一大跳。

然后，路易斯大笑起来。那是一种野蛮的笑声，就像是胜利的咆哮一样。路易斯打败了他们两个！他独自一个人打败了比他强壮的两个恶霸。他的确给了他们一个下马威！为什么？因为他现在拥有了一种他们两个都无法抵抗的强大力量，一种他们永远无法弄明白的力量！他突然觉得自己变得更加高大，更加强壮了。这时，雷声又咆哮了起来，但这一次，路易斯却毅然抬起自己湿透的头，朝着天空咆哮了回去！他在暴风雨中挥舞着双拳，心想着再也没有人能欺负他了。如果还有人来欺负他的话，他保证会让他们后悔。

但不一会儿，路易斯又记起了自己看到那个怪物时的恐惧。刺骨的雨水让他瑟瑟发抖。一方面，他感到恐惧；但另一方面，他又沉浸在某种邪恶的快乐之中，因为比利和斯坦终于尝到了苦果。

同时，他还产生了另一种感觉，一种福利神父很擅长让他产生的感觉——强烈的罪恶感。

第六章

　　当路易斯快到家时，乔纳森叔叔正准备把车开进车库，那是一辆老式的黑色马金斯·西蒙。就在路易斯跑上坡，刚要进到院子里的时候，乔纳森叔叔向他挥了挥手，然后就把那辆四四方方的汽车倒进了车库。过了一会儿，乔纳森叔叔进来了，他的身上穿着一件湿淋淋的黄色雨衣。他叫路易斯赶快上楼去用毛巾擦干身体，再换掉身上湿漉漉的衣服。

　　路易斯一直无法控制地颤抖着，但他还是照做了。在浴室里，他急匆匆地脱掉了湿透的T恤衫和牛仔裤。当他抓起一条毛巾开始擦干身体时，他的牙齿还在咯咯作响。他把湿毛巾扔到地上，从架子上拿起一条干浴巾，裹在了自己身上。之后，他匆匆走进卧室，换上暖烘烘的内衣、牛仔裤和衬衫。

　　路易斯来到楼下，发现乔纳森叔叔正在前厅用拖把擦地上的一摊水。"你没事吧？"乔纳森叔叔担心地看了一眼路易斯，然后开口问道。

路易斯点了点头："应该没什么事，呃……我走到坡底的时候，就突然下起了大雨。"

乔纳森叔叔把拖把里的水拧到了一个铁桶里。他看上去有些生气的样子："我一定要去找福利神父理论理论。对坏孩子严格要求是一回事，但仅仅因为你在弥撒时犯了困，就把你留到这么晚，害你回家时变成了落汤鸡，那就是另一回事了！"

"请您别去，"路易斯恳求道，"这都是我自己的错。"他向乔纳森叔叔解释了自己只是被罚在闷热的教堂书房里读《忏悔录》，以及花了多长时间，但关于斯坦和比利的事，他却只字未提。"所以，"路易斯接着说，"如果我没有犯困的话，我就能早点儿读完，然后就能在下大雨之前到家了。"

"好吧。"乔纳森叔叔同意道，但显然不太情愿的样子。他把拖把搭在肩上，仿佛自己是一个士兵，肩上正扛着一支来复枪："我也不想让你的处境变得更糟。快帮我把这些水都倒了吧。"

那天晚上，只有他们两个一起吃晚饭。乔纳森叔叔并不是一个好厨师，所以他做的饭菜并不怎么美味。他们的晚餐是鸡汤面和烤牛肉三明治，但是罐装的汤非常咸，烤牛肉又干又难嚼。甜点是齐默尔曼太太之前做的一半大黄派[1]，乔纳森叔叔吃

1　大黄派，使用大黄植物叶茎和面粉等做成的一款酸甜可口的西式馅饼。

了两大块，但路易斯只吃了一小块，因为他不太喜欢酸甜味的东西。等他们洗完碗的时候，暴风雨已经过去了。乔纳森叔叔提议一起玩纸牌游戏，但路易斯实在太累了。他很早就上了床，不一会儿就睡着了。

即使他做过什么梦，他也全都不记得了。但午夜时分，他突然醒了过来。路易斯睁开眼睛，最先看到的是床头闹钟的发光表盘，它的两个绿色指针都指着正上方。他躺在床上，想了一会儿到底发生了什么。然后，他听到了一声呻吟！又传来了一声，又来了一声！路易斯立即从床上跳起来，跑到走廊上。那个声音是从乔纳森叔叔的房间里传出来的，路易斯嘭嘭地敲起门来："乔纳森叔叔！你没事吧？"

突然，呻吟声消失了。不一会儿，乔纳森叔叔打开了门。他穿着一套宽松的红色睡衣。乔纳森叔叔曾说，这件睡衣会让他看起来像一个成熟的西红柿，他的头发和胡子都乱蓬蓬的，好多地方都翘了起来。乔纳森叔叔冲着路易斯无力而尴尬地笑了一下："对不起！是我做了一场噩梦。我梦见了一条白色的巨蟒在我的床边滑来滑去，我想那准是一条眼镜王蛇！总之，我梦见自己醒了过来，然后就看到那个怪物在我的枕头旁边，正直立着身体，准备用毒牙来咬我。接着，我听见你在敲门，这才真的醒了过来！"

路易斯盯着乔纳森叔叔，发现他的脸上有一些汗珠。"你梦到了一条蛇吗？"路易斯小声问道。

乔纳森叔叔拍了拍他的肩膀："我只是做了个噩梦而已。

我也时不时会做一些噩梦，通常都是因为我在睡觉之前吃错了东西，所以我想应该都是那个大黄派的错！"

路易斯回到了自己的房间，他躺在床上，开始思考着乔纳森叔叔刚才经历的一切，那真的只是一场梦吗？那条由一堆报纸幻化而成的蛇还在吗？它会跟着自己回家吗？它知道自己住在哪里吗？路易斯闭上眼睛，感到自己听到了一声低沉的咝咝声。他屏住了呼吸，但还是分不清那个声音究竟是存在于自己的脑海里，还是真的从房间里的某个地方传来的。他的呼吸开始变得急促起来，然后他打开了床头灯。

什么也没有。

路易斯叹了口气，意识到自己可能很难再睡着了。他从床头柜上拿起一本最近开始读的书，帕特里克·摩尔的《行星指南》。乔纳森叔叔一直说想用后院里的那台望远镜拍一些月球和其他行星的照片，而这本书恰好讲的就是如何观察火星、金星等天体，以及如何给它们拍照。通常情况下，路易斯会觉得这是一个很有趣的话题，但他现在根本就无法将注意力集中在行星上。不过，至少一遍又一遍地读同一段话会让他感觉昏昏欲睡。于是，他把书摊在胸前，终于睡着了。

在他的梦里，那些滑动的声音都变成了一些咝咝的讲话声。他一点儿也没听懂，但又觉得似乎关系到自己的生命。

似乎还关系到他的灵魂。

第二天，路易斯来到了罗丝·丽塔的家，和她一起坐在门廊的秋千上。罗丝·丽塔坚持说道："一定发生了什么邪恶的事，我想一定是这样的，你也应该是这么想的。它有可能是齐默尔曼太太也无法解释的魔法，但它一定是邪恶的。路易斯，你得把那枚愚蠢的哨子扔掉。"

路易斯已经把自己和比利以及斯坦的遭遇告诉了她。不过，他漏讲了一些东西，比如那个令人毛骨悚然的报纸怪物，所以一切听起来好像是那枚哨子引起了一场暴风雨，然后把他们两个吓跑了。此时，由于昨晚没怎么睡好，路易斯感觉自己的头很疼，眼睛也肿了起来，他喃喃地说："我要怎么扔？它已经不在了呀。它只会在自己想要出现的时候现身，其他时间都是消失的。"

"在自己想要出现的时候现身？"罗丝·丽塔扶了扶眼镜，她露出一脸恼火的样子，"这太疯狂了！一枚哨子怎么可能知道自己想要什么呢？"

路易斯只是摇了摇头。他感觉晕晕乎乎的，就好像自己的脑子在头骨里四处乱晃一样："我也不知道。"

罗丝·丽塔从门廊的秋千上跳了下来。她在空中挥动着双臂，说道："下次那个蠢东西再出现的时候，你就把它扔了！"

路易斯闭上了眼睛，因为他的太阳穴实在痛得厉害。他要怎么解释呢？每次在他面临威胁的时候，那枚哨子都会及时出现。如果让他扔掉哨子，那就好似一个饥肠辘辘的人要扔掉一个美味多汁的汉堡一样！就好似一个溺水的人要扔掉救生圈一样！这是他绝对无法做到的事。

"我们再和齐默尔曼太太谈一谈吧，"罗丝·丽塔建议道，"我真的有点儿担心你，你的脸色看起来糟透了，你是生病了还是怎么了吗？"

路易斯重新睁开了眼睛。经过昨晚的一场大雨之后，今天的阳光十分明媚，空气也很清新，但路易斯却觉得光线刺痛了自己的眼睛，呼吸进去的空气也觉得不太舒服。尽管阳光是那么温暖明亮，他却总能感到一阵寒意。"我没有生病，我只是觉得……"路易斯在思考着该怎么说，"很奇怪，就好像我有一半的身体不见了。我觉得好累，似乎做每件事都很费力气，但我并不知道是为什么。"

"可能是流感，"罗丝·丽塔自信地说，"今天早上的广播里就提到了一种夏季流感，说医院里已经发现两个病例了。你有发烧吗？"

"应该没有。"路易斯回答说。接着，他感觉自己心脏狂跳起来，突然间他的脑海里涌现了一个念头，仿佛有另外一个人在他的脑海里轻声说着：**这是一次复仇。**而这个声音，和他昨晚听到的那个鬼魂的声音非常相似。

罗丝·丽塔又挨着路易斯坐回到了秋千上，然后她把自己的手放在了路易斯的前额上："你没有发烧。恰好相反，你的额头摸起来又冷又湿的。"

"也许我只是累了吧，"突然，路易斯脑海里产生了一个令人不安的念头，"你刚才说广播里讲了什么？"

"嗯？"罗丝·丽塔眨了眨眼睛，"哦，今天早上的地方新闻报道，说医院里有两个人患了同一种流感，就这些。"

复仇，路易斯脑海中听到的那个声音又出现了，虽然微弱了许多，但却是一种胜利的口吻。路易斯又感觉晕乎乎的。"谁得了流感？"他问道。

　　罗丝·丽塔皱起眉头，耸了耸肩："广播里没说。"

　　路易斯站了起来："我可以借用一下你家的电话吗？"

　　"当然可以，"罗丝·丽塔说，"走吧。"

　　波廷格家的电话机就放在通往二楼的楼梯旁边的一张小桌子上。路易斯拿起一本薄薄的新西伯德镇电话簿，翻了一遍，找到了写着"福克斯"的那一页。"比利·福克斯的爸爸叫什么名字？"他问道。

　　"我想应该是菲尔吧，"罗丝·丽塔回答说，"他的号码是——"

　　"在这儿，"路易斯打断道，"2-3432。"他拨了那个号码，然后听见电话铃响了两遍，三遍——

　　"喂？"一个老太太的声音回答道。

　　"呃，您好，"路易斯说，"请问比利在家吗？"

　　一阵沉默。然后，那个老太太解释说："比利病得很重，正在医院里接受治疗，他的父母都在医院照顾他，我是他的祖母。"

　　"好的，谢谢您。"路易斯小声地说，挂断了电话。

　　"怎么了？"罗丝·丽塔好奇地问，"你的脸色白得就像鬼一样。"

　　路易斯坦白说道："我想我知道那两名流感患者是谁了，就是斯坦和比利。"路易斯的胸膛一阵发紧："哦，我的天哪，罗丝·丽塔，我不能把哨子扔掉。如果是它把某个魔法怪物放出来了呢？如果有咒语可以除掉那个怪物，那么很可能也需要有那枚哨子才能起作用！"

"也许只是个巧合吧，"罗丝·丽塔不太确定地说，"你说昨天的雨下得很大，也许比利是因为全身都被淋湿才生病的——"

"你才不会这么想。"

"是的，"罗丝·丽塔承认道，"我确实不会。"

他们一起回到了门廊上。路易斯开口说："我很害怕，罗丝·丽塔，乔纳森叔叔昨晚做了一个可怕的噩梦，如果这件事已经开始影响到了其他人的话，那该怎么办？乔纳森叔叔给我们说过一些关于高深魔法的事，以及它有多难控制。如果高深魔法对魔法师们发起攻击，那么乔纳森叔叔和齐默尔曼太太很可能就会成为受害者。"

"那你打算怎么做？"罗丝·丽塔问。

路易斯回答说："我打算先弄清楚比利到底怎么了。然后，我再试着想想，等下次哨子出现的时候，我该做些什么。等我查到更多的东西，也许就能让乔纳森叔叔和齐默尔曼太太没有任何风险地一起解决这件事了。"

"我也会一起帮忙的。"罗丝·丽塔立刻说。

路易斯感激地看了她一眼，但紧接着，他又皱起了眉头："这可能会很危险，我感觉自己都要被吓傻了！"

"虽然我不是很赞成你的这个主意,但如果我仅仅因为一条鬼鬼祟祟的大蛇怪就抛弃了你,那我就不是真朋友了!好了,我们赶快制订一下计划吧。"

　　这时,路易斯不禁想到他们之前的计划一点儿也不高明。正如罗丝·丽塔提到的,公共图书馆里能提供的有用信息实在是太少了。路易斯的叔叔收集了很多关于魔法的书籍,但他并不喜欢路易斯去碰它们。在很多年以前,为了向一个叫塔比·科里根的男孩炫耀,路易斯曾经翻开了一本非常危险的书,还念诵了一个十分强大的咒语。结果,这个咒语让一个死去的女人从坟墓里复活了,还差点儿要了路易斯和乔纳森叔叔的命。从那时起,乔纳森叔叔就把一些藏书搬到了一个上着锁的书柜里。

　　不过,巴纳维尔特家的书房里仍然摆满了一架又一架的魔法书籍,虽然它们并不会教你如何使用魔法。于是,罗丝·丽塔认为他们应该从那里开始。如果他们什么也没发现的话,也许还可以在他们的朋友罗伯特·哈德威克先生经营的魔术博物馆里找到一些线索。哈德威克先生有大量的魔术书籍,尽管它们几乎都是和魔术的一些花招以及障眼法有关。对于能否在书房里找到有用的信息,路易斯是持怀疑态度的,但这可能是他们的最后一招了。

　　乔纳森·巴纳维尔特和齐默尔曼太太一般都会去参加卡帕纳姆县魔法师协会的每周例会,而最近刚好就有一次例会要举行。那个时候,他们就有机会溜到书房,好好地研究一些关于魔法、鬼魂以及如何用咒语召唤魔法生物的书籍了。

路易斯和罗丝·丽塔一起骑上自行车，赶到了新西伯德镇医院。这是一座翻新过的旧大厦，离图书馆并不远。进到医院之后，他们朝一个穿着整洁的白色制服的女护士走去，看到她的制服上绣着一行红色花体字——桃瑞丝·恩格丝。路易斯感到有些紧张，他很不喜欢医院里的气味，闻起来像是酒精和碘伏的味道，让他不禁想到了疾病和痛苦。

不过，至少恩格丝护士看上去很友好。她长得十分年轻，乌黑的头发整齐地扎在护士帽下面，和罗丝·丽塔一样戴着一副圆框眼镜。她坐在一张标有"服务台"字样的桌子前，正在一本像有账簿那么大的登记簿上做着标记。她抬头看了一眼路易斯和罗丝·丽塔，礼貌地问道："请问有什么需要帮忙的吗？"

"你好，"罗丝·丽塔回答说，"我们是来探望我们的朋友比利·福克斯的，我们听说他病了。"

"福克斯。"恩格丝护士重复道。她看了一眼手上的那本登记簿，然后摇了摇头："比利确实住在这里，但他现在不能接受任何人的探望。你们应该也知道，医生们都不确定他到底得了什么病，也不确定这种病的传染性有多大。"

"那他还好吗？"路易斯焦急地问道。

"他的情况基本稳定了。"恩格丝护士回答。然后，她似乎是看到了路易斯脸上露出的担忧神情，又补充道："我的意思是，他的病情并没有变得更糟，但也没有好转的迹象。"

"那斯坦·彼得斯呢？"罗丝·丽塔追问，"我听说他也病了，请问他也在这里吗？"

护士又看了看她的那本"账簿"："是的，他也在这里。他的症状和比利差不多，因为他们俩是朋友，所以他们很可能是在一起玩的时候感染了某种细菌。"

"他们会没事的，对吗？"路易斯担心地问道。

恩格丝护士安慰地笑了笑："我相信他们会没事的，而且他们在这里也会得到最好的照顾。"

罗丝·丽塔扭了一下头，示意路易斯"跟着我来"。然后，她带着路易斯来到了候诊室。她坐在一把破旧的栗色皮椅上，上面的座套有几道裂缝，但已经用塑料胶带粘了起来。她开口说："我认为我们应该弄清楚他们两个究竟得了什么病。"

"怎么弄清楚呢？"

罗丝·丽塔若有所思地挠着鼻子："嗯，如果是在电影里的话，我们应该能找到一个挂着医生白大褂和其他用品的柜子，然后我们就假扮成医生的样子，保证能让所有的人都看不出来。"

"这也太疯狂了，"路易斯反对道，"那我们还不如戴上那些带有尾巴的绒毛帽子，然后告诉所有人我们就是大卫·克罗克特和丹尼尔·布恩[1]。"

罗丝·丽塔点了点头："你说得对，我们这是在现实生活

---

1 大卫·克罗克特是美国著名的政治家和战斗英雄，而丹尼尔·布恩是美国历史上最著名的拓荒者之一。路易斯举了这两个有名的人物的例子是想说明罗丝·丽塔的想法并不可行。

中，人们根本不相信会有像我们这样年轻的医生，嗯……"罗丝·丽塔沉默了一会儿。然后，她笑了一下："不过你知道吗？这里还有一些专门辅助护士的女护工，她们比我们大不了多少！萨莉·梅里韦瑟的姐姐菲利斯好像就在这里当护工。我们快走吧，我敢打赌，我们一定能查清楚这一切。萨莉非常健谈！我只需要给她一个开口的机会就好了。"

那天下午，路易斯大部分时间都在惦记着这件事，同时尽量不打扰到乔纳森叔叔，因为乔纳森叔叔正忙着处理什么法律上的手续。乔纳森叔叔之前有解释过，他必须审核一下自己购买的那些股票、债券和其他会带来收益的投资。"虽然我每年只需要做一次，"他说道，"但这实在让人非常痛苦！"

因此，当乔纳森叔叔一边在书房里查阅各种文件夹和小册子，一边在一台破旧的加法机[1]上计算数字时，路易斯就在一旁看看电视，或者读读书。然而，无论是看电视，还是读书，他始终都无法集中精力。到了那天下午的晚些时候，罗丝·丽塔骑着自行车来了，然后他们俩来到了后院。"怎么样？"路易斯问道。

罗丝·丽塔翻了个白眼："萨莉一说起来就没完没了的！不过，我没猜错，她的姐姐确实是医院里的一名志愿者。她在今天下午回家之后，就把比利和斯坦的事都告诉了家里的人，

1　加法机是利用齿轮传动原理，通过手工操作，来实现加、减运算的台式机械计算机。

原来他们是得了贫血症。"

路易斯皱起了眉头:"贫血症?"

"就像流血过多一样,"罗丝·丽塔解释说,"他们的红细胞数量很少,所以他们现在很虚弱,需要一直输血。有意思的是,昨天他们两个浑身湿透地回到家,但却都不记得曾经发生了什么。他们变得神志不清,行为也十分奇怪,这让他们的父母担心极了。因为比利一直脸色苍白,身体发抖,所以他的家人就把他送到了急诊室,然后医生直接让他住进了医院。比利的家人都知道他一直和斯坦在一起,所以他们给斯坦的妈妈打了电话,发现斯坦也同样病得很重,于是也把他带到了医院。"

"罗丝·丽塔,"路易斯痛苦地说,"你还记得那本书上说拉弥亚是什么来着?是一个女吸血鬼,对吗?"

罗丝·丽塔的表情变得严肃起来。她把双臂交叉起来,好像是在拥抱自己,或者是取暖一样:"对的。"

他们面面相觑。然而,路易斯却无法问出脑海中已经浮现的那个问题。

如果比利和斯坦根本就不是得了贫血症呢?

如果是某个鬼魂怪物吸了他们的血呢?

第七章

　　幸运的是，这一周卡帕纳姆县魔法师协会的例会并没有选择在乔纳森叔叔或者齐默尔曼太太的家里举行，而是换到了另外一个成员的家里。路易斯、乔纳森叔叔和齐默尔曼太太早早地吃了晚饭，然后他们两个就去开会了。路易斯立即给罗丝·丽塔打了电话，十分钟后她就赶到了高街。

　　"好了，"当他们开始翻看那些魔法书时，路易斯说道，"让我们看看能不能找到什么有关'拉弥亚'的线索。对了，萨莉今天有提到比利和斯坦吗？"

　　"还是老样子。"罗丝·丽塔回答说。她从书架上拽下了一大本黑皮封面的书。

　　罗丝·丽塔还没打开那本书，路易斯就立刻认出了它。那是齐默尔曼太太在德国研究魔法时撰写的博士论文，她有好几本装订的副本，所以就送了一本给乔纳森叔叔。"那本书没用，"路易斯说道，"齐默尔曼太太说过，她从没有听过什么魔法哨子。"

"也许是她忘了呢，"罗丝·丽塔争辩道，"毕竟她的这篇论文是在很多年前写的了。"

实际上，这本书是一些装订好的打字稿。罗丝·丽塔翻到了第一页——

《护身符》

F. H. 齐默尔曼 D. Mag. A.

《对魔法护身符特性的自由探究》

本人承诺该论文为哥廷根大学魔术学院的毕业论文，

并满足本人修读魔法学博士学位的专业要求。

弗洛伦斯·海莲娜·齐默尔曼

1922年6月13日

英文版

"好吧，"路易斯妥协道，"也许你是对的，这确实是她在三十多年前写的。不过，我倒是想在《魔法生物名录》里面找一找。"

他们两人分别默读了好几分钟。路易斯坐在乔纳森叔叔的椅子上，他的面前有一盏绿色灯罩的台灯，而罗丝·丽塔则坐在一把大扶手椅上，把论文凑近鼻子开始翻阅了起来。路易斯通常很喜欢旧书里散发出的那种满是灰尘又略微刺鼻的气味，但今晚他觉得这种气味特别浓烈，不禁感到一阵恶心。

在路易斯选择的那本书里，并没有任何有关"拉弥亚"的词条。然而，在"吸血鬼"的那一部分，却有一篇非常长的文章，详细介绍了各种来自不同国家和文化背景的吸血鬼。路易斯看到有一种吸血鬼叫作"诺斯费拉图"，尽管书上说这个名字其实是对"不洁的灵魂"一词的误译，它是一种徘徊在生死边缘的鬼魂，嗜血，也可以令死尸复活。

除此之外，书中还记录了一些更为奇怪、更让人害怕的吸血鬼。在马来西亚，有一些人相信世界上有一种叫作"飞头降"的吸血鬼，它虽然看起来很像人类，但是却可以将自己的头从身体上分离开来，在空中飞来飞去地寻找猎物。路易斯看到一幅插图，差点儿吐出来。他完全可以想象出一个黏糊糊的怪物在夜空中飞行的画面……呕！

路易斯很快翻过了那一页。接下来，他又发现了一种来自加勒比海的吸血鬼，叫作"卓柏卡布拉"。它能以"热气"的形式出现，并在人行道或者车道的中间像淡蓝色火焰一样燃烧。如果一个不走运的人刚好撞进了火焰里，他就会立马晕倒，全身的血都被吸干。之后，卓柏卡布拉就会回到坟墓里，因为承载着它灵魂的肉体就在那里。路易斯从那本书上抬起头来，心里想着："这真的太复杂了，世界上的每个国家都有不同的吸血鬼！"接着，他又低头继续读那一页的内容："福尔达拉克、斯特里戈伊，还有姆拉尼……"

透过圆圆的镜片，可以看出罗丝·丽塔的眼神显得十分严肃："唉，我的这一本也不容易看呀。齐默尔曼太太对护身符进行了各种细小的分类：石头护身符、银质护身符、大护身符、小护身符，普通护身符，以及带有常春藤联盟图案和腰带的花式护身符！不过，我还是先读一下银质护身符吧。你可以继续看你的书了。"

路易斯点了点头，但他越往下读，就越感觉这座老房子在他的周围吱吱作响，甚至书里的有些描述还让他手臂起了鸡皮疙瘩。当他看到一幅特别可怕的插图时，他就会匆匆翻过这一页。最后，他终于发现了"拉弥亚"的相关内容，他弯下腰，靠近桌子开始读了起来。"你听听这个，"他对罗丝·丽塔说道，"希腊神话中的拉弥亚，也就是吸血鬼魔法师，很可能与最古老的吸血鬼传说之一——莉莉丝的传说有关。在希伯来人的传说中，莉莉丝是亚当的第一任妻子，但因为她不满亚当，所以就离开了伊甸园，于是夏娃才被创造了出来。后来，莉莉丝变成了一个复仇的怪物，能够任意改变自己的形态。有时，为了能在黑夜中飞行，她还会变成一只猫头鹰。据说，她还是个嗜血者。"

"好吧，"罗丝·丽塔说，"那要怎么样才能杀掉她呢？"

路易斯又默读了几分钟，然后说道："上面没说。你再听听这个：希腊神话中的拉弥亚，一个复仇心极强、嗜血的魔法怪物，很可能是由莉莉丝的故事改编而来。然而，根据传说，拉弥亚偶尔也是可以被驯服，甚至是可以被奴役的。1587年，法国的一位神秘主义者兼神父安如，就通过某个魔法咒语成功捕获了一个拉弥亚，然后又用某种魔法物品困住了它。安如神父把这个怪物当作武器，专门用它对付自己的敌人。1611年，尽管安如神父已经七十多岁了，但他的外表还像个年轻人一样，后来他踏上了探索新世界的航程，但在北美洲失去了下落。"

罗丝·丽塔皱了一下鼻子："所以呢？他是来了密歇根州吗？"

"上面没说，"路易斯又继续往下读，"关于拉弥亚的内容就这么多了。此外，还有一些齐佩瓦人[1]的传说提到了一个猫头鹰鬼魂，说它专门引诱孩子离家出走，然后喝掉他们的血。我想这个作者似乎在暗示这一切都与安如神父和他的魔法有关，但是上面并没有提到要怎么才能杀死拉弥亚，无论是使用魔法咒语，还是使用其他什么东西。"

"好吧，从乔纳森叔叔告诉我们的情况来看，我们要对付的应该不是某个咒语，所以我在想，那个怪物会不会就是他所说的高深魔法？"

然而，他们两个都无法回答这个问题。罗丝·丽塔在齐默尔曼太太的论文中找到了一段关于召唤护身符的内容。上面罗列了很多能够召唤鬼魂的魔法物品，但好像没有一个是和哨子有关的。这本书里还提到了阿拉丁神灯、精灵和戒指，这些东西都能让佩戴者拥有比鬼魂更强大的力量，但和路易斯的发现

1　齐佩瓦人属于北美洲的一个印度安人部落。

相比，它们显然都没什么用。最后，罗丝·丽塔打着哈欠，啪的一声合上了论文。这时，楼梯平台上的落地钟阴郁地响了十下，时间已经不早了。

"乔纳森叔叔随时都会回来，"路易斯说，"我们最好先把书放回去。"

罗丝·丽塔伸了一个懒腰："好的，那我就继续跟进斯坦和比利在医院的情况，而你的任务就是，如果那枚哨子再出现的话，不要让它再发挥作用。一定要把它交给齐默尔曼太太，要说这世上有谁能处理那枚哨子的话，恐怕也就只有齐默尔曼太太了。"

路易斯点了点头。他知道这件事并不容易，但他也想不出什么话来让罗丝·丽塔相信这个事实，所以他选择保持沉默。

那天晚上，路易斯把齐默尔曼太太的论文拿到了楼上的卧室。他告诉自己，罗丝·丽塔可能漏掉了些什么。他靠在床头，开始读着一些关于魔法石、所罗门王的印戒和法老封印的故事，但还是什么也没有找到。接着，他在翻阅脚注时，发现了一个很特殊的脚注："有关召唤护身符的更多内容，请参阅吉拉多斯·阿布切乔的《来自深渊》。"路易斯合上了这本装订好的打字稿，皱起了眉头。阿布切乔是个很不寻常的名字，他总觉得自己以前见过，也许乔纳森叔叔的书房里就有那本书。

路易斯悄悄地下了床。他打开卧室的门，听到乔纳森叔叔发出了低沉的鼾声。路易斯光着脚，踮着脚尖走下了后楼梯。

他抬头看了看那扇魔法窗，那是一扇椭圆形的彩色玻璃窗，因为乔纳森叔叔对它施了魔法，所以它总会显现出不同的景象来。今晚，它显现出了一个高大的魔法师正站在一座奇怪的拱形桥前的画面，在那座桥的角落里，还有一些像巨大棋子一样的石雕，只见这个魔法师将手中的一把扑克牌朝那座拱桥扔了过去。

路易斯蹑手蹑脚地走到楼梯底下，打开了灯。他走进书房，把齐默尔曼太太的论文放回了书架上，然后开始用手指在其他书的书脊名字上滑动：阿安森、阿尔伯特、阿布森，找到了，阿布切乔。路易斯从书架上取下了那本书。这本书看上去很陈旧，书页是棕色的，装订的布面也已经破损了。虽然书名和作者的名字都是用金箔印上去的，但如今大部分的金色已经脱落，只留下一些字母的轮廓。路易斯在书桌旁边坐下来，又打开那盏绿色灯罩的台灯。他翻开书，看了一眼扉页——

《来自深渊》

吉拉多斯·阿布切乔

我能召唤深渊里的幽魂。

——威廉·莎士比亚

伦敦：麦勒福克斯出版社，1888年

然后，路易斯又急忙翻到了目录页。他发现上面不仅有各个章节的标题，而且还标出了每章内容的摘要。

　　路易斯先浏览了一遍目录，直到他看到第八章下写着："试图控制鬼魂的危险之处；鬼魂附身；用意志进行诱捕。"这时，路易斯感觉自己的心仿佛已经提到了嗓子眼儿，正在喉结的后面怦怦地跳动。他咽了几下口水，翻到了第133页，也就是第八章的开头。他的眼睛有些湿润，于是他眨了眨眼睛，才开始读了起来。路易斯读到了一段令人十分恐惧的文字。

　　……对于能勇敢地召唤出这样一个鬼魂的魔法师来说，最主要的担忧就是"等价交换"的基本原则。古代的权威人士们都认为，这种魔法的使用是必须付出相应代价的，而代价可以有多种形式，最为常见的一种就是血的馈赠（因为鬼魂总是渴望能拥有一个肉身，而活人的鲜血就是其形成肉身的一种方式），或者是服从，甚至是用生命交换生命。

　　最后的这种形式，往往也是最可怕的。不幸的魔法师会发现自己被封锁在肉身之外，而某个邪恶的鬼魂会趁机进入他的肉身，并将其控制。在这种情况下，所谓的代价就已经彻底付出了，因为从世人的眼光来看，原先作为仆人的鬼魂变成了魔法师；而原来的魔法师则变成了鬼魂，它没有可以寄居的肉身，只能随风飘荡，再也无法感受到时间和永恒的存在了。

路易斯感到一阵头晕。他从书桌旁站了起来，匆忙地把书放回了书架上。付出代价？就因为吹了一下哨子吗？这难道是真的吗？

他关上了灯，正打算往大厅走去，但突然有什么东西让他回头望了望。在书桌的后面是两扇可以通向侧院的落地玻璃门，它们总是关着的，上面还挂着薄纱似的白色窗帘。这时，窗帘仿佛在微风中飘动起来，尽管路易斯丝毫没有感觉到风的吹拂。

他真想嘭的一下关上门，冲上楼去，躺在自己的床上。他真想躲在被子里面，安全地待在自己的房间里。

但他的肌肉却动弹不得。突然间，窗帘开始飞扬，竟然在空中飘荡了起来。透过玻璃窗，路易斯瞥见外面的院子一片漆黑，一片片飘浮的夜雾正在玻璃窗外翻涌盘旋。接着，窗帘又飘动了起来。它们飘起来，又沉下去，将紧闭的玻璃门隐藏了起来，然后，又继续飘了起来。

就在这时，路易斯看到有人正站在院子里。

快来我这儿。

路易斯开始喘不过气来。那是真的声音吗？还是他在自己脑海里听到的？当那个鬼魂在说着斯坦"是我的"时，他也有同样的感觉；当那个"复仇"的念头进入他的脑海时，他也有同样的感觉。这就是一个想象出来的声音，他一遍又一遍地告诉自己。此刻，路易斯拼命地想要相信，这一切都只是他自己的想象而已。

在路易斯丝毫感觉不到的一阵微风中，窗帘再一次被掀开了。一个女人站在房子的外面，她看起来又高又瘦，脸色就像月光一样苍白。**快来我这儿。**她是在和路易斯说话吗？难道他在脑海里听到的就是她的声音吗？他无法肯定。然而，他又产生了一种奇怪的感觉，好像自己是在睡梦中，但又好像是清醒的。

那个女人的长袍在她四周飘荡了起来，就像书房里的窗帘一样。她的脸庞美丽而冷漠，头发柔顺而乌黑。

但她的眼睛——

她的眼睛是两个凹进去的黑洞。

她伸出了双手。

路易斯看到她的嘴唇说出了自己的名字，然后又笑了笑。过了一会儿，那个声音说道：**路易斯，你必须把门打开。**

她的微笑仿佛是一把匕首，深深地刺痛了路易斯。

他看到自己举起了双手，又看见它们自己在门闩上摸索，然后把门推开了。

悄无声息地，那两扇落地玻璃门就这样被打开了。

那个女人看起来非常奇怪。她的身体似乎是由一些薄雾形成的，几乎是透明的，在夜空中随风摇曳着。她张开双臂，想要伸手去抓路易斯。**我们将属于彼此，我们将一起变得强大，快来我这儿。**

路易斯很想说"不"，但他就是张不了嘴。他感觉自己的身体又冷又烫，他发现自己很不情愿地朝着那个女人迈了一步……

然后，一切都陷入了黑暗。

第二天早上，当路易斯醒来时，他正躺在自己的床上。他立马从床上跳了起来，就好像有什么东西刺痛了他一样。他摇摇晃晃地在床边站了好一会儿。他在想——究竟发生了什么？

"那是个梦，"他对自己说，"那只是一个梦。"

真的就只是一个梦吗？

第八章

在接下来的几天里，路易斯感觉自己越来越不舒服。确切地说，他并没有生病，只是觉得他已经不是他自己了。而在星期五的那天，罗丝·丽塔就注意到了这一点。当时，罗丝·丽塔过来找他，告诉他比利和斯坦好像都被送到底特律的一家更大的医院去了，离这里很远很远。"医生们都认为他们两个得了某种不寻常的贫血症，"她告诉路易斯，"医生们每隔一天就会给他们输血，但不知怎的，那些血就好像会凭空消失一样。"

"嗯。"路易斯心事重重地说。他们又坐到了路易斯家的后院里。今天的天气又晴朗又热，但路易斯却几乎感觉不到。在他看来，整个世界仿佛都笼罩在一层朦胧的薄雾之中，而他似乎并不属于这个世界。

罗丝·丽塔眯起眼睛看着他："你还好吗？你不会也生病

了吧？"

"没有，"路易斯回答说，"我只是累了。我一直都在做一些噩梦，所以晚上都没睡好。"

"你需要吃一些维生素什么的，"罗丝·丽塔建议说，"要是我妈妈见到你，准会说你看起来很憔悴。那枚哨子出现了吗？"

"我没见到。"

"如果出现的话，一定记住——抓住它，紧紧地抓住它，然后把它交给齐默尔曼太太，或者你叔叔。"

路易斯做了个鬼脸："你跟我说过一百次啦！"说来奇怪，他从来没有注意到罗丝·丽塔原来这么喜欢支使人。此时，路易斯开始想着，如果没有她这个朋友，他可能会过得更好，因为她总是插手他的事，总觉得只有她一个人知道怎么做才是对大家都好的。然后，路易斯开始对罗丝·丽塔总是很强势的性格感到非常厌烦。

罗丝·丽塔焦急地、试探地看了他一眼："我说真的，路易斯，也许你应该告诉乔纳森叔叔你不舒服的事，这样他就可以让汉弗莱斯医生来帮你检查一下。"

"我没有生病！"路易斯厉声喝道，"我只是累了，仅此而已。"

"那好吧，请原谅我，"罗丝·丽塔冷冷地说，"对不起，我的陛下，我只是觉得你可能会想知道比利和斯坦的事——"

"我希望比利和斯坦赶快死掉。"路易斯恶狠狠地说。

罗丝·丽塔震惊得睁大了眼睛:"路易斯!"

"他们总是找我的碴儿,"路易斯开始抱怨道,"总是骂我,还想来揍我,我觉得他们被送进医院完全是活该!我敢打赌说,很多人都是这么想的!"

此刻,罗丝·丽塔的脸涨红了起来,但她并不是因为尴尬,而是觉得非常愤怒:"别乱说话,路易斯。我知道你不是那个意思,但你刚才说的话实在是太难听了。不管怎样,你得向福利神父忏悔这一切!"

"他也是个应该进医院的人,"路易斯咆哮道,"以为自己是个神父就了不起!他不仅刻薄,还喜欢摆布别人,他才应该遭到报应——"

罗丝·丽塔从草坪椅上跳了起来:"我要回家了!"

路易斯的眼睛狠狠地瞪着她:"好呀,你回吧!"

罗丝·丽塔走了几步,又转过身来,双手叉着腰说道:"也许我不会再回来了,除非你哪天恢复正常了!"

"那你就别回来了!"路易斯在她的身后大喊道。

罗丝·丽塔离开后,路易斯在原地坐了好一会儿,不停地喘着粗气。他产生了一种奇怪的感觉。他好像很伤心,但又好像记不起来伤心是什么感觉了。最近,他大多数时候都觉得筋疲力尽,对一切感到厌倦。他闭上了眼睛,想象自己听到了一首歌,一种无声的哼唱,就像夏日的风一样轻柔悠长。过了一会儿,他睁开眼睛,发现草地上的树影变长了,他惊慌地跳了起来。原来，时间已经过去了几小时，但路易斯却觉得才过了几秒钟一样。他只能困惑地摇了摇头，然后匆匆走进了屋子。

那天晚上，齐默尔曼太太过来一起吃晚饭。他们准备了很多路易斯喜欢的食物：烤鳟鱼、沾满黄油的新鲜玉米棒、一咬就爆开的甜青豆，还有刚烤好的面包。然而，路易斯只是在机械地嚼着晚饭，好像是在吃硬纸板一样。

"对了，"就在他们快吃完饭时，乔纳森叔叔用一种低沉而又响亮的声音说，"海伦今天下午打了电话过来，问我为什么这么久都不去看看她，所以我准备明天开着我那辆老爷车去一趟奥西五山。路易斯，你想一起去吗？"

路易斯不想去。他并不喜欢去拜访吉米姑父和海伦姑妈，而且他基本上每年都会有好几次找借口逃掉，但一想到要独自留在这座空荡荡的大房子里，他又突然害怕得颤抖起来。"当然了。"他回答道。

乔纳森叔叔有些惊讶地看着他："那好，我们尽量不待太长时间。"

路易斯瞟了一眼大家，发现齐默尔曼太太的表情似乎有些怀疑。于是，路易斯又叹了口气，说道："如果现在去拜访他们的话，也许到圣诞节我就不用再去了。"然后，为了使自己的声音听起来正常一些，他站了起来，继续说："如果我洗碗的话，你们可要负责擦碗啊。"

"我来擦吧。"齐默尔曼太太说。

接着，他们两个一起站到了水池旁。路易斯负责洗盘子，齐默尔曼太太就负责把盘子都擦干，并把它们放好。她经常来这边给路易斯和乔纳森叔叔做饭，所以她很清楚每样东西的摆放。一开始他们两个都很沉默，但后来齐默尔曼太太开口问道："路易斯，你有什么想要说的吗？"

他摇了摇头，然后递给了她一个洗干净的锅。

齐默尔曼太太叹了口气说："希望你不是因为树林里的那座坟墓而烦恼——如果它真是一座坟墓的话。我还在努力地弄清楚它的来历，事实上，我已经预订了一本非常罕见的书籍，这样我就可以好好研究一下了。书应该很快就会被送来了，所以到时候——"

"我不想再给您添麻烦了。"路易斯说。

齐默尔曼太太对他咧嘴一笑。"才不会呢，我的朋友！你只是激起了我的好奇心，而它就像我一直够不着的痒痒，更别说去挠一下了。正因为我喜欢多管闲事，所以我就偏要看看'这里埋葬着拉弥亚'的背后到底有什么故事。天哪，要是我的拉丁文老师听到我这么说，一定会气得不行的！"她唠叨着说。

路易斯感觉自己越来越暴躁了。他看得出齐默尔曼太太是在迁就他，但这却让他感到十分厌恶。在洗完所有的碗之后，他们三个人都在书房里坐了下来。乔纳森叔叔拿出了卡帕纳姆县魔法师协会的一副蓝金色的纸牌和很多一法郎的筹码，他建议大家一起玩几局西伯利亚虎，这是一种相当复杂的纸牌游戏。路易斯平常都很喜欢玩这个游戏，但在那天晚上，他却没办法把心思集中在纸牌上。很快，他打完了最后一局，说自己要去睡觉了，然后就只剩下乔纳森叔叔和齐默尔曼太太两个人继续玩。路易斯拖着沉重的步伐上了楼。"我希望任何人都不要来打扰我，"他一边上床睡觉，一边自言自语道，"就把我当作……当作……"然而，他的脑袋刚一碰到枕头，就睡着了。

第二天，乔纳森叔叔一大早就把路易斯叫醒了。他们一起出门，坐进了那辆1935年产的马金斯·西蒙里。这辆车的底部有一个启动器，当你转动钥匙点火时，你就必须用脚踩下去。过了很长一段时间，汽车的发动机一直发出嗡嗡的声音，最后它停了下来。在又一次发动之后，汽车终于缓慢地稳步前进了。"我想是电池快没电了，"乔纳森叔叔说，"下星期我得去买一个新的了。"

路易斯什么也没说，但他知道乔纳森叔叔总是会把这种事一推再推的。乔纳森·巴纳维尔特非常懒，他从来都不会主动做家务，除非家里已经乱到了不得不做的地步，而且要是他可以往后推迟一些，他就会尽可能拖延下去的。在驱车前往奥西五山小镇的一路上，路易斯都用手托着下巴，看着窗外掠过的一片片玉米地和小农场。当这辆四四方方的老爷车开过时，在田地里或院子里干活儿的人们都会观望他们，然后笑着朝他们挥挥手。

"说到这辆车，那又是另外一回事了。为什么乔纳森叔叔不扔掉这辆笨重的老古董车，再重新买一辆新的呢？就连齐默尔曼太太也开着一辆比这好的车，一辆紫色的普利茅斯，她还给它起名叫贝茜。虽然贝茜也已经开了好几年，但至少不会像这辆破败的老爷车那么旧。"

路易斯沉浸在忧郁的思绪中，默默地坐在乔纳森叔叔的旁边，直到他们到达了奥西五山。他们又继续往前开了一小段路，最后来到了一座白色的木屋前面，这里就是乔纳森叔叔的妹妹海伦和她的丈夫吉米住的地方。路易斯叹了口气，从车里下来，跟着他的叔叔走到了木屋前。

海伦姑妈给人的感觉就像一个瘪气的轮胎。她长得一点儿也不像她的哥哥乔纳森，看起来很瘦，总是紧张兮兮的样子。乔纳森长着一头浓密蓬乱的铜红色头发，而她的头发却是不太惹眼的灰棕色。她站在门口哼了一声，表示同他们打招呼，然后就让他们坐在了客厅里。路易斯知道他必须坐着一动不动，除非有人主动跟他说话，否则他就不能随意摆动双脚，或者开口讲任何话，因为海伦姑妈不太喜欢男孩子，而且尤其不喜欢路易斯。

"吉米马上就回来了，"海伦姑妈说，"我们会一起吃午饭。我准备了一些水芥菜三明治和菠菜西红柿汤。"

"听起来很不错，海伦，"乔纳森叔叔一边说着，一边掩饰着脸上的苦相，"你最近感觉怎么样？"

海伦姑妈开始夸张地把一只手放在她那瘦弱的胸口上。"乔纳森，你无法想象我的哮喘病有多严重。我敢说，这都怪政府在内华达州进行的什么原子弹试验。我觉得那些可怕的放射性尘埃已经飘到了密歇根州，还让大家都生了病。前几天我就在报纸上看到新西伯德镇有人得了奇怪的贫血症。这就是一种原子辐射病，记住我的话吧！"

路易斯忍不住叹了口气。在原子弹的问题上，他的姑妈显然有点儿神经质。她一直在不停地说话，不仅详细描述了自己的所有症状，还坚称乔纳森和路易斯无论如何也不会明白她到底遭受了多大的痛苦。路易斯也认为自己受了很大的苦，但他却不敢说什么。大约过了一小时，前门嘭的一声打开了，吉米姑父走了进来。他是一个几乎秃顶的人，看上去瘦骨嶙峋的，脸上时常都是一副疲倦和痛苦的表情。不过，路易斯倒是很能理解这一点，任何娶了海伦姑妈的人应该要不了多久就都会变得疲惫不堪，而且还得遭受很多痛苦！

海伦姑妈准备的汤和三明治都很清淡，路易斯不怎么喜欢。吃完午饭后，乔纳森叔叔伸了伸懒腰，开始说到这次的拜访是多么愉快，在听到这句话时，路易斯瞬间松了一口气。他们从木屋走了出来，正准备钻进车里时，乔纳森叔叔转过身去，对着海伦姑妈和吉米姑父说道："今天很高兴见到你们两个，有时间你们也要到新西伯德镇来看看我们呀。"

海伦姑妈又把手放在胸口上，虚弱地喘着气。"恐怕长途颠簸我是吃不消的。"她带着一种哭腔说。

"好吧，那就再会了。"乔纳森叔叔回应说。他转动钥匙，踩了一下启动器。突然，引擎盖下面传来了一声让人气馁的哐啷声，然后就再没什么动静了。

乔纳森叔叔又试了一次，但这次却连哐啷声也没有了。

"检查一下电池吧。"吉米姑父说完，就打开了这辆老爷车的可折叠引擎盖。

"吉米，你不许把机油弄到身上，脏兮兮的！"海伦姑妈警告说，"你身上的衣服可都是高档货呢。"

"再试一次吧，乔纳森。"吉米姑父又开口说道。只见他在引擎盖下扭着什么东西，完全没有理会海伦姑妈。

乔纳森叔叔再次转动钥匙，踩下启动器，但汽车只是发出了一声可怜的呜呜声。

"完全坏掉了，"吉米姑父无奈地说，"毫无疑问。不过，我可以送你进城去看看能不能弄到一个电池，但是你得知道，应该是找不到一模一样的了。"

"我知道的，"乔纳森叔叔一边说着，一边从车里下来，"我之前叫人在新西伯德镇的巴斯汽车修理厂给我留了一个电池，但现在去那儿又太远了。"

他们让路易斯重新回到了客厅里。他坐在那里开始翻看姑妈的一些无聊杂志，里面都是关于如何种花、如何布置家具之类的内容。几小时过去了，当吉米姑父的雪佛兰开回院子时，外面已经全黑了。乔纳森叔叔和吉米姑父两个人又花了半小时对那辆马金斯·西蒙一顿修理，最后它终于可以发动了。他们两个人走了进来，满身脏兮兮的机油，可把海伦姑妈吓了一大跳。

"我们该上路了。"乔纳森叔叔刚把自己收拾干净，就立马开口说道。

"你可不能这么做，"海伦姑妈责备道，"哎呀，等你们回到新西伯德镇，恐怕早就过了十二点了！你和路易斯今晚必须留在这里过夜，然后等明天一大早再出发。"

　　路易斯绝望地看了乔纳森叔叔一眼，但并没有起到任何作用。他们吃了一顿糟糕的晚餐，有炸鲑鱼丸子、结了块的土豆泥，还有皱巴巴的青豆。接着，乔纳森叔叔和吉米姑父一起听着收音机里播放的底特律老虎队的棒球比赛。海伦姑妈为乔纳森叔叔整理好了客房，然后又抱了一堆床单和一个扁平枕头进了客厅。"路易斯，你得在沙发上将就一下了，"她叹了口气说，"尽量不要整晚地翻来覆去！会把弹簧弄坏的。"

　　路易斯已经是怒火中烧了。在得知老虎队赢了比赛之后，大家都去睡觉了。路易斯脱下了外衣，然后穿着内衣试图在沙发上舒服地躺下来，但他根本无法做到！这些沙发垫在不该鼓的地方鼓了起来，又在不该塌的地方塌了下去。而且，每个垫子的中间都有一颗布料纽扣，即使隔着一条对折起来的毯子和两张床单，它们也在刺激着路易斯的神经，让他抓狂。还有那个软塌塌的枕头，几乎跟什么都没枕一样。然而，更糟糕的是，海伦姑妈和吉米姑父已经开始鼾声大作，甚至比乔纳森叔叔还要厉害。没过多久，整座房子就仿佛变成了一个锯木工厂。

　　最后，不知怎的，路易斯终于睡着了。也许是因为睡在粗糙不平整的沙发上，他又梦见自己回到了理查森树林和那块平坦石头附近的童子军营地，而且还是睡在地上，他似乎没有帐

098

篷,也没有睡袋。

在他的梦里,一只猫头鹰一遍又一遍地叫着,每一声鸣叫都越来越长,越来越尖,直到它们都融进了一个哨声中。路易斯仿佛被那个哨声迷惑了一般,竟然从地上站了起来,然后又十分僵硬地开始在草地上走了起来。一轮苍白的月亮高高地悬在午夜的天空中,借着微弱的月光,他好像看到了一些类似圆形巨石的东西。但当他再走近时,才发现其中一个原来是斯坦·彼得斯,他正仰面躺在地上,而另一个则是一个女人,她正弯着腰俯身在比利·福克斯的身上。路易斯又走近了一些,那个女人站了起来。

路易斯眼神呆滞地低头注视着,却发现斯坦·彼得斯已经死了。他的脸就像月光一样苍白,他的身体就像木乃伊一样萎缩了。就在路易斯注视的时候,比利·福克斯倒吸了一口气,然后停止了呼吸。他也死了。

"你杀了他们。"路易斯对那个女人说。

"为了我能有一个真的肉身,"女人回答,但她甜美的声音只是存在于他脑海中的一种低语声,"把他们的尸体埋起来。"

"埋在哪里?"路易斯问道。

"我的石碑下面。"

在梦里,路易斯并没有反驳说自己不够强壮。他拉了拉斯坦的腿,发现他居然就像一捆报纸一样轻。然后,他又抓住了比利的脚,用力地一拉。路易斯把他们俩一起拖下了山。

那块石头仍然立在空地上，也就是他在现实生活中见过的那块一米厚的扁平巨石。路易斯放下比利和斯坦的脚，又推了一下那块石头。突然，它开始无声无息地转动起来，就像装了铰链一样。空地上敞开了一个洞，于是路易斯先把斯坦推了进去，接着又把比利推了进去。他听到了一阵哐当声。

　　路易斯低头一看，只感到一阵恶心。这个洞大概有两米长，一米多宽，就像个坟墓一样，但要比一般坟墓深得多。比利和斯坦落到了大概四五米深的地方，他们的下面是一堆杂乱的白骨，肯定有成千上万人被埋在了这里！

　　路易斯惊恐地看到比利的眼睛居然慢慢睁开了。斯坦的嘴里发出了一声可怕的呻吟："是你杀了我们！是你让她喝了我们的血！"

　　路易斯砰的一声把巨石推回原位，转过了身。此时，那个女人就站在他的身后，月光穿透了她的身体，除了嘴唇之外，她浑身的皮肤都是一种淡淡的蓝白色。

　　她的嘴唇是鲜红色的。

　　"我需要更多的食物，" 她在路易斯的脑海里小声说，**"或者是那个爱管闲事的罗丝·丽塔，或者是你的姑妈，反正没有人会想念她的……"**

　　忽然间，有什么东西拽住了路易斯的脚。他低下头，发现一只黑色的触角从石头下面伸出来，缠在了他的双腿上。路易斯感觉自己的腿被用力地往下拽，在被一种十分强大的力量不断地往下拽。他知道已经无法脱身了，他知道这只黑色的触角会把他拖到石头下面去——路易斯突然从沙发上跳了起来。那些死去的人都在尖叫！他们的喊声在他的耳边一直回响！

然后，他听到了吉米姑父非常暴躁的声音："海伦，你到底在乱吼些什么？"

乔纳森叔叔从客房里走出来，敲了敲吉米姑父和海伦姑妈的门。吉米姑父打开了门，他的那一撮头发在耳朵附近卷了起来，看上去很像一朵枯萎了的雏菊。"她做噩梦了。"吉米姑父嘟囔着说。

海伦姑妈站在他的身后，头上还缠着一些发卷，满脸惊恐的样子。"窗帘！"她尖叫道，"那些窗帘活过来了！它们都在盯着我看！但是却没有眼睛！"

路易斯将视线从海伦姑妈身上移开，看见半开的窗户外吹来的微风让那些白色的窗帘飘动了起来。就在这一瞬间，窗帘上浮现出了一张脸的形状，一张可怕而冷酷的脸，没有眼睛，只有两个凹进去的黑洞。然后，那张脸又消失了。

"那只是个梦而已。"乔纳森叔叔安慰她，但他又不安地回头看了路易斯一眼。

尽管路易斯被海伦姑妈惊恐的叫喊声给惊醒了，他还是微微笑了一下。"那只是个梦而已，"他说道，"仅此而已。"

第九章

　　七月份的第三周已经过去一半了，罗丝·丽塔担心得要命。就像天底下所有的朋友一样，她和路易斯之前偶尔也会发生一些小矛盾，但是这一次，好像真的很严重。她原以为路易斯会主动打电话给她，然后顺带小声地道歉什么的。其实她是很愿意原谅他的，然而，日子一天天过去了，路易斯却什么都没说。

　　比利和斯坦最近又上了新闻。他们在底特律的医院里似乎好多了，血细胞数量几乎已经恢复到正常的水平，而且还可以下床活动了。尽管如此，医生们还是不愿意让他们离开医院，因为没有人知道他们到底是怎么患上如此严重的贫血症的，所以医生们很想查出背后的原因。

　　他们两个还要做大量的检查，而新西伯德镇的医生们也被要求，一旦发现了任何疑似这种病症的病例，就要立马上报。

罗丝·丽塔每天都会给齐默尔曼太太打电话，看看她是否弄清了关于理查森树林里的那座坟墓，或者那枚哨子的情况，但齐默尔曼太太每次的回答都是否定的。她总是会告诉罗丝·丽塔不要太过担心，但这无疑就像提醒鱼儿不要游泳一样，罗丝·丽塔还是不禁担心了起来。最后，她再也忍受不下去了，就骑着自行车来到了高街，但她并不是去看望路易斯，而是径直去了齐默尔曼太太的家。

　　齐默尔曼太太请她进来，两人一起坐在厨房里，一边吃着松软香糯的巧克力曲奇，一边喝着牛奶。"他最近变得很奇怪。"罗丝·丽塔抱怨道。

　　"你是说路易斯？"齐默尔曼太太问道，只见她镜片后的双眼闪烁出一丝光芒。

　　罗丝·丽塔点了点头："我知道他在担心那枚哨子和树林里的那块石头，因为他认为自己释放了某种鬼魂。这些我都明白，但我明明是支持他的，他不应该冲我发火。"

　　齐默尔曼太太叹了口气："嗯，有时候我们也得稍微体谅一下他，罗丝·丽塔。我知道你只是想帮路易斯，但有些时候，男人们会觉得他们并不需要任何帮助。当然，他们这样的想法往往都是错的，但当我们女性突然插手进去，挥舞着旗帜，想要掌控大局、拨乱反正的时候，他们是绝不会允许自己愚蠢的自豪感遭到任何打击的。"

　　"才不是那样的！"罗丝·丽塔在她的椅子上扭动起来，产生了一种很不舒服的感觉。没错，她和路易斯确实是有一点儿像那样。她闷闷不乐地盯着餐桌，看到桌上铺着一块白色的台布，上面还绣着一些亮紫色的紫罗兰。她用手指在一朵紫罗兰上蹭了蹭："我还记得，当路易斯被一个魔法师的护身符引诱到郊外时，是你救了他！"

齐默尔曼太太不禁打了个寒战："哎，是的，的确如此，那可真是一场恶战！那个邪恶的鬼魂实在是太强大了，当我试着对它施咒的时候，它居然吸走了我好几年的魔法修为！如果再多一点儿的话，我很可能就死了。但即便如此，打败它也不全是我一个人的功劳，你知道的，那也和路易斯有很大的关系。"

"但是，我们也帮助了他！"罗丝·丽塔坚持道。

齐默尔曼太太笑出了一脸的皱纹："我们当然也会继续帮助他的！但你不能像无头苍蝇一样到处乱飞，相信我，罗丝·丽塔，我一直都在努力地查找和拉弥亚、银哨子有关的资料，可我找到的都是一些毫无关联的东西，简直让我头疼！真正的魔法历史中本来就充斥着各种各样的民间传说、童话故事和谎言，而要在这样一堆纷繁复杂的信息里找到真相，就仿佛大海捞针一样。"

罗丝·丽塔没有继续再挠桌布上的刺绣，而是咬了一口饼干："但我很讨厌什么都不去做！对了，您订的那本书送到了吗？"

齐默尔曼太太拍了拍罗丝·丽塔空着的另一只手："还没有，但它已经发货了，希望明天或后天就能送到。"

罗丝·丽塔放下了她咬了一半的饼干："那么，在此期间，路易斯又能做些什么来保证自己的安全呢？"

"我也不太清楚，"齐默尔曼太太慢吞吞地说着，若有所思地用食指点了点下巴，"最重要的是，如果他再碰到那枚该死的哨子，千万不能去吹它。有些魔法护身符是不会在第一次就起作用的，但它们往往会随着主人一次又一次的尝试逐渐获得力量。你知道那句老话吗，'到了第三次，魔咒就会成功。'有时候，事实确实就是这样的。"

"那我得马上去隔壁提醒一下他，"罗丝·丽塔说，"就算他认为我在干涉他的事情，我也不在乎，就把他当作——当作是一头固执的猪头驴子吧！"

齐默尔曼太太咯咯地笑了起来："天哪，罗丝·丽塔！你可真会造词。如果路易斯还在担忧的话，你就多多谅解一下吧，我相信他一定是太过于担心在医院里的那两个童子军朋友了。"

罗丝·丽塔惊讶地张大了嘴："你也知道比利和斯坦的事吗？"

"我当然知道，"齐默尔曼太太慢吞吞地回答，"我又不是住在世外桃源！我还知道那两个人都是小恶霸，专门欺负可怜的路易斯，并以此为乐。但不管他们犯了什么错，路易斯肯定也会为他们的遭遇感到内疚的。他就是那种会认为朋友和敌人的一切不幸都是他一手造成的人，就像乔·弗斯特波克！"

尽管罗丝·丽塔对路易斯还有些情绪，但听到这句话，她还是笑了出来。在报纸上刊登的一部叫《小阿布纳》的连环漫画中，乔·弗斯特波克——罗丝·丽塔也不知道齐默尔曼太太是怎么念出这个拗口名字的——是一个胖乎乎的、没有下巴的小矮个儿，也是世界上最倒霉的人。无论他走到哪里，他的头顶上总有一片乌云跟着他。他总是试图帮助他的朋友，但他的努力却往往导致倒霉事的发生。"但路易斯并不是那样的，"罗丝·丽塔反驳说，"至少不完全是。"

齐默尔曼太太又接着说："但他有时还是会认为都是自己惹出来的麻烦，或者觉得全世界的人都在和他对着干。你应该也有过这样的感受，罗丝·丽塔，我也不例外。其实每个人都会经历这样的时候，但路易斯的问题就在于，他觉得只有他自己是这样的。也许一个好朋友最大限度能做到的事，就是在朋友需要自己的时候陪伴其左右。就像约翰·弥尔顿曾经说过的：'那些站在身旁的人，也是在服侍上帝。'"

然而，这还不足以让罗丝·丽塔完全消气。几分钟后，当她看到乔纳森·巴纳维尔特从家里出来时，她就匆忙地和齐默尔曼太太道了别，然后冲过去想追上他。追了半条街，她终于追上了乔纳森叔叔。他有些惊讶地和她打了招呼："你最近如何呀，罗丝·丽塔？我好几天都没见到你了。你看起来累坏了。"

罗丝·丽塔耸了耸肩："过得还行。我是来问问路易斯的事，因为我有一段时间都没和他联系了。"

乔纳森叔叔捋了捋胡子。"其他人也一样，"他喃喃地说，"最近他的脾气很不好，简直就是暴躁狂、抱怨鬼、发怒狂。如果这三个都是七个小矮人的成员的话，那路易斯很可能就是其中任何一个！"

"他还好吗？"

他们肩并肩地走着。"他现在已经变成一个隐士了。"乔纳森叔叔慢吞吞地说，"他只有吃饭的时候才会从房间里出来，除此之外，他每天跟我说话不会超过三个词。我想他还是很担心理查森树林里的那块石头，以及他找到又弄丢了的那枚哨子。"

"他认为那两个童子军生病的事都是他自己的错。"罗丝·丽塔解释说。在他们往镇中心走的路上，她迅速地把比利和斯坦的遭遇都告诉了乔纳森叔叔。

当她讲完之后，乔纳森叔叔露出一脸严肃的表情。"谢谢你告诉我整件事。弗洛伦斯和我当然已经谈过比利和斯坦了，但我从没听说过有什么可以召唤疾病的魔法哨子，齐默尔曼太太也没听说过。所以，我们的猜想是，他们两个生病可能就是一个巧合。他们经常在一起玩，如果其中一个感染了某种病菌，那另一个也会很容易被感染。我也不太清楚，虽然那看起来确实不像魔法，但我和弗洛伦斯会时刻留意的。不过，路易斯还是会一直担心下去的，他就是这样的人，总会把这样的事情放在心上。"他无奈地说。

"所以，你们都认为那枚哨子和比利、斯坦生病的事没有任何关系吗？"

乔纳森叔叔平静而自信地回答道："你在光天化日之下问

我，我确实认为没关系。但话说回来，我已经是个老古董了，如果我在路易斯的年纪，而且还很敏感紧张，又或者说事情是发生在一个漆黑的夜晚——那就另当别论了！你还记得几年前发生过的小儿麻痹症恐慌吗？"

罗丝·丽塔当然记得。在她八岁的那一年，镇上有一个孩子得了小儿麻痹症，于是整个新西伯德镇都陷入了恐慌，运动场关闭了，很多家庭也都搬离了小镇。幸运的是，那个小孩的病情并不算严重，后来也几乎完全康复了；而令人更加高兴的是，乔纳斯·索尔克医生发明出了一种疫苗，可以让人们再也不会得小儿麻痹症了。罗丝·丽塔仍然记得当时她的母亲是多么害怕和担心。"我全部都记得。"她告诉乔纳森叔叔。

"就在路易斯刚搬来和我住的那一年，他发现了一张旧报纸，上面正好刊登了这则新闻，"乔纳森叔叔继续说道，"哎呀，回想起来，他当时该有多么焦急啊！他身上的每一点儿小小的疼痛、发痒都会让他觉得，他得了小儿麻痹症。有一天，他真的躲了起来，因为他不想传染给我！你可能会说路易斯的'内疚器官'确实是发育过度了，而这也是我希望福利神父能对他宽容一些的原因之一。路易斯很容易为一件小事感到心烦意乱，他就是个杞人忧天的人，有时一个非常小的问题也会让他坐立不安。现在，一些非常重大的事情发生了，他几乎被推到了崩溃的边缘。但我很欣慰他能有你这样的朋友，罗丝·丽塔。"

听到这些话，她有点儿脸红了。"我希望他能让我多帮一点儿忙。"她小声地说。

乔纳森叔叔点了点头，又笑了一下。但在罗丝·丽塔看来，乔纳森叔叔似乎笑得很勉强。"好了，我要去理发店了，罗丝·丽塔。我建议你去探望一下那个脾气暴躁的家伙，但恐怕他还是没什么心情和你玩。不过也别担心，一切都会过去的。"

"希望如此吧。"罗丝·丽塔说道。

然而，在高街100号的那座房子里，路易斯·巴纳维尔特目睹了刚刚发生的一切。当罗丝·丽塔从隔壁跑过来时，他正好就站在一扇窗户前，然后他又从另一扇窗户看到她追上了乔纳森叔叔，两人一路边走边说。他突然产生了一种隐隐的愤怒，她又来了，又来干涉与她无关的事情！他握紧拳头，又松开了。真可惜，如果他有哨子的话——

路易斯呻吟了一声，用手捂住了双眼。"我不是那个意思，"他轻声说，但他并不知道是否有人或什么东西能听到他讲的话，"我不希望罗丝·丽塔出什么事。"

"但她并不重要。"

路易斯几乎尖叫起来。惊讶和恐惧扑面而来，他真的吓了一大跳。他现在经常能听到那个声音，一个女人的声音，不知怎的，那个声音总是会出现在他的脑海里。"她是我的朋友。"

"我才是你的朋友，我饿了。"

路易斯什么也没说。那个声音到底在暗示什么？暗示他应该把罗丝·丽塔交给——交给袭击了比利和斯坦的那个怪物吗？

"那块石头太重了，把我死死地压在下面。除非有人召唤

我，否则我就无法走远。其他的人离得太远，太远了。"

"比……比利和斯坦吗？"路易斯害怕地问道。

然而，那个声音没有做出任何回答。路易斯曾经听说过，如果有人失去了理智的话，他就会听到别人听不到的声音。难道这就是现在发生在自己身上的事吗？如果他最后被关在一间四周装有软垫的精神病室里，只能裹着一身约束衣，流着口水，胡言乱语，还跟一个根本不存在的人说话，那该怎么办？

"哨子在哪儿？"他问道。这个问题他已经问过几十次了。

没有任何回答。

路易斯不安地在房子里踱来踱去。在前厅里，他看着帽架上的那块魔镜。此时，镜子里映出的并不是他的脸，而是一些奇怪的石头棺材。它们散乱地放在铺满鹅卵石的院子里。这面魔镜之前也曾经显现出相同的景象，那时乔纳森叔叔告诉他那是在苏格兰的荷里路德修道院，也就是后来苏格兰玛丽女王住过的荷里路德宫。在英国脱离罗马天主教会之后，亨利八世于1537年下令关闭了所有的修道院。后来，有一些盗墓者为了寻找珠宝，洗劫了这些石棺。

路易斯盯着其中的一副石棺，可以看到它的内部被凿得像是用来放置木乃伊的一样：两条腿越往上越粗，然后是一个圆形的空槽，这是胸部和肩膀的位置，再往上是一个更小的椭圆形空槽，这是头部的位置。路易斯开始想象自己被放进了这副石棺里，然后看着沉重的石棺盖逐渐合上，挡住了光线——他觉得自己好像快要崩溃了。在最近的这些日子里，他无法专心阅读，无法集中注意力看电视或听收音机，也不想和任何人说话。这倒是真的有点儿像被关在棺材里一样，他万分痛苦地想着。

"我要……我要……"他喃喃地说。他想要什么？"我想要回我的生活。"他绝望地低声说道。**"我要生命。"**

路易斯用手捂住耳朵，尽管他知道自己根本无法把那个声音挡在外面。他跑到楼上的浴室，站在一个药箱前，解开了自己衬衫的扣子。然后，他战战兢兢地把衬衫掀开了。

最近几天，他的胸前出现了两个红色的印记。它们看起来像伤口，但似乎永远也无法愈合。他记得自己并没有受过伤，难道真的是自己忘记了？确切地说，这些伤痕并不是那么严重，它们只是有一点儿疼，就好像是一种钝钝的感觉，既不是那么痛，也不是那么痒。他之前用汞溴红溶液和过氧化氢溶液清理了伤口，还贴上了创可贴，但它们始终没有愈合或结痂。

那天晚上，就在他看见落地玻璃窗外的鬼魂时，到底发生了什么事？在他走出玻璃门，望着她那双可怕而空洞的眼睛之后，他就什么也不记得了。究竟是她把自己引到了外面去，还是说，她进到了这座房子里？显然，后者是更为糟糕的一种情况。难道她——路易斯开始颤抖起来——喝了他的血吗？

他走进卧室，拉开了床头柜的抽屉，在一堆杂物中翻找着，找到了他母亲的那串念珠，然后把它拿了出来。这串念珠并不算华丽，它的前端有一个小小的银色十字架和五颗白色的小珠子，后端则是一条由五组大的珊瑚珠和十组小的白色珠组成的。在祈祷的时候，你可以用念珠来记下祈祷的次数。

路易斯的心脏怦怦直跳，他摸着念珠上的十字架开始了第一遍祈祷……

突然，路易斯的头感受到一阵剧痛，让他睁不开眼睛。他跪倒在地，念珠也掉在了地上。在经历了好一会儿黑暗之后，他终于睁开了眼睛，发现自己正瘫倒在地上，紧紧地抓着脑袋，好像是为了防止它爆炸一样。他的眼睛里流出了泪水。

"把那个……扔掉，你并不需要它。"

路易斯吓得浑身发抖，又把念珠扔回了抽屉里。他把脸埋在床上，想着：自己到底是怎么了？窗外的那个鬼魂究竟对他做了什么？

难道他真的疯了吗？

第十章

在路易斯的梦中，经常会出现一些像蛇一样而且还没有眼睛的怪物。乔纳森叔叔和齐默尔曼太太一起商量过路易斯的事，而路易斯也确信他们已经对巴纳维尔特家施了保护咒语。然而，这一切似乎并没有什么帮助。每到夜里，他总是在半睡半醒中度过，只要一睡着就会做噩梦，惊醒之后就发现自己汗流浃背，浑身发抖，于是就不敢再睡了。他有一种非常奇怪的感觉，觉得自己正在一天天地"消失"：世界慢慢失去了色彩，声音也好像是从很遥远的地方传来的；当他躺在床上时，他无法感觉到身体下面的床垫和盖在他身上的被子。总之，他感觉自己就像是飘浮在外太空一样。

此外，他也隐隐开始对他的叔叔、齐默尔曼太太和罗丝·丽塔感到厌烦。如果他们真的那么喜欢自己，为什么不来帮他呢？如果那枚哨子真的那么糟糕，为什么每次在紧要关头，在他就要被揉成肉饼的时候，哨子才是唯一来帮助他的东西呢？渐渐地，路易斯只想一个人待着。

在某个星期天，他感觉身体很不舒服，已经没办法去参加弥撒了。乔纳森叔叔留在家里陪着他，但他却一整天都躺在床上，抱怨说自己头很痛。"如果到明天早上病情还没有好转，你就得去找汉弗莱斯医生检查一下了，"乔纳森叔叔坚定地说，"自从你上次从自行车上摔下来，撞到头之后，这还是你第一次这么头痛，我可不喜欢你这样子。"

"我自己也不喜欢呀。"路易斯气呼呼地嘟囔着，他的嘴里正含着体温计。

乔纳森叔叔犹豫了一下，然后又拍了拍路易斯的肩膀："我当然知道你也不喜欢。对不起，路易斯，我不是在说你装病。好了，张开嘴吧。"他拿起体温计，眯着眼睛看了看，又把它左右转动，仔细地盯着上面看。"37摄氏度。"他郑重地说，"就你的体温而言，你是个完全正常的诺曼人[1]。"他又摇了摇体温计："你想吃晚饭吗？"

路易斯摇了摇头。

"冰激凌？蛋糕？德国泡菜配巧克力花生？芥末味的甜甜圈？"

路易斯发出一声呻吟："我只想休息一下，仅此而已。"

---

1 诺曼人（Norman），原意为"北方人"，是指在公元7—11世纪，攻占了法国北部的维京人及其后裔。这可能是乔纳森叔叔的一种幽默方式，意思是路易斯虽然病了，但体温不高。

"那好，我过一会儿再来看你。"乔纳森叔叔轻松地说。他走了出去，随手关上了路易斯卧室的门。

路易斯在床上扭来扭去，不停地捶打着枕头。乔纳森叔叔为什么一定讲那些老土的笑话？有点儿头痛又有什么大不了的？他只想一个人待着而已。

自己一个人。

"但你永远都不会是一个人的。"他的脑海里传来一个温柔的声音。"快走开！"路易斯厉声喝道。

那个声音不再说话了。但路易斯突然有了一种可怕的感觉，那就是她正在无声地歌唱，而且声音是如此轻柔，以至于他都无法确定自己是否听到了什么声音。当他试图入睡时，这种感觉变得更强烈了，一种催眠般的音乐在他耳畔此起彼伏，让他的心脏狂跳，猛然醒来，一次又一次。

窗外的阳光渐渐消失了。最后，极度疲惫的路易斯终于成功进入了某种睡眠状态，或者说是失去了意识，他并不知道这种状态持续了多久。突然间，不知道什么东西又把他惊醒了。他感觉有一道黑影从自己的身上掠过，那是一道黑色的闪电，他仿佛被死神之手触摸了一下。

路易斯从床上坐了起来。现在已经是半夜了，他的房间里没有任何灯光，但他依旧能看见东西。在暗灰色的阴影里，一切都显得很清晰。**"你得下楼去，悄悄地。"**

路易斯下了床，但他几乎感觉不到脚下的地板。而且，他好像也无法抓住门把手，当他把手放在上面时，他都好像感觉不到这是一个门把手。在费了好大的劲之后，他才终于转动了它。

有一个声音让他蹑手蹑脚地走下后楼梯。那里有一扇会不断变化的椭圆形玻璃窗，往常它总是会显现出某个景象，但此刻，它却只显出了一些奇怪的空白和黑色。

今晚，它看起来就像一扇通向外太空的窗户，通向最遥远的恒星。

路易斯还没走到楼梯口，就听到了有人在低声说话：是他的叔叔和齐默尔曼太太。他瞬间明白了，原来那个声音是想让他来偷听，她想要利用他的耳朵来了解他们到底在谈论什么。于是，他小心翼翼地踮着脚走到了厨房门前。门是半掩着的，一束细细的光从里面洒了出来，接着路易斯把耳朵贴近了门缝。他先是清楚地听到了乔纳森叔叔的声音："……没有发烧，但他老是抱怨头痛，而且他看起来也不太对劲。"

"我一直在等的那本书明天终于就要送到了！"齐默尔曼太太回答说，"在那之前，我想我们可以试一下所有的传统方法，比如大蒜和山楂，十字架和圣水。"

"这些我都有，"乔纳森叔叔说，"你可不要以为鼓起勇气向福利神父要一瓶圣水，然后再加上一个特别的祈福祷告是一件容易的事！他肯定觉得我已经失去了仅有的一点儿理智。不过，你这么晚跑过来，到底是要告诉我什么消息，弗洛伦斯？希望不是什么可怕的事。"

齐默尔曼太太沉默了很长时间，路易斯还以为她是在低声说话，所以朝着厨房门又靠近了一些。最后，齐默尔曼太太用一种低沉而清晰的声音说道："比利·福克斯昨天出院了，但他的父母并不打算把他带回新西伯德镇，而是要带他搬去东边的某个地方。他们觉得比利之所以会生病，就是因为这个小镇，就像这里是什么瘟疫暴发的地方一样。但这还不是最糟糕的，另外一个男孩，斯坦·彼得斯……"

见她没有继续说下去，乔纳森叔叔不耐烦地催促道："快说呀，老太婆，别卖关子了！快说吧。我可是个老人家了，不管有什么坏消息，我都承受得了。他死了吗？"

"不——不，"齐默尔曼太太慢吞吞地说，"他……逃出来了。"

"逃出来？从哪里逃出来？从谁那里逃出来？难道那家医院的门上有栅栏吗？走廊里有穿制服的人在巡逻吗？"

"你应该说'从谁的手里'逃出来，"齐默尔曼太太纠正道，因为她曾经当过老师，所以她很讨厌听到错误的语法，"但确切地说，那算不上是'逃出来'。在两天前的晚上，他穿着住院服偷偷溜出了医院，而从那以后就没有人再见过他了，也没人知道他去了哪里。"

"我来猜一下，"乔纳森叔叔小声地说，"他应该是准备回到新西伯德镇吧，因为他想回家。"

"快上楼，快点儿。" 路易斯脑海里的这一声命令似乎比他一直在偷听的声音更加响亮，尽管他知道其他人不可能会听到这些声音。他悄悄地，但快速地上了楼，回到了自己的房间。**"虽然为时尚早，但我们必须现在就出发。"**

路易斯不明白是什么意思，但有什么东西在命令他赶快穿好衣服，而这一次甚至都不用在他的脑海里形成声音了。路易斯不需要开灯就能把衣服穿好，因为他在黑暗中仍能看清东西，只是一切看起来都死气沉沉的，没有任何颜色。他坐在桌子旁的椅子上系鞋带，系好之后他就站了起来，路易斯看到床单上面有个影子，但他却一点儿也不惊讶。

　　那个影子动了起来，紧紧地附在了床单上，但路易斯也不知道它到底是什么。不知怎的，床单突然变成了一个女人的身体，上面出现了一张皱巴巴的亚麻布脸。她的嘴巴看起来又大又恐怖，鼻子也非常大，突出的眉毛下面眼睛的位置只有两个空洞。她先是在床上坐起来，然后又下了床。她的脑袋转来转去，最后她终于对准了路易斯。在绝望之中，路易斯又看到了颜色，那一对空空的眼窝里闪烁着深红色的光芒，随着路易斯心脏跳动的频率，她也跟着闪动了起来。

　　这个东西原来看得见。

　　她朝路易斯伸出一只有褶皱的手臂。

　　"快跟我来。"

　　尽管路易斯大脑里的某个部分似乎正在恐惧地尖叫，但他还是跟着那个影子走了。

第十一章

第二天早上，九点钟刚过，巴纳维尔特家的电话就响了起来。乔纳森叔叔一直坐在厨房的桌子旁喝着咖啡，读着晨报，突然被这电话铃声吓了一跳。他赶紧去接了电话，一拿起电话听筒，就听到齐默尔曼太太的声音在电话里嗡嗡地响起来："乔纳森！你能过来一趟吗？"

"怎么了？"

齐默尔曼太太的声音听起来有些焦急："那本书今天早上送到了，是特快专递。你快过来，看看我们能不能找到些什么。对了，路易斯怎么样了？"

"他还没有起床。我今天早上去看了一眼，他躺在被窝里蜷成了一团。我不忍心叫醒他，因为他最近都睡得不好。要不，你过来我这里？"

"我马上就来，记得多倒一杯咖啡，因为我很需要醒醒神。"沉默了一会儿，她又接着说，"我还要给罗丝·丽塔打个电话，让她也过来一趟。我知道她还太小，但她从一开始就参与进来了，所以我觉得她现在也应该知道这些事。"齐默尔曼太太咔嗒一声挂了电话，乔纳森也把听筒放了回去。他匆匆上楼，轻轻地打开路易斯卧室的门。路易斯似乎并没怎么动过，仍然躺在被窝里缩成一团，好像很冷似的。乔纳森小心地关上门，又下楼去了。

齐默尔曼太太打开巴纳维尔特家的厨房门，胸前抱着一本差不多有百科全书两倍厚的书。在她的镜片后面，一双眼睛正闪闪发光。"也许我们终于能找到一些线索了！"她把那本厚重的书砰的一声放在了桌子上，乔纳森给她倒了一杯咖啡，然后递给了她。这时，那只黑白相间的奶牛模样的奶油罐突然活了过来，伴着一声友好的哞哞声，缓缓地向齐默尔曼太太走了过来。齐默尔曼太太做了个鬼脸，把它拿起来，从它张开的嘴里往咖啡中倒了一点儿奶油。"不要乱对罐子施魔法，"她对乔纳森说，"让一只奶牛往我的咖啡里吐奶油，我觉得很恶心。"

不过，乔纳森并没有注意到她说的话，因为他正在认真审视那本神秘的书籍。它的封面是皮质的，有深棕色鹅卵石花纹，上面还镶嵌着一些呈螺旋状分布的次等宝石：黑色的缟玛瑙和紫色的石榴石，蓝绿色的绿松石和黄色的黄石英，还有红色的血石和绿色的玉石。他用食指顺着书的封面摸了一下。"看来还真有人相信矿石魔法。虽然不知道是谁做了这个封面，但那个男人一定知道如何以正确的顺序来排列这些具有保护作用的石头，至少装订书籍的那个人应该知道这个魔法！"

"或者是个女人。"齐默尔曼太太有些尖酸地补充道。

突然有人敲门，把他们两个都吓了一跳。乔纳森不安地笑了一下，说道："应该是罗丝·丽塔，她来得可真快！"他急忙跑去门厅，打开了门。

果然，站在门口的就是罗丝·丽塔，她担心得脸色都白了："怎么样了？"

乔纳森说："先跟我进来吧，待会儿你就知道了。"在他们向厨房走过去的时候，他赶紧把那本魔法书的事告诉了罗丝·丽塔。

齐默尔曼太太向罗丝·丽塔打了招呼。"我越想着拉弥亚这个词，就越确信自己曾经在什么地方读到过，"她解释道，"最后，我想起了自己的博士论文。于是，我又把它重新读了一遍，结果让我发现了阿布切乔写的一本书，而那本书里又提到了另一本三百年前的书籍。不过，这本三百年前的书实在是太罕见了，我费尽心思地打听了很久。我有两个在欧洲大学任教的朋友，其中一个朋友终于帮我找到了这本书的副本。我想这本书应该能告诉我们一些有关拉弥亚的事，以及它是如何来到密歇根州的！"

"还有它究竟和路易斯遇到的麻烦有什么关系，"乔纳森赞同道，"我们赶快来看看吧。"

齐默尔曼太太小心地翻开了那本书。乔纳森从她的肩上探出头来，眯着眼睛认真看着这些发黄的羊皮纸。他看得出上面的印刷字体早已过时了，虽然它们都是用中世纪的拉丁语写的，但他在心里把标题翻译了过来：

《拉弥亚》

为了纪念皮埃尔·米歇尔·安如·罗马神父

奥古斯都·圣弗朗西斯·泽维尔·坎普哲学博士

1656年

齐默尔曼太太已经等得不耐烦了："你知道吗？当你试图在脑子里翻译的时候，你读得就像乌龟一样慢！还是让我念给你们听吧，我会先把它们翻译好的，只有那样才能加快一些速度！"

"念吧，你念吧，"乔纳森嘴里嘟囔着，翻了个白眼，"那是因为我读的是畜牧学位，而不是什么花哨的魔法学博士学位——"

"哦，安静一点儿，大胡子。"齐默尔曼太太厉声说，但她的语气像是在开玩笑，还朝罗丝·丽塔眨了眨眼。她往后翻了几页，开始读了起来："嗯……好了，似乎这位坎普博士和安如神父很熟。确切地说，当坎普还是一个小伙子的时候，他就被送到了年长的安如神父那里当学徒。让我看看……我再看看，原来这个安如神父不仅是一位神父，他还是医生、探险家、律师和魔法师。"

乔纳森轻蔑地哼了一声："嗯，挺厉害嘛，既是医生又是律师，要是他把自己的病人医死了，还可以顺便控告自己医疗事故罪！"

齐默尔曼太太并没有把头从书中抬起来："我知道你是因为太害怕了，才想故意搞笑一下，但那真的会让我分心，所以请安静一会儿，让我看看……找到了，在1611年，安如神父和一群法国冒险家进行了一次探险航行，而年轻的坎普就作为安如神父的仆人也一起上路了。后面就讲了一堆关于航行的事，我们还是跳到重要的部分吧。"齐默尔曼太太在快速浏览之后，又往后翻了几页："还有一些表达惊叹的'啊哈''噢'等词语。我继续接着说，后来他们一群人就来到了陆地上，并和沿途遇到的当地人做起了买卖。这里的拼写很奇怪，但我想坎普说的当地人应该是指欧及布威人[1]和波塔瓦托米人吧。不管它了，你们先听听这个：'主人保障了所有人的安全，因为他有一枚可以召唤鬼魂的银哨子，而住在森林里的那些当地人都很害怕这个鬼魂。'"

"就是这个，"乔纳森说道，"上面还说了什么？"

"别着急呀，"齐默尔曼太太回答，"噢，根据坎普所说，过了一段时间之后，安如神父就拒绝再使用那枚哨子了，因为'他已经用过两次了，而第三次召唤鬼魂要么会夺走他的

1　欧及布威人是北美洲的原住民族之一，也称齐佩瓦人。

生命，要么会让他最亲近的朋友死掉'。"

"听起来真糟糕，"乔纳森承认，"让我猜猜：他还是吹了第三次哨子。"

齐默尔曼太太又往后翻了几页，她的脸色突然苍白起来："在他们来到了现在的密歇根州之后，安如神父提议设立一个传教团，但和他一起来的法国商人们却骗了一些波塔瓦托米人，而且还袭击了他们。于是，有几个波塔瓦托米人被打死了，而另外的一些则逃走了。后来，逃走的那些波塔瓦托米人带着一帮怒气冲冲的战士杀了回来。不一会儿，总共三十二个法国人，死了十一个。就在剩下的人快要被击溃的时候，安如神父吹响了那枚哨子，然后可怕的事情发生了——"

罗丝·丽塔急不可耐地扭了一下身子："究竟发生了什么？"

齐默尔曼太太抬起头来，眼神里充满了恐惧："坎普并不是很愿意提到，但是那些进攻的波塔瓦托米战士都被杀死了，一个不剩。在接下来的几天里，那些法国人也都一个个地相继死去。你们听一下这个：'现在它已经成了形，还有了肉身。它在森林里四处游荡，主人再也无法控制它了。就在只剩下我们两个人的时候，主人把我带到了一个地方，那儿有一块像坟墓一样的石头，我们决定要在那里结束一切。'坎普说，他们画了一个魔法圈，然后'用圣水、圣十字架和其他有用的护身符做了准备。后来，它从森林里出来，变成了一个半蛇身半美女的怪物'。嗯……他们大战了一场，坎普几乎就快输了，

'但主人在最后一刻把我拉回了圈子里'。不知怎的，主人成功夺走了那个怪物的身体，'那个怪物仿佛是一个有生命的阴影，被拉进了神圣的圆圈里，然后被埋在了石头下面，并将永远地躺在那里面'。"

"只可惜它并没有做到。"乔纳森说道，感觉到了一阵恶心，"那枚该死的哨子去哪里了？"

"坎普说是安如神父把它藏起来了。"齐默尔曼太太继续往下读，"安如神父和作为仆人的哨子订立了一个邪恶的契约：当哨子不再为他服务时，他就会开始迅速衰老。坎普说：'至少每过一周，他就会老一岁。'后来，他们两个艰难地去了魁北克，当时那里还是一个新的殖民地。但就在他们到达的前一天，安如神父却死了。坎普说他把安如神父的尸体埋在了一个河岸边，接着他又讲述了自己是如何回到的法国。最后，他在威登堡完成了自己的学业，并且说：'我再也不愿看到新法兰西[1]的死亡海岸了。'"

"好吧，老太婆，"乔纳森开口说道，"那你能编出一个像安如神父编的那样强大的咒语来吗？"

"我大概猜到他是怎么做的了，"齐默尔曼太太若有所思地回答，"最重要的就是要把四处躲藏的拉弥亚引出来，所以我们需要路易斯帮忙。我想一定是拉弥亚控制了那枚该死的

1　新法兰西是指法国位于北美洲的殖民地。此处坎普的意思是他再也不愿踏上北美大陆一步了。

哨子。安如神父非常聪明，他在世的时候并没有让这样的事情发生；但后来，拉弥亚一定是想方设法让路易斯发现了那枚哨子，然后还在路易斯最有可能吹响哨子的时候，使用了某个可怕的魔法让它不停地出现又消失。所以，我们现在要做的，就是不惜一切地去阻止路易斯第三次吹响哨子。"

"我们快去叫醒他吧，"乔纳森说，"你在这儿等我们，罗丝·丽塔。"当齐默尔曼太太起身时，乔纳森帮她扶住了椅子，然后他们两人一起上了后楼梯。乔纳森轻轻地敲了敲门："路易斯？该起床了！"他把门打开了。

然而，躺在床上的人影还是一动不动的。"路易斯，"齐默尔曼太太轻声叫道，"我们找到新线索了。"

"快点儿，快起床了。"乔纳森粗声粗气地说着，大步走进了房间，然后掀开了盖在路易斯床上的毯子。

路易斯竟然不在床上。他的上层床单不见了，床垫上只有一张皱巴巴的下层床单。

"噢，我的老天！"齐默尔曼太太用一只手捂住了嘴，然后又用另一只手指着乔纳森扔到地上的毯子。

乔纳森也惊恐地喘起气来。

那张毯子早在之前就变成了路易斯睡着时的模样，但当乔纳森把它拉开时，它的下面却什么也没有。

原来，这是拉弥亚用来拖延时间的一个诡计，而且它确实发挥了很大作用。

乔纳森·巴纳维尔特猛地打开前门——没想到却迎面撞上

了福利神父。"出什么事了？"这位神父问道，踉踉跄跄地后退了一两步。

乔纳森望着神父，眼睛睁得大大的："福利神父！我……您来得真不是时候，我现在不方便和您说话，我正要出去……"

这位老神父皱起了眉头："噢，我明白了，你的两位客人也要跟你一起走吗？"

乔纳森结结巴巴地介绍了齐默尔曼太太和罗丝·丽塔。"我们，呃，有一些重要的事情要去处理，"他一边解释，一边涨红了脸，"所以，如果可以的话……"

福利神父用焦虑而低沉的声音小声说道："但你至少得告诉我，你这件重要的事是不是跟一枚哨子有关。一枚银色的哨子，而且它的上面还有一个魔咒？"

乔纳森瞪大了眼睛，只见他的嘴巴张开又合了起来，惊讶得完全说不出话。站在他身边的齐默尔曼太太慢吞吞地开口说道："哦，乔纳森，别再一脸像鱼离开了水，要死要活的表情了。福利神父，我不是天主教徒，但我现在要向你坦白自己确实对魔法和咒语略知一二。是的，关于哨子的事你说对了，但我的问题是——你是怎么知道的？还有一个更重要的问题，你到底知道多少？"

福利神父回头看了一眼，但在乔纳森的眼里，外面的大街还是一如既往的宁静，这是一个阳光明媚的上午，现在正好是十一点钟。福利神父故意咳嗽了一下。"我们可以进去说吗？我知道你们要对付的是什么，我知道……"他压低了声音，

"拉弥亚的事，还有她的弱点。在几小时以内，她是无法对那些还没有被她迷住的人做什么的，所以到明天早上之前，是不会发生什么事的。"

齐默尔曼太太向乔纳森飞快地点了点头，然后他们四个人一起进到了书房里。福利神父一看到书桌上摆着的那本厚重无比的书，就不禁叹了口气，然后说道："啊，看来我见到了一个熟悉的老伙计。"

齐默尔曼太太摸了摸镶着宝石的封面："你读过这本书吗？"

福利神父带着疲惫的笑容说："不止读过，这就是我写的，亲爱的女士。"

乔纳森觉得自己好像被棒球棒砸了一下，大喊道："这是你写的？怎么可能呢？除非你已经三百多岁了，而且你也不叫坎普呀？"

"我已经四百多岁了，"福利神父疲惫地说，"愿上帝怜悯我吧，其实我的真名叫作安如。"

"但是书上说安如早就死了。"罗丝·丽塔反驳道。

福利神父一下子瘫坐在椅子上，用手捂住了眼睛。"小坎普死了，"他喃喃地说，"是我埋葬了他，然后用了他的名字。那个时候，我不想再和安如这个名字，或者和那些愚蠢的魔法再有任何瓜葛了。而且，就算用了坎普的名字似乎也没有什么害处，因为他并没有任何家人。我一直都在盼着自己能够早点儿死去，就像书上所说的，我原以为在拉弥亚死后，我就会迅速衰老而死。但这一切并没有发生，因为我的咒语并没有完全奏效：拉弥亚没有死，也没有被彻底消灭，而是存活了下来。直到拉弥亚被打败之前，我是无法死去的，所以我只能继续苟活下去。"

"看来你还得再向我们解释解释了。"乔纳森说完，就坐到了书桌后面的椅子上。

"我同意。"福利神父说道。

"你的这本书里还有其他的谎话吗？"罗丝·丽塔直截了当地问道。

福利神父摇了摇头："当我意识到自己并不会死时，我就想着可以留下一些记录。虽然我再没有勇气去对付拉弥亚，但我始终认为，会有一些更强大的魔法师在我跌倒的地方成功的。所以，没错，我就写了这本书。"他深吸了一口气："这本书的第一部分内容是完全真实的，我确实控制住了拉弥亚——先别管是怎么控制的——而且我也确实用了一枚古老的哨子将它召唤了出来。但不知怎的，我的生命就开始和那个怪物联结在了一起。它的一半属于这个现实世界，而另一半属于鬼魂的世界。我真是太傻了，以为既然我是一个神父，那么我的信仰和信念就会赐予我战胜那个怪物的力量。但可惜呀，这力量不够强大！在危急关头，我只能把它逼到一块大石头下面，让它暂时进入一种休眠状态，而且我一直都知道，总有一天它会再次苏醒的。自那以后，我开始慢慢地衰老，但只要一想到我没能消灭那个怪物，我就感觉备受折磨。它永远都无法被消灭，除非……"他用力咽了口唾沫，然后低声说："除非我愿意去死。"

齐默尔曼太太轻声问道："自1611年以后，你一直都在做些什么呢？"

福利神父张开一双布满皱纹的手："我一直在到处流浪。在几个月前，我突然感觉到那个东西好像苏醒了。它开始出现在我的梦里，我知道它正试图从石头下面挣脱出来。那个时候，我正在爱尔兰的一个修道院里。正如你们所料，在过去的三百四十多年里，我有过许多的名字，学习了许多的语言。但作为一名神父，我一直都在履行着自己的使命。"

"那你为什么又回来了？"罗丝·丽塔不解地问。

老神父看上去十分憔悴，他回答说："因为我不得不这样做。在过去的几年里，我逐渐意识到那个邪恶的鬼魂正在蠢蠢欲动，企图引诱一个受害者将它释放出来。当然，像我这样的一个老手是知道如何动用关系的，要想让自己被派到新西伯德镇来当教会神父，并不算难办。"

乔纳森说："我就知道你不是真正的爱尔兰人，但我一直也没听出你的口音是哪里的。可是，既然拉弥亚这么危险，为什么你没有一直看守着它呢？"

福利神父露出一副苦相："因为我没有勇气！我知道自己早就应该这么做了。然而，除了在19世纪，我曾经在波士顿生活了四十年之外，我就再也没有回到过美国，当然也就没有回到过密歇根州了。现在，当我想要重新找到那块石头时，一切都变了，我怎么也找不到那座坟墓了。于是，我只好先静观其变，一直等着。而我的第一个线索，就是你的侄子来问我拉丁文动词'sibila'的时候。一开始我以为他只是在某本书里碰巧看到的，它的意思是——"

"'发出咝咝声'或者'吹哨子'，要看具体的语境。"齐默尔曼太太补充道。

"是的，"福利神父表示赞同，"它就刻在我用来控制拉弥亚的那枚哨子上。我简直不敢相信路易斯找到了哨子，因为拉弥亚要寻找的是对魔法颇有造诣的人，但这孩子肯定不是——"

"他的确不是，"齐默尔曼太太严肃地说，"但他的朋友是。"

"啊，"福利神父恍然大悟道，"所以你才是那个怪物的真正目标。它一直都想成为这个世界的一部分，它想要拥有一个真正的身体，而不仅仅是一个随意变幻的形状。要做到这一点，它就得不断地吸血。如果它吸掉了一个魔法师的血，那么它就会拥有魔法师的魔法。我简直无法想象，也不敢想象，要是它拥有了人类的面孔和魔法的力量，它究竟会做出多少邪恶的事情。可怜的路易斯——他的血会让它变得强大——但它那永无休止的饥饿感是无法满足的，永远都无法满足。所以，我很担心拉弥亚可能会对路易斯做出一些极其恶劣的事。当巴纳维尔特先生来找我要圣水的时候，我就确定那个怪物一定是缠上了路易斯。我知道乔纳森想对付那个邪恶的怪物，但我担心他并不清楚自己面对的是什么，所以我花了很长时间才鼓起勇气，决定上门来看看。我真的很害怕。"

"我很清楚我们面对的是什么，但我们怎样才能阻止它呢?"乔纳森焦急地问。

老神父用痛苦的声音说:"愿上帝保佑我们吧，我也不确定我们是否能行!"

此时，路易斯·巴纳维尔特并不知道自己身在何处，甚至已经记不清楚自己到底是谁了。他只有一些模糊的记忆。他爬上一个农民的小货车，藏在了后面的货厢里，然后跟着农民一起驱车数公里来到了乡下。等货车停下之后，他就溜了出来，穿过田野，又穿过树林，一路上只感觉自己好像一半在地上走，一半在天上飘。

那个女人就在他的前面。她有一个灰色的身影，一直在催促着他前进。尽管他已经疲倦不已，开始抽泣起来，但他始终无法停下脚步。他只觉得自己的脑子一团乱麻。那枚哨子又出现了，现在正挂在他的脖子上，但路易斯觉得它仿佛有一吨那么沉，使劲地把他往地上坠。然而，他还是一步一步地迈着沉重的步伐往前走着。

当路易斯发现自己跟跟跄跄地走到了那个墓地所在的空地时，天色才刚刚破晓。那个幽灵般的女人用眼神和手势催促着他往前走，这时他才发现自己已经爬到了一块一米厚的石头上。他的两只手感觉又冷又湿。

"你要休息了。"他脑海里的那个刺耳的声音命令道，**"你必须活下去，你一定要在这里等着他们。"**

路易斯的大脑已经无法组织语言了，他无法回应那些话，甚至也想不出来要说什么。他一屁股坐在了石头上，仰面躺着，将双臂交叉放在胸前。他总有一种感觉，那个鬼魂就在他脚下的某个地方盘旋着，但他也不敢肯定。他把两只手都放在哨子上，觉得这枚银哨子冰冷而坚硬。他听到了自己缓慢的心跳声，然后就进入了一种恍惚状态——确切地说，他并没有睡着，而是进入了一种半清醒的模糊状态。此时，他正躺在冰冷的石头上。太阳越升越高，却没有带来一丝热量。一阵阵风吹来，把树木刮得哗哗作响，而他却没有任何感觉，也听不到任何声音。

　　几小时过去了，路易斯感觉他的体力似乎恢复了一些。虽然他还是动弹不了，也不能说话，但至少他可以重新思考了。"到底会发生什么事呢？"他问自己。

　　那个怪物好像能听到他在想什么——她确实能听到——于是，他脑海里的那个声音回答道："**我会赢得胜利的。被我吸了血的那个男孩就要来找我们了。等他来了之后，我就吸干他的血，这样我就能对付那些魔法师了。**"

　　路易斯开始啜泣起来。他在心里想，"那个男孩"应该就是斯坦，但斯坦·彼得斯竟然就要死了，而"那些魔法师"就是——

　　"**你那愚蠢的叔叔，还有那个狡猾的女魔法师。在他们两个之中，那个女魔法师的魔法要更强大一些，所以她将是最后一个被消灭的人。有了他们的魔法，我就能变得强大，我就能**

活下去，真正地活下去！"

　　对于路易斯来说，要睁开自己的眼皮是一种极大的痛苦，但经过一番挣扎之后，他终于做到了。然而，即使睁开了眼睛，路易斯也什么都看不见。他仿佛迷失在了一片银光闪闪的浓雾中。

　　"别杀他们，"他在心里绝望地想着，"杀我吧。"

　　"你！"他脑海中的那个声音用嘲弄的语气说，"看来你还不知道你对我来说意味着什么，你只是一个诱饵而已。我一直以来的错误，就是去找了那些精通魔法的人！其实答案很简单……我只需要等待，慢慢地等着几百年后的一个男孩出现，一个不会魔法，但却生活在魔法师周围的男孩。你的朋友们都将会被消灭，而你就是他们被消灭的罪魁祸首。但这一切正好，毕竟你也很讨厌他们。"

　　如果路易斯可以喊出来的话，他一定会声嘶力竭地尖叫起来的："不！不要！我不要！"

　　路易斯仿佛听到了一个回音，他辨认出来了，那正是他自己之前的想法。他脑海里那个声音开始用一种讨厌的没有起伏的语调背诵道："如果他们真的那么喜欢我，为什么不来帮我呢？如果那枚哨子真的那么糟糕，为什么每次在紧要关头，在我就要被揍成肉饼的时候，哨子才是唯一来帮助我的东西呢？"

　　"我并不是那个意思！"

　　"不要隐藏你的愤怒，孩子。学会享受它，它很甜的，就像黑蜂蜜一样香甜。之后你就可以报仇了。现在先休息吧！快休息，我命令你！"

路易斯突然全身麻木，眼前一片漆黑。他感觉自己在那里已经躺了几小时，或者已经几天了。然后，他产生了一个想法，一个绝望的想法："原来这就是所谓死亡的样子。"

那个把他引到这儿来的怪物立刻无声地回应道："死亡？你不必担心死亡。你并不会死的，但其他人都要被消灭掉。你将永生不死，一直活到时间的尽头。"

路易斯呻吟着。接着，那个温柔的声音又开始说着一些残酷无情、毫无人性的话："可怜的孩子！你肯定会觉得生不如死，但如果没有一个灵魂代替我的位置，那我就永远都无法来到这个世界。"

"我不明白。"

"你当然不明白，因为你不是魔法师。这就是魔法的等价交换，如果我想成为你们世界的一部分，那么一定要有什么东西来取代我在这里的位置，也就是没有身躯的鬼魂世界。我们将会永远联结在一起，你和我，永远地在一起。我将会活过来！我将真正地活在这个世界上。至于你，嗯，你会每时每刻都生不如死！"

第十二章

现在已经两点多了。齐默尔曼太太坐在乔纳森·巴纳维尔特书房里的椅子上，俯身看着她从家里带来的水晶球。

乔纳森心急火燎地问："你看见什么了吗？"

"我正在努力，"齐默尔曼太太回答，"不知道出了什么问题，我什么也看不到。"

福利神父跟在乔纳森后面踱来踱去。"是拉弥亚，"他用微弱的声音说，"看来她已经足够强大了，甚至可以对你的魔法进行干扰。"

"但是齐默尔曼太太是最厉害的。"罗丝·丽塔说。她坐在角落里的一把扶手椅上，双臂抱在胸前，脸上带着固执的表情："她一定能行！"

齐默尔曼太太抬起头，略带疲惫地笑了一下。

"谢谢你给我这么高的评价，罗丝·丽塔，但到目前为止，我还算不上厉害。不过，我有了一个主意。虽然我没办法看到路易斯，但我敢用我的紫色睡衣打赌，我一定能看到斯坦·彼得斯，毕竟他也和这件事有关联！"于是，她又俯身向前，凝视着水晶球的深处。它开始闪起了淡淡的紫光，好像捕捉到了几道在夏日闪烁的闪电。

"等一下，"齐默尔曼太太突然说，"是的，我看见他了！他出现了。现在让我看看，那里是什么地方……"

水晶球里出现了一个在行走的身影，画面逐渐缩小了，只见男孩变成了一个小点，在一条高速公路旁艰难地前行。在他身后是一座桥，而他的前面是一座白色教堂。

"那是柳溪路，"齐默尔曼太太说，"看来他已经出城几公里了，但还没走到卫理公会派教堂。"

"我们快走吧，"乔纳森提议说，"老太婆，拿上你的水晶球和手杖，我已经带好我的了！"他挥舞着一根有水晶把手的手杖："福利神父，请带上你的书，我们得准备好所有能派上用场的东西。"

"我也要去。"罗丝·丽塔郑重地说。

他们四个人全都挤进了乔纳森的那辆马金斯·西蒙，然后轰隆一声驶离了路边，朝小镇的东边呼啸而去。柳溪路是一条乡间小路，他们开着车经过了玉米地和几座孤零零的农舍。"他在那儿！"罗丝·丽塔大喊道，她坐在汽车的前座上，就挤在乔纳森叔叔和齐默尔曼太太之间。

在汽车前面出现的人，就是齐默尔曼太太在水晶球里看到的那个男孩。没错，是斯坦，他正像僵尸一样一瘸一拐地走着。他的短袖格子衬衫松垮垮地从肩膀上垂下来，脚上的运动鞋也变得破烂不堪，脏兮兮的。他一脸茫然地向前跟跟跄跄地走着，两只胳膊甩来甩去，眼睛直愣愣的，瘦弱的脸庞看起来红彤彤的，还在不停地冒汗。

乔纳森猛地把车停到路肩上，扬起了一团灰尘，然后所有人都下了车。乔纳森一路小跑着跟上了斯坦，把手放在他的肩膀上："斯坦！你要去哪儿？"

筋疲力尽的斯坦试图挣脱乔纳森的手，但他无法做到。福利神父说："让我来吧。"他用惊人的力气把斯坦像个布娃娃一样举起来，带回了车里。福利神父在座位上放下斯坦，低声地祈祷着，然后又转向了乔纳森。"给我那瓶圣水。"他命令道。

乔纳森从自己的背心口袋里掏出了一个小瓶子，里面装着大约两盎司的圣水。老神父接过瓶子，然后用手指蘸了一些圣水，在斯坦身上画了个十字，又碰了碰他的前额、胸膛和肩膀。

斯坦的身体突然僵直了起来。他睁大眼睛，发出了尖厉可怕的叫声。罗丝·丽塔被吓得脸色发白，只好用双手捂住了双耳。齐默尔曼太太正准备走上前去，但福利神父却举起一只手阻止了她。他用严厉的声音念诵了一个驱魔咒语，命令恶灵速速从斯坦的身上离开。

咒语似乎奏效了。斯坦倒抽了一口气，终于停止了尖叫。他闭上了眼睛，而当他再次睁开眼睛时，他竟然挣扎着坐了起来。"我怎么了？你是谁？"他喘着粗气，盯着福利神父问道，"我到底在哪儿？发生了什么？"

"你认得我，对吗？"乔纳森安慰地问。

斯坦眨了眨眼睛："是的，你是死肥——呃，路易斯的叔叔。我到底是在……在哪儿？"他的脸上突然露出了恐惧的神情："这里不……不是新西伯德镇？你们难道要把我带回新西伯德镇吗？我不能去那儿，她在那里！"

"谁在那儿？"齐默尔曼太太急忙问。

斯坦瞪大了眼睛："那个女蛇妖！她的牙齿……她咬了我！"

"所有人快上车，"乔纳森命令道，"没有时间了！"

斯坦结结巴巴地讲出了一个让大家难以置信的故事。虽然他并不记得自己在医院里住了几个星期，但他仍然留有一段可怕的记忆：他在暴风雨中被一个大蟒蛇似的怪物追赶，然后他就躲进了灌木丛里，直到有人叫他出来——一个非常美丽的女人答应带他回家。但是——

"她咬了我！"斯坦呻吟道，"我感觉到她是在喝我的血！"

"那你刚才是要去哪里？"齐默尔曼太太继续问道。

斯坦像是在说梦话一样地回答道："理查森……树林，我是……要去……去那里。"

"我早应该料到的，"坐在方向盘后面的乔纳森忍不住说，"嗯……好吧，我们就这么办。"他把车开回新西伯德镇，停在了警察局门前。"斯坦，你就直接进去，让警察给你的父母打电话。一定要记得待在原地，直到他们来接你！你的父母会把你带回医院，你在那里会很安全的。听懂了吗？"

斯坦实在是被吓坏了，他差点儿都没办法从车里爬出来。后来，他摇摇晃晃地跑到了警察局里。透过前门玻璃，他们看到斯坦在和一个警察说话，然后乔纳森就开车走了。"他现在应该安全了，"乔纳森说道，"现在我们赶快去理查森树林吧。我有一种强烈的预感，我们一定能在那里找到路易斯。福利神父，你觉得在明天之前我们都会安然无恙吗？"

"希望如此，"福利神父回答说，"拉弥亚的力量在一年之中的某个季节和某些时候是最为强盛的。在今晚的午夜到黎明的这段时间，她的力量将会达到最强。不过，我觉得路易斯现在应该很危险，那个怪物只有吸了血才能变成可以对付我们的人形，而你刚刚却切断了她的血液供给。"

罗丝·丽塔使劲咽了口唾沫："你是说，她很可能会攻击路易斯？"

"她很可能会那么做。"福利神父回答道，脸上露出一副痛苦的表情。

乔纳森·巴纳维尔特立即踩下油门，只见那辆老爷车飞驰起来，太阳西沉，它的影子拉得很长。

"他们来了。"

路易斯突然感到一阵头痛。他的视力开始清晰起来，但他仍然躺在石头上。尽管他觉得自己的胸膛热得就要燃烧起来了，但他胸前的那枚哨子仍然十分冰冷。他吃力地抬起头来，发现那个怪物就站在石头脚下。它现在是一个女人的模样，但它仍然只是一张床单——路易斯隐约地想起来，这就是他床上的那张床单——它被撑开，成了一个会移动的身影，眼窝发出两束红光。当这个怪物移动的时候，她的胳膊和腿看起来非常奇怪，就好像里面没有骨头似的，或者说，她的关节就像是蛇的一样。

"他们拦住了那个男孩。"

"斯……斯坦吗？"路易斯可以说话了，虽然他的声音特别地沙哑，"他们拦……拦住了他吗？"他的心中燃起了一丝希望。

"没关系，你还有哨子。"

路易斯又颤抖了起来。这是多么简单的一个词，但听起来却充满了恶意和威胁。"我不……不明白。"

"如果我不能通过吸血来拥有一副身躯的话，我还可以利用哨子。当你第三次吹响哨子的时候，我的灵魂就可以进入你的身体。虽然你并不会死，但你将再也无法控制自己的身体，只有我才可以。他们会把我当成你，然后我就会有一副真正的身躯和足够的力量去做我想做的事了。"

"我才不会那么做的！"路易斯说道，"你强迫不了我！"

那个意念中的声音回答说："你会希望自己那么做的，你也必须那么做。但你的这个躯壳将来也会被毁灭。我的灵魂将把你的躯体烧成灰烬，而你的灵魂将永远活下去，成为我的一部分。你只能无助地看着我变得越来越强大。被压在石头下面的那个人必须有一副身躯和一个灵魂，所以他们当中必须得有一个人去到那里，并被永远地囚禁起来。也许是你那个愚蠢的叔叔，不过我还可以利用一下他的魔法……算了，那个女魔法师才是更好的选择。"

接着，路易斯汇集了身上的每一分力量和每一点勇气做了一件事情：他做了一个侧滚翻。他脚边的那个怪物开始发出嗞嗞声，向前跳了过来，但在那之前，路易斯早就已经从石头上滚了下去。他倒在了地上，当他刚一接触到地面时，他就突然感觉自己已经挣脱了那个怪物的束缚。虽然他是脸朝下着地的，但他就像赛跑运动员起跑时那样一下子弹了起来，跌跌撞撞地跑出那片空地，来到了一片草地上。

然而，拉弥亚却从他面前的一片高高的草丛中升了起来。那张床单形成的怪脸布满皱纹，怒不可遏，嘴巴大张，露出两颗弯曲的毒牙，发出嗞嗞声。接着，草丛像是挨了鞭子一样，散落下来的草叶纷纷飞向了怪物。

路易斯往后退了几步。那些草叶都沾在了拉弥亚的身上，改变了她的样子。现在的她没有腿，只有像一条大毒蛇一样的躯干和尾巴。她向前扭动着，迫使路易斯只能一路向后退。然而，那块石头碰到了他的后腿，他感觉自己被迫爬上了石头。拉弥亚示意他要躺下来，但路易斯用尽全力让自己站在了石头上。他感觉到脑海中的那个怪物正在引诱他把银哨子举到他的嘴边。

"我不会吹的！"路易斯拼命地喊道。他突然一拉，将脖子上的链条挣开，把哨子扔了出去。那枚哨子在阳光下闪了一下，然后就消失了。

突然，路易斯感觉到哨子又出现在了他的口袋里。

"你必须吹。"

路易斯几乎抽泣了起来。他无法摆脱那枚哨子！那个怪物一直在逼迫他吹哨子。那么——之后，会发生什么呢？当那个怪物的灵魂占据了他的身体时，他的意识会消失吗？还是他的意识会留下，但他却只能无助地看着一切发生？

第十三章

"我真想换一件合适的衣服再来。"齐默尔曼太太嘟囔着，这时她和福利神父、乔纳森·巴纳维尔特、罗丝·丽塔正穿过草地，朝着理查森树林的方向走去。尽管他们速度很快，但当他们到那个地方时，已经快到傍晚了。

罗丝·丽塔不禁打了个寒战。虽然风吹得不是很猛烈，但这些树木看起来又黑又怪，还在不停地左右晃动。"我们要怎么办？"她问道，"是气势汹汹地冲进去，还是先念个什么咒语之类的？"

"给你，"乔纳森叔叔一边说着，一边递给了她一个小瓶子，"这是圣水，也许能保护你。我们几个的身上都有一些。大家注意，这个怪物非常狡猾鬼祟，所以千万不要让它出现在我们的盲区！我们得背靠背地站在一起，看看能不能找到路易斯。"

他们靠在一起，慢慢地走下山坡。罗丝·丽塔提心吊胆地望着前方，每一根树枝或每一丛草的晃动都会让她吓一大跳，以为有什么东西马上就要跳出来扑倒她。虽然她不知道要拿那个瓶子干什么，但她还是用手紧紧地攥住了它。她的脑海中迅速闪过自己看过的每一部吸血鬼电影，但是杀吸血鬼不是要用木桩刺穿心脏吗？还是得用阳光呢？

然而，阳光很快就要消失了。当他们到达山脚下时，天已经快黑了。

乔纳森叔叔喊道："路易斯！你在这儿吗？"这一声洪亮的呼叫把罗丝·丽塔吓了一大跳。

没有人回答。事实上，尽管他们头顶上的树叶正在沙沙作响，但一切都似乎过于安静了。"也许他并不在这里。"罗丝·丽塔说。

"他就在这里，一定没错，"齐默尔曼太太反驳道，"我感觉到他正和一个可怕的东西在这里，快走吧！"

树林下的天色变得更暗了，一切都被笼罩在一片幽暗的绿色之中。突然，脚下的地面变成了岩石，他们终于来到了那片空地上。

路易斯就在那里，正把那枚银哨子举到自己的嘴边。

在他的身后，站着一个怪物，就是罗丝·丽塔将在噩梦里一次又一次地看到的那个怪物。

路易斯正站在那块石头上。他被定在了那里，仿佛他的双腿已经石化了一样。他屏住呼吸，只见汗水从他的脸上流了下来。他咬紧牙关，对自己说："我不吹！我不会吹的！我永远都不会吹这枚哨子的！"

但拉弥亚的意志就好像是从石头上传过来的一样，一直在逼迫他把哨子举到嘴边。路易斯感觉自己快喘不过气来了。突然，他隐约看见了他的朋友们。罗丝·丽塔正惊恐地盯着那个像蛇一样的怪物，她正盘绕在那块石头上，在路易斯的身后抬起了一个幽灵般的脑袋。齐默尔曼太太举起了她的魔杖，只见魔杖顶端的水晶球中闪现出了一道紫色亮光。乔纳森叔叔也举着魔杖，嘴里喊着一些咒语。此外，还有一个人从他们三个的身后出现了——福利神父！

鲜血在路易斯的耳朵里翻涌了起来，他感到一阵冰冷的恨意从拉弥亚那边席卷而来：**是你！我久违的敌人！**

路易斯不顾一切地把哨子从他的嘴边拉远了几厘米。他呼出了一口气。拉弥亚凶狠的魔法又迫使他将哨子靠近嘴巴，他的手臂在不停地颤抖着。

路易斯能感受到拉弥亚对福利神父的愤怒，还有想将他毁灭的欲望。虽然他不明白这是怎么一回事，但他能感应到，那是一种极其强烈的愤怒。他也知道，一旦他第三次吹响哨子，它的邪恶灵魂就会流进他的身体，让他成为它用来复仇的傀儡。路易斯的脑海中出现了一个短暂的幻象：他的身体燃烧成了一团火焰，他从石头上跳下来，消灭了乔纳森叔叔和齐默尔曼太太，并用他们的魔法力量让自己变得强大了起来。最后，他又杀掉了福利神父。突然，他感到嘴唇上袭来一阵银白色的寒意，他抽泣着使劲想把银哨子推开。

福利神父在胸前画了个十字："路易斯！听我说！你不能吹响那个哨子！"

但他必须这么做。

路易斯吸了一口气。他要吹响哨子。他必须吹响它。

福利神父用雷鸣般的声音对他吼道："你这个又懒又坏的家伙！你到底懂多少拉丁语？给我翻译这句话：Quantum materiae materietur marmota monaxsi marmota monax materiam possit meteriari？快点儿翻译！"

路易斯突然一阵头晕，只感觉那些拉丁文词语不停地萦绕在他的脑海里。他的注意力从拉弥亚的那个声音转到了福利神父这里，就好像一只抓住他的大手终于松开了一些。这时，在福利神父炽热的目光下，他屏住呼吸，终于把哨子从嘴边拿开了。对了，他还要翻译那段拉丁文。"啊，"他结结巴巴地说，"怎……怎么会……"

福利神父举着一根瘦骨嶙峋的手指，念了一句咒语，然后哨子突然就从路易斯的手中飞了出去。"我要收回它！"福利神父喊道，伸出手准备去抓住银哨，但是太晚了！

拉弥亚从他的上方冲了下来，营造了一种倾泻而下的恐惧感。路易斯难以置信地瞪大眼睛看着眼前的景象：那张床单和那些草叶统统都倾倒在了福利神父的身上，让他跟跄地往后退了几步。那枚哨子掉了下来。

但有一只手在半空中抓住了它。"我拿到了！"罗丝·丽塔尖叫道，然后转身就跑开了。

路易斯仿佛是一个被剪断线的木偶，瞬间倒了下来。他先是撞到石头上，然后又从上面滚下来，摔在了地上。但现在，他能控制自己的身体了，他让自己站了起来。罗丝·丽塔在树林间飞奔着，冲了出去。福利神父瘫倒在地上，一条巨大的蟒蛇从他的身上爬下来，不断地盘绕着，发出了嗞嗞的声音。乔纳森叔叔和齐默尔曼太太都用魔杖指着那个怪物，嘴里喊着某种咒语。齐默尔曼太太的魔杖发出了紫色的光，而乔纳森叔叔的魔杖发出了耀眼的白光，但它们都没有起到任何作用。接着，他们两个跟在拉弥亚的后面飞奔起来，而拉弥亚则在树林中蜿蜒盘旋，在罗丝·丽塔的身后紧追不舍。

　　福利神父呻吟着，路易斯摇摇晃晃地走到了他的身边："福利神父……"

　　老神父微笑了一下，低声说："我尽力了。他们没办法消灭那个怪物的，他们必须先消灭——"他咳嗽起来："他们必须先消灭联结！快告诉他们！快去！"

　　路易斯离开福利神父，往草地那边跑了过去。罗丝·丽塔已经爬到了长满草的山顶上，但是那条蛇，居然已经变得有十多米那么长了，她的身体盘绕成一个巨大的圆圈，把罗丝·丽塔给团团围住了。她悬在罗丝·丽塔的头顶，左右摇晃着。罗丝·丽塔的一双眼睛睁得大大的，完全被吓呆了。

　　路易斯向齐默尔曼太太跑过去，看见她还在用魔法对付那个怪物。"没用的！"他尖叫道，"福利神父说要消灭联结！"

　　"联结？"齐默尔曼太太问道，但她的眼睛一直盯着那个晃动的怪物，"那是什么？"

"路易斯！"罗丝·丽塔尖叫道，"在这儿！"她突然停下来，朝他扔了什么东西。

然后，只见拖着链子的哨子向路易斯飞了过来。罗丝·丽塔被拉弥亚猛击了一下，倒在了地上。这时，那个怪物的前半部分已经不再是人的模样了，她的头上长出了一个看起来长长钝钝的大鼻子，就像是一条巨蟒的头一样。她的手臂也已经变成了爪子，那双凶狠的眼睛仍然闪烁着红色的光芒。

"哨子上的联结！"路易斯大声喊道。他向前冲去，想要伸手去接那枚哨子。

那条巨蛇先是向后缩了一下，然后又立即向前攻击路易斯。

路易斯趴在地上，接到了哨子："就是它！这就是联结！"

"把它扔到地上！"齐默尔曼太太喊道，"乔纳森，帮我拖延一下时间！"

乔纳森·巴纳维尔特纵身一跃，拦在毒蛇面前："哦，你可不能这样，毒牙怪！我还有一大笔账要跟你算呢。这一下是为了我的侄子！这一下是我特别赠送的！"

一团团白色火焰从乔纳森叔叔的魔杖中呼啸而出，包裹住了怪物的脑袋。她往后一仰，痛苦地发出咝咝声，只见那张皱巴巴的床单被烧成了黑色的碎片。但不知何故，怪物还是维持着原来的形状，只是现在变成了一堆灰烬和烟雾而已。她恶狠狠地一击，把乔纳森叔叔撞到了一边。然后，她又用尾巴大力甩了一下，乔纳森叔叔狠狠地摔在了地上。

此时，齐默尔曼太太已经把她的魔杖指向了哨子。她喊出了一个又长又复杂的咒语，里面似乎包含了许多不同的语言。刹那间，一束细细的紫色光束击中了哨子。

拉弥亚想要抓住哨子，但哨子发出了一束炙热的白色光芒，她那只干枯的小爪子只好缩了回去。

路易斯不由得眉头一皱，因为他又在脑海里听到了那个怪物的声音："不！你不能那么做！我不允许！"

齐默尔曼太太好像也听到了这些话，她咆哮道："好好看看吧，你这个满身鳞片的鬼家伙！"随着一声让她双臂都颤抖起来的巨响，齐默尔曼太太又朝地上投出了一束明亮的紫色亮光。那枚哨子开始熔化，然后就蒸发不见了。一股银色的蒸气喷向空中，在一阵微风中消散了。

拉弥亚在齐默尔曼太太的头顶上将身子立了起来，愤怒地咆哮着。接着，她向前倒了下去，路易斯举起他的一只手臂试图抵挡这致命的一击。

在这千钧一发之际，拉弥亚灰飞烟灭了。长长的草叶如雨点般落在了路易斯的脸上，烧焦的布料残片也被微风吹走了，而她那声愤怒的尖叫也渐渐弱了下来，变成了像蚊子一样的嗡嗡声。

齐默尔曼太太拄着她的魔杖，摇摇晃晃地走了过来。她的一双蓝眼睛已经疲惫不堪，变得黯淡了许多，但她还是伸出了一只手臂，把路易斯揽进了她的怀抱。

他们两个依偎在一起，在那里站了好一会儿。然后，他们担心地转过身去，想看看其他人是否都还安好。

第十四章

"嘿，路易斯。"

路易斯在药店外停了下来。在他面前站着的是斯坦·彼得斯，看上去又瘦又憔悴。

"你想干什么？"路易斯问。

斯坦瞪着他："你袋子里装的是什么？"

"一些药之类的东西。"路易斯小声地说，"我叔叔病了。"

"好吧，"斯坦深吸了一口气，"我知道生病是什么滋味，因为我也曾经得过很严重的病。所以——只能祝你叔叔好运了，不是吗？"

路易斯正想叫他走开，但斯坦的眼神里却流露出一丝诚恳的神情。"谢谢。"路易斯回答说。接着，他从斯坦的身边走了过去。

"嘿，路易斯。"斯坦又叫了一声。

路易斯转过身来，却发现斯坦并没有转身："怎么了？"

斯坦耸了耸肩："我们在童子军大会上见，好吗？"

"好的。"路易斯回答说。他匆匆地继续走着，试图理清自己的思绪。他觉得这一切都很奇怪，仿佛自己刚刚经历了一次劫后余生，但他并不知道自己到底是应该高兴还是难过。

路易斯砰的一声穿过房子的前门。齐默尔曼太太见到他，开口说道："你的暴脾气叔叔不肯躺在床上，非要躺在客厅的沙发上。"

路易斯和齐默尔曼太太一起进到客厅，想去看看乔纳森叔叔，只见他的脸上到处都是肿块、瘀伤和擦伤，左眼也肿得非常厉害。"看你们两个的样子，就好像我快要死了似的！"他咆哮道，"我过一两天就会好的！"

罗丝·丽塔从厨房里走了出来，手里拿着一个冒着热气的杯子。"这是您的鸡汤。"她说道。她的胳膊上也有几处擦伤，还有一只眼睛也被打青了。罗丝·丽塔告诉她的父母，她只是从自行车上摔了下来，而"类似的事情"也曾经发生过一两次，所以他们都相信了这个解释。不过，幸好拉弥亚只是把她推到了一边。她看起来也没那么憔悴，不像乔纳森叔叔，他可是被那个愤怒的怪物给残忍地暴打了一顿。

"我买了阿司匹林回来。"路易斯一边说着，一边把购物袋递了过去。

齐默尔曼太太让乔纳森叔叔吃下了两片药，然后叹了口气。

"关于福利神父的替代人选，教堂打算怎么办呢？"她问道。

乔纳森叔叔摇了摇头："我也不知道。他们都说他是死于心脏病，但我们都知道实情是什么。当拉弥亚死的时候，他也会跟着死掉，而且在拉弥亚从地球上消失之前，他是不会死的。"

齐默尔曼太太也摇了摇头："这就像提托诺斯的神话故事一样，他请求希腊诸神赐予自己永生，但却无法保持永恒的青春，所以他只好一点点地变得憔悴，年复一年地变得衰老，变得虚弱，也变得更加痛苦。难怪可怜的福利神父这么难以相处，因为他的身上肩负着好几个世纪的重担。"

罗丝·丽塔问道："拉弥亚真的消失了吗？永远地？"

齐默尔曼太太皱起了眉头："当然了，既然福利神父的灵魂已经安息了，那她也就不会再回到这个世界上来了。只要没有那枚魔法哨子就行了！"

罗丝·丽塔显然对这个回答不是很满意："您真的确定吗？我的意思是，我们第一次去到坟墓的时候，您也没有发现有关拉弥亚的任何踪迹，而且她似乎并没有被巴纳维尔特先生的魔法陷阱抓到。"

"这两件事都是有原因的，"乔纳森叔叔插话道，"其实，拉弥亚并不是真正意义上的鬼魂，而是一个来自远古时代高深魔法中的灵魂，她从一开始就没有真正地活过一天。然而，老太婆擅长发现的是那种真的在坟墓里的鬼魂。"

"没错，"齐默尔曼太太表示赞同，"而大胡子设下的陷阱是专门针对魔法师的——一个真的拥有身躯的人，而不是在空中飘浮的幽灵。不过，就像所有的吸血鬼一样，如果没有主人的邀请，她也是无法进到房子里的，所以她设法骗过了路易斯，让路易斯将她邀请了进来。因此，这些陷阱是无法对付邀请而来的客人的，它们只能用来对付一些入侵者而已。最后，我再来回答你真正的问题，我非常确信拉弥亚已经从这个世界上消失了，因为她与这个世界的联结就是福利神父和那枚哨子。为了彻底消灭拉弥亚，福利神父牺牲了自己的生命，唉，愿上帝保佑他。如果还有什么能让你感到一丝安慰的话，我想就是老神父早就做好牺牲的准备了吧。"

"愿他的灵魂得以安息。"乔纳森叔叔一边说着，一边又抿了一口热汤，"我一直都误会他了，真希望我能有机会告诉他。"

"也许他早就知道了。"路易斯小声地说。

"但愿吧，"齐默尔曼太太继续说道，"他确实救了我们大家的命。不过，我应该早点儿想到毁掉那枚哨子才对。对了，你们有看到那块石头后来怎么样了吗？"

乔纳森叔叔摇了摇头："我只记得那条蛇一直在用尾巴抽打我，再之后我就什么也不知道了。直到我在床上醒来，才发现汉弗莱斯医生正在给我测脉搏。那块石头怎么了，老太婆？"

"它陷进了地里，"罗丝·丽塔回答说，"好像是它下面的土地都变成了流沙。"

"总算是脱险了，"乔纳森叔叔嘀咕着，"我很高兴路易斯没有第三次吹响那该死的哨子。是什么阻止了你？难道福利神父对你说了一句咒语吗？我一点儿头绪也没有！"

路易斯苦笑了一下："那并不是什么真正的魔法，但因为我平常就非常害怕他，所以当他命令我翻译那句拉丁语时，我就毫不犹豫地去做了！我想正是因为这样，我才能分散注意力，好让他把哨子从我手里弄走。"

"那并不是真的拉丁语，对吗？"罗丝·丽塔问道。

齐默尔曼太太咯咯地笑了："那确实是一句拉丁语！它是一段非常古老的绕口令，很多上了年纪的拉丁语老师都喜欢在他们的课堂上讲给学生听。事实上，考虑到福利神父的真实年龄，我想它确实能称得上是一段'古老'的笑话。路易斯，是你来翻译还是我来？"

"我想我已经明白是什么意思了，"路易斯说道，"那句话就是'如果一只土拨鼠能拨木头的话，那它一波能拨多少根木头'。[1]"

乔纳森·巴纳维尔特大笑起来，然后又摇了摇头："有谁能想到那个老神父还有一点儿幽默感呢？再说一遍吧，愿他的灵魂得以安息。"

路易斯也在心里由衷地祝愿了一遍。

---

1 那段拉丁文绕口令只是很拗口，并不幽默。路易斯为了逗乔纳森叔叔开心，故意翻译成了幽默的英语绕口令。

小 读 客 经典童书馆

童年阅读经典 一生受益无穷

嘀嗒屋⑪

没人住的房子

［美］布拉德·斯特里克兰　著
董晓男　译

江苏凤凰文艺出版社
JIANGSU PHOENIX LITERATURE AND
ART PUBLISHING

图书在版编目（CIP）数据

嘀嗒屋. 11, 没人住的房子 /（美）布拉德·斯特里克兰 (Brad Stickland) 著；董晓男译. —— 南京：江苏凤凰文艺出版社，2022.11
书名原文：The Lewis Barnavelt series
ISBN 978-7-5594-6914-4

Ⅰ.①嘀… Ⅱ.①布… ②董… Ⅲ.①儿童小说 - 长篇小说 - 美国 - 现代 Ⅳ.① I712.84

中国版本图书馆 CIP 数据核字 (2022) 第 123111 号

嘀嗒屋．11，没人住的房子

［美］布拉德·斯特里克兰 著　　董晓男 译

责任编辑	丁小卉	
特约编辑	马敏娟　　唐海培　　吴亚雯	
装帧设计	张路云	
责任印制	刘　巍	
出版发行	江苏凤凰文艺出版社	
	南京市中央路 165 号，邮编：210009	
网　　址	http://www.jswenyi.com	
印　　刷	三河市龙大印装有限公司	
开　　本	880 毫米 ×1230 毫米 1/32	
印　　张	28.75	
字　　数	500 千字	
版　　次	2022 年 11 月第 1 版	
印　　次	2022 年 11 月第 1 次印刷	
标准书号	ISBN 978-7-5594-6914-4	
定　　价	198.00（全 6 册）	

江苏凤凰文艺版图书凡印刷、装订错误，可向出版社调换，联系电话：010-87681002。

目　录

第一章

一个酷热的夏日，密歇根州高速公路旁一条杂草丛生的小路上，一个男孩和一个女孩一路向北走着。这个男孩名叫路易斯·巴纳维尔特，他正气喘吁吁、满头大汗地奋力跟上前面女孩的脚步。"太热了，真的不适合徒步旅行，"路易斯抱怨道，"我们回家玩跳棋什么的吧。"

"哦，别傻了。你需要去探险！"那个名叫罗丝·丽塔·波廷格的女孩回答。她甩了甩又长又直的黑发，朝他咧嘴笑了笑。"而且，这不是徒步旅行。这是散步！来吧，路易斯！"她大步走在前面，朝高大的牛蒡草和细长的蒲公英挥舞着手中的棍子，仿佛它是一把利剑，而那些草是敌军的骑士。

这就是路易斯后来回忆起整件事情时最初的记忆。那时，他才十一岁，刚来到这个镇上。一年多以前，他的父母死于一场可怕的车祸。去年八月，路易斯从威斯康星州搬到密歇根州新西伯德镇高街100号，和他的叔叔乔纳森一起生活在一栋漂亮的老房子里。

第一年过得很艰难。路易斯很胖，不擅长运动，而且很胆小。最糟糕的是，他发现自己很难交到朋友。不过，这期间也发生了一些美好的事情。首先，他发现他那乐观、大腹便便、留着红胡子的叔叔乔纳森是一个魔法师，不是那种简简单单可以变纸牌魔术、假装从你耳朵里掏出二十五美分硬币的魔术师，而是一个真正的魔法师，他可以挥舞手杖，召唤出奇妙逼真的立体幻象。

他们隔壁的邻居是一位退休教师，名叫弗洛伦斯·齐默尔曼，她不仅是一位友好的、满脸皱纹的、喜欢穿紫色衣服的、会为乔纳森叔叔和路易斯做出美味饭菜的女士，而且也是一位女魔法师。乔纳森叔叔解释说，女魔法师是"女巫"一词的一种华丽的表达方式。路易斯很快就了解到，齐默尔曼太太不是一个邪恶的女魔法师，而是一个善良温和的女魔法师，她的魔法甚至比乔纳森叔叔还要强大。

在某种程度上，最让路易斯意想不到的是，他认识了一个新朋友，一个高个子、黑头发、相貌平平的女孩，名叫罗丝·丽塔·波廷格。她有点儿像个假小子，知道各种大炮的名字，从隼炮到半蛇铳，从炮车到旧式小炮。这是路易斯在新西伯德生活的第一年的夏天，罗丝·丽塔拽着他走遍了整个城区，滔滔不绝地为他介绍这里的各种历史，比如用石头建成的南北战争纪念碑和市中心的圆形喷泉。

虽然路易斯经常抱怨散步后他的腿会疼，脚后跟会起水疱，但事实上，他很喜欢听罗丝·丽塔说话，喜欢听她说那些她觉得有趣的事情。这也让他开始对这些事情感兴趣了。尽管满腹牢骚，但每当罗丝·丽塔出现，建议他去探险时，他总是暗自高兴。

闷热的七月的一天，他们徒步出了镇子的北部，穿过树林，来到了一片肥沃的、长满了香甜玉米的绿色农田。罗丝·丽塔穿着红色T恤和牛仔裤，用她的棍子砍杂草的"头"，偶尔还会大喊："哈！受死吧，你们这些坏蛋！"路易斯在她后面吃力地走着，汗流浃背。每当棍子打到蒲公英时，他都会往后缩一下。突然，罗丝·丽塔停住了脚步，路易斯差点儿撞到她身上。"真有趣。"罗丝·丽塔若有所思地说。这时，路易斯摇摇晃晃地停了下来。

"有什么有趣的？"路易斯一边问，一边从他棕色灯芯绒裤子的口袋里掏出一块皱巴巴的手帕擦擦汗淋淋的脸，"除了我快要中暑了之外。"

罗丝·丽塔举起棍子，煞有介事地指向左边。"那条弯曲的小路，"她说，"我想，我从来没有去那里探过险。"

路易斯疑惑地看了一眼杂草丛生的小路。那条小路根本算不上是一条小路，更像是一片杂草丛生的空地，在黑暗的树林中蜿蜒而行。"那里没什么可看的，"他咕哝道，"如果我们要探险，还是继续往前走吧。你还有一大堆杂草没干掉呢。"

"来吧。"罗丝·丽塔回答。她把棍子高高举过头顶，就像一个骑兵军官拔出的剑，催促着他的士兵向前走："我们遇到了敌人，那是我们的敌人！全速前进！准备开火，格瑞德利[1]！"说完，她就离开了大路，朝两排茂密的白胡桃树和橡树中间的一条杂草丛生的小路走去。

路易斯跟在她的后面，但他的心里有一种毛骨悚然的感觉。尽管灿烂的阳光照耀着小路上高高的绿色杂草，但浓浓的阴影却像泼洒在树下的墨汁一样。任何东西都可能潜伏在那里，比如蛇或野兽。路易斯告诉自己要控制情绪，并提醒自己，他们离家并不远。这又不是什么深山老林，只是市郊的一片树林。如果遇到危险，他可以在五分钟内跑回高街100号。不过，罗丝·丽塔看起来勇气十足，也许有一部分勇气也渗入了他的内心。他使劲咽了口唾沫，蹒跚地小跑着，拉近和罗丝·丽塔的距离，直到再次紧跟在罗丝·丽塔身后。"这太可怕了，"他边走边抱怨，高高的杂草抽打在他的裤腿上，"我不喜欢茂密的树林。"

"这就像一个真正的丛林，"罗丝·丽塔表示赞同，"你可能会在这里遇到一头暴龙，或者一条巨大的水蟒，或者一两头灰熊。我想知道这条小路通向哪里。它这样蜿蜒曲折，看着就不是一条普通的道路。"

"也许是……"路易斯开口说道。他突然停了下来，大声

1　美国南北战争与美西战争期间的海军战斗英雄，后来有军舰以此命名。

喊道："有一栋房子。"

这是他见过的最奇特的房子。它耸立在齐胸高的杂草里，看上去就像一艘搁浅的远洋客轮。房子的主体部分很长，有三层高，周围环绕着一圈游廊。悬挑的屋顶很宽，把下面的一切都笼罩在深深的阴影中。建筑物的正中是更高一层的方形塔楼，它有一个奇怪的尖尖的屋顶，下面是一个开阔的露台，离地面至少有十二米高。这看起来是一栋废弃的房子，但奇怪的是，它并没有任何损坏的痕迹，墙壁被刷成了浅绿色、粉红色和白色。

"看起来像是一栋中式的房子。"路易斯咕哝道。

罗丝·丽塔心不在焉地摇了摇头："我不这么认为。我的意思是，那座塔楼看起来有点儿像东方宝塔，但其实不是。我不明白的是，为什么我从来没听说过这个地方。我和我的家人肯定无数次开车经过那条车道，但这是我第一次注意到它。这里已经很多年没人住了。"

"你为什么这么说？"路易斯不安地问。他一直在想象某个疯狂的老家伙会从房子里咆哮着冲出来，手里拿着猎枪，大喊有人侵者。

"很简单，华生[1]，"罗丝·丽塔回答，"这条小路一定是通往那边的车道，但你看这里杂草丛生，有马尾草、巫婆草，

---

[1] 阿瑟·柯南道尔所著小说《福尔摩斯探案全集》中的虚构人物，夏洛克·福尔摩斯的搭档。这里是罗丝·丽塔对路易斯的戏称。

甚至还有白胡桃树苗。看来很久没人开车从这里经过了,甚至连马车也没有。来吧,让我们仔细看看。"

虽然天气很热,但路易斯还是觉得有点儿冷。他不但胆小,而且想象力丰富,这简直就是对他的诅咒。他能在脑海中描绘出最可怕的灾难,一旦他幻想出来,就会感觉这些灾难好像马上就会变成现实:"要是里面有人怎么办?"

"里面看起来像有人吗?"

"不像,"路易斯勉强同意,"但是闯入别人的房子是不礼貌的。"

"我们不进去,"罗丝·丽塔说,"我们只是走近一点儿,仅此而已。"

于是,他们慢慢向前走。多年的日晒雨淋侵蚀了房子附近的地面,门廊旁边出现了一条沟壑,里面集满了雨水。他们沿着路边走着,罗丝·丽塔透过圆圆的黑框眼镜往下看。她突然弯下腰,得意地叫了一声,从泥土里捡起一个白色的东西。她用拇指拨掉上面的一些泥土,然后举起来让路易斯看。"一个燧石箭头?"他问。

"这只是冰山一角。这个你可以拿着,"她说着把它扔进路易斯的手心里,"我已经捡到过上千个这样的东西了。"

路易斯把那个白色的小碎片翻来覆去看了看。它比他的拇指指甲盖稍长一点儿,摸起来感觉异常光滑圆润,一点儿也不像石头。然而,它的边缘却很锋利,有锯齿。他从来没有发现过这样的东西。他和罗丝·丽塔在街上闲逛时,她可能会弯腰捡起他刚刚跨过的五十美分硬币。他不明白自己为什么总是错过这样的小东西，尽管罗丝·丽塔坚持说，他只需要再多留点儿心。他小心翼翼地把断了的箭头放进衬衣口袋里。

"真有趣。"罗丝·丽塔平静地说。他们在被雨水冲刷过的地方跨出了一大步，正好停在通向门廊的宽阔台阶前面。

"我想知道这个地方发生了什么事。它一定是在多年前就被废弃了，但外墙并不是很脏，也没有剥落。窗户是脏的，但没有一个是坏的，你知道其他孩子看到空房子时会做什么。只要他们捡几块石头，窗户就会碎了。"

"我不喜欢这个地方。"路易斯坚持说。

"我要到门廊上去看看。"

"不，别去，"路易斯使劲咽了口唾沫，"这里感觉不对劲。这儿，呃，这可能是某种陷阱。"

罗丝·丽塔歪着头，乌黑的头发从她的脸上拂过："你说的就像我们在《关灯后》里一样。"那是广播里的一档恐怖节目。它总是在深夜播放，而路易斯从来没有听过，因为他只要听到一点点，他的梦中都会出现复活的木乃伊、尖叫着的凶残蝙蝠和慢慢渗出的血。

"我只是不想上去。"路易斯喃喃地说，他为自己的胆怯感到羞愧。

"那你就待在这儿吧。"罗丝·丽塔放下手里的棍子说道。

路易斯试图咽下哽在喉咙里的东西，而罗丝·丽塔小心翼翼地一步一步踏上台阶。"看起来很结实。"她说。她走过门廊，路易斯能听到她脚下木板的嘎吱声。"这里看起来好像有人时不时在打扫，"她说，"我的意思是，这里确实到处都是枯叶，但不像想象中那么杂乱。"她走到一扇又高又窄的窗户前，双手拢在眼睛旁边，身子靠得很近，试图往里面看："什么也看不见——"

这时，从附近的某个地方传来一阵巨大的鼓声，震得路易斯的心怦怦直跳。

第二章

这个意想不到的声音把他们俩都吓了一跳，罗丝·丽塔惊恐地尖叫起来。她从窗口跳开，直接从门廊上跳下来，连台阶都没走。路易斯觉得自己都快窒息了。第一声是最响亮的，而现在他听到的是一种持续的、愤怒的鼓声，从那栋神秘的房子里的什么地方传出来，似乎在说："厄运 —— 厄运 —— 厄运——厄运——厄运。"

罗丝·丽塔在他身边停了下来，抓起她扔在一边的棍子："那到底是什么东西？"

"里面有人。"路易斯说，声音听起来闷闷的，"我的天哪，我们走吧。"

罗丝·丽塔摇了摇头："也许是什么动物。"她提高了声音喊道："嘿！"

周围突然安静了下来，对路易斯来说，这比鼓声更可怕。

现在他觉得那房子好像在注视着他们，就像一只大猫盯着几只冒险接近的老鼠。"我们走吧。"他哀求道。

"也许是墙上的老鼠？"罗丝·丽塔问，"或者阁楼上的松鼠？"

"我不在乎是什么，"路易斯执拗地说，"我们快离开这里吧。我要走了。现在就走。"

"好吧，好吧，"罗丝·丽塔说，"冷静一点儿。"

他们转过身，沿着弯弯曲曲的小路往回走。路易斯走在最前面，他走得很快，罗丝·丽塔不得不赶紧跟上。起初，一切都静悄悄的，但走了十几步后，路易斯又听到了那不祥的节奏，听起来就像有人在远处敲鼓。不过，罗丝·丽塔并没有表现出她也听到了鼓声，而他也很乐意不用再讨论这件事。不知怎的，树下的阴影变得更暗了，路易斯不时地感觉，有什么人——实际上是一群人——和他俩同步走着，在树后面躲躲闪闪，排成一纵列可怕的人影，亦步亦趋地跟着他们。他强迫自己直视前方，当他这样做时，那些影子消失在了树下的绿荫中。

小路与高速公路旁的小道相连，当路易斯和罗丝·丽塔走到杂草丛生的路边时，第二声巨响又吓了他一跳，声音如此之大，吓得路易斯一哆嗦，双膝发软，罗丝·丽塔又叫了起来。

但这次是打雷。一团紫色的乌云从西边席卷而来，他们赶忙跑回高街，正好赶在大雨落下之前回到了家。他俩匆匆走进门，暴风雨紧跟在他们身后，倾泻在门廊上。街对面的房子消失在一片灰色的倾盆大雨中。

"你们回来了！"路易斯的红胡子叔叔乔纳森从厨房里走出来说。"齐默尔曼太太和我正准备出发去找你们俩，幸好你们及时到家了。弗洛伦斯，"他提高了声音说道，"迷途的小羊羔又回到羊圈里了。我们最好给罗丝·丽塔的家人打个电话。"

在暴风雨的天气里，乔纳森叔叔从来不长时间讲电话，因为他总是担心闪电会击中电话线，把他烤熟。虽然他是这么说的，但他还是很快给波廷格太太打了个电话。他挂了电话，说："你妈妈说，在雨停之前你就待在这儿吧。罗丝·丽塔，这意味着，你可以尝尝卷毛假发怪[1]最棒的核桃软糖布朗尼蛋糕了。"

路易斯微微一笑。他的叔叔和齐默尔曼太太想出了一些看似无礼的绰号来取笑对方，但事实上他们都很友善。当他们围坐在厨房的桌子旁时，路易斯紧张的情绪渐渐消失了。雨很快就小了，慢慢地下起了阵雨。齐默尔曼太太穿着一条宽松的紫色连衣裙，兴高采烈地从烤箱里取出一盘美味的软乎乎的布朗尼蛋糕。他们吃着热乎乎的蛋糕，喝着冰牛奶。不一会儿，路易斯就不再觉得自己是一只试图冲出陷阱的困兽了。

但罗丝·丽塔突然问道："齐默尔曼太太，镇北离高速公路大约八百米的那栋奇怪的老房子是怎么回事？"

1　乔纳森给齐默尔曼太太起的绰号之一。

齐默尔曼太太转过头去看了看罗丝·丽塔，镜片下突然闪动了一下。她惊讶地扬起白色的眉毛，眯起眼睛。"你们俩去那个危险的老房子探险了？"她问道，声音尖得出奇。

"嗯，不过没有真的进去，"罗丝·丽塔说，"但我们看到它了。"

齐默尔曼太太用右手的食指若有所思地摸了摸下巴，说道："嗯。你觉得呢，古怪大胡子[1]？我们该告诉他们吗？"

乔纳森叔叔耸耸肩："我不认为这是什么大秘密。有趣的是，人们竟然忘记了夏威夷屋。"

"什么？"路易斯问。

"它叫夏威夷屋，"乔纳森叔叔重复道，"那是因为它是由一位船长建造的，他曾在密歇根中部定居，大约是七十五年前，也就是南北战争后的几年。弗洛伦斯，他叫什么名字来着？"

"查德威克，"齐默尔曼太太立刻回答道，"阿贝迪亚·查德威克船长，来自波士顿。1869年，他在一艘将美国政府代表从旧金山送往三明治群岛[2]的船上担任船长。"

"那是一次探险之旅，"乔纳森叔叔解释道，"他们想知道三明治群岛用的是火腿黑面包还是瑞士奶酪全麦面包。"

齐默尔曼太太哼了一声："邋遢鬼[3]很清楚，三明治群岛的

1　齐默尔曼太太给乔纳森起的绰号之一。
2　夏威夷群岛的旧称。
3　齐默尔曼太太给乔纳森起的另一个绰号。

名字是詹姆斯·库克船长起的，以纪念约翰·蒙塔古——三明治伯爵。后来，这些岛屿被称为夏威夷群岛。总之，查德威克船长在那里待了三年，在那期间，他遇到了一位年轻美丽的夏威夷公主，至少故事里是这么说的。他那时大约五十岁，而她的年龄还不到他的一半。她的族人试图阻止他们在一起，但就像童话故事一样，她爱上了阿贝迪亚·查德威克，他也爱上了她，然后，公主跟他私奔了。他们在海上举办了婚礼。回到美国后，他决定带她尽可能远离大海。最后，他们来到了密歇根州。"

"老查德威克卖掉了他的航运公司，带着一大笔钱退休了，"乔纳森叔叔插嘴说，"他在城外为他的新娘建造了一栋富丽堂皇的房子，房子周围有很多土地。他想用这栋房子慰藉她的思乡之情，所以它和这里其他的房子不一样，看起来就像是一个富有的夏威夷菠萝农场主的豪宅。"

路易斯不确定菠萝是否生长在农场，但还没等他问，罗丝·丽塔就插了进来，提出了一个问题："他们之后生活得幸福吗？"

乔纳森叔叔和齐默尔曼太太意味深长地看了彼此一眼，乔纳森叔叔不安地捋了捋胡子："好吧，没有。"

"我们并不清楚，"齐默尔曼太太用严肃的声音说，"我们只知道发生了什么事。查德威克雇了一大群仆人来帮忙管理那个地方——三个女佣和一个管家，还有一个园丁和一个厨师，他们都住在那栋大别墅里。而在1875年或1876年——不记得是哪一年了，人们说是房子完工后正好一年——他们都死了，在一个晚上，都死了。"

"什么？"罗丝·丽塔坐直了身子，"是他发疯了，把他们杀了，还是——"

乔纳森叔叔举起手："没有，没有，没有。他们只是全都——死了。具体情形我就不细说了，因为那样会让路易斯紧张一个月，但我要说的是，房子里的所有人看起来似乎都很好，除了没有呼吸。那是在一个寒冷的冬天，其中一名死者，阿贝迪亚·查德威克，似乎是被冻死了，但没人知道其他人遭遇了什么。人们认为这可能是某种奇怪的疾病，但如果这种怀疑成立，为什么其他居民没有感染上？"

"但你可以想象新西伯德的居民对这个可怕的事件的反应，"齐默尔曼太太说，"阿贝迪亚·查德威克在新英格兰的一个亲戚继承了这栋房子。他想把房子租出去，但由于发生了这样的事情，没人愿意住在那里。最后，他把它很便宜地卖给了某个房地产公司或其他什么公司。几年后，他们把它修好了，给它装上了电线，还加了现代化的管道，但即便如此，他们也没能吸引周围的人来买这个地方。很多年过去了，'待售'的招牌已经腐烂、散架，依然无人问津。这家公司干脆放弃出售或出租那栋旧房子，所以它就这样矗立在那里，被一片森林环绕。我估计它现在的状况很糟糕。"

"不，"罗丝·丽塔说，"这就是有趣的部分。它看起来一点儿也不糟，只是空着。"

"好吧，"乔纳森叔叔说，"尽管如此，那里也不是个闲逛的好地方。它仍然属于某个房地产公司或什么别的公司，他们可能会对非法入侵这样的事情非常敏感。答应我，你们俩再也不要靠近它了。"

"我保证。"路易斯坚定地说。

罗丝·丽塔犹豫了几分钟，但最后她也答应了。

之后几个月，甚至几年，他们一直都遵守着这个承诺。刚开始，罗丝·丽塔还会时不时地提到那栋老房子，但随着时间的推移，其他事情接踵而至，占据了他们的生活。最后，路易斯几乎忘记了那栋孤零零的建筑、奇怪的鼓声，以及夏威夷屋中的所有人在一夜之间死去的可怕故事。

直到很久以后，在路易斯十三岁时发生了一件事。

第三章

　　这是20世纪50年代的一年，迎来新学期的路易斯·巴纳维尔特不仅年龄更大了，而且更勇敢，也更自信了。在他们第一次看到夏威夷屋之后的这些年里，路易斯和罗丝·丽塔一起经历了一些非常棒的冒险。罗丝·丽塔教会了路易斯如何打棒球。她是一个真正的棒球迷，不仅是一个优秀的投手和击球手，也是一本关于棒球比赛和数据的活百科全书。乔纳森叔叔带着路易斯去欧洲度过了一个漫长的暑假，那段时间他们时常一口气走好几千米，那里奇怪的食物也无法引起他的食欲，在那之后，路易斯便瘦了一些。他还是很壮实，虽然不像以前那么胖了。至少在很长一段时间里，没有人，也没有烦人的小孩，对着他唱侮辱性的儿歌：胖子，胖子，二乘四，怎么也穿不过厨房门！哦，的确，路易斯在棒球场上还是笨手笨脚的，胆小得不敢打橄榄球，因为他害怕受伤。他仍然喜欢读一堆关于在陌生、遥远的地方冒险的书。虽然当其他孩子嘲笑他太聪明，或叫他"老师的宠儿"时，他仍然会感到烦恼，但他终于决定了，他永远不会成为一个真正的运动员，现在他不再为此担心了。总之，他对天文学之类的东西比体育运动更感兴趣。

那一年开学时，路易斯第一次得知他要换班。在那之前，一直都是那一两个老师教他，先是天主教学校的修女，后是公立学校的老师。但从劳动节的第二天开始，路易斯就要到比姆斯先生的指导教室报到了。

之后，他还得去上赞恩老师的英语课，然后是福林老师的数学课，如此循环，最后在下午又回到比姆斯老师那里上科学课。罗丝·丽塔只有两节课和他一起，这让路易斯很沮丧。

"我不喜欢这种疯狂的老式课程表，"第一天午餐时，他烦躁地对罗丝·丽塔说，"我不确定我能不能记住我在哪里上课，还有它们都是什么时候开始的。我可能会被学校退学，然后我就得去当垃圾工，和臭鼬史蒂文森一起坐在那辆臭烘烘的卡车里！"

罗丝·丽塔正在喝牛奶，她突然大笑起来，牛奶从她的鼻子里喷了出来。"别说了！哎呀！"她抱怨着，伸手去拿餐巾，"听着，路易斯，如果你能记得住木星各个卫星的名字，金星凌日[1]的时间，还有火星什么的——"

1　金星轨道在地球轨道内侧，某些特殊时刻，地球、金星、太阳会在一条直线上，这时从地球上可以看到金星就像一个小黑点一样在太阳表面缓慢移动，天文学家称之为金星凌日。

"赤经和赤纬，"路易斯说，"没有那么难——"

罗丝·丽塔继续说："你当然可以记得什么时候上英语课之类的事情。你怎么会想到臭鼬呢？"

路易斯耸耸肩。当然，臭鼬不是那个人的真名。事实上，乔纳森叔叔说，他有一个双名[1]：波茨沃斯·法默·史蒂文森四世。那是一个矮胖的人，红脸，睡眼惺忪，一圈斑白的头发围绕在他那疙疙瘩瘩的秃头上，他似乎总是比周围的人慢一拍半。他的家族曾经很富有，但波茨沃斯·法默·史蒂文森四世失去了他继承的全部钱财。人们很同情他，最后镇政府雇了他做助理环卫员，这就意味着，当他开着叮当作响、破旧不堪的垃圾车在新西伯德的街道上行驶时，满嘴脏话的老朱特·费索也可以对他颐指气使。

对路易斯来说，臭鼬史蒂文森代表着可能发生在一个人身上的可怕事情——那种他有时担心可能会发生在自己身上的事情。他正要向罗丝·丽塔解释这件事，身后传来一阵骚动。他的午餐并不太吸引人，有大块的冷鱼条、松软但疙疙瘩瘩的土豆泥和干瘪的青豆，他转过身去，想看看是谁在背后笑。他看见一个和他年龄相仿、瘦骨嶙峋、愁眉苦脸的男孩站在桌旁，手里端着一盘食物。已经坐在桌旁的四个男孩在和那个端着盘子的孩子说话，但听起来一点儿也不友好。"去……去……去……去别……别……别……别……别的地方坐吧，小宝

1　在名和姓之间还有一个名。

贝。"四个男孩中最矮的柯特·舍尔马赫夸张地结巴着嘲弄道。"他要哭了。"大个子吉米·陶布曼说,其他人都不怀好意地笑了起来。

"好极了,"罗丝·丽塔愤愤地从位子上站起来,"我最好把这件事弄清楚。""我们最好别让他陷入更糟的境地。"路易斯警告说。路易斯并没有小题大做,只是向那个站着的男孩做了个手势,那个新来的男孩看到了,眼里露出了欣喜的神情,急忙朝他们走了过来。

坐在桌子旁的另一个男孩迈克·杜兰伸出他穿着黑色帆布鞋的脚把他绊倒了,新来的孩子摔得四脚朝天,牛奶、土豆泥和鱼柳溅得到处都是。

路易斯跳了起来,他和罗丝·丽塔一起扶着那个可怜的家伙站了起来。塞耶太太拿着一条毛巾匆匆走了过来,她是一位胖乎乎的、和蔼可亲的、头发灰白的餐厅服务员。"我的天哪!"她说,"发生了什么事?"

男孩瘦削的脸涨得通红,几乎发紫了。"摔……摔……摔……摔倒了,"他结结巴巴地说,"是……是我……我的错。"

罗丝·丽塔的眼睛里闪着惊讶和愤怒的光芒。路易斯看到她怒视着那几个一直在戏弄受害者的男孩,他警告地摇了摇头。路易斯知道被人欺负和恐吓是什么滋味,但罗丝·丽塔不知道。塞耶太太帮忙把男孩的红格子法兰绒衬衫上的土豆泥残渣擦干净,然后帮他捡起托盘、盘子和餐具。"你坐下,"她像一位慈祥的母亲一样说道，"我给你拿点儿吃的来。"

当她端着盘子和捽烂的食物匆匆离开时，男孩感激地坐到路易斯旁边的空座位上。他的手放在桌子上，一双蓝眼睛盯着握紧的拳头，眼眶泛红，闪着泪光。

"那些家伙都是浑蛋，"路易斯平静地说，"别让他们知道他们吓到你了，否则就会没完没了。"

"这里大多数的孩子都不是那样的，"罗丝·丽塔插嘴说，"我们大多数人都很理智。"

路易斯用叉子舀了一点儿土豆泥，让它黏成一团："不管怎么说，他们其实是在帮你的忙。"

男孩挤出一丝笑容，但那是路易斯见过的最勉强的笑。塞耶太太带着一小瓶牛奶、花生酱、果冻三明治和一个苹果回来了。"给你，亲爱的，"她说，"也许你会喜欢这些。很抱歉，鱼条卖完了。"

当她走后，路易斯说："哇，你得到了一顿丰盛的美餐。也许明天我也可以让那些家伙绊倒我。"他伸出手来："我是路易斯·巴纳维尔特。这是我的朋友罗丝·丽塔·波廷格。欢迎来到新西伯德公立学校的奇妙世界！"

那个男孩似乎太害羞了，他不敢和路易斯握手。"我是大……大……大……"他开口，脸又憋得通红，"我……我的名……名字是，是，是，大……大卫。大卫·凯……凯勒。"他用紧张的声音结束了自我介绍。

"最好快点儿吃，"罗丝·丽塔看了看表说，"还有七分十六秒就要上课了。"

大卫掀开牛奶瓶上的小圆纸盖,喝了一大口。"我说……说……说话不……不太利……利……利索。"他坦白道。

路易斯感到大卫的努力给他带来了极大的压力,他为这个孩子感到难过。"没关系,"他说,"每个人都不擅长一些事情。罗丝·丽塔说得对,你没有时间了。你最好把它吃完,否则下节课上课时你的肚子就会饿得咕咕叫。"

大卫点了点头,匆匆地咀嚼着花生酱和葡萄果冻三明治。他默默地把苹果递给了路易斯。

"不用,谢谢,"路易斯做了个鬼脸说,"我已经吃过美味营养的酸橙果冻了,中间还漂着一颗葡萄。你把苹果吃了吧。"

"我想……想感……感谢你,"大卫低声说,"其他人都嘲笑我。"

罗丝·丽塔笑了。虽然她永远不会长成一个大美人,但路易斯时常想,没有人比罗丝·丽塔更适合微笑了。"没关系,大卫,"她说,"听着,别的女孩子都叫我'豆秆'和'四眼儿',人们都叫路易斯'胖墩儿',还有——"

"嘿!"路易斯反对道,但他笑了。

"还有其他外号,"罗丝·丽塔说,"但是你知道吗?他和我决定,他们怎么叫我们不关我们的事,那些外号其实没有任何意义。另外,那些叫我们这些外号的人都是白痴。"

大卫听了真的笑了。他没有再说话,只是点了点头。过了一会儿,铃声响了,所有学生都拖着沉重的步子走向教室。

路易斯和大卫上安代尔太太的历史课，她大概是学校里年纪最大的老师，又高又瘦，长着一个大鹰钩鼻子，满头白发，后脑勺一直扎着一个看上去很硬的发髻。她总是穿着黑色的裙子，每天下班前，她的裙子上都会沾上白色的粉笔灰。因为视力很差，安代尔太太戴着又大又重的方框眼镜，镜片很厚，使她的眼睛看起来像蜥蜴的眼睛一样大。她的听力也不好，点名的时候你必须得大声回答。

　　"路易斯·巴纳维尔特！"她低头盯着自己的出勤簿说。

　　"到！"路易斯响亮而清晰地回答道。

　　"玛丽·卡兰达！"

　　就这样，直到安代尔太太点道："大卫·凯勒！"

　　大卫的脸涨得像番茄一样红，他费力地说："嗯……嗯……嗯……嗯……"其他一些孩子开始窃笑。

　　路易斯压低声调，迅速地说："到！"就像在表演腹语演员的把戏。其他一些孩子惊讶地看向路易斯，帕蒂·罗文咯咯地笑了起来，哼了一声，但安代尔太太似乎没有听到。她似乎认为，当她叫大卫的名字时，他已经回答了。她甚至没有从她的名册上抬起头来看一眼。"劳伦斯·柠檬。"她说，她把莱蒙的名字念错了，所以听起来像是那种水果。

　　"是莱蒙。"劳伦斯大声说，帕蒂又哈哈大笑起来，但安代尔太太只是把他的名字勾了一下，然后继续喊其他人的名字。大卫如释重负地看了路易斯一眼，路易斯不禁怀疑，这个可怜的孩子以前是否有过朋友。

第四章

放学的时候，路易斯遇到了罗丝·丽塔。"还好吗？"他问道。

她做了个鬼脸："大部分时间还可以，但我真的不想把作业带回家。也许我可以和你一起上科学课，我可不想学做衣服和烤樱桃派——我想有一天成为著名的作家，而不是贝蒂·克罗克[1]！"

这时，大卫抱着一大堆书走了出来，他朝他们挥挥手，害羞地笑了笑。"走回家吗？"路易斯问他。

大卫摇了摇头，指了指停在附近的两辆黄色校车中的一辆。学校里大多数孩子的家都在步行可及的范围内，但也有四五十个孩子住在城外，在农场或靠近新西伯德的某个小村庄

1　大磨坊食品公司的品牌形象大使。

里。"明天见！"路易斯在大卫爬上校车时说。校车载着孩子们驶向住在城镇北部和东部这些偏远地方的家庭。

他和罗丝·丽塔站在一起。"可怜的家伙，"他说，"我记得刚到镇上的时候，大家也总是取笑我。"

"你说得对，那些家伙都是白痴。"罗丝·丽塔闷闷不乐地说，然后她又开心起来，"你知道吗？我们应该带大卫四处转转，帮他熟悉环境。"

"我没问题，"路易斯回答，"但我感觉，如果我们表现得太过明显，会让他有点儿不舒服。人们最不愿意看到的就是别人因为同情他们而对他们友好。我知道的。"

"我并不是同情他，"罗丝·丽塔坚持说，"嗯，我是说，我是这么想的，但不仅仅是这样。他看起来是个不错的人。如果要我自己说的话，我们也是很好的人。我们不像伍迪·明戈那样刻薄，也不像布伦达·比金斯那样高傲。如果大卫想和我们在一起，至少我们会把他当成一个正常人来看待。"

"当然。"路易斯同意。他想了一分钟："你知道，也许哪天我可以邀请大卫来家里吃午饭。乔纳森叔叔不会介意的——至少，如果齐默尔曼太太过来做饭，他是不会介意的。然后，也许你和我可以带着大卫四处转转。"

"听起来不错，"罗丝·丽塔说，"星期六怎么样？"

"我回去问问。"

正如路易斯所料，乔纳森叔叔欣然同意了。当路易斯介绍大卫的情况时，乔纳森叔叔咯咯地笑了起来，表示同情。"你知道，你爸爸和我小时候也有一个这样的朋友，"他说，"他的名字是，让我想想……弗朗西斯。人们总是嘲笑他，因为他口吃得太厉害了。弗朗西斯肯定是我见过的最瘦的、最郁郁寡欢的孩子。我记得有一次你爸爸看到两个大孩子打他。嗯，查理[1]比我大三岁，你知道，他从来不像我这么高大，肌肉也没有我这么发达。"乔纳森叔叔眨了眨眼睛，因为事实上他是一个相当懒散的人，而路易斯的爸爸才是家里的运动健将，一个棒球明星和田径能手。"但作为一个小块头来说，查理是很有勇气的。不管怎样，他插手了，他和弗朗西斯一起打败了那两个恶霸。于是，弗朗西斯开始和我们混在一起，我们开始了解他。他是个很棒的孩子。我们开始叫他弗兰克，有一天查理有了一个惊人的发现：当弗兰克唱歌时，他的口吃消失了！弗兰克开始努力练习唱歌，你知道他后来成了什么样的人吗？"

"弗兰克·辛纳特拉[2]？"路易斯说出了他听说过的最著名的歌手之一。

乔纳森叔叔摇了摇头："嗯，不是。他叫弗兰克·加特纳。他后来在芝加哥开了一家很棒的餐馆，而且现在他非常有钱，没人再去在乎他会不会背错T和D。"

路易斯笑了笑，但他不确定，唱歌是否能帮助大卫。事实上，他不确定大卫是否会来。

1　查理是路易斯的爸爸。
2　美国20世纪重要的流行音乐人。

第二天，路易斯问大卫星期六是否愿意来高街100号吃午饭。"大约十一点，我叔叔可以开车带我去接你，"他说，"然后罗丝·丽塔和我带你到镇中心转转。"

大卫害羞地说，他要问问他的家人是否可以。第二天，他说他的家人同意了，只是乔纳森叔叔不用开车去接他了。"反正，我……我……我爸爸也……也要进进……城。"他艰难地解释道。所以他们约好十一点在希姆索斯雷氏杂货店门前见面，这家杂货店就坐落于穿过镇中心的主要街道的中间位置。

到了星期六早晨，罗丝·丽塔一大早就来了。乔纳森叔叔在前院的栗树下操作割草机，让地面变得松软，他说："因为秋天的叶子很快就会落下来。"当路易斯和罗丝·丽塔准备出发去见大卫时，乔纳森叔叔停下来用红色的大手帕擦了擦脸，示意他们过去。"听着，"他说，他的脸在一头乱蓬蓬的红头发下闪闪发亮，"你们俩最好不要对大卫提起你们知道什么。我不想让他认为，他要和几个从疯人院逃出来的人共进午餐。"

路易斯笑了。"我们不会说你或齐默尔曼太太会魔法的。"他保证道。

"还有卡帕纳姆县魔法师协会。"罗丝·丽塔补充道。奇怪的是，在这么小的一个地区，卡帕纳姆县及其县城新西伯德却有很多的术士和魔法师，但大多数居民甚至从未对这件事产生过怀疑。

这是九月初温暖的一天，而且时间还早，于是路易斯和罗丝·丽塔便在高街闲逛。这条路两旁树木的树梢多年来一直不断延伸，他们现在有点儿像走在一条绿色的隧道里。他们来到大厦街，漫步经过罗丝·丽塔的家，然后继续向镇中心走去。几辆汽车哐啷哐啷地慢慢驶过，城镇的街道显得慵懒而昏昏欲睡，劳动节[1]仿佛让每个人都进入了轻微的瞌睡状态。商店的橱窗里还陈列着开学用品，但那天早上购物的人并不多。

在杂货店里，罗丝·丽塔看了看表，他们早到了十一分二十秒。"哦，不用说，"路易斯开玩笑地说，"你就是想炫耀你的手表！"

手表是她的生日礼物，罗丝·丽塔特别喜欢。她冲路易斯咧嘴一笑，然后吐了吐舌头："你要喝杯可乐吗？"

"或许可以来一小杯。"路易斯说。

他们坐在柜台边，喝着小杯可乐，里面全是碎冰，他们一直吸，直到最后吸管发出刺耳的声音。就在这时，一辆黑色雪佛兰停在杂货店前面，大卫从副驾驶座爬了出来。路易斯和罗丝·丽塔匆匆走了出去，大卫向他们介绍那个瘦长、秃顶的司机说："这……这是我……我爸爸。"

凯勒先生戴着无框眼镜，长着一双温和的蓝眼睛。他看起来像中年版的大卫，但他没有口吃。"嘿，路易斯。嘿，罗丝·丽塔，"他带着疲倦的微笑说，"我叫欧内斯特·凯勒。我很高兴大卫认识了几个朋友。我妻子和我有一大堆事情要做，我们要整修我们买的房子。而大卫，嗯，他很无聊，因为

1　美国的劳动节是全国性节日，时间是每年九月的第一个星期一。

我们太忙了，没有时间陪他。总之，让他准备回家时给我打个电话，我会来这里接他，或者去你家接他。好吗？"

路易斯注意到，当大卫的父亲谈到大卫时，他的脸涨得通红。他还注意到，凯勒先生在对着他说话，而不是对他的儿子。凯勒先生走进科里根的五金店，于是，路易斯、罗丝·丽塔和大卫朝着山坡上的高街走去。

"这是我家。"路易斯一边说，一边抓住系在门闩上的鞋带，打开了锻铁大门。他期待着大卫会有什么反应，因为这栋房子非常壮观，是一座三层的石头大房子，正面还有一个高高的塔楼，但大卫只是礼貌地点了点头。

齐默尔曼太太准备了一顿丰盛的午餐，有烤牛肉三明治、金黄色的土豆沙拉、香脆的凉拌卷心菜，还有她自己制作的非常酸脆的莳汁腌菜，所有这些配着新鲜的酸柠檬汽水一起吃。最后的，但也是最棒的美食是一块巧克力蛋糕，这让路易斯发出期待的感叹声。"现在应该是野餐的季节了，"齐默尔太太大声说，"鸟儿在歌唱，阳光灿烂，我们还有一个很棒的后院，难道就要这样浪费掉了？"

他们当然不会浪费。后院非常舒适，他们坐在一张折叠桌旁，吃着美食，直到吃撑为止。然后乔纳森叔叔拿出了他的口琴。"大卫，我们通过科学实验发现，消化食物最好的方法就是一起唱歌。你会像受惊的骡子一样嘶叫吗？你能唱出高音C吗？高音W呢？如果你每次一提高嗓门，附近的狗就会狂吠，那么恭喜你！你正是我们这个小歌唱团需要的男高音！"

大卫听了咯咯地笑。路易斯觉得他知道他叔叔在做什么，尽管他们确实经常为了好玩而放声高歌。齐默尔曼太太开始唱一首傻傻的歌，名为《砰砰作响的百叶窗》，大卫学会了副歌后就小心翼翼地一起唱了起来。他们又唱了其他歌曲，比如《不会再下雨了》和爵士版的《我的邦妮漂洋过海》[1]。路易斯注意到大卫在唱歌时几乎不口吃。

　　他们唱完后，乔纳森叔叔站起来伸了个懒腰。"太有趣了，"他说，"但现在我想，罗丝·丽塔和路易斯很想带你去美丽的新西伯德镇中心进行一次私人旅行。大卫，你准备回家的时候再回来，我很乐意把我那辆老爷车从车库里开出来送你回家。我敢打赌你以前从来没有坐过马金斯·西蒙！"

　　"没……没……没坐过，先生。"大卫开心地说。

　　"那好，我很乐意给你当司机。"

　　"好……好的，但我家有……有点儿难……难找。"大卫回答，他的脸都涨红了，试图把整句话挤出来。"它在镇……镇子的北边，人们叫它夏……夏……夏威夷屋。"大卫说。

　　就在那一刻，第一次也是唯一一次去那个陌生地方的记忆涌上了路易斯的心头，他吓得几乎要尖叫起来。就在那令人寒战的瞬间，天色暗了下来，空气变得混浊，路易斯似乎从某处……从四面八方听到了不祥的鼓声。

1　都是经典的儿歌。

第五章

　　乔纳森·巴纳维尔特的马金斯·西蒙是一辆1935年产的、长长的黑色老式汽车，有踏板、方形车顶。你按下打火按钮，它就会发出低沉嘶哑的"啊哈啊哈"声。当它驶过新西伯德的街道时，人们会带着惊讶的微笑注视着这辆神气活现的旧汽车。

　　通常，路易斯很喜欢坐在那辆古董车里，但那天下午，他蜷缩在后座上，对于目的地是夏威夷屋感到非常恐慌。快六点了，大家对大卫宣布自己住处所带来的震惊已经消散了，路易斯和罗丝·丽塔陪着大卫绕着新西伯德逛了几个小时。就在他们准备离开路易斯家的时候，乔纳森叔叔把路易斯喊到一旁，平静地说："你最好什么都别说，啊，毕竟大卫和他的家人是要住在那里的。有机会的话，也请转告罗丝·丽塔。"

　　路易斯照做了，这之后，罗丝·丽塔带着一种强装出来的兴奋说着笑着，滔滔不绝，笑得也很夸张。而路易斯则一直很忧虑和沮丧，没怎么说话，大卫似乎捕捉到了他不安的情绪。当罗丝·丽塔向他介绍一些事情时，比如在市中心的商场上层有一座废弃的歌剧院时，他会点点头，淡淡地笑一笑，但他甚至不会试图发表评论或提出问题。

他们刚回到高街100号，罗丝·丽塔就不得不回家了——她爸爸并不介意她去拜访路易斯，因为乔纳森叔叔经济上很富裕。罗丝·丽塔的爸爸认为，如果人们足够有钱，那他们即使有些怪异也不算是异类，只是脾气古怪而已。而波廷格先生认为齐默尔曼太太是个怪人，他不喜欢罗丝·丽塔在她身边转悠。快到六点的时候，波廷格先生往巴纳维尔特家打了个电话，是齐默尔曼太太接的，于是他便急急地对她说，罗丝·丽塔该回家吃晚饭了。"罗丝·丽塔，你最好快点儿，"齐默尔曼太太建议道，"他的声音听起来有些不高兴。"

罗丝·丽塔走后，乔纳森叔叔、齐默尔曼太太和路易斯准备送大卫回家。齐默尔曼太太急忙跑回她在隔壁的家里，她说，她要拿一条披肩。但当她回来时，她不仅肩上披了一条薄薄的紫色钩针披肩，还带了一把紧紧收好的雨伞。"谁也说不准，九月会不会突然来几场暴雨。"她兴致勃勃地说。蔚蓝的天空万里无云，大卫看着齐默尔曼太太，仿佛觉得她一定是疯了。

乔纳森叔叔从前厅高高的蓝色花瓶里拿出他最喜欢的手杖，然后把老马金斯·西蒙从车库里开出来并绕到房子前面，他们都挤进了车里。大卫一直用疑惑的眼神看着路易斯，但路易斯并没有心情说话。他在担心，当他们把大卫送回夏威夷屋时会发生些什么，因为路易斯知道，齐默尔曼太太和他的叔叔用雨伞和手杖武装自己时可能会发生什么。

他们只开了几分钟就来到了一条长满杂草的小路，那条小路从高速公路延伸到黑暗的树林里。路易斯已经好几个星期没去过那条小路了，令他吃惊的是，那条小路已经被铲平了。一车一车的碎石倾倒在上面，铺开成了一条粗糙的、嘎吱作响的车道。车道旁边有一块红白相间的牌子，上面写着：

又售出了一栋幸福家园

毕肖普·巴洛，房地产经纪人

下面是巴洛的房地产公司的电话号码。虽然太阳刚刚落山，西边的天空仍然闪烁着橙红色的光芒，但蜿蜒的车道似乎已经干透了，一片漆黑，路易斯感到自己的心揪得越来越紧。

他们的旧汽车轰隆隆地驶过了最后一个弯道。当他们靠近夏威夷屋时，车速慢了下来，这里看上去就像路易斯记忆中的那样，只是周围杂草丛生的灌木已经被砍得一干二净，房子前面被侵蚀的沟壑也被填平了。一定是有人播撒下了草籽，因为原本环绕着房子的荒地上长满了厚厚的干草，间或有柔嫩的绿色草茎从黄色的草秆间钻出来。所有的灌木都被修剪掉之后，路易斯可以看到，房子离地约一米半高，由许多结实的砖柱支撑着。纵横交错的深绿色格栅使房基看起来像低矮的楼层，但现在路易斯可以看到光线从后部透过来。房子下面可能什么都没有，只有一个仅供爬行的空间，可这在密歇根州并不寻常，因为这样的设计让房子在冬天很难取暖。房子前面靠近台阶的地方停着凯勒先生的黑色雪佛兰，乔纳森叔叔把车停在它后面，大声说："好了，我们到了！我们本来可以进去见见你的父母的，可是——"

"谢……谢谢。"大卫小声说。

"嗯？"乔纳森叔叔说，"你想让我们见见他们吗？啊，你真是太热情了！我们走吧！"

大卫的脸像火烧似的红。路易斯知道乔纳森叔叔下定决心要进去看看夏威夷屋了，但一想到要走到门口，路易斯就感到一阵恶寒。这地方的一切，从周围树下的黑影，到干草中挣扎着长出的纤弱的绿草，都使他意识到有一个巨大的、潜伏着的恶魔已经在这里定居下来，而它想要得到什么呢？

第六章

　　他们下了车，大卫领着他们上了门廊的台阶。到了门口，乔纳森叔叔突然侧身快走一步，挡住了大卫，不让他开门。乔纳森用手握住手杖底部的铜圈附近，用水晶球指了指，做了个夸张的扫地的手势："这些漂亮的老房子建得真棒！看这些柱子与屋顶多么整齐地连接在一起！注意，我们上方的阳台甚至都没有下垂变形！嗯……太神奇了，不可思议！"

　　在这段时间里，他用水晶球绕过木头，假装看着别处，其实目不转睛地盯着水晶球。水晶球似乎闪着冬日午后那种冰冷的光，但它总是这样。在路易斯所能看到的范围内，乔纳森叔叔并没有发现任何能让他感到惊慌的东西。最后他向齐默尔曼太太点了点头。

　　她敏捷地走到绿色的前门，用指关节轻轻地敲了三下。门板发出惊人的轰鸣声，就好像她在敲一个巨大的圆柱形岛屿鼓，路易斯在有关南太平洋的电影中看过这种鼓。大卫看起来真的很困惑——尽管乔纳森叔叔挡住了他的去路，他仍然伸手去抓门把手。

过了一会儿，一个黑眼圈、顶着一头乱蓬蓬的褐色头发的女人打开了门，惊讶地噘着嘴。"大卫，"她说，声音听起来很慌张，她把一缕垂下来的头发捋回原处，"哦，天哪，我们忘记了时间——你好，我是伊芙琳·凯勒。"她对齐默尔曼太太说。

"你好！"齐默尔曼太太说，她的声音很温暖，"我叫弗洛伦丝·齐默尔曼，这是我的邻居乔纳森·巴纳维尔特和他的侄子路易斯。谢谢你，我们很愿意来参观一下你们漂亮的新家。"

"啊……对。"凯勒太太说，她疲惫的眼睛不停地眨着，好像记不起是否邀请过他们。但她还是站到了一边说："啊，对，啊，请进来，请原谅家里现在弄得一团糟。"

"哦，别担心。我们知道搬家总是有点儿麻烦。"乔纳森叔叔笑着说。

齐默尔曼太太没有走进屋子，而是踏在门槛上，轻轻地、迅速地低声说道："祝福这个家。"

"什……什么？"凯勒太太问，她的声音听起来很像她儿子。

"这是我小的时候学到的一点儿拜访祈祷，"齐默尔曼太太说着从她身边走了进去，"我父亲这边的曾祖母是一位非常虔诚的女性。哦，天哪，这客厅真不错。"

路易斯就像一小块被潮水卷走的浮木，和其他人一起被冲进了夏威夷屋。"他们在干什么？"大卫低声对他说，没有口吃的痕迹。

路易斯勉强笑了笑。"他们只是想表现得友好一点儿。"他回答道，尽管他知道他的叔叔和齐默尔曼太太都在测试这所房子，试图发现它有没有什么奇怪的魔力。他望着天花板很高的房间，希望他们不会发现什么。房间里墙很高，他意识到，虽然从外面看这房子好像有三层楼，但实际上只有两层。房间是普通房间的两倍高。高高的天花板上装饰着别致的菠萝和棕榈树造型，高大的窗户可以让午后的阳光倾泻进来。

另外三面墙上嵌着一些非常高的拱形壁架，从地板一直延伸到高高的天花板。有些架子是空的，但有些里面塞满了小东西。路易斯能看到木船模型，还有像六分仪、分配器和罗盘这样的生锈的黄铜航海仪器，曲线奇特、色彩精致的贝壳，以及上百个其他的小玩意儿。十几个几乎有汽车后备厢那么大的大纸板箱散落在地板上。它们的侧面印着不同的品牌名称，比如凯洛格玉米片和盔甲之星罐装火腿，它们都用棕色胶带密封着。路易斯猜想这些包装箱里面装着的是盘子、窗帘和其他一些凯勒夫妇没有时间打开收拾的东西。

齐默尔曼太太紧握着雨伞，贴着房间的墙走着，目光锐利地四处张望。"天哪，看看这些迷人的纪念品。你一定是个真正的收藏家！"她用一种紧张但钦佩的语气说。

"也不算真正是，"凯勒太太承认，"这些小摆设大多是房子里附带的。我还不确定我是否全都喜欢。这就像生活在博物馆里一样！但我丈夫说这里可能有一些贵重的古董，所以我们没有扔掉任何东西。"

"你们好！"突然传来一个声音，大卫的爸爸走进了房间。他的衬衫袖子卷了起来，手上和手腕上沾满了棕黑色的油渍。他抓着一把活动扳手，脑袋两侧的头发卷曲着。

"哦，"凯勒太太说，"这是我的丈夫，欧内斯特。欧内斯特，这位是齐默尔曼太太，还有——"

"乔纳森·范·奥尔登·巴纳维尔特，愿为您效劳！"乔纳森叔叔说，"我很想和你握个手，但你好像很忙！"

凯勒先生尴尬地笑了笑，说："嗯，是啊，是很忙。你看，水已经断了好多年了，我一直在房子下面想把生锈的主阀门打开。现在，我们只能用外面的水龙头，而且……"

"不用说了！"乔纳森叔叔说，"我在疏通脏兮兮的排水管、生锈的水龙头方面可是个能手，尤其是在打开顽固的阀门方面！你的好太太正要带齐默尔曼太太去参观一下你们的家——"

"是吗？"凯勒太太用微弱的声音问。

乔纳森叔叔似乎没有注意到这句话，还是继续说："这样你和我有很充足的时间，让阀门重新承担起它应有的职责。路易斯，你和大卫待在这个房间里。什么也别碰，明白吗？"

路易斯点点头。大卫的眼睛睁得又大又圆，当乔纳森叔叔和凯勒先生往房子后面走，凯勒太太领着齐默尔曼太太去看走廊和卧室时，大卫问："他们到底在……在……干……干什么？"

路易斯做了个鬼脸。原则上他是个很诚实的人，他不喜欢对大卫撒谎，但他能怎么做呢？如果罗丝·丽塔也在，她就可以毫不费力地编出一些复杂但可信的故事，解释为什么乔纳森叔叔和齐默尔曼太太的行为如此怪异，而他现在对此却感到非常无助。"嗯，"他慢慢地说，"你得明白，新西伯德的每个人都对这所房子很好奇。它空了很长时间，我猜他们只是想知道它现在是什么样子。人们说，巴洛先生是个精明的人，我叔叔也许想确认一下，他把这个地方卖给你爸妈时，没有欺骗他们。"

大卫非常怀疑地看了路易斯一眼。

路易斯拼命想换个话题，他走到一个又高又窄的架子前，拿起一个瓶子，瓶子里装着一个木质的双桅纵帆船模型。深蓝色的船体周身环绕着一条黄色的条纹，前后帆是奶油色的，像旧的帆布。船头处用细小的白色装饰字体写着它的名字"剑"。路易斯对这艘船的细节感到惊讶。他对大卫说："这很漂亮。你和你爸爸会做模型什么的吗？"

大卫摇了摇头："不……不……不会。就像妈……妈妈告……告诉你们的，我们搬……搬进来的时候，所有这些东……东西就……就已经都在这里了。我猜……猜是那个建……建房子的人做……做的。"

路易斯把瓶中船放下，突然间，它好像变得烫手了。就在这时，他感到脖子后面和胳膊上的汗毛都竖起来了。有人在痛苦地呻吟！一开始是很低的声音，像是"哦哦哦"，然后呻吟声变得更大，"啊啊啊"，然后变得更远，变成了一声疯狂的尖叫，"呃啊啊啊啊！"

大卫跳出大约半米远，叫道："那是什么？"

路易斯真想让自己僵硬的腿动起来，一口气跑出房子，沿着车道，一路跑回家去。但就在这时，那可怕的声音消失了，他听到外面传来乔纳森热情的声音："我们修好了！虽然老水管还有些问题，但现在你们有水了！"

几秒钟后，凯勒先生和乔纳森叔叔迈着大步走进来，凯勒先生径直向右冲去，与齐默尔曼太太和凯勒太太走的方向相反。路易斯听到一声喷涌而出、汩汩流淌的响动，然后凯勒先生喊道："水龙头看起来生锈了，听起来像猫在尖叫，但厨房里确实有水了！"

乔纳森叔叔停下来问："路易斯，一切都还好吗？"

路易斯点了点头，乔纳森叔叔提高了嗓门儿："太好了，欧内斯特，我们都需要洗干净脏兮兮的手！"

这时，凯勒太太和齐默尔曼太太回来了，凯勒太太问道："欧内斯特，那可怕的声音到底是什么？"

满面笑容的凯勒先生从厨房出来，用一条绣着淡蓝色鸭子的白毛巾擦着手。"我们有水了！"他宣布，"水龙头可能看起来像古董，但它们还能用。所有的铁锈都清除了，水也清澈了，现在这个地方适合居住了。哦，巴纳维尔特先生，客房浴室在左边第一个门。如果你想洗洗的话，里面有洗手液和旧毛巾。"

"叫我乔纳森就行了，我确实很想洗洗手，非常感谢。"

凯勒夫妇看上去确实是一对非常友好的夫妇，他们害羞地邀请大家留下来吃晚饭。"恐怕只有腊肠三明治，"凯勒太太抱歉地说，"但我们很乐意和你们一起吃。"

路易斯看见乔纳森叔叔飞快地瞥了齐默尔曼太太一眼，她迅速地摇摇头，表示不同意。乔纳森叔叔说："伊芙琳，你真是太好了，但我们还有事情。谢谢你们今天让大卫过来玩，我们都喜欢他，只要他愿意，路易斯和我都希望你们能让他经常来玩。"

凯勒太太温柔地拨弄着大卫的头发。路易斯看到大卫畏缩了一下，从他的表情中，他知道大卫感到很尴尬。

他们道了别，在回去的路上，乔纳森叔叔问："怎么样，弗洛伦斯？你的超级魔法雷达探测器有没有发现鬼魂或食尸鬼倾巢而出？"

"嘘！"齐默尔曼太太警告道。

路易斯转过头，看到大卫站在门廊上，看上去很震惊。他一定是听到了乔纳森叔叔关于鬼魂的玩笑。

"对不起。"乔纳森喃喃地说。他们一上车，他又问了一遍："怎么样？你发现什么了吗？"

"我知道你什么也没找到。"齐默尔曼太太回答。

"除了一个生锈的旧水阀和几千张蜘蛛网，什么也没有。

你知道，如果冬天很冷，房子下面的旧水管就会冻裂，就像从大礼帽里蹦出来的小兔子一样。不过，我建议欧内斯特把它们都用保温材料包起来，也许他会接受我的建议。是什么让阿贝迪亚·查德威克在这里建造了这样一栋如此荒谬的建筑？可是，告诉我，弗洛伦斯，你感觉到有什么不对劲吗？"

齐默尔曼太太停了几秒钟没有回答。接着，她好像不愿承认似的说："没有。没有任何确定的发现。没人在那栋房子里施过任何邪恶的咒语。但有些什么我不喜欢，有些什么我说不出来。你一定也感觉到了，尽管你的魔杖并不是最棒的。"

"嗯，我反正不会住在那里，"乔纳森说，"我也找不到任何邪恶的东西，但你说的那种令人毛骨悚然的感觉我也有，就像知道有一个强盗安静地藏在一条偏僻的道路旁，在黑暗的夜晚等着你。路易斯，你和大卫单独在客厅时发生过什么事吗？"

"没有，"路易斯说，"只是管子发出的噪声有点儿吓到我们了，仅此而已。"

他们没再说什么。汽车在傍晚的暮色中继续行驶，转到主街，进入大厦街，然后进入高街，乔纳森让齐默尔曼太太和路易斯在房子前面下车，然后他绕回车库。头顶上已经有几颗明亮的星星在闪烁，齐默尔曼太太轻轻地把一只手放在路易斯的肩上。"你得非常留意你的朋友大卫，"她轻声说，"把你自己想象成一个间谍。在凯勒家周围有很多危险，这些危险是我无法想象的，你必须对它们保持警惕。"

路易斯暗自呻吟了一声。他知道自己不够勇敢，一想到要去调查大卫，还要对他撒谎，路易斯就感到害怕。他差点儿为自己在学校餐厅里的友好行为后悔，但他还是痛苦地点了点头。"我想我必须这么做。"他说。

　　在一段时间里，路易斯觉得他似乎摆脱了困境。大卫似乎并不需要他的友谊。在学校，大卫尽量不和别人一起吃午饭，他会去只有两三个孩子坐的桌子的另一端。他尽可能地避开那些恶霸，当他们找他麻烦时，他就攥紧拳头，低下头，倔强地抵抗着他们。有时他会和罗丝·丽塔说几句话，但对路易斯却一句话也不说。

　　第二个星期六，当罗丝·丽塔和路易斯坐在公共图书馆写英语作业时，罗丝·丽塔试着对路易斯分析整件事情："我觉得齐默尔曼太太和你叔叔真的吓到他了。从他和我说的几句话来看，他们拜访时的行为相当奇怪。"

　　"呃，"路易斯反对说，"他们是想检查那栋房子，看看有没有邪恶的魔法咒语在起作用，就像老艾萨克·伊扎德留在我们家的那个咒语一样。"

　　"但他们什么也没找到。"

　　路易斯深吸了一口气，感受到了图书馆的气味，图书管理员用来盖章的墨水的味道，让瓷砖地板发亮的油性清洁剂的味道，最主要的是一排排书散发出的奇妙的、刺鼻的灰尘气味。他不愿意承认他的叔叔做得有些过分了。"但那并不意味着一切正常。"他坚称。

罗丝·丽塔把眼镜推回到鼻梁上："大卫说他做噩梦了。"

路易斯闭上眼睛，不想听这些。

但是罗丝·丽塔继续说道："大卫说，有几个晚上，他觉得自己听到远处有很多鼓声，而有些时候，声音太远了，以至于他根本听不清。昨天他说，前天晚上，他半夜醒来，有人就站在他床边，把一只手伸到他脸上。大卫觉得自己被冻住了，他一动也动不了，他甚至不能呼吸。"

路易斯想让她停下来别说了，但又害怕自己会因为恐惧而发出尖叫声。他摇了摇头，想示意她换个话题。

"然后他听到他爸爸开始打呼噜，"罗丝·丽塔继续说，"之后一切都消失了。大卫又能呼吸了，但他害怕得连喊叫都不敢。他像个小孩子一样躲在被单下面，直到——"

"这些都是他告诉你的？"路易斯问。

罗丝·丽塔点了点头。"在下午课间休息的时候，"她说，"当然，他说得很费劲，但他最终还是把事情的全部经过都告诉了我。他看起来很糟糕，路易斯。他的眼睛又红又肿。我觉得他睡眠不足。"

路易斯说："乔纳森叔叔曾开过一个关于鬼魂的玩笑，这也许能解释大卫为什么会做这些梦。"罗丝·丽塔没有说话，最后他问道："你跟齐默尔曼太太说过这件事吗？"

"昨天我从学校一到家就给她打了电话。"

"她怎么想的？"

罗丝·丽塔摇了摇头："她只是告诉我，梦就是梦，它们伤害不了你。但她还说了些别的，梦是可以由真实的事物引起的，而那些真实的事物可能相当危险。"

他们又花了一段时间做英语作业，但路易斯很难集中精神。他一直在想象，自己在一间漆黑的房间里醒来，全身无法动弹，会是什么样子。他一直在想，如果他感觉到某个看不见的邪恶生物蜷缩在他的床边，知道在黑暗中有一只非人类的手在离他的脸只有几厘米的地方举着，越来越近，手指微微握紧，指甲像爪子，那该是什么感觉……

路易斯忍不住颤抖起来。他不由自主地想象着大卫的感受，他比以往任何时候都希望自己不要再继续想象下去了。如果那样可怕的梦发生在他身上，如果他经历了大卫向罗丝·丽塔所述的事情——好吧，路易斯想，他会疯掉的。

第七章

九月过去了，枫树开始闪烁着黄色和红色的光芒。白天仍然很暖和，但晚上开始变得寒冷。一天早上，路易斯醒来，看到卧室窗户上结了一层薄薄的霜。他已经习惯了学校里的日常生活，也习惯了匆匆忙忙地从一个教室跑到另一个教室。

大卫变得不那么紧张了，他会时不时地和路易斯说这说那，但从不提及任何有关噩梦的话题，他也不想谈论那栋房子和他的家人。路易斯也不愿意提起鬼魂的话题，所以他们并没什么可聊的。罗丝·丽塔是对的，大卫看起来很糟糕，好像从来没有睡够似的。他瘦了一些，任何突然传来的声音都会让他充血的眼睛飞快地眨着。路易斯不禁为他感到难过，和大卫一样，路易斯人生中也有一两次被麻烦和秘密所困扰，他不愿与任何人谈论，甚至他的叔叔。但他还是无法强迫大卫敞开心扉，他所能做的就是给他的新朋友一些时间以及做一个富有同情心的倾听者。大卫有很多优点：他没有和那些恶霸对抗，但也没有退缩。他数学很好，而且他和罗丝·丽塔一样喜欢棒球。路易斯很喜欢他，尽管他发现这段友谊有点儿难以维持，因为他不得不小心翼翼地避开会让大卫不安的话题。

快月底的一个星期五下午，乔纳森叔叔问路易斯，大卫还会不会再来。"我不知道，"路易斯坦白道，"他似乎不怎么出门。"

他们坐在高街100号的客厅里，用乔纳森叔叔安装的漂亮的电视机看晚间新闻。这台电视机有一个闪闪发光的木柜和一个完美的圆形屏幕，就像船上的舷窗。路易斯凝视着闪烁的黑白图像，天气预报员正在解说，这个周末会有部分时间阴天，可能会下雨。路易斯侧身躺在沙发上，脖子靠在一个长毛绒垫子上，垫子上有一片红色的枫叶，上面写着"哈利法克斯旅游纪念[1]"。路易斯从未去过哈利法克斯，事实上也不太清楚它到底在哪里，但乔纳森叔叔的房子里到处都是这样零零碎碎的东西。

乔纳森叔叔沉默了好长一段时间。他嘴里叼着烟斗，之前一段时间他患了支气管炎，在齐默尔曼太太的劝阻下戒了烟，而她自己之前也在抽一种奇奇怪怪的歪歪扭扭的小雪茄。乔纳森叔叔用跟她打赌的方式，让她也戒了烟，现在他们俩都不碰烟草了，但当乔纳森想心事的时候还是喜欢叼着烟斗。如果心情好的话，有时他会施展魔法，让烟斗变成明亮的颜色，让巨

---

1 哈利法克斯是加拿大新斯科舍省的省会。

大而美丽的、闪闪发光的泡泡从烟管里冒出来，泡泡里头是各种做着奇怪事情的活灵活现的人影：秃顶、表情严肃的科学老师比姆斯先生可能正穿着苏格兰短裙，吹着风笛；或者是一个像路易斯的小个子可能正一边骑着一匹野马，一边抛接着三个柠檬蛋白派。那天下午，乔纳森的心情并不是特别轻松，所以烟斗里还是一片漆黑，没有气泡。

沉思了几分钟后，乔纳森说："好吧，如果大卫被我们的拜访吓到了，那是可以理解的。弗洛伦斯和我得想办法进去查清楚情况，我们可能太鲁莽、太明显了，让他的心情无法平静下来。也许哪天下午你可以去他家看看，看看有没有什么奇怪的事情发生。"

路易斯感到脸一阵发热。"我不擅长这个！"他反对道，"罗丝·丽塔比我勇敢，也比我聪明，所以如果你想找人监视凯勒一家，去找她吧。"

乔纳森叔叔看上去很吃惊。他在椅子上转过身，从嘴里拿出烟斗，眼睛睁得大大的，然后他说："哦，路易斯，别误会我的话。当然，我很担心凯勒一家，还有夏威夷屋。不管八十年前在那里发生过什么事，都给人一种不可思议的感觉。但我不是在批评你，也不是在质疑你的勇气，我也永远不会要求你把自己置身于危险之中。"

"我不是害怕。"路易斯坚持说。

"当然不是，"他的叔叔回答说，"我从来没这么想过。"他叹了口气："好吧，这样吧，如果大卫寻求你的帮助，或者他开始谈论一些奇怪的事情，请告诉我。那不是监视，只是朋友间的关心而已。如果这件事影响到了你，那我宁愿你别插手。好吗？"

"好吧。"路易斯喃喃地说，尽管他觉得自己好像有点儿对不起大卫。

乔纳森叔叔站起来伸了个懒腰。和往常一样，他穿得很随意，一条卡其色的水洗裤，一件蓝色长袖衬衫，还有一件有四个口袋的红色旧马甲。马甲敞开着，但现在乔纳森叔叔小心地扣上了扣子。"过不了多久，天气就会持续变冷，"他说，"对这个世界来说，这些温暖的夜晚并不长久。让我们看看，罗丝·丽塔是否愿意和我们一起去市中心逛逛，我们可以大吃一顿香蕉船。我现在心情很好！"

路易斯很喜欢这种甜品。他仍然感到有点儿内疚，因为他的叔叔很少要求他什么。乔纳森叔叔有一种诀窍，他把路易斯当作一个成年人，而且不知怎的，他有足够的耐心对路易斯做出让步。但当乔纳森叔叔提出一个简单的请求时，路易斯却没有勇气去做。夏威夷屋的一些事情吓到了他，他再也不想去那里了。

乔纳森叔叔在前厅停了下来，从蓝色花瓶里拿起他最喜欢的手杖。这时候，他碰巧瞥了一眼衣架上的小圆镜。多年前，他曾对这面镜子随意施过魔法，有时镜子里出现的不是你的脸，而是世界各地奇异的场景，有时它还能接收芝加哥WGN电台的广播。它也会时不时地涉及历史或未来，能让路易斯看见一群工人在建造埃及金字塔，或者一枚巨大的火箭飞向天空。乔纳森向后退了一步，垂下下巴，盯着镜子，嘴里喃喃地说："哼！这真奇怪。我以前从未见过这样的东西。"

路易斯抬起头，看到圆圆的镜子里，有规律地闪烁着明亮的橙色光芒。一座明亮的喷泉在喷射，那光芒变成了红色，然后又变成了无数发光的小亮点，在黑暗中落了下来。它看起来很像市中心的喷泉，只是这个喷泉喷出来的是耀眼的光，而不是水。路易斯问："这是什么？"

乔纳森叔叔摇了摇头："我不确定。这并没有过去或未来的感觉，而我不认为这只是一个想象的场景。如果让我猜的话，我会说，我们看到的是盾状火山[1]的喷发，就像不久前在冰岛喷发的那座火山一样。它们会产生熔岩喷泉，而不是锥状火山[2]产生的巨大的黑色火山灰云。但是新闻广播没有提到地球上任何地方出现了火山爆发。"

路易斯忧心忡忡地问："那是不是预示着这附近有一座火山要爆发了？"

"不太可能，"乔纳森叔叔回答，"据我所知，密歇根的地质条件不支持任何类型的火山。那种火山通常在——"乔纳森突然不说话了，脸上流露出不安的神情。但随后他耸了耸肩："哦，好吧，这个小玩意儿并不总是显示真实的正在发生

1　有宽阔顶面和缓坡度侧翼（盾状）的大型火山。
2　指形状呈锥形的火山。

的事情。偶尔它也会给我们展示一群戴着礼帽、有绿有红的鹦鹉在跳舞，它们时而排成合唱队形，或者一方穿着粉色芭蕾舞短裙，另一方穿着燕尾服、戴着潜水面具，进行足球比赛。"

乔纳森叔叔似乎并没有感到不安，路易斯也没有再去想那面镜子。路易斯打电话给罗丝·丽塔，她立刻同意和他们一起去逛逛。然后，在凉爽宜人的暮色中，他和叔叔朝镇上走去。当他们漫步在豪宅街上时，罗丝·丽塔突然从她家的房子里蹦出来，急忙加入他们的行列："你们好！"乔纳森叔叔高兴地说："你好，欢迎加入我们的行列。现在，在我因为破坏了你的食欲而受到你父母的责怪之前，我想问你，你吃过晚饭了吗？"

"刚吃完。"罗丝·丽塔说，"猪排和德国泡菜，我不是特别喜欢。"

"没有甜点？很好，"乔纳森叔叔回答，"那么如果你还能吃得下，你可以和我们一起溜出去，品尝一些冰凉的美味。我好像记得你很喜欢草莓冰激凌，今晚的卡路里我请了。"

"齐默尔曼太太在哪儿？"罗丝·丽塔走到他们身边。

"她正忙于一个研究项目。"乔纳森叔叔简短地说。路易斯对此感到很疑惑，因为据他所知，整个下午他们都没有收到齐默尔曼太太的任何消息。乔纳森叔叔好像想换个话题，问道："你在学校怎么样，罗丝·丽塔？"

罗丝·丽塔走在路易斯旁边，不满地咕哝了一声。"不太好，"她说，"我一直告诉每个人我不喜欢家政课，而他们一直告诉我，总有一天我会结婚，而且要成为一名家庭主妇。"

"做这两种人中的任何一种都没有错。"乔纳森叔叔说。

罗丝·丽塔耸了耸肩，路易斯不用看就能感觉到："也许没有错，但我的理想是成为一个著名的作家。我想变得非常富有，在我周游世界、写故事、开签名会的时候，我可以雇人替我做饭和打扫。"

乔纳森叔叔笑了："很适合你！做自己想做的事，不要在意别人怎么说，这是我的座右铭。"

当他们三人到达主街时，街灯刚刚点亮。一切都很平静，非常平静，几乎没有车辆来往，人行道上只有几个行人。他们转向冷饮柜台，就在那一瞬间，路易斯听到了一声尖锐的刹车声，他急忙转过身去，惊恐地看着身后的街道上有什么东西呼啸而过。

第八章

城里的垃圾车摇摇晃晃地朝他们驶来，两个轮子在人行道上发出刺耳的声音，破旧的轮胎下冒出蓝色的烟。它正朝他们疾驰而来，像割麦秆一样撞断了路边的停车计费器。它以飞快的速度逼近，快得令人躲闪不及——

砰！有什么东西正好打在路易斯的肚子上，他头朝下摔倒在地上。刹那间，那辆失控的卡车呼啸而过，它离他如此之近，一阵风吹过路易斯的头发，扬起的灰尘刺痛了他脖子和手背的皮肤。被撞掉头的停车计费器的顶部撞碎了他身后的一扇窗户，一阵玻璃雨落在他身边，他用双手抱住了头。

有那么一会儿，路易斯以为卡车要从他身上碾过去了，他疯魔了似的等待着，想感受一下骨折和割伤的痛苦。渐渐地，他意识到，除了膝盖擦伤之外，他平安无事、毫发无伤。虽然只过了几秒钟，一切似乎都像慢动作一样清晰。

不知从什么地方传来了碎裂的撞击声和嘎吱声，接着是金属飞溅的撞击声和撞碎玻璃的叮当声，有人像疯子一样在尖叫。路易斯感到有一双手扶他站了起来，然后他听到乔纳森叔叔颤抖而焦虑的声音："你们俩都还好吗？"

这时路易斯才意识到，乔纳森叔叔刚才的反应就像橄榄球后卫一样。他推了罗丝·丽塔和路易斯一把，在垃圾车撞上来的一瞬间，让他们滚到科里根五金店前的一小片草地上，就像斗牛士躲避愤怒的公牛一样，勉强避开了失控的卡车。垃圾车从他们中间呼啸而过，只差几厘米就撞上了他们。

"我没有受伤，"罗丝·丽塔喘着气说，"路易斯呢？"

"我没事，"路易斯只说了一句，他很想知道，那个大喊大叫的人是不是被垃圾车压住了，"乔纳森叔叔，它撞到你了吗？"

乔纳森叔叔严肃地说："它只差小蚊子眉毛的十分之一那么近就撞到我了。那个波茨沃斯·史蒂文森一定是工作的时候喝酒了。看看他都干了些什么！"

街那头离杂货店不远的地方，垃圾车撞上了一辆停在路边的福特汽车的后屁股，那辆汽车撞到了一根电线杆，电线杆已经折断，杆子一部分耷拉在两辆被撞毁的汽车之上。垃圾车撞断了大约十个停车计费器，它们像破烂的稻草人一样散落在人行道上。破碎的玻璃碎片在街灯下闪烁着，浓浓的白色蒸汽从垃圾车被撞烂的引擎盖下喷出来，像一条咝咝作响的巨蛇，空气中弥漫着防冻剂的奇怪香味。人们聚集在垃圾车周围，司机试图从驾驶室里强行打开车门，但车门已经弯曲变形。从垃圾车半开着的窗户里传出尖叫声，又高又尖。

一个男人爬上垃圾车的踏板，从车窗顶上的缺口处向里大声喊道："坚持住！我们报了警，他们马上就到，只——"

砰！啪嚓！垃圾车司机正在从驾驶室里面用东西砸挡风玻璃。那人急忙从踏板上跳了下来，躲开了危险。玻璃片飞溅，疯狂的臭鼬史蒂文森扭动着身体从破碎的挡风玻璃中爬了出来，就像一只蠕动的蛆从一个烂苹果里爬出来。路易斯看见他那满是伤痕和血迹的手里握着一根短撬棍，他朝跑过来帮他的三四个人挥舞着棍子。"退后！"他哀号道，"滚开！让他们离我远点儿！"

"波茨沃斯！"乔纳森叔叔喊道，"冷静下来！"他急忙对罗丝·丽塔和路易斯说："你们两个留在这儿，我觉得他有点儿不对劲。"他大步走向前。

"救救我！"史蒂文森喊道，"他们来了！他们想把我拖走！"他用尽全力挥动撬棍，就像棒球手乔·迪马吉奥[1]在接到一个快球时的猛击一样。人们都从他身边跳开，愤怒而困惑地大叫。史蒂文森用撬棍指着罗丝·丽塔和路易斯这边："噢，天哪，救救我，他们来了！"路易斯害怕地回头看了看，但只看到那条空无一人的安静的街道。那里没有动静，连一只猫或一条狗也没有。

1　美国传奇棒球运动员。

"波茨沃斯！"乔纳森叔叔在离撞毁的垃圾车几步远的地方停了下来。他拄着手杖站在街道的正中央，其他人则在他的两边围成一个半圆形，好像希望他能给这个粗野的人讲讲道理："冷静点儿，老朋友。你疼吗？"

史蒂文森跪倒在地上，撬棍从他血淋淋的手中掉了下来，当啷一声掉在人行道上："乔尼？"

他颤抖着用抽泣的声音问道："乔尼·巴纳维尔特？是你吗？"

路易斯感到浑身都是鸡皮疙瘩。臭鼬史蒂文森的声音变得像一个小孩子的声音一样，尖厉又无助，充满了恐惧。路易斯听到罗丝·丽塔倒抽了一口气。

乔纳森叔叔向前走了几步。"没事了，波茨，"他用温柔的声音说，"我看得出你的伤势很严重，我们会叫人去请汉弗莱斯医生，然后——"

"让他们走开！"史蒂文森突然跳了起来喊道，他双手放在身前，好像在抵挡某个看不见的攻击者，"啊，仁慈的圣母，别让他们抓住我！"

路易斯的眼角瞥见有什么东西在移动，穿过街道，一个转瞬即逝、鬼鬼祟祟的灰色身影，或者是许多灰色的身影排成一行匆匆走过。他转过身去一看，除了折扣商店还有饲料和种子公司之外，那里什么都没有。他记得，他和罗丝·丽塔第一次看到夏威夷屋时，他就有一种可怕的感觉。当他们向高速公路撤退时，有一排幽灵似的身影从他们身边匆匆而过，就像刚才那样——

"在这里！"史蒂文森从口袋里掏出了一个东西，"他们把它扔在垃圾里，他们不想要它了！啊，拿去吧，拿去吧，这是你的，你可以拿走，但把我的灵魂留给我！"他的胳膊猛地一甩，扔出一个小东西，但距离太远，路易斯看不清是什么。不过，当那个东西在夕阳中被高高抛起时，它燃烧了起来。最初，它就像一颗弹珠大小的红色余烬。然后，那个小东西突然发出刺眼的白光，拖着火焰尾巴冲向地面，啪的一声落在路易斯左边的街道上。在那里，它变成了闪闪发光的飞溅的液体，就像火红的水滴，就像魔法镜子里的熔岩一样。

路易斯感到身上一阵发冷。乔纳森叔叔刚才欲言又止，他其实要说的是，像魔法镜子里那样的火山喷发，在夏威夷这样的地方更常见！

"刚才发生了什么事？"罗丝·丽塔用颤抖的声音问，"路易斯，你感觉到了吗？"

"是的。"有什么东西消失了。路易斯能感觉到它的消逝，就像一阵微风突然吹起，然后又消失了一样，整个世界似乎都屏住了呼吸。

在他们前面，臭鼬史蒂文森慢慢地瘫倒在黑色柏油路上，就在他那辆撞毁的垃圾车旁。他像婴儿一样呜咽着，然后发出一种可怕的哭号声，声音越来越高，直到路易斯想用手捂住耳朵把声音挡在外面。

越来越多的人从为数不多的还在营业的商店里出来，但没有人敢靠近那个倒下的人。从喷泉那边传来了警笛的呼啸声，路易斯看到一辆闪着红灯的警车穿过环形交叉路口，它鸣着笛停了下来，两名警察从车里出来，扫视着被撞毁的汽车和人群。有十来个人默默地围成一圈，站在史蒂文森周围，但没有一个人站出来帮助他，直到乔纳森叔叔走上前来。其中一名警察警告说："最好小心点儿，巴纳维尔特先生。他可能是个危险人物。"

"他不是。"乔纳森叔叔坚定地回答。他单腿跪在那个哭泣的人旁边，膝盖浸在汽车散热器漏水形成的水坑里，拍了拍那个蜷成一团、正在哭泣的人的肩膀。"没事了，"乔纳森叔叔一遍又一遍地说，"现在没有人会伤害你了。他们走了，波茨沃斯，没事了。"

但事实并不是这样。路易斯因为刚刚死里逃生感到恶心和眩晕，而那个摔倒的人一直在哭泣。他含混不清的鸣咽声太可怕了，那是一个完全失去理智的人发出的声音。

第九章

现在是九点钟。罗丝·丽塔、乔纳森叔叔和路易斯没有去吃冰激凌，而是去了齐默尔曼太太的家，在她的客厅里举行备战会议。她把每一盏灯都打开了，紫色的家具几乎都亮了起来。壁炉台上方，一条紫色的龙在一幅镶框的画中扭动着身体。路易斯发现，看着那个生物真的让人很难受，所以他一直盯着运动鞋的鞋尖。

齐默尔曼太太在地板上踱来踱去，而另外三个人则坐在她那张紫色的沙发上。"是珍珠吗？"她问乔纳森叔叔，"你确定吗？"

"我并不确定，"乔纳森叔叔坦白道，"尤其是对波茨沃斯·史蒂文森认为他从凯勒家的垃圾里拿走的东西不确定。他告诉我，他在凯勒家的垃圾桶里发现了一个木箱子，差不多这样。"说到这里，乔纳森叔叔比画了一个边长约十厘米的正方形，"他想，也许可以把它卖掉。而他在那该死的东西里发现了一个秘密夹层，他认为里面有一颗知更鸟蛋大小的珍珠。"

"珍珠？"罗丝·丽塔问。

"夏威夷曾经以盛产珍珠而闻名，"乔纳森叔叔回答，"这就是珍珠港这个名字的由来。我相信老查德威克船长确实从夏威夷带回来了一些珍珠。"

齐默尔曼太太停止了踱步，双臂抱肘交叉在胸前，摇了摇头："珍珠？我没听说过这种事。我知道大地魔法、水系魔法和天空魔法——甚至还有天气魔法，就像已故的、无人哀悼的艾萨克·伊扎德曾经用过的那种，但从来没听说过珍珠魔法。那颗珍珠后来怎么了？"

"他把它扔了，"罗丝·丽塔说，"它在空中燃烧了起来。"

齐默尔曼太太惊讶地看了她一眼："什……什……什么？"

"我也看见了，它看起来像熔岩。"路易斯小声补充道，"它掉在了街上，然后就消失得无影无踪了。"

"只留下一个像黑色星号的煤烟痕迹，"乔纳森叔叔表示同意，"还记得我们小的时候常常放烟花，有时它们会留下一块烧焦的地方吗？就是那样。"

齐默尔曼太太轻哼了一声："我从来不会摆弄像鞭炮这样危险的东西。好吧，这可真是件怪事，波茨沃斯还好吗？"

乔纳森叔叔咳嗽了一下："他不好，我想他再也不会好了。医生认为他的身体没有受伤——至少他们没有发现任何骨折，虽然他手上有一些严重的伤口——那是他的手砸破卡车的挡风玻璃造成的——但他产生了可怕的幻觉。他告诉我有一支军队在追他，一支由黑夜和黑暗组成的幽灵军队。"

"我也感觉到了。"路易斯说。他讲述了他的两次经历，一次是在夏威夷屋，另一次是在主街。"当我直视它们的时候，我什么也看不见，"他说，"但当我看向别处时，它们就在一边忽隐忽现，就像一大群人排成纵队飞奔而过。"

齐默尔曼太太皱起了眉头："你对它们有什么印象吗？它们有多高？像普通人一样高？还是更高？或者更矮？"

路易斯感到很无助："我真的不知道。我想，和普通人差不多高吧，比我高。"

齐默尔曼太太转向罗丝·丽塔，问道："你看到或感觉到什么了吗？"

"没有！"罗丝·丽塔困惑地说。

"路易斯以前也没说过他看到过什么。"

路易斯低下了头。"我不想让自己听起来像只胆小的猫，"他嘟囔着，"我不想像臭——史蒂文森先生那样失去理智。"

齐默尔曼太太的嘴角绷得很紧："我不喜欢这样。我一点儿也不喜欢这样。路易斯，既然你看见过它们，它们可能也在盯着你。你得勇敢点儿。一些不好的事情正在发生，一些古老而深远的事情已经超出了我的知识范围，我很担心大卫和他的家人。"她看着路易斯的眼睛。"可是现在，"她哀伤地补充道，"现在我最担心的是你。"

第十章

　　人们很快就淡忘了臭鼬史蒂文森的事故。这个星期的第一天，他被送到韦斯特兰的一家特殊医院，那是新西伯德以东的一个小镇。几辆笨重的、嘟嘟作响的事故救援车早就把被撞瘪的旧垃圾车和那辆毁了的福特汽车拖走了，电话公司也更换了折断的电线杆。人们谈论着发生的事，但是到了星期二，一切几乎都恢复了正常。不过，如果你到主街中心事故发生地看一看，你仍然可以看到那颗燃烧的珍珠——如果是珍珠的话——在落下的地方留下的斑驳痕迹。那个地方似乎被烧焦了，就像一块烙在牛皮上的烙印。

　　路易斯不知道大卫是否也看到了和他所见一样的幽灵，这种感觉让他很难受。于是，在九月的最后一个星期三午餐时，路易斯下决心要与大卫谈一谈。最后，他终于瞥见了坐在餐厅外面的男孩。他蹲在校园角落里一个没人能看到他的地方，痛苦地蜷成一团，背靠着砖墙，他的午餐托盘放在膝盖上。路易斯看了看四周，确保没有人注意到他，然后他也溜到了外面。

"嘿！"他说。

大卫一句话也没说，只是盯着他那裹着番茄酱的肉卷、干瘪的绿豌豆、软塌塌的胡萝卜片和硬得像石头一样的花生酱饼干。路易斯在大卫身边蹲下，震惊地发现大卫嘴唇破了，上面有一道短短的红褐色伤口，看上去很难看，左眼旁边还有一块发紫的瘀肿。"发生了什么事？"路易斯问，他很担心，决定不去问大卫那些关于鬼影的事了。

大卫举起一只手遮住脸，喃喃地说："没……没什么。撞……撞到门……门上了。"

"胡说，"路易斯说，怒火在他心中升起，对于对这个骨瘦如柴、说话不利索的孩子做出这种事的人感到愤怒，"有人打了你一顿，是不是？"

"我不……不……不想说这……这件事。"大卫坚持道，他的脸涨红了，声音听起来好像要哭了。

路易斯双臂抱肘，天气转凉了，他没有穿夹克，他看到大卫脖子上起了鸡皮疙瘩。大卫狼吞虎咽地吃着盘子里那些看起来让人丝毫没有食欲的食物。路易斯叹了口气问："是谁打了你？"一个恶心的念头突然出现在他的脑海里，他压低了声音："不是你爸爸，对吧？"

"不是！"大卫立刻尖锐地回答道。他双唇紧闭，眼里充满了泪水。"我爸爸从来没有打过我。"他说，一点儿也不口吃。然后他咬了咬肿胀的嘴唇，把目光投向地面，平静地承认道："是……是迈……迈克·杜……杜兰，昨……昨天放……放学后。"

"你应该告诉——"

大卫摇了摇头："他……他说，我……我们杀……杀了臭……臭鼬史……史蒂文森。"

"什么？"路易斯问道，他的声音像愤怒的咆哮。

"大家都……都知道，他……他在撞……撞车之前去……去过我们家。警察说，史……史蒂文森先……先生说过，我们给他施……施了某种魔法，我们故意把箱……箱子扔……扔了，是为了让他中计——"

"这太疯狂了，"路易斯愤怒地说，"再说了，臭鼬史蒂文森并没有死啊！他在另一个镇上的精神病院里。而且，这也不是你们造成的。他偷了东西，这才让他疯了。不管怎么说，他已经疯疯癫癫很多年了。迈克没有权利打你。听着，你应该告诉老师，或者——"

大卫摇了摇头："不，我不……不会说的。你……你也不……不要说。答……答应我，路……路易斯。"

路易斯隐约感觉到乔纳森叔叔那天晚上跪在倒下的史蒂文森先生身边时的沮丧心情，当时没有人站出来，史蒂文森先生在不停地哀号。"你应该说出来。"他坚持说。

大卫恳求地看了他一眼："我……我不想惹……惹麻烦。"

路易斯没有马上回答。"听着，"他终于说，"罗丝·丽塔和我真的很喜欢你。如果有人找你的碴儿，或者看你不顺眼，你就告诉我或者罗丝·丽塔，好吗？"

大卫把嘴唇抿成一条直线，轻轻地点了点头。他的表情很困惑，但他不想说话，路易斯也不能强迫他。不过，路易斯至少能找到一条路让他们回到餐厅，在那里没人会太注意他们。他们偷偷绕过拐角，溜进大厅，他们成功了，没有被老师发现。路易斯连吃饭的时间都没有了，但他也不想吃餐厅的食物。他的胃里翻腾着，一想到大个子迈克·杜兰痛打了大卫一顿，他就有一种恶心的感觉。路易斯并没有胆量去斥责迈克。他知道，如果他尝试这样做，他最终会像大卫一样，遍体鳞伤。

那天下午在科学课上，路易斯注意到，大卫看上去真的很憔悴。在科学课上，孩子们几乎可以随心所欲地更换实验搭档。那天，路易斯和大卫组成了搭档，大卫通常是独自坐在最后一张桌子后面的古怪学生。

刺眼的阳光透过教室高大的窗户照射进来，大卫掩饰的瘀伤清晰可见。他的左眼皮剧烈地抽搐着，肿胀的嘴唇看起来很疼。

今天，他们用石蕊试纸来测试各种液体，并对它们进行酸碱分类。每个人都拿着10个装溶液的小试管，有些像水一样清澈，有些颜色很淡，有绿色的、淡蓝色的，甚至还有一瓶是路易斯认为齐默尔曼太太会喜欢的紫色。试管上有从A到J的标记，每个人必须在实验报告单上写下溶液的字母，然后他们要使用两种石蕊试纸——蓝色和粉红色试纸——进行测试。蓝色的试纸在酸性液体中变成粉红色，粉红色的试纸在碱性液体中会变成蓝色。如果两者都没有改变，那就说明液体是中性的。

实验很简单，路易斯看大卫受伤的脸的时间比看石蕊试纸的时间还要多。大卫试图集中注意力，但他在基础实验中犯了两次错，一次把酸性溶液写成碱性，一次把路易斯怀疑是普通自来水的透明中性溶液写成酸性。

路易斯纠正了他两次，当他们交出答卷时，他非常肯定，他们会得100分。比姆斯先生是个秃顶，他的头又光又亮，看起来像是被打磨过。他看了看答卷，点了点头。"干得好，孩子们。你出车祸了，凯勒？"他用一种冷淡的声音问道。

大卫的脸变得通红，他痛苦地点了点头。

"好吧，小心点儿。答案都是正确的。"他在实验单上打了个对号，在成绩册上写下了两个成绩，就这样。

路易斯用手肘轻轻推了推大卫。"好吧，伙计，"他尽量装出高兴的样子说，"我们在实验中得了A，不是吗？"

就在那一刻，有人把一个试管掉在地上，试管碎了。没什么大不了的。

可大卫听到这个声音后就立马吓得缩了起来，看起来就像刚经历过枪击一样。路易斯感到一阵同情，他知道那种恐惧是什么样的感觉，他希望他能设法让大卫的恐惧消失。

但要怎么办呢？这是他无法回答的问题：怎么办？

第十一章

只有一个办法，那就是再次赢得大卫的信任。一放学，路易斯就发现大卫在等校车。"嘿，"他说，"我想问你，房子装修得怎么样了？"

"还好吧，我……我猜，"大卫说，"我爸……爸爸说，他还……还需要修……修理那些水管，这样它们才……才不……不会被冻住。"

"也许我们可以去帮忙。"路易斯建议道。

"也许吧。"大卫边说边登上校车。

当黄色校车哐啷哐啷开走时，路易斯做了个鬼脸。像镇上的大多数孩子一样，他每天和罗丝·丽塔一起步行上下学。他把大卫的事告诉了她，不出所料，她对这件事也感到十分愤怒。

"迈克·杜兰就是个恶霸，"她说，"他应该——"

"我知道，我知道，"路易斯疲倦地回答，"可是由谁去教训他呢？如果是我去，他一定会把我揍扁。而如果你替大卫说话，这只会使他更难堪——大家都会说他躲在一个女生背后。"

罗丝·丽塔的眼睛闪了一下，不情愿地点了点头："好吧。那你打算怎么帮他呢？"

"我无法打败那些恶霸，但如果大卫不再害怕鬼，他可能会站出来为自己辩护。我要设法让乔纳森叔叔再去那里一趟。"路易斯踢了掉在地上的橡子一脚，橡子旋转着掉进了排水沟。"我甚至不知道自己为什么要帮助大卫。"他坦白道。

"我知道，"罗丝·丽塔说，"因为你不喜欢看到别人被欺负。因为你知道那是什么感觉。"

路易斯点点头，心想：也因为我讨厌自己像一只胆小怕事的猫。

路易斯回到家和乔纳森叔叔说了这件事，他严肃地点了点头。"凯勒一家刚搬到新西伯德，生活拮据，"他若有所思地说，"那些管道真的不能再等了，否则当管道冻结破裂时，他们会发现自己要支付天价的管道修理费用。不过我有些怀疑，欧内斯特现在可能买不起管道保温材料。让我看看，我能做些什么。"

他打了几个电话，最后给凯勒夫妇打了电话。凯勒家用的是一条共用电话线路，也就是说，他们要和另外两个家庭共用电话线。乔纳森叔叔试了几次才打通，当电话终于接通了，路易斯听到他说："你好，是欧内斯特吗？我是乔纳森·巴纳维尔特。很好，谢谢。听着，你买管道保温材料了吗？没有？那我有个好消息。我刚想起来，几年前我为我这个老房子买了一些保温材料，几分钟前我去地下室里看了看，发现还剩下两卷。它们对我来说一点用也没有，如果你需要，我就免费送给你……不，不，我不会收你一分钱的。它们只是占了我地下室的空间，我很高兴能摆脱它们……当然，我可以这个周末把它们送过去，比如说星期六上午。我会穿好工作服，我们很快就会把一切都收拾好的。哦，路易斯可以跟着去看看大卫吗……太好了，太好了，你们真热情。"

他挂上电话，用手指敲了敲电话："好吧，我们去克劳角的那个小五金店。老皮特应该有几卷保温材料，不用花太多钱就能买下来。我想去镇上的科里根五金店买，但你知道，人们总是喜欢八卦。如果我去那里买保温材料，凯勒先生很快就会发现我撒了个小谎，给他的并不是我剩下的材料，这会伤害他的自尊心。我不想让他觉得我是在怜悯他，有些人对此非常敏感。"

"那你不可以把保温材料借给他，让他以后再还给你吗？"

"可以，"乔纳森叔叔同意道，"但我不会这样做，有三个原因。首先，对我来说，它很便宜，我负担得起，不会给我造成任何麻烦或负担。其次，这只是我作为邻居想做的事情。最重要的是，我对那栋房子很好奇。我想再去一次，确保弗洛伦斯和我没有错过任何东西，而用两卷保温材料来作为门票，简直是太便宜了！"

第二天下午，他们坐上马金斯·西蒙，在一团淡蓝色的尾气中开往霍默路上的一个名叫克劳角的村庄。它其实只是一个十字路口，在一栋小建筑里有一个加油站、杂货店和食品店，在斜对面有一个综合五金和饲料商店。路易斯以前来过这个地方，因为它的主人——那个牙齿掉光了、爱发牢骚的老皮特——囤积了各种老式的、很难买到的东西，这些东西是乔纳森叔叔偶尔需要或只是想要的。如果你想要一根马鞭，或是一枚尖叫猫头鹰哨子，或是一个手摇苹果去核器，你都可以去皮特的店，那是一家拥挤、阴暗的商店，散发着油腻的金属、玉米种子和煤油的气味。

　　果不其然，老皮特把两卷积满灰尘的保温材料卖给了乔纳森叔叔。这两卷绝保温料在商店后面一个摇摇晃晃的架子上放了很久，以至于乔纳森叔叔说他把它们扔到地下室里，然后就把它们忘了的说法看起来非常可信。乔纳森叔叔把两卷保温材料都搬进后备厢，他们就一路急急忙忙赶回镇上去了。

　　那是一个昏暗的阴天，当他们回到家时，路易斯走到前厅去挂他的外套。衣帽架上的镜子起初看起来很正常，但后来，一道闪光映入了路易斯的眼帘。他感到脖子后面的汗毛都竖起来了。他告诉自己，镜子里的影像不会伤害到他，并强迫自己去看。

　　起初，路易斯并不明白自己看到的是什么。它可能是一面盾牌，在一种红橙色的光芒下看起来是黑色的。这时灯光亮了起来，路易斯倒抽了一口气，他意识到自己看到的是一张女人的脸，充满异国情调而又陌生，鼻梁挺直，嘴巴紧抿，眼睛紧闭。

慢慢地，眼睛睁开了，没有眼白，也没有瞳孔，就像是烧得通红的煤块，火苗从眼角冒出来，翻滚升腾。她张开嘴巴，更多的火涌了出来。

路易斯用嘶哑的声音喊了起来，不一会儿，乔纳森叔叔就赶到了他身边："发生了什么事？"

路易斯用颤抖的手指着镜子，但现在镜子又变回了镜子，他指着的只是自己惊恐的映象。

当他能说话的时候，就把看到的东西告诉了他的叔叔，结结巴巴的样子几乎和大卫一样。"你认识那张脸吗？"他叔叔问。

路易斯摇了摇头："不过她还说了些什么，我听不见，但我能读懂她的唇语。"

"她说了什么？"乔纳森问。路易斯使劲咽了咽卡在喉咙里的唾沫："我想，她说的是'死亡'。"

星期五晚上，罗丝·丽塔和齐默尔曼太太过来吃晚饭。齐默尔曼太太烤了一只鸡，配上什锦蔬菜和煮土豆。他们一边吃，她一边沮丧地讲述了自己的研究。"我给我认识的每一位专家都打过电话、写过信、发过电报，"她说，"他们谁也无法提供任何帮助。"

罗丝·丽塔失望地噘起嘴。路易斯知道她把齐默尔曼太太视为自己最好的成年朋友，她一直非常维护齐默尔曼太太作为伟大女魔法师的声誉。"你一定会找到的。"她鼓励地说。

齐默尔曼太太笑了笑，但谢绝了罗丝·丽塔的肯定："谢谢，但一个拥有魔法艺术博士学位的人不应该像我这样，连一杆都没打，就让三个快速球飞了过去。"

"对于发生的事情您还是一点儿都没有头绪吗？"路易斯问。

齐默尔曼太太耸了耸肩，解释道："嗯，一开始我还以为我们可能要面对一个挥之不去的幽灵。幽灵可能非常奇怪，有时非常具有威胁性，但因为它们不是魔法，或者至少不是人类类型的魔法，它们的存在很难被察觉到。然而，我所有的专家朋友都给了我一些关于如何验证这一理论的建议，但他们所说的要注意的东西，在这件事上都没有出现过。"

"如果不是魔法，也不是幽灵，那会是什么呢？"罗丝·丽塔问道。

齐默尔曼太太给了她一个疲倦的微笑。"你已经找到了问题的关键，"她若有所思地轻抚着下巴，"嗯，让我想想。它可能是元素生物灵魂的显现。你们知道那是什么吗？"

路易斯摇了摇头，觉得胸口很闷。乔纳森叔叔动了动身子，但还是没有回答。他承认，偶尔和齐默尔曼太太谈论魔法时，他有点儿不好意思，因为她曾在一所著名的外国大学学习过这门学科，而他自己只拥有农学学士学位。

齐默尔曼太太已经准备好回答自己的问题了，她还列举了各种可能性："有些人，比如玫瑰十字会教徒，相信世界很大程度上是由并非真正鬼魂的灵魂统治的，因为它们从未有过身体。这些灵魂可以控制土、空气、火和水。"

乔纳森叔叔伸手去拿鸡腿。"古希腊人认为这就是四大元素,"他一边解释,一边拿着鸡腿做了个手势,"一切都是由这四种元素以不同的组合构成的,所以生活在它们之中,并能够控制它们的灵魂就被称为元素生物。"

"但我从没见过元素生物,你叔叔也没见过,路易斯,"齐默尔曼太太插话道,"那颗珍珠,或者不管它是什么东西,突然燃烧起来,这让我觉得可能是由火元素控制的。但我仔细研究过,没有其他证据表明有这种事的存在,我们走进了死胡同。"

"我们还有一个想法,波利尼西亚恶魔,"乔纳森叔叔补充道,"这也是一种灵魂。在弗洛伦斯的建议下,我稍微研究了一下。在我描述了路易斯从门厅镜子里瞥见的那个女人的脸之后,她想到了这一点。夏威夷有一个古老的故事,讲的是一个人冒犯了岛上的神明,神明要惩罚他,用炽热的熔岩将他熔化……"

"别说了!"路易斯哀求着,放下了他的叉子。罗丝·丽塔也脸色发青。

"这只是一个古老的故事,"乔纳森叔叔说,"但这个猜测也讲不通。这附近没有火山,玛卡拉尼当然也没有变成一个燃烧的鬼魂,她在床上安详地去世了。"

"玛卡拉尼?"罗丝·丽塔问。

齐默尔曼太太正在喝咖啡,她点了点头:"对,我们还没有告诉你们呢，是不是？玛卡拉尼公主就是阿贝迪亚·查德威克船长在岛上娶的那位新娘的名字，从旧记录中挖掘到这个线索并不容易。"

"连当地的报纸也找不到她的信息，"乔纳森叔叔插话道，"弗洛伦斯最后在一所大学的图书馆里找到了这个故事。1926年，一名研究生写了一篇关于当地民间传说的硕士学位论文，其中提到了夏威夷屋。"

"这也是五十年后的事了，"齐默尔曼太太接着说，"不管怎么说，查德威克是个行事隐秘的人，在新西伯德，除了他手下的仆人，没有人认识他的妻子。在1876年1月19日那个不幸的夜晚，公主就像睡着了一样，再也没有醒来过。当人们发现她时，她就躺在床上，黑发铺在枕头上，脸上挂着一丝微笑，双手安详地放在胸前。除了一个人，房子里其他所有人都是以同样的方式死去的，安静地躺在床上。"

"而那个人就是阿贝迪亚·查德威克。"罗丝·丽塔说。

"你说他是冻死的。"路易斯扭动着身体，想象着血液在血管里凝固的感觉是多么可怕。

齐默尔曼太太差不多和他一样感到不舒服："阿贝迪亚确实是冻死的。事实上，人们怀疑是谋杀。查德威克逃到露台上，把自己关在外面。那天晚上的气温大约是零下十摄氏度，他们发现他穿着睡衣，身子冻得僵硬，双膝跪地，靠在他堆在门边的东西上，好像在抵抗有人破门而出。"

乔纳森叔叔哼了一声："我真希望我们认识亲身去过夏威

夷的人，可我甚至不知道镇上有谁在那里度过假！"

"在书里我们肯定也找不到什么结果，"路易斯说，"我甚至查了《国家地理》上所有关于夏威夷的文章，但都没用。"

齐默尔曼太太慢慢地点了点头："好吧，让我们继续努力吧。也许我们可以找到一个人问问，同时，让乔纳森继续去拜访大卫一家，帮助他们从杰克·弗罗斯特[1]手中拯救那些腐蚀的旧管道。我认为，如果我们可以在没有更多人参与的情况下解决这件事，那是最好不过的了。"

乔纳森叔叔点点头表示同意："我不想让镇上的任何人陷入危险。还是等到我再去那栋房子里看过之后，再把我们认识的人也扯进这个谜题里吧。"

后来，路易斯送罗丝·丽塔回家时，她突然说："我想我外公在海军服役时去过夏威夷。我们可以问问他！"

路易斯盯着她："天哪，罗丝·丽塔，你听到齐默尔曼太太和乔纳森叔叔说的话了！你不想让戈尔韦外公陷入危险，对吧？"

"不想，"罗丝·丽塔回答，"不过他见过一些怪事，而且他满脑子都是稀奇古怪的地方和故事。我告诉你，如果接下来的几天没有什么进展，你和我就过去和他聊聊。我们不会把全部经过告诉他，但我们可以看看他是否知道一些可能帮助到我们的事情。"

1　科幻漫画人物冰霜杰克，原型为欧美民间传说中的冰雪精灵。

路易斯想不出什么有力的反对意见，所以他含糊地表示同意。事情就这样搁置了几天，路易斯一直在想事情可能会自动好转，但他们没有这么走运。晚上，他梦见罗丝·丽塔的脸变得冷酷无情，眼睛空洞地瞪着。有时他会做噩梦，梦到一个野蛮的战士，手里拿着长矛，要刺进他的胸膛，夺走他的灵魂。

无论如何，事情没有什么进展，大卫还是一如既往地痛苦。星期六一大早，阳光明媚，乔纳森叔叔和路易斯开车去夏威夷屋送保温材料。凯勒一家已经收拾好了行李，但路易斯发现，他们还没有把那些船模和其他的小摆设从客厅高高的架子上搬下来。

这个房间让路易斯浑身起鸡皮疙瘩，他建议大卫和他一起到外面去玩橄榄球。就算是这样简简单单的一场比赛，路易斯也不擅长，但他宁愿面对整个球场，也不愿待在夏威夷屋里。

他们都不怎么说话。大卫没精打采地把球抛出一个长长的、懒洋洋的弧线，任何人应该都能很轻松接住。然而，通常情况下，球还是会从路易斯的手指间滑过，疯狂地弹离地面。

路易斯在投球方面也好不到哪里去。他从来没有掌握过正确的旋转技巧，所以他的传球摇摆不定，距离短，而且不准。他们在后院玩耍，院子里大部分地方还覆盖着枯草，只是稀疏地长出几根青草，就像一个秃顶男人头上的几根头发。他们能听到乔纳森叔叔和大卫的爸爸在房子下面爬来爬去，把保温材料钉在地板搁梁上，扯下一长段胶带把它绑在竖着的管道和排水管上。

最后，两个人从房基下的矮门里挤了出来，乔纳森叔叔用两只手扶住腰，脊背拱起。"哦，站起来不磕脑袋的感觉真好。"他说，"嗯，欧内斯特，我们的材料刚好够用。现在一切都准备好了，除非气温低于零下三十摄氏度的时间持续一周，但我们这里很少有这样的天气。"

路易斯准备走了，但是凯勒先生坚持让他们留下来吃午饭。凯勒太太煮了一大锅肉丸意大利面，味道很好，但路易斯的胃里又有了以前那种奇怪的感觉。

"也许这就能让管道在晚上不再嘎嘎砰砰响了。"凯勒太太带着苍白的微笑说。和她的儿子一样，她的眼睛下面也有黑眼圈，她似乎也没有睡好。

"每天晚上听起来都像在上演西部电影，"凯勒先生表示同意，又给自己盛了几个肉丸子，"我希望在下个月底之前，我能把楼上的卧室收拾好，然后我们就可以搬进去了。也许我们离得足够远，咔嗒咔嗒声就不会打扰到我们了。"

乔纳森津津有味地嚼着一个肉丸子，然后问道："你说听起来像西部电影是什么意思？"

"像敲鼓，"凯勒先生回答，"是不是，伊芙琳？"

他的妻子颤抖着点点头："就像阿帕奇人的鼓，或者是南太平洋岛民的鼓。"

路易斯正忙着吞下一大口意大利面，面条卡在嗓子里咽不下去，他的心似乎已经跳到嗓子眼儿了。

"糟透了，糟透了，"凯勒先生双手按着太阳穴反复念叨着，"那声音足以让你发疯。"

乔纳森敏锐地看着他："这么说，你们现在没有用原来的主卧室？"

"天哪，没有，"凯勒太太说，"主卧室比我们现在睡的那些房间好得多——嗯，如果把它们全都重新刷漆、修整好，再把翘起来的地板换掉的话，它们就会好得多。我们现在用的是以前用作仆人卧室的小房间，等楼上的那一层装修好了，我们就都搬到楼上去。我打算把我和欧内斯特现在的卧室改成缝纫间，把大卫现在的卧室改成欧内斯特的办公室。"

"真的啊，"乔纳森叔叔说，"你希望什么时候搬？"

"下个月底，或者十一月的第一个星期。"凯勒太太说，"再来点儿肉丸，乔纳森？"

后来，当他们开车回镇上时，乔纳森叹了口气："你知道，当凯勒太太说要搬到楼上睡觉时，我打了个冷战。"

"你是害怕了吗？"路易斯问。

乔纳森叔叔做了个鬼脸，红胡子都竖起来了。"不是，"他慢慢地说，"但我有一种强烈的感觉，那就是有邪恶的魔法在起作用。我敢打赌，当凯勒夫妇换到主卧室的时候——如果他们真的换了——这个神秘的东西会爆发出来，引起大麻烦。路易斯，我们还是面对现实吧。我们必须全力以赴去弄清楚问题到底出在哪里，以及如何解决它，我们的时间只剩从现在到下个月最后一天了。"

路易斯凝视着车窗外高街上隧道般的树荫。头顶上，所有的树叶都变了颜色，他们好似行驶在一个绚丽的红橙黄三色交织的华盖下面。

路易斯试图控制住自己的恐惧，低声说："到万圣节前夕啊！"

第十二章

　　罗丝·丽塔的外公艾伯特·戈尔韦住在离镇中心不远的一条安静的街道上。戈尔韦外公喜欢修修补补，他那几十台稀奇古怪的微型风车挤满了小前院。当风向标旋转时，风车带动曲柄和齿轮转动，紧跟着，小船上的两个小人划起桨来，仿佛正从一条抹香鲸的嘴巴里逃离似的；在另一架风车上，一个骑自行车的人用两倍于他身体长度的腿蹬着一辆老式自行车，这辆自行车的后轮很小，前轮很大；还有一架风车上是一位意志坚定的农民，他挥舞着木斧，试图砍下一只火鸡的头——但在最后一刻，火鸡躲开了。

　　所有这一切都发出咔嗒咔嗒、吱吱嘎嘎、噼噼啪啪的声音，一位邻居形容这种声音像是一斗苹果从旧谷仓的铁皮屋顶上滚下来。不过，戈尔韦外公是一个友好而又心灵手巧的人，总是乐于为邻居做好事，所以他的邻居们也原谅了他制造出来的噪声，至少他们还能忍受。

当罗丝·丽塔和路易斯在九月的最后一天去拜访戈尔韦外公时，他热情地招待了他们，请他们坐在他狭窄但整洁的客厅里，给自己泡了一大杯浓茶，给路易斯和罗丝·丽塔冲了热可可。"很高兴再次见到你们，"戈尔韦外公微笑着对他的客人们说，"今天我能为你们做些什么？"

罗丝·丽塔编了一个故事。"也没什么，外公，"她说，"但这件事无论如何我们都想试试，路易斯和我在做一个关于夏威夷迷信和鬼故事的研究项目，我们在图书馆里找不到多少相关信息。我们想，也许您能帮我们一把。"

"哦！"戈尔韦外公感叹道。他个子不高，虽然已经八十多岁了，动作却像蟋蟀一样敏捷。"嗯，我去过那些岛屿好几次，希望能对你们有些帮助。我去过瓦胡岛檀香山附近的珍珠港，在毛伊岛待过几个星期，在夏威夷大岛也待了一段时间。我看到过莫纳罗亚火山在午夜喷出炽热的熔岩，也看到过美丽的深绿色山谷，头顶上就是银色的瀑布；我还看过当地妇女跳草裙舞，并不是电视里动画片中展示的那种有趣的舞蹈，而是一种神秘而美丽的表演。"

路易斯喝了一大口热可可。"太好了，"他说，"不过，你知道夏威夷人对鬼魂之类的东西有什么看法吗？"

"嗯，知道一些，"戈尔韦外公慢慢地说，"不过，我不能说自己是什么专家。孩子们，你们想知道什么？"

"跟诅咒有关的，"罗丝·丽塔回答，"尤其是那些可能涉及神秘的幽灵军队在夜里行进，还有鼓声的东西。"

"还有火山。"路易斯插了一句。

戈尔韦先生坐在椅子上，身子前倾，双肘支在膝盖上，双手紧握在身前："好吧，现在，这听起来很神秘，我会给你们讲一些我听过的故事，然后你们看看它们对你们的研究是否有帮助。"

他双臂抱肘，低着头坐在那里沉思了一会儿，然后他问："你们知道贝利吗？"

路易斯摇了摇头，但罗丝·丽塔尖声说道："她是夏威夷神话中的火山女神，对吗？"

"答对了！"她的外公笑着说，他举起一根瘦长的手指，"她应该住在基拉韦厄火山口，那是地球上最活跃的火山之一，但她喜欢旅行。她是火与毁灭之神。夏威夷的老人们叫她，让我想想，我是否还记得……"他皱了皱眉，然后慢慢地说，"Wabine ai honua，意思是'吞噬土地的女人'。"

罗丝·丽塔拿出了她的记事本，让她外公拼出这个短语。她写了下来，说："她听起来很危险。"

"你可以这么说。火奴鲁鲁[1]的一条高速公路上曾发生过一件可怕的事情，至少他们是这么告诉我的。贝利派了一只幽灵狗去追赶汽车，随着越来越靠近，它会变得越来越大，直到像它追赶的那辆车那么大——看到它的人会发疯，开着车冲下

1　美国夏威夷州的首府。

悬崖。有时，开车的人会看到一个穿着纱笼的女人站在路边。纱笼是一种丝质的、色彩鲜艳的热带服装。她展现出来的样子因人而异，有时她是一个漂亮的年轻女人，长着黑色或者金色的头发；有时她是一个满脸皱纹、弯腰驼背的老太太。不管怎样，那都是贝利。如果她搭上了某个司机的车，那是因为贝利对他不满。通常，她会施展魔法，给司机一个警告，让他改变路线。"

路易斯感到一阵局促不安。这些似乎都与他们身边发生的事情不相关，他想要说些什么，但罗丝·丽塔迅速瞥了他一眼，以示警告，于是他又靠在椅背上，继续听着。

戈尔韦外公用一只手摸了摸他那光秃秃的脑袋，在椅子上不安地挪动着身子："现在，你们可能会觉得我有点儿疯了，因为这件事发生在一个我认识的人身上，他是我在海军服役时的一个朋友。注意，这可能只是他编的一个故事，但我不这么认为。他开着从别人那里借来的老爷车，到处找夏威夷人买便宜的纪念品，打算把它们转卖给他的水手朋友们来赚钱。有天晚上，一个女人在高速公路旁搭上了他的车。那时候，她是一个老太婆，圆圆的脸蛋上满是皱纹，像核桃一样。等她坐上副驾驶座位后，我的朋友说：'嘿，老奶奶，你或你的朋友有没有什么小饰品要卖？我可以支付美元。'"

"'嗯，先生，'她对他说，'请给我一支烟。'那时候很多岛民都抽烟，他们总是追着水手要雪茄。我的朋友递给她一盒香烟，说：'里面有火柴。'他看了她一眼，然后车子差点儿就冲出了马路。"

"为什么？"路易斯声音嘶哑地问，尽管喝了热可可，他的喉咙还是很干。

戈尔韦外公举起一只手，手掌面向他的脸："因为她的手心烧得通红，她把手心当成打火机，把烟抵在她的皮肤上。一秒钟后，整辆车里充满了浓烟，烟太重了，我的朋友不得不把车停在路边，然后跳下了车。他以为是汽车自燃了。他跑过去打开副驾驶车门，去救那位老太太。可问题是，那里根本没有什么老太太，没有人在那里，贝利就像烟一样消失了。"

"他——他还好吗？"路易斯小声问。

"很难说，"戈尔韦外公回答，脸上带着一种茫然的神情，"汽车无法启动。他整晚都在外面，当其他车辆呼啸而过时，司机们好像根本看不到他。天快亮的时候，他又往回走了一段很长的路，走了大约八千米，他遇到了一个夏威夷人正站在路边。那个人说：'贝利不喜欢那些拿走属于她岛屿的东西的人，也不喜欢那些欺骗她儿女的人。'我的朋友最后搭了一趟便车，直接回到船上，此后便拒绝下船。他的纪念品生意也就这样结束了。"

"真有趣。"罗丝·丽塔一边在记事本上记着，一边喃喃地说，尽管路易斯认为这很可怕。他可以想象一个身形笨重、头发花白的老妇人在夜里踉跄地向他走来，双手紧握，像动物的爪子，向他伸着，当她走近时，身体突然着起火来。

"可……可这样，人们仍然把贝利当作女神来崇拜吗？"

路易斯问道。

"谁知道呢！"戈尔韦外公说，"与我交谈过的大多数夏威夷人似乎更多把她看作守护神，可以说是火山的灵魂。不要误解我的故事，并不是所有人都害怕她或者认为她是邪恶的。事实上，恰恰相反。他们中的许多人把她看作超自然的祖母，可以说是一个保护和照顾他们的人。不过他们说她很爱嫉妒，你甚至不能从夏威夷拿走一块火山岩，因为如果你这么做了，贝利迟早会惩罚你的。"

"还有呢？"罗丝·丽塔问，"那些叫什么来着，打鼓的鬼魂？"

"夜行亡灵，"戈尔韦外公立刻说，"Huaka'i Po，我听人这样叫过它们。"他为罗丝·丽塔拼出了这个单词，然后继续说："它们是伟大战士的灵魂。它们通常会在一个区域巡逻，比如，怀卢阿山谷。当月亮、大海和星星都在合适的位置时，它们就会开始巡逻。而且，它们就像幽灵一样，可以穿过坚实的墙壁。他们说，有时你能看到它们——它们会发出光芒——但有时它们只是模糊的形状，当你试图朝它们看时，它们就消失了。"

"它们不危险，是吗？"路易斯焦急地问。

戈尔韦外公瞥了他一眼，犹豫了一会儿回答道："危险，路易斯，我不知道该怎么回答这个问题。我只知道：当夏威夷人建造房子时，知道夜行亡灵习惯去哪里是非常重要的事情。你们知道，如果一栋房子碰巧建在夜行亡灵走过的小径上，它们根本不会被吓到。它们只会带着长矛和盾牌成群结队地过来，就好像房子根本不存在一样，但这样就有一个很大的危险。"

"是什么？"罗丝·丽塔问。

戈尔韦外公看上去很不自在："我不想吓着你们这些小孩子，这只是迷信，你们懂的。无论如何，他们说，如果房子的建造者把他的床放在夜行亡灵通行的路上，当它们来的时候，正在睡觉的人的灵魂就会从他的身体里被拽出来。翌日，这个人的躯壳就会躺在床上，没有受伤，但已经死了。而他的灵魂——嗯，他的灵魂会被迫与夜行亡灵永远同行，直到时间的尽头。"

第十三章

"古夏威夷人不庆祝万圣节，"乔纳森叔叔坚持说，他正和路易斯独自坐在客厅里，"所以，不要让这件事困扰你。"

那是一个刮着大风的星期天的晚上，第二天就是十月的最后一个星期一。自从和戈尔韦外公聊完后，路易斯感到越来越害怕。他和罗丝·丽塔把事情的全部经过都告诉了乔纳森叔叔和齐默尔曼太太，从那以后，他们就集中精力想更多地了解贝利和夜行亡灵——但运气不太好，他们并没有什么收获。

路易斯对即将发生的事情越发害怕。"下周凯勒一家就要搬到楼上了，"他说，"如果那就是夜行亡灵经过的地方呢？也许大卫就会住在玛卡拉尼公主死的那个房间。而且万圣节也是鬼魂和妖精活动的时间，可能会发生可怕的事情。"

乔纳森点点头："我知道，路易斯。但我们至少还有一点儿时间，现在弗洛伦斯知道该研究什么了，所以别失去理智。

哈！我希望我能想办法进入那里，再好好地检查一下。"

在与戈尔韦外公交谈后的几个星期里，路易斯曾问过大卫关于幽灵军队的事，但他只是把他的朋友吓坏了。罗丝·丽塔说她知道是怎么回事了。"贝利带着军队是要来夺回她的岛上被夺走的重要东西，"她主张道，"而有什么能比公主更重要呢？"

"可是公主已经死了好多年好多年了！"路易斯坚持道。

"也许，"罗丝·丽塔说，"她的灵魂还在这里！"

但乔纳森叔叔认为，阿贝迪亚·查德维克可能拿走了贝利想要的其他东西，比如神像或圣骨。现在他坚持说："一定是房子里还有什么东西引起了这所有的骚动。如果我们能把它移走，或者毁掉它，就能解除咒语了。"

"我不想让你再进去了！"路易斯失控地大喊。他有一种病态的恐惧，害怕他叔叔会死，把他独自留在世上。如果是那样，他会怎么样呢？他几乎没有其他亲戚，而且就是有，他一个也不喜欢，不想和他们住在一起。更糟糕的是，如果他叔叔的灵魂被幽灵带走，被迫加入它们永恒的游行，那他将承受永无休止的痛苦。

"无论做什么，我都会小心的。"他叔叔安慰他说。就在这时，书房里的那只老落地钟发出了十声呼哧呼哧的响声，那声音就像一只装满锡盘的箱子庄严而缓慢地从楼梯上滚下来一样，乔纳森叔叔似乎吃了一惊。他掏出怀表，又看了一遍时间："十点钟了，明天还要上学！你最好快去睡觉，路易斯。

而且，别担心。我保证不会失去理智，做任何傻事。"

路易斯通常很喜欢他的房间。房间里有自己的壁炉，在寒冷的夜晚，发光的余烬像一盏温暖而友好的夜灯。路易斯一直都很喜欢他那张老式的大床，床头板和床尾板是用深色木头雕刻成的，像城堡的城垛，他还可以奢侈地在一排又一排的书架上选择各种旧书作为睡前读物。

然而，那个星期日晚上，房间里的一切似乎都有点儿不对劲。惴惴不安的路易斯没有带着书上床，他躺在床上睡不着，每次壁炉里的余烬发出噼啪声时，都会让他心惊肉跳。闪烁的火光在天花板上照出不断变化的红色图案，让路易斯想起了镜子中喷发的火山，想起了他瞥见的那张脸上的火红面具，想起了波茨沃斯·史蒂文森扔出的珍珠，当它在暮色中从空中飞过时，迸发出彗星般的光芒。路易斯每次闭上眼睛，就好像听到远处传来一阵骇人的鼓声。他会感到浑身是汗，非常恐慌，直到他识别出声音的来源是什么。有时只是风吹在灌木上轻轻拍打着房子，有时则是他自己的心跳声。路易斯床边闹钟的发光表盘不断告诉他时间已经越来越晚了，十一点钟、午夜十二点、凌晨一点。

最后，路易斯进入了断断续续的睡眠状态，他开始做梦。在梦里，他和罗丝·丽塔又回到了十一岁，他们沿着杂草丛生的小路朝夏威夷屋走去。路易斯感到好像有一个沉重的铅块压在心头，因为他有一种毛骨悚然的感觉，感觉他来过这里，经历了一切，知道，或者说差不多知道接下来会发生什么。

在梦里，不知何故，他和罗丝·丽塔来到了那栋房子前，却没有沿着那条小路一直走下去。他们站在外面，抬头望着阴暗、脏兮兮的窗户。罗丝·丽塔默默地指了指，路易斯顺着她的手望去，看到顶楼一扇窗户慢慢被打开。那是塔楼左边的第二扇窗户和敞开的露台，吓坏了的阿贝迪亚·查德威克宁愿冻死在那里，也不愿面对被关在门后的东西。

路易斯想转身逃跑，但他的腿根本动不了。他低下头，不知怎的，坚硬的岩石从地里长出来，围住了他的脚。他僵在那里，就像基座上的雕像。他看着罗丝·丽塔，想要尖叫。她已经完全变成了石头，只举起一只手，眼神空洞地指着那里。

曾经学过的祈祷文片段闪过他的脑海：Ab insidiis diaboli, libera nos, Dómine——"让我们远离恶魔的袭击，上帝保佑我们。"他想说出祈祷文，但是他的下巴被卡住了。上面的窗户完全打开了，他听见里面有动静。一个长着黑色长发的愁眉苦脸的女人俯视着他，然后她向他招了招手。

不知怎的，路易斯发现自己不知不觉到了夏威夷屋的里面，他的脚已经摆脱了围住他的石头，他站在架子上摆满小摆设的客厅里。有些东西活过来了，他看见它们在他周围扭动着。一个奇形怪状的雕刻面具张开又闭上它的嘴，露出像鲨鱼一样的三角形牙齿。在一艘模型纵帆船的甲板上，小水手们爬上帆索，拉着帆。

然而，不知怎的，当路易斯直视架子时，架子上却没有了动静。然后，他开始爬上狭窄、黑暗的楼梯。他推开一扇门，进入走廊，又穿过另一扇门，走进一间卧室。满是灰尘的窗户大开着，透过窗户，他可以看到罗丝·丽塔在下面一动不动，石头眼睛茫然地向上瞪着，石头手指静静地指着。那个刚刚在这里的女人已经像蒸汽或鬼魂一样消失了。

鼓声开始响起，很响，就在附近，然后路易斯转过身去，一个阴暗的、驼背的灰色身影穿过墙，大步向前。在他身后，一个接一个的身影走了进来，仿佛那堵墙已经消失了，路易斯可以看到他们排成了一支无穷无尽的队列，一直延伸到世界的边缘和远方。领头的是一名身穿缠腰布、披着羽毛斗篷、头戴冠盔的骁勇战士，手持标枪形状的木矛。路易斯不断退后，直到他的背撞到墙上，无处可逃——长矛刺进他的胸膛——他从床上滚了下来，跌倒在地板上时，醒了过来。有那么一刻，他无法让自己相信，他在自己的房间里是安全的，而游行的鬼魂只是噩梦的一部分。他听到的响亮声音不是夜行亡灵的鼓声，而是他的闹钟。他在睡梦中一定一直在辗转反侧，打翻了闹钟，因为它脸朝下躺在床上，发出低沉的嗒嗒声。

路易斯颤抖着蹬开被单，站了起来。他听到雨声打在窗户上，看到外面有灰色的灯光。他拿起了闹钟，该起床去上学了。

当路易斯沐浴穿衣时，他总觉得自己仿佛在海上一艘船的甲板上。脚下的地板似乎忽高忽低，因为困倦，他感觉脑袋一直在打转。路易斯思量着该对乔纳森叔叔说些什么，或者该不该说些什么。毕竟，一个梦不会真的伤害你，乔纳森叔叔可能会把它归咎于他们和戈尔韦外公的谈话。

准备就绪后，路易斯踮着脚走下前门的楼梯。他悄悄地溜进餐厅，乔纳森叔叔已经坐在那里看报纸，吃着一碗麦圈和一些烤焦的面包。他是个糟糕的厨师，但他从不愿承认这一点。每当乔纳森叔叔将饭菜弄得一团糟时，他也总是会把它吃下去，并且固执地坚持说它很好吃。"早上好，"他对路易斯说，"如果你碰巧是一只鸭子或蝌蚪就太好了。也许我今天最好开车送你去学校，这样你就不会被暴风雨浇得像美索不达米亚海岸上被大鱼吐出来的约拿一样了[1]。"

路易斯咕哝了一声，他取下一只碗，把麦片和牛奶倒进碗里，还喝了一杯橙汁。他悄悄坐到桌边他常坐的那把椅子上，竭力装出一切正常的样子。

乔纳森叔叔呷了一口咖啡，默默地盯着他的侄子看了一会儿。"要看看报纸吗？"他问道，把报纸从桌子对面递过去。

"谢谢。"路易斯边吃边翻阅报纸，在漫画版停了下来。

乔纳森叔叔摇了摇头："好吧，来说说吧，你怎么了？"

路易斯眨了眨眼："是什么让你觉得不对劲吗？"

"首先，你正倒着看《迪克·崔西和魅影》[2]。其次，你看起来就像刚和洛基·马西安诺打了几个回合。"马西安诺可是重量级拳击冠军，路易斯甚至无法想象自己和他对打的情景。

---

1 出自《圣经》，形容路易斯会被淋得很狼狈。
2 美国著名漫画。

"夏威夷屋的事让我睡不着觉。"他坦白道。

"我明白你的意思，"乔纳森叔叔说，"把你的早餐吃完，我们就穿上抵御恶劣天气的装备，冒着呼啸的狂风出发。"他把拇指插在马甲的下口袋里，往椅背上一靠，背诵道：

> 船长拉起沉重的帆：上帝保佑我们！
>
> 他只是哭喊着，狂风像连枷[1]一样猛烈地击中了
>
> 船的右舷。

这时，外面狂风咆哮，真的就像连枷或者九尾鞭[2]拍打在巴纳维尔特家的房子上一样，把路易斯吓了一跳。乔纳森温和地说："你知道，这就是文学。这是一首叫《河口沉船》的诗，作者是约翰·格林利夫·惠蒂尔。"

"是吗？"路易斯小声问道。

"我上学的时候，我们不得不背诵大量的诗歌。"乔纳森喃喃地说。他在浓密的、有些花白的红胡子后面露出了微笑。

"现在他们还会让你们背诵这些诗歌吗？你知道奥利弗·温德尔·霍姆斯[3]的《老铁甲》吗？"

路易斯喝了最后一口橙汁，点了点头。

"我们开车去学校的路上可以一起聊聊，"乔纳森叔叔建

1　旧时打谷物用的工具。

2　一种多股的软鞭，最初用作刑具。

3　美国著名法学家，美国最高法院大法官。

议道，"这是一首关于愤怒和反抗的好诗。我认为，现在，这两者我们都需要！"

于是，他们一边开车穿过猛烈的灰色雨幕，一边背诵奥利弗·温德尔·霍姆斯在一些政客想要拆除著名的老战舰"美国宪法"号时写的那首诗。它的开头便铿锵有力：

> 唉！扯下她破碎的军旗，
>
> 它悬挂的时间太过久长，
>
> 可是，曾有多少闪烁的眼光，
>
> 看它在空中高高飘扬！

乔纳森叔叔把车停在学校门前，在路易斯正准备下车冲进外面的暴风雨中时，他把手放在了路易斯的肩膀上。"路易斯，"他说，"我想让你记住一些事。当奥利弗·温德尔·霍姆斯在1830年写这首诗时，每个人都确信老铁甲将被拆成碎片。但现在已经过去一百多年了，你知道吗？老铁甲仍然停靠在波士顿港，它仍然是海军的一部分。现在，我们也遇到了麻烦，但我们要把这件事解决掉。最后，大卫和他的家人会安然无恙的。现在，快跑！"

于是，路易斯飞快地跑进了学校。冷雨刺痛了他的脸，打在他的黄色雨衣上，但不知怎的，他对战胜自己心中恐惧和担心的风暴感到更有希望了。

第十四章

　　狂风在外面呼啸，学校里的课程还在继续。罗丝·丽塔和大卫在一起上自习课，因为她是那种总是会提前学习的人，所以她不需要像其他孩子那样要努力学习才能赶上进度。她惊恐地看到大卫的脸色比以前更糟了。他们刚到学校的时候，她和路易斯简短地聊了几句话，路易斯也显得很紧张，眼睛通红，无精打采，一脸疲惫的神情。

　　而大卫比他糟十倍。他的脸上布满了皱纹，就像一个小老头的脸一样，眼圈发红，眼睛来回扫视着，就像两只困在黑暗浅洞里的动物。这些天来，就连那些恶霸也不理他了——他看起来太憔悴了，也许他们担心因为和他打架而受到批评。

　　自习室的老师有个习惯，总是等到学生们开始读课文或在笔记本上乱写一通之后，再溜达到教师休息室去喝杯咖啡。她一离开，罗丝·丽塔就转过身来对坐在她身后的大卫说："你还好吗？"

大卫点了点头，他的下唇颤抖着，却脱口而出："不……不好！"他喘了口气，然后把头转向教室最后面角落的一张桌子，那里有几个学生坐在一起做小组作业。他拿起他的数学书朝桌子走去，罗丝·丽塔也拿了自己的书跟在他后面，反正也没人注意她。老师一走，大家就开始说笑，声音很小，这样隔壁的老师就不会听见，然后进来责骂他们。

在所有这些嘁嘁沙沙的声音的掩护下，大卫打开了他的数学书，俯下身去。罗丝·丽塔坐在他对面，也打开了她的书。"出什么事了？"她近乎耳语地问道。

大卫试了好几次才开口说话。"你……你相……相信鬼吗？"他结结巴巴地说，"因……因为我，我真的觉得我……我们家的房子在……在闹鬼。"

罗丝·丽塔感到心里一阵剧痛。她想起了一段可怕的时光——路易斯的叔叔曾给过他一枚幸运硬币，他偶然唤来了一个幽灵般的身影；在可怕的闹鬼歌剧院里，一个邪恶的幽灵施了咒语，奴役了这个世界，还有其他一些糟糕的回忆。"我相信，"她说，"我好像见到过鬼。"

当大卫开始说出他问这个问题的原因时，他的脸都扭曲了。他讲了自己看到了什么，听到了什么。罗丝·丽塔认真地听着，有时他还不得不重复自己说过的话。尽管如此，她还是安静地听着。

当凯勒先生把楼上卧室的地板修好后，夜间的鼓声变得更大了。虽然房间里剩下的活儿不多，但现在凯勒先生在楼上待的时间从不超过半小时。他抱怨油漆的气味太强烈了，他要下楼来休息一会儿，但往往他便不再回到楼上去了。这可不像大卫的爸爸，他总是说，你应该对一份工作有计划，这样你就可以好好工作，并尽快完成它。大卫说，他觉得他爸爸在经历了这些事件后看起来很害怕。"他……他……他在楼……楼上听到了一些什么。"大卫急切地说。

他的妈妈也在失眠，她经常和凯勒先生在深夜为钱激烈争吵。大卫开始讨厌睡觉了。

他听到的不是父母愤怒的声音，而是鼓声。

大卫说完后，罗丝·丽塔沉默了片刻。然后她问："你看到什么了吗？"

"人。"大卫说，"一……一支军……军队。"

那天下午，风暴平息了，湿漉漉的秋叶散落在地上，树木光秃秃的，像瘦骨嶙峋的手指一样伸向晴朗的天空。罗丝·丽塔正在跟路易斯交谈，而她说的内容让他很惊慌。

"我不行！"他们走过湿透的草坪和淌着水的排水沟时，他绝望地说。

"你必须这么做，"罗丝·丽塔急切地说，"我当然没办法去大卫家过夜。他想让别人看到和听到这些事，这样他就知道自己没有疯。凯勒一家知道他们欠你一个人情，因为你叔叔帮了他们。所以，如果大卫问他的父母，你是否能在这个星期五到他家过夜，他们一定会答应的。听着，路易斯，你得鼓起勇气来。我知道这个要求有点儿过分——"

"别说了，"路易斯呻吟道，"你知道，我讨厌当懦夫。"

"你不是，"罗丝·丽塔坚持说，"你有足够的理由害怕。但你知道什么是英雄吗？英雄就是一个虽然害怕，但仍去做他该做的事的人，就是这样！"

"可是我要怎么做呢？"

"也许齐默尔曼太太能告诉我们。"

他们来到齐默尔曼太太家，天空中布满了飞舞的碎云，被越来越冷的阵风吹得支离破碎。看起来好像真正的寒流正要到来，这预示着冬天即将来临。罗丝·丽塔敲响了门，齐默尔曼太太几乎立刻就开了门。她一定是刚才就已经在客厅里了。

"我的天哪，"她说，"快进来，你们两个。你们怎么看起来像两只吉伯猫！"

"那是什么？"罗丝·丽塔问。

"说实话，我也不知道！"齐默尔曼太太笑着说，"我想，是在莎士比亚的《亨利四世》中提到过。'像一只吉伯猫一样忧郁'，虽然我不知道是哪一幕，但你们的样子就是这样。坐下来，告诉我出了什么事。是夏威夷屋又发生了什么超自然的事情？"

"是的。"罗丝·丽塔说，她很快解释了大卫告诉她的事，以及她请求路易斯做的事情。

齐默尔曼太太严肃地听着。然后，她敏锐而又善解人意地看了路易斯一眼："我得说这要由路易斯决定，但这可能确实是个好主意。我花了很多时间开车去了多所大学，也给研究民间传说和神话的朋友们打了电话。"

"我们也试着做了很多研究，"路易斯说，"但问题是，除了百科全书，我们学校的图书馆几乎没有任何关于夏威夷的信息，而公共图书馆也只有两本旅行手册。"

"确实很难找到相关的信息，"齐默尔曼太太承认，"不过，我也发现了一些事情，正像一句南方俗语说的那样，让我左右为难。你找到的百科全书或其他书里有没有提到过卡米哈米哈？"

路易斯看了看罗丝·丽塔，她也茫然地盯着他。"没有。"他们几乎异口同声地说。

"他与夏威夷屋有着某些复杂的联系。总之，卡米哈米哈是第一位统一夏威夷群岛的国王。他出生的时候，岛上有四个不同的国王。后来，他成了一名受人尊敬的战士，在一次战斗中，贝利的神圣火山爆发了，摧毁了他的许多敌人，卡米哈米哈的军队赢得了伟大的胜利。人们认为，这意味着贝利站在他那一边。好吧，长话短说，在1800年之前，卡米哈米哈便成了所有夏威夷人唯一的国王。夏威夷人对他就像我们对乔治·华盛顿和亚伯拉罕·林肯一样。"

"这太有趣了，"罗丝·丽塔说，"但是他和夏威夷屋有什么关系呢？"

齐默尔曼太太笑了："天哪，罗丝·丽塔，你说到点子上了。简言之，答案是玛卡拉尼是卡米哈米哈的远亲。她确实有皇室血统。我想，她深深地爱上了阿贝迪亚·查德威克，我相信，他也爱她，但我能猜到发生了什么。她在岛上的某位亲戚非常痛恨她和一个美国水手私奔了，即使那个水手是个有钱人。于是，这位亲戚，无论他或她是谁，便去向贝拉提出申诉。"

"所以，这是一种诅咒。"路易斯说。

"正是这样，"齐默尔曼太太回答，"当人们从贝利的岛屿上拿走任何东西，即使是一块硬化的熔岩碎片，她都会让他们遭受巨大的痛苦，除非他们把它归还回去。现在看来，贝利——或者说是某种力量——派幽灵战士去了夏威夷屋。它们很危险，你很清楚，但有一件事它们做不到，那就是取回固体的物体。就像所有的鬼魂一样，它们是无形的，就像我们穿过空气一样，它们会直接穿过普通物质。"

"那它们怎么杀人呢？"罗丝·丽塔问。

齐默尔曼太太无奈地说："罗丝·丽塔，我是魔法护身符方面的专家，可不是研究鬼魂和非自然历史的。我想象它们是用某种方式把活人的灵魂从他们的身体中分离出来，没有了灵魂，身体就会死亡。无论如何，如果我们能发现夜行亡灵在试图找到或找回什么，我们就有很大的机会来帮助大卫和他的家人。"

"没有别的办法吗？"路易斯问。

"谁知道呢？有可能有，但我没有想到。我真希望有一种简单易行的方法来结束我们的疑虑和怀疑，但没有。无论如何，我们卡帕纳姆县魔法师协会的成员已经发过誓，绝不允许任何邪恶的魔法在我们的领土上作恶，而且——"

这时，有人敲门，大家都吓了一跳。齐默尔曼太太从扶手椅上站了起来。不一会儿，门开了，乔纳森叔叔把头探了进来。"我想到了你们俩可能在这儿，"他对路易斯说，"这是在干什么？你们在召开驱赶鬼魂、食尸鬼和幽灵的大会，却不带我？"

"哦，进来吧，胖耳朵，"齐默尔曼太太尖刻地说，"我们正想办法去看看凯勒家的顶楼。"

"我还是觉得，我应该自愿去帮他们粉刷房屋。"乔纳森叔叔说。

"如果去粉刷房屋，你就得忙着干活，无暇顾及其他事。"齐默尔曼太太回答，"再说，我们已经把事情搞砸过一次了。不，我们有另一个选择——但这意味着，路易斯将是那个去打探消息的人。"

路易斯觉得好像有一只冰冷的手掐住了他的脖子。齐默尔曼太太继续说道："当然，我们就在附近。我会安排好一切，如果有什么严重的事情发生，护身符会给我们发出警告，我伞柄上的水晶球就会不停闪动。"

"我们就会立马去救你，"乔纳森叔叔插嘴说，"全副武装，用防护法术保护到牙齿，做好充分准备。"

罗丝·丽塔垂下目光，咬着嘴唇。路易斯知道她在想什么：她有足够的勇气独自一人冒险进屋，只是女孩不可能去男孩家过夜，所以她去不了。除了他，其他人都去不了。路易斯有一种痛苦和孤独的感觉，他好像要让大家失望了。

乔纳森叔叔飞快地瞥了路易斯一眼："路易斯，如果你觉得不行，我们可以想别的办法，我们不会怪你的。告诉我，你想执行这个计划吗？"

路易斯深吸了一口气。"不，我不知道。"他坦白道。他不禁想起大卫在他们班上的状态有多糟糕，也想起罗丝·丽塔讲的他经历的事。路易斯完全了解大卫的感觉，陷入困境，绝望的感觉。如果他处在大卫的位置，路易斯知道，他是多么需要别人的帮助。"我不想，"路易斯继续说，"但我认为，我必须这么做。"

乔纳森叔叔盯着他看了很久很久。"路易斯，"他用一种奇怪的哽咽的声音轻声说，"我真为你骄傲。"

尽管恐惧，路易斯还是感到内心充满了温暖和骄傲。他愿意冒任何风险——夏威夷屋可能给他带来的任何危险——来换取叔叔对他的肯定和赞赏。

第十五章

　　万圣节前一天的星期五下午，天气晴朗，而且冷得反常。凯勒家一切都安排好了，乔纳森叔叔五点送路易斯过去。路易斯带着他的运动包和换洗衣物。在他的衬衫下面，他戴着齐默尔曼太太给他的东西，没人能看见，那是一根挂着强力护身符的细细的金链子。这个神奇的东西看起来有点儿像齐默尔曼太太手杖上的水晶球：一个小水晶球，大约有弹珠的一半大小，里面隐藏着微弱的紫色光芒。

　　"它非常古老，"齐默尔曼太太告诉他，"可以追溯到公元前1050年，曾用于装饰一把神秘宝剑的刀柄。多年来，它曾属于很多位优秀的魔法师，最后，一位圣殿骑士的后裔得到了它，他是我的一位老师。当我还是哥廷根大学的一名学生时，他把它送给了我，从那时起，我就一直妥善保存着它。"

　　"这是什么？"路易斯问。

齐默尔曼太太眨了眨眼睛，回答说："路易斯，只是一个石英水晶球。现在有些人相信一些水晶可以发出超级振动，给人带来健康和成功等。那根本不是真的。但是，这个特殊的水晶球已经年复一年吸收了日月精华，许多伟大和善良的魔法师已经对它施过仁慈的咒语。我觉得，只要你脖子上挂着这颗宝石，就连贝利也不会伤害你。而且我用了一个小法术，它还将帮我们找到要找的东西。"

路易斯点点头。他信任齐默尔曼太太，也真的希望她的法术能起作用。

星期五下午到了，站在夏威夷屋的门廊上，路易斯偷偷地摸了摸挂在衬衫里面的水晶球。他默默祈祷，祈求上帝保护自己，让他从恐惧中解脱出来。路易斯注意到，他可以看到他呼出的哈气在上升，就像一个灵魂飞向天堂。凯勒太太打开门的时候，他鼓起勇气，努力对她笑了笑。大卫向他打招呼，他们坐在餐桌旁下棋，凯勒太太在做饭。

欧内斯特·凯勒五点半从邮局下班回家，他疲惫地跟路易斯打了个招呼，然后感激地叹了口气，倒在桌子尽头的一把椅子上。当他看着大卫在跳棋游戏中占优势时，他没有多说什么。大卫完成了一个华丽的三级跳，留下了他的三个红色国王和路易斯的一个孤零零的黑色棋子。当大卫把路易斯的最后一枚棋子逼入绝境时，凯勒先生对他儿子笑了笑。"下得好，孩子们。"他说，似乎在努力忍住打哈欠。

大卫平静地说："谢谢，爸爸。"两个词都没有结巴。

路易斯觉得乔纳森叔叔一定向凯勒夫妇透露了些什么，因为凯勒太太的晚餐是烤鲑鱼，还有什锦蔬菜和米饭。这是一顿丰盛的晚餐，饭后，大卫和路易斯负责洗盘子和擦干，凯勒太太疲惫地说了一声："谢谢你们，孩子们。"凯勒家没有电视机，凯勒先生坐在客厅一张破旧的扶手椅上，听着收音机里的拳击比赛，而凯勒太太则坐在沙发上，打开一盏台灯，开始读书。路易斯和大卫坐在咖啡桌旁边的地板上，从跳棋换到国际象棋。大卫在这方面不是很擅长，所以路易斯作为一个经验丰富的玩家，给他讲解了游戏规则，并告诉他如何预测可能出现的移动和陷阱。

然而，路易斯那天晚上并不是一个全神贯注的象棋教练。他的神经太紧张，注意力不集中，给大卫提出了一些不好的建议，有几步走得不太高明，他每时每刻都在留意是否有鼓声。夜幕在夏威夷屋外悄悄降临，九点钟的时候，凯勒太太拉上了高高窗户上的窗帘，但路易斯仍能感觉到外面黑暗的重量，它压在房子上面，一直往下压。他的朋友们就在外面乔纳森叔叔的旧车里等着他，也许正一起喝着热水瓶里的热可可，或者玩猜谜游戏消磨时间。

路易斯竖起耳朵听着鼓声，眼睛不安地望着高高的架子和上面陈列的纪念品。"这些东西一直都在吗？"他问。

大卫点点头。他们俩仔细地看了看架子上的收藏品：船和贝壳、雕刻品和模型、六分仪和船夫哨子。大卫说："我……我想，这是水手们用……用来定位的东西。"这时，路易斯把手指按在他的护身符上，但什么也没感觉到。

他拿起老旧的黄铜六分仪，看了看上面的透镜和反光镜。"不知道这个怎么用。"他说。

大卫耸耸肩："我也不知道。"

到了睡觉时间，路易斯发现，凯勒夫妇在大卫的房间里为他搭了一张折叠行军床。尽管这间卧室本来是为仆人准备的，但它很大，甚至比路易斯的房间还大，一块宽宽的木地板将折叠床与紧挨着对面墙的大卫的床隔开。

这张帆布床被放在房间里唯一一扇窗户下，紧挨着墙。路易斯准备上床睡觉，他走进大卫和他父母房间之间的浴室，换上蓝灰色的睡衣，并小心地扣上扣子，把护身符藏起来。

大卫坐在床沿上问道："你在干……干什么呢，路……路易斯？到底在搞什么鬼？"

看着他心烦意乱的样子，路易斯不忍心撒谎。"不要害怕，"他轻声说，"听着，我叔叔和齐默尔曼太太想帮助你。他们觉得你对这房子的看法是对的，它……它，嗯，有点儿闹鬼。"

大卫充血的眼睛睁得圆圆的。"我就知道，"他低声说，"你……你叔叔和齐……齐默尔曼太太是抓鬼猎人吗？"

"某种程度上算是吧。"路易斯不想透露他们所有的秘密，但他补充道，"他们知道，有时候一些奇怪的事情是真的，但大多数人都不相信这些奇怪的事情。他们认为你听到的这些噪声和看到的身影是由建造这所房子的人留下的东西造成的，他们要我今晚去找到它。"

"我……我也必……必须去吗？"大卫担心地问。

路易斯强忍住恐惧："不用。如果我需要你，我会叫你的。"大卫沉默了，当路易斯躺在那里时，他听到了很多声音。这座老房子像是在下沉，木头吱吱嘎嘎地响着，一只孤独的夜鹰在外面一遍又一遍地呼唤着。灯灭了，路易斯的帆布床上方的窗户被初升的月光染成了淡淡的蓝色。

路易斯睁着眼睛躺着，决心不打瞌睡。"不管你做什么，"乔纳森叔叔警告过他，"都不要睡觉。如果可以的话，尽量在午夜前溜上楼。如果不行，就等到凌晨一点或更晚。专门挑在魔法时间[1]去冒险是没有意义的。"

大卫叹了口气，咕哝着，但最终他的呼吸还是逐渐变得有规律了。他床边的钟上淡绿色的指针显示现在是十一点十分。路易斯小心翼翼地把腿从床上移下来，站了起来。

路易斯光着脚，感到木地板又硬又粗糙。他在黑暗中找到了他的运动鞋，把它们穿上。他把鞋带系紧，然后慢慢地把脚放下去，以免橡胶鞋底踩在木头上发出吱吱的声音。大卫没有把卧室的门完全关上，路易斯一点儿一点儿地打开门，他不敢用力推，生怕门铰发出声响。他能听到从浴室那边大卫父母的房间里传来低沉的鼾声，他不得不往相反的方向走。

"咝咝！"一个声音吓得路易斯跳了起来，心怦怦直跳。

在他身后，大卫正从床上坐起来，路易斯可以看到他的大

---

1 通常指子夜，夜间怪事或奇事发生的时刻。

眼睛在微弱的夜光下闪闪发光。"嘘——"路易斯警告他。

"你……你要到哪……哪里去找呢？"

路易斯回到房间里，靠在墙上。"二楼。我得看看能不能找到引起麻烦的东西，"他低声说，"你想帮我吗？"

大卫呜咽了一声，路易斯看见他又倒在床上。"没关系的。"路易斯轻声说。他强迫自己穿过门口，这是他走过的最艰难的一步。

他一只手扶着墙，走进黑暗的门厅，穿过客厅，然后沿着后门走到楼梯前。楼梯平台处有一个二十五瓦的灯泡，还没有一盏夜灯亮，使楼梯处于半明半暗的状态。路易斯一边爬楼梯，一边屏住呼吸，祈祷护身符能起作用，祈祷房子里潜伏的东西不会对他产生影响。在楼梯的顶端，路易斯感到一阵颤抖。这里是他所熟悉的地方，他以前来过这里——在那个噩梦里。不过，至少罗丝·丽塔没有站在外面，没有变成石头。

但是，他不知道哪扇门通向那个梦中的女人向他招手的卧室。他打开了两扇门中的一扇，在从楼梯平台射进来的微弱光线中，他发现这个房间里又有一段楼梯通向一扇关着的门。那扇门在他对面的楼梯脚下，十分隐蔽。

这段短楼梯一定是通往塔楼的路。这是房子里唯一可能通向那里的地方。楼梯的顶端连接着露台，阿贝迪亚·查德威克就冻死在那里，因为门的另一边有可怕的东西，他不敢回到温暖的房子里。

路易斯在睡衣下紧紧攥着护身符，他在楼梯平台上站了一会儿，然后打开通向楼梯井的另一扇门。一股刺鼻的油漆味刺痛了他的鼻孔。在黑暗中，路易斯隐约看到了一个怪物的身影，猛然吓了他一跳。窗户没拉窗帘，月光照射进来，笼罩着那个身影，它泛着苍白的光。这个怪物长着扁平的头，就像老电影中的科学怪人一样，它一动不动地站着，像一只猫瞪着眼睛盯着一只无助的老鼠。路易斯努力抑制住了尖叫的冲动。

过了一会儿，他松了一口气，浑身瘫软。那个可怕的幻影只不过是一个梯子，上面盖着防水布，一桶油漆放在梯子最上面，看起来像是一个脑袋。

路易斯找到了老式的电灯开关，费劲地按下了最上面的按钮，发出一声沉闷的咔嗒声。

但什么也没发生。不是灯泡烧坏了，就是房间里的电路坏了，黑暗使路易斯要做的事变得更加困难。他身后的门晃晃悠悠好像要关上，也许只是合页坏了，但路易斯无法摆脱紧张的感觉，他觉得有什么看不见的生物正试图把门关上，好遮挡从楼梯上那盏昏暗的灯中透进来的微光。

路易斯用脚四处探索，想找个东西来支撑门，但什么都没有。他可以冲到梯子上，但在他抓住油漆桶之前，门就会自动关上——如果门自动锁上了怎么办？也许他也可以下楼拿点儿东西上来，但路易斯知道，一旦走出这个房间，他就难以再鼓足勇气回到这里了。他知道他必须做些什么才能找到闹鬼的根源——但仅仅借助微弱月光的帮助，他是无法让自己鼓起勇气去尝试的。他只需要找个东西塞在门下。路易斯突然灵机一动，弯下腰，解开运动鞋的鞋带，脱下鞋子。它们应该有用。

他把门开得尽可能大，试图把一只运动鞋的前端塞到门缝里，但缝隙不够大。但愿橡胶鞋底能提供足够的摩擦力让门开着，让微弱的光线照进来吧。

路易斯侧身走进房间，伸手从衣领下掏出护身符。齐默尔曼太太说，只要项链挂在他脖子上，他就是安全的。现在，按照她的指示，他必须把链子套在头上。他满心希望，只要紧紧抓住水晶球，就能保护自己。路易斯握住链子，让水晶球自然下垂，开始低声念着齐默尔曼太太让他记住的那句古老的拉丁咒语。如果一切顺利，如果足够幸运，他会感觉到顺着链子传来的震动。在这颗小水晶球的中心，一点儿几乎无法察觉的紫色星光像一个闪烁的圣诞小灯泡一样跳动着。慢慢地，慢慢地，水晶球开始绕圈旋转。圆圈越来越大，直到那个发光的球像一个微型的月亮模型，在链子的末端一圈又一圈地转。

圆圈开始摇晃，从圆周运动变成了左右摇摆。令人难以置信的是，它移动的方向变得越来越明显。水晶球抗拒了地心引力，飘浮在半空中。它朝着两扇窗户中的一扇的窗台摆动，透过这两扇窗户可以看到前面的草坪。现在它拉着金链，几乎成笔直的状态。水晶球像一根指南针，像一根占卜棒，似乎被什么东西吸引住了，尽管他什么也看不见。

路易斯不确定地朝吸引护身符的地方走了两步，再次感觉到脚下冰冷坚硬的木头。要是光线能再亮一点儿就好了。他渴望光明，就像一个迷失在沙漠中的人渴望水一样，他的整个灵魂都渴望得到光。

他听到身后传来一阵窸窸窣窣的声音——不是鼓声，也不是呼吸声，而是他的鞋子在地板上摩擦的沙沙声，门慢慢关上了，挡住了楼梯间的光线。

路易斯站在离墙只有几厘米的地方，痛苦地犹豫不决。他不想一个人待在这间黑漆漆的屋子里。然而他知道，他必须跟随这个发光的水晶球，否则他的任务将会彻底失败。

路易斯几乎无声地做了一个祷告，他向前走了一步，又一步，左手握着链子，右手伸出去摸窗户——

链子的感觉不一样了，拉力比刚才更大。

外面的世界一片黑暗，房间里只有从左右两扇窗户透进来的微弱月光。在月光的照耀下，路易斯看到房间里还有别人。一只手抓住了链子，把它拉向一边，使水晶球偏离了它想要去的方向。路易斯感到自己的心突然变得冰冷，他惊恐地想到阿贝迪亚·查德威克所遭受的命运。

然后，磨损的旧电线里有什么东西在响。他刚才没关闭电灯的开关，现在电流开始流动了，发出几乎听不见的嗡嗡声。天花板上的两个球形灯泡闪烁着诡异的橙色光芒，微弱得像一支生日蜡烛。

拉住护身符的手很纤细，是一只女人的手，指甲苍白，呈椭圆形，那是一只年轻的手。

它飘浮在半空中，没有胳膊。

第十六章

"我受不了了。"乔纳森叔叔抱怨道。

"哦，别说了，"齐默尔曼太太厉声说，尽管她的语气和乔纳森一样担心，"还不到半夜呢，我的魔杖连一点儿警告的迹象都没有，路易斯没事的。"

罗丝·丽塔坐在老马金斯·西蒙的后座上，她真希望自己能像齐默尔曼太太听起来那样坚定。她很了解路易斯，在很多方面也很钦佩他。但是，罗丝·丽塔头脑冷静，思维清晰。她知道，路易斯在棘手的情况下很可能会惊慌失措，她经常听到他忧心忡忡地抱怨，自己有许多说不清的恐惧和担心。实际上，她很渴望用某种方式飞过去帮助他，尽管她知道自己做不到。

如果她的父母知道他们在做什么，一定会大吃一惊的。他们知道的是，罗丝·丽塔要在齐默尔曼太太家过夜——"她需要我帮她做些事情",罗丝·丽塔是这样告诉她的父母的,这也确实是实话。他们不知道的是,齐默尔曼太太和乔纳森叔叔正在进行一次监视行动,电视上的侦探节目《天罗地网》称这种行动为等待和观望。乔纳森叔叔的那辆古董车停在长长的车道的最后一个拐弯处,他熄灭了车灯,引擎也熄了火。在他们面前黑色树林的背景衬托下,夏威夷屋沐浴在暗淡的月色中。

乔纳森叔叔咕哝着。"是下弦月,"他抱怨道,"为什么不是满月呢?弦月会带来变数。"

"邋遢鬼,我对天空的魔力了如指掌,"齐默尔曼太太回答,"可是,你指望我怎么做呢?我无法随便说个咒语就让月亮变得又圆又亮。而且,你也许可以试试你的运气,变一次神奇的月食,但我猜,我们最不需要的就是一个完全漆黑的夜晚。"

在这些小小的争执之后,他们安静下来了。在罗丝·丽塔看来,时间慢得像是在爬。齐默尔曼太太拿出一些冷鸡肉三明治和一壶热可可,他们就在黑暗中吃了下去。食物的香味充满了整辆汽车,但是,忧心忡忡的罗丝·丽塔根本无心享受美食。那鸡肉在她嘴里变成了令人倒胃口的糊状,就连香甜、醇厚的热可可也好像卡在了她胃里的某个地方。

接着,齐默尔曼太太的眼皮开始跳,她突然倒吸了一口凉气:"乔纳森!"

罗丝·丽塔探出头来,从前排座位上方看过去。齐默尔曼太太拿着伞,指着车底,伞柄朝上。水晶球里面的紫光闪了一下，像灯塔的探照灯发出的警告。

"看！"乔纳森叔叔推开驾驶室的门走了出去，罗丝·丽塔看到一道红光勾勒出他的轮廓。夏威夷屋的两扇窗户里正闪着红光。深红色的窗户位于方形塔楼的左侧，外面就是露台。

齐默尔曼太太也从车里出去了，罗丝·丽塔跟着从那辆旧汽车上跳了下来："发生了什么？"

齐默尔曼太太轻轻地把伞放在地上。不知怎的，它变大了，延伸成了一根长长的木棍，比齐默尔曼太太还高，水晶球像一颗刚刚诞生的星星一样闪烁着。"不是什么有害的东西——我不认为是，"齐默尔曼太太严肃地说，"就好像有什么幽灵出现了，但我感觉不到愤怒或敌意。我真希望，我知道——"

就在这时，有什么东西在寂静中爆炸了。罗丝·丽塔感到一股热浪猛烈地冲击着她，把她往后推，她踉跄着站稳。耀眼的红光格外炫目，使她睁不开眼睛。

鼓声隆隆，她的耳边充满了低沉而有节奏的吟唱，大地在她脚下颤抖。

"走开！"乔纳森叔叔大吼一声，举起手杖，漆黑的身影映衬着起伏的红光，"不要让那些邪恶的东西靠近！"

齐默尔曼太太把她的手杖笔直地举在面前，手臂僵硬。眼前的火焰从地面一直延伸到天空，明亮的火焰刺痛了罗丝·丽塔的眼睛。它的底部是强烈的橘红色的火焰，随着它上升，火焰达到了白热的强度。看着它，感觉就像眯着眼睛看着高炉炽热的中心。一阵热风从耀眼的火光中吹来，撩动了齐默尔曼太太的头发。不知怎的，她那件宽大的裙子变成了强大女魔法师的飘逸长袍，紫色如此耀眼，看着它，你会觉得自己在凝视着宇宙的中心。一阵热空气在她身后翻腾，把她的裙摆掀起，形成一股巨大的波浪。

"贝利！"齐默尔曼太太喊道，"是你吗？"

黑暗像一阵无声的雷鸣再次袭来。

罗丝·丽塔感到整个世界都在震动和颤抖。夏威夷屋呢？她看不到它了。她伸出手来，感觉到了汽车冰凉而令人安心的触感。她并没有失明——乔纳森叔叔的手杖和齐默尔曼太太的魔杖发出的双重光芒仍然在闪烁。但是夏威夷屋消失了。发生了什么事？

"谁在叫我的名字？"

罗丝·丽塔惊恐地尖叫出来。夜色中出现了一个身影，一个傲慢的年轻女子穿着红色丝质长袍，长长的黑发在她周围飘动，仿佛被上升的热气拂过。她大步前进。她的脸既可怕又美丽，她的身体散发出耀眼的光芒，仿佛火焰在她的皮肤下燃烧着。她的眼睛应该是黑色的，但瞳孔却像炽热的余烬一样闪闪发光。

乔纳森叔叔的手放在罗丝·丽塔的肩膀上。"让弗洛伦斯来处理这件事吧，"他用柔和的声音说，"她是真正的魔法师。"

齐默尔曼太太向前走了几步，不知怎的，她的个子更高了。暗红色的火焰从地面上卷起来，包围着停在三米开外的幽灵。齐默尔曼太太继续向前走着，紫色的火焰在她身体周围绽开。两个女人在离对方不到一米的地方停了下来。"贝利？"齐默尔曼太太问。

"我远道而来，"对方回答，"你为什么要阻止我？"

"你无权伤害这些人，"齐默尔曼太太回答说，"我知道你的故事。你漂洋过海，从一个岛到另一个岛，想要寻找一个家园。每次你发现一个舒适的洞穴，后来都会被水淹没，直到最后你来到美丽的夏威夷。那里便成了你的家。那才是你应该待的地方。"

"可是我的东西被拿走了，"那个女人说，"一个陌生人，一个小偷，偷走了我最心爱的东西。难道我不能收回属于我自己的东西吗？"

齐默尔曼太太手里拿着魔杖，站得很高："但你拿走的可不止这些，你还夺走了无辜的生命。你不能再拿了。"

贝利的身体像熔岩一样燃烧着。"你，"一个声音像爆炸似的隆隆地说道，"错了，老太婆。"贝利从她衣服的皱褶里拿出一件武器，一根桨状的棍棒，棍棒的边缘长满了白色的尖牙——除了一处缺口——靠近顶端的地方少了一颗牙。"这是我多年前就发过誓的。今晚我要夺回所有，你不能阻止我。"

罗丝·丽塔觉得，在这个伟大而可怕的人物面前，世界上的一切都变得虚无了。她感到乔纳森叔叔抓住了她的胳膊，如果不是他扶住自己，她一定会因敬畏和绝望而崩溃。他们将如何，他们该如何和这个幽灵战斗呢？

路易斯死死地抓住链子，而那只没有身体的手却固执地试图把它拉开。一道红光闪过房间，把一切都变成了红色。现在，路易斯可以看到他面前的人，一个透明的灰色剪影。她的手是她唯一真实的部分，但显然她就是那个在梦中从窗口向他招手的年轻女人。"住手！"他喘着气说，"放手！"

　　年轻女人朝门口点了点头，脸上流露出焦急而关切的表情。路易斯震惊地意识到，她是想警告他——警告他停止正在做的事，离开这个房间。"我……我想帮助你。"他说，声音因恐惧而颤抖。

　　那可怕的拉扯松开了，水晶球掉了下来。从纤细的指尖，到手臂，再到整个身体和脸都逐渐清晰了。这个年轻女人长着一张漂亮而高傲的脸，乌黑的头发，尖尖的下巴。她穿着19世纪70年代的老式衣服，实际上可能是白色的，但在房间的超自然光线下看起来却是红色的。女人的大眼睛里充满了悲伤："你帮不了我。走，求你了。快走。"

　　那女人并没有说话，至少路易斯没有看到她的嘴唇在动。然而，一个甜美的声音似乎一直在他的脑海中回响。"我必须帮你。"他说。

　　"你帮不了我。我一直在这里等我的丈夫。他的灵魂不能与我的灵魂结合。如果你拿走了你想要的东西，那么贝利就赢了，我的灵魂就必须和她的战士们一起走了。离开这里。离开这栋房子。如果是那样，我宁愿永远待在这里，和我的丈夫在一起，也不愿意离开他，到半个地球之外的地方。"

路易斯明白了："你是玛卡拉尼。"

"我是玛卡拉尼，国王的女儿，贝利的后代。我离开我的岛屿来到这里，这是我自己的选择，我愿意留在这里。"

"我想帮助你，"路易斯说，"我只是想帮忙。"

"但是太迟了！又开始了！"

没有像电影里那样闪烁或褪色的特效，但那明亮的光芒不知怎的就消失了，只剩路易斯独自一个人站在房间里。不，不是一个人。一个女人躺在一张大床上睡着了，她的黑发散落在枕头上，那张可爱、平静的脸就是玛卡拉尼。床边的小圆桌上点着一根蜡烛，火焰是淡黄色的。门开了，一个高个子男人从楼梯平台上走了进来，他浓密的头发几乎全白了，只有头顶上有一缕黑色的头发从前额向后梳，又长又白的胡须从他的脸颊上垂下来。他的眉头愤怒地紧皱着，蓝色的眼睛深邃得像太平洋一样，鼻子突出，像一艘大船的船头。他凝视着熟睡的玛卡拉尼，脸上的表情变得柔和起来。然后他举起手臂，路易斯惊恐地叫了起来。

那个男人——他一定就是阿贝迪亚·查德威克，娶了玛卡拉尼，并把她带到这里的富有的船主——随身携带的东西显然是一件武器。它看起来像一个细长的网球拍，用发亮的红色木头雕刻而成。然而，球拍的边缘是一圈闪烁着寒光的白色锯齿。是鲨鱼的牙齿。那东西是一种原始武器，一根战棍。

鼓声！那人厉声说："他们找到我们了，亲爱的！他们来了！"

玛卡拉尼立刻醒来，从床上下来，站在她丈夫的身边。她用某种外语说了些什么，那种语言里有很多L、R和元音。"我试试看。"那人回答。

　　第一个战士从离床头最近的窗户旁边的墙上走了过来。查德威克向前一跳，正好穿过路易斯，路易斯打了个转，缩到了一旁。查德威克愤怒地挥舞着战棍，朝那个全副武装的人打去。幽灵战士消失在了雾中，他的身体像一阵风一样飘动着。

　　路易斯背靠在墙上，感到身后又冷又硬。他面对着一大群头戴钢盔、身穿盔甲的幽灵战士。查德威克再次出击，尽管他击中的每个战士都消失了，但他们人数太多了。他们挨得很近，试图挤过他去抓玛卡拉尼。

　　查德威克吃力地咕哝了一声，他与幽灵军队激烈地战斗着。其中一个幽灵战士向他掷出了一支标枪似的长矛，查德威克猛地一挥战棍，没有击中那支幽灵般的长矛，他转过身来，看到它刺穿了玛卡拉尼的心脏。她轻轻地叫了一声，倒在了床上。他狂怒地朝着那个幽灵战士砍去，战士的身体被风吹走了。

　　鼓声停止了，不知从什么地方传来了一个女人冷冷的笑声。查德威克脸上流着泪，抱起玛卡拉尼。他把她放回床上，轻轻地给她盖上被子，把她的双手交叉放在胸前。然后他朝窗户望去。"你没有得到她，"他说，"你让她的灵魂离开了身体，但我阻止了幽灵战士。只要我还能坚持，你就得不到她。只要我有你的东西就行！"

鼓声响起，声音越来越大。

一个高大的战士冲过了墙。查德威克一跃而起，举起战棍，打在那个幽灵般的身影上。砰的一声！战棍穿过了战士的身体，猛烈地撞在窗台的边缘，窗户被撞开了。

查德威克拼命地拽。一颗鲨鱼牙齿深深地嵌进了窗台，插进去有一厘米多。更多的幽灵战士涌了进来。查德威克丢下那根卡住的战棍，向后退。砰的一声他关上门，路易斯能够听到他在通往露台的短楼梯上的脚步声。

现在，那些战士已经消失了。当查德威克堵住露台的门时，他听到了楼梯间传来的吟唱声、刮擦声和吱吱声。冰冷的气息从微微打开的窗户吹进来，路易斯觉得自己好像被粘在了床边的墙上似的。

玛卡拉尼不知怎的站在了她的床脚，而她的身体还一动不动地躺在那里。然后另一个女人出现了，她高大而凶狠，她的长袍是由鲜红和橙黄相间的布料做成的，头发上装饰着花朵。"孩子，房子里的其他人都成了我幽灵大军的一部分。现在我来接你了。"

"我不去。"

"你是我的。"

"我应该和我的丈夫在一起。"

"不。你是阳光灿烂的大海和湛蓝天空中高高的白云的孩子。你是深绿色的山谷和烟雾缭绕的瀑布的孩子。你是我的。"

"我是我自己的。"

另外一个女人——路易斯猜到，她就是贝利——愤怒地咆哮起来。她抓起那根战棍，把它从窗台上拔了出来。路易斯听到了啪的一声。一瞬间，那颗鲨鱼牙齿的尖端裂开了，飞出窗外。贝利挥舞着战棍，路易斯可以看到战棍上的鲨鱼牙齿断裂的地方。"这是被人从寺庙里偷走的，"贝利说，"我收回它，就像我将收回被人偷走的圣珠，然后送给渡海人一样。就像我要把你带走一样。"

　　"你不能带走我。"玛卡拉尼回答道，声音里透着反抗，"只要我丈夫还守在这里，你就不能带走我！"

　　"那就随你的便吧！"

　　路易斯脚下的地板起伏着，他重重地摔了一跤。接着他就躺在黑暗中，不知道自己是清醒还是昏迷，是活着还是死了。

第十七章

齐默尔曼太太对乔纳森和罗丝·丽塔说:"走。后退。你会知道什么时候回来。你们会知道,你们是否应该回来。"她连看都不看罗丝·丽塔和乔纳森叔叔一眼。

"不!"罗丝·丽塔喊道,但乔纳森叔叔坚定而轻柔地把她推进了车里。他坐到驾驶座上,发动引擎,轮胎发出刺耳的声音,他不顾一切地后退。贝利和齐默尔曼太太的身影变成了橘色和紫色两种颜色的剪影,在漆黑的夜幕中互相环绕着。火焰忽明忽暗。在她们身后,夏威夷屋沐浴在超自然的色彩中,一张由彩虹的各种色调组成的网在闪闪发光。

在那狂野、怪异的光线中,罗丝·丽塔瞥见了什么:"在那儿,在塔楼里!是路易斯!"

乔纳森叔叔用脚猛踩刹车,车猛地停了下来:"他在做什么?"

"我看不出来！"

罗丝·丽塔想从车里爬出来，跑去帮助她的朋友，但她痛苦地意识到她做不到。一支军队从地里冒出来，或者像雾一样在空中形成。黑暗中，它们灰蒙蒙的，都戴着头盔，拿着长矛，肩并肩地站成可怕的队列。它们没有移动，而是像卫兵一样坚守阵地，决心不让任何人通过。透过它们的身体，罗丝·丽塔能够看到齐默尔曼太太还在与贝利激烈地战斗着。夏威夷屋仍然在颤动的光波中起伏着，仿佛躺在海底。

但是在汽车和房子之间站着一排灰色的战士，罗丝·丽塔知道，她和乔纳森叔叔不可能从他们面前通过。这就是她外公告诉过他们的军队。

它们就是"夜行亡灵"。

路易斯出现在露台上，感受着夜晚的寒风。他从卧室里爬出来，上了塔楼的楼梯。这一晚没有把老阿贝迪亚冻死的那晚那样冷，但对于一个只穿着棉质睡衣的人来说，也已经够糟的了。

一个男人站在齐腰高的露台栏杆旁。他穿着一件蓝色的长外套，戴着一顶看起来有点儿像短礼帽的帽子。他那双透明的手抓住栏杆，盯着前面院子里发生的一切。他的脸转向路易斯，路易斯认出，他是阿贝迪亚·查德威克——或者说是查德威克的鬼魂。

"真是一个糟糕的夜晚啊，巴纳维尔特先生。"和公主的声音一样，这个声音并不是由面前这个灵魂的嘴里说出来的，而是在路易斯的脑海中形成的，"你的朋友身手不错，但谁又能抵挡住岛上的那个老妖婆呢？"

"查德威克船长。"路易斯含糊地说。

"是的，这是我的名字，我还活在这个世界时的名字。"

"它们没有抓住她。"路易斯说。

鬼魂转过脸去："是啊，孩子，这我知道。她的灵魂被关在她的房间里，而我的灵魂

被锁在这里，都是因为贝利的诅咒。我们是如此亲密，但只要贝利的仇恨还在，我们就永远无法团聚。一个灵魂可以容纳足够的仇恨，直到永远。"

"我可以做什么？"

"离开这个地方。就让我们陷入无尽的痛苦中吧。啊，但愿有一艘船能在天空中航行！为了在云涛中疾驶的船，为了我脚下的甲板！我曾经有一把'剑'，也就是我的帆船。但它现在就像一截浮木，已经锈蚀了许多年。"

楼下的光芒闪烁，路易斯伸长脖子想看看发生了什么事。他呆呆地望着齐默尔曼太太，她的紫色长袍随风飘动。她站在一个紫色的火圈里与贝利对峙，贝利站在橘红色的火圈里，显得高大而威严。她们轮流吟唱着。路易斯听不见她们在说些什么，但这似乎是一场激烈的意志较量。

"鲨鱼牙齿把贝利困在了这里。"

"什么？"路易斯转向老船长幽灵般的身影。他渐渐消失了，消散在夜晚寒冷的空气中。路易斯冲进楼梯间，冲到顶层的露台，穿过玛卡拉尼房间的门。耀眼的红光已经消失了，但

头顶上的灯泡还亮着。路易斯跪在窗边，用手指抚摩窗台。他发现了一个洞——一个被坚硬的椭圆形东西堵住的洞。他想，要是他有工具可以把它撬出来就好了。想到这里，他冲向梯子，看见油漆罐旁边放着一把一字螺丝刀。路易斯抓住它，跑回窗口，开始撬那个洞。他把螺丝刀顶在洞里的东西上，用左手猛敲螺丝刀的把手。哎哟，疼！一次，两次，三次，卡在洞里的东西脱落，咔嗒一声落在地板上，路易斯立刻抓住了它。

他拿到了断裂的鲨鱼牙齿。这是阿贝迪亚·查德威克对付幽灵军队所用的战棍上的一颗鲨鱼牙齿，但是只有一半。

路易斯抓起他的鞋子，把它们套在脚上，散着鞋带飞快地跑下楼梯。在楼梯平台中央亮着灯的地方，他差点儿叫出声来。有什么东西正从下面的黑暗中向他爬来！

然后那影子说话了："路……路……路易斯？我……我妈妈和爸……爸爸醒不过来了！"

"大卫！跟我来！"

路易斯打开了客厅的灯。他把屋里的每一盏灯都打开了，他想，凯勒一家一定是被某种魔咒迷晕了，不管他大声尖叫，或是扯着嗓子唱《我亲爱的克莱门汀》[1]，他们都不会醒来。路易斯从架子上抓起一些东西，然后指挥道："来吧！别怕！"

两个男孩噔噔噔地回到楼上。路易斯不知道自己在做什么，他所能抓住的只有一个疯狂的希望。

1　一首在美国几乎人人会唱的民歌，在中国被改编为《新年好》。

另一边，贝利正在发出挑战："它会游泳，它躺在沙滩上，你可以拿在手里，它是圆的，它很小，但它又比一个人的房子还高！"她突然站在旋转的红色火焰中间，火焰在不断向上翻滚。

齐默尔曼太太感到脸上的灼热，但她没有让步："容易。椰子！椰子是一颗漂浮的种子，找到陆地之后，它会长成一棵高大的树。现在请回答我的问题，如果你答得上来的话：一叶独木舟载着一个卑微的旅行者，他用四支短桨划过干涸的海面。这是什么？"

智慧较量和最原始的魔法一样古老。没有炫目的闪光，没有爆炸或闪电，只是谜语和答案的快速转换。齐默尔曼太太想到了一个尽可能远离太平洋岛屿的问题，希望这个问题能难住贝利。但这位火山之神摇了摇头。"啊，你想耍小聪明。但是，这个在沙漠中划行的东西不就是一只乌龟吗？"她把头一仰，笑了起来。夜间的空气中升起了滚滚的蒸汽，被她周围燃烧的火焰染红了。

齐默尔曼太太点点头，无奈地承认对手答对了。她要疯了，而贝利还乐在其中。齐默尔曼太太努力集中注意力，迎接下一个挑战："我在深蓝色的海洋中航行；当你睡觉时，我看着你；我航行到一条金色的海岸，当我到达的时候，我就不在了！"

齐默尔曼太太咬着嘴唇。她知道几百个古老的谜题，但没有一个是来自夏威夷的。贝利似乎感觉到了她的犹豫不决，以一种威胁的姿态举起了战棍，她周围的火焰熊熊燃烧着，齐默尔曼太太不得不强迫自己站稳脚跟。规则很明确：如果她回答不上来，或者在她的敌人面前退缩，她将会失去生命。"你回答不出来吗，老太婆？"

"一颗流星划过夜空，"齐默尔曼太太用坚定的声音说，"当它到达黎明的海岸时，它就消失了。"

贝利放下了武器。她不情愿地说："我很久没有遇到过像你这样的人了，陆地上的女人。"

齐默尔曼太太鞠了一躬："我也从来没有遇到过像你这样的火山之神。"

"但我们中只有一个能赢。"

齐默尔曼太太没有回答，她拼命想要想出一个能难倒贝利的谜语。火神的愤怒几乎已经无法控制。如果贝利赢了比赛，她会愤怒地用一股真正的火焰袭击房子和周围的一切，会烧毁一切的火焰，会致人死亡的火焰。

路易斯还在那房子里啊！

"船长！"路易斯跌跌撞撞地走到露台上，"在这里！"

路易斯小心翼翼地放下了他从客厅搬上来的东西，就像抱着一只小动物一样——那是一艘装在瓶子里的船，一艘名叫剑的双桅纵帆船。在路易斯身后，大卫正气喘吁吁。在路易斯后退、坐下来、匆忙地系好鞋带的时候，瓶子里的整艘船放射出光芒。"多么漂亮的船啊！"船长的声音在路易斯的脑海里回响起来。他不知道大卫是否也能听到，但他没有时间去弄清楚了。

路易斯举起了那颗断了的鲨鱼牙齿："这个能用上吗？"

船长海蓝色的眼睛闪着光："啊！这是毛伊岛一位强大的勇士送给我的战棍上的一颗鲨鱼牙齿。幽灵战士是无法面对它的。不过，你要小心，不要让它落入贝利的手中！如果你拿到了完整的牙齿，你甚至可以放逐她——"

"你待在这里，"路易斯喘着气说，他忙着思考，甚至都不再感到害怕，"大卫！你跟我来！"

他们走下楼梯，路易斯打开前门。在他们的左边，齐默尔曼太太和贝利正在焦灼地战斗着，她们的声音交替着，上升下降，相互挑战。两人都被火焰包围着，深红色的火苗环绕着贝利，紫色的火苗在齐默尔曼太太的魔杖上闪烁着。在两个女人后面，夜行亡灵肩并肩地站着，就像一道幽灵篱笆围绕着房子。"来吧。"路易斯说。他带路穿过草坪，然后看见乔纳森叔叔和罗丝·丽塔站在几米远的地方，无助地望向这边。他听见叔叔在喊他的名字。

路易斯举起鲨鱼的牙齿。他闭上眼睛，摸了摸其中一个战士。一股像电流一样的震动穿过了路易斯的手臂，几乎把他撞倒在地。他听见大卫惊奇的呼叫，睁开眼睛，幽灵的形体已消失在雾中。路易斯用空着的那只手把大卫往前一推。

大卫跌跌撞撞，踉踉跄跄，眨眼之间就穿过了那道幽灵般的屏障，缺口两边的卫兵立刻上前把它封上了。贝利愤怒地尖叫起来。乔纳森叔叔和罗丝·丽塔在远处大喊着大卫。

路易斯没有时间。他喊道："大卫！我房间书桌最上面的抽屉里，有一个旧阿司匹林瓶子！里面的东西看起来像个箭头！快去把它带回来！"

他后退了几步，把那颗断了的鲨鱼牙齿举在面前。齐默尔曼太太愤怒地大声说道："贝利！你们如果离开这里，也就是宣告我胜利了！"

贝利站在火焰中："我是不朽的神！时间对我来说是什么？我要干掉你，老太婆，然后带走你们所有人的灵魂！"

战士们正在逼近。路易斯退回房子，跑进了客厅，当他再次爬上楼梯时，他的身体感到一阵剧痛。

阿贝迪亚·查德威克站在露台上，看上去几乎像是真实存在的人。"船长！我们能坚持下去吗？"

"当然能，巴纳维尔特先生！"路易斯颤抖着。眼前这个人的表情就像一只雄鹰，或者像一头雄狮，他是不可战胜的。贝利不可能打败这个人，她只能杀死他。

马金斯·西蒙尖叫着在巴纳维尔特家门前停了下来，三个人影从车子里冲了出来。"快点儿！"乔纳森叔叔催促道，"我无法想象让弗洛伦斯和路易斯独自抵御那些恐怖的东西！"

罗丝·丽塔颤抖着，她讨厌这种无助的感觉。他们急忙跑到路易斯的卧室，大卫猛地拉开了书桌的抽屉。他翻来翻去，把一堆零零碎碎的东西都扔在地板上：一把童子军刀、一把英国先令硬币、铅笔、旧钥匙，还有路易斯多年来攒下的所有其他旧东西。他喊了一声："找……找到了！"大卫举起了一个圣约瑟夫牌阿司匹林的瓶子,里面有什么东西在响。

乔纳森叔叔从他手里接过,拧开盖子,把一个白色尖头的东西倒进手心里:"这是什么?"

"我记得!"罗丝·丽塔大叫道,"是一个箭头,是很久以前我在夏威夷屋捡到的!"

"不是箭头,"乔纳森叔叔说,"这是一颗鲨鱼牙齿。"

"快……快点儿!"大卫恳求道,"我……我们得……得赶紧回……回去。"

"你说得对。来吧,大家!"

车子颠簸着,呼啸着穿过黑夜,罗丝·丽塔牢牢扶住。在她看来,时间似乎只过去了几分钟,但当乔纳森叔叔踩下刹车让汽车停下来时,周围的一切看起来都不一样了。齐默尔曼太太和贝利仍然面对面站着。但现在,齐默尔曼太太靠在她的魔法杖上,似乎越来越疲倦了。夜行亡灵已经不见了。

一个微弱的声音从塔楼的露台上喊道:"乔纳森叔叔!别进来!里面有鬼!"

"他们无法带走大卫的家人!"齐默尔曼太太喊道,"只要我能挡住贝利就不会!"

"可是,老太婆,你能坚持多久呢?"幽灵高傲地说。

"我找到了,路易斯!"乔纳森叔叔喊道。

罗丝·丽塔不明白路易斯在做什么。他好像在和一个她看不见的人说话,然后他大声喊道:"乔纳森叔叔,我需要它!但是我下不了楼,你也上不了楼!"

"哦，我不能，我不能吗？"乔纳森叔叔吼道。他伸出手杖："抓住这个，大卫和罗丝·丽塔！抓紧了，如果想闭上眼睛就闭上。千万别松手！"

罗丝·丽塔抓住手杖，大卫的手握在她的手上面。过了一会儿，乔纳森叔叔大吼一声："沃伦斯！"

罗丝·丽塔感到自己屏住了呼吸。手杖有了反应，它把他们往上拉。

他们三个从地面上飞了起来。

第十八章

　　路易斯从来没有见过如此美妙的场景——乔纳森叔叔、罗丝·丽塔和大卫从地面飞起，一直飞到了塔楼上。他们越过栏杆，一、二、三，他们着陆了。"路易斯！"乔纳森叔叔喘着气说，"发生了什么？那颗牙是怎么回事？"

　　"它有某种神秘的力量，"路易斯回答说，"你们找到了吗？"

　　乔纳森叔叔在马甲口袋里摸了摸，掏出了阿司匹林瓶子，把它递给了路易斯。路易斯把断了的尖牙倒到手心里，把它和另一半牙齿合在一起，完全吻合。"你能把它们粘在一起，让它恢复完整吗？"

　　"没有问题！"乔纳森叔叔大声喊道。他举起手杖，吟诵了一句拉丁语，路易斯在心里把这句话翻译了出来："让破碎的裂口恢复原貌！"一道细如蜘蛛网的蓝光从他手杖上的水晶球里射出来，照在断裂的牙齿上，路易斯能感觉到它们在他的手掌上跳动。一道蓝光闪过，他拿着一颗完整的牙齿，上面甚至没有一丝细微的裂缝。

"哇……哇哦。"大卫说，经历了在空中飞行之后，他看起来仍然在发抖。

"现在是船，"路易斯指着瓶子里的船模说，"乔纳森叔叔，查德威克船长在这里。"

"他们看不见我。"查德威克的灵魂喃喃地说。

"什么？"乔纳森叔叔和罗丝·丽塔异口同声地问道。大卫往后退，眼睛睁得大大的。

"他在这里，他的灵魂在这里，"路易斯脱口而出，他觉得时间不多了，"听着，他需要让这艘船变成一艘真正的船，或者至少是一艘真正的幽灵船。乔纳森叔叔，你能不能做到？"

"这太难了，"乔纳森叔叔说，"后退，大家！"他站在帆船模型面前，挥舞着手杖，闭着眼睛，嘴里喃喃地说着什么。在他们下面，路易斯听到贝利愤怒的声音越来越高，用一种他听不懂的语言怒吼着。

这时，帆船模型开始变大。路易斯惊慌地后退了几步，以为瓶子会碎掉，但是那个小模型还在那儿。只是在夜晚的空气中膨胀出一种透明的幻影，就像一艘幽灵船。查德威克大声喊道："这就是我的帆船！啊，神奇的魔法！"

随着幽灵船不断变大，微风吹拂着轻盈的船帆，当模型帆船变得有小舟大小时，它开始飘向夜空，穿过栏杆，仿佛是一缕薄雾。查德威克船长跳了上去，然后这艘帆船就变成了一辆卡车那么大。转瞬间，它又变成了一艘真船大小。"我现在看到他了！"罗丝·丽塔喊道。大卫在抽泣着。

这时，下面传来一声像被鞭挞时的惨叫声："不！你们逃不掉的！"

大卫用手捂住了耳朵："救……救命！"

查德威克船长的灵魂笑了，那是一种挑衅的声音。他转动舵轮，帆船就像海鸥一样翩翩翱翔。船首下沉，船正好穿过了屋顶。不一会儿，它就从下面的墙上钻了出来。这时，又有一个人影站在阿贝迪亚·查德威克旁边，玛卡拉尼公主拥抱着她的丈夫。

"我要召唤夜行亡灵！"贝利尖叫道，她的愤怒在膨胀。

"你不能，"齐默尔曼太太坚定说，"你没有打败我。"

火红的烈焰从愤怒的灵魂身上滚落下来："你也没有打败我！"

"是平局！"乔纳森叔叔喊道。

齐默尔曼太太坚定地伸出一条手臂，做了个手势。路易斯感到一阵寂静。他不敢出声，几乎不敢呼吸。世界上的一切都达到了某种危险的平衡，好像现在即使一根头发乱了，也会让这种平衡崩塌。

"看看公主，"齐默尔曼太太轻声说，"你无权带走她，就算是死亡也无法破坏她与她丈夫之间的爱情。她不是你的，贝利。她只属于她自己。承认吧。"

贝利低声说着些什么，隆隆声响起，浓烟滚滚。哪里不对了。

"喂！"查德威克船长喊道，"如果你愿意，我将驾着这艘船去夏威夷群岛。我和我的爱人将在那里找到我们最终的幸福。不论是在这里或哪里，我都不在乎。有她在我身边的地方，就是天堂！你可以得到你的圣珠，还有魔法战棍。你的宝物都很安全。但是，请让我们保留我们自己珍视的东西吧！"

"不！"贝利挥舞着战棍，"它已经不再是原来的样子了！即使这战棍只是失去一颗鲨鱼牙齿，你也必须为此付出代价！"

路易斯把鲨鱼牙齿递给了罗丝·丽塔，她只是盯着他看了一会儿。他感到口干舌燥："记得臭鼬是怎么把珍珠扔出去的吗？我建议你投一记快球。"

罗丝·丽塔带着一种坚定的神情紧紧抓住那颗鲨鱼牙齿，仿佛它是一颗石头，她现在要把牙齿投出去，让它掠过池塘。她打出一记闪电般的侧投，就像臭鼬抛下的珍珠一样，那颗旋转的鲨鱼牙齿燃烧了起来，拖出一道黄色的火光。罗丝·丽塔投出了她一生中最完美的一球。

炽热的火花击中了贝利举过头顶的战棍。随着一道火光，整根战棍炸开了，只留下斑斑黑点在路易斯眼前飞舞。

他听到一声霹雳，整座房子都被震得摇晃起来，尽管夜空依旧晴朗。

贝利……笑了。

然后那声音消失在几百只鸟的啁啾声中。路易斯觉得肩上的重担好像卸了下来。

东方，黎明升起，淹没了夜空，把它变成了明亮、清澈的深蓝色。黑夜在太阳面前消失了，明亮、清新的新一天开始了。

一周后，乔纳森叔叔、路易斯、齐默尔曼太太和罗丝·丽塔开着齐默尔曼太太的紫色轿车贝茜在水泥路上颠簸前行。

"我知道贝利走了，带走了夜行亡灵，也搅黄了我的星期六牌局，"乔纳森叔叔喃喃地说道，"事情已经结束了。但我想知道的是，我们到底是赢了还是输了？"

齐默尔曼太太转动方向盘，超过了一辆开得慢吞吞的老式汽车："我想，所有人都赢了，邋遢鬼。我相信，贝利一定是释放了那些1876年在夏威夷屋死去的可怜仆人的灵魂，他们在永恒中找到了自己的位置。我相信，阿贝迪亚·查德威克船长也信守了诺言，和玛卡拉尼公主驾驶着你变出来的那艘船去了夏威夷。顺便说一句，这魔法真棒。"

"谢谢你，丑八怪，"乔纳森叔叔回答，"这只是我的一个基本的幻象咒语，但我想对于一个普通的幽灵来说，幻象已经足够牢固了。不过，跟我说说那颗珍珠和那个棍子是什么玩意儿吧。它们是什么？"

"那是神圣的遗物。哦，不要问我细节。我也不知道，贝利当然也没告诉我。那颗珍珠也许是某个神像的眼睛。而战棍，可能是某位伟大的领袖用它赢得了战斗胜利后，将它献给了贝利。但那是她的，这才是重点，关键是把它们归还给她。可怜的波茨沃斯告诉幽灵军队，他们可以拿回这颗珍珠，并把它扔给了他们，他的想法完全正确，他自愿把它交了出去，而罗丝·丽塔也用鲨鱼牙齿做了一次精彩的侧手投球。当这两样东西变成了神秘之火时，贝利便以某种方式，通过某种形式把它们拿了回去。没有了要去夺回的东西，贝利便没有了真正的理由留在这里。最后，她也承认了公主不是她的私人物品。我认为，不管怎么说，即使是贝利，也不得不钦佩人类爱的力量和深度。"

"查德威克先生也有他自己的圣物，"乔纳森插嘴说，"水手们都相信，他们的船帆拥有魔力。"

"查德威克先生可以和公主团聚，就是因为他那艘名为剑的帆船。"罗丝·丽塔叹了口气说。

路易斯翻了个白眼，有时罗丝·丽塔说的话听起来很伤感。

他们已经到了安娜堡大学城的郊区。齐默尔曼太太从一条街转到另一条街，最后他们把车停在一幢长长的红砖建筑前。

"他在那儿！"罗丝·丽塔喊道，"嘿，大卫！"

大卫和他的父母刚从大楼里走了出来。大家都从车里出来，他们赶紧挥了挥手。"你们好，你们好！"齐默尔曼太太对凯勒夫妇说，他们都面带微笑，看上去很激动，"怎么样？"

"好……好极了，理……理疗师说，她……她可以帮助我不……"大卫咽了口唾沫，"不……不结巴。如果我努力的话，而我正……正打算这么做！"

欧内斯特·凯勒搂着他妻子的腰。"非常感谢你们，"他对乔纳森叔叔和齐默尔曼太太说，"我们根本负担不起大卫的治疗费用，但这所大学愿意免费为他治疗。大卫每周会接受两次治疗。我知道这对他很重要，对我们所有人都很重要。"

"你们帮我们找到了能帮助大卫的人，我们该如何报答你们呢？"凯勒太太问道。

"简单，"乔纳森叔叔大声说，"让大卫和我们一起回新西伯德吧，我们要请他吃一份很稀有的香蕉船冰激凌！"

凯勒夫妇同意了，大卫爬上了齐默尔曼太太的车后座。"你没告诉他们那晚的事吗？"他们刚往家走，路易斯就有些焦虑地问。

"没……没有，"大卫说，"反……反正说了他……他们也不会相信我的。他……他们只知道，那……那天晚上他们睡……睡得很好，之后每一晚都……都睡得很好。但……但是，路……路易斯，你叔叔是一个真正的魔……魔法师！而齐……齐默尔曼太太是我认识的最……最勇敢的人！"

"也是最聪明的人。"齐默尔曼太太干笑着说，"幸运的是，我了解了关于贝利的一些细节。要想逃离一个吸血鬼，你得撒很多大米在他走过的路上。他痴迷于把每一粒粮食都捡起来，在捡完之前他无法追上你。我对贝利也用了同样的方法。一旦她同意和我较量，她就必须一直留在那里，直到我们其中一人获胜，或者我们都同意平局。不过她的一个问题差点儿把我难住了，还好我及时想到答案是'菠萝'，这才挽救了我皱

137

巴巴的皮肤！"

"要我告诉他们真正的好消息吗，殿下？"乔纳森问。

齐默尔曼太太被逗笑了，开心地说："说吧。"

乔纳森叔叔在前座转过身来："好吧，我们认为贝利已经离开，永远回家了。事实上，我们几乎可以肯定这一点。你最近没有再听见鼓声，是吧，大卫？"

大卫摇了摇头："没……没有了，从……从那天晚上之后，就……就没有了。"

乔纳森叔叔高兴地点了点头："但为了确保安全，我们将乘这艘装在瓶子里的小船去贝利的家看看——我们所有人。我们计划明年在你们暑假的第一天就去。罗丝·丽塔的父母很高兴她有机会去夏威夷，而大卫的父母也相信我不是一个疯子，可以是一个很好的监护人。我知道路易斯一旦能够克服晕船的恐惧，他会喜欢这次旅行的。"

"哦，拜托……"路易斯呻吟道，想象着波涛汹涌的大海和一艘在暴风雨中颠簸的小船。

"振作起来，我的侄子！这将是一次前往夏威夷的伟大航程，然后乘坐舒适的现代化轮船回来，"乔纳森叔叔说，"我们将去参观基拉韦厄山，只是为了确保属于贝利的一切都像它们应有的那样平静而祥和。我要把"剑"号帆船的模型放在岛上一个很好的博物馆里。如果我没记错的话，阿贝迪亚·查德威克已经和贝利达成了和解，我希望这对夫妇最终能得到永恒的幸福。我打算给自己买一件红黄绿紫相间的夏威夷衬衫，然后穿一条草裙，用尤克里里弹一支曲子，在威基基海滩上跳草裙舞。如果贝利也能够开心，那就皆大欢喜。如果有哪个幽灵要捣乱，做出令人不愉快的事，那我就递给罗丝·丽塔一个棒球。"

"我会给它们来一记快球的，"罗丝·丽塔说，"又高又准！"

"干掉它们，我们是冠军！"路易斯欢呼道。

大卫听了咯咯地笑了起来，路易斯也感觉很开心，在十一月这个晴朗的日子里，汽车驶向新西伯德，他们要回家了。

小读客 经典童书馆

童年阅读经典 一生受益无穷

嘀嗒屋 ⑫

邪恶魔法师的记号

［美］布拉德·斯特里克兰　著
陈颜　译

江苏凤凰文艺出版社
JIANGSU PHOENIX LITERATURE AND
ART PUBLISHING

图书在版编目（CIP）数据

嘀嗒屋 . 12, 邪恶魔法师的记号 /（美）布拉德·斯
特里克兰 (Brad Stickland) 著；陈颜译 . —— 南京：
江苏凤凰文艺出版社 , 2022.11
书名原文 : The Lewis Barnavelt series
ISBN 978-7-5594-6914-4

Ⅰ . ①嘀… Ⅱ . ①布… ②陈… Ⅲ . ①儿童小说 - 长
篇小说 - 美国 - 现代 Ⅳ . ① I712.84

中国版本图书馆 CIP 数据核字 (2022) 第 123114 号

嘀嗒屋 . 12，邪恶魔法师的记号

［美］布拉德·斯特里克兰 著　　陈颜 译

责任编辑	丁小卉	
特约编辑	马敏娟　　唐海培　　吴亚雯	
装帧设计	张路云	
责任印制	刘　巍	
出版发行	江苏凤凰文艺出版社	
	南京市中央路 165 号，邮编：210009	
网　　址	http://www.jswenyi.com	
印　　刷	三河市龙大印装有限公司	
开　　本	880 毫米 ×1230 毫米 1/32	
印　　张	28.75	
字　　数	500 千字	
版　　次	2022 年 11 月第 1 版	
印　　次	2022 年 11 月第 1 次印刷	
标准书号	ISBN 978-7-5594-6914-4	
定　　价	198.00（全 6 册）	

江苏凤凰文艺版图书凡印刷、装订错误，可向出版社调换，联系电话：010-87681002。

献给我的活宝儿子乔纳森

——B. S.

目　录

第一章

"女士们，先生们！"乔纳森·巴纳维尔特兴高采烈地说道，声音低沉而响亮，"在接下来的魔术表演中，我需要一名观众的帮助！请问有谁愿意成为这个倒霉蛋——哦，不，是成为我的助手？"

听到这句话，路易斯·巴纳维尔特和他的一帮同学们都忍不住大笑了起来。这是20世纪50年代中期的某个六月的下午，学校刚好放暑假了。于是，在位于密歇根州新西伯德镇高街100号的一个后院里，路易斯的叔叔乔纳森为大家举办了一场庆祝派对。乔纳森叔叔十分开朗，长着一头红头发，蓄着浓密的胡子，还有一个圆滚滚的肚子。此时，他正在为孩子们表演一个神奇的小魔术，而他隔壁的邻居弗洛伦斯·齐默尔曼太太正在一张长长的野餐桌上摆放着各种美味的小吃和茶点。她长着一头灰白色头发，看上去有些瘦削。

从某种程度来说，眼前的这幅画面是十分滑稽的，因为路易斯的叔叔是一位真正的魔法师，他可以创造出一些近乎真实的幻象，而那位和蔼可亲、满脸皱纹的齐默尔曼太太更是一位法力高强的善良女魔法师，她的魔法要比乔纳森·巴纳维尔特厉害许多。不过，虽然路易斯的叔叔可以轻轻松松地逗乐十几个孩子，但他却做不出来一道像样的菜来招待大家。幸运的是，齐默尔曼太太不仅是一位女魔法师，还是一位非常出色的厨师。

路易斯和他的朋友罗丝·丽塔·波廷格坐在一起，当齐默尔曼太太在桌子上放下了一个四层巧克力糖霜蛋糕后，路易斯扭过身子，急不可耐地回头望了一眼，只见蛋糕上满是闪闪发亮的棕色糖霜，让他不禁直流口水。齐默尔曼太太穿着一件轻薄的夏装（当然是紫色的，因为这是她最喜欢的颜色），又开始用一些红红的甜樱桃来装饰蛋糕。

突然，罗丝·丽塔用自己的胳膊肘戳了一下路易斯，说道："专心一点儿！"她是个骨瘦如柴、相貌平平的小姑娘，长着一头细长的黑发，戴着一副又大又圆的塑料框架眼镜。不过，当她那尖尖的胳膊肘戳在你身上时，真的非常疼！

"知道了，知道了。"路易斯嘟囔道。尽管他的肚子一直在咕咕地叫，他还是把目光转回到后院里的那个临时舞台上。这个舞台是乔纳森叔叔用一些木板和胶合板搭起来的，虽然乔纳森叔叔并不是一个木工能手，但是他这一次真的做得还不错。整个舞台看上去很结实，齐默尔曼太太还在上面挂了一些红、白、蓝三种颜色的装饰彩条，营造出了一种欢乐的氛围。

"来吧，大卫，"乔纳森叔叔对他这位有些害羞的助手大卫·凯勒说道，而大卫也是路易斯在学校里为数不多的真心朋友之一，"我们俩好像没见过，对吗？"

"嗯？"大卫惊讶地问道，惹得其他十几个孩子都哈哈大笑了起来。

"好吧，也许我们是见过的。"乔纳森叔叔眨了眨眼睛说，"不过，我敢跟你打赌，只要你随便说出一个东西来，我就能让它出现在你的口袋里，甚至我还能让它出现在我的口袋里！"说完，他转了一下身，向大家鞠了一躬。乔纳森叔叔今天并没有穿他平时爱穿的蓝色工作服和卡其色裤子，而是特意穿了一件燕尾服（在他圆鼓鼓的肚子上显得尤其紧绷），戴着一顶黑色的高顶礼帽，还披着一件白缎衬里的黑丝斗篷，让他在鞠躬的时候显得十分优雅和潇洒。

"你随便说一个吧，"乔纳森叔叔鼓励着大卫，然后略显夸张地举起了手中的一根破旧的手杖，"没关系的，随便说一个就好，不管多么离谱的都行，哪怕是要让我花上一百万年两个月十一天才能找到的东西，也完全没问题！"

大卫着急地左右跺脚，在大家的面前尴尬得脸都红了。"呃……一头大……大象！"他终于开口了，虽然有点儿结结巴巴的。

"一头大象！"乔纳森叔叔大声说道，"真是难办呀！这可是一个非常巨大的家伙！不过，变戏法派奇德莫特斯，变！"

他挥舞着那根水晶头的手杖，就像是在挥舞一根魔杖一样。

"刚才我念了咒语'口袋里的大象'！你看看，我在你的衬衫口袋里找到了什么？"

大卫瞪大了眼睛，他看见乔纳森叔叔从他的口袋里掏出了一条揉成团状的灰色丝质手帕。接着，乔纳森叔叔很夸张地把手帕轻轻地扔在了舞台上，又用手杖在上面挥了一下，这时大卫的眼睛瞪得更大了。在手帕的下面好像有什么东西在动，看起来像一个网球，然后它开始变得越来越大，就像有人在吹气球似的。当乔纳森叔叔弯下腰把手帕掀开之后，大家都惊叫了起来。

一头老鼠般大小的大象开始在舞台上转圈奔跑，身上穿着一套迷你版的马戏团戏服：粉红色的鸵鸟羽毛和红色的皮革挽具。在大家的注视下，它抬起自己的小象鼻，开始吼叫起来，声音听起来就像是一只小猫在吹卡祖笛[1]一样。

"这不是真的！"有人嘲笑道，"它一定是个玩具！"

"大卫，你是不是在骗我们呀？快说，你的口袋里是不是本来就有一头玩具大象？"乔纳森叔叔严肃地问道。

"没……没有！"大卫回答说，"我甚至连一个真正的玩具都没有！"

大家又笑了起来，但乔纳森叔叔却举起一只手，示意大家

---

1 一种古老的气鸣乐器，依靠自身的膜片和共鸣管将人哼唱的声音放大，音色沙哑，类似萨克斯管。

安静下来："是谁说'这不是真的'呀？"

路易斯和罗丝·丽塔转过身来，看着他们身后的一群孩子。其中有一个人居然站在了折叠椅上，交叉着双臂，显出一副自作聪明的样子。"看来是哈尔。"罗丝·丽塔苦笑着低声说。

"是的。"路易斯同意道。哈尔·埃弗里特是不久前才搬到镇上来的，到目前为止也只在学校里上了几周的课。然而，就在这么短的时间里，罗丝·丽塔却对他很是不满，因为哈尔在历史学科上击败了她，成为班上平均分最高的学生。在这一学年中，尽管罗丝·丽塔的平均成绩获得了令人难以置信的98.5分，但自从哈尔·埃弗里特转学来到这儿之后，他的每一次测验，甚至连期末考试都考了满分，所以他的平均成绩达到了100分。于是，罗丝·丽塔向路易斯抱怨说这一切非常不公平，毕竟她已经在学校里待了整整一学年了，而且要不是之前冬天的时候得了重感冒，导致她缺了整整一个星期的课，她完全有可能获得100分的平均成绩！虽然罗丝·丽塔并不是那种会一直怀恨在心的人，但路易斯确实有些后悔邀请了哈尔来参加派对。

路易斯之所以会邀请哈尔，是因为他在发完请柬的时候，才突然意识到参加派对的人数（如果把他和罗丝·丽塔也算在内的话）一共是13个人——整整13个[1]！于是，他坐在自习室里又匆忙地补写了一份请柬。在去吃午饭的路上，他一直在思

1　数字13在西方文化中是一个不吉利的数字。

考到底要邀请谁，而就在这个时候，哈尔从后面追上了他，说道："大家都在说你要举办一个派对。"

"只是一个庆祝放暑假的活动而已。"路易斯解释道。

哈尔深深地叹了口气："真希望我也能办一个派对。"

"为什么你办不了呢？"

哈尔耸了耸肩，一脸难过的样子。"我是新来的，"他用哽咽的声音说道，"而且和别人也不熟。"他似乎有些尴尬，又把目光移开了："我想你……你应该不会邀请我吧？"

事情就是这样，路易斯最后给了他那份请柬。尽管罗丝·丽塔并不怎么喜欢他，但路易斯很同情哈尔的遭遇。现在，路易斯唯一希望的就是，等乔纳森叔叔叫哈尔上台之后，他不要太自作聪明就好了。

"上来吧，快上来。"乔纳森叔叔招呼哈尔，只见一个瘦瘦高高、脸色苍白、神情严肃的孩子穿过人群，走了出来。

"快到舞台上来吧！"乔纳森叔叔用鼓励的口吻说道。"好了，这位充满怀疑的托马斯先生，如果这是你的真名的话——"

"我叫哈尔·埃弗里特。"哈尔有点儿不耐烦地说。

"那我向你道歉，埃弗里特先生。好了，下面请看我把这头大象举起来吧。"乔纳森叔叔弯下腰，把那只小动物抱了起来。他用一只手捧着大象，只见它在不停挥动着自己的象鼻。

"我把之前遮住它的丝帕递给你，待会儿请你把手帕的四个角捏在一起，做成一个袋子的形状。左手拿两个角，右手拿两个角，没错，你做得很好。现在，我要把这头大象慢慢地放进手帕里。好了，请你将手帕的四个角合在一起，让大象装在袋子里，可以吗？"

哈尔按照乔纳森的指示做了，大卫也在一旁好奇地看着。那个晃来晃去的丝质袋子膨胀了起来，看上去确实像是装着什么活物一样。

乔纳森叔叔又举起了手杖，嘴里吟诵道："变变变哥伦比亚利维亚！"他点了点头，然后又接着说："哈尔，你确定你拿着的手帕里有一头玩具大象，对吗？"

哈尔耸了耸肩："是的，我确定。"

"而且你也认为它不可能是活的，对吗？"

哈尔怀疑地看了他一眼："它绝对就是个玩具！"

"好的，接下来，让我来拿着手帕的四个角，然后请你小心地把手伸进去，再把玩具大象拿出来。"

"好的。"

路易斯抻着脖子，很想知道他叔叔的葫芦里究竟卖的什么药。乔纳森叔叔从来都不会表演两次一样的魔术——他也很少会为路易斯的朋友们表演，因为要是孩子们谈论起魔术表演的事情，很可能会让他们毫不知情的父母认为乔纳森·巴纳维尔特是一个非常狡猾的家伙。镇上并没有多少人知道他是一个真正的魔法师，而知道他身份的人都是卡帕纳姆县魔法师协会的成员。

乔纳森叔叔小心翼翼地拎起手帕的四个角，微微打开了袋口，好让哈尔伸手进去拿大象。紧接着，哈尔的眼睛里露出了一种疑惑的神情，只见他的手不停往里伸，不停往里伸，观看魔术表演的男孩女孩们都咯咯地笑了起来，用手指指点点。最后，哈尔弯下身子，把整条胳膊都伸进了手帕袋子里，只有他的肩膀还露在外面。路易斯不禁在心里想着，这看上去是绝不可能的，而且事实上也是不可能做到的，因为一切都是乔纳森叔叔的魔法在捣鬼。

那一晚的天气很暖和，但路易斯却打了个寒战。他想起了几年前的一个晚上，乔纳森叔叔给他和另一个叫塔比·科里根的男孩表演了一场非常精彩的魔术：乔纳森叔叔将月亮遮了起来，让整个后院完全陷入了一片黑暗之中，但奇怪的是，院子外面的人却看不出异常。在那片诡异的黑暗之中，发生了各种奇怪的事情——其中的一件就是路易斯萌生了模仿乔纳森叔叔的想法，结果却引发了一系列可怕的事。从那以后，路易斯就再也不敢一个人偷偷尝试魔法了。

乔纳森叔叔站在舞台上，鼓励道："它就在里面的某个地方，再伸进去一点儿就能摸到了，但是你得温柔一些！"

"哦！"哈尔突然把手抽了出来。他的手里拿着一个灰色的东西，但那并不是一头大象。哈尔一脸惊讶地把手张开，一只鸽子飞了出来，还咕咕地叫着。乔纳森叔叔又将手帕晃了一下、两下、三下之后，那只鸽子突然一闪，就消失不见了。

"所以，你从手帕里拿出来的这个东西是活的，对吗？"乔纳森叔叔将着自己红灰色的胡子问道。

尽管哈尔很想继续质疑下去，但他还是忍不住害羞地笑了一下："嗯……它确实是活的——但它并不是那头大象！"

　　"好吧，那你现在来猜一下，我的口袋里绝对不可能有什么东西？"

　　哈尔眯着眼睛思考了一下，说道："氦气球！"

　　"让我们来看看吧！"乔纳森叔叔将身上的斗篷一挥，突然一个个氦气球从飘动的斗篷里升了出来，让在场的每个人都一下"哇"了出来。这些气球的一端都系着长绳，纷纷在空中飘了起来，而且每个气球上还印了一些弯弯曲曲的字：黄色的气球上写着"嗯……"，红色的写着"但"，蓝色的写着"它"，绿色的写着"并不是"，紫色的写着"那只"，橙色的写着"大象"。

　　"让它们都飞起来吧！"乔纳森叔叔一边大喊，一边把气球递给了大卫。

　　大卫·凯勒开心地笑着，把气球一个一个地放飞了。这些气球在空中飞到十多米高的时候，全都砰的一声爆炸了，绽放出绚丽夺目的光芒：那只写着"但"的气球变成了一团红色的火花，而其他的气球变成了一团深蓝色的蓬松羽毛、一股淡紫色的烟雾、一些闪闪发光的金色碎屑，甚至还有一个发出了像放屁坐垫一样的声音，让所有人都笑得直不起腰来。

　　哈尔也轻声地笑了笑，但他看上去有些难为情的样子。看着眼前的场景，路易斯对这个新来的"局外人"不禁泛起了一阵同情，因为他很清楚，受到嘲笑真是一件很令人沮丧的事情。

"对了，"乔纳森叔叔拍了拍自己的口袋说道，"气球全部都变出来了！现在你应该承认了吧！要不，你就说一句'这是我见过最神奇的魔术'吧。"

哈尔勉强地笑了笑，小声地说："这是我见过最神奇的魔术。"

"哎呀，谢谢了！"乔纳森叔叔说完，又深深地鞠了一躬。接着，他伸出一只手来，砰！一顶闪亮的红色礼帽出现了。他把这顶帽子递给了大卫，然后又变出了另一顶亮蓝色的帽子，递给了哈尔。"这是送给你们两个的魔术师荣誉帽子，"他说道，"感谢你们的帮助，如果帽子里有兔子跑出来的话，可千万不要让它们在房子里乱跑哦！最后，请大家给我的助手们送上热烈的掌声！"

路易斯和其他人一齐鼓起掌来，但就在这时，他注意到了一件事。或者，更确切地说，他是注意到了一个人。路易斯发现有一个人正在车库的角落里偷看他们，他穿着一身红紫色的连帽长袍，但他把兜帽压了下来，所以路易斯根本看不清他的长相。他向罗丝·丽塔靠过去，问道："那个人是谁？"

"在哪儿？"罗丝·丽塔疑惑地问道。

路易斯用手一指，却发现他指的那个地方什么也没有，那个穿着长袍的人消失了。路易斯眨了眨眼睛，心里想着这有可能是乔纳森叔叔的小把戏。不过，他还是感觉有些不寒而栗。

乔纳森叔叔又开口说道："各位，我看到齐默尔曼太太为你们准备的一桌美味佳肴已经快好了，所以我们最后就再表演一个小魔术吧。嗯……罗丝·丽塔，你上来吧！"

罗丝·丽塔笑着从座位上跳起来，又蹦到了舞台上面。她知道乔纳森叔叔会真正的魔法，并且也相信他绝对不会伤到自己的。

"庆祝的时候怎么能少了烟花呢？"乔纳森叔叔问道，"罗丝·丽塔，我需要你帮我表演一场神奇的烟花秀。不过，孩子们，千万别在家里这么做！不然会酿成大祸的！"

乔纳森叔叔先拿出了一个空的金鱼缸，然后让罗丝·丽塔把它举在自己的头上。"很好，"他说道，"你最喜欢什么烟花呢，罗丝·丽塔？"

"火箭筒烟花！"她立刻回答说。

瞬间，十几个火箭筒烟花从金鱼缸里射了出来，让大家都惊叹不已。那些烟花都拖着一条条彩色的烟雾，越升越高，直到最后伴随着一阵轰隆声和嘭嘭声，它们一个接一个地绽开来，变成了红色、蓝色和绿色的星星。

"下一个！"乔纳森叔叔在喧闹声中大喊道，"让我们的烟花继续放！"

"我想看轮转烟花！"有人喊道。

乔纳森叔叔用手杖轻轻一碰，金鱼缸里立即冒出了一些螺旋形的火花，十分壮观，甚至还有一些银色的火花朝舞台下面的观众喷溅了下来，一些孩子惊恐地尖叫起来——但是这些火花其实一点儿也不烫，而且在接触到任何东西之前，它们就瞬间消散了。不停旋转的轮转烟花越升越高，最后在一阵令人满足，又让人紧张的爆炸声中绽开了。

"再下一个！"乔纳森叔叔喊道，"抓紧时间！"

"罗马烟花筒！"路易斯喊道。他很喜欢这种烟花，因为它们不会发出很大的声音，毕竟他对巨大的爆炸声还是挺害怕的。

嗖！金鱼缸里蹿出一个个彩色火焰球，在空中划出一道道弧线后，又纷纷落到地上，形成了一些红、橙、黄、绿、蓝、靛、紫的烟迹，并且在空中形成了一个图案，看上去就像一棵对称的、巨大的五彩柳树。"现在该轮到我了！"乔纳森叔叔说，"我想让齐默尔曼太太高兴高兴，所以——请放出很多很多的紫色烟雾吧！"

罗丝·丽塔半是惊恐、半是高兴地尖叫了起来。一团沸腾的浓烟，是的，很多很多的紫色烟雾，从金鱼缸里喷涌出来，淹没了整个舞台，接着又涌向了下面的观众。每个人都跳了起来，但他们并没有逃跑的机会，顷刻之间，那团烟雾就把大家彻底笼罩了。

有那么一会儿，路易斯感觉自己被困在了紫色的迷雾之中。他屏住了呼吸，但当他再也憋不住要吸气时，才发现自己根本没有闻到任何的烟味，而且这些烟雾也并不会让他窒息，反而让他觉得就像是在呼吸着夏日的新鲜空气一样。不一会儿——他就闻到了真正的新鲜空气。

他们每个人都惊奇地眨了眨眼睛。烟雾一下子就消失了，舞台和所有的魔术道具也都不见了：此刻的乔纳森叔叔又变回了令人熟悉的一身打扮，一件旧蓝色衬衫和红背心，还有一条卡其色的裤子，而且他脚下站的地方也不再是舞台，而是在后院一堆乱蓬蓬的绿草地。在他的旁边，正站着犹豫不决的罗丝·丽塔，她的双手仍然举过头顶，想要保持金鱼缸的平衡，但是金鱼缸却早就不见了。

"谢谢大家！"乔纳森叔叔一边说着，一边拉起了罗丝·丽塔的一只手，领着她向大家鞠了个躬，孩子们都热烈地鼓起掌来。不一会儿，大家全都围在了乔纳森叔叔的身边，向他提了各种问题和要求："您是怎么做到的？""这都是真的吗？""您能教教我们吗？"还有一遍又一遍的"再表演一次吧！"

乔纳森叔叔礼貌而坚定地拒绝了再让他表演一次的请求，他的解释是——"为什么？"他说道，"因为魔术师都发过誓一定要保密的！如果我向你们揭秘了自己的魔术，那我的脚指甲不仅会变成蓝色，而且还会整晚地发痒，难以入睡。但我实在是太喜欢睡觉了！好了——我们去吃东西吧！"

终于可以吃东西了！路易斯急忙跑到野餐桌旁，盛了一大盘的食物。然后，他、罗丝·丽塔和大卫一起坐在了铺在草地上的一条大浴巾上，狼吞虎咽地吃着他们盘子里的美食。"这真是一场很棒的表演。"大卫高兴地感叹起来，却不知道在那顶硬纸板做的红色礼帽下面，他的脸早就沾上了一些巧克力。

"这个蛋糕实在是太好吃了。"路易斯说道。不过，他却一点儿也不惊讶，因为双层软糖巧克力蛋糕是齐默尔曼太太的拿手绝活儿之一，但她一年只会做一两次。

"哈尔没在吃东西。"罗丝·丽塔突然开口说。

路易斯瞥了一眼，发现哈尔·埃弗里特正一个人站着，双手插在口袋里。他正在目不转睛地看着乔纳森叔叔和齐默尔曼太太，并没有向野餐桌靠近。

"我们应该让他感觉宾至如归才对。"罗丝·丽塔提议。

路易斯一脸惊讶地看着她。"我还以为你对他恨之入骨呢！"他说道，"因为他抢走了你的历史课第一。"

"我才不恨他呢，"罗丝·丽塔嗤之以鼻，"我只是觉得学校在这方面不是很公平，仅此而已。他看起来是个不错的人，而且还接受了乔纳森叔叔开的玩笑。不管怎么说，哈尔是新来的，就像你以前一样，路易斯。"

"我……我也是。"大卫插了一句。他家搬到镇上也不算久，他们并不知道自己买的那座房子，也就是那个叫夏威夷屋的地方，居然会有一群夏威夷幽灵战士出没。幸运的是，就在他们一家人差点儿被那些夜行亡灵带走的时候，路易斯、罗丝·丽塔和他们的两个魔法师朋友及时赶到，救下了他们。

"所以，我们应该和他做朋友。"罗丝·丽塔接着说，"这个暑假我们可以带他四处转转。"

"我恐怕没法参加了，"大卫说道，"这一整个暑假，我的妈妈都要带我去马萨诸塞州看望祖父母，我……我得到八月才能回来。"

"那只能我和路易斯一起了，"罗丝·丽塔果断地说，

"也许他很喜欢打棒球，那我们就可以和他一起玩'高飞球和滚地球'，或者……"

路易斯叹了口气。每当罗丝·丽塔用这种语气说话时，再和她如何争论都是没有用的。当她下定决心要做什么事时，她就一定会去做。罗丝·丽塔比路易斯更有运动天赋，一到暑假，她就总是想说服路易斯拿起棒球棒，或者戴上棒球手套。所以，如果罗丝·丽塔希望路易斯能一起帮忙，好让哈尔感到宾至如归的话——那他一定得帮忙的，仅此而已。

"好的，"路易斯回答，"但得等我先吃完这块蛋糕！"他又咬了一口美味的蛋糕，甜甜的糖霜在他的嘴里融化了。这时，他已经把几分钟前看到的那个戴着兜帽的幽灵身影忘得一干二净了。

第二章

　　庆祝派对是在星期六的下午举办的，但到了下周的星期一，路易斯就已经开始觉得自己好像离开学校很久了。路易斯喜欢放假。这倒不是说他是个坏学生，或者说他讨厌上学——事实远非如此。路易斯是个聪明的孩子，对科学和数学很感兴趣。实际上，他在天文学方面算得上是个奇才。他和乔纳森叔叔有一台属于他们自己的望远镜，那是一台三十三厘米口径的、精巧漂亮的反射式望远镜，这意味着它并不是通过一个大透镜来观察行星和恒星的，而是使用了一个很大的凹面镜，可以清晰地看到月球上的陨石坑、橘红色火星上的白色极冠，以及木星周围离得很近的一些卫星，看起来就像一排明亮的小星星一样。

　　不过，在漫长的一个学年结束后，路易斯最想做的事就是放松一下，而对他来说，放松就只意味着一件事：找一个舒适的地方伸伸懒腰，吃点儿美味点心，再读一本好书。

于是，在这个阳光明媚的周一早晨，路易斯选择了舒服地躺在一张草坪躺椅上。这张椅子是用铝管和尼龙布制成的，而且椅子的下端还有一块凸出来的部分，可以让他坐着的时候伸直双腿，同时也能支撑着背部。路易斯仔细地把椅子放在了后院里一棵枫树的树荫下面，而在椅子旁边一张铁质的小桌子上，他还准备了一些自己最喜欢的零食：洒着粉红色辣椒奶酪的酥脆黄油饼干、一大盒葡萄干巧克力、一大杯牛奶。此刻，他的肚子上正摊着一本厚厚的书，那是他从乔纳森叔叔的书房里拿来的。

在乔纳森叔叔的这座大房子里，路易斯很喜欢四处翻看书架上的各种书籍。这座房子对他们两个人来说实在是太大了，因为他们大部分时间都只待在一楼和二楼，所以整个三楼都是闲置的，那里的家具也都藏在防尘罩下面。不过，三楼有一些房间里堆满了各种奇奇怪怪的零碎东西，它们要么是乔纳森·巴纳维尔特继承下来的，要么是他自己收集来的。在其中的一个房间里，路易斯发现了一个立体幻灯机，只要你把一条长长的深褐色胶卷放进里面，并通过它的目镜看，这些照片就会变成三维图像。此外，他还找到了一个大箱子，里面装了成千上万的照片：在阿尔卑斯山上，夏季暴风雨正在人们身后不断逼近；尼亚加拉大瀑布在夏季倾泻而下，在冬季又变成了覆盖着一层香草糖霜的冰河；在烟雾缭绕的内战[1]战场上，到处都是大炮、骡子、受伤或者已经战死的士兵……

在另一个房间里，路易斯还找到了一架古老的风琴，虽然它的声音听起来很像呼哧呼哧的喘息声，但它仍然还能演奏。然后，在某一个房间里，他又发现了一面书墙，上面的书架从地板一直延伸到天花板，足足塞满了几百本的旧书。不过，路易斯就喜欢这种旧书，不仅封面上布满灰尘，书页上都是斑点，还散发着一种只有古书才会有的令人头晕的刺鼻味道。

就在那天早上，路易斯从这些书架上取下来一本又大又厚的书，上面的红紫色皮质封面布满了污迹和裂纹，棕色的书页上不仅有一些小虫洞，而且还有很多褐色斑点，但是书的标题立马吸引住了他：

《大不列颠人、苏格兰人和爱尔兰人的奇怪信仰和迷信》

狄奥多西·M.弗雷泽 著

神学学士、硕士、博士

牛津大学，英国皇家学会会员，伦敦，1851年

一想到自己手里拿着的是一本有着一百多年历史的书，路易斯的心里不禁产生了一丝期待和愉悦之情。这是他在暑假里

1　此处的内战是指美国的南北战争（1861—1865），也是美国历史上规模最大的一次内战。

想要阅读的第一本书。

因此，路易斯心满意足地躺在躺椅上，把一块饼干塞进嘴里，一边大口地咀嚼着，一边读起了关于旧时英格兰、威尔士、苏格兰和爱尔兰的奇怪信仰和习俗的记载。书中的第一章内容讲述了一些不寻常的天气预兆，在呷了几口牛奶，又吃了几块饼干之后，路易斯已经明白了为什么只要野兔身上长出厚厚的皮毛，就预示着严寒即将到来；为什么只要鸟类低空飞行，就预示着狂风暴雨即将来临；为什么水手在早上见到红色天空会感到害怕，但在傍晚见到红色天空就会十分喜悦，以及其他的一些迷信。说实话，这些内容并不是很有意思，但路易斯却很喜欢书中使用的旧式英语，所以他就以一种惬意的迷迷糊糊的状态继续读了下去。

路易斯头顶上的绿色枫叶在晨风中不断地颤动，他偶尔会听到大街上传来一些汽车驶过的声音。这时，一架红色的飞机正嗡嗡地飞过布满白云的天空。

在读到第二章时，路易斯在椅子上坐直了一些。它的标题相当严肃，叫作《死亡和灾难的先兆》。

这一章节的一开头就提到了和彗星有关的一些悲剧事件：1066年，人们在英格兰看到了一颗火红的彗星，于是在同一年诺曼人就入侵并征服了英格兰；尤利乌斯·恺撒被暗杀的前一天晚上，一颗彗星也曾在古罗马的夜空中闪耀。路易斯不耐烦地抽了抽鼻子，因为他对彗星很了解，它们根本就没什么好怕的。彗星其实就是一些凝结成团的岩石和冰，沿着狭长的椭圆轨道围绕着太阳转。当它们从太空深处向地球呼啸而来时，太阳会加热它们身上的冰，于是彗星的后面就会产生水蒸气，看起来就像一条会发光的尾巴。总之，路易斯十分确信彗星并不会预示什么死亡或灾难。

罗丝·丽塔常常说路易斯是个杞人忧天的人，而他的问题就在于想象力太过丰富。一般来说，有想象力是好事，但路易斯却经常用它来幻想一些根本不可能会发生的威胁和灾难。此刻，正当他继续往下读的时候，他碰到了时常听见人们谈起的一个词：三之咒。

这位弗雷泽博士在书中写道："在这个王国里，许多人都坚信，死亡和其他灾难总是会连续发生三次。如果某一位大人物去世了的话，就会有许多老妇人郑重地宣称他的去世正是一个不幸的征兆，而在接下来的几天之内，将会有第二位大人物死亡，直到有第三位贵族或贵族太太之类的著名人士去世，诅咒才会解除。"接着，这一章节还提到了其他会连续发生三次的不祥之事：地震、风暴、战争，以及许多厄运连连的事例。

"嘿，路易斯！"

尽管路易斯坐在椅子上，他还是被吓得差点儿跳起来，而且还被刚刚放进嘴里的饼干给噎住了。他从躺椅上爬起来，翻了个身，又咳又吐地喷出了很多饼干屑。

罗丝·丽塔站在他的旁边，一脸后悔的样子。"嘿，"她小声地说，"我不是故意要把你吓个半死的！你没事吧？"她重重地拍了一下路易斯的背。

路易斯喘着气，喝了一大口牛奶。"你才没有吓到我，"他嘴还很硬，"我只是被饼干屑呛到了而已。"

"那你现在觉得好些了吗？"

路易斯点了点头，但他的脸又红又烫。"你有什么事吗？"他气喘吁吁地问道。虽然他试图让自己的声音听起来正常一些，但显然没有成功。

"大家正在运动场上准备打一场棒球比赛，"罗丝·丽塔解释，"听说好像会有很多优秀的球员参加，所以我觉得你可能也会想去。"

路易斯露出一脸苦相。他的父母都在一场车祸中不幸丧生，所以他在几年前搬到了新西伯德镇，而那时的他完全就是一个小胖子。虽然现在的路易斯没有之前那么胖了，但是也不会有人说他是一名运动健将的。路易斯身体不灵活，很容易难为情，老是犹豫不决，根本就不擅长任何运动。每当他和大家玩棒球的时候，两方的球队队长总是到了最后才会选他，然后就会让他一直站在右外场而已。

"我没那个心情，"路易斯对罗丝·丽塔抱怨道，"我今天都已经计划好了，我要躺在这儿看书，享受一下阳光。"

"可你正在树荫下呀，"罗丝·丽塔笑着反驳道，"哎呀，来嘛，至少和我一起走到那儿去吧。如果你实在不想玩的话，那就不玩。只是有人告诉我德特梅尔先生会担任比赛的裁判。"

路易斯无奈地耸了耸肩。当罗丝·丽塔下定决心要做什么事时，路易斯知道最好不要和她争论下去。路易斯很喜欢德特梅尔先生，他是一个瘦瘦高高的、秃顶的退休老人，经常在消防站闲逛，年轻时还曾在东部某个地方的职业棒球小联盟"蜘蛛队"里当过二垒手。德特梅尔先生说过很多离谱的谎话，他声称自己之所以没有进到职业棒球大联盟，是因为在一场棒球表演赛中，他徒手接住了"棒球之神"贝比·鲁斯的一记高超的平直球。他说，那一记接球折断了他右手的每一根骨头，摧毁了他棒球职业生涯的希望——"但是我却让贝比·鲁斯出局了！"他总是会在最后骄傲地加上这么一句。

尽管德特梅尔的棒球生涯早已远去，但他还是很热爱棒球，经常在少年棒球联盟里担任教练。如果有人邀请他去当临时比赛的裁判，他也会非常乐意的，而且孩子们都很喜欢他，所以也从来没有人质疑过他的判罚。

听到路易斯咕哝了一声，罗丝·丽塔就笑了起来，仿佛知道她已经说服了路易斯。"等我先把东西都收拾好吧。"他说完就拿起盘子、杯子和书，进屋去了，罗丝·丽塔跟在他的后面。路易斯把盘子和玻璃杯在水槽里冲了一下后，就把它们留在了那里。虽然他和他的叔叔并不是邋遢的懒汉，但他们做家务时总是慢慢悠悠的。直到深夜的时候，他们才会洗碗，一个人负责清洗，另一个人负责擦干。接着，路易斯来到了书房，发现乔纳森叔叔和齐默尔曼太太两个人正在聊天。在把那本书放到书架上后，路易斯告诉了乔纳森叔叔自己要去哪里，只见乔纳森叔叔点了点头，然后说道："你们两个玩得开心点儿。"

虽然路易斯并不是有意要偷听的，但当他又折回到走廊上时，他听到了齐默尔曼太太正在对他的叔叔说："我只是想说，你在派对上做的一切都太过招摇了，你真该去外面听听大家是怎么说的，就连一些无趣的大人都开始对你那些花里胡哨的烟花感到好奇了。"

乔纳森叔叔咯咯地笑了起来："老太婆，父母们都知道他们的孩子讲话是很夸张的！不要因为你是一个真正的魔法师，而且还有一个外国学位，就在这里嫉妒我时不时地表演一下魔术。我以前的魔法老师曾经对我说：'你也许永远只能创造一些幻象，但至少你要学会去享受它！'"

"快走吧，路易斯。"罗丝·丽塔在前门喊道。路易斯跟着她出了门，但心里却惦记着他的叔叔，只希望乔纳森叔叔不会因为派对上的事情给自己带来麻烦。

路易斯和罗丝·丽塔沿着高街走到了与大厦街的交叉口，然后下了坡，经过了罗丝·丽塔的家和共济会教堂，最后来到了小镇的中心。新西伯德镇的建筑历史悠久，风格各异，有很多装饰华丽的维多利亚式房屋。这里的商业区包括四个街区，基本上都在主街的范围，街道两旁都是砖砌的商铺，其中大多数都立着高耸的招牌。走到主街的西端，就会看见小镇的喷泉，它被一圈白色大理石圆柱围绕着，喷射着闪闪发光的水柱，就像一棵柳树。路易斯和罗丝·丽塔路过喷泉，尽情地享受着笼罩在他们身上的清凉水雾，然后朝着运动场的方向走去，也就是靠近鲍莫尔保龄球馆的地方。早在他们到达之前，路易斯就听到了棒球棒击打的噼啪声和孩子们激动的叫喊声。

他们两个来晚了一些，两支球队已经都在场上了。"对不起，"路易斯说，"看来两队都满员了，你没办法玩了。"

"应该还会有别的游戏，"罗丝·丽塔镇定地说，"而且我也喜欢看棒球赛，我们快去找个好位置吧。"一眼望过去，有十几个孩子和几位老人坐在露天看台上观看比赛。就在路易斯和罗丝·丽塔刚站到看台上的时候，一个叫鲍比·贝尔斯基的投手投出了一记高、猛、快的内角球，不仅越过了击球手巴兹·洛根，还啪的一下直接打在了接球手的手套上。接着，德特梅尔先生在本垒板后面尖声叫道："三振出局！你该下场了！"

在两队换了位置之后，罗丝·丽塔说道："嘿，快看，那是哈尔·埃弗里特。走吧，我们去和他一起坐。"

哈尔独自坐在看台的另一边，距离他们大约有三条长凳，只见他的身体往前倾，双肘撑在膝盖上，双手托着下巴。罗丝·丽塔费力地爬到他的身边坐了下来，高兴地说道："嘿，哈尔，现在比分是多少？"

"哦，嘿，罗丝·丽塔，没想到你会出现在这里！但并没有人在计分，"哈尔回答说，"嘿，路易斯。"

"嘿，"路易斯说完，在罗丝·丽塔的另一边坐了下来，"你怎么没去打球呢？"

哈尔皱起了眉头："啊，我不行。我不会投球，而且我动作太慢了，也击不了球。"

“我懂你。”路易斯同情地说。他们两人相视一笑。

巴兹·洛根的队伍把棒球扔来扔去地进行热身，然后就到庞奇·费恩投球了，他比路易斯大一岁，看起来又瘦又高。庞奇投出了一个绝佳的曲线球和一个不错的变向球，随着大家不停地呐喊“击球手，击球手，击球手”，他的两个球都被击中了，而其中一个球被首位击球员击中之后，缓慢地在空中划了条弧线，飞到了中外野，于是巴兹向后小跑，非常轻松地接住了球。“对了，路易斯，谢谢你之前邀请我去你家。呃，那真是个不错的派对。”哈尔轻声地说，似乎有些尴尬。

“不客气，”路易斯回答说，“我很高兴你能喜欢。”

“你的叔叔真好，”哈尔又补充道，“你很幸运。几年前，我的爸爸离家出走，丢下了我和妈妈两个人。后来，妈妈又没了工作，我们就只好从一座不错的大房子搬到了一间寒酸的小屋——就像人们常说的，祸不单行，坏事成三。所以，我很希望自己也能有一个叔叔。”

一想到“祸不单行，坏事成三”这句话，路易斯就不禁打了个寒战，他点了点头，嗬嗬地说：“他确实很好。”

“齐默尔曼太太也有一定的功劳，”罗丝·丽塔心悦诚服地插了一句说，“那些点心实在是美味极了。”

“但是魔术表演才是最棒的。”哈尔回答道，但他的声音小得就像说悄悄话一样。

紧张的路易斯向罗丝·丽塔瞥了一眼，提醒她不要乱说话。除了有关烟花事件的传言之外，其实镇上的人都不怎么在意乔纳森，因为他从自己的祖父那里继承了一大笔钱。正如乔纳森多次兴高采烈地解释的那样：当一个普通人做出滑稽可笑的行为时，人们会觉得他疯了；但是当一个有钱人做出滑稽可笑的行为时，人们却只会笑着说他很特立独行。

至于齐默尔曼太太，人们确实有些关于她的流言蜚语。她是一位退休的老教师，总是穿着一身紫色的衣服，开着紫色的车，并且总能在人们需要帮助的时候恰好出现。虽然有一些人会叫她怪胎，但镇上几乎所有的人都很喜欢她。不过，却并没有多少人知道她是一位法力高强的女魔法师、魔法护身符方面的专家，而她也不想让这些事情公之于众。

哈尔从他的口袋里掏出一支黄色铅笔，开始像指挥棒一样把它挥舞了起来。"小兔子！变！我真想学学怎么变魔术，"他说道，"也许你的叔叔可以教教我们——就我们三个人。"

路易斯意识到哈尔是把铅笔当成了一根魔杖，于是他开始感到不太舒服。"嗯，也许你可以买一些书和特别的卡牌之类的。"他说道，尽量装出漫不经心的样子。

"镇上的魔法师博物馆里就有卖很多不同的魔术套装。"罗丝·丽塔补充道。

"不，不是那种魔术套装里的小把戏。"哈尔不耐烦地低声说。他侧过身去，用一种柔和而坚定的口吻继续说："难道你们没读过关于卡廖斯特罗伯爵、黄金圈、普洛斯彼罗和罗杰·培根的故事吗？我指的是那些真正的魔法、咒语和巫术之类的。"

路易斯大笑了起来，希望他的声音听起来是充满怀疑的，并且带有一点点的轻蔑："但它们都不是真的呀，你说的那些魔法只存在于故事书里而已。"

哈尔斜着眼睛看了他好一会儿，露出了一丝会心的微笑。"我明明看见你的叔叔用手杖把那些东西都变出来了，你可不要告诉我它们都是能在商店里买到的骗人把戏！"说完，他又把那支黄色铅笔挥来挥去，然后指向了路易斯。

嘭！

"小心！"罗丝·丽塔大喊。

太迟了。路易斯之前一直都在盯着哈尔，但就在一个界外球飞来的那一刻，他猛地扭过头来，瞥到了一眼棒球的样子。突然，时间似乎慢了下来，接着棒球就重重地打在了他的前额和两眼之间。一下子，他感觉整个世界都在闪烁着耀眼的黄色光芒，自己晕晕乎乎的，然后就眼前一黑，什么也不知道了。

当路易斯再次睁开眼睛时，他发现自己正躺在草地上，身边围了一圈的人。"发生什么事了？"他问道，但他觉得自己的声音听起来很奇怪。他的耳朵在嗡嗡作响，头也痛得厉害。

"躺着别动，孩子，"德特梅尔先生说完，往下按了按路易斯的左肩，"你被一个界外球砸了个正着。现在你先别乱动，应该没什么事的，已经有人去请医生来给你检查了。"

路易斯呻吟了一下。他感觉自己的头在一阵阵剧烈抽痛，鼻子也好像肿了起来，鼻孔完全被堵住了的样子。他努力忍着不让自己哭出来，虽然没有大声地抽泣，但他仍然感觉到眼泪从自己的眼角滑落，又顺着太阳穴往下流，一开始是温暖的，后来又变成了冰凉的。

似乎过了好几小时，汉弗莱斯医生才从人群中挤了进来，一边摇晃着嘎嘎作响的黑色皮革医疗包，一边大喊："让我过去，快让我过去！"他低沉悦耳的嗓音听起来就像是一把低音提琴。尽管他穿着一身漂亮的黑色西装，但还是直接跪在了路易斯身旁的草地上，然后发出了啧啧声："真是美好的一个早上呀，路易斯！你又用自己的额头敲栏杆了！看来你将会有两个大大的黑眼圈了，孩子。只可惜小镇的吉祥物不是一只浣熊——不然你就能去扮吉祥物了！看我这儿，告诉我这是几根手指？"

"三根。"路易斯回答，汉弗莱斯医生点了点头。突然，路易斯感觉自己的鼻子有些刺痛。"我的鼻子骨折了吗？"他问道。

"没有骨折，但你的鼻子有点儿流血。"汉弗莱斯医生俯下身来靠近路易斯，先看了看他的右眼，又看了看他的左眼。然后，他打开了一个小手电筒，让路易斯用眼睛跟着它的光亮移动。最后，汉弗莱斯医生满意地哼了一声，把小手电筒放回了口袋里，说道："幸好棒球击打的位置够高，保住了你的眼睛和鼻子，但你的小脑袋瓜儿就没这么好运了，所以你的额头上有个肿块，不过你的瞳孔都是正常的，过几天你应该就会好起来了。虽然现在会觉得很痛，但最后都会好起来的！"他转过身去，对着罗丝·丽塔说道："罗丝·丽塔，请你跑一趟药店，给乔纳森打个电话吧。我觉得路易斯需要马上回家，然后在头上敷点儿冰块消消肿，他现在肯定走不了路。"

汉弗莱斯医生用一些蘸有金缕梅酊剂的纱布擦了擦路易斯的嘴唇和下巴，然后又扶他坐了起来。紧接着，路易斯突然感觉一阵剧烈的头痛袭来，忍不住低下头呻吟了起来，而且还感到恶心想吐。很快，罗丝·丽塔气喘吁吁地跑了回来。没过多久，一辆1935年产的黑色马金斯·西蒙——也就是乔纳森叔叔的那辆又大又旧的老爷车——一下子驶离马路，飞快地开进了碎石路面的停车场，扬起了一团灰尘和细小的沙石。最后，汽车在一片飞扬的尘土中停下了。乔纳森叔叔迅速跑了过来，他的脸色在阳光下显得十分苍白，一头红发和红胡子在微风中飘扬着。

"别太激动，乔纳森，路易斯没事的，"汉弗莱斯医生安慰道，"幸好罗丝·丽塔够冷静，及时来诊所找到了我。我知道这看起来很可怕，但这种事情经常发生，几乎所有的伤者最后都能康复，而且也不会有任何并发症。你先把路易斯带回家，然后在他的头上放个冰袋，确保他不会出现什么幻觉，或是胡言乱语就行了。要一直让他保持清醒，等到了晚上再睡觉。如果他之后出现任何可疑症状，就马上给我打电话。对了，你那里有阿司匹林吗？"

"当然。"乔纳森叔叔说。

"那就按照规定剂量给他服用，路易斯应该过几天就会好起来了。在此期间，我建议他还要适当的休息和放松，"汉弗莱斯医生亲切地拍了拍路易斯的肩膀，"在躺椅上好好休息，读一本好书吧！"

路易斯意味深长地瞥了罗丝·丽塔一眼。"我本来就是那么打算的。"他说道，声音听起来就像患了一场重感冒。

乔纳森叔叔和罗丝·丽塔一起把路易斯扶上了车，然后自己也上了车。后来，路易斯才发现他胸前的衬衫上面有一些鲜红色的血迹，他猜想应该是从鼻子里流出来的。

不过，他很后悔自己低头看了一眼，因为他一看到血就会感到恶心，特别是这些血还是从自己身上流出来的。

第三章

正如汉弗莱斯医生说的那样，到了第二天早上，路易斯就感觉好多了。不过，他却多出了两个大大的黑眼圈，眼皮也变成了一种奇怪的紫粉色，而且还都肿了起来，所以他只能通过两条窄窄的缝隙看东西了。他的鼻子仍然是堵着的，只要他一擤鼻子，里面快要凝固的血就会随着鼻涕流出来。虽然流出来的东西很恶心，但也很好玩，于是他擤了三四次鼻子，就想看看自己到底能流出多少血来。后来，乔纳森叔叔拿来了一个装满冰块的冰袋。这些冰块都是他用布包着，再用锤子一一敲碎的。他坚持要让路易斯把冰袋放在眼睛上冷敷几分钟。

在九点钟的时候，齐默尔曼太太过来做了早餐，接着她和乔纳森叔叔一起把早餐送到了路易斯的床前。尽管他还是不太舒服，头也在一阵阵发痛，但当他看到一盘美味的华夫饼摆在自己面前时，还是不禁咧嘴笑了起来。这些华夫饼上淋了一层黄油，下面还有一些裹了蜜糖的草莓和一大团生奶油。除此之外，齐默尔曼太太也做了美味的香肠串，还在托盘里装了一杯橙汁和一大杯牛奶。"谢谢。"路易斯说完，就从床上坐了起来，把背靠在两个枕头上，开始狼吞虎咽地吃起了早餐。

齐默尔曼太太在他床边的一把椅子上坐了下来，只见她满是皱纹的脸上露出了满意的笑容："不客气。看你吃东西的样子活像一个饿坏了的伐木工，我就知道你没有大胡子告诉我的那么严重。听了他的描述，我还真以为你从头到脚都裹着绷带，就像自然历史博物馆里的木乃伊一样！"

乔纳森叔叔就站在她的身后，穿着一件红色马甲。他把两个大拇指勾在衣服口袋里，其余的手指分别放在了啤酒肚的两边，嘟囔着说："哎呀，我的天哪，这已经够糟的了，弗洛伦斯！你要不试试用你的前额挡下一个高飞球，再看看第二天会如何！不管怎么样，路易斯今天想睡多久就睡多久，也许今天下午或者明天他就能下床走动了。需要我帮你把收音机拿进来吗，路易斯？"

路易斯用餐巾抹了抹嘴，心满意足地打了个饱嗝儿："不用了，但是您可以帮我拿一本书来。那是我之前在看的书，我把它放在书房的架子上了。它是一本关于迷信的书，又大又旧，是红紫色皮质封面，就在进门靠左的书架上，单独侧放在一边。"

乔纳森叔叔向他敬了个礼："收到任务，我马上就回来。"

齐默尔曼太太略带悲伤地朝路易斯笑了笑，又摇了摇头，接着一缕蓬乱的灰白头发从她脑后的发髻上掉下来，垂在了她的脸颊上："你这可怜的小肿脸！看你的两个黑眼圈都让你变样了。你看得清楚吗？能读书吗？"

"我看得很清楚，"路易斯回答，"一点儿也不模糊，只是看东西的时候就像是从手指缝里偷看一样。不过，这些紫色瘀青到底要多久才能消下去呀？"

齐默尔曼太太笑了笑说："一般来说，我是很喜欢紫色的，但我能理解你想尽快地摆脱它。瘀青是受伤时毛细血管里流出的血液造成的，所以只要等你的身体重新吸收了血液，它就会消失了。我想你至少还要两周时间才能恢复正常。"

路易斯皱起了眉头："好吧。"

齐默尔曼太太把托盘和上面的脏盘子收了起来："路易斯，如果你经常用冰袋冷敷，也不让自己太累的话，你就可以好得快一点儿了。在接下来的一两天里，多喝水，多休息。"

路易斯答应齐默尔曼太太说自己会那么做的。没一会儿，乔纳森叔叔就拿着那一大本关于迷信的书回来了。"来，给你。"说完，他就把书递了过来。接着，他又伸手打开了路易斯床头的台灯，继续说道："我在你的床头柜上放了一个小铃铛，就在冰袋的旁边。我给这个小铃铛施了个咒语，如果你需要我给你带什么东西，或是帮你做什么事，只要摇一下它就行了。想试一试吗？"

"好呀！"路易斯跃跃欲试地说。他拿起了那个铃铛，发现它很像老师们以前用的一种课桌铃，但是要小一些，上面只有一个黑色的木柄和一个高尔夫球大小的金属铃铛。路易斯紧紧地握住木柄，摇了一下，然后铃铛就发出了一个特别响亮的"咚"声！这并不是他所想象的那种叮叮当当的声音。他又摇了一次，接着就听见了一辆古董车发出的"哔哔"喇叭声！然后又是一只大狗表示警告的吠叫声。路易斯又惊又喜地笑了起来："这实在是太棒了！"

"虽然它的声音并不是特别大，因为我不想让它打扰到你休息，毕竟你还在头痛，但这个咒语的作用就在于，无论我在哪里，我都能听到铃铛发出的声音。"乔纳森叔叔保证，"所以，如果你需要什么，就摇一下铃，我马上就会过来的！"

"嗯……"路易斯有点犹豫，"其实，我有一点儿事情想和你说。"

"说吧！"乔纳森叔叔干脆地说。

路易斯没有和乔纳森叔叔对视，因为他不想让他的叔叔知道他之前在偷听。"是这样的，我想你也许做得有些过了——就是那些烟花和派对上发生的一切，现在镇上的人都在议论这件事。"

乔纳森叔叔叹了口气。"我已经听说了，"他瞥了齐默尔曼太太一眼，但她只是静静地端着盘子，站在一边，"路易斯，如果联邦调查局找上门来，我就表演一些普通的魔术给他们看。别担心，这件事会过去的。"

"也许你不应该为大家表演真正的魔法，"路易斯继续说，"我是说，呃，就像卡廖斯特罗伯爵，或者，呃，黄金圈那样的魔法……"

齐默尔曼太太扬起了眉毛："天哪，路易斯！你是从哪儿听到这些名字的？"

"应该是在哪里看到的吧，"路易斯回答说，"不过，我也不是很确定。"

"卡廖斯特罗是个无赖，"乔纳森叔叔坚定地说，"在18世纪的时候，他在欧洲四处游历，自称是一位魔法师，专门骗取人们的钱财。而黄金圈是一个由男魔法师——"

齐默尔曼太太用力地清了清嗓子。

"还有女魔法师组成的组织，"乔纳森叔叔补充道，"一开始他们都致力于研究魔法，但后来他们却开始纷争不断，然后就逐渐分崩离析了。在我刚开始学习魔法的时候，这个组织就差不多已经销声匿迹了，不过我的老师曾经就是里面的一位成员。"

"你从来都没说过你还有一位魔法老师。"路易斯说道。

"是吗？"乔纳森叔叔惊讶地说，"好吧，这也不是什么见不得人的秘密。在我上大学的时候，我有一位喜欢研究魔法的老师，后来他就时不时地给我和另外一个学生上魔法课，就这么多了。"

"三法则。"齐默尔曼太太低声说。

又和"三"有关。"那是什么？"路易斯问道，但他也不确定自己是否想知道答案。

乔纳森叔叔耸了耸肩："很多魔法师都相信这个法则。如果你想要学习魔法的话，你可以试着自学，或者成为一位魔法师的徒弟，但你要是遇到了一个老派的魔法师，他就会希望一次能收两个徒弟——也就是三法则。因为魔法只有在稳定的状态下才能发挥得更好，一个老师和两个学生正好就是三个人，也就能像三脚架一样平衡了。"

"我的第一位魔法老师也相信这个法则，"齐默尔曼太太说，"当初韦瑟比奶奶在教我魔法的一些基本知识时，也同时教了她的一个侄女。"

"好了，"乔纳森叔叔说，"你准备好休息了吗？还需要别的什么吗？我和弗洛伦斯就不打扰你了。我还记得自己撞到脑袋的那次，我唯一想做的就是一个人安静地待着，而你这老太婆却非要每时每刻守在我身边，怎么也甩不掉！"

"我可不记得你当时有过什么抱怨！总之，你吃了我做的菜，而且一句抱怨也没有。"齐默尔曼太太尖刻地揶揄道。他们两个走出了房间，虽然还在你一句我一句地打趣对方。路易斯拿起了那本书，皱着眉头翻到了目录页，上面竟然也提到了"三法则"。

没看多久，路易斯立马就从床上坐了起来，心脏怦怦直跳，因为他一开始就读到了几段令人惊恐的内容：

在那些自诩是魔法实践者的人中，"三法则"规定了每一个接受训练的魔法师都必须与一名老师和另一名学生进行合作；因为在很多情况下，其中的一个学生往往会变成一个非常邪恶的魔法师，于是另外的两个人就不得不联合起来将其消灭。在魔法世界中，"3"是一个可以维持平衡，起到保护作用的数字。因此，在任何一个三人组里面，每一位成员都会与其他两位紧紧相连。如此一来，如果三人组里的老师或者学生被某一个邪恶的魔法师攻击了，那么第三位成员就会立刻有所感应，然后及时地进行营救。

同样地，据说邪恶的魔法师们也常常会结盟为三人组，因为数字"3"可以极大地增强他们邪恶的魔法能量。

路易斯往后翻了一页，发现了一幅非常可怕的插图，但它并不是照片，而是一幅版画。在这幅画里，一名女子被绑在了柱子上，她的周围挤着一群人。在她的脚下，是一堆胡乱摆放的柴火，正在熊熊燃烧着，而滚烫的火焰吞噬着她的身体，让她痛苦得翻起了白眼。

"这是在15世纪首次剿杀巫师运动中被烧死的第一个女巫，"上面写道，"到了夏末，总共有三个巫师被处以火刑。在第三个巫师死后，巫术之乱也就结束了。"

路易斯不禁皱起眉来。他其实并不想看到那位可怜女巫的惨象，但他又忍不住去看那幅画。在看到她的脸上露出了一种极度痛苦的表情后，路易斯使劲咽了口唾沫，开始想象了起来：当她试图挣脱束缚时，她该有多么恐惧，火焰噼啪作响，浓烟四处弥漫，冷眼旁观的人们在讥笑她、嘲弄她……

路易斯再也受不了了，于是他又翻回了目录页，但他并没有在上面找到和黄金圈或是卡廖斯特罗有关的内容。此外，他也忘记了哈尔提过的另外两个人的名字。路易斯只好把书放在床头柜上，重新躺了下来，开始思考着数字"3"的含义。

路易斯始终都想不通，为什么"3"是代表平衡的数字呢？为什么不是"4"，或者"5"呢？他又伸手拿起了那本书，但里面有关魔法师的内容就只有几小段，而且解释得也不多。于是，路易斯往前翻到和死亡有关的一些迷信——结果又一次读到了一个和数字"3"有关的故事！路易斯·内文斯上尉是一名英国军人，在19世纪早期参加了抗击拿破仑的半岛战争，但他被一个有着"邪恶之眼"的老人诅咒了。在一场板球比赛中，路易斯·内文斯不幸被球砸到，然后他告知朋友，说他自己终究会因为那个诅咒而死。果不其然，在一天之内，他连续遭遇了三起事故：一开始是被球砸中，接着是在有人清理滑膛枪的时候，被不小心射出来的子弹击中了肘部，最后是从楼梯上摔下来，而且死状惨烈。

读完这个故事，路易斯不禁担忧起来，感觉胃里一阵抽搐。这位和他同名的英国军官居然预言了自己的死亡！好吧，也许不完全是预言，但也差不多了。而且，更糟糕的是，内文斯上尉的第一次受伤和路易斯的情况几乎一模一样！板球和棒球并没有多大区别。就在那一瞬间，路易斯突然惊慌失措起来，不知道在接下来的几小时里会有什么麻烦等着他：胳膊骨折、发烧、一场致命的事故——"啊，振作起来呀！"他愤怒地对自己大声说。

路易斯真的很讨厌自己这么杞人忧天，但忧虑和焦躁显然已经成了他的一部分，就像他的灰棕色头发、他弯曲得很滑稽的小脚趾一样。他很清楚，内文斯上尉的名字和他的名字一样，其实只是一个巧合而已。路易斯试图安慰自己，书中提到的那些事故其实都只是碰巧发生的意外，它们完全有可能发生在任何一个时刻，只是因为那个迷信的军官把板球当成了一个预兆——但是，路易斯的心里却有一个反叛的小声音在暗示他，板球事件确实就是一个预兆，难道不是吗？根据书里所写的内容，内文斯上尉早就确信了在第一次事故之后会接着发生两次事故，而且会一次比一次严重。最后，他的担心也的确变成了现实：第二次的肘部受伤确实比头上被砸了个肿包要糟糕得多，而第三次的不幸更是直接让他丢了性命。

路易斯之前把手中摊开的书倒过来，放在了他的床单上。现在，他又把那本书拿起来，快速浏览了几页。然后，他翻到了目录页，开始寻找有关"解药""反咒语""好运"之类的关键词，但在这些标题下面，他没有找到任何能让自己安心下来的话语。对了，这本书的作者有提到很多关于幸运符的内容，比如四叶草、兔子脚，还有其他一些预示好运即将到来的征兆，但关于要如何避免一系列灾难的发生，他却一个字也没有提及。

那天下午的三点左右，忧心忡忡的罗丝·丽塔来探望路易斯。于是，路易斯穿着一身睡衣和宽松的棕色睡袍下了楼。罗丝·丽塔看到他的两只黑眼圈之后，忍不住发出了"啧啧"声。后来，他们俩一起坐在书房里，下起了棋。他们使用的这套棋是被乔纳森叔叔施了魔法的，路易斯很喜欢它们，因为乔纳森叔叔说这些棋子是17世纪的一位德国盲人艺术家雕刻的，而它们看起来确实也很古老。这些棋子是用两种不同的木头雕刻而成的，白方棋子是奶油色的，黑方棋子是深红色的。不过，由于年复一年的使用，它们上面的刻纹已经都被磨光滑了。

因为乔纳森叔叔施了魔法，这些棋子可以发出清晰而聒噪的声音，它们每被挪动一步，就会不停地抱怨。比如说，一个卒子会嘟囔道："噢，干得好呀，居然把我送出去给人抓！你怎么就不挪那边的象呢？它就光站在那里，什么也不做，这个懒汉！快去挪它呀！"当一个骑士又抓住了一个棋子时，它就会发出一种兴奋、疯狂、高亢的胜利之声："哈，打倒你了吧，你这个自大的奴才！相信你已经遇到你的新主人了！胜利是属于我的！多么美好的一天哪！"而在整个棋局中，双方的皇后都会用一种不悦、平淡、刻薄的声音重复地唠叨说："简直是太无趣了。"

一般来说，路易斯在下象棋的时候是很狡猾的。他总能预判自己该出什么招数，并且还喜欢制定一套让对手无法察觉的下棋策略，所以每当对手终于发现了他一步步精心设下的陷阱时，早已经来不及躲避了。当然，罗丝·丽塔的棋艺也很精湛，但她却往往因为说话而分心，所以有时候会犯一些粗心的小错误，然后就被路易斯抓了个正着。

当路易斯正在摆棋盘的时候，罗丝·丽塔时不时地瞥几眼他的脸。"你看起来糟透了，"她直白地对路易斯说，"就像和洛奇·马西亚诺打过拳一样。"路易斯只是哼了一声，他知道洛奇·马西亚诺是世界重量级拳击冠军。罗丝·丽塔又歪着头问道："还疼吗？"

路易斯耸了耸肩："只有一点儿轻微的头痛，不过我已经吃了一些阿司匹林。汉弗莱斯医生午饭后又过来了一趟，他说我既没有耳鸣，也没有出现视物模糊或者复视，那我也许就没有脑震荡，所以应该是没事了。好了，你选一个吧。"说完，路易斯伸出了两个拳头，罗丝·丽塔选择了他的右手。他把右手摊开，露出了一个白色的兵卒。于是，罗丝·丽塔便在棋局中代表白方，也就是说她可以先攻，而路易斯就代表黑方。

"你知道吗，在电影里面，如果一个人被击中了头部，他往往就会失忆，"罗丝·丽塔一边说着，一边把皇后前的卒子往前挪了两格。紧接着，这个卒子因为被送上了战场，开始嘟嚷着抗议起来，但罗丝·丽塔并没有理会它那蚊子般的哀鸣声，而是继续问路易斯："你应该没有失忆吧？你觉得自己的记忆有什么问题吗？"

路易斯把一名争吵不休的小卒向前挪动了一步。"我的记忆没有任何问题，"他回答，然后看见罗丝·丽塔又把另一个卒子给挪开了，"我还记得你当时大叫着让我小心呢，就在我要被砸到的那一瞬间。"

"好吧，真的很抱歉。"罗丝·丽塔道歉说，看起来很难过的样子。

路易斯又耸了耸肩说："我不是在责怪你，如果当时我没有转过头来的话，也许我的太阳穴就会被击中，那么情况可能会更糟也说不定。我还记得当你大叫一声之后，我就立马转头看，但是却发现那个球离我的脸只有三十厘米远了，紧接着我就被砸中了。当时只觉得一切都变成了黄色，然后又变黑了。对了，我还要感谢你去请了医生过来呢。"路易斯走了一步棋，然后罗丝·丽塔也移动了一步，并且故意给了路易斯一个机会，好让他把自己的皇后换到一个安全的位置，因为它也威胁到了罗丝·丽塔的一个象。

"我跑得真快。"罗丝·丽塔开口说，她看出了路易斯设的一个陷阱，并且及时让她的象脱离了险境。于是，这枚象尖声地叫道："太棒了！对于这次的绝佳救援，我深表感谢。"

"我猜哈尔·埃弗里特应该直接跑走了吧，"路易斯说完，向前弯下腰来，仔细研究着面前的棋盘，"不管怎么说，我醒过来的时候并没有看见他。"

"是的，他很可能是被吓坏了，"罗丝·丽塔说，"事情发生得太突然了，当时所有的人都被吓了一跳。我的意思是说，前一秒哈尔还坐在那里和你说话，然后，砰！棒球一下子击中了你的头，接着你就从看台上摔下来，仰面倒在草地上了。然后，我就立马跳下去看你是不是没事，结果你却昏过去了。你当时看起来伤得真的很严重，你知道吗，你的鼻子流了好多血，不仅流到了你的下巴上，还顺着流到了你的衬衫上。我想哈尔大概是在我去请医生的时候走掉的吧。反正，当汉弗莱斯医生和我一起开车回来的时候，他早就不见了。不过，别怪哈尔，路易斯，毕竟有一些人是很害怕看见血的。"

"在我被球砸中之前，我记得就是他在我面前挥舞那支该死的黄色铅笔，"路易斯咕哝道，"他还问了我们关于乔纳森叔叔会魔法的事。而且，我也知道齐默尔曼太太一直在担心人们会在镇上到处谈论那些神奇的烟花。"

"他们很快就会忘记的，"罗丝·丽塔向他保证道，"只要等一些新的流言出现——一对年轻的情侣私奔，或者教堂的某个执事因酒后驾车而被捕——他们就会有其他的八卦话题了。"

"但是哈尔对魔法很感兴趣，所以我们在他身边时要小心一点儿。关于乔纳森叔叔和齐默尔曼太太会魔法的事，光是让大卫一个人知道就已经够糟的了。"

"大卫无论如何都会知道的，"罗丝·丽塔认为这是合情合理的，"否则，在他家里出没的那些邪恶鬼魂早就把他们全家人都给杀掉了。哦，不！"她刚刚才反应过来自己把象放到了一个十分错误的位置。

路易斯把他的战车向前一挪，立马抓住了一个卒子。这时，那枚车就像一只欢快的乌鸦一样，发出胜利的叫喊声，而那个被俘获的卒子只能无奈地呻吟道:"天哪,有时候人生就是这么倒霉!"路易斯的这一步棋让他的战车变得泰然自若,而罗丝·丽塔的国王却受到了生命威胁。她所能做的就只有将她的国王移动一个方格,但这也只是拖延了一下时间而已,因为路易斯的下一步棋很可能就会把它将死。"我认输了。"罗丝·丽塔说道,她似乎对自己的错误判断很是恼火。

这时,她的国王悲叹道:"欲戴王冠,必承其重!大家注意,我要倒下去啦!"

后来,他们两个人一起吃了些点心,然后路易斯就把罗丝·丽塔送到了前门。在门厅的这边立着一个衣帽架,上面有一些可以用来挂帽子或者大衣的挂钩,前面还有一条小小的长凳。此外,在衣帽架的旁边还连着一面镜子,而就像巴纳维尔特家里的许多东西一样,这面镜子也被施了一个魔法。它有时会映出你的脸,但更多的时候会呈现出一些远处的奇观异象,甚至还有来自其他世界的景象。有的时候,它还能收听到芝加哥的WGN电台,但路易斯的叔叔却告诉他那并不是魔法,而是因为这面镜子的倾斜边缘形成了一种原始的晶体无线电接收器。于是,他们两个都朝这面镜子瞥了一眼。

罗丝·丽塔忍不住说道:"看起来有点儿吓人。"今天的镜子里出现了一片空地,里面除了一点儿月光,四周都是黑漆漆的森林。这应该是一幅冬天的景象——在幽暗的森林之中,出现了一片不规则的圆形空地,上面的草都覆盖着一层白霜,根根直立。在空地的后面,立着几十棵高大茂密的常青树,它们的树干呈暗灰色的条纹状，树顶上还挂着很多深绿色的球果。在树林里，还有一种诡异的白雾飘来飘去，形成了一缕缕胶质状的细长条纹。当路易斯凝视着这面镜子时，他发现有一个奇怪的身影从黑暗中消失了。那个人看起来很高大，穿着一件红紫色的连帽长袍，就像一位僧侣似的戴着兜帽，完全把脸遮住了。

"嘿，"路易斯说，"那个人看起来好眼熟，我感觉以前见过他！"

"哪里有人？"罗丝·丽塔一边问，一边透过自己的圆框眼镜费劲地看着镜子。

路易斯用力咽了口唾沫，想起了他之前在派对上，就在车库的角落里见到过这个人，或者说，是和他打扮得一样的人。在镜子里面，那个穿长袍的人正在空地上踱来踱去，然后，他突然面对着路易斯和罗丝·丽塔，将自己的双臂大大地张开了。

"我什么也看不见，除了——"就在罗丝·丽塔正准备说出口时，路易斯让她安静下来。接着，他凑近了镜子，但心里却感到越来越害怕。

路易斯眯起眼睛，试图看清这个穿着长袍的家伙手里是否拿着一根手杖。虽然镜子里的画面又黑又暗，那个人影又非常小，但是能看出来他的右手似乎拿着一根手杖。然后，那个人的右臂动了起来，只见他迅速地在夜空中划了一下，就出现了一道火光。

路易斯倒吸了一口气。

那个幽灵般的身影一下子退到阴影之中，消失不见了。

然而，他用右手划出的那道火光仍然飘浮在半空中。

那是一个闪着金橙色光芒的数字。

第四章

"是数字3！"路易斯非常激动地说。

"那只是一条弯弯曲曲的金橙色线条而已，"罗丝·丽塔反驳道，"我根本没看见什么人，只看到了一团紫灰色的东西在不停地飘来飘去，然后又猛地停了下来，接着空中就出现了一条金橙色的波纹，没一会儿，镜子就恢复正常了。"

确实，那面镜子已经恢复正常了。路易斯可以看到他的脸映在了上面，里面有一双黑色的熊猫眼正盯着他。他用力咽了口唾沫，坚定地说："我真的看见了一个穿着长袍的人！是的，就是一个穿着长袍的人——我想应该是一个高个子的女人，那个人影看起来就像一个中世纪的僧侣，而且还戴着兜帽什么的。"

罗丝·丽塔用奇怪的眼神看着他："一个僧侣？"

路易斯继续说："我敢肯定那个人的手里还拿着一根——

一根手杖，反正就是一根细细的棍子之类的东西，然后那个人就用它在空中画出了一个数字3！"

罗丝·丽塔摇了摇头，她看起来若有所思，但一点儿也不相信："我也不知道，说实话，我什么都没看清，镜子里面又黑又模糊。"

"另外，"路易斯继续低声说，就好像罗丝·丽塔并没有说话一样，"我在上周六的派对上也看到了一个穿着同样长袍的人，就在乔纳森叔叔施展魔法的时候。不管那个人是谁，反正在我发现他正站在车库拐角的时候，他就立刻躲了回去，因为他前一秒还在那儿的，下一秒又——你怎么了？"

罗丝·丽塔咬着下唇，看上去很不自在。"红紫色的长袍？"她疑惑地问，"腰上还系着一条像绳子的腰带？看上去很瘦，而且和学校的篮球教练摩根先生差不多高？戴着兜帽，也看不见脸？"

路易斯眨了眨眼睛："我不记得有什么腰带，不过，那个人确实用兜帽把头全部遮住了，怎么了？"

罗丝·丽塔看起来很专注，皱着眉头说："我昨天好像看到过这样的人，就在你被那个界外球砸中之后。"

"什……什么？"

罗丝·丽塔耸了耸肩："我也不太确定，只是瞥到了一眼而已。当时，我正要跑去找汉弗莱斯医生，就在我刚跑到街上的时候，我回头望了望运动场。然后，在远处靠近铁轨的一棵树下，我好像看见了一个穿着僧袍的人，正静静地站在那里。不过，天哪，那个地方离棒球场得有一百米了！照我看来，它很可能就只是一个树桩。我今年还没有换过新眼镜，而且……"

"三次了，"路易斯感觉自己的喉咙很干，"派对、镜子、运动场——那个人已经出现三次了！走吧，我们得告诉乔纳森叔叔。"

此时，乔纳森叔叔正在饭厅里，忙着为整个家庭的开支付账单。他拿出了一本支票簿，手里攥着他最珍惜的金色钢笔，面前摆放着一堆信封和一沓三美分的紫色邮票，旁边还有一个算盘。要知道，他用这个算盘进行计算的速度，可要比路易斯用纸和铅笔还快。当路易斯和罗丝·丽塔进来时，他抬起头笑了一下。"你们俩的国际象棋锦标赛结果如何呀？"他问道，"罗丝·丽塔让你输得一子不剩了吗，路易斯？你看起来垂头丧气的！"

"没有，我赢了，"路易斯回答说，"但是你得听听这件事。"他和罗丝·丽塔各自把椅子拉出来，坐了下去。然后，他们两个快速地告诉了乔纳森叔叔关于那面镜子里的景象，以及那个戴着兜帽的人影——还有那个数字——至少这些都是他们认为自己所看到的。

让路易斯松了一口气的是，乔纳森叔叔正在严肃地听着他们所说的话，不仅没有打断他们，而且也没有提出任何质疑。尽管乔纳森叔叔有时会承认他很担心抚养不好路易斯——他曾经说过："像我这样的老单身汉并不怎么了解孩子。"——但路易斯却很欣赏他的叔叔从不居高临下地跟他说话，也不会只把他当成一个孩子来看待。

在罗丝·丽塔和路易斯讲完了整件事之后，乔纳森叔叔若有所思地从衬衫口袋里掏出了一支弯曲的烟斗。虽然他已经不再抽烟了，但当他陷入沉思的某些时候，他还是很喜欢叼着烟斗。他解释说，这样会有助于他思考问题，而且他手里的这支英国斗牛犬牌石楠烟斗是帮助他进行思考的最佳助手，因为它看起来很像夏洛克·福尔摩斯的那支烟斗。

乔纳森叔叔坐在那里，一直咬着烟斗。大约过了一分钟之后，他开口低声说道："嗯……还有，呃，还有……"他的脸上出现了一些困惑的表情。然后，他从用来记录每月预算的便笺簿上撕下一张纸，连同一支铅笔递给了路易斯，说道："帮我画一下那个神秘人吧。哪怕你画不出像凡·高或是毕加索那样的作品，也不用担心！我并不需要一幅完美的素描，只要能让我看看大概的轮廓就好。"

路易斯拿起铅笔，画了一个相当模糊的人形，身披沉重的长袍。然后，他又画了一个兜帽，并把脸部的阴影也补了出来。"这和你看到的一样吗？"路易斯向罗丝·丽塔问道。

她摇了摇头："我不知道！我看到的东西真的很远，我是说，它在远处看起来很小！但也许你画得没错，只不过我感觉那件长袍是用一条腰带系着的。虽然我不知道是为什么，但我总觉得那是一条黑绳子做的腰带。"

乔纳森叔叔仔细端详着这幅素描画，若有所思地捋着胡子。接着，他心不在焉地拿起铅笔，在人影的中间画了一条腰带。他把烟斗从嘴里拿出来，又摇了摇头："这确实让我想起了什么，但是——嗯……不，不可能的，那已经是很久很久以前的事了，没错。"

他放下了那张画，又用手指在上面敲了敲："好了，路易斯，我能告诉你的就是：你看见的并不是鬼！也许是某个捣蛋的家伙看错了日历，以为万圣节提前了五个月；也有可能是一个穿着红紫色雨衣的天气预报员，因为他坚信一场倾盆大雨马上就要来临了。但无论如何，在我们的巴纳维尔特城堡附近，绝对不会出现什么食尸鬼、鬼魂、长腿野兽的。"

"你刚才说的'很久很久以前的事'是什么呢？"路易斯追问道。

他的叔叔笑了一下："在我比现在年轻得多的时候，有一些魔法师认为，只有穿上那样的长袍才能正确地施展魔法。我以前也穿过长袍，但相信我，真的没必要。那一点儿作用也没有——不过我可以很爽快地承认，当一个魔法师拥有了一根可以依赖的魔杖时，他的魔法能量就会增强十几倍。然而，在紧急的情况下，一位造诣深厚的魔法师就算没有魔杖也能施咒。弗洛伦斯就是如此，她只要动动指尖，就能施展魔法，给人一击！所以，就担忧的程度而言，那个穿长袍的人与其说是威胁，倒不如说是个奇怪的家伙，这就是我要说的。"

罗丝·丽塔继续问道："那路易斯在镜子里看到的那个数字又是什么呢？"

乔纳森叔叔看起来有点儿不太自在，路易斯心想，但是他的叔叔还是回答了："那面傻瓜镜总是会显示一些奇怪的东西。你们看到的那团红紫色的东西，很可能和那个戴兜帽的人没有一点儿关系。如果我是你们的话，我会把它当作一个巧合，然后忘掉它。"

"我也是这么想的。"罗丝·丽塔补充道，然后紧张地斜睨了路易斯一眼。

但路易斯就没有那么肯定了。他知道罗丝·丽塔的心里一定在想：他那疯狂的想象力又来了。不过，他还是忍不住担心起来，那个发着金橙色光芒的数字，那个飘浮在半空中、闪闪发着金橙色光的数字"3"，也许会是一个可怕的预兆。

到了深夜，路易斯突然醒了过来。他听到了一些声音，好像是嘎吱声，或是呻吟声。他转过身来，看了一眼床头柜上的闹钟，上面的绿色荧光指针显示现在是夜间十一点三十二分。接着，他又听到了什么动静：楼下的前门咔嗒一声关上了。这个声音并不是很响，显然关门的人非常小心，但在夜深人静的时候，它听起来就像是路易斯的床底下有鞭炮炸开了一样。

压抑不住好奇心的路易斯掀开被子，站了起来，光着脚穿过走廊，又经过了浴室。他敲了敲乔纳森叔叔卧室的门，但里面没有任何反应。于是，路易斯打开了门，向一片黑暗中望去。"乔纳森叔叔？"

因为没有人回答，他就把灯打开了。他的叔叔并没有睡在床上，但好像有人在红绿相间的格子被里躺过。在枕头的旁边放着一本书。路易斯走过去，瞥了它一眼。一瞬间，他感觉自己浑身的血液都冻住了。

他拿起那本又大又薄的书，发现上面的每一页不是有一张很大的黑白照片，就是有几张放在一起的小照片，就像是杂志一样。此时，路易斯正盯着其中的一页，上面只有一张照片。他发现照片里有三个男人，而且每个人都穿着一件类似僧袍的连帽长袍。就和一些老照片一样，这张照片已经有些模糊了，不过还是能够看清照片里面几个人的面部表情，他们好像都一脸严肃地盯着前方。总之，这张照片看起来非常陈旧。

在照片的下方，有一段文字说明："黄金圈的三位成员，1888年于爱丁堡。这个活跃的神秘组织致力于魔法的研究和使用，以及各种咒语的收集。其成员都严格遵守'三法则'，并且各自组成了三人组进行魔法研究。该组织的成员包括威廉·利顿勋爵等名人，名律师迈克尔·莫兰德爵士，还有诗人兼散文家奥布里·圣约翰，但据说他在二十九岁时因为研究一些禁忌之术而彻底发疯了。"

又是"三法则"。

路易斯走出乔纳森叔叔的房间，顺道关掉了灯。他光着脚走到了一楼，并把一路上的灯都打开了："乔纳森叔叔？"

路易斯强烈怀疑他的叔叔已经出门去了，因为他确实听到了楼梯发出的嘎吱声和前门被关上的声音。于是，路易斯打开前门，走到了门廊上，在一片温暖而漆黑的夜色中，他往隔壁看了看。齐默尔曼太太家的厨房里照射出温暖的黄色灯光，路易斯瞥见了她从窗口走过的身影。在这之前，他一直都紧张得屏住了呼吸，现在他终于如释重负，深深地呼了一口气。毫无疑问，他的叔叔一定是去找齐默尔曼太太商量事情了。

如果真是这样的话，那就没有什么好担心了，因为路易斯对他们两个有着绝对的信任。无论会发生什么奇怪的事情，比如那个在阴影处戴着兜帽的人、会发出金橙色光的数字、三法则等等，他们一定都能够顺利解决的。没错，不会有什么太糟的事发生的。

路易斯回到了床上，大约半小时后，他听到前门开了又关的声音，然后就是乔纳森叔叔在楼梯上发出的沉重脚步声。紧接着，路易斯又听到了同样的嘎吱声，那是一块松动的木板发出来的——就是从楼梯底往上数的第六个台阶，而乔纳森叔叔之前总说会"找一天"把它给钉牢的。一分钟后，路易斯的卧室门被轻轻地打开了。他侧躺在床上，将眼睛眯了起来，但是在走廊灯光的映衬下，他还是看到了乔纳森叔叔熟悉的轮廓。"祝你好梦。"乔纳森叔叔轻轻地说完，又把门关上了。

路易斯终于放松了下来。虽然有一些和他同龄的孩子会讨厌父母或监护人在他们睡觉时来看一眼，但他正好相反，只有知道乔纳森叔叔来看了他一眼，他才会感觉更安心。没过多久，他就睡着了，而且睡得又沉又好。

在接下来的几天里，一切都风平浪静。到了星期五，路易斯的黑眼圈已经褪成了一些紫色和绿色的斑点，而且也消肿了。乔纳森叔叔每周都会给路易斯五美元的零用钱，并且是五个又大又圆的泛着银光的硬币。路易斯很喜欢这些硬币，因为它们又重又结实，会让他觉得自己好像拥有了一吨的钱似的。然后，路易斯还会自觉地在存钱罐里放一枚硬币。几年前，他就开了一个储蓄账户，所以他每周都会省下一美元。每当他攒满十美元后，乔纳森叔叔就会带他到银行把钱存进他日益增多的账户里。如今，他已经有了将近一百二十美元了。

"我要去看电影，"路易斯开口说道，"你想一起去吗？"

"现在上映的有什么呀？"乔纳森叔叔问。

路易斯拿来了报纸确认后，回答说："有《征服太空》。"

"那我就不去了，"他的叔叔笑着说，"我永远都无法理解科幻小说里的一切。你为什么不去问问罗丝·丽塔呢？"

"我这就去给她打电话。"

正好罗丝·丽塔说自己很无聊，于是立马就同意和路易斯一起看电影了，而且是各付各的。路易斯先走到了罗丝·丽塔的家，然后他们两个一起走下坡，最后来到了小镇中心。罗丝·丽塔买了自己的电影票，接着路易斯就准备从口袋里掏出他的四美元。然而，路易斯一定是露出了一个可怕的表情，因为罗丝·丽塔见状，立即开口说："嘿，你怎么了？"

路易斯把他的口袋翻了出来，却发现上面有一个磨损的破洞，而他的钱全都不见了："我的零用钱丢了！"

"嘿，没事的，没那么糟。我们沿着来的路上找一找吧。"罗丝·丽塔把电影票塞进口袋后，他们两个就开始往回走。

"全都是硬币吗？"罗丝·丽塔问道。

"是的，"路易斯回答说，"一共四个。"

"那应该很容易发现。"

他们慢慢地走，眼睛一直盯着地面。路易斯推断说："硬币一定是在我路过草地的时候掉出来的，如果它们掉在了人行道上的话，我就一定能听到。"

于是，他们的搜索范围缩小到了几个地方：路易斯和罗丝·丽塔家门前的草坪；路易斯在穿过高街和大厦街时，路过的街道和人行道之间的狭长草地；大厦街尽头的街角处。在寻找的过程中，路易斯有两次都误以为找到了硬币，结果发现它们一个是在阳光下闪闪发光的烂瓶盖，还有一个是半掩在草堆里的口香糖包装纸。

最后，他们一枚硬币也没找到。路易斯拖着沉重的步伐回到家，顺着找了他走过的所有房间。乔纳森叔叔看到他着急的样子，便开口问他怎么了，正当路易斯在解释的时候，乔纳森叔叔翻看了一下他破洞的牛仔裤口袋，咂了咂舌头："真为你感到抱歉，路易斯！我想是时候该把你的这条裤子扔了。不过，没事的，为了不让你错过电影，我会从下周的零用钱里先预支两美元给你。赶快去换一条没有破洞的牛仔裤，这样你就不会再把钱弄丢了，然后去看你的科幻冒险片吧。"乔纳森叔叔又递给了路易斯两美元钞票。

路易斯换了一条新的牛仔裤后，就和罗丝·丽塔一路小跑回到了电影院。虽然他们错过了一些电影预告片和一条新闻影片，但他们还是及时赶到，并且看了一部叫《小企鹅查理威利》的卡通预告片和《征服太空》的电影正片。

然而，路易斯蜷缩在电影院的座位上，根本就没怎么把注意力放在电影上。他一直在心里想的是，丢掉零用钱也许就是他在这一周内遇到的第二件坏事。

他忍不住想知道——接下来，究竟会发生什么？

第五章

当他们从电影院里出来时，路易斯正好看见哈尔·埃弗里特走在人行道上，他的两只手插在口袋里戳来戳去的。罗丝·丽塔喊了他的名字，哈尔回头看了看他们，犹豫了一下，然后不好意思地走了过来。"嘿，"他试探地说，"我很高兴你没受什么重伤，路易斯。"

"我确实是被砸晕了，"路易斯平淡地说，"但我已经好多了。"

"我……听着，我很抱歉自己跑掉了。"哈尔小声地说，"我以为是我杀了你！我的意思是，当时我正在假装施展魔法，然后你就从看台上摔下去了！我……我真的被吓了一跳，实在是很抱歉。"

"并不是你造成的，"罗丝·丽塔安慰他，"那只是一场意外。"

"我们告诉过你的，世界上并没有什么魔法，"路易斯提醒他，"如果有的话，我早就让我叔叔用魔法治好我的伤了！"

　　"你是说你的两个黑眼圈吗？"哈尔问道，"我曾经也像你一样有一对黑眼圈。"

　　"你是怎么弄的？"罗丝·丽塔追问道。

　　"从脚手架上摔下来的，"哈尔回答说，但在路易斯听来，他的语气非常奇怪、冷淡，就好像是在责怪某个人让他摔下来的一样，"但是伤得并不重，幸好我用一些方法救了自己。"

　　路易斯把口袋里的五十美分弄得叮当作响，然后说道："罗丝·丽塔和我刚好要去买点儿汽水喝。"

　　哈尔面无表情地愣了一秒钟，接着又笑了一下："我也刚好有一些钱，介意一起去吗？"

　　"人越多越好。"罗丝·丽塔说。

　　"谢谢。说真的，路易斯，我很庆幸你没有伤得很重。我总感觉是自己召唤了天上的闪电劈中了你！"

　　"好了，我不怪你，况且我的伤也不像被闪电劈中那么糟糕。"路易斯不情愿地承认，他只希望哈尔不要再一遍又一遍地道歉了。

　　他们走进商店，在一张圆桌旁坐了下来。这里的桌子铺了一层红色的塑料布，椅子是用一些漆成白色的钢条拧在一起做成的，而且还配了红色的充气皮革坐垫，每当你坐在上面时，它就会发出吱吱的响声。路易斯点了一杯香草冰激凌汽水，而罗丝·丽塔点了一杯巧克力麦乳精，哈尔也从口袋里掏出足够的硬币给自己点了一杯冰激凌根汁汽水。"你被球砸到的事吓到你叔叔了吧？"哈尔问。

路易斯正在用两根吸管喝着汽水，点了点头。"有一点儿吧，"他回答，"一开始罗丝·丽塔打电话给他，说我的头被砸了一下，他应该是很担心的，但后来他亲眼看到了我，才发现并没有很严重。"

哈尔点了点头，又问道："嘿，我一直都在想一件事。上次你们提到的那些魔术套装之类的东西，你们知道要花多少钱吗？"

路易斯和罗丝·丽塔都不知道，但是路易斯告诉他："如果你想知道的话，你可以自己去看一看——博物馆就在这条街上。就算你没有足够的钱去买一个套装，还有很多的魔术技巧是不需要花钱的，你可以从书上学习。有一次，罗丝·丽塔和我用从书上学的魔术技巧进行了才艺表演。那是一个关于绳子的小戏法，非常简单。你先拿出一根绳子，让别人用剪刀把它剪成两段，然后不打结就能把绳子重新接在一起，特别神奇！"

"你们是怎么做到的？"哈尔好奇地问。

罗丝·丽塔眨了眨眼。"这就是魔术，"她回答，"但路易斯说得对，像纸牌戏法、橡皮筋戏法和读心术之类的魔术，都是可以免费学到的。"

"读心术要怎么做呢？"

罗丝·丽塔向路易斯会心地一笑："你都还记得吗？"

路易斯也笑了一下："应该还记得。"

"让我们给他露一手吧。"

路易斯转过身去，背对着他们两个："好了，叫哈尔随便想点什么吧。"

路易斯听到罗丝·丽塔很小声地对哈尔简短地说了几句，接着就是一阵沉默，哈尔一定是在考虑要选择说什么。哈尔低声告诉了罗丝·丽塔他的决定，但他的声音实在太小，路易斯一点儿也听不见。最后，罗丝·丽塔说："路易斯，哈尔想的是一件很特别的东西，就在这间商店里。做好准备，猜猜看它是什么吧。一定要猜中噢！"

路易斯慢慢地转过身来。"嗯……"他一边说着，一边闭上了眼睛，"我要先问一下神灵！"

"看你面红耳赤的，知道答案了吗？"罗丝·丽塔问道。

路易斯睁开眼睛，朝左边瞟了一眼。"我猜，他想的是一大杯红色的草莓汽水。"路易斯说道，用手指着汽水柜台上方的一杯饮料，那是摆在墙上的一个仿真模型。

"你到底是怎么做到的？"哈尔张大嘴巴，惊讶地问。

路易斯笑了一下。"这是一个暗语，"他解释道，"罗丝·丽塔一开始告诉了我目标在商店里，所以我就仔细听着她的下一句话。当她说'做好准备，猜猜看它是什么吧'的时候，她说的第一个字就告诉了我要向左看，因为'做'和'左'的读音几乎是一样的。如果你选择了在右边的东西，她就会说：'有没有准备好，猜猜看它是什么吧。'如果是在中间的话，她会说：'终于准备好了，猜猜看它是什么吧。'这里'终'指的是'中'，懂了吗？接着，她的第二句话说了'一定要猜中噢'，就是在让我往中间看。如果她说的是'一定不要瞎猜噢'，就是在让我往下面看，而'一定要上心好好猜噢'的意思就是往上面看。"

"因为'猜中'和'中间'都有着同一个字。"哈尔点点头说。

罗丝·丽塔笑了："然后，我又继续说：'看你面红耳赤的，知道答案了吗？'这时，路易斯就知道我在暗示他那个东西是红色的，只是你没注意到而已。'面红耳赤'，'红'和'赤'，明白了吗？所以，合在一起，路易斯只需要朝左边看，并在那面墙的中间找一个红色的东西就行了。于是，他就知道答案是一大杯草莓汽水了，虽然它并不是一杯真的饮料，而是由塑料做成的。"

哈尔眨了眨眼睛，激动地说："这实在是太高明了！你们两个真的把我给骗到了。"

路易斯谦虚地摇了摇头："当你知道了这些暗语，再好好练习之后，你就会发现没什么了不起的。如果你真的想看有关魔术方面的书，我这儿有一本，就是我和罗丝·丽塔在才艺表演时用过的那本。"

"那太好了。"哈尔感激地说。

哈尔和他们一起走回了路易斯的家，然后路易斯上楼到他的房间找到了那本书。哈尔接过书，害羞地感谢了路易斯，接着就打开书，边走边读了起来。罗丝·丽塔忍不住说："希望他不会走到马路上去。"

"应该没事的。"路易斯安慰道。

星期六的早上，路易斯醒来之后感觉状态非常好，这是自从星期一他受伤以来感觉最舒服的一天了。他的头痛完全消失了，眼睛看起来也好多了。总之，路易斯终于能够答应罗丝·丽塔的出游邀请了。也许他们可以骑自行车在镇上到处逛逛，一直骑到自来水厂再骑回来；又或者，他们可以选一条罗丝·丽塔曾经去过的远足路线，然后一起去探索他们从来没有仔细观察过的地方。当路易斯走出房间时，他听到楼下传来了齐默尔曼太太的声音，而且还闻到了一股食物的香味，这就意味着今天的早餐不会像平常一样只有一碗麦片，而是一顿丰盛的美食了。

路易斯从厨房边上的后楼梯走了下来，但不知怎的，他突然在倒数第三个台阶上绊了一下，为了保持平衡，他只好往前踏了一大步，重重地跳到了地板上。结果，他的一只脚瞬间扭伤了，他尖叫了一声。

"怎么了？"齐默尔曼太太出现在厨房门口，手里拿着一把抹刀，脸上露出惊讶的表情，"路易斯！可别说你又受伤了！"

乔纳森叔叔赶快从她的身边挤了出来："你是摔下来了吗？"

路易斯坐在楼梯的最后一个台阶上，紧握着他的左脚踝，呻吟了一声："哎哟！——我踏空了一步！"

因此，路易斯并没有吃到一顿美味的早餐，而是被送到了医院的急救室。当护士们准备给他的脚踝拍X光片时，他们派人去请了汉弗莱斯医生。接着，这些护士开始给路易斯照X光片，他只好按照吩咐在一张冰冷的金属桌上躺了下来，首先是仰卧，接着是右侧卧，最后是左侧卧。然后，他还要坐着等大约一小时，才能看到冲洗出来的片子。不过，至少还有齐默尔曼太太和乔纳森叔叔陪在他的身边。

最后，汉弗莱斯医生终于拿着X光片走进来，然后把它们挂在了一块灯板上。这些X光片看起来就像相机的底片一样，是深灰色的，上面还有一些雾白色的骨头。汉弗莱斯医生说："好了，路易斯，尽管你又折腾了一番，但你的脚踝并没有骨折。不过，你的组织间隙有过多的液体积聚，哦，这是医学术语，也就是说你的脚踝有点儿肿，这几天你都不能跑步了。我会用弹性绷带帮你包扎起来，但如果你能拄几天拐杖的话，应该会好得更快。乔纳森，这个周末就帮他冰敷一下吧，要是到周一还没消肿，就再带他回来看看。路易斯，不要再让自己受伤了！不过，你应该过一两天就会好起来的。"

然后，他们就只好去商店给路易斯买了一根长短合适的拐杖。带着一堆这样那样的东西，他们直到下午才回到了家。乔纳森叔叔扶着路易斯走出车库，又走到房子的后门，这时才发现之前走得太急了，居然连后门也没关。来到厨房之后，看着炉子上一大锅凝固了的炒蛋和烤盘上冷冰冰的松饼，路易斯感觉十分伤心。"对不起。"他抱歉地说。

"没什么好抱歉的！"乔纳森叔叔大声说，"但你得再小心一点儿了，路易斯。如果你再继续这样撞来撞去的话，这个暑假很快就会过去了。"

"一切都完了。"路易斯说完，坐到了一张椅子上。

齐默尔曼太太奇怪地看着他："什么意思？"

"这是第三次了，"路易斯解释说，"还记得'三之咒'吗？一开始我被界外球砸中，然后弄丢了零用钱，现在又扭伤了脚踝。坏事成三，这就是最后一次了。"

齐默尔曼太太用食指碰了碰下巴："嗯……我想问，你到底是从哪儿知道'三法则'的准确含义的？"她狠狠地瞪了乔纳森叔叔一眼。

乔纳森叔叔举起了双手："别那样瞪着我，老太婆！我发誓，我从来没有向路易斯提起过那个愚蠢的迷信！"

"不是叔叔说的，是我在一本旧书里读到的，"路易斯说，"那本书里就把它叫作'三之咒'。虽然罗丝·丽塔说那是无稽之谈，但我总有一种不祥的预感。"

齐默尔曼太太抽了一下鼻子："路易斯，我认为罗丝·丽塔说得很对。没错，确实是有一种古老的说法认为坏事总是会连续发生三次。但是，请记住我接下来说的：如果海地岛上的一个巫毒教士诅咒了一个人会生病而死，那么他就一定会遭遇不测。然而，如果这个巫毒教士诅咒了同一个人，但却没有让那个人知道自己被诅咒了，那就什么也不会发生！你明白这意味着什么吗？"

路易斯缓缓地说："你的意思是，如果有人相信坏事会连续发生三次，那么他就会让这一切成真？"

乔纳森叔叔接着说："是的，要不然，他就是在小题大做。就像昨天你丢了四美元一样，嗯……这确实会令人生气，我也知道你每周都很喜欢听着它们叮当作响的声音，但这真的没什么大不了的，不是吗？"

路易斯点了点头。不管怎样，他最后还是看了电影，而且还和罗丝·丽塔、哈尔一起愉快地喝了汽水。"但这一次我也的确受伤了！"他抱怨道。

"是的，你一定非常疼吧，"齐默尔曼太太安慰说，"看到你受伤了，我真为你感到难受。不过，你当时是急着跑下楼，对吗？"

路易斯困窘地点了点头："因为我闻到了早餐的香味。"

"啊，"乔纳森叔叔忍不住说，"是你的错，弗洛伦斯！都是你那'难闻'的早餐让我的侄子遭遇了意外！对了，说到这个，我们得赶紧把这些冷掉的鸡蛋扔了，重新做点儿早餐，不对，是午餐，也不对，是早午餐，哎呀，管它是什么，我现在都能吃下整整一头牛了！"

"你总是在喊饿。"齐默尔曼太太抱怨说，但她还是扔掉了鸡蛋，卷起紫色的袖子，动起手来。半小时后，他们吃到了一个巨大的火腿煎蛋卷，还有重新热过的松饼（还是那么香）和一些薯饼。其实，路易斯也像他的叔叔一样饿得不行，他们两个都狼吞虎咽地吃了起来。

齐默尔曼太太就像平常一样，只吃了一小份，然后就坐在那里抿着咖啡，而路易斯和乔纳森叔叔则把所有的东西都吃光了。“好吧，”她说道，“你们知道的，我很少会做这样的事，因为我们最好不要把魔法浪费在一些琐碎的小事上，但经过今天这么一出，我已经没有心情洗碗了，所以……”她把手伸到椅子后面，拿出了她的那把旧雨伞，上面的手柄是一只狮鹫抓着水晶球。她往后退了一步，把雨伞指着桌子，再用一种像是威尔士语的韵律飞快地念着什么。

刹那间，餐桌上所有的盘子都在空中旋转起来，路易斯急忙向后退了一下。然后，那些盘子都飘到了水槽里，开始自动洗了起来。当所有的杯子、盘子漂洗干净之后，它们就开始在空中翻滚，紧接着，一条毛巾飞到了水槽的上方，一个个地把它们接住，再把它们都擦得干干净净的。最后，所有的杯碗瓢盆都在碗橱里找到了自己的位置，叮当作响了好一阵。在不到一分钟的时间里，碗就洗完了。

“好了，”齐默尔曼太太一边说着，一边把一缕掉下来的头发往后捋，“应该全部都洗完了。”

“齐默尔曼太太？”路易斯小声地喊道。

“怎么了？”

“那什么时候‘三之咒’会真的发生作用呢？”

“哦，我的天哪，”齐默尔曼太太凝视着他，“好吧，看来我不告诉你的话，你就会去大胡子的书房里乱翻一通，再把你自己给吓傻的。行吧，路易斯，就让我来告诉你：当一个魔法师想要让某个人持续遭受不幸时，他们通常都会施下一个遵循'三之咒'规律的邪恶咒语。然而，会在这个人身上降临的三次不幸并不只是一些意外，比如被球击中，或是在楼梯上被绊倒之类的。更为重要的是，他们必须先通知这个人，就像巫毒教士必须让他的受害者知道自己被诅咒了一样。最后，当这个人开始相信某一次的意外就是一个不祥征兆时，唉，那么之后发生的事情就会变得更加不幸了。"

"就像一开始被球砸中，然后被走火的子弹击中，最后从楼梯上摔下来摔死了一样吗？"路易斯问道。

乔纳森叔叔看上去非常吃惊："天哪，路易斯！你怎么能有这么荒谬的想法？你不会摔死的，当然也不会中枪！"

"不，不是在说我。"路易斯告诉了他们那位路易斯·内文斯上尉的不幸遭遇。

"嗯……"齐默尔曼太太低声说，"你是说在半岛战争期间，那位英国上尉正好在西班牙作战？据我所知，在19世纪的时候西班牙就已经有魔法师了，而在西班牙语中，女魔法师被称为布鲁哈斯，男魔法师被称为贝奇塞罗，我想可能就是他们中的某个魔法师对内文斯上尉施了什么邪恶的咒语。如果曾经有人告诉他会遭遇不幸，那他如此坚定地对朋友说自己一定会遭遇三次可怕的意外，也就不难理解了。但是我们也没有证据，也许内文斯上尉就是个迷信的人。毕竟很多人都是这样，一旦他们认为自己会遭遇三次不幸，他们就会不停地在数，直到能数出三次不幸的事为止！"

"也许吧，"路易斯一边说，一边转身面对着他的叔叔，"还有一件事，那本书里并没有提到任何关于黄金圈的内容，但是我知道你在另一本书里查到了。一开始就是你提起这件事的，但你又不把它讲完。"

乔纳森叔叔显得有些尴尬："好了，我告诉你吧，不过也没太多可说的。据说黄金圈的成员们都喜欢穿着红紫色的僧袍，在月光下画一些魔法圈，然后再围着它们跳舞。后来，他们又各自成立了俱乐部，而且每个俱乐部都有九名成员，也就是三个三人组。"

"这样他们就可以互相监视了，"齐默尔曼太太解释说，"而且每个组里都有一个师傅和两个徒弟。"

"之前你说过，你的魔法老师曾经就是黄金圈里的一位成员。"路易斯补充说道。

乔纳森叔叔叹了口气，又瞥了齐默尔曼太太一眼："路易斯，这里面真的没有什么惊心动魄的故事。简单来说就是，在我上大学的时候，我的魔法老师每周二、周四的晚上会给我上课，而他碰巧也是学院里的一名老师。"

"说真的！"齐默尔曼太太尖刻地说，"我都不知道密歇根州农学院的教职工里居然还有魔法师！"

乔纳森叔叔向她吐了一下舌头。"正如老巫婆所说，"他对路易斯说道，"学院里确实没有什么魔法师。我的老师其实是一位数学教授，但他也涉足一些魔法和数字命理学，在我大学生活的四年期间，就是他教会了我掌握的一切魔法。他在三十年前作为黄金圈里的一员学会了魔法。虽然人们常说，'有其师必有其徒'，但是你们不用担心黄金圈，因为他们早就散伙了。在19世纪的大不列颠，他们曾经确实是非常受欢迎的组织，甚至还有一两个分部——"

"或者是三个。"齐默尔曼太太插话说。

"是的，或者是三个分部，"乔纳森叔叔尴尬地说，"而且就在美国。但是，对的，就在大约二十年前，黄金圈出现了一次大内斗，成员们开始相互指责对方的各种不当行为。和大多数魔法组织一样，他们也是一个鱼龙混杂的团体，有一些正义之士，也有一些只对魔法好奇的人，还有一些人则抱有邪恶的目的，想要利用魔法获得财富和权力。于是，正义的一派就和邪恶的一派对抗起来，而好奇的中间派就统统退出了。等到一切都尘埃落定之后，他们也无法再忍受对方，于是整个组织就分崩离析了。不过，我认为他们最吸引我的地方就是，他们在施展魔法的时候都会穿着那件傻乎乎的长袍。"

"当然，他们之中仍有不少人还活着，"齐默尔曼太太接着说道，"但他们多数都上了年纪，早就安定了下来，所以我敢肯定已经没什么人还在积极地练习魔法了。在那次大内斗之后，他们中的大多数人都对魔法心灰意冷了。"

"真是要感谢苍天了，"乔纳森叔叔说，"毕竟他们中的一些人确实非常厉害，不是光靠我们两个就能对付的。"他拍了拍路易斯的肩膀："好了，你现在可以放心了吧。虽然我还是觉得这一切都是巧合，但就算不是，你也逃过一劫了。你的头被砸了，你的零用钱丢了，你的脚踝扭伤了，刚好是三次！所以，从现在开始，一切都会一帆风顺的。"

路易斯点了点头，希望乔纳森叔叔所说的都是真的。然而，事实很快就证明，最糟糕的还远远没有到来。

第六章

到了星期三，路易斯已经习惯拄着拐杖一瘸一拐地走路了。尽管他的脚踝还缠着绷带，不能承受太多的重量，但如果他慢慢地走，至少还能上下楼梯。晚饭过后，乔纳森叔叔把盘子都洗净、擦干，然后说道："路易斯，你愿意自己在家待一会儿吗？如果不行的话，我很乐意不去参加今晚的会议。"

路易斯知道，乔纳森叔叔指的是去参加卡帕纳姆县魔法师协会每月一次的例会，其实就是当地的几十位魔法师的小型聚会，他们会坐在一起闲聊，吃点心，玩一玩棋牌游戏。"我可以的，"路易斯回答说，"你要去多久呢？"

乔纳森叔叔看了看冰箱上方的时钟："现在还不到七点，这次会议我们没有什么要紧的事情需要商量，所以我应该会在九点半之前回来。你确定自己一个人可以吗？"

路易斯点了点头。"我有国民军纪念大厅的电话号码。"

他回答说。国民军纪念大厅是为了纪念内战时期在联邦军队服役过的新西伯德镇公民而建的，就在主街的东端，离他们家不远。"如果我需要你的帮助，我会打电话给你的。"

"好的。"他的叔叔说完，就匆匆地离开了厨房。路易斯一瘸一拐地走进客厅，打开了电视。这是一台漂亮的真力时电视机，有一块圆形的屏幕，就像一扇舷窗一样。此时，电视上正在播放底特律老虎队的一场棒球比赛，路易斯把电话机从大厅里拿了进来，这样就可以一边给罗丝·丽塔打电话，一边坐下来观看比赛了。虽然罗丝·丽塔和齐默尔曼太太都是芝加哥白袜队的球迷，但她也很喜欢老虎队，所以肯定会和她的爸爸一起看比赛的。就在路易斯准备拨通罗丝·丽塔家的号码时，乔纳森叔叔突然喊了起来："路易斯！你动过我的手杖吗？"

路易斯从沙发上站起来，连拐杖都懒得拄，一瘸一拐地走到了前厅。他看到乔纳森叔叔正站在那里，挠着他的一头红头发。在衣帽架的旁边，放着一只高高的花瓶，里面插着几把破旧的雨伞和三根手杖。然而，乔纳森叔叔却没有找到手柄上有一个水晶球的那根手杖，因为它是有魔法的，也就是乔纳森叔叔的魔杖。

"我没有碰过它，"路易斯有些担心地说，"哦，天哪，乔纳森叔叔！是不是有人溜进来，把它偷走了？"

"如果真的有人这么做了，那他们可讨不到一点儿好处。"他的叔叔果断地回答，"路易斯，魔法师的魔杖只能适用于它的主人，其他的人拿它根本没用。人们会偷魔杖的唯一原因就是，它能让自己免受魔杖主人的咒语的影响，而且——"

"如果是你的仇家偷走了魔杖，那该怎么办？"

"那是不可能的，"乔纳森叔叔说，"原因很简单，我从来都没有什么仇家。不管怎么说，那个人要是被我抓到，我一定会狠狠地揍他一拳！不过，我还真不知道是哪个可恶的家伙偷走了我的魔杖，而且我也不记得上一次用它做了些什么。唉，算了，它总会出来的，幸好今晚魔法师协会也不用施咒。打扰到你了，真抱歉！"

然后，乔纳森叔叔出门了。他走到隔壁，坐上齐默尔曼太太的紫色汽车之后，就出发去参加会议了。不过，路易斯还是感觉很奇怪，浑身起鸡皮疙瘩。他盯着衣帽架上的那面镜子，但上面却只映出了他焦急的脸庞。路易斯走回客厅之后，就开始怀疑乔纳森叔叔是不是误把手杖放在了那个很大的壁橱柜里，也就是他们用来存放望远镜的地方。于是，他打开壁橱门，按了一下里面的电灯开关，却发现灯泡已经烧坏了。在一片漆黑的壁橱里，路易斯隐约看到了被一条旧床单盖住的望远镜，它看上去就像一个沉默的、静止的幽灵。后来，路易斯从一个架子上拿出了他和乔纳森叔叔用过的那个天文手电筒——上面有一个红色的透镜，因为红色光不会影响到夜间视觉——但在它微弱的光亮中，他还是没有看到手杖的踪影。最后，他只好握住手电筒，关上壁橱门，拿起电话回到沙发上，给罗丝·丽塔打了一个电话。

"嘿，"她说道，"你在看比赛吗？现在已经是第五局末了，老虎队领先两分！"

"听着……"路易斯急切地说，他把手杖丢失的事告诉了罗丝·丽塔。

她沉默了一会儿后，说道："他以前就把手杖放错过地方，不是吗？"

"是的。有一次在我们野餐后，他就把手杖直接落在后院了；还有一次，手杖都在汽车后备厢里躺了好几个星期了，他才想起来把它放在了哪里。"

"所以，他应该是又忘了。"

"也许是吧。"路易斯不情愿地说。

"你的脚踝怎么样了？"

"好多了。虽然我现在还得拄着拐杖，但不用拐杖我也能走得很好。"

"那你的两个黑眼圈呢？"

路易斯做了个苦相，虽然罗丝·丽塔根本看不见。"它们变成黄色了，"他回答说，"一种有点儿恶心的绿黄色，就像那些小毛毛虫一样……"

突然，他听到罗丝·丽塔的爸爸好像在说些什么，接着她马上打断说："路易斯，我得挂电话了。我爸爸在等一个电话，再见！"

一秒钟后，路易斯听到电话里发出咔嗒一声，然后就只剩一片寂静了。他挂了电话，盯着电视看，但他的注意力根本就没有放在球赛上。路易斯懒得去开客厅里的灯，于是当夜幕降临后，整个客厅也渐渐地暗了下来，只有电视机里还闪出一点儿灰色的光亮。

突然，路易斯用余光瞥见了什么，好像是前厅那儿闪着一些淡红色的亮光。是手电筒落在那里了吗？不是，他看到手电筒就摆在电视上方的架子上，旁边还有一个棒球形状的陶瓷纪念品。路易斯有点儿害怕地站起来，打开了沙发旁边的灯，一瘸一拐地来到前厅后，立马就看到了衣帽架上的那面镜子正闪着一些红光。路易斯咬着嘴唇，仔细看着镜子，发现上面显出了一片平坦漆黑的土地，四周耸立着一圈圈高耸的巨石，看上去有点儿像他曾经在英国看到的巨石阵。

然而，那一片黑暗中还出现了一个闪着熊熊烈火的巨大数字，就像路易斯之前看到戴兜帽的那个人划的火光数字一样。

这一次的火焰比之前的还要大，但那个数字仍然是在半空中不停地飘浮着、摇摆着。

路易斯踉踉跄跄地回到客厅，打开了灯，从沙发旁的地板上抓起电话，疯狂地拨着国民军纪念大厅的电话号码。他听到电话的另一端响了三四次。"快接电话，快接电话。"他咬着牙说。

终于，有人接了电话："喂？"

路易斯听出了那是耶格太太的声音，她为人很亲切，但说话总有些含混不清，而且还可能是整个魔法师协会里法力最弱的魔法师了。"您好，我是路易斯·巴纳维尔特，请问我的叔叔在吗？"

"什么？什么？是路易斯吗？但乔纳森好像已经走了，我再去看一眼，亲爱的，请等我一下！"

路易斯又朝前厅那儿瞥了一眼，但那些红光已经消失得无影无踪了。突然，前门的把手发出咔嗒咔嗒的响声，把他吓得跳了"一千米远"。过了一会儿，门被打开了，路易斯看到他叔叔走了进来，终于松了一口气。与此同时，电话那一头的耶格太太说道："恐怕你和他错过了……"

"没事了，他现在就在这儿。谢谢您，耶格太太！"路易斯挂了电话，赶忙说道，"乔纳森叔叔！快看镜子！"

乔纳森带着惊讶的表情，转身盯着后面的镜子："难道是我的胡子上有蛋糕屑吗？弗洛伦斯带了一块她做的咖啡蛋糕……"

"它还在那儿吗？"

"我的胡子？"

"不，是一个数字！你快看镜子！"

乔纳森叔叔又看了一下镜子："这里就只有我们巴纳维尔特家的两个人呀。路易斯，你到底看到了什么？"

路易斯气喘吁吁地解释了他刚刚在镜子里看到的数字3。"我觉得这一定是个征兆，"他说道，"我想它指的就是已经发生在你身上的第一件坏事——你的手杖丢了！那接下来还会有两件坏事要发生！"

乔纳森叔叔摇了摇头："我也不确定。以防万一，我还是去问一下弗洛伦斯吧，但我真的觉得只是这面傻瓜镜子又在耍什么花样而已。"乔纳森叔叔并没有打电话，而是直接走到隔壁，把齐默尔曼太太喊了过来。几分钟后，他们三个人都站在前厅，看着那面已经恢复正常的镜子。

"我还在想你为什么没带手杖呢，"齐默尔曼太太在听完了整件事后说道，"好吧，让我用法力来看看能不能帮你找到它。跟我来吧，你们两个！"

齐默尔曼太太把他们带到厨房，又从橱柜里拿出了一个高脚杯。她在杯里装满水，然后滴了一小滴橄榄油进去。一开始，这滴橄榄油只是静静地浮在水面上，但随着齐默尔曼太太低声说了几句话，它就漂到了水面的正中央。"很多人都认为，要想完成这个魔法，就需要准备昂贵的水晶球或水晶玻璃，"她用平和的语气解释说，"但其实重点并不在于水晶球！紧要关头，一杯普通的水就可以了。"

"我还以为魔法师们是不会随随便便使用魔法的。"路易斯轻声说。

"当我们要寻找丢失的魔法物品时，我们就会这么做，"齐默尔曼太太回答，然后眨了眨眼，"当然，还有我们懒得洗碗的时候！"她盯着那杯水看了几分钟后说道："现在——请告诉我乔纳森·巴纳维尔特的手杖在哪里，快快现身！"

路易斯在一旁好奇地看着。他几乎没怎么见过齐默尔曼太太施展魔法，因为她也确实很少这样做。正如她曾经解释的那样，在大多数时候，她和乔纳森的责任——也是魔法师协会所有成员的责任——是要尽全力阻止邪恶的魔法，而不是为了自己的利益滥用魔法。

路易斯一直盯着那杯水，然后看见水里出现了一些微光，那是一种淡淡的紫光。接着，它又往四周射出了一些细细的光束，齐默尔曼太太聚精会神地盯着它看，于是脸上也闪烁着一些紫色的光芒。在盯着水杯看了五分钟之后，齐默尔曼太太只好无奈地摇了摇头。"实在是奇怪，"她说道，"乔纳森，你的手杖真的不见了！它既不在这座房子里，也不在外面的院子里，我找遍了南密歇根州方圆五十千米内的任何地方，全都没有它的踪迹！"

　　"它不可能凭空消失了呀。"乔纳森叔叔不解地说。

　　"怎么不可能？"齐默尔曼太太不耐烦地厉声喝道，"那可是一根魔杖！"

　　"你知道我在说什么。"

　　齐默尔曼太太点了点头："是的，我知道。我很抱歉刚才说的话，但我没有生气，只是有些困惑而已。你的魔杖本来就有很强的感应磁场，所以在一百千米内的任何地方，我应该都能感应到它的存在才对！除非……"她没有再继续说下去了。

　　然而，乔纳森叔叔却接着说："除非有人用某种邪恶的魔法把它隐藏了起来。"

　　"乔纳森！"齐默尔曼太太朝路易斯的方向猛地扭了一下头。

　　"路易斯已经够大了，他也该知道这些事了，"乔纳森叔叔坚定地说，"但说实话，我也不确定他是否需要知道另外一些事情。你们俩在这儿等着我。"说完，他就咚咚咚地上楼去了。

"他要去拿什么呢？"路易斯疑惑地问。

齐默尔曼太太叹了口气，耸了耸肩："谁知道呢？也许是午夜队长的秘密解码戒指，也许是一个有魔法的弹簧高跷。遇上像乔纳森·巴纳维尔特这样的老顽童，根本就说不准！"

几分钟后，乔纳森迈着沉重的步伐回到楼下，走进了厨房。他砰的一声把一本又大又厚的书扔在了桌子上，扬起了一些灰尘。路易斯好奇地盯着这本书：它的封面是皱巴巴的黑色皮革，上面印着一个金色的长方形，下面还有一个金色的圆圈。仔细一看，那个长方形框里写着"金刚狼"，而金色圆圈里也有一段文字和一个犁的图案。在圆圈的边缘，还可以看到"密歇根州农学院"和1882年的日期，也就是这座学院成立的年份。"这是我大四那年的大学年鉴，"乔纳森叔叔说，"天哪，居然已经过去二十五年多了！时间过得可真快。"说完，他翻开了那本年鉴。路易斯无意中瞥到了一幅吉尔牌钢制车轮的广告，大意就是夸赞这款车轮多么美观、实用、经济。乔纳森叔叔继续翻了翻书页，又说道："应该就是在这里的，啊，找到了！"他用手指着一张照片，上面有三个人，两个站着，一个坐在中间。他们三个人都穿着毕业服，但站着的那两个人戴的是扁平的学位帽，而坐着的那个戴的是一顶倒扣的花盆状软毡帽。

路易斯往前伸了伸脖子。他觉得站在右边的那个人看起来十分面熟，很像他记忆中的父亲查尔斯·巴纳维尔特生前的样子。"这是你吗？"路易斯指着那个人问道。

"那个时候我还没有留胡子呢，"乔纳森叔叔有些骄傲地说，"是的，这个人就是我，这张照片是在荣誉表彰大会之前拍的。中间这位戴着古怪帽子、蓄着老式长胡须的年长绅士，就是我之前提到过的那位数学教授和魔法老师：蒙代尔·马维尔博士。而在他的另一边，这个看起来很像刚吞下了一棵仙人掌的暴躁家伙，就是和我一起学习魔法的同窗，阿道弗斯·施莱克特舍兹。他是德国人，当初来美国是为了学习怎么种植小麦和土豆的。"

"真是个奇怪的名字！而且他看起来很不高兴的样子。"齐默尔曼太太说。

乔纳森叔叔点了点头："那可能是因为在拍这张照片的两分钟之前，马维尔博士告诉了阿道弗斯，说他最终还是无法通过资格认证成为一名合格的魔法师。当时，他和我都已经完成了我们的毕业作品——每一对学习魔法的学生都要创造出一个被施了魔法的物体，尽管它们通常都是一些无用的小玩意儿，但是里面必须包含两人相同的魔法能量，以证明他们配得上'魔法师'的身份。不管怎么说，我们终于完成了，虽然整个过程很辛苦，因为阿道弗斯总是咄咄逼人，永远控制不了自己的坏脾气，而马维尔博士也常常告诫阿道弗斯要改正这一点。最后，马维尔博士认可了我们两个的作品，但他却拒绝颁给阿道弗斯一根真正属于魔法师的魔杖。所以，当我在马维尔博士临时起意的一个小仪式上被授予了魔杖时，阿道弗斯就只好无奈地在表彰大会上接受自己被评为了年度最佳数学之星。"

路易斯盯着照片上的阿道弗斯：他整个人看上去比乔纳森叔叔要大五至十岁，而且他的脸看起来一点儿也不讨人喜欢；狭窄的两肩向前弯曲，凹陷的眼睛直勾勾地盯着前方，似乎充满了怨恨，令人毛骨悚然；一只很突出的鼻子，让路易斯联想起了鹰喙；蓄着浓密的胡须，两侧尖尖的黑色山羊胡遮住了他的嘴和下巴。路易斯光是望了他一眼，就不禁打了个寒战。

　　"为什么给我们看这个？"齐默尔曼太太问。

　　乔纳森叔叔叹了口气，解释说："因为据我所知，全世界就只有一个人会对我的那根魔杖感到不满。我的意思是，伊扎德一家早就死了，而我再也没有其他的魔法师仇敌了。然而，当施莱克特舍兹知道我将会被赠予一根魔杖，而他却只能两手空空回去的时候，他确实火冒三丈了。"

　　"那现在他在哪儿呢？"路易斯问。

　　"这就是问题所在了——我不知道。"乔纳森叔叔回答，"在第二次世界大战爆发前，他回到了德国的老家，从那以后我就再没有听过他的消息了。据我了解，他很可能是在战争中丧生了，为了他们德国人而战。不过，我的这个猜测也太不靠谱了。即使阿道弗斯偷了我的手杖，对他也没有什么好处呀，因为他根本用不了我的魔法！"

　　"那他会魔法吗？"齐默尔曼太太继续问道。

　　"哦，当然，他学的魔法和我一样多。"乔纳森叔叔回答，"你也知道的，魔法师并不一定需要有魔杖。一根好的魔杖只是一根施了魔法的权杖，可以帮助魔法师集中注意力并增强他的魔法能量。谁知道呢，也许阿道弗斯在回到欧洲大陆之后，还找了别的魔法老师继续学习魔法。要知道在20世纪30年代末，魔法师就已经够多的了！那时也刚好是黄金圈开始分崩离析的时候。要是阿道弗斯遇上了一两个魔法师，说不定就成了某个魔法三人组中的一员。"

"天哪！"齐默尔曼太太低头看着那张照片，惊讶地说完后，用手捂住了嘴。

于是，路易斯更加仔细地望着那张照片：乔纳森和阿道弗斯各站在一张课桌的两旁，马维尔老师则坐在中间，也就是桌子的后面，他的头上歪戴着一顶帽子，显得十分洒脱。课桌的后面有一块黑板，上面写满了各种深奥的数学符号和数字。虽然右边的黑板被阿道弗斯狭窄的肩膀挡住了一部分，但是仍然可以看清那里立着一个衣帽架，而且其中一个衣钩上还挂着一件不怎么好看的衣服，很像是一件连帽长袍。

"没错，"乔纳森叔叔有些疲倦地说，"你已经发现了，弗洛伦斯。就像我说过的那样，马维尔博士曾经是黄金圈的一名成员，但他属于正义的一派。对了，补充一句，他从来都没有强迫我们加入那个奇怪的组织，而我们也确实没有加入。反正，我是没有加入，但至于阿道弗斯，我就不清楚了。"

"也许他和你之间还存在着某种魔法联结。"齐默尔曼太太告诫说。

"也许吧，但我并不相信。当初他并没有拿到魔杖，也就相当于他没能加入我们的三人组。"

齐默尔曼太太接着说:"如果那根魔杖是马维尔博士给你的话……"

"他也许会知道怎么才能找到它的下落,"乔纳森叔叔接话道,"我早就想到了,老太婆。而且,刚好我这几周也一直想给马维尔博士打个电话,问问他的近况。不过,他已经很大岁数了,现在又那么晚——快十点二十分了!我还是明天早上再给他打电话吧。虽然他马上就要退休了,但我想他应该还住在兰辛市。与此同时,弗洛伦斯,如果你愿意的话,你还可以帮我一个大忙。"

"要做什么?"

在路易斯看来,乔纳森叔叔似乎是故意发出了一声高亢洪亮的笑声,就好像是在说一个精彩的笑话一样,但其实他的话一点儿也不好笑:"凭借你高超的魔法能力和你的那根超级魔杖,也许你可以对这座房子施一些保护咒!让我想想,比如'林尼厄斯的安全屋之咒''阿尔卡扎的邪恶对抗之咒',哦,对了,还有'福格伯克的无所不能保护咒'也不错。"

"要不要在上面再放一颗又圆又红的大樱桃呢?"齐默尔曼太太顽皮地笑着问,"好的!我同意你的看法,我们得确保万无一失,而且我也要谦虚地承认,我的魔法确实要比你强,况且你现在连魔杖也没有了。我这就回家去拿我的魔杖,如果它仍然完好无损的话,我马上就可开始施咒。"

过了一会儿,齐默尔曼太太带回来一把普通的旧雨伞。它唯一不同寻常的地方就是伞柄上有个青铜狮鹫,而且它的爪子里还有一颗比乒乓球还大的透明水晶球。不过，路易斯却很清楚，这就是齐默尔曼太太真正的魔杖。这个水晶球拥有巨大的能量，是一位法力高强的魔法师送给她的，那位魔法师当时住在宾夕法尼亚州，专门为人们施一些会带来好运和治愈疾病的咒语。齐默尔曼太太一声令下，那把雨伞就变成了一根权杖，顶端有一颗紫星闪烁着耀眼的光芒。她身上的紫色连衣裙也变成了一件飘扬的斗篷，每道褶子里都跳动着紫色的火焰，而她自己似乎也变得高大威猛起来。

齐默尔曼太太总共念了三次咒语，她每念一次，这座老房子似乎就变得更加温暖舒适一些。在念完了最后一次咒语后，齐默尔曼太太又恢复了平常的样子。她拨开脸上的几缕头发，说道："哎哟！就这么多了，乔纳森。如果有人想要冲破这些障碍的话，那他就得是一个非常强大的魔法师——要是真有人试图这么做的话，我立刻就能知道！在咒语解除之前，除非是你和路易斯邀请的人，否则没有任何人能随意踏进这座房子，所以你们今晚可以安心睡个好觉了。"

"谢谢你，弗洛伦斯。"乔纳森叔叔感激地说。他正打算要说些什么，但突然犹豫了一下，没有说出口。然后，他又小声地说："还有一件事。虽然我没有什么权利来问你这个问题，但是……唉，我们当了这么多年的邻居，我也不知道还能问谁……"

突然间，路易斯感到一阵毛骨悚然。他猜乔纳森叔叔是不是想说，如果他有个三长两短，就拜托齐默尔曼太太照顾自己了。他开始喘不过气来，心脏也在怦怦狂跳。

齐默尔曼太太握住了乔纳森叔叔的手。"乔纳森，"她严肃地说，"你当然可以问我任何问题，毕竟我们一起经历了这么多风风雨雨！尽管说吧。"

"好的，"乔纳森叔叔说道，很显然是在坚定自己的意志，"那么，如果你不介意……如果可能的话……如果你真的能这么做的话，"他又深吸了一口气，"可不可以把你剩下的咖啡蛋糕拿过来？实在是太好吃了，我真想再吃上一两块！"

"哎呀，你真是的！"齐默尔曼太太在乔纳森叔叔面前晃了晃手指，但她还是大笑了起来。接着，她就去拿了咖啡蛋糕回来。果不其然，这蛋糕真的像乔纳森叔叔说的那样好吃。

那天晚上，当路易斯躺在床上时，他又想到了在镜子里看到的那个穿着长袍的身影，于是就忍不住回想起了所有的细节：那个人的手里拿着一根手杖，也许就是一根短棍，然后又用它在空中画出了数字"3"。不过，那不可能是一根魔杖——乔纳森叔叔的魔杖要比那个人影挥舞的棍子长得多，也重得多。也许那个人并不是什么邪灵，而是为了保护巴纳维尔特家族的一个魔法警示而已。最后，这个想法让路易斯得到了一些安慰。

也许是因为吃了美味的蛋糕，也许是因为笼罩在巴纳维尔特家的保护咒语下，总之，那天晚上，路易斯觉得他的脚踝一点儿也不痛，很快就睡着了，并且还做了一些愉快的梦。

然而，噩梦很快就要来临了。

第七章

罗丝·丽塔应声开了门，却被吓了一大跳。路易斯正站在波廷格家的门廊上，脸色十分苍白，嘴唇也在不停地颤抖。

"你怎么了？"罗丝·丽塔关切地问，然后让路易斯进了屋。"先到客厅来吧，我们可以在那里慢慢说。我爸爸去上班了，妈妈正在外面打理她的玫瑰花。"她把路易斯领到客厅后，才注意到他的手里拿着一本红紫色封面的厚书："那是什么？"

"我想让你看一看。"路易斯用沙哑的嗓音说，听起来很不像他自己的声音。只见这本书里插着一张扑克牌，原来是路易斯为了做标记，从乔纳森叔叔随意放在家里的一副扑克牌中抽出的一张方块三："你读一下这两段吧。"

罗丝·丽塔皱着眉头，从路易斯的手里接过了那本书。她一眼就认出来了这本书，这就是在放暑假后的那个星期一，路易斯躺在草坪躺椅上，一边嚼着饼干一边看的那本书，是关于一些古怪的信仰和迷信的。她看到路易斯标记的那一章的标题是《魔法师的装束和用具》。

罗丝·丽塔顺着路易斯指的地方读道：

> 一个魔法师的权杖或手杖（这两者通常是可以互换的，但有时候会表示不同的意思）是与其生命力息息相关的。虽然舞台上的魔术师们常常使用的是一种带白顶的黑色手杖，长度从三十厘米到四十五厘米不等，但我也见过很多自诩是魔法师的人所使用的"魔杖"，它们的样式各有不同。比如说，有一位爱尔兰科克郡的老人所用的是一根非常粗大的手杖，有两米多高；但另一位来自格拉斯哥的老妇人却用着一根奇形怪状、不到十厘米长的树枝。
>
> 然而，不论魔杖的形状或材质如何，所有自称是魔法师的人都不约而同地告诉了我一件事：如果一个魔法师在施展魔法的过程中死去，其魔杖就会自行折断成两截。据他们所说，通过这一点，就能判断出该魔法师是否已经离开这个世界。因为许多魔法师都可以将自己的死亡伪装得天衣无缝，以至于没有任何人能看出破绽，所以，只有在真正见到魔杖断成两截之后，魔法师们才会真的被埋葬。

罗丝·丽塔从书中抬起头来："所以呢，路易斯？"

"我的天哪，罗丝·丽塔，你没看懂吗？我在电话里分明告诉过你，乔纳森叔叔的魔杖不见了！而这上面说魔法师死后，他的魔杖就会自动折断。那要是反过来也成立呢？如果有人故意弄坏了一个魔法师的魔杖，会怎么样呢？你觉得他会因此而死吗？"

"不会的，"罗丝·丽塔坚定地说，"我还记得在几年前，齐默尔曼太太和乔纳森叔叔的一个魔法师朋友去世了，然后他们两个还去了那个魔法师在佛罗里达州的家，记得吗？在给那个魔法师举行了追悼会之后，他们才把他的魔杖折断了。所以，书里的意思是，只有当魔法师在使用魔杖的时候死了，才会发生折断现象。相应地，折断一个魔法师的魔杖，并不能杀死他。"

"我确实是忽略了。"路易斯说完，似乎放松了一些。他从口袋里掏出一块手帕擦了擦脸："唉！我大老远地过来就是为了给你看这个，因为我不敢让乔纳森叔叔知道。"

"你没有拄拐杖吗？"罗丝·丽塔问道。

路易斯摇了摇头："我从上个周末就没有再用了。我的脚踝已经好多了，只要我继续用弹性绷带绑着就行，而且我也不是跑过来的。"

罗丝·丽塔不禁为路易斯感到难过，因为他一脸担心得要命的表情。不过，罗丝·丽塔却一点儿也不相信什么迷信——好吧，应该算是不怎么相信。虽然她也有一些幸运符，比如在打棒球时，她总是会穿着她的幸运袜，还戴着底特律老虎队的帽子，但她从来没有到盲目迷信的程度。罗丝·丽塔不会像她的爸爸一样，为了驱除坏运气，要在肩上撒盐来"弄伤邪灵的眼睛"。而且，她也从来没有在路上避开过任何一只黑猫，也不止一次从梯子下面走过，或者打碎一面镜子，但都没有带来什么坏运气，更别提什么七年的霉运了[1]。

"你叔叔到现在还没找到手杖，确实很奇怪。"

路易斯深吸了一口气："他已经找了一个多星期了。齐默尔曼太太也说这很不符合常理，那根手杖就好像从地球上消失了一样。乔纳森叔叔本以为可以问问他以前的大学老师，他也是一个魔法师，但对方一直都没接电话。"

"嗯……"罗丝·丽塔接着说，"在我看来，只要我们用心去查，就一定能解决这个问题。你最后一次见到手杖是什么时候？"

路易斯想了想："应该是在上次的派对上吧，就是乔纳森叔叔用它来施魔法的时候。不过，你当时比我靠得还近呢，尤其是在最后的烟花秀那里。"

"而且还变出了很多的紫色烟雾。"罗丝·丽塔表示同意。她皱起眉头，陷入了沉思："我记得他当时是拿着手杖的。表演一结束，他就进屋去洗手了，然后才吃的午饭。但是，我并不记得在那之后看到过手杖，所以他一定是把手杖带

---

1 传说古罗马人认为镜子里的影像代表着人的灵魂，而"生命每七年是一个轮回"，所以当人打碎一面镜子时，他的灵魂也就跟着破碎了，然后就会遭遇长达七年的霉运。

进去了。不过，你应该已经找过厨房和一楼的卫生间了吧。"

"都快找了二十遍了，"路易斯不耐烦地说，"罗丝·丽塔，我们几乎都把整座房子翻个底朝天了！如果齐默尔曼太太用魔法都找不到的话……"

罗丝·丽塔点了点头，轻咬着下嘴唇："我知道，我知道，那它一定是真的不见了。嗯……好吧，在派对之后，还有谁去过你家呢？"

"只有你一个！"路易斯大声地说。

"不，才不只是我一个。齐默尔曼太太去过，有一天哈尔也来借过书，还有一个读煤气表的人，一个读电表的人，还有邮差，还有……"

"好吧，确实是这样，"路易斯急忙说，"还有送牛奶的，以及其他的人。但我以为你怀疑的是那些真正进到了屋里的人。"

罗丝·丽塔合上书，用手指在上面敲了敲。在她那圆圆的黑框眼镜后面，她的一双眼睛突然亮了起来。"华生，游戏开始了！"她引用了大侦探夏洛克·福尔摩斯的一句名言，"在派对期间，每个人都在进出上厕所、洗手等，所以我猜，一定是哪个孩子偷了手杖！"

"然后呢——就把它带到天涯海角去了吗？"路易斯问道，"罗丝·丽塔，齐默尔曼太太说过，如果那根手杖就在方圆一百千米之内，她一定能用魔法找到的！"

"什么？"罗丝·丽塔缓缓地问道，"那会不会是在更远一点儿的地方呢？如果是被大卫带到波士顿去了呢？"

"这也太扯了，"路易斯反驳道，"你也知道，大卫是绝对不会偷乔纳森叔叔的手杖的！自从他们家遭遇闹鬼事件之后，他就被魔法给吓傻了！"

听到这里，罗丝·丽塔也不得不同意。说起来，他们的这位朋友在某些方面甚至比路易斯还要胆小。"但如果是另一个男孩拿走了它，然后也和家人一起去度假了呢？比如迈阿密海滩或者阳光明媚的加州？"

"另一个男孩？"

"或者女孩，"罗丝·丽塔补充道，"你还记得吗，当时只有三个女孩在场：米尔德丽德·皮特拉、黛安·蒂格和桑德拉·科斯提克，而剩下的九个统统都是男孩。"

路易斯又深吸了一口气。罗丝·丽塔是齐默尔曼太太非常要好的朋友，所以每当路易斯说了齐默尔曼太太的不是，哪怕只有一丁点儿，也会让她很生气。"有这个可能。齐默尔曼太太也说过，如果那根手杖真的离她很远的话，她也许就无法感应到。"他怯生生地说道。

幸好罗丝·丽塔只是点了点头，这让他松了一口气："所以，派对上一共是十个男孩和四个女孩。"

"是九个男孩和三个女孩。"路易斯纠正道。

"我是把我们两个也算了进去，"罗丝·丽塔解释道，"一共就是十四个人。如果你还想把你叔叔和齐默尔曼太太也算上的话，那就一共有十六个人。"

"没错，"路易斯接着说，"我还记得，当初就是因为有十三个人，所以我最后才又邀请了哈尔。"

　　罗丝·丽塔摇了摇头："你不要再扯什么数字13的迷信了！"

　　"可是——数字3似乎就是什么不祥的征兆！"路易斯大声说道，"凭什么数字13就不算呢？"

　　"因为你只要稍微算一下，就会发现生活里处处都是13！"罗丝·丽塔看到路易斯震惊的表情，忍不住笑了一下，"你想想看，我家住在大厦街39号，如果你把它们加起来，就等于12！但是1加2又等于3，所以如果你再把数字2换成3——哦，你别这样，路易斯！冷静一点儿。哎呀，放轻松！这只是一个愚蠢的数学计算而已。我说的这些都是毫无意义的，我只是想让你知道这没什么大不了的。"

　　"抱歉。"路易斯小声地说。

　　"我说到哪里了？对了，既然我没拿手杖，你也没拿，而且我们也很肯定大卫连碰都不敢碰，更别说是偷拿了。那么，就只剩下十一个嫌疑人了。我敢用一切打赌，我们一定能破案的！"

　　"但也有可能不是派对上的人呀，"路易斯反驳道，"也许是半夜的时候有小偷进来了！又或者是在我被球砸中之后，乔纳森叔叔刚好出门的时候呢？当时就没有任何人在家。还有在我又把脚踝弄伤，他带着我去医院的时候，那时家里也没有人。"

"那为什么小偷好不容易溜进你的家，却只单单偷走了那根手杖呢？"罗丝·丽塔理智地问道，"毕竟，它看起来有些破旧不堪。如果真的有小偷的话，我想他也会偷一根好看点儿的，比如乔纳森叔叔偶尔想要看起来时髦一些的时候，就会用的那根金色顶的黑色手杖。"

"好吧，"路易斯无奈地说，显然已经放弃了反驳，"如果真的是其中一个孩子拿走了手杖，不管是为了恶作剧，还是为了扮成一个魔术师，那我们又能做些什么呢？"

罗丝·丽塔伸手过去，拿起了电话："我们要先确定不是哈尔·埃弗里特干的。他家的电话号码是多少？"

"我也不知道。"

罗丝·丽塔打给了接线员，在简短地说了几句之后，她皱着眉头挂断了电话。"埃弗里特家没有注册号码，"她对路易斯说道，"也许他们家没有电话，但我也不知道他住在哪儿，你知道吗？"

路易斯摇了摇头："不过，我还是觉得拿走手杖的不是他。"

罗丝·丽塔打了一个响指："我不确定。但他曾经用那支铅笔假装自己是一位魔法师，还记得吗？"

"没错，"路易斯回答，"但当他以为自己真的施了魔法时，他就像一只受惊的兔子逃之夭夭了。"

"说实话，我也觉得不像是他偷的，"罗丝·丽塔坦白，"他就住在镇上，如果手杖真离得这么近的话，那齐默尔曼太太一定能感应到的。既然这样，我们就先去问一下他，假如他真的没有嫌疑，我们还能让他帮忙一起去问问其他的嫌疑人！要是我们发现有人出门度假了，或者是某个人的父母离奇地变成了癞蛤蟆，那就自然找到嫌疑人了。你明白我的意思吗？"

路易斯最后勉强同意了，但他看起来并不情愿。

凑巧的是，当罗丝·丽塔和路易斯朝小镇中心走去的时候，他们正好看到哈尔·埃弗里特从坡上朝他们走了过来。哈尔对他们两个腼腆地笑了笑："嘿，我只是想来问问你怎么样了，路易斯。听说你的脚踝受伤了，但看起来应该不是太严重，你也没有跛着脚走路什么的。"

"差不多好了。"路易斯不情愿地说。从某种程度上来说，他其实更想告诉别人自己的脚踝并没有好，毕竟成为大家关注的焦点是一件有趣的事。不过，他知道罗丝·丽塔是不会让他得逞的。

"听着，"罗丝·丽塔突然插话说，"路易斯家发生了一件很严重的事情，而我们认为这件事就是在派对那天发生的。新西伯德镇出现了小偷！"

"小偷？"哈尔吃惊地问道。

"有人偷了乔纳森·巴纳维尔特的手杖！"罗丝·丽塔说道，摆出了一副电视上演的那种侦探模样。

"天哪，那是很珍贵的东西吗？"哈尔继续问。

罗丝·丽塔立刻接着回答说："它是用东方金合欢树的心材做成的，而这种树生长在尼罗河岸边，要一百年才能长成一棵。在一个上弦月的夜晚，一位穿着金色凉鞋的工人蒙住眼睛把它砍倒了。狮心王理查[1]在十字军东征时就用它做了一根手杖，后来罗宾汉又用它做成了自己最好的一把弓……"

"呃，不是的，也没有那么珍贵。"路易斯摇了摇头，瞪了罗丝·丽塔一眼，示意她不要再乱编下去了，"它确实不贵，但对我的叔叔来说很特别。那根手杖是从我的曾祖父那里传下来的，很有纪念意义。"路易斯是个诚实的孩子，所以撒谎对他来说并不容易。但与之相反的是，罗丝·丽塔长大后想当一名著名的小说家，所以她总是会让自己的想象力任意驰骋。不过，现在没必要让哈尔对手杖产生过多的兴趣。

"真是太遗憾了，"哈尔忍不住说，"我很喜欢你的叔叔，路易斯。他当时真的让我觉得他是在施展真的魔法，而不仅仅是一些骗人的把戏。不过，在我读完你的那本魔术书之后，我就明白了，那其实都是一些简单的障眼法而已——对了，那你们怀疑是谁把它偷走了呢？"

"是你不小心拿走了，对不对？"罗丝·丽塔冷不丁问道。

"我？"哈尔看起来十分惊讶，"不是我！如果真是我，路易斯一定会看见的！还记得吗，那天我离开的时候，还是你陪我走到前门的？"

路易斯皱起了眉头。听到哈尔提到了这件事，他也想起了

---

1 狮心王理查是英格兰金雀花王朝的第二位国王，因骁勇善战而被称为"狮心王"。

自己确实为哈尔开过前门。而且，他还记得哈尔是把双手插在口袋里，然后沿着大街离开的。"没错，"他说，"如果真是你的话，我早就发现了。"

"对不起，"罗丝·丽塔道歉说，"但我们不得不这么做。"

哈尔耸了耸肩说："必须排除一切可能性。没事的，我并没有觉得被冒犯。但是我也不太认识派对上的其他人，所以你们觉得还可能是谁呢？"

"我们也不知道，"罗丝·丽塔说，"这正是我们想要弄明白的，我们也需要你的帮助。这是一件谜案，但我们一定能解开它！"

"就像哈迪男孩、菲利普·马洛，或者山姆·史培德那样。"路易斯说。

哈尔疑惑地看了他一眼。这时，路易斯才意识到，原来哈尔并不认识他说的这些文学作品中的名侦探。"呃，就像夏洛克·福尔摩斯那样。"他满怀希望地说。

"噢，是的，我有看过其中一个故事，"哈尔说道，"里面讲的是一个人用一条蛇杀死了他的继女……"

"这里没有什么蛇，"罗丝·丽塔果断地说，"听着，我们要做的就是'走程序'，就像电视节目《天罗地网》里说的那样。我们得去找所有参加过派对的孩子，然后问问他们有没有看到什么可疑的东西，或者可疑的人。"

"哦。"哈尔回答道，但看上去仍然有些困惑的样子。

"也就是说，"路易斯进一步解释说，"除了你，派对上还剩下八个男孩。现在，我们已经排除了大卫·凯勒，所以我们必须去找其他七个男孩谈一谈，看看他们当中有没有人知道手杖的下落。"

哈尔一边听着路易斯说的话，一边点了点头，表示已经理解了，而直到最后，哈尔也没有提出什么有用的建议。于是，他们就按照原来的计划继续向镇中心走去。他们三个兵分两路，罗丝·丽塔负责去找那三个女孩询问情况，而哈尔和路易斯就负责剩下的男孩。

这时，哈尔和路易斯正要爬坡重新回到路易斯家，但他们走得非常慢，因为路易斯又变得一瘸一拐的了。虽然他的脚踝好了很多，但这天下午他和哈尔几乎跑遍了整个小镇，所以脚踝早就不堪重负了。他们看到罗丝·丽塔已经坐在前门的台阶上了。"你们有什么发现吗？"她问道。

路易斯一下子瘫坐在她的旁边，而哈尔仍然站在前院的过道上。"我的发现就是，要想找到大家，就得跑遍整个小镇。"路易斯气喘吁吁地说，"我的脚踝已经撑不住了！你那边怎么样？"

罗丝·丽塔一点儿收获都没有。"我这边有两个人出远门了，"她解释说，"我问过了黛安的祖母和桑德拉的邻居，黛安去了安娜堡市的一个乐队夏令营，而桑德拉一家人整个暑假都会在落基山旅游。还有一个是米尔德丽德·皮特拉，但我记得她在派对结束后就直接坐上了她妈妈的车——她并没有拿手杖。"

"好吧，"路易斯说道，"我们这边也有两个人出远门了。艾伦·富勒应该是和他的父母去度假了，而特里普·麦康奈尔是去密歇根州上半岛看望他的祖父母了。"

"那其他人呢？"

哈尔接着说："没有任何线索，罗丝·丽塔。没有人记得在魔术表演后是否看到过手杖，而且他们也没有什么怀疑的对象。大家几乎都是两三个人一起离开的，所以要想藏起一根那么大的手杖，应该是极其困难的。"

"那么，我们又回到了起点。"路易斯总结道。

但罗丝·丽塔并不同意："才不是呢，我们还要继续查下去。现在我们已经知道有四名嫌疑人失踪了。"

"哦，得了吧！"路易斯反驳道，他被自己一直在阵痛的脚踝和一下午的徒劳无功给彻底激怒了，"根本没有人失踪。我们都很清楚他们每个人去了哪里，除了艾伦·富勒，但我相信，只要我们回去再问一下富勒家的邻居，一定也会有人知道的。"

哈尔说："真可惜世界上没有魔法，如果有的话，我们也许就能知道小偷是谁了。要是卡廖斯特罗伯爵还在的话，他就一定能做到，他可是一个寻宝高手！"

罗丝·丽塔扬了一下眉毛，但路易斯只是摇了摇头。"是的，"路易斯直截了当地说，"真可惜，没有魔法可以帮到我们。"

哈尔叹了口气："好了，我也该回家了。如果我想到了任何能找到手杖的办法，我就联系你们。路易斯，我真的很喜欢你叔叔，所以我会尽自己所能帮忙的。"

"好的。"

等哈尔一走远，罗丝·丽塔就马上说："路易斯，我想小偷应该就在那四个人之中。再告诉你一件事：黛安应该不是小偷。我的意思是，安娜堡市并没有那么远，如果手杖真在那里的话，齐默尔曼太太应该能感应到它的震动，哪怕只有一点点也行。所以，嫌疑人就只剩下桑德拉、艾伦和特里普了。起来，我们快走吧。"

路易斯一路呻吟着，跟着罗丝·丽塔穿过草坪，来到了齐默尔曼太太的家门口。齐默尔曼太太让他们进屋，然后他们在桌子旁坐了下来。路易斯很喜欢她的房子，这里的大多数东西，无论是地板上的毯子，还是齐默尔曼太太从法国很多知名画家那里收集来的油画，甚至是浴室里的厕纸，统统都是紫色的。齐默尔曼太太一直在听着罗丝·丽塔讲述他们的推理和目前的调查情况。

"我的老天呀！"在罗丝·丽塔讲完后，她惊呼道，"好吧，在精力方面我真的要给你们竖两个大拇指，但至于要解开这个谜案——恐怕还不够，你们也还没有查出来，不是吗？"

"但是，"罗丝·丽塔坚持说，"如果手杖离得太远，路易斯说你可能就感应不到它，对吗？"

"哦，不是的，"齐默尔曼太太缓缓地回答道，"也许不是的。总之，在我看来，那根手杖不像是不见了，更像是被某种魔法给隐藏起来了。但现在，我还没办法解释。这就是魔法师的一种直觉，就像——对了，就像是那根手杖明明超出了我的感应范围，但我却仍然能够在脑海中看到它的形状。打个比方，就像是在玩拼图游戏的时候，上面缺了一块手杖形状的碎片！这就是我的感觉，而唯一不同的是，那块碎片并没有留下任何空白，可我还是能记得它的样子。不过，我还是得承认，手杖也有可能真的远在我的感应范围之外，也许是几百千米，甚至几千千米之外的某个地方。对了，为什么你们会觉得派对上的客人偷走了手杖呢？"

"因为乔纳森叔叔在派对上一直挥舞着它，"路易斯略显疲惫地说，"就在我被棒球砸到之前，哈尔曾经说过他认为那根手杖可能就是一根魔杖。既然他会这么想，那么别人也有可能会这么想。"

"可能吧，"齐默尔曼太太表示同意，"不得不承认，我确实也有些担心。我始终都想不明白这件事，实在是让我坐立不安。哎呀，先不管了，我的烤箱里还烤着东西呢，是我最拿手的脆皮鸡肉馅饼。所以，罗丝·丽塔，如果你能打个电话征得家人同意的话，然后，路易斯，你去把你叔叔叫过来吧，那我们就可以一起吃顿热乎乎的饭菜，之后再继续商量。"

听到邀请，路易斯的口水都流出来了。馅饼还是和他记忆中的一样好吃，诱人的白色鸡肉块融在金灿灿的酱汁里，上面还有豌豆、胡萝卜，以及弹珠大小的小饺子。

在大家一起吃饭的时候，乔纳森叔叔也听说了他们两个做的事，但他却对他们的失败不以为意。"我跟你们打赌，"他说道，"我一定是蠢得把手杖忘在什么地方了，它迟早会出来的。就像理发店里的那些老家伙说的，我的记忆力已经大不如前了！"

"当魔法师死的时候，他的魔杖真的会自动折断吗？"罗丝·丽塔的问题实在是来得太突然，路易斯一下子被噎住了，不得不把一整杯牛奶都喝了下去。

"可以说是，"齐默尔曼太太回答，"也可以说不是。"

"老太婆的意思是，"乔纳森叔叔解释说，"如果一个魔法师是在使用魔法的时候死去的，那他的魔杖就会自动折断——即使当时魔杖并不在他的身边，即使在施展魔法时没有使用魔杖。但如果一个魔法师是自然死亡的，他的魔杖就不会自动折断。这也是为什么在魔法师的葬礼上，他的朋友们会举行一个魔杖折断仪式。只有这样，魔法师的灵魂才能彻底地离开这个世界，得到最终的安息。"

"如果一个魔法师还活着，但他的魔杖却被人折断了，那会发生什么呢？"罗丝·丽塔继续追问道。

路易斯狠狠地瞪了她一眼，因为他真的听不下去了。

但这时，齐默尔曼太太却用一种权威的口吻回答说："在这种情况下，是会有一些不同。当一个魔法师去世时，他的魔杖要么是自行折断，要么是被人折断，然后他生前施下的所有咒语就都会失灵，产生的作用也会全部消失。所以我想，如果一个魔法师的魔杖在他还活着的时候被意外折断了，那他的魔法能量就会立刻被削弱，就像我曾经被一个复仇的邪灵削弱了魔法力量那样。但是，它是可以慢慢恢复起来的，正如我自己的经历一样，当我获得了现在的这根魔杖之后，我的魔法能量又重新强大了起来。不过，如果有人故意在念完某些咒语后，折断了魔法师的魔杖，那么这个魔法师施下的所有咒语就会被冻结，并成为永久的咒语，甚至还有可能会对魔法师自己造成威胁。"

"但如果他施下的只是一些无伤大雅的幻象咒语，那就不会有什么事了。"乔纳森叔叔急忙补充。

齐默尔曼太太注视了路易斯好一会儿，又温柔地说："我也不太确定。乔纳森，你说过路易斯应该知道这些事的，所以我就实话实说了。如果一个魔法师的魔杖被另一个邪恶的魔法师恶意折断了，即使他曾经只施过一些幻象咒语，嗯，我想他也可能会遭受类似精神崩溃的痛苦吧。不过，没有人知道到底会怎么样，要是'如果'和'假设'是两束玫瑰花的话，那我们的这个夏天可以说是花团锦簇了。"她同情地朝路易斯笑了一下："哦，我知道你很担心，路易斯。但是要往好的方面想想：即使那根魔杖不见了，它也不可能被折断，不然乔纳森一定会感觉得到的——他会感到不适。至于说可能会有什么仇敌折断手杖，嗯，在我看来，大胡子目前可是再正常不过了。"

"真是谢谢你啦！"乔纳森叔叔大声地说。

齐默尔曼太太将身体前倾，镜片后面的一双眼睛闪闪发光，露出一种调皮的神情。"当然，"她继续说，"即使是正常的乔纳森·巴纳维尔特，也够古怪的了！"

在听到这个笑话之后，大家都笑了起来，但路易斯却没有什么心情。他一直在紧张地偷看他的叔叔，想看看他到底有没有精神崩溃的迹象。他不禁在心里想着——魔杖被折断，然后是变得神志不清的大脑——会不会就是发生在乔纳森叔叔身上的第二次和第三次不幸。

第八章

　　几天过去了，还是没人找到那根丢失的魔杖。这是六月的最后一个星期四，吃早餐的时候，乔纳森叔叔漫不经心地说："路易斯，你今晚能在齐默尔曼太太家过夜吗？我要出一趟远门去办点儿事，可能要明天才能回来。"

　　"出远门？你要去哪里？"路易斯急切地问，而他刚从碗里舀出的一勺牛奶燕麦突然停在了半空中。

　　"我要开车去兰辛市看看马维尔博士到底出了什么事，"他的叔叔微笑着回答，但他的神情中仍然流露出了一丝焦急，"你知道的，我非常担心我的这位老朋友。几个星期以来，我一直都感觉很不安，我给很多人打过电话，但都没人知道他到底在哪里，在做些什么。噢，他确实有可能出去度假了，但我得承认他的身体可能去不了太远的地方。总之，他都快九十岁了，要是他一个人待在家里，又不小心摔断了腿，孤零零地躺在地板上，哎哟，我想都不敢想！"

路易斯什么也没说，但他好像明白自己过度活跃的想象力到底是从哪里来的了。

乔纳森叔叔喝完咖啡，又补充道："不管怎样，我几小时后就要出发去兰辛市了，我可能要到今天深夜，甚至明天下午才能回家。我知道你害怕一个人待在家里，所以我问了一下弗洛伦斯，而她也很热心地同意让你住在她的客房里。"然而，在路易斯听起来乔纳森叔叔的语气似乎有些过于随意了。

"为什么我不能和你一起去呢？"路易斯问道，"我的脚踝好多了，而且——"

"不用了，我并不想让你一整个晚上都待在外面，"乔纳森叔叔坚定地说，"我可能还需要在兰辛市四处调查一下。我很抱歉，我真的不想让你伤心的，但或许我一个人会更方便一些。"

"那我为什么不能待在家里呢？"路易斯又问，"我又不需要保姆什么的！"

他的叔叔同情地笑了笑："没错，你已经长大了，应该可以独自在这座房子里度过一个晚上了，而且我也真觉得不会发生什么糟糕的事，尤其弗洛伦斯还施了一大堆有保护作用的魔法咒语。不过，为了让你安心——好吧，我承认，也是为了让我安心！——我很希望你能好好享受一下弗洛伦斯的热情款待，就一个晚上而已。"

"好吧。"路易斯不情愿地说。他很不开心地盯着自己的麦片粥，已经全然失去了胃口。

路易斯很清楚，往北开车到密歇根州的首府兰辛市大约有五十千米。他在五年级的时候，曾经有一次实践活动去过那里，虽然是挤在一辆十分颠簸、叮当作响、闻起来还有呕吐物味道的黄色校车去的。当时，他只觉得那辆校车恐怕永远都无法到达兰辛市了，但后来，他们不仅到了，还参观了州议会大厦，就是那座穹顶很像是一颗鸡蛋，占地足足有四千平方米，外墙上都画满了各种装饰画的大厦。

路易斯回想起了那次短途旅行，便猜测乔纳森叔叔开车去那里大约要一个半小时，而回程也是同样的时间。如果他早上十一点出发，并且顺利地找到了他以前的大学教授，也许他就能在晚上十点或十一点的时候回来了。不管怎样，路易斯已经决定自己至少要等到那个时候再去睡觉。

于是，在大约十一点四十五分的时候，乔纳森叔叔把他的小手提箱放进后备厢，开上他那辆四四方方的马金斯·西蒙车，朝路易斯、罗丝·丽塔和齐默尔曼太太挥了挥手后，就在一团蓝白色的尾气中出发，沿着街道飞驰而去了。

吃了一顿丰盛的午餐后，路易斯和罗丝·丽塔坐在齐默尔曼太太的饭厅里，大家玩起了一些规则古怪的扑克游戏，比如"单张万能牌""四暗一明""德州扑克"等。他们这一次是用牙签来记账，而不是乔纳森叔叔经常用的那袋外国旧硬币。然而，路易斯的心思并不在游戏上，所以他总是无法弄懂复杂的规则，没一会儿，罗丝·丽塔就把他打败了。

正当罗丝·丽塔和齐默尔曼太太为了剩下的那堆牙签决
一死战时，路易斯从饭厅走出来，独自坐在了前门的台阶上看
书——不是那本关于迷信的书，因为他觉得自己已经够紧张
了——而是阿加莎·克里斯蒂的一本谋杀悬疑小说。这部小
说讲述了一个名叫赫尔克里·波洛的侦探的冒险故事，他是一
个住在英国的比利时人，凭借自己的足智多谋和错综复杂的线
索，最终解决了一个棘手的谋杀案。不过，这个精彩的故事并
没有让路易斯忘记自己的忧虑，因为阿加莎·克里斯蒂在第
一次提到波洛的"像鸡蛋一样的圆脑袋"时，他就想起了州议
会大厦的圆形穹顶，接着想起了兰辛市，最后又想起了他的叔
叔。路易斯发现自己很难集中注意力，但就在他出来大约一小
时后，他突然听到家里的电话铃响了。

　　路易斯以为是他的叔叔打来的，于是他匆匆穿过草坪，
打开门，拿起了电话。这时，电话铃大约已响了六次。

　　"喂？"

　　一个男人的声音说："喂？是路易斯吗？"

　　"是的。"

　　然后，那个声音用一种自以为是的语气咕哝着："路易
斯，我是帕克镇长。我要和乔纳森谈谈。"

　　路易斯的心里突然一紧，是帕克镇长！"呃，他现在没在
家。"路易斯回答。

　　"是吗？那让他尽快给我回电话吧，但不要到处声张，请
记住要保密。我得和他谈谈我听到的一些事情，"那个声音说

道，"谢谢你了。"紧接着，电话就挂断了。

路易斯拖着沉重的脚步走回了齐默尔曼太太的家，他在怀疑那场派对可能让乔纳森叔叔惹上了政府层面的大麻烦。难道触犯了小镇的法律也是"三之咒"的一部分吗？路易斯本想告诉齐默尔曼太太的，但镇长警告过他要保密，而在路易斯的字典中，这就等同于最高的机密了。于是，他继续坐在齐默尔曼太太家的台阶上，忧心忡忡的。

那天下午的时间过得很慢。在输给了齐默尔曼太太最后一局牌后，罗丝·丽塔也走了出来，和路易斯漫不经心地玩着接球游戏。直到再晚一些的时候，齐默尔曼太太从后门出来，告诉他们罗丝·丽塔的妈妈让她快点儿回家。然后，罗丝·丽塔就拿起她的棒球和守场员手套，骑上自行车离开了。

现在是下午四点钟。在过去的几小时里，路易斯试着听收音机、在地板上踱来踱去、玩"拿破仑进军莫斯科"——这是乔纳森叔叔教过他的一种非常复杂的单人纸牌游戏，但他仍然无法集中注意力。尽管齐默尔曼太太在晚餐时做了很拿手的瓦罐炖肉，这也是路易斯最喜欢的菜之一，但他还是没什么胃口。实际上，一直到了九点钟，也就是该上床睡觉的时候，他才感到如释重负。

齐默尔曼太太家的客房装饰得很雅致，墙上贴着乳白色的壁纸，上面还点缀着一些紫色的条纹图案，还有一扇高高的窗户，可以看到外面的草坪以及隔壁的巴纳维尔特家。透过窗户，尽管路易斯看不到自己家的车库，因为它在整座房子的另一头，但他还是可以清楚地看到房子的前面和车道。如果乔纳森叔叔开车进了车库，或者打开了门廊附近的任何一盏灯，路易斯就会立马知道他已经安全回来了。

路易斯把右手放在脸颊下侧躺着，一直凝视着窗外，但他始终只看到了一片黑漆漆的夜幕。直到快十点钟的时候，一场雷阵雨突然从西边席卷而来，急促的雨点噼噼啪啪地打在窗户玻璃上，紧接着又是一阵电闪雷鸣。虽然新西伯德镇有时会出现很可怕的暴雨，甚至还会有龙卷风，但相比之下，今天晚上的算是温和许多了。

大约半小时以后，随着最后几声勉强的雷声渐渐在东边消失，雨也终于停了下来。路易斯的眼皮开始感到沉重，眼睛也有些干涩，就好像被吹进了细沙一样，但他仍然盯着窗外看，不愿入睡，或者说，他是无法入睡。

最后，就在快到十二点钟的时候，他从床上坐了起来，松了一口气。他看见那辆四四方方的老古董车刚刚驶过大街，拐进了家门口的车道。于是，他满意地叹了口气，又重新靠在了枕头上。一下子，他感觉身体里所有紧张的情绪都涌了出去，他终于可以放松下来了。

虽然他有点儿想从床上起来，立刻跑回家，但他也不想让乔纳森叔叔知道自己一直在焦急地等着他。路易斯对自己说，乔纳森叔叔已经平安地从兰辛市回来了，然后他终于放松了下来。他实在是疲惫极了，没几分钟就沉睡了过去。

第二天早上，路易斯向齐默尔曼太太道了谢。"我已经准备好回家了。"他说完，拎起了一个装着他的衣服和牙刷的运动包。

"乔纳森是今天早上回来的吗？"齐默尔曼太太从眼镜的上方盯着他问道。

"昨晚我看见他已经回来了。"路易斯不慌不忙地说。但齐默尔曼太太一直在用锐利、怀疑的目光看着他，差点儿让他咬到了自己的舌头。

齐默尔曼太太歪了一下头，一脸责备的神情："所以你究竟什么时候睡的，路易斯？"

"呃，我真的不太清楚，"他含糊其词地回答，"当时下了一场雷雨，然后雷声把我给吵醒了。"但事实上，并不是雷声让他一直都没能睡着。路易斯对自己说，这并不算是一个真正的谎言，或者至少不是一个很大的谎。

"好吧。"齐默尔曼太太说完，就没有继续追问下去。她瞥了一眼金色的手表，又说道："嗯……就快八点钟了。我和你一起过去吧，然后你去叫醒大胡子，我就负责准备一顿丰盛的早餐。我们可以一边吃，一边听听乔纳森发现了些什么。"

他们两个穿过湿漉漉的草坪，走到了隔壁，身后留下了一串黑色的脚印。这是七月份的第一天，雨后的空气十分清新宜人，迎面吹来的晨风让人感到很凉爽。然而，路易斯却发现前门是锁着的——在新西伯德镇，人们一般很少锁门，除非他们要外出过夜——于是，他从牛仔裤口袋里掏出了钥匙。在和齐默尔曼太太进屋之后，路易斯立刻噔噔噔地上了楼。他把运动包扔进自己的房间，然后敲了敲乔纳森叔叔卧室的门："嘿，乔纳森叔叔！起床了！齐默尔曼太太已经在楼下了！"

没有人回答。路易斯感觉有些不妥，就直接打开了门。乔纳森叔叔的床上根本没有人睡过的痕迹——只有几张报纸散落在上面。路易斯看了看其中的一张报纸，发现这是昨天的晨报。

突然，他听到楼下传来齐默尔曼太太焦急的声音："路易斯！快到这里来！"

路易斯立马向楼下跑去："齐默尔曼太太，乔纳森叔叔并没有——"

"我知道了。走吧，我们去看看他的车在不在这儿。"齐默尔曼太太快步穿过走廊，来到了后门。

他们走出后门，穿过后院来到了车库。路易斯看到车库的门是敞开的，感觉到了一丝绝望——乔纳森叔叔从不会让它那样敞开的，因为他一直都很担心自己的古董车会受到天气的影响。不过，至少他的那辆黑色马金斯·西蒙是停在车库里的，但乔纳森叔叔并不在车里，只有他的钥匙还插在点火开关上。齐默尔曼太太把钥匙拿出来，打开了后备厢，发现乔纳森叔叔的小提箱还在里面。

"到底发生了什么事？"路易斯惊慌地问。

"还不知道，"齐默尔曼太太严肃地回答，"你把车库门关上，然后锁起来吧。"

路易斯伸手把车库门拉了下来，听见它发出咔嗒咔嗒的响声。他在乔纳森叔叔的钥匙圈上找到了车库门的钥匙，接着就把门锁起来了。路易斯跟着齐默尔曼太太回到了屋里。"你有粉笔吗？"她问道。

"应该有的。"路易斯走进厨房，在装着一堆零碎工具的抽屉里翻找起来，他看到了一些螺栓和螺母、开罐器，还有早在1945年就过期了的浓汤罐头优惠券。最后，他终于发现了一块裁缝用的灰色画粉，乔纳森叔叔之前制作模型帆船的时候，就是用它在布料上画出船帆形状的。

"谢谢你，路易斯。"齐默尔曼太太说道。她若有所思地想了一会儿，然后说："我们去书房吧，那里应该是最适合的地方了。"

在书房里，他们把硬木地板上的地毯给卷了起来。"现在，"齐默尔曼太太说，"路易斯，请你站在门外，无论如何都不要进来。接下来，我会施一个魔法，它可能看起来会很奇怪，甚至还会令人有些不安，但它并不危险。所以，请相信我，并向我保证，在一切结束之前，你绝对不会进来。"

"好……好的。"路易斯回答。

他站在门外，双手抓住门框，看到齐默尔曼太太往下俯身，用左臂把身上那件宽松的紫色连衣裙紧紧地揽在腰上，并在书房的地板上画出了一个圆。她又在这个圆里面画了一个同心圆，然后开始在两个圆圈之间的区域画了十几个神秘的图案，看起来有点儿像埃及的象形文字。

她站了起来，把画粉扔到乔纳森的书桌上，又拍了拍手，好像是在掸灰尘。然后，她顺手把一缕零乱的灰发往后捋了一下，慢慢地转过身来，专心地看着她刚刚画出来的这幅神奇的图画。"很好，"她说道，"现在，路易斯，记住你的保证，只要待在原地不动，就不会有什么事的。"

接着，齐默尔曼太太开始朝逆时针的方向慢慢地绕着内圈的边缘走起来，嘴里还低声念着一些咒语。虽然路易斯根本听不懂她在说什么，但他能听出里面包含了许多咆哮声、颤音和低沉的吼音。齐默尔曼太太走了三圈之后，就站在两个圆圈的正中间，伸出双手，手肘弯曲，两手掌心朝上。

突然，路易斯感觉脖子上的汗毛都竖了起来。他看见圆圈里出现了一些乳白色的微光，就像某种飘浮着的水蒸气一样。在齐默尔曼太太的周围，还有一些更加浓稠，但又很纤细的白色物体在不停地打转，看起来像是一些在水中漂浮着的人影。它们不断地聚合在一起，消散开来，又重新聚合在一起。接着，它们开始在房间里游荡起来，这让路易斯感到很不安。当那些漂浮的身影游到路易斯的那一边时，它们完全变成了人的模样大小，但当它们慢慢地又漂到了另一边时，它们就好像在有五十米那么远的地方消失了，而不是实际上的十二米。然后，齐默尔曼太太灰白的头发开始飘动起来，仿佛有一阵慵懒的旋风一直在她的周围刮来刮去一样。每隔一小会儿，她的头就会抽搐一下，就好像突然遭到了电击一般。尽管她的嘴唇不停地在动，但路易斯还是听不懂她在说些什么，只听到了一种模糊的、低沉的嗡嗡声。在路易斯看来，齐默尔曼太太似乎是在和一团飘浮的薄雾说话。

后来，就像无声的爆炸一样，一束明亮的紫色光从圆圈中瞬间迸发了出来，让路易斯不禁眯起了眼睛。齐默尔曼太太居然完全消失了，但又过了一会儿，那束光散去了，路易斯只觉得自己的视野里出现了一些晃来晃去的斑驳黑点。紧接着，他看到齐默尔曼太太喘着粗气，踉踉跄跄地走出圆圈，瘫倒在了扶手椅上："我的老天！我已经快三十年没念过唤醒咒了，竟然都忘了它会这么消耗能量。路易斯，麻烦你给我倒一杯水，然后再拿一块湿抹布把这些圆圈擦干净，我们再也用不着了。"

路易斯急匆匆地按照她所说的去做了，但他的心里却产生了一种奇怪的孤独感。突然间，他觉得这座房子看起来空荡荡的，就好像已经空了二十年一样，走廊上还回荡着一些陌生的回音，角落里还蜷缩着一些陌生的阴影。他只能强忍住害怕，颤抖着往杯子里倒好了水，然后又找到了一块抹布，把它用水浸湿了。

"谢谢你，"齐默尔曼太太说完，从路易斯手里接过了水杯，喝下了一大口，"啊！感觉好多了。路易斯，快把这些圆圈擦掉吧。你不用担心，它们现在就是普通的粉笔画而已。等地板干了以后，我们再把地毯重新铺上去。"

路易斯趴在地上把粉笔画全都擦掉了。"您刚才是在做什么呢？"他不解地问道，然后又站了起来。

齐默尔曼太太此时已经喝完了一整杯的水，回答道："做了一件不应该经常做，或者轻易做的事：我在询问鬼魂关于这座房子的事。"

"鬼……鬼魂吗？"路易斯尖声问道。

"不是像伊扎德那样的邪恶鬼魂，"齐默尔曼太太给了他一个安心的微笑，"这座房子也并没有在闹鬼，路易斯，所以别担心！我刚刚是在询问一些善良的鬼魂，他们都和这座房子有过渊源——其中就有一位亲切的木匠，他曾经参与修建了这座房子；还有一位好心的医生，他甚至还帮伊扎德治疗过；以及其他的一两个鬼魂。你也看到了，我只能去问他们，因为他们才是唯一可能知道真相的。"

虽然路易斯很害怕，但他还是问出了那个不得不问的问题："您是在问他们乔纳森叔叔去哪儿了吗？"

"不完全是。他们是不可能，而且也不会告诉我的，因为活人只能从死人嘴里知道特定的几件事情。和鬼魂交流的时候，需要遵守一些非常严格和明确的规定，虽然一些邪恶的魔法师可能会无视这些规定，但我是绝对不会冒险那么做的。只是我今天早上过来之后，觉得这里有了一种奇怪的变化，所以我想确认一下自己的猜测是否正确。"

"我也感觉到了，"路易斯脱口而出，"这里就像是很多年都没人住过一样！"

齐默尔曼太太看了看他，又调整了一下眼镜框，露出一副若有所思的表情："恐怕要比那更糟，路易斯，你得勇敢一点儿。"

路易斯一下子畏缩了。他本来就不是一个勇敢的人，但奇怪的是，每当他陷入真正的危险中时，他都会变得勇敢一些——他曾经勇敢地面对过很多可怕的威胁——但每当他意识到将会有什么可怕的事情发生时，他很快就会变得像一碗果冻一样，颤抖得不行。就像现在，他似乎已经喘不过气来说任何话了，只能睁大一双充满恳求的眼睛望着齐默尔曼太太。

齐默尔曼太太慢慢地转动着手中的空杯子，轻声说道："路易斯，令人费解的是，你叔叔的魔法已经完全从这座房子里消失了，什么也没留下！就像莎士比亚在《暴风雨》中说过的那样，一切就如蜡烛的火焰被大风吹灭一样，就连一个烛台也没有留下。"

"不会的！"路易斯激动地说。他马上跑到前厅，却发现衣帽架上的镜子已经变得暗淡无光了，他只能在上面看到自己模糊的脸。在他看来，这面镜子从来都没有像现在这么普通过，真是让人唏嘘！然后，路易斯又冲到了南边的后楼梯上。这座房子里到处都有彩色的玻璃窗，但最为显眼的玻璃窗就是后楼梯上的这一扇了，因为它的色彩最为鲜明，而且每天都会显现出一些不同的画面。然而，今天它却变成了一扇普通的，只带有花饰铅条的椭圆形透明玻璃窗，上面并没有出现任何画面。路易斯感到喉咙一阵发紧，他用力咽了口唾沫。他很清楚，乔纳森叔叔所施下的魔法总是会慢慢地失效，所以他时不时地需要重新再施魔法，就比如那个曾经住在地窖里的保险丝盒小矮人，每当有人走下楼梯的时候，它总会跳出来喊道："咕叽咕叽！咕叽咕叽！"但后来，它的声音变得越来越小，最后就消失了。此外，还有邻居家那只叫杰尔伯德的猫，是乔纳森叔叔把它变成了一只会吹口哨的猫，但随着时间的推移，它也慢慢失去了自己的音乐才能。

不过，在这座房子里，乔纳森叔叔还是保留了许多常见的魔法咒语，比如那扇彩色的玻璃窗。如果所有的魔法真的都消失了——路易斯马上冲回了书房。"他死了吗？"路易斯用颤抖的声音问道，"告诉我，齐默尔曼太太，我必须知道——我的乔纳森叔叔是不是死了？"

带着一种同情和体谅的表情，齐默尔曼太太回答道："路易斯，我原本可以对你撒谎的，但你已经长大了，应该知道事实的真相，哪怕这个真相是难以接受的。所以，我只能告诉你，我现在无法确定乔纳森是否还活着。"

一瞬间，路易斯感到全身发麻。从某种程度上来说，这已经是一个最难以接受的答案了。

第九章

也许，乔纳森叔叔所遭遇的第一次不幸就是他的手杖不见了，而第二次不幸是他失踪了，那么——第三次会是什么呢？死亡吗？

星期五的这一整天，路易斯都是在烦恼和痛苦之中度过的。现在，他非常确信他的叔叔是遭到了"三之咒"的诅咒。他不愿相信他的叔叔已经永远消失了——但如果他真的消失了呢？那路易斯又该怎么办呢？

他仍然清楚地记得那个可怕的夜晚。当时的他还很小，和父母一起住在威斯康星州。那天晚上，他的父母出门了，所以就请一个叫格洛丽亚的女高中生负责照看他。后来，有一个警察找上门来，格洛丽亚在和他交谈了几句后，突然尖叫道"不会的！"接着，她就晕倒了。再后来，警察亲口告诉了路易斯，说有一位司机在驾驶时不小心睡着了，结果他的车就越过马路中线，迎面撞上了路易斯父亲开的那辆车。最后，他的父亲、母亲，以及那个打瞌睡的司机，都不幸当场身亡了。

当时，路易斯只感觉自己经历了撕心裂肺般的痛苦，对于葬礼，还有后来在一个寄养家庭里住了几天的事情，他都只剩下一些模糊的记忆了。不过，路易斯仍然记得玛蒂姑妈和海伦姑妈来看过他，而且还为了谁要抚养他的问题争吵了一番。她们都不想收留路易斯，而路易斯也不想和她们中的任何一个走，因为他一点儿也不喜欢她们两个，尤其是刻薄的玛蒂姑妈，她总是会嘲笑路易斯的胖身材。有一次，她甚至还对路易斯说，他看起来就像一个随时会飞走的热气球。

后来，是住在密歇根州的乔纳森叔叔同意收留了他。路易斯上一次见到乔纳森时，还只是个蹒跚学步的孩子，所以他对乔纳森根本没有什么记忆，但比起他那两个讨厌的姑妈，他更愿和乔纳森叔叔住在一起。至今，路易斯还记得自己坐着长途汽车来密歇根州的情景，以及他当时体会到的那份凄凉。

而现在，他觉得自己又沦落到了相同的境遇。虽然玛蒂姑妈已经去世了，但路易斯一想到自己可能要和海伦姑妈、吉米姑父住在一起，就感到十分厌恶。海伦姑妈就像一个泄气的轮胎一样，总是病恹恹的。自从嫁给吉米姑父以后，她就转变成了一个虔诚的浸信会教徒，但仅仅因为乔纳森和路易斯仍是天主教徒，她就一直不停地在他们面前发牢骚和抱怨。路易斯每次去奥西五山镇拜访海伦姑妈和吉米姑父时，就觉得已经够糟糕的了，更别说还要天天和他们生活在一起，他认为自己是绝对忍受不了的。

不过，齐默尔曼太太想出了一个临时的解决办法。"如果有人问起的话，"她在回家的路上快速地说，"我们就说乔纳森处理生意去了，这样大家就不会胡乱议论了，因为并没有人知道他究竟是干什么的！"

"他有买一些股票什么的。"路易斯小声地说。

齐默尔曼太太点了点头。"哦，我当然知道了，"她说道，"乔纳森从他的祖父那里继承了一笔钱，然后他进行了谨慎的投资，并从自己买的股票和债券中获得了相当可观的收入。但除了银行的戴茨先生和乔纳森的律师康韦尔先生，镇上并没有人知道他到底是怎么挣钱养家的。所以，我们的官方说法就是，乔纳森出远门去处理一些大生意了，而在他离开的期间，你就暂时和我住在一起。我想这个解释应该不会穿帮的，至少还能够撑一段时间。"

"我们接下来该怎么办？"

齐默尔曼太太突然变得激动起来。"我们，"她宣布道，"一定要揭开这个谜底！我们一定要找到乔纳森，如果他受到了任何伤害，我们就要让那些伤害他的人后悔！振作起来，路易斯，正如约翰·保罗·琼斯[1]曾经说过的那样：'我还没有开始战斗！'不过，"她又接着说，"我的战斗就要开始了！"

---

1 约翰·保罗·琼斯是美国独立战争中的一位海军英雄，被认为是"美国海军之父"，而"我还没有开始战斗"是他在战斗中说过的一句名言。

路易斯马上打电话给罗丝·丽塔，告诉了她这个坏消息。罗丝·丽塔也想让路易斯振作起来："如果齐默尔曼太太已经在着手调查了的话，你就没什么好担心的了。"她安慰道："我会去叫上哈尔，然后我们再一起过来看看能不能帮上什么忙。"

但过了很久，他们两个才过来——罗丝·丽塔抱怨说，都是因为哈尔家没有电话，而且她也不知道他住在哪里。但碰巧的是，哈尔刚好路过了她的家，他本来是想来问问关于手杖的事，却听到罗丝·丽塔说乔纳森叔叔失踪了。此时，看到他们两个神情严肃的样子，沮丧的路易斯只好简短地给他们讲述了事情的来龙去脉。不过，他并没有提到任何有关魔法的事，这就让哈尔误以为可能是某个国际绑匪团伙带走了乔纳森叔叔，但罗丝·丽塔显然明白了一切。"齐默尔曼太太打算怎么办呢？"她问道。

"她说，她自有调查的方法。"路易斯谨慎地回答，"我们都觉得，首先要做的就是弄清楚乔纳森叔叔在兰辛市是否找到了马维尔博士，所以她今天就出发去那儿了。"

"找到了谁？"哈尔吃惊地问道。

"马维尔博士。"路易斯说完，犀利地瞥了哈尔一眼，因为他看起来很吃惊的样子。

哈尔咽了咽口水，结结巴巴地说："你……你的叔叔是去看了医生之类的吗？他真的生……生病了吗？"

"不是医学博士，"罗丝·丽塔解释说，"而是一位哲学博士，他是乔纳森叔叔在密歇根州农学院上大学时的老师。"

"那他一定很大岁数了！"哈尔激动地说，但他的声音仍然是颤抖的。

"是的，他很老了。"路易斯说。

"好吧，希望你的叔叔能找到他。"哈尔继续说，"你们两个饿了吗？想不想去买些三明治和汽水？"

路易斯也意识到是该吃午饭了。"我们不必出去买了，"他告诉哈尔，"齐默尔曼太太的食品储藏室里有很多做三明治的食材，她说我想吃什么都可以随便拿。"

他们三个一起做好了三明治，津津有味地吃了起来。然后，他们又花了好几小时讨论乔纳森叔叔失踪的事情。哈尔认为，很有可能是偷了手杖的人把乔纳森叔叔带走了。罗丝·丽塔承认她确实没有什么头绪，但她很想为此做点儿什么。一个下午就这样过去了，这时已经是四点钟了。他们三个一起坐在齐默尔曼太太家的台阶上，但一想到齐默尔曼太太不在家，路易斯感觉自己变得更加紧张了。

"也许你的家里会有什么线索。"哈尔终于提出了一条建议。

"我觉得应该没有。"

"但我们也可以去看一下，"罗丝·丽塔争辩道，"也许你忽略了一些东西。反正我一定得做点儿什么！我没办法就这样傻坐着。"

路易斯犟不过他们两个。他们一起穿过草坪，然后路易斯打开门，先走了进去。看到哈尔和罗丝·丽塔在门廊上徘徊，路易斯这才想起来，因为齐默尔曼太太对这座房子施下了保护咒，所以他得先邀请他们进屋才行。他急忙说："快请进，快请进！"

当哈尔和罗丝·丽塔一起跨进门槛时，哈尔羞怯地笑了笑。"不好意思，我只是觉得这样有点儿好笑。"哈尔道歉说，然后轻轻地关上了前门。

尽管路易斯确信真的没有什么可发现的线索，但他们还是把地下室和一楼的所有房间都搜了个遍。当路易斯确定哈尔不在附近时，他甚至还进到了可以从厨房通往书房的秘密通道里看了一下，但里面空无一人，而且满是灰尘。在忙碌了两个小时后，他和罗丝·丽塔跑遍了所有可以查看的地方，最后他们来到书房，发现哈尔正坐在乔纳森叔叔的书桌旁，而他的周围还摆了一大堆摊放着的书。"我一直都在这里看书，"哈尔解释说，"你们知道吗，也许我们可以试着用点儿魔法，这些书似乎都在说魔法是存在的。"

路易斯皱起了眉头。他没想到哈尔居然发现了乔纳森叔叔收藏的魔法书。"我觉得这不是个好主意。"

罗丝·丽塔显得犹豫不决。"即使魔法真的存在，但我们也没有受过任何训练，所以这可能是行不通的。"她说道。

路易斯的心在怦怦直跳。他想起了自己曾经偷偷使用魔法的可怕经历，他照着一本魔法书施下了咒语，却让一个邪恶的鬼魂复活了，而那个鬼魂还找到了隐藏在巴纳维尔特家里的一个魔法钟，差一点儿就让整个世界毁灭！但他从来都没有向罗丝·丽塔说过所有的细节。"我认为我们不应该那么做。"他劝阻说，他的声音听起来又尖又细，充满了担忧。

哈尔举起了一本书："我们也许还有机会。这本书上说'3'是一个非常强大的魔法数字，而我们正好有三个人。并且，这上面还提到了一种可以寻找遗失物品的咒语，我们不妨试一下吧。"

"这不是一个明智的主意。"路易斯再次说道。

"如果它只是一个寻找东西的咒语，"罗丝·丽塔缓缓地说，"那我倒是觉得没有什么坏处。"

"但我们都不是真正的魔法师呀，"路易斯绝望地反对道，"反正，我告诉过你的，魔法并不是真实存在的。"

哈尔耸了耸肩："但是书上说魔法是存在的。而且，这也只是一个简单的咒语，上面说任何一个想学魔法的人都能轻易做到的。但如果你不想找到你的叔叔……"

"不，我想的。"路易斯忍不住说，他知道自己已经掉入陷阱了。

于是，鬼使神差地，他在书房的地板上画了一个魔法符号。这是一个等边三角形，一个角向东，一个角向北，还有一个角向南。在画完之后，他还用自己的童子军指南针检查了一下，确保方向是正确的，接着他又说道："接下来要怎么办？"

"现在，"哈尔说着，把那本书举到了胸前，"我站在三角形的东边。罗丝·丽塔，你站在南边。路易斯，你站在北边。当我在念咒语的时候，你们就静静地站在那里，想着乔纳森·巴纳维尔特就行了。"

然后，哈尔就开始流畅地念着一条又长又绕的拉丁文咒语，这让路易斯和罗丝·丽塔都惊呆了。虽然路易斯的拉丁文很不错，但他也无法听懂哈尔念出的所有单词。不过，尽管哈尔正在飞快地念着咒语，路易斯还是听出了一些词，比如召唤、咒语、规则，然后还有一句话，听起来像是在说"请求强大的力量回来吧"。

路易斯的心脏不禁狂跳起来。但是，当哈尔念完咒语之后，似乎什么也没发生。"结束了吗？"罗丝·丽塔疑惑地问。

"书上就是这么写的，"哈尔告诉她，"路易斯，你感应到你的叔叔了吗？"

路易斯摇了摇头："我告诉过你们的，这行不通。"

哈尔耸了耸肩："至少我们试过了。"

他们把三角形的符号擦掉，然后铺上了地毯。来到前厅，罗丝·丽塔一直在盯着那面镜子看，哈尔好奇地问："你在看什么？"

"我还以为鼻子上沾了粉笔灰呢。"罗丝·丽塔回答，"我得去给我爸妈打个电话，然后再去看看齐默尔曼太太是不是回来了。我得去告诉她我们在做些什么，不然等她看到我们这边亮起了灯，说不定就会生气的。"

"我们还可以再看看上面的两层楼。"哈尔提议说。

"那好吧，"路易斯不情愿地回答道，"但我们应该什么也找不到的。"

罗丝·丽塔来到齐默尔曼太太家。她发现前门没锁，就径直走了进去，大喊道："您在吗，齐默尔曼太太？"

没有任何回应，罗丝·丽塔开始感到有点儿害怕了。突然，电话铃响了起来，把她吓了一大跳，但她后来还是拿起了听筒。"你好，这里是齐默尔曼太太的住所。"

电话那一头传来了齐默尔曼太太的声音："是罗丝·丽塔吗？路易斯现在方便接电话吗？"

"呃，恐怕不行，"罗丝·丽塔说，"您在哪里？"

"我还在兰辛市，我找到了一个认识乔纳森和马维尔博士的人，而且我还从她那里知道了一些事情呢！她是，嗯，我们的同行，罗丝·丽塔。"

罗丝·丽塔知道齐默尔曼太太是在告诉她，那个人也是个女魔法师。而且，她也明白齐默尔曼太太不想在电话里说太多有关魔法的事："那您发现了什么吗？"

"去拿一张纸和一支铅笔，"齐默尔曼太太交代说，"你必须尽快把这一切告诉路易斯。等我打完电话，我就立马赶回来。现在是几点？噢，六点半了，那我应该九点以前就能回到家了。"

罗丝·丽塔知道齐默尔曼太太摆放记事本的地方。她拿了一个浅紫色的记事本，还有一支紫色的铅笔，然后说道："请说吧。"

"告诉路易斯，乔纳森的那位老同学果然回来了。而且，我应该知道他正在寻找什么。乔纳森曾经提到的那个毕业作品就是关键，虽然我不知道那是什么，但它很可能就藏在路易斯的家里。所以，记得提醒路易斯不要让任何人进到屋里，这一点非常重要。虽然我的'那个东西'可以阻挡任何心怀邪念的人进入，但如果他是被邀请进去的，那就完全是另一回事了。明白了吗？"

"……别让任何人进到屋里，"罗丝·丽塔低声说，"明白了！"

"还要告诉路易斯，那个家伙还有一门非常精通的专长——混淆和隐藏之术。他可能精心伪装了一番。当然，他的魔——他的这门专长也是有一定原则的，我的意思是，他的伪装也要遵守公平的原则，至少会留下一个破绽，能让人看穿伪装出来的外表，"齐默尔曼太太用鼻子哼了一声，"乔纳森根本就不该跟那个人有任何瓜葛！我想马维尔博士肯定是太迟钝了，才没有看穿那个家伙其实就是个邪恶之人！唉，只要看看他的名字就知道了！在德语中，它的意思就是'邪恶的心'！所以，罗丝·丽塔，一定要提醒路易斯。我会尽快开着贝茜赶回来的。"

"好的。"罗丝·丽塔说完，就把齐默尔曼太太所讲的关于马维尔博士和施莱克特舍兹的事全都记了下来。贝茜是齐默尔曼太太给她的那辆紫色汽车起的名字，据她所说，从车的前面看过去，它的脸就像她曾经见过的一头嗜睡的奶牛，而它的名字就叫贝茜。

齐默尔曼太太挂了电话。罗丝·丽塔一写完笔记，她的手就立马僵住了。她是这么写的："齐默尔曼太太说，施莱克特舍兹＝德语中'邪恶的心'"。

　　于是，她又在记事本上单独列出了"邪恶的心"（evil heart）的大写英文字母。罗丝·丽塔很擅长填字游戏和编码——这就是为什么她还记得和路易斯表演过的读心术暗语——这九个英文字母正好激起了她的好奇心。E，V，I，L，H，E，A，R，T，到底是什么意思呢？她开始用铅笔将它们重新排列起来。

　　H-A-L E-V-E-R-I-T（哈尔·埃弗里特）！

　　"哦，我的天哪！"她飞快地穿过草坪，跑到了路易斯家。她伸手抓住门把手，用力一拉，但门却好像被钉住了一样。"路易斯！"她声嘶力竭地喊道，"路易斯，快让我进去！"

　　突然，一道咝咝作响的绿光从门把手上射了出来，直接打在了她的肚子上。接下来，罗丝·丽塔就只记得她像一个布娃娃一样在空中翻滚起来，然后又狠狠地摔在草坪上，喘不过气来。最后，她的眼前一黑，什么也不记得了。

第十章

"你的叔叔确实有很多东西。"哈尔嘟囔着。他和路易斯爬上了巴纳维尔特家闲置的三楼，此时正在一间旧卧室里翻来翻去，这里塞满了无数乱七八糟的东西。路易斯不禁想，要是他的叔叔曾经在这里闲逛的话，那他的手杖一定很容易会弄丢。"他还有什么特别的东西吗？除了他的那根手杖之外？"

路易斯耸了耸肩："我想这里的很多东西对他来说都一定有特殊的意义，否则他早就把它们扔掉了。这个房间里大多数东西都是他从我的曾祖父那里继承来的，曾祖父以前好像在什么地方有一座很大的豪宅。"

"这么说来，他一定很有钱喽？"哈尔问道，但路易斯觉得他还听到了一丝冷笑。

"应该是吧，"路易斯回答，"我的曾祖父靠铁路和牲畜买卖之类的生意赚了很多钱。不过，我叔叔说他是个很难相处的人。他曾经和我的祖父，也就是乔纳森叔叔和我父亲的父亲，发生过一次很严重的争吵。但后来，因为他自己一开始也是从一个农场主做起的，所以对于乔纳森叔叔能上一所农业大学，他感觉非常欣慰。因此，当他去世的时候，他居然把所有的财产都留给了乔纳森叔叔，而这出乎了所有人的意料。"

"对你的叔叔来说，这么一大笔财产从天而降，一定很不错吧。"

这时，路易斯正在壁橱里到处翻找，但他只找到了一堆堆的鞋盒，里面都装着一些褪色的旧照片，而且照片上面的黑色和灰色都已经变成了奇怪的棕色色调。哈尔的话让他感到不安和紧张，因为哈尔的语气听起来有一种莫名其妙的嫉妒。"听着，我觉得这个主意并不怎么好，"他对哈尔说，"也许我们该走了，罗丝·丽塔现在应该也快回来了。"

"至少让我们再四处看看吧。"哈尔搓着他的双手。接着，他从口袋里掏出了一支黄色铅笔——路易斯记得，那天他被棒球砸得晕头转向的时候，他也是拿着一支这样的黄色铅笔——把它在手指间转动起来。"你的叔叔有没有一些不同寻常的镜子？"哈尔突然问道。

路易斯朝他皱起眉头。"不同寻常的镜子？"他反问，声音突然变得尖细起来，"你是说，就像那种专门用来刮胡子的镜子吗？"

"事情是这样的，孩子，我一直在读一些关于魔镜的书，"哈尔平静地说，"那应该是一块大约有十厘米宽，边缘是斜边玻璃的镜子，而且它并不总会显出你的脸来。"

路易斯摇了摇头，感觉有什么地方不对劲："你是在说胡话吧，快走吧，如果我们要去找……"

"镜子到底在哪儿？"哈尔追问。突然间，他猛地一抽，浑身颤抖起来，头往后耷拉着，四肢疲软，瘫坐在了地上。"该死的咒语！"哈尔咆哮道，"就算是傻偶，也必须拿着魔杖！"刹那间，他的声音完全不一样了，变得诡异、沙哑，就像是一个老人的声音，而且还有奇怪的口音。过了一小会儿，哈尔直起身子，笑了起来："我们一定要去找镜子。"他又变回了正常的语调。

路易斯同意了——只要能离开这个乱糟糟的封闭的房间，他什么都愿意做！——他只希望等他们一下楼，他就可以立即奔向前门。哈尔确实不太对劲，非常不对劲。此时，夜幕已经降临，他们两个还在一前一后地从一个房间走到另一个房间。哈尔沮丧地咆哮起来，他看到了各种各样的镜子，有圆形镜子、浴室用的长方形大镜子、小手镜等，但就是没有他所说的那一个。"也许它被装在了某个贵重的金框里，因为它实在太珍贵了！"他咆哮道，"也许它被藏起来了！他决不会轻易让它碎掉，毕竟那里面还有他那么多的魔法能量！快走！"

他们来到了二楼，哈尔把所有的东西都翻了个遍。他把墙上的东西统统扯了下来，然后盯着它们看——一张乔纳森叔叔和路易斯已故的父亲查理·巴纳维尔特肩并肩的照片；一幅描绘日落时分埃菲尔铁塔的佳作；还有一幅很糟糕的画，上面画的是一匹有白色斑点的棕色的马，以及其他的画作。哈尔把它们都扔到了一边，其中的一个玻璃相框被打碎了。"嘿！"路易斯表示抗议，但哈尔并没有理睬他。

当哈尔拉开乔纳森叔叔的衣柜抽屉，把里面的东西左右乱扔时，路易斯又大喊大叫了起来，于是哈尔转过身来，一脸愤怒的样子。"给我安静点儿！"他吼道，接着又把那支黄色铅笔当成魔杖一样挥了一下。

突然之间，路易斯发现自己一动也不动了。他感觉自己就像一棵刚被砍断的树，马上就要直直地倒下去了。接着，他倒在了床上，然后又从床上滑到了地毯上。他的胳膊和腿完全失去了知觉，他只能无助地躺在那里，体会到了一种全身瘫痪的恐怖。他从床底下望过去，看到哈尔在房间里踱来踱去，嘴里喃喃自语道："它在哪儿？它到底在哪儿？"

最后，哈尔来到他的身边，再次挥动了魔杖。这时，哈尔的嘴里又冒出来了老人的声音："我得亲自过来一趟！快点儿！你必须得邀请我进去！"

路易斯站了起来。但凡他能发出一点儿声音，他也会尽全力咆哮出来的，然而他却无法做到。他觉得自己像个木偶，他的胳膊和腿一点儿都不听他的使唤。不知怎的，他的腿拖着他的身体下了楼梯，来到了后门。"打开它！"哈尔命令道。

路易斯看见自己伸出手去，打开了门。

在门外的夜色之中，站着一个瘦瘦高高的、面容凶狠的人。他的鹰钩鼻和路易斯在照片中看到的一模一样，但他浓密的胡须和三角形的山羊胡已经变成了灰色。他穿着一件褪了色的僧袍，并将兜帽拉了下来。那个人用一双深邃的眼睛愤怒地瞪着路易斯，只见他的嘴唇动了一下，但声音却是从路易斯的身后传出来的："邀请我进去！"

"请……请进来吧。"路易斯开口说道，尽管他一直在挣扎着不说出来。

"谢谢了。"那个人用讽刺的语气说着，走进了后门。突然，后门自动砰的一声关上了，然后他又说了一句刺耳、难懂的话，刹那间，鲜艳的绿色火花就爬上了整扇门。"我们被封印住了。"那个人说。接着，他露出了一个让人讨厌的笑容。"你这个愚蠢的家伙！居然同意了我用傀儡施咒语，所以你现在颠倒了那个女魔法师在这座房子上施的魔法——它现在保护的是我，而不是你了！蠢货，简直太容易上当了。把魔杖给我！"那个人伸出手来，然后哈尔把那支铅笔递给了他。

就在那一瞬间，好像有什么东西折断了一样，路易斯感觉又回到了自己的身体里，终于可以自由行动了。"你对他做了什么？"路易斯质问。

那个人盯着路易斯，一脸得意的样子。"你以为他是被我用魔法迷惑了吗？"他用带着口音的英语问道，"或者是我用某种方法把他催眠了？不是的！"

他大笑了起来，但他的声音难听得就像生锈的铰链一样。"居然问我对他做了什么？唉，你这个笨蛋，他就是我创造出来的！"那个人挥了一下魔杖，哈尔就摇摇晃晃地走到了他的身边，但他的四肢突然松弛得可怕，整个脑袋都耷拉在了脖子上。

"他只是个傀儡而已，"那个人解释道，"不过是一个装了一点儿魔法的空壳，好让我可以自由行走、四处打探，用他的耳朵听，用他的眼睛看。不过现在，我已经不再需要他了，所以——"

他用魔杖指了一下哈尔，接着哈尔的身体里就闪出了一条条绿白相间的亮光，就像是一场小型的闪电一样。哈尔在不停地颤抖着、抽搐着。

然后，他的身体开裂了。

路易斯惊恐地尖叫了起来：只见哈尔的左耳裂开，脱落了下来，而他的头发变成了一些灰烬；眼睛萎缩，变成了头上的两个黑洞；皮肤上到处都是裂缝，而肉体变成了灰褐色，就像是秋天里硬脆易碎的橡树叶一样。

随着噼里啪啦声，哈尔彻底地碎成了一团灰烬，落在了硬木地板上。他永远消失了，除了一堆薄脆的碎片，什么也没有留下。

"现在，"那个人接着说，"请允许我自我介绍一下，我是阿道弗斯·施莱克特舍兹。如果你不帮我找到那面镜子的话，小伙子，那你的下场就会和哈尔·埃弗里特一样！变成灰烬！"

第十一章

"罗丝·丽塔！发生了什么事？"

罗丝·丽塔呻吟着睁开了眼睛。

她的眼前依然一片漆黑，但后来她意识到原来已经是晚上了。而此时，齐默尔曼太太正俯身看着她。

"他……他们都在房子里！"她哀号道。

"谁？"

"路易斯和那个施什么，对，施莱克特舍兹！原来哈尔·埃弗里特就是他！"

"快跟我来。"齐默尔曼太太抓住了她的手腕，突然间好像有什么能量流进了她的身体里，她感觉好多了。接着，罗丝·丽塔站起来，一路跑到了齐默尔曼太太的家。进到屋里，齐默尔曼太太拿起了电话。"永远先做最重要的事情。"她坚定地说着，拨了一个电话号码。过了一会儿，她对着听筒说：

"你好，波廷格太太！我是弗洛伦斯·齐默尔曼。罗丝·丽塔今天过来帮我做了一些事，然后不知不觉地，天就黑了！是的，时间过得真快。既然已经这么晚了，我希望罗丝·丽塔能留在这里过夜，但我不想让你担心。不会的，一点儿也不麻烦。我这里有多余的睡衣和新牙刷可以给她用——好的，谢谢你！我明天就送她回去！"说完，她挂断了电话。

在这期间，罗丝·丽塔一直在不耐烦地踱来踱去："我们得快点儿走了！马上就走！那个人可能正在做什么可怕的事！"

"确实有这个可能，"齐默尔曼太太说道，"但如果我们都不知道自己要做什么就盲目地冲进去，那就可能什么忙也帮不上。先告诉我到底发生了什么，罗丝·丽塔！快一点儿！"

罗丝·丽塔把一切都说了出来，包括她拼出了哈尔·埃弗里特名字的事。"您说过，他必须遵守一些公平原则的。"她喘着气说。

齐默尔曼太太的表情变得很严肃："是啊，只有像施莱克特舍兹那样自作聪明的人，才会留下这样的破绽！但我也不知道他是怎么让自己变得那么年轻的！毕竟那确实是一种非常强大的魔法，而他连一根魔杖也没有，这一切应该远远超过了他的能力范围才对。"

"那他到底在找什么呢？"罗丝·丽塔问道。

"应该是他和乔纳森在多年前一起创造出的那件魔法毕业作品。通常来说，魔法师所做出的第一件魔法物品，往往会将其魔法能量凝结其中。如果是两个人一起合力做出来的，那它就会拥有两个人的魔法能量。然而，如果他们中的一个摧毁了那件魔法物品，那么他的魔法能量自然就会加倍。"

"那……那么，路易斯的叔叔可能已经……"罗丝·丽塔哽咽着说。

"被杀死了？不会的，施莱克特舍兹不会那么做的。如果其中一个魔法师被另一个杀死，那么这件魔法物品不仅会失去它所有的魔法能量，而且还会吸走凶手的所有能量，就算是把它摧毁也于事无补。所以，在乔纳森被杀死之前，那个老家伙得先施下一个复杂的魔法，好让他们的魔法物品失效，然后才能获得乔纳森的全部能量。因此，心狠手辣的施莱克特舍兹想要的就是——魔法能量！"

"现在路易斯就和他在一起，就在房子里面！我们必须帮助他！"

"是的，我们出发吧！"

齐默尔曼太太抓起她的雨伞魔杖，和罗丝·丽塔一起穿过草坪，来到了巴纳维尔特家。整座房子看上去一片漆黑，但当罗丝·丽塔凑近一看，她发现在门缝下，或是窗户缝旁时不时地透出了一小片黄色的光，就好像有什么东西挡住了本该从窗户中射出来的光线。她觉得似乎是有个巨人把墨汁从烟囱倒了进去，然后灌满了里面的每一个房间。

接着，齐默尔曼太太念了个咒语，又在空中挥舞了一下魔杖，而在一旁的罗丝·丽塔紧张地咬着嘴唇。突然间，房子的每一寸地方都出现了像蛇一样的东西，是发着绿色雾光的毒蛇，它们相互缠绕在一起，不停地爬来爬去。

"是蛇锁咒，"齐默尔曼太太咆哮道，"怪不得你被击倒在了门廊上！这是一种强大的保护咒语，但我不明白施莱克特舍兹究竟是怎么做到的。"

"也许……也许是他借用了你的魔法。"罗丝·丽塔吞吞吐吐地讲出了哈尔是如何说服她和路易斯一起施下了那个咒语。

"那就说得通了，"齐默尔曼太太严肃地说，"他在房子之外是不可能打破我设下的魔法的——不过，一旦他进入了魔法的有效范围，他就可以任意将其改变，看来他确实是这么做了！他在利用我的魔法来对付我们！往后退，让我来试一试。"

齐默尔曼太太用魔杖指着前门，又说了些咒语。突然间，罗丝·丽塔看见一道紫色的光束射了出来，击中了在前门上蠕动着的一团毒蛇。然后，它们纷纷向光束的四周逃窜而去，空出了一个越来越大的椭圆形，不一会儿，整扇门又重新显现了出来。"我想也许是这些咒语里还残留了我的一点儿魔法能量，所以我才能成功，"齐默尔曼太太解释说，"我们现在应该可以进去了。记住别碰墙！也不要看它们可怕的红眼睛！"

罗丝·丽塔跟在她的后面，呼吸开始急促了起来。齐默尔曼太太小心翼翼地伸出手去，抓住门把手，打开了门："快进来，快！"

她们迅速冲了进去，然后齐默尔曼太太又轻轻地关上了身后的门。"听着，"她低声说，"在我弄清楚到底要怎么做之前，千万不要说话。"

就在这时，罗丝·丽塔听到房子后面传来了低沉的说话声。她向齐默尔曼太太使个眼色，但她只是摇了摇头，用唇形说出了"等待"两个字，没有发出任何声音。

罗丝·丽塔握紧了拳头，她实在是受不了啦！她想——想要快点儿做些什么！

无奈之下，齐默尔曼太太只好抓住她的胳膊，把她拖进了昏暗的客厅里。她悄悄地把客厅的门掩上，站在门后，好让自己和罗丝·丽塔都能往外看。她对罗丝·丽塔耳语道："再等一等，现在我无法使用魔法，因为他已经在这里施下咒语了，如果我强行使用的话，可能会害死我们。安静地等等吧。"

罗丝·丽塔感觉十分难受。后来，她们看到路易斯跌跌撞撞地走了出来，他的身后紧跟着一个瘦削的人。那个人穿着一件褪色的僧袍，手里正拿着一根细细的、发着黄色光芒的魔杖，指着路易斯的后背。"究竟在哪儿？"那个人用刺耳的声音问道。

浑身颤抖的路易斯指了一下衣帽架。"就是那个吗？"那个人大声吼道。接着，他挥了一下魔杖，厉声说道："快快现出原形！"

衣帽架上闪出了一些绿色的亮光，但没一会儿就消失了。"什么都没有！"那个人说，"你在撒谎，对吗？"

"没有，"路易斯气喘吁吁地说，"我发誓！直到乔纳森叔叔失踪之前，它一直都会显示一些陌生的景……景象，甚至还有外星……星球的！这是我知道的唯一有魔法的镜子了，只是它现在再也不会亮了！"

那个人愤怒地盯着镜子，眼神中流露出一丝困惑："巴纳维尔特那个大肚皮不可能那么厉害的！他也许够聪明，故意把那面无价的镜子藏在众目睽睽之下，好让我的傀儡忽视了它。但就算是他在镜子上施过伪装术，也不可能抵挡得住我的现形咒！毕竟，那里面也有我的魔法能量！"

"我……不知道。"可怜的路易斯继续说着，站在门后的罗丝·丽塔听到了他充满痛苦的声音，也跟着难过起来。"乔纳森叔叔从没告诉过我它到底是怎么来的！"

"我要先把你叔叔在上面施过的魔法解除掉，然后我们就能知道真假了。"

"它根本就没有魔法了！"路易斯哀号，"早就消失了！"

那个人盯着路易斯看了一眼，然后做了一件很奇怪的事。他将自己的左手伸出去，让手指在空中扫来扫去，仿佛想要抓住看不见的蜘蛛网一样。"这可能吗？怎么可能呢？我并没有杀死他！他的魔杖也没有断！难道真的断了？"他怒气冲冲地猛拉了一下，就把前门打开了，接着又朝着门外的黑夜中哒哒地说了几句古怪的咒语。"我们马上就会知道了。"他阴险地笑了起来，"这个小镇上的人全都愚蠢透顶！你知道吗，但凡学校有心去看一下哈尔·埃弗里特住的地方，就会发现那里只是一座坟墓。啊——它来了！"他伸出自己的手，接着砰的一声，有什么东西从门口飞了进来，掉在了他的手掌心里。

他把那个东西举在面前。"没断，"他说道，"它果然没有断。"

罗丝·丽塔听到路易斯倒抽了一口气。

原来，从黑夜里飞进来的东西，就是乔纳森叔叔的那根魔杖。

第十二章

"想要这个吗？"施莱克特舍兹问道，但他只是在用乔纳森叔叔的手杖戏弄路易斯而已。他把手杖举到路易斯快要够得到的地方，然而，当路易斯正要伸手去抓的时候，他又轻蔑地把它拿开了："快来拿呀！"

"你没有任何权利这么做！"路易斯愤怒地说，"这是乔纳森叔叔的！"

"没错，"施莱克特舍兹嘲笑道，"这就是你叔叔的，不过他真是个蠢货，居然会认为魔法是用来逗一些小屁孩开心的。既然你不会魔法，那你一定是个十足的胆小鬼吧，他竟然什么都没教过你！"

"我根本就不想学什么魔法！"路易斯说，"因为我……我不……"

"因为你一点儿都不勇敢！"施莱克特舍兹关上了前门。

"学学我吧！一旦我明白自己想要什么，我就一定会把它拿到手，但恐怕你永远都不会有这种勇气的，永远！你这个傻瓜，难道你没发现是我的小宠物哈尔挥动了魔杖，才让棒球砸到了你吗？正是因为那样，我才能把你和乔纳森支开，好让哈尔进到你们的家，只是时间太短了！所以，我故意让你在楼梯上摔倒，又派他进去了一次，拿走了手杖。这样一来，就算巴纳维尔特有所怀疑，他也不会知道我才是幕后主使，只可惜哈尔怎么也找不到我想要的东西！"

"你就是……就是一个肮脏的小偷！"路易斯说着，感觉自己的脸因愤怒和沮丧而发烫，"你才不是什么魔法师，你只是个贼而已！"

"是吗？你真的认为它是属于你叔叔的吗？"那个满脸胡须的男人握着手杖，把它朝路易斯递了过去，"那好，它就在这儿，你拿着吧。不管你的叔叔在哪里，他都会感应到的，他会知道手杖在你的手里——而你，在我的手里！如果他真的在这面镜子上施了隐藏术，我也会让他……"

路易斯把手杖拿了过来。然而，他只觉得手杖死气沉沉的，根本感觉不到乔纳森叔叔的存在。此刻，尽管他非常希望自己能用魔法对付施莱克特舍兹，但他却不知道该如何挥舞手中的魔杖。他只能又害怕又生气地抽泣起来。

施莱克特舍兹小心翼翼地后退了几步，但他手中的魔杖仍然指着路易斯的胸口。"乔纳森·巴纳维尔特！"他大喊道，"如果你能听见我的话，那你就应该知道我能对你的侄子做什么！我能让他变成瞎子，变成傻子！我可以把他关进坟墓里，让他被一堆食人蜘蛛和蠕虫折磨！我还可以把他冻成一座雕像，让他活上一千年，却永远不能动弹，不能发出声音，甚至不能呼吸！自从马维尔老师当众羞辱了我之后，我可是学到了很多魔法！当我回到德国时，曾经有一群暴徒想要将我绞死，但我靠自己的魔法活了下来！甚至还得到了自己的魔杖！"

路易斯战战兢兢地站在那里，死死地抓着手杖，就好像握着一根棒球棒一样。他真想猛地一下将手杖打在施莱克特舍兹的头上，但他离得太远够不着，而且路易斯还有一种直觉，如果他乱走了一步，那根黄色的魔杖就会在一秒钟内再次把他冻住。他在心里焦急地想：乔纳森叔叔，如果你能感应到我，就请你千万不要听他的话！只要他没得到自己想要的那个东西，他就不会对我做任何事的！

接着，双方都沉默了好一会儿。"快点儿说话，"施莱克特舍兹威胁道，故意把他的魔杖转来转去，"让他马上解除对镜子的保护咒，否则我能向你保证，你一定会比死更难受！"

"乔纳森叔叔！"路易斯大喊，"千万别听他的！如果他得不到镜子，他就伤害不了我！"

"你真以为是这样吗？你这个傻孩子，我已经警告过你了！"施莱克特舍兹向后张开一只手臂，把手抬到肩膀的高度，举起了他的魔杖——起初很像一支黄色铅笔，但现在已经变成了一根很长的黄色魔杖——就在那一刻，衣帽架上的镜子突然开始闪烁猩红色的光芒，就仿佛镜子里正有一场无声的暴风雨在肆虐。

"啊哈！"施莱克特舍兹大喊道，向后退了一步，"你终于做了一个明智的选择，乔纳森·巴纳维尔特！"

深红色的光束从镜子里射了出来，在前厅的墙壁上洒满了猩红色的斑点，现在整个镜面上都闪烁着红色的光芒。紧接着，只见红光一下子消失，然后又出现，接着再消失，然后又出现——总共重复了三次！

"什么？"施莱克特舍兹咆哮起来，"不，不可能的！不应该是三次！现在只剩两个人了！那个老头早在一场魔法决斗中被我杀死了！这不是真的！"

接着，从客厅门的上方飞出来一个白色的东西，重重地砸在镜子上，发出了一声玻璃破碎的巨响！于是，镜子碎了，而且还有一半从镜框里掉出来，发出了稀里哗啦的声音。不过，那个白色的东西却完好无损，只是砰的一声落在地板上，又滚到了路易斯的脚边。路易斯一下子就认出来那是一个棒球形状的陶瓷小摆设，而且上面还有红笔写着的"老虎体育场纪念品"字样，应该是有人在电视机上方的架子上找到它，又把它扔了出来。

后来，客厅的门被打开了，齐默尔曼太太走出来。她拿着一根顶端闪耀着紫色星星的魔杖，就像握着一根长矛一样，把它对准了目瞪口呆的施莱克特舍兹。"一切都结束了！"她说道，"阿道弗斯·施莱克特舍兹，我已经打碎了你的镜子，夺走了你的魔法能量！"

"你这个爱管闲事的老巫婆！我要让你好看！"施莱克特舍兹举起他的魔杖——

突然间，路易斯将乔纳森叔叔的手杖在空中划了条大弧线，就像在挥舞一把斧头似的，接着就听见了"啪"的一声。虽然路易斯无法用它来施魔法——但他居然用它折断了施莱克特舍兹的魔杖！

紧接着，一道绿光迸发出来，淹没了整个前厅。施莱克特舍兹尖叫着："不！"只见他惊讶地张大嘴巴，盯着手里拿着的东西：一支已经断了的黄色铅笔。

绿光从铅笔折断的地方喷涌而出，又立刻凝结成雾，在半空中形成了一个旋涡。而在旋涡的中央，又出现了一团椭圆形的白色亮光，迅速膨胀成了一个不规则的、跳动的、两米高的微光。过了一会儿，一个全身凌乱的熟悉身影从里面滚了出来，原来是乔纳森叔叔！他大声喊道："给我魔杖，路易斯！"

见到魔杖已经被折断，正准备施咒的施莱克特舍兹只好把它扔到一边，然后举起了像鹰爪一样弯曲的双手，咆哮着施下了一道魔咒，但他的速度明显慢了许多。乔纳森叔叔攥着他自己的魔杖，也飞快地念了一个咒语。于是，从施莱克特舍兹手指里射出的绿光，在触碰到乔纳森之前就掉了。"你的魔杖已经断了，"乔纳森叔叔说，"它用来作恶的魔法能量也消失了。不过，你用它施过的所有咒语都将被冻结，并反作用在你的身上。相信你也知道这意味着什么——你必须为自己施下的邪恶咒语付出代价，而第一个代价就是，你将会被关进你之前为我设下的监狱里！"

"不！"施莱克特舍兹惨叫着，他的双手绞在一起，仿佛是乔纳森叔叔的咒语让他倍感痛苦，"我打败了那个笨蛋马维尔，所以我也一定能打败你，哪怕我的魔杖没了，也照样可以用你的手杖把你打昏！虽然马维尔是我们三人组里的一号，你是二号，而我是最不重要的三号——但我一定会是最厉害的！你这个啰唆的自大狂，我要……"

"你要做什么，阿道弗斯？"

路易斯听到了另一个声音十分平静地说出了这句话，不禁倒吸了一口气。此时，有一个男人正站在那团旋涡的前面，穿着一件黄金圈的红紫色长袍。路易斯认出了这个留着鬓角络腮胡的人就是马维尔博士，他和照片上的样子差不多，只是现在他的整个身体都闪烁着明亮、刺眼的光线，就像是幻影一样。马维尔博士举起他修长的双手，将遮住脸的兜帽摘了下来。

"三号，你并没有打败我，"他平静地说，"你只是杀了我而已，这可是两码事。快来吧！我命令你跟我走！"说完，他就走回到那团亮光的旋涡之中，又招了招手。

"不！"施莱克特舍兹哀号着，他不停地扭动着身子，十分痛苦，脸上滴下了很多汗珠，"不，我是不会跟你走的！"

但他似乎无法做到。施莱克特舍兹拼命地向后仰着身子，但他所有挣扎都是徒劳的。就像哈尔·埃弗里特消失的那样，路易斯发现他的身体开始融化、裂开，最后变成了一缕缕翻涌的灰色烟雾。随着烟雾在那团闪着亮光的旋涡中不停地旋转、扭动，施莱克特舍兹的身体变得越来越不真实，渐渐变成了透明的。他一直在尖叫、抽搐着，但突然间，他的尖叫声变得越来越小，就像深夜里火车远去的汽笛声一样。后来，那团旋涡的绿色光渐渐退去，变成了强烈闪烁的干净的白光，再后来，施莱克特舍兹就消失了，那团亮光也突然熄灭了。

路易斯浑身发抖，喘着粗气，既不明白刚才发生了什么，也不确定这一切是否已经结束了。

"大家都还好吧？"乔纳森叔叔问道，用手捋了捋他乱蓬蓬的红头发，"弗洛伦斯，罗丝·丽塔，真高兴你们做到了。对了，今天是星期几呀？"

"星期五，"罗丝·丽塔回答说，"7月1日。"

"不对，"齐默尔曼太太举起一只手指，歪着头说，"今天是7月2日，星期六了。午夜的钟声刚刚敲响了。"

就在这时，路易斯听到了从走廊尽头的书房里传来的钟声：一台古怪的老式落地钟敲响了午夜的钟声。但这个声音非常难听，就像一只装满了锡盘的箱子缓缓地、庄严地从楼梯上滚了下来一样。

大概是在搬来和乔纳森叔叔一起住的第一年，路易斯就开始讨厌那只老旧的落地钟发出的沉重铿锵的敲击声了，因为它有时会在夜里把他给吵醒。它不仅是一种没有任何韵律、十分刺耳的声音，而且还是——好吧，在这个瞬间，路易斯只觉得这是他听到过的最悦耳的声音了。

第十三章

　　星期天就这么平静地过去了。第二天早上，也就是7月4日，虽然黎明时分的天空乌云密布，但随着时间的推移，一股暖和的微风从西边吹来，将乌云都吹向了底特律和托莱多。到了现在，路易斯还是无法相信，他的叔叔真的安然无恙地回来了。尽管乔纳森叔叔走起路来还是摇摇晃晃的，而路易斯却像只小狗一样，一直跟着他在房子里转来转去，不停地问了很多问题，但乔纳森叔叔却没有做出任何解释。直到那天下午，罗丝·丽塔和齐默尔曼太太都过来了，他们才一起坐在巴纳维尔特家的客厅里，将发生的一切都梳理清楚了。

　　"所以，你到底被施莱克特舍兹抓到哪里去了呢？"罗丝·丽塔不解地问。

　　乔纳森叔叔皱起眉头，扯了扯他的红胡子："我也不知道！也许是一个令人厌恶的荒凉之地，或者是一片糟糕的沼泽

150

地，又或者是某个空间维度里吧。我只觉得一切都像是一场梦——就像在医院做完手术之后，还没有从麻醉状态中清醒过来时做的梦一样。真正让我清醒过来的是马维尔博士，他居然也在那里，或者准确地说，是他的灵魂在那里。一开始，他确实吓了我一跳，因为他的身上就穿着路易斯经常提到的那件红紫色长袍，但那是他唯一能幻化成形的样子，不然我就无法看到他了。"

"等一下，等一下，从头开始说吧。那个邪恶的老家伙是怎么抓住你的？"齐默尔曼太太问。

"都是我的错，"乔纳森叔叔坦白，"我在兰辛市花了一整天时间寻找马维尔博士，或者某个能知道他发生了什么事的人，但都一无所获。最后，我终于找到了他的管家。那位管家告诉我，在四月底的一天早上，她看到了一张用打字机写的便条，应该就是马维尔博士留下的。便条上说，他有一些紧急的家务事要去处理，所以暂时都不会需要她上门帮忙了，一切就等他回来之后再联系。回想起来，也正是从那个时候，我就开始担心马维尔老师可能出了什么意外。但不管怎样，总算是有了一条线索。"

"那你后来又是怎么被抓住的？"齐默尔曼太太追问。

乔纳森叔叔咧嘴一笑："我正准备要说呢，弗洛伦斯！后来，恐怕我触犯了法律，因为我去到了马维尔博士的家——当然，我之前已经去过一次了，但没人应门——然后，我就想办法把后门的锁给撬开了。他的整个家就好像遭遇了一场龙卷风似的！很显然，是我的那位死了也无人哀悼的同学，施莱克特舍兹干的好事。他从德国偷偷溜回来，把自己老师的家翻得乱七八糟。不过，我找到了这个。"乔纳森叔叔把手伸进裤子口袋，掏出一根被折断了的细木头。

"这是马维尔博士的魔杖吗？"路易斯问。

"应该是的——尽管只剩下顶部的一小截了，其他的都已经变成了碎片，"乔纳森叔叔叹了口气，"于是，我怀疑也许真的是施莱克特舍兹杀死了马维尔博士。我曾经见过一次粉碎得如此厉害的魔杖，当时，那位魔法师拼命地想要保护自己——但最后失败了。

"总之，天黑之后，我就开车回了新西伯德镇。在回来的路上，我只觉得十分庆幸，多亏了弗洛伦斯之前给巴纳维尔特城堡施了保护咒语。后来，我刚把车开进车库，就听到——其实，是我以为自己听到——路易斯喊了一声'救命！'于是，我就立马冲了出去，正好就中了一个模糊的人影设下的咒语，再后来，我就知道自己进入了'虚幻之地'，接着我就和马维尔老师的灵魂一起在那附近游荡。所以，要是没有他的鼓励，我或许早就游离到地球之外，永远都回不来了。"

"马维尔博士跟你说了什么？"路易斯继续问道。

乔纳森叔叔的表情变得严肃起来："马维尔博士告诉我，施莱克特舍兹其实一直都在研究如何才能获得越来越多的魔法能量。有一次，一些对此感到愤怒的人试图用私刑处死他，但最后失败了。"

路易斯补充道："对的，哈尔告诉过我，他曾经从脚手架上摔下来过。"

"那不是哈尔，而是哈尔的主人。那是老施莱克特舍兹在利用他的傀儡说话，就像口技演员埃德加·伯根代替木偶查理·麦卡锡说话一样。总之，马维尔博士告诉我，是施莱克特舍兹袭击了他，并摧毁了他的肉身——但他的灵魂还在那模糊的中间地带徘徊，努力地想要帮助我们。为了提醒我有危险，马维尔博士曾经以幽灵的幻象进入过我们的现实世界，但可惜他无法长时间地维持自己的幻象，只能在施莱克特舍兹和哈尔碰巧出现的地方短暂地逗留一会儿。我猜想，这可能是因为施莱克特舍兹创造出哈尔的魔法，就是从马维尔博士那里偷来的，所以马维尔博士才得以在有限的范围内将自己召唤出来，而这就是为什么路易斯会在派对上瞥到了他一眼，然后罗丝·丽塔又在运动场边上看到了他。后来，马维尔博士终于发现，原来他可以在我们的前厅的那面魔镜里投射出更强的幻象，所以这就是路易斯能在镜子里看到他的原因！而他一直在暗示数字'3'，其实是要让我想起我们魔法小组里的第三位成员，也就是老阿道弗斯。因为马维尔博士采用了黄金圈里的一个老套说法，魔法老师会称自己为'一号'，他的第一个学生是'二号'，也就是我，而另外一个学生是'三号'。我应该早点儿想到这两者之间的关联的，但我当时真的以为镜子里的人影是某种邪恶力量，万万没有想到原来是'一号'在向'二号'暗示关于'三号'的事！"

"所以马维尔博士是一位正义的魔法师？"路易斯问道。

"他是最好的魔法师之一。"乔纳森叔叔平静地说。他从口袋里掏出一条手帕，大声地擤了擤鼻子："然后，马维尔博士还告诉我，施莱克特舍兹正疯狂地想要进入我的家，然后找到我和他最后一次合作的魔法物品——我们的魔法毕业作品。既然阿道弗斯没有被赠予魔杖，那就意味着他没有拥有魔杖的资格，但他偏偏就想要！于是，他很早就偷学了相关的魔法，制造出了他称作哈尔的那个空心傀儡。天知道他有什么野心！也许是为了复兴德意志帝国，又或许是为了把每个人都变成他的奴隶。如果真的被他找到了我们的毕业作品，那他也许已经得逞了。"

"你们到底做了什么呢？"罗丝·丽塔好奇地问。

乔纳森叔叔笑了笑："马维尔博士当了一辈子的老师，而当我们置身于那个古怪的灵魂世界里，他又教会了我一些新的东西。我学会了如何与这座房子建立联系——当然一开始只有非常短暂的感应。透过施了魔法的彩色玻璃窗，我隐约地看到了外面的世界。然后，我完成了自己这辈子难度最高的一次魔法：我把自己所有的魔法能量，包括里面的每一个粒子，都从这座房子里转移了出去，传送到了我所在的那个朦胧世界里。因为我怀疑，一旦老施莱克特舍兹毁坏了那面镜子，他接下来就会对我做出一些可怕的事情，也许是折断我的手杖，把我永远困在那里，又或许是把我重新召唤回来，并在一场魔法决斗中杀死我，所以无论如何，我都需要集中自己所有的魔法能量。后来，我在黑暗中感觉到有什么事情发生了。当施莱克特舍兹在这座房子里施下邪恶的咒语时，我感觉到了气韵的变化——但即使这样，我还是找不到回来的路！"

"直到我们欺骗了施莱克特舍兹。幸亏他没有反应过来，在他施过咒语的这座房子里，我的魔法其实一点儿也用不上！"

"但是那面镜子在闪着红光呀。"路易斯不解地说。

齐默尔曼太太眨了眨眼睛，说道："那并不是魔法！我们找到了你的红手电筒，然后我就用它在镜子里伪造出了一种魔法光芒——接着，罗丝·丽塔又扔出了一记又高又准的快球，打碎了镜子。于是，这就为你争取到了时间，好让你折断了那个邪恶魔法师的魔杖！"

乔纳森叔叔点了点头："当他的魔杖一断，我的面前就出现了一道闪烁着光芒的门，接着马维尔博士的灵魂让我'快走！'而剩下的故事，你们也都知道了。"

"哈尔之所以会进到房子里，都是我的错，而且我还帮他一起施了咒语，"路易斯开口说道，"真的很抱歉。"

"是他骗了你，"乔纳森叔叔安慰说，"我知道你当时是想要帮我，我为你感到骄傲，路易斯。"

"那哈尔又怎么样了呢？"罗丝·丽塔问道。

乔纳森叔叔叹了口气，解释说："世界上从来就没有真正的哈尔，他只是一个被魔法操纵的空壳而已。顺便说一下，我已经和学校方面联系过了，他们那里根本就没有哈尔转学到新西伯德镇的记录——我猜，就连教过他的老师应该也不记得他了。一切都是魔法的作用。"

"嘿，"罗丝·丽塔激动地说，"那就意味着我才是历史课的第一名！"

"施莱克特舍兹真的离开了吗？"路易斯有些担心地问道。

"永远地离开了，路易斯。只要没有魔杖，他就不可能回来。时空的裂缝会把他吸走，并让他的灵魂一起消失。无论是什么样子、以何种方式，他都不会再回来了。"

"你怎么知道呢？"罗丝·丽塔反问道，"他就不能像马维尔博士那样再回来吗？"

"不会的，"乔纳森叔叔坚定地说，"因为他的灵魂已经得到了永恒的'赏赐'，不过，那个赏赐应该不会太好。"

齐默尔曼太太接着说："大胡子，很抱歉打碎了你的魔镜。但奇怪的是，为什么你的魔法能量没有被吸走呢？"

"哦，那自然是有它的道理呀，老太婆。等我拿给你们看！"乔纳森叔叔站起来，走出了房间。一分钟后，他回来了，手里拿着一幅布满斑点的画，上面画的是一匹花斑马，而它就是路易斯之前注意到的那幅很糟糕的画，当时他和哈尔正在乔纳森叔叔的卧室里寻找镜子。这幅画看起来十分呆板，画的人一定没有什么天赋。此外，乔纳森还带回来了一小罐松节油和一些破布。"你们看。"他说完，就开始用蘸着松节油的破布用力地擦拭那幅画，结果上面的油彩掉了下来，露出了一块明亮的方形玻璃。"是一面镜子？"路易斯惊讶地问道。

"是那面魔镜，"乔纳森叔叔狡黠地眨了眨眼，纠正说，"就是原来放在前厅的衣帽架上的那一面镜子。其实，我有一件事要坦白：在我出门的前一天晚上，就是在你上床睡觉之后，我从三楼的一个古董盥洗台上拿了一面大小差不多的方形镜子，然后替换了衣帽架上的那面真镜子。在去找马维尔博士的前一晚，为了掩饰真镜子的模样，我花了很多时间在它的上面画了那匹花斑马。然后，我又把它装进了一个破旧的镜框里，挂在了墙上。从那时，我就开始在想，也许我的大学同窗施莱克特舍兹就是这一切的幕后操纵者，而如果他真的是……"

"所以这面魔镜就是那个叫施莱什么的人要找的东西了！"罗丝·丽塔说。

"完全正确！"乔纳森叔叔说，"好了，已经擦得够干净了。跟我来吧！"

他们来到了前厅，乔纳森叔叔把沉重的衣帽架拖到了离墙边远一点儿的地方，然后拿着一把螺丝刀行动了起来，没一会儿，他就把那面破旧的镜子拆掉了。在换上了闪闪发光的魔镜之后，乔纳森叔叔重新拧好螺丝，把衣帽架推回了原位。

"维奥拉！"他满意地说，但齐默尔曼太太却不禁皱了一下眉。

"他其实想说的是'乌瓦拉'，"齐默尔曼太太抱怨地说，"在法语里的意思就是：'嘿，看看我吧！'"

"不——是看看我的老朋友。再见了，马维尔博士。"乔纳森叔叔温柔地说，语气中带有一些伤感。

在镜子里，一个穿着长袍的身影正在湛蓝的天空下飘浮着，他向所有人敬了一个礼，然后就变成一只白鸽，飞向了晴朗的天空。又过了一会儿，镜子里就只露出了他们几个的脸。

"他走了，"齐默尔曼太太说，"愿他安息。"

"阿门。"乔纳森叔叔接着说。

"这面镜子还会有魔法吗？"路易斯焦急地问。

"对的，路易斯。其实，它并没有什么特别的含义——只是一个东西而已，一个可以连接到奇异的空间维度或地方的魔法物品。但现在，它的魔法能量将会比以往的任何时候都要强大，因为从一开始就萦绕在它身上的那些邪恶能量已经消失了。我想……"

突然，电话铃响了，乔纳森就去接电话了。他聊了几句就回来了，看起来很得意的样子。"好啦，好啦，听我说，"他骄傲地说道，"打来电话的是山姆·帕克阁下，新西伯德镇的镇长！"

路易斯急忙说："哦，天哪！他应该是来找你麻烦的！我忘记告诉你了——他来过电话，还给你留了言。"

乔纳森叔叔挥了挥手："别担心，路易斯，没事的。而且，他也没有找我的麻烦！事实上，情况正好相反——现在小镇陷入了困境，猜猜谁能拔刀相助呢？"

"到底怎么回事？"齐默尔曼太太怀疑地问道。

"你们就等着瞧吧。"乔纳森叔叔神秘兮兮地说，"我希望在我完成这个奇迹之后，你会意识到这么多年以来，你的隔壁竟然住着一个如此伟大的人！"

　　然而，乔纳森叔叔始终没有多说什么，甚至连路易斯也没告诉。那天下午，乔纳森把他们全都赶出了书房，直到黄昏时分，他才拿着自己的手杖走出来。"我们走吧！"他命令道，"老太婆，快去拿上你的雨伞！"

　　他们全都挤进了乔纳森叔叔的马金斯·西蒙，然后飞驰到了运动场，那里已经聚集了一大群人。帕克镇长朝他们匆匆赶来。"谢天谢地！"他说，"听我的外甥说，你在派对上进行了十分精彩的表演，现在我们还没有拿到货——你准备好了吗，乔纳森？"

　　"准备好了，镇长阁下，"乔纳森潇洒地说，"我已经，呃，把所有的东西都放在那边的树后面了。请一定要让所有人远离工作区域！我们不希望发生任何事故。"

　　"对的，对的，当然！谢谢你了！"

　　"跟我来！"乔纳森叔叔对着他们几个说，这时帕克镇长又匆匆回到了露天看台前面的演讲台上。乔纳森叔叔大步流星地穿过场地，朝着罗丝·丽塔曾经瞥见马维尔博士身影的那片黑黢黢的树林走去。

　　他们穿过树林，来到了铁轨附近的一片宽阔的空地上。"好了，"乔纳森叔叔开始解释说，"事情是这样的：因为船运公司犯了一个严重的错误，导致国庆节的烟花无法在今天下午送到，而帕克镇长却以为我有一家烟花商店——这就是为什么整个小镇的人都在议论我的魔术表演，老太婆！他们想让我帮忙安排一下今年的烟花表演，于是我就答应了会给镇上举办一场盛大的烟花秀。"

齐默尔曼太太笑了起来。她伸出雨伞，只见它立刻就变成了一根魔杖："准备好了吗，大胡子？"

"女士优先，老太婆！"

突然间，齐默尔曼太太的魔杖里射出了一束明亮的紫色烟花。那束烟花冲得非常高，高到后面长出了一条弯弯曲曲的发光尾巴，最后，它又绽放成了几百万颗散落的流星。看到眼前的景象，路易斯惊讶地倒吸了一口气。紧接着，他听到远处的人群纷纷发出"哇哦"的赞叹声。

"看我的！"乔纳森叔叔大声说。他举起自己的手杖，上面立即射出了六枚银色火箭，咻的一声冲进了黑暗的天空，迸射出红色、绿色、金色、蓝色、黄色的五彩烟花。

"哦，是吗？"齐默尔曼太太不服气地说，"接下来可要看好了！"说完，她发射了一百个漂亮的螺旋形烟花，这些烟花飞到天上之后，就会自动散开，变成淡紫色的抖动光团，很像一只只在游动的霓虹水母。

"再试试大一些的吧！"乔纳森叔叔笑着说。

罗丝·丽塔拉了拉路易斯的袖子。"我们不妨坐下来享受一下吧。"她提议。这时，天上出现了一只由烟花组成的红、白、蓝三色的白头海雕[1]，不停地扇动翅膀，越飞越高。

---

1 一种大型猛禽，美国国鸟。

这场精彩的烟花表演一直持续了好几小时。后来，新西伯德镇的每个人都说这是有史以来最棒的国庆日了。至于路易斯，在经历了差一点儿就永远失去乔纳森叔叔的惊心动魄的事情之后，他也无条件地赞成这句话——这确实是有史以来最棒的一天了。